BUKET UZUNER

Romancı, hikayeci ve gezi yazarı Buket Uzuner 3 Ekim Pazartesi günü Ankara'da doğdu. **Hacettepe Üniversitesi**, (Norveç) **Bergen Üniversitesi**, (ABD) **Michigan Üniversitesi**'nde biyoloji ve çevre bilim eğitimi aldı. (Finlandiya) **Tampere Teknik Üniversitesi** ve **O.D.T.Ü**'de araştırmacı olarak çalıştı, ders anlattı. Romanları *yedi* dile çevrilen Buket Uzuner 1996 yılında (ABD) **Iowa Üniversitesi'nin** (IWP) **onur üyesi** olmuş, 2004 yılında da ODTÜ senatosu tarafında takdir belgesiyle onurlandırılmıştır. Kuzey Sahra Afrikası, Kuzey Amerika, Kanada ve Avrupa'da uzun tren seyahatleri yapan ve yaşayan Buket Uzuner şimdi İstanbullu'dur.

Buket Uzuner'in Türkiye'de yayımlanmış kitapları

Hikaye:

Benim Adım Mayıs (1986), Ayın En Çıplak Günü (1988), Güneş Yiyen Çingene (1989),

Karayel Hüznü (1993), Şairler Şehri (1994), Şiirin Kızkardeşi Öykü (2003)

Gezi:

Bir Siyah Saçlı Kadının Gezi Notları (1989), Şehir Romantiğinin Günlüğü (1998), New York Seyir Defteri (2000)

Roman:

İki Yeşil Susamuru, Anneleri, Babaları, Sevgilileri ve Diğerleri (1991), Balık İzlerinin Sesi, **(1993 Yunus Nadi Roman Ödülü)** (1992), Kumral Ada-Mavi Tuna **(1998 İstanbul Üniversitesi İletişim Fakültesi Ödülü)** (1997), Uzun Beyaz Bulut- Gelibolu (2001)

Biyografi:

Gümüş Yaz, Gümüş Kız (2002)

Deneme:

Selin ve Cem'le Yolculuklar (2004)

İngilizce çeviriler

Sound of Fishsteps, Mediterranean Waltz, The Long White Cloud- Gallipoli, Istanbul Blues

Uluslararası Yayımlar

İtalya

Kumral Ada-Mavi Tuna (Sellerio, Sicilya)

Yunanistan

Kumral Beyaz Bulut Ada- Mavi Tuna (Psichogios, Atina), Uzun -Gelibolu (Psichogios; Atina)

İsrail

Kumral Ada- Mavi Tuna (Cartaben, Tel aviv)

İngiltere

A Cup of Turkish Coffee (Milet, Londra)

G. Kore

Kumral Ada-Mavi Tuna (Chungeoram, Seoul) (çeviri aşamasında)

Romanya

Kumral Ada-Mavi Tuna (Ars Longa Co., Bükreş) (çeviri aşamasında)

İspanya

Kumral Ada-Mavi Tuna (Three Borders, Murcia)

İSTANBULLULAR

Buket Uzuner

Türkçe Edebiyat **184**

İstanbullular

Buket Uzuner

www.buketuzuner.com

e-posta: buketuzuner@buketuzuner.com

Kapak tasarım: Utku Lomlu

Yazar fotoğrafı: Muhsin Akgün

Dizgi: Bahar Kuru

1. Basım: Şubat 2007 (50.000 adet)

Cep Boyu 1. Basım: Ağustos 2008

Cep Boyu 2-3. Basım: Eylül 2008

Yazar tarafından gözden geçirilmiş yeni baskı

ISBN: 978 - 975 - 289 - 532 - 4

Baskı ve Cilt: Melisa Matbaacılık

Tel: (0212) 674 97 23

Fax: (0212) 674 97 29

EVEREST YAYINLARI

Ticarethane Sokak No: 53 Cağaloğlu/İSTANBUL

Tel: (212) 513 34 20-21 Fax: (212) 512 33 76

Genel Dağıtım: Alfa, Tel: (212) 511 53 03 Fax: (212) 519 33 00

e-posta: everest@alfakitap.com

www.everestyayinlari.com

İstanbullu Komşum Çelik Gülersoy,
Hocam Kriton Curi,
Arkadaşım Jak Deleon
ile

Belgin Doruk ve
Ayhan Işık'ın güzel anılarına...

ve B. için...

İÇİNDEKİLER

TEŞEKKÜR VE BİLGİ

Bu romanın dört yıldan fazla süren yazılma ve araştırma çalışmaları aşamasında pek çok kaynaktan yararlandım ve birçok yazar, tarihçi, şairden destek gördüm. Burada ancak içlerinden alıntılar yaptığım kaynakları ve çoğu birer zaman fakiri olmasına karşın bilgi veya deneyimlerini benimle paylaşan, kimileri en bunaldığım ve umutsuzluğa düştüğüm, vazgeçtiğim zamanlarda romanıma içtenlikle destek veren birkaç dostumu anmadan geçemeyeceğim.

Alıntı yapılmış kaynaklar: İstanbul Bir Kent Tarihi (Doğan Kuban, Tarih Vakfı Yayınları), İstanbul Gezi Rehberi (Murat Belge,Tarih Vakfı Yayınları), Kendime, İstanbul'a, Kadınlara Dair (Hilmi Yavuz, Boyut Kitapları), Büyükada (Jak Deleon,Remzi Kitabevi), İstanbul'da Yaşam Sanatı (A. Haluk Dursun, Ötüken Yayınları), İstanbul, İmparatorluklar Başkenti (Stefanos Yerasimos,Tarih Vakfı Yayınları), İstanbul'dan Sayfalar (İlber Ortaylı, İstanbul Büyükşehir Belediyesi, Kültür A.Ş. Yayını), Kadıköylü – Deniz Kızı Eftalya Albümü (Gökhan Akçura metni, Kalan Müzik), İstanbul; The Imperial City (John Freely, Penguin Books), Bizans Yolculuğu (John Ash; Albatros Kitap), Güller Kitabı (Beşir Ayvazoğlu, Kapı Yayınları), Eski İstanbul'da Meyhaneler ve Meyhane Köçekleri (Reşat Ekrem Koçu, Doğan Kitapçılık), Konstantinopolis'in Romanı (Gilles Martin-Chauffier, Özgür Yayınları), İstanbul Mavi Kırpar Gözlerini (Mustafa Armağan, Gelenek Yayıncılık)

Öncelikle İstanbul anılarını benimle paylaştığı için Hilmi Yavuz'a, müthiş heykelleri için Mehmet Aksoy'a, romanın bazı bölüm ön okumalarını yapan veya dinleyen; Giovanni Scognomilla, Mario Levi, Thanos Zarangalis, Anet Ener, Kaan Durukan, Nazan Bostancı, Maria Rita Epik'e, en kaygılı zamanlarımda heyecanlarıyla hep yanımda olan genç arkadaşlarım Gürşah Özen, Bahar Yıldırım, Rita Ender'e, değerli şair Zahrad'ı keşfetmemi sağlayan Selin Miloşyan'a, romanın polisiye altyapısına ciddiyetle katkıda bulunan Atatürk Havalimanı Polis Müdürü Ercan Çakmak'a, yıllardır Peron'u bir yazıhaneye çevirmemize Lüfer ve kahveyle destek veren Aziz Atay'a, yıllar önce BİS'i yazdığım mekânın yeni adresi kedili BAST'ı –handiyse- evim kadar rahat kılarak uzun saatler çalışmama olanak sağlayan Evrim Yenier'e, tadını hatırlamam için kete pişirip Cafe&Shop'a taşıyan Sabiha Aydın ile Pınar Solu'ya, romanın mekân çalışması için yaptığım Adana ve Osmaniye seyahatim sırasında yardımlarını esirgemeyen Özgür Pencere Dergisi ile Yaşar Kemal'in Hemite köylülerine ve elbette yazar annesinden taşıdığına inandığım eşsiz zarafetiyle entelektüel desteğini üzerimden eksik etmeyen Sırma Köksal ile zevk-ü sefa sahibi-cin fikirli Barbaros Altuğ'a teşekkür ediyorum.

Hayatımızın en sıkıntılı dönemini içeren bu dört yılda yazmak kuyularında kayboluşlarıma anlayış gösteren can oğlum Can'a en kocaman teşekkürler...

Bu kitabın oluşumunda başından beri çok özel katkı ve desteği için İlknur Özdemir'e teşekkür ve sevgiyle...

"Ömrüm oldukça, gönül tahtıma keyfince kurul!
Sâde bir semtini sevmek bile bir ömre değer."

Yahya Kemal Beyatlı

İSTANBULLULAR

I
BENİM ADIM İSTANBUL

Ben İstanbul'um, şehirler şehri, metropoller kraliçesi, şairler beldesi, imparatorlar gözdesi, sultanlar diyarı, yeryüzü incisiyim! Adım İstanbul; çağlar boyu Paganların Hıristiyan, Yahudi, Müslüman ve dahi dinsizlerin, dostla düşmanın kıyılarıma sığındığı, ihanetin aşkla, acının sevinçle yan yana barınabildiği dünyanın en esrarengiz, en tehlikeli ve elbette en muhteşem şehriyim! Denizler tanrısı Poseidon'un kızıyım, altın postu arayan Argonotların mucizesi, Ortaçağ şehirlerinin imparatoriçesi, Yeniçağ ve Yakınçağ'ın müjdesiyim Ben. 21. yüzyılın yeniden parlayan yıldızı, saadetler ve felaketler, bozgunlar ve müjdeler şehriyim Ben! İstanbul'dur adım; insana ait bütün duyguların aynı anda en yüksekte ve en dipte yaşandığı diyarım Ben! Adım İstanbul; kentler meleği, zamanlar tanrıçasıyım. Uçuşlar ve inişler, yükselişler ve düşüşler, doğuşlar ve yok oluşlar Benim ruhumda iç içedir, hepsi orada birbirine dolanır, sonra da çözülemez sarmallar olarak arkeoloji mahzenlerime süzülürler. İstanbul'um Ben; umut mavisiyim, zehir yeşiliyim, tan pembesiyim, erguvanım, mimozayım, lavantayım, İstanbul'um; turkuvazım! Bilinmezlikler şehriyim; karmaşanın, olabilirliğin, canlılığın ve yaratıcılığın ilham perisiyim: Benim adım İstanbul!

Şimdiki adım İstanbul, yaklaşık bir yüzyıldır böyle çağırıyorlar Beni, ondan önce Konstanin'in şehri; Konstantinopolis derlerdi, ilk zamanlar da Byzantium. Başka adlarım da vardı: Mutluluk Kapısı; Dersaadet, Darüssadet, Devlet Kapısı; Asitane, Darallíye, He Polis, Nea Roma, Çarigrad, Kunstantiniyye... Gülüp geçerim bu fânilere, kendilerini önemsemekten yaşamaya fırsat bulamayan biçaredir onlar. Bana sormayı akıl edebilselerdi, kendi adımın Ece Kent olmasını uygun bulurdum ama ne gam! Ben zaten öyleyim; Ben ki İstanbul'um, şehirler şehri ve ecesiyim, yalnızca imparator ve sultanlarla gezer, en çok gezgin ve şairleri dinlerim. Yeniyetme yazarlarsa hâlâ hakkımda roman yazmak için kuyruğa giriyorlar. Bir tanesi de bu işte!

Büyük ve soylu şehirlerin ruhu vardır ve daralabilir. Son zamanlarda sık sık ruhum daralıyor, içim sıkılıyor, keyfim kaçıyor. Böyle zamanlarda ferahlamam, dikkatimi dağıtmam, eğlenmem gerekir. Ferahlamazsam eğer kendime ve Benimle yaşayan 15 milyon kadar insana zarar verebiliyorum. Bugün işte biraz bu nedenlerle dikkatimi Yeşilköy'üme, modern zaman-

larımın en güzel yüzlerinden biri olan havalimanıma yoğunlaştırmaya karar verdim: Atatürk Havalimanı.

Bir zamanlar yeşildi ve köydü, evet Yeşilköy'dü burası, hâlâ öyle diyenler var ama çoğunluk burayı artık havalimanının adıyla anıyor. Oysa asıl adı Ayastefanos'tur. O zamanlar, yıl ya 395 ya da 495, şimdi tam çıkartamıyorum; henüz Bizanslı misafirlerim burada yaşarken, Ermiş Stefanos'un cenazesini buradan Roma'ya nakletmekte olan küçük bir gemi, o korkunç fırtınalı gecede bu limana sığınmıştı. Dün gibi hatırlarım, gerçekten berbat bir geceydi, göz gözü görmüyordu. Yine ruhumun daraldığı, Beni çok bunalttıkları bir dönemdi ve o fırtınanın sebebi de buydu zaten. Bizanslı denizciler Benim havam düzelene kadar cenazeyi burada sakladılar ama sonradan hem semtin hem de cenazenin saklandığı kilisenin adı Aya Stephanos olarak kaldı. Çok sonraları, artık Türk misafirlerimle yaşarken, yıl ya 1926 ya 27'ydi, şimdi tam çıkartamıyorum; Ayastefanos'u pek seven ve sık sık ziyaret eden yazar Halit Ziya Uşaklıgil, buraya Yeşilköy adını verdi. Öyle oldu. Bu fânilerin mantığı da fâni olduğundan kendi uydurdukları her şeyin adını, kuralını ve sınırlarını değiştirip dururlar!

Bugün havalimanına gelmeyi tercih edişimin bir sebebi de yıllar önce tasını tarağını toplayıp, Beni 'sözde' terk eden bir İstanbullunun geri dönüşüne tanıklık etmek ve böylece biraz eğlenmek arzusu. Hayır, belki biraz eğlenirim de ruhum şenlenir! Bana tam 13 yıl boyunca küsmüş, Benden çok uzaklara kaçmış ama elbette şimdi koşa koşa geri dönen, biraz sonra uçaktan inip bana kavuşacak olan İstanbullu bir kadın bu beklediğim! Adı Belgin. Beni inatla terk edip, yeminle unutan bunun gibi fânilerin geri dönüşleri, dönenler arasında en eğlenceli olanlarıdır. Bunlar mutlaka bir bahane bulur, mutlaka asıl geri dönüş sebeplerini gizlemeye çalışırlar. Bebekli Belgin de şimdi bir aşk bahanesiyle dönüyor. İstanbullu heykeltıraş Ayhan'a âşık olmuş! Böyledir, hep böyledir, bir 'kerre' tiryakim olanlar bir daha asla kurtulamaz aşkımdan. Bir 'kerre' İstanbullu olan artık nereye gitse, kalbinde bir gün mutlaka bana geri dönmeye yeminle yaşar, her fırsatta beni anar, özler, özler, özlemekten kahrolur! Böyledir İstanbul aşkı, böyledir işte. İstanbul'um ben, aşkım hiçbir fâni aşkla kıyas edilemez, yürek yangınım başka bir şehirle mümkünü yok bastırılamaz! Zorunlu göçenlerin son nefes türküsü, İstanbul acısı ve şiiri, gönüllü kaçakların tek ülküsü, toprak kokusu, rüyalarının incisiyimdir. İstanbul'um ben, şehirlerin en büyülüsü, en büyücüsüyüm: dünyanın en çok arzulanan şehriyim, İstanbul'um; binlerce yıldır tek bir fâni tarafından gerçekten terk edilemedim, asla ve asla terk edilemem! Benim adım İstanbul.

2
KESİN DÖNÜŞ

İnsan ancak kendine benzeyen bir şehre dönerken kendi hatalarını affetmeye benzer bir acı çeker. Bu biraz da vazgeçilememiş eski bir sevgiliye dönüşün kırık ama eşsiz tutkusuyla heyecanlanmak gibidir. İstanbul üzerinde alçalmaya başlayan THY uçağında şehre kesin dönüş yapan tek bir yolcu vardı. New York-İstanbul arası 8575 km.yi 10.5 saattir aralıksız uçmakta olan 271 yolculu 'airbus' tipi uçakta bunu kendisinden başka bilen yoktu. Bilen olsaydı da kimsenin umurunda olmayacaktı. Aşağıda kıtalar üzerine sereserpe yayılmış İstanbul, olağan bir yaz gününü yaşıyor, o da göklerinde vızır vızır gezinen uçakları hiç umursamıyordu.

İstanbul'a kesin dönüş yapan yolcu bir kadındı. Sakin, kolay kolay kontrolü kaybetmeyecek gibi serinkanlı bir görünüşü vardı. Minik ve kalkık burnu, serinkanlı ve sakin ifadesine zıtlık yaratsın diye yüzünün ortasına hınzırca kondurulmuş bir virgüle benziyordu. Omuz hizasında kesilmiş siyah saçları, alnına yumuşak kâküllerle düşerken, siyah gür kaşları şakaklarına doğru dişi bir kavisle yükselmiş, elmacık kemiklerinin üzerine yapıştırılmış gibi dikkat çeken iki sivri perçemiyle tıpkı Belgin Doruk'un Gina dönemi saç modelini çağrıştırıyordu. 2005 yazı için hiç de moda sayılmayan bu saç modeli bilenlere, Gina Lolobrigida, Belgin Doruk, Sophia Loren'i hatırlatabilirdi. Bilmeyenlerse bunu hiçbir zaman hatırlamayacaktı. 1.70 boylarında ve 40 beden ölçülerinde, duru tenli, hoş bir kadındı. Yaşı otuz beşle kırk arasında olmalıydı. Lacivert ketenden kolsuz, kayık yakalı, dizüstü etek boyunda klasik kesim elbisesi uzun uçak yolculuğunda bile buruşmayacak bir katkı maddesiyle yapılmış olmalıydı; jilet gibi keskin görünüyordu. Yaşı belki göründüğünden gençti ama tarzı onu daha olgun gösteriyordu. Ancak dikkatle bakanlar bedeninin yay gibi gergin, ela gözlerinin hüzünlü olduğunu fark edebilirdi. Kadının adı Belgin'di ve İstanbul'a 'kesin dönüş' yaptığına inanabilmek için bunu sık sık kendine fısıldıyordu. Yanında oturan çok güzel yaşlı kadın yolcu, onun uçuş korkusuna çare olarak dua okuduğunu sanıyor, kabin görevlileri her çeşit insana rastlamış olmanın tecrübesiyle kendi kendine konuşan bu yolcuyu görmezden geliyordu.

"Kesin dönüş!" diye fısıldadı Belgin.

"Bu bir kesin dönüş. Demek sonunda İstanbul'a kesin olarak dönüyorum ha!"

Uçak alçamaya başladığı için kemerlerin bağlanması, koltukların dik duruma getirilmesi ve masaların kapatılması gerektiği, o sırada sanki gülümsemekten ağzı yırtılmış gibi konuşan bir kadın sesi tarafından önce Türkçe anons edildi. Sonra aynı uyarılar abartılı biçimde tane tane Amerikan İngilizcesiyle ve 'kız yatakhanelerinin sıfır toleranslı mutsuz müdiresi'nin efsanevi sesiyle banttan anons edildi. Kabin görevlileri koridorda gezerek yolcuların kemerlerini kontrol etmeye başladılar.

"Kesin dönüş! Kesin dönüş yapıyorum!" diye yeniden fısıldadı Belgin.

"Ne demektir kesin dönüş? Başka kültürlerde 'kesin dönüş' diye bir kavram var mıdır acaba? Yani bir İtalyan ya da ne bileyim bir Kanadalı yaşamının daha ortasındayken doğduğu yere dönüşünü kesin olarak ilan edebilir mi? Dönmeye eklenen bu keskinlik ancak bize özgü değil mi?" diye geçirdi içinden. Bedeni biraz daha gerildi.

'Kesin' kavramının iç yakan sertliğiyle 'dönüş' eyleminin içinde saklı yenilmişlik acısı 'kesin dönüş'e taşınması çok zor bir ağırlık, taşıyana da bir çeşit kurban psikolojisi yüklüyordu. Bu ağırlık, çekingen birinin büyük şeffaf bir çantada kocaman bir kaya parçası taşıdığını herkesin görmesiyle yaşadığı utanma duygusuna benziyordu.

"Kesin dönüş yapacak kadar çok gittim mi sahi?" diye düşününce içi daraldı.

"İstanbul'a, o korkunç ve muhteşem kaosa hazır mıyım?"

Uçak burnunu aşağıya verdiğinde vizyondaki iki Hollywood filmi, haberler ve bazı turistik belgeseller göstermiş olan monitörler otomatik olarak çoktan katlanıp toparlanmış, kabin içindeki yuvalarına gömülmüşlerdi. Artık yalnızca tavandaki bagaj dolaplarının üzerinde 'kemerlerinizi bağlayınız' ve 'sigara içmeyiniz' işaretlerinin uyarı ışıkları yanıyordu. On buçuk saatlik kesintisiz uçuşun verdiği yorgunluk, jetlag denen, kıtalararası zaman farkından oluşan biyolojik ritim bozukluğu, en iyisinin bile karada yenen kadar lezzetli olmayı başaramadığı uçak yemekleri ve özellikle 11 Eylül'den sonra insanı seyahatten soğutacak kadar aşağılayıcı şekle dönüşen güvenlik kontrollerinin yarattığı gerilim, denizaşırı yolculuklara alışık olanların bile yüzünden okunuyordu.

"Dönüyorum; İstanbul'da yeniden yeni bir hayat kurabilmek için, yeniden İstanbullu olmak için şehre dönüyorum ha?" diye düşündü Belgin. Dönüşüyle ilgili düşüncesinin içsesi soru tonundaydı. "Ama elbette kendi isteğimle dönüyorum!" diye destekledi önceki düşüncesini. "Benimkisi bir erkek uğruna bütün düzenini bozan klasik kadın fedakârlığı değil, hiç değil!" Bu kez içsesinin tonu hırçındı. "Ben, sevdiği erkekle aynı şehirde yaşamak isteyen, ama o şehre, o erkekten çok daha önce âşık olmuş bir kadınım." İçsesinin tonu yumuşadı, yatıştı. İçinde yaşadığı bu çatışma esnasında yüzünde tek bir yaprak kımıldamıyor, ruhunun dışarıya açılan vitrininde her şey yolunda görünüyordu. Hayatı boyunca en büyük şansı ve şanssızlığı olan bu özellik, Belgin'in kaderinde daima önemli rol oynamıştı. Onu zaman zaman duygusuzlukla suçlayıp cezalandıranlar, Belgin'in sakin ve kontrollü zırhı içinde kopan fırtınaları bastırma huyunu kendisinin de sevmediğini ama bunun annesinden miras kaldığını hiç düşünmemişlerdi.

"Efendim, insanın kendi vatanı gibisi yok, zaman zaman bazı şeylere kızsak, eleştirsek, bazı nedenlerle başka ülkelere yerleşsek de her dönüşümde içimi heyecanla titretir bu güzel İstanbul..." diye yaşından beklenmeyecek bir coşkuyla konuştu yan koltukta oturan yaşlı kadın yolcu. Konuşurken bir çocuk kadar körpeydi.

Belgin bu sözleri önce kendi içsesinin bir devamı sandı ama saatlerdir yanındaki koltukta hiç konuşmadan yolculuk yapan ve en başından beri 'bu yaşta nasıl bu kadar güzel kadın olunur,' diye hayranlıkla düşündüğü kadın yolcu, şimdi başını çevirmiş, hülyalı bir sesle anlatıyordu:

"Her ne kadar bazılarımız mecburen çift pasaportlu yaşamak durumunda kalsak, başka şehirlere yerleşsek de antenlerimiz hep İstanbul'a dönük kalıyor işte..."

'İyi aile terbiyesi' alanların bir yük olarak sırtlarında taşımak zorunda kaldıkları kibarlıkla mecburen gülümsedi Belgin. Daha gülümsemesi yüzünden silinmemişti ki, yanıtından korktuğu için kendine sormaya hep çekindiği o meşhur ve kaçınılmaz soru geldi:

"Siz de İstanbullu musunuz?"

Bir sessizlik oldu;

"Ben de İstanbullu muyum?" diye endişeli bir sesle soruyu yineledi Belgin.

"İstanbulluluk ve İstanbullu olmak. Kime İstanbullu denir? İstanbullu olmanın beş şartı nedir? İlki İstanbul'da doğup yaşamaksa, 12 yıl aradan sonra ben artık bir İstanbullu sayılır mıyım? Yok eğer İstanbulluluk bu şehre ait olmaksa, kimliğimin kültür adresinde en güçlü şehir İstanbul mu benim? Yoksa ben artık başka bir yerli mi oldum?"

"Ben doğma büyüme İstanbulluyum da..." diye aynı hülyalı sesle konuştu yan koltuktaki yolcu, belirgin bir gururla onun sessizliğini bozarak.

"Dönüyorum ben!" diye inler gibi konuştu aniden Belgin, "Dönüyorum, İstanbul'a dönüyorum ben! Buna inanabiliyor musunuz? Benim geri döndüğüme, 'kesin dönüş' yaptığıma yani? Bundan böyle ancak çok kısa tatillere, akraba ziyaretlerine gelirim diye yeminler ederek 12 yıl önce terk ettiğim, ihanetlerin, ikiyüzlülüklerin ve yalnızlığın başkenti İstanbul'a geri döndüğüme?"

Ama sonra bir yerine iğne batmış gibi irkildi. İyi ama neden bunu yanında oturan hiç tanımadığı birine ve böyle paldır küldür anlatıyordu?

"İlahi küçük hanım, siz daha gençsiniz, daha neleeer göreceksiniz efendim! İnsan yaşadıkça, görüp geçirdikçe daha önce yapmam dediği neleri yapıyor, tükürdüğü neleri yalıyor, ahh, ah!" diye gülümsedi komşu yolcu. Sesinde pişmanlıktan çok neşe vardı. "Benim gibi ilkeli ve vatansever olmakla övünen biri bile her yılın yarısını Amerika'da kızı ve torununun yanında geçirebiliyor efendim," diye ekledi ardından. Oysa kafası tamamen İstanbul'a dönüşüne takılmış olan Belgin onu dinlemiyordu.

"Dönmek için insanın bir eksene, bir yörüngeye ihtiyacı vardır," diye devam etti, kendini hiç alışmadığı kadar kontrolsüz hissederek, "dönmek eyleminin bilimsel açıklaması için bu şarttır, akıl, mantık bunu söyler. Fiziksel bir iştir dönmek, yani bunu anlıyorum da bunun bana neden bu kadar acı verdiğini anlayamıyorum!"

"Aaaa, olur mu hiç? Dönmek yalnızca öyle bir hareket, tek bir yolculuk değildir. Dönmek, öyle dediğiniz kadar basit bir şey olur mu hiç efendim?" diye itiraz etti güzel, yaşlı kadın yolcu.

"Öyle mi?" diye şaşırdı Belgin.

"Elbette canım!" diye kaşlarını kaldırdı kadın.

"Mesela mecazi olarak semada kullanılan dönme, yani deveran, devir kavramına bakalım," dedi. "Tabii önce, Mevlevi ve Sûfi gibi tarikatların döne döne yaptıkları ayinlere sema dendiğini hatırlatayım. Hani siz derviş dansı diye bilirsiniz, muhakkak?"

"Ah tabiii..." diye utanarak kavradı Belgin, güzel yaşlı kadının sözlerini. Evet, 12 yıl Amerika'da yaşamıştı ama kendi kültürüne o kadar da cahil değildi yani. Sonuçta pek çok Türk'ün daha yurtdışında yaşadığı yılın ertesinde anadiline acilen aksanlar icat ettiği ve yıllarca kullandığı sözcükleri unuttuğu o tatsız duruma hiç düşmemişti.

"Sufizm de şu sıralar Amerika'da pek popüler oldu, bizim Türkler de oradan öğreniyor kendi kültürünü tabii... Bu da kültürümüzü kaybetmek konusunda ayrı bir dram maalesef.." diye söylendi güzel yaşlı kadın.

Belgin bu sitemin doğrudan kendisiyle ilgisi olup olmadığını düşünmeye başlayacakken, yan koltuktaki güzel yaşlı kadın anlatmaya devam etti;

"Hayır, sakın yanlış anlamayın, benim öyle tarikatlarla falan hiç ilgim yoktur. Ben Kemalist, laik, cumhuriyetçi bir vatanseverim. Ancak anne tarafından bir dedem vaktiyle Mevlevi şeyhiydi ama biz bütün kız torunları okuduk, meslek sahibi, laik ve Atatürkçü birer medeni vatandaş olduk, Allah'a bin şükür! Bendeniz emekli tarih öğretmeniyim efendim!"

Kafası karışan Belgin bu konuya nasıl geldiklerini anlamak için vakit kazanmak üzere başını salladı. Bu sırada karşılık olarak: 'memnun oldum; ben de genetik araştırmacısı, bilim insanı, yardımcı profesör Belgin' demeliydi belki ama hiç içinden gelmedi. Zaten bu yardımcı profesörlük unvanı Türk akademik sisteminde yoktu, eşitlerine de yardımcı doçent deniyordu. Hem zaten o şimdi 'kesin dönüş' tedirginliğindeydi.

"Medeniyet insanların kendi kültür ve geleneklerini inkâr etmeleri anlamına gelmiyor efendim! Bize gelince, Doğu-Batı sentezi şart, kesinlikle şart! Kendi yerel değerlerimizi, evrensel değerlerle buluşturmalıyız. Bu yüzden büyük filozof ve şair Mevlanamızı Amerikalılara bırakamayız değil mi küçük hanım?" diye sordu emekli tarih öğretmeni.

"Rumi!" dedi Belgin dalgın dalgın, "Onu Batı'da Rumi olarak tanıyorlar, biliyorsunuz..."

"Ah tabii efendim, biz kendi değerlerimize sahip çıkamazsak, yabancılar her şeyimizi elimizden alırlar böyle!"

Sustular ve bulutların üzerinden Marmara Denizi üzerinde alçalmaya başlayan uçakta sessiz kaldılar. Ama bu uzun sürmedi:

"Dönmek diyordunuz siz," diye devam etti güzel emekli tarih öğretmeni.

"Dönmek, dervişlerin hem kendi eksenleri, hem şeyhlerinin etrafında zikirle hû hû ilâhileri söyleyerek yaptıkları sema ayininde yaptıkları harekettir, aynı zamanda."

İstanbul'a 'kesin dönüş' yapan Belgin, havalimanına inmek üzere olan uçağın penceresinden bulutların üzerinde bembeyaz cüppeleri ve uzun bordo kavuklarıyla huşu içinde dönerek sema yapan dervişleri görür gibi oldu. Bir elleri gökyüzüne açılmış, öbürü toprağa dönmüş, başları sağa yatmış, gözleri kapalı dönüyorlardı. Onların bu kendinden geçmiş adanmışlığına, şeffaf, dingin, dünyevi sorunları aşmış ruh hallerinin sahiciliğine tam o sırada çok imrendi. O zaman içini daraltan endişelerin yerini bembeyaz bir serinlik, derin bir ferahlık, yoğun bir arınmışlık kapladı. Bir an için dünyaya ve insana ait sorunların artık kendisini üzemeyeceği özel bir seviyeye ulaştığını sandı. İçi açıldı, yüzüne taze kan yayıldı ve gülümsedi.

"Vecde gelmek gerekir!" dedi yan koltuktaki güzel yaşlı kadın yolcu. Şaşırdı Belgin, unutmuştu onu.

"Dönebilmek için insanın vecde gelmesi şarttır!"

"Öyle mi?" diye mırıldandı, demek vecde gelmek gerekiyordu dönmek için...

"Coşmak şarttır yani... Sizin anlayacağınız küçük hanım, ruhu saflıkla coşmayanın deveranı olmaz; dönebilmek için coşmak şarttır!"

"O halde ..." diye düşündü Belgin, "O halde benim İstanbul'a 'kesin dönüş'ümde eksik olan bu işte: coşku! Coşmuyorum ben! İstanbul'a yetecek tutku, enerji ve coşku var mı bende? Aşağıda havalimanında beni bekleyen o olağanüstü adama yetecek arzu, iştah, güç ve cesaret var mı bende sahi? Yeni bir hayat ve yeni bir aşk için yetecek coşkum nerde? Bunlar olmadan hem İstanbul'la hem de aşkla nasıl başa çıkabilirim? Olabilir mi, mümkün mü bu? Yoksa yeni bir bozgun, yeni kırgınlıklar ve yalnızlıklar mı bekliyor beni İstanbul'da yeniden?"

"Ama vecde gelemeyenler için tevacüd de caizdir elbette!" diye ekledi komşu koltuktaki yolcu kadın.

Önce güldü Belgin, bu güzel yaşlı kadın sanki onun düşüncelerini okuyordu. Sonra 'tevacüd'ün ne olduğu hakkında en ufak bir fikri olmadığını anlayıp dudaklarını büzdü.

"Sizin anlayacağınız; vecde gelemeyenlerin kendini vecde zorlamalarına izin verilebilir," diye açıkladı komşu yolcu.

"Nasıl yani, insan kendini herhangi bir şey için coşmaya zorlayabilir mi?" diye gülüverdi Belgin.

"Aaa, siz şimdiye kadar bunu hiç yapmadınız mı yoksa?"

"Kendimi bir konuda coşmaya; tutkulu, arzulu, yani ne bileyim, istekli olmaya zorlayıp zorlamadığımı mı soruyorsunuz siz bana şimdi?" Belgin hayretler içindeydi. Bu soruya 21. yüzyılda kız çocuklarına hâlâ bekâret testi yaptırılan bir ülkede doğup büyüdüğüne inanamayan Batılı arkadaşları kadar şaşırmıştı neredeyse.

"Elbette bunu soruyorum; artık çocuk sayılmayacağımıza göre..."

"Ah!" diye kederli içini çekti Belgin. Kırk yaşına yaklaşan veya yeni girenlerin birkaç yıl boyunca yakalandığı yaşla ilgili her sözden alınma hastalığının etkisiyle.

"Yani en az 35 olmalısınız ama değil mi?" diye sordu emekli tarih öğretmeni endişeyle.

"Ah ne hoşsunuz, ben 41 yaşındayım, epeyce indirim yaptınız!"

"Bazıları şanslı doğar!" diye gülümsedi, yol komşusu ve sonra kaldığı yerden devam etti:

"Dönmek diyordum, melekler 'arş'ın, yani dünyanın; hacılar Kâbe'nin, gezegenlerse güneşin etrafında dönerler. Tasavvuftaki deveran da işte bu ilahi dönüşlere işaret eder. Bilmem anlatabiliyor muyum? Hatta kimi dervişlerin döne döne gökte kayboldukları rivayet edilir... İşte bunları bildikten sonra kendi dönüşünüzün durumuna artık siz karar vereceksiniz küçük hanım."

Bunun üzerine gülümsediler. Biri dervişlerin döne döne bulutlar üzerine yükselişini hayranlıkla, öbürü kendisinin döne döne İstanbul içinde kayboluşunu biraz da ürpererek düşündüler.

"Benim etrafında döndüğüm merkez İstanbul'sa eğer, ayaklarımı yerden kesen bu aşk yalnızca bir merkeze çekim enerjisi mi yani? Tam 'artık bir daha âşık maşık olmam, aman olmaz olsun, hiç kimseyle ortak bir gelecek planı falan yapmam,' derken, nedir hem de bu yaşta yeniden âşık olmak? Sonra dünyanın en planlı, kullanışlı ve güzel şehirlerinden birinde düzenimi kurmuşken neden bu, dünyanın en karmaşık ve muhteşem şehrine yeniden dönmek? O iki korkulu rüyaya koşarak dönüş! İstanbul ve aşk. Aşk ve İstanbul! Deli miyim ben? Aşka hem de İstanbul'da kollarımı açtıran bu cesareti nereden buluyorum Tanrı aşkına? Eğer ikisine de hazırsam o zaman daha şimdiden içimi ateş gibi yakan bu bozgun korkusu, mideme yayılan bu asit kokusu neyin nesi? Ve sonra... Hayatımı altüst etmiş bunca yenilgiden sonra hâlâ ağzımdan çocukça sorular çıkması... Eğer bu bir talihsizlik değilse nedir hanımefendi!" diye inledi Belgin. Hayatı boyunca üç-beş kişi dışında kimseye duygularını açamamışken, şimdi uçakta hiç tanımadığı birine böyle mahrem sorular sorması kendisine bile inanılmaz gelmişti. Mahremiyetin yarattığı müstehcenlik duygusuyla utandı, yutkunup başını önüne eğdi. Yine yüzünde yaprak kımıldamıyordu.

"Ulviye!" dedi yan koltuktaki yolcu; "Ulviye Yeniçağ! Rahmetli babam hem öz-Türkçe hem de modern olduğu için bu güzel anlamlı aile adını seçmiş bize. Nur içinde yatsın!"

"Memnun oldum," dedi Belgin, bu kez kontrollü bir sesle. "Benim adımsa; annemle babamın ortak hayranlık duyduğu, bir zamanların ünlü bir Türk sinema oyuncusundan geliyor. Ama soyadım baba tarafından büyük dedelerimin işiyle ilgili; Gümüş. Sıradan bir ad ve soyadı: Belgin Gümüş"

"Aaaa neden öyle diyorsunuz Belgin Hanım? Bir kere gümüş çok değerli ve asil bir metaldir. Bakmayın siz o sonradan görme Arap özentisi taşralıların altın merakına. Biz Türkler, gümüş işlemesi zanaatında çok eskilere dayanan, yetenekli, yaratıcı bir milletizdir. Sonra gümüş, süsleme sanatlarımızda da önemli bir yer tutar!"

Parmağındaki gümüş yüzüğü ve yakasındaki gümüş broşu gösterip hakkında uzun uzun bilgi verdikten sonra devam etti Ulviye Yeniçağ:

"Ayrıca anneniz ve babanız pek doğru bir tercih yapmışlar efendim!" dedi. "Bizim jenerasyonumuzda -ki, bunun öz Türkçe'si kuşaktır- Türk sinemasının büyük yıldızı Belgin Doruk'u sevmeden büyüyen olduğunu hiç sanmıyorum! Onun zarafetine, şıklığına ve küçük hanımefendiliğine hayran olmamak mümkün değildi. Zaten o seviyeye ulaşan pek az sanatçımız çıktı. Diğer taraftan, Belgin: açık, net, temiz gibi güzel anlamı olan bir sıfattır. Pek güzel bir adınız ve soyadınız var; asıl önemlisi, adların sahiplerine baht açıklığı, talih getirmesidir!"

"Baht ha? Talih, kısmet, aşk, mutluluk, sevgi, bereket.... Bahtı açık olan mutlu mu olur yani? Bahti-yar ha?" diye düşündü Belgin, "Belki de bahtım için dönüyorum ben İstanbul'a? Belki de benim dönüşümün ekseni budur: bahttır, neden olmasın?"

"Dönmek," diye devam etti Uviye Yeniçağ, "Dönmek; aynı zamanda yâd etmenin eşanlamlısı olarak hatırlamak anlamını da taşır. Hatırlamak için geriye dönmek gerekir, tarihe, bireysel ve toplumsal geçmişe. Yani dönmeden hatırlanmaz. Hatırlamak -ki; öz Türkçesi anımsamaktır- dönmeden gerçekleşemez. Belleğinize başvuracak, döneceksiniz. Biliyorsunuz bellek en değerli hazinemizdir. Ayrıca geçmişi anlamayan bugünü anlayamaz Belgin Hanım!"

Demek bu kadar çok anlamı vardı bir tek 'dönmek' fiilinin ha? Birden haftalardır 'kesin dönüş' kararının ağırlığı ve hazırlıkların yoğunluğundan bunalan ruhu şimdi azıcık rahatladı Belgin'in. Kendisine 'iyi gelen' yol arkadaşı Ulviye Yeniçağ'a dönüp alıcı gözüyle baktı o zaman.

Kadının ileri yaşına karşın bütün önyargıları çatır çatır yıkan dişi bir güzelliği vardı ve körpe körpe parlayan mavi gözleri ona cilveli bir hava katıyordu. Onun enerjisi ve içinde bulunduğu kapalı alanda uzun süre kıstırılmışlık psikolojisinin de etkisiyle, içe dönük, mesafeli karakterine hiç uymayan biçimde, sanki bir rüyadaymış gibi rahat rahat konuşmaya başladı Belgin;

"Kim bilir kaç erkek gözlerinize vurulmuş, kimlerin başı dönmüştür?"

"Ah-ha!.." diye cilveli bir kahkaha attı Ulviye Yeniçağ, "Siz beni gençken görecektiniz canım... Anne tarafından mirastır bu gözler bana. Selanik'lidir dedemin sülalesi. Yunanistan'dan mübadeleyle İstanbul'a göçmüşler. Ama babamlar kuşaklar boyu doğma büyüme İstanbulludur!"

"Ah yine bu İstanbulluluk!" diye içini çekti Belgin. Sonra her zamanki serinkanlı sesi ve sakin ifadesiyle Ulviye Yeniçağ'a döndü: "Ben kuşaklar boyu Bebek'te doğup büyümüş bir aileden geliiyorum Ulviye Hanım ama İstanbulluluk, kentlilik yalnızca doğum kayıtlarıyla ölçülmemelidir bence. Bakın, iki yıl kadar önce biriyle tanıştım. Türkiye'yi dünyaya başarıyla temsil eden bir sanatçı olarak tanınan bu adam son derece zeki, hırslı, yaratıcı ve heyecanlı biri. Aynı adam, anadili Kürtçeyi bile okuyup yazamayan bir anneyle ilkokul mezunu işçi bir babanın yedinci çocuğu olarak Adana'nın bir köyünde doğup küçücükken okumak için tek başına İstanbul'a gelmiş ve hayatı mücadeleyle geçmiş biri. Hem eserlerinde hem de derslerinde kent kültürünü, tarihi ve sanatını yaşatmak, ileriye taşımak kaygısı olan, kendine yaşamak ve çalışmak için İstanbul'u ve Türkçeyi seçmiş bu adam, en az sizin ve benim kadar İstanbullu değil mi şimdi?"

"Kimdir bu sanatçı efendim?" diye sertçe sordu Ulviye Yeniçağ.

Anlattıklarını yalnızca bir kimliğe indirgediği için Ulviye Yeniçağ'a bozulan Belgin;

"Heykeltıraş Ayhan Pozaner! Ama önemli olan kent kültürüyse..." diye devam etti, ancak Ulviye Yeniçağ;

"İlahi Belgin Hanım, siz şimdi bu adama sempati duyuyorsunuz ve bu yüzden bazı şeyleri net göremiyorsunuz diye soyun sopun önemi azalır mı canım? Yapmayın yani, Kurtuluş Savaşı sırasında bizi sırtımızdan vuranları unuttunuz mu yoksa?" diye kesip attı.

Bu sözlerin Ayhan'la ve İstanbullulukla ne ilgisi olduğunu anlamakta zorlanan Belgin, yine 'iyi aile terbiyesi'nin kurbanı olarak konuyu tatlıya bağlamak refleksiyle konuştu:

"Aslında bize özgü ve eşsiz olan bir özelliğimiz de soy ve sopumuzun bu geniş ve çok bereketli coğrafyada karışmış olması değil mi? Ayrıca mesleki olarak, karışık gen havuzunun çok sağlıklı ve arzu edilir bir durum olduğunu da size söyleyebilirim." Fakat Ulviye Yeniçağ onu dinlemediğini göstermek için başını öbür tarafa çevirmiş, besbelli bozulmuştu.

"Yani bugünkü tabloya bir bakın, şimdi haritada uzak-yakın komşu ülkeler olarak görünen eski kolonilerimizle neredeyse hepimizin bir kan bağımız var. Sizin Selanik, Balkanlar, benim Gürcistan, Kafkasya, Ayhan'ın Kürt, Arap, Fars genleri... Halbuki Osmanlı dışındaki başka büyük imparatorluklarda bu demografiyi göremiyoruz, değil mi? Siz tarihçisiniz, benden daha iyi bilirsiniz... Yani siz kaç Hollandalının Endonezyalı halası, kaç İngiliz'in Hintli, Pakistanlı kuzeni olduğunu gördünüz?"

"Bakın bu olmadı! Hiç olmadı," diye birden azarlayıverdi onu Ulviye Yeniçağ. Güzel minyon yüzü, cilveli mavi gözleri, zarif tavırları karardı ve sanki tamamen başka birine dönüştü:

"Size yakışmadı yani! Bir kere Osmanlı'nın kolonisi yoktu, onlar bizim beyliklerimizdi ve koloni sisteminden çok farklıydı. Sonra efendime söyleyeyim; mesela İrlandalılar ve İskoçlar Britanya vatandaşıdır ve anadillerini değil, evlerinde İngilizce konuşur, edebiyatlarını bile İngilizce yazarlar, bu iki! Ama en önemlisi, sizin gibi okumuş yazmış, aydın bir Türk kızına böyle 'İkinci Cumhuriyetçi' ağzıyla konuşmak yakışmaz, bu da üç! Burada yaşayan herkes Türk'tür, etnik bölücülük hiçbirimize fayda sağlamaz!"

Belgin hiç farkında olmadan birinin ayağına basmış gibi irkildi. Şaşırdı kaldı. Üzüldü hem de... Koltuğunda büzüldü, kendini geri çekti. Sonra nasıl olup da bu zarif hanımı bu kadar sinirlendirdiğini anlamaya çalıştı.

"Sizin gibi iyi niyetli ama uzun yıllar yurtdışında yaşadıkları için tarih bilincinden uzak kalan gençleri maşa olarak kullandıklarından haberdarız biz elbette! Ama her karışı atalarımızın kanlarıyla sulanan bu vatanı kimselere bırakamayız, bırakmamalıyız Belgin Hanım! Biz daha ölmedik, gerekirse bu yaşta göğsümüzü siper ederiz o vatan hainlerine!"

"Eyvah!" diye inledi Belgin başını tutarak. 'Biz mi? Kim bunlar? Bir dakika, peki 'vatan hainleri' kim oluyor bu durumda? Bir migren krizinin tam o anda kapısını çaldığını hissetmişti. Ah migren, hainlerin en haini oydu ve geleceğini haber ede ede yürürdü kanca attığı kafaların üzerine. O yaklaşan migren saldırısının sinyaliyle yüzünü ekşitince Ulviye Yeniçağ bunu kendi sözlerine karşı bir tepki olarak aldı ve iyice alındı. Oysa Belgin, başının belası, tedavisi hâlâ bulunamayan migren ağrısının birazdan başlayacak saldırısıyla boğuşmaya hazırlanıken, bir yandan da havalimanında kendisini bekleyen Ayhan'la nasıl karşılaşacağını düşünerek endişeleniyordu. Ah bu büyük kavuşmayı, Ayhan'a kavuşmayı, haftalardır hayal ettiği o sımsıkı kucaklaşmayı yaklaşan berbat migren ağrısıyla nasıl başaracaktı? Birden karnına baktı. Baktı karnına Belgin. Sanki orada bir şey görmüş ve şaşırmıştı; şaşırmış, ne yapacağını bilemez gibiydi. Sonra aniden ama hiç farkında olmadan iki elini karnının üzerine koyup içindeki bir şeyi düşmesin diye korurmuş gibi sımsıkı tuttu.

"Bakın, size biraz sert davranmış olabilirim, ama biz bu milletin, Birinci Cihan Harbi'nde –ki, öz Türkçesi Birinci Dünya Savaşı'dır- büyük bir Haçlı ordusuna karşı verdiği kahramanca savunmayı, her köşesi işgal edildiği halde direnen babalarımızdan, ninelerimizden dinleyerek büyümüş bir nesiliz. Size şaka gelebilir... Ancak Çanakkale'yi geçilmez kılan sizin, benim atalarımızdı! Ama bu milleti Kürt, Laz, Çerkez, Balkan, Arap, Fars diye bölerseniz, Misak-ı Milli'nin bir önemi kalmaz. Yani Yüce Atatürk istese öyle yapardı, aptal değildi hâşâ! Bir bildiği vardı, o mekânı cennet insanın herhalde!"

Duydukları karşısında dehşet içinde kalan Belgin; şaşkın bakışlarını orada unutmuş, biraz önce karnını sımsıkı tutan elleriyle şimdi şakaklarını ovmaya, ensesine saplanan migren bıçağına karşı metin olmaya çalışıyordu. Katlanmaya hazırlandığı korkunç baş ağrısına hazırlanırken, nasıl olup da bir 'vatan hainlerinin maşası', 'tarih cahili' ve 'Atatürk düşmanı' rolüne girdiğini anlamaya çalışıyordu. Kendi de ailesi de pek çok Türk gibi Atatürk hayranıydı, üstelik insan yanları gün ışığına çıktıkça ona daha çok sevgi duyuyordu. Ama o şimdi birazdan havalimanında yetişkin hayatının en heyecanlı, riskli ve en muhteşem aşkıyla buluşacaktı ve tamamen bu heyecana ait olmak istiyordu. Üstelik yıllar önce terk ettiği İstanbul'la karşılaşacaktı. Aynı zamanda, yine birazdan ona gözlerini açtırmayacak sert bir migren krizi de kendisini bekliyordu. İşte tam bu sırada 15 dakika öncesine kadar tanımadığı yolculuk arkadaşı emekli tarih öğretmeni güzel Ulviye Yeniçağ tarafından azarlanıyor, hiç anlamadığı bir nedenle suçlanıyordu. Belgin yalnızca migrene hâlâ bir çözüm bulamayan meslektaşlarına kızdı.

"Aslında Sevr'de alamadıklarını, şimdi Türkiyecilik oynayarak almak isteyen Batılı emperyalistlerin ve misyonerlerin planları bütün bunlar! Ah bilseniz arkamızdan ne komplolar hazırlıyorlar!" diye fısıldadı Ulviye Yeniçağ. "Siz akıllı bir hanımsınız, lütfen alet olmayın bu oyunlara. İstanbullu olmak öyle kolay mı? Şehre her göç eden İstanbullu olabilir mi canım?"

Artık kendini tutamayan ve migren kriziyle bütün planlarının altüst olacağına sinirlenen Belgin, bir eli şakağında, öbürüyle karnını tutarak:

"Lütfen saçmalamayın Ulviye Hanım! Kendi paranoyanızı bana aitmiş gibi göstererek ancak kendinizi kandırabilirsiniz. Bir şehre ait olmak soyağacından daha başka özellikler de gerektirir. Yıllardır New Yorklu olan benim gibi yıllardır İstanbullu olan Ayhan da kendi şehrini seçme hakkına sahiptir!" diye isyan edecekti ama dönüp baktığında yan koltuktaki güzel yaşlı kadının derin bir uykuda olduğunu gördü. Ulviye Yeniçağ mışıl mışıl uyuyordu.

"Ne zaman ve ne çabuk uyudu bu kadın?" diye hayretler içinde kaldı. O sırada başına dikilmiş kabin görevlisiyle göz göze geldi:

"15 dakikadır kulaklığını geri almak için bekliyorum ama hanımefendi öyle derin ve güzel uyuyor ki, kıyamadım uyandırmaya," diye gülümsedi kabin görevlisi "Ama artık uyanması lâzım, İstanbul'a geldik."

"15 dakikadır uyuyor mu? Nasıl olur, biz neredeyse yarım saattir konuşuyoruz onunla?"

İniş için alçaldıkları sırada işi başından aşkın olan kabin görevlisi çoktan çekip gitmişti, Belgin, Ulviye Yeniçağ'ın uykuda bile güzel yüzüne şaşkın bakakaldı. O uyuyorsa, kiminle konuşuyordu kendisi deminden beri peki? Yoksa uyuyan ve rüya gören kendisi miydi? O sırada yol komşusunun ön koltuğun altına sıkıştırılmış siyah deriden şık çantayı gördü. Çantanın üzerinden sarkan 'kabin bagajı' etiketinde 'Ms. Ulviye Yeniçağ; Büyükada- İstanbul- Turkey' yazıyordu.

THY'nin havaotobüsü tipi -airbus uçağı yumuşak bir hareketle İstanbul'a dokundu. İstanbul'a inmişlerdi. Yabancı yolcuların şaşkın bakışlarına aldırmadan uçaktaki Türkler coşkuyla kaptanları ve uçuş ekibini alkışlamaya başladılar. İstanbul'a gelmişlerdi. Belgin İstanbul'a dönmüştü. Kesin dönmüştü İstanbul'a.

3
BARDA TEK BAŞINA

"Hay ben bu bar iskemlelerinin bacaklarını bu kadar uzun yapanları seveyim be! Hassiktir! Zaten pisuvarda işer gibi yan yana dizilip içilen barları hiç sevmem. Hele havaalanı barlarına özel antipatim vardır. Burada beklersin çünkü! Beklemek kadar berbat bir şey var mı bu yalan dünyada? Barlar diyorum, bak hiç özenmedim ben bunlara, ne İstanbul'a ilk geldiğimde, ne de üniversite bittikten sonraki yıllarda; hiç kesmedi beni bunlar. Zaten içki masası seven adam, bar sevmez. Ama var ya, adına 'bar iskemlesi dedikleri şu leylek bacaklı tabureler, asıl onlara gıcık olurum. Hani sanki biz boylu-boslu bir milletiz de, bu dandik şeylere tüneyip, zevkle içkilerimizi yudumlayacağız! Hay özenti kafanızı ekmek Kuran çarpsın be!"

Atatürk Havalimanı dış hatlar terminali 'gelen yolcu' karşılama salonunda yer alan barların birinde, elinde bira kupasıyla bir bar taburesine rahatsızca ilişmiş, esmer, kara gözlü, uzun kirpikli, yüksek alınlı, favorileri 70'ler tarzında yanaklarında genişleyen, mavisiyah gür saçlarını kısacık kestirmiş, uzun zamandır aletli jimnastik çalışmakta olduğu sıkı adaleli kolları ve geniş sert kaslı göğsünden anlaşılan Ayhan Pozaner, sigarasını küllüğe bastırıp sıkıntıyla saatine baktı. Daha Belgin'in uçağı İstanbul'a inmemişti.

"Şimdi bir kere biz 'götten bacak' milletiz hocam, yıllarca at sırtında, kısrak üstünde göçmüş durmuşuz, sonra al sana kocaman kıç, kısa bacaklar, Maşallah aslanlar gibi olmuşuz! Yok genç kuşak uzuyormuş da, gençlerimiz uzun bacaklıymış artık da... Haydi be sen de, neyle besleniyorlar ki uzasınlar? Fakirlik mi azaldı, ekmeğe katık edecek et mi, süt mü bollaştı da genç kuşak uzayacakmış? Bok uzar! Bak inan olsun, uzun boy derdinde değilim, hani olsaydı yan cebime koyardım da... Ama yalan dünya işte, çekip sündürsem bile 178 santim çeker benimkisi, 80'e dahi tamamlanmaz. Eee ne yedik de uzayacaktık? Misal; adam gibi beslenen çocuklar Japonya'da bile uzuyorlar. Tıraşı kessinler! Birileri sorar adama: hocam kimdir, kaç kişidir bu bizim boylu boslu yeni-genç kuşak ve kaç yüz gençten oluşur da, biz birkaç Avrupalı 'seçkin' semt dışında, memleketin asıl sokaklarında kavruk delikanlılarla bıdık kızlar görürüz hâlâ?

"Tamam biz de fakirdik, yedi kardeştik, domatesle hıyarı ekmeğe katık ederdik, tarlalarda, yollarda büyürdük, ama var mıydı öyle 'açlık sınırı', 'tokluk hududu' tanımlamaları lan? Kıçımızda yamalı da olsa don, ayağımızda tabanı pençeli de olsa ayakkabımız olur, anamız sade suya da olsa sebze mebze sıcak çorba yapardı ama sokakta yalınayak mendil satmazdık be! Tabii kâğıt mendil de yoktu o zamanlar anasını satiim! Bu zalim 'kullan at!' zihniyeti de kâğıt mendille girdi bu memleketin güzelim bağrına, içim yanıyor be! Arkadaşından mı bıktın, sevgilin mi eskidi, karının/kocanın son kullanma tarihi mi doldu, niye uğraşacaksın ki; at gitsin, paran varsa nasılsa hemen köşede öz anasının yola bıraktığı bebelerin elinde yenisi bekliyor, hem de renkli ambalaj içinde, daha ucuza, daha ince ve çok katlı olarak, kâğıt mendil misali aşklar, dostluklar, ilişkiler, evlilikler, ah ulan ah, yalan dünya!

"Güya dünyanın kendine yeten yedi ülkesinden biriydik, dünyanın en bereketli ülkesi, domatesin, narın en kırmızısı, üzümün karpuzun en yuvarlığı, balın, buğdayın en tatlısı, pirincin, pamuğun en beyazı... Neydi yani, on beş yıl önceydi, haydi yirmi olsun be kara gözünü seveyim, bırak ya, bırak bu 'kullan at!' zihniyetini... Uymadı, yakışmadı bize ya! Çünkü biz vefanın semtini kurmuş, hüznün şiirini, kadirşinaslığın destanını yazmış bir milletiz ya! Bu zalim 'kullan at!' mantığı bizi bizlikten çıkarttı, kendimize benzemekten çıktık anasını satiiim... Cumhuriyet'ten beri geleceğe dair ortak bir rüyamız bile yok be! Sonra yok gençlerin boyu uzuyormuş, gelişiyormuşuz, uygarlaşıyormuşuz, yok Avrupa Birliği'ne üye olacakmışız, mış da mış! Hassiktir kitapsızlar!

Yeniden saatine baktı ama yalnızca iki dakika geçmiş olduğunu anladı. Bir sigara daha yaktı. Dışardan bakanlar onu bir üniversitede güzel sanatlar hocası, pek çok ulusal ve uluslararası sergide eserleri sergilenmiş bir heykeltıraştan çok şimdilerde moda olan 'Doğulu Ağa dizileri'nde oynayan aktörlere benzetebilirdi. Mavi bir kot pantolon, beyaz lastik pabuçlar ve markasız mavi polo tişört giymişti. Klasik anlamda yakışıklı sayılmazdı. Keskin ve esmer hatlarıyla dikkat çeken Ayhan Pozaner daha çok seksi olarak nitelenebilirdi. Üzerindeki yabaniliği kıran, hatta ona müstehcen bir cazibe katan hınzır gülüşünün nedeni, uyurken bile uçları yukarı doğru kıvrımlı dudaklarının şekliydi. 'Her an her türlü serseriliğe hazır'mış gibi bakan siyah, uzun kirpikli gözleriyle aniden yumuşayan sert hatlarını 'gülme vaadi'yle bozan ağzı ona zıtlıklardan oluşan bir albeni kazandırıyordu.

"Bizimki de iş mi be? Hem adına 'divan' denen o dünyanın en konforlu oturma grubunu icat etmiş milletiz, hem de şimdi bar kültürü, modernleşme adına kalkıp elin sırık Amerikalı taburesinde viski yudumlamaya özeniyoruz be! Bak ama elin Starbucksları-maksları kaptı bizim divanları, kanepeleri, çoktan dizdi kafelerine. Hani şeytan diyor ki, al şu bar taburelerini, kes testereyle, vatana millete bir hayır yap be oğlum Ayhan!

"İçkiye gelince, 'içki gibi içki' deyince orada akan sular durur, böyle sidik kokulu bira, uzak deniz kokan viski falan kesmez; işin şahı aslan sütüdür; o kadar! İçkinin adı: rakı, rengi beyaz, takımın adı: Beşiktaş, rengi: siyah-beyazdır! Oh-hooo, amma uçtun be oğlum Ayhan, sakin ol hocam ya... Sakin ol hele, gelecek olan senin aşkın, bir tanen be, gevşe artık be oğlum!"

Yeniden saatine baktı, iki dakika daha geçmişti. Tumturaklı bir küfür geçirdi içinden ama onu daima yatıştıran bu küfür bile şimdi heyecanına dokunamamıştı. Belgin'i bekleme zamanını nasıl geçireceğine dair en ufak bir fikri de yoktu. Aslında şu anda baskın duygusu heyecandan çok korkuydu. Korkuyordu, o kendi elleriyle kendini yaratmış, İstanbul'a kafa tutabilmiş Ayhan Pozaner bal gibi korkuyordu işte. Bu yüzden sabah erkenden evden çıkmış, Belgin'in uçağından iki saat önce havalimanına gelmişti. Onu bara girdiğinden beri dikkatle süzen barmen bir süre bekledikten sonra gülümseyerek yaklaştı, kirlisini alıp temiz bir küllük bıraktı bar tezgâhına, ama Ayhan onu fark etmedi. Yeşil gözlü, açık tenli, kumral saçlarını at kuyruğu yapmış, tek kulağı küpeli genç barmen sağ omuzu tikli biriydi.

"Bir bira daha alır mıydınız beyefendi?" diye sordu barmen, Ayhan'ın boşalan bardağını alırken.

"Yok hocam, hızlı gitmeyeyim, daha birkaç saat buralardayım..."

"Gözünüz aydın, misafiriniz geliyor galiba?" diyerek onunla bir diyalog kurmaya çalıştı barmen.

"Misafirim mi?" diye şaşırdı Ayhan, "Misafir olur mu hiç, dünyamın güzeli bulutlardan iniyor, küçük hanımefendim geliyor be delikanlı! Geliyor işte!"

Yeni bir sigara yaktı, dumanı barmenin yüzüne gelmemesine özen göstererek yana doğru üfledi, kaşlarını çattı, derin derin iç geçirdi.

"Geliyor gelmesine de... İşte... Şöyle doya doya sevinemiyorum be hocam! Sanki büyük ikramiyeyi başkasının biletiyle kazanmış gibi bir eksiklik... Bir huzursuzluk... Anlıyor musun?"

Şaka mı yapıyor, diye dikkatle Ayhan'ın yüzüne bakan barmen, onun sarhoş olduğundan kuşkulandı. Oysa Ayhan barmenin varlığını unutmuştu. Barmen onun sorusuna yanıt vermedi, isteyerek sessiz kaldı ama çekip gitmedi de. Olmayan bir şeyleri düzeltiyor gibi orada oyalandı, bekledi.

"Koskoca diplomat kızının, üstelik Amerikanyalı profesörün benim için işini gücünü buraya transfer ettirip İstanbul'a dönmesi var ya... Ah işte bu benim hem sevinçten başımı döndürüyor... ama, ah kahpe felek ah! hem de ürkütüyor... Sevinirken yoruyor anasını satiiim, korkutuyor be hocam!"

Genç barmen, işinin bir yanıyla müşterilerine biraz dert ortaklığı yapmak olduğunu öğrenecek kadar deneyimliydi ama daha öğleden önce ve yalnızca bir bardak birayla yapılan bu coşkulu itiraf çok da alışkın olduğu türden değildi. Üstelik dışardan bakınca, sonradan İstanbullu olmuş 'Anadolulu bir delikanlı' gibi görünen bu adamın pattadanak aşkını anlatması da sık rastlanır cinsten değildi. Sonuçta metropol de olsa İstanbul'da bile 'erkek adam'ların duygusal konuşmaları hâlâ hafif, kadınsı, açıkçası yakışıksız sayılıyordu 2005 yılında. Ve henüz 2005 yılındaydılar.

O sırada barmenin sol kulağındaki küpeyi fark edip, gömleğinin yakasındaki görevli kartında yazan adını okuyan Ayhan, delikanlıyı alıcı gözüyle süzdü, dostça gülümsedi:

"Baturcan İ. Uzunçay ha?" diye sordu pat diye.

"Evet efendim," dedi barmen toparlanarak.

Ayhan onu bir yerden tanıyıp tanımadığını çıkartmak ister gibi belleğini taradı. Belki de öğrencilerinden birine benzetti. Hocalığın da verdiği rahatlıkla sordu yine pattadanak:

"Ya, nedir bu Baturcan durumu delikanlı ya?"

"Anlayamadım efendim?" diye şaşırdı barmen,

"Yani diyorum ki, dedenin mi, amcanın mı adıdır bu Baturcan denen şey?"

Barmen önce boş boş baktı, habersiz yakalanmış olmanın sıkıntısıyla zaman kazanmaya çalıştı. Bu arada Ayhan'ın yüzünde bekleyen yargısız gülümseyişi inceledi, boğazını temizledi, yutkundu. Alt çenesini sağa sola oynattı. Sağ omzundaki tik harekete geçmişti.

Sorusunun içeriği veya soruş biçimiyle barmeni rahatsız ettiğini anlayan Ayhan, istemeden saklı bir yaraya bastığına dair bir hisse kapıldı ve buna canı sıkıldı. Yanlış anlaşılacağı düşüncesiyle durumu düzeltmek istedi. Kalan enerjisini toplayıp o muhteşem gülüşüyle barmene elini uzattı;

"Tanışalım o zaman, ben Ayhan!" dedi.

Onun bu karşısındakini ezmeyen samimiyetini dikkatle inceleyen barmen kendisine uzatılan eli kibarca sıktı ama yine de konuşmadı. Bunun yerine bar tezgâhının üzerini temizler gibi davrandı. Biraz bekledi, sonra belli etmemeye özen göstererek sağı solu gözleriyle kolaçan etti, bardaki birkaç müşterinin onlarla ilgilenmediğini anlayınca alçak sesle konuştu:

"Pek sayılmaz!"

"Ne pek sayılmaz?" diye bu kez Ayhan şaşırdı.

"Adımın akrabalarımla ilişkisi... Aslında... şöyle bir durum var Ayhan Bey," dedikten sonra uzun bir süre boğazını temizledi, öksürdü ve fısıldadı;

"Gerçekte benim adım Baturcan değil."

Ayhan sigarasından bir nefes daha çekti ve durup dururken bu ad konusuna bulaştığı için kendisine okkalı bir küfür savurdu içinden. Sırası mıydı şimdi barmenin hikâyesine girmenin? Belgin geliyordu, Belgin İstanbul'a dönüyordu; birazdan, iki saat sonra... Belgin!

Barmen tekrar etrafı kontrol etti, barın üzerinden Ayhan'a doğru hafifçe uzandı. Bakışlarında sanki itiraf ederek rahatlamak isteyen birinin huzursuzluğu vardı.

"Benim asıl adım İlyas, fakat adımı bana sormadan koydukları için ben kendime daha uygun bulduğum Baturcan'ı kullanıyorum."

"Adını sana sormadan koydukları için ha?" diye dalgın bir gülümsemeyle tekrar etti Ayhan.

"Biraz karışık bir durum ama anlarsınız işte..."

"Anlamaz olur muyum be delikanlı! Vay be! Helal olsun sana Baturcan be! Sana adını sormadan koyduklarına isyan ha!" diye iri bir kahkaha attı Ayhan.

Onun bu coşkusundan cesaretlenen barmen açıldı:

"Bizim oralarda -biz Trabzon'nun Tatavlacık köyündeniz, yemyeşil, çok güzeldir oralar ama halk çok tutucudur. Gerçi biz yıllar önce İstanbul'a geldik, artık İstanbullu olduk sayılır, fakat bazı şeyler zor değişiyor tabii... Yani her özelliğinizi, hayalinizi felan istediğiniz gibi yaşamak kolay değil İstanbul'da bile bazen... Anlıyor musunuz?"

Her sigarasını küllüğe bastırırken birini öldürüyormuş gibi canı sıkılan Ayhan, gözüne kaçan sigara dumanından kısılmış gözlerini 'ölen sigara'dan ayırmadan düşünüyordu:

"Ah güzel hocam benim, ah anlamaz mıyım hiç... Her şeyi gizlice yapmaya, kırılan kollarımızı yen içinde gizlemeye ve 'delikanlı adam' muhabbetine saklanmaya alışmışız ya bir kere... Anlamaz mıyım, şimdi senin küpe takmana, barda çalışmana, saç uzatmana ve başka özel hayat durumlarına kadar sataşmaya hevesli bol miktarda 'erkek adamlar' olabileceğini..."

Fakat düşündüklerini sonraya sakladı, bunun yerine daha cesaretlendirici konuşmaya karar verdi:

"Takmayacaksın be Baturcan, her şey insan için hocam, her şey! Benim başıma gelmez, bana asla olmaz, diye bir şey yok bu kalleş dünyada. Başkalarının hakkını gasp etmediği sürece kimseyi ayıplamayacak, yargılamayacaksın. Hani çok bildik 'av ve avcı' hikâyesindeki gibi; hayata kimin avcı diye başladığının ehemmiyeti yoktur hocam, herkes her an av olabilir, her kuzunun kurda dönüşme olasılığı vardır. Bak lafı uzattım hocam, ama demem o ki, neysen o olacaksın! Korkarak, saklanarak yaşanmıyor... Ya da öylesine yaşamak mı denir?"

Sustu ve kupanın dibinde kalmış son yudum birayı içti Ayhan. Sonra sanki konuşmasında hâlâ bir cümle eksikmiş gibi bekleyen genç barmene baktı:

"İşte bu yüzden, helal olsun sana be, en iyisini yapmış, olduğun gibi yaşamayı göze almışsın!" dedi Ayhan sıcacık gülümseyerek.

Rahatlamış gibi görünen barmen yine de ona temkinli gülümsedi. O sırada hesap isteyen bir müşteri barmeni çağırdı. O gidince kendi içine kapanan Ayhan, bar masasının üzerindeki bir sigara yanığı lekesine, onu silmek ister gibi uzun uzun bastırdı, gözleri oraya kilitlenip kaldı. Uzun süre kaldı, öylece kaldı. Daldı gitti.

"Bak Baturcancım, bizim oralar Çukurova; Toroslar, tıpkı sizin Karadeniz; Zigana gibi bereketli, cennet yerlerdir ama sen de ben de oraları bırakıp İstanbul'a geldik, di mi? Hiçbirimizi kollarını açarak davet etmeyen, aslında yeni gelen herkesi itip kakan bu zalim İstanbul'a neden geliyoruz, yani aslında nedir buradaki asıl albeni? Bunu düşündün mü hiç? Hı?"

Barmen yanına döner dönmez, Ayhan kaldığı yerden konuşmasını sürdürdü:

"Yalnızca ekmek parasına göçülmüyor bu şirret İstanbul'a. Taşındaki toprağındaki altının güzelliğine, bereketine, ışığına koşuyoruz be hocam! İstanbul'a geliyoruz, çünkü cesareti ve şansı olanlara kendi tercihlerini yapabilmek, kendisi gibi yaşayabilmek rüyasını bazen yaşatıyor bu muhteşem, bu sihirbaz İstanbul! Aslında bizler bir 'İstanbul rüyası' görmek için koşuyoruz buraya. Bütün albeni bu: 'İstanbul rüyası'! Burada sen Trabzonlu İlyas, ben Adanalı Ayhan değiliz artık, biz buralı oluyor ve kendimiz gibi yaşama şansına sahip olabiliyoruz. Daha doğrusu: bir şekilde sisteme entegre olabilenler, öyle değil mi hıı? Misal ben! Ben kimseye hesap vermeden taşlarımı sevmek, onları okşamak ve yontmak, özgürlüğüne sahip oluyorum. Burada İstanbul'da... Neyse, haydi bir soğuk bira daha ver de Baturcan, ben biraz daha dertleneyim burada Belgin'imi beklerken..."

Barmen alt dudağını ısırmış dinliyordu. Dalgın ve kararsız görünüyordu.

"Rüyayı yaşatıyor mu, yoksa rüyadan mı uyandırıyor Ayhan Bey? Ben buna henüz karar verebilmiş değilim şahsen..." diye mırıldandı, sonra uykuda yürür gibi sessizce gitti, bara yeni gelen müşterilere servis yaptı, sonra dönüp, Belgin'i düşünen Ayhan'ın önüne soğuk bira dolu kupayı koydu.

"İstanbul'a göçtüğümüzün beşinci yılında ben ortaokula giderken, babamın boğazını kesip bir tarlaya attılar... İstanbul'un göbeğinde, kimseye zararı olmayan dört çocuk babası adamı... Başkasının taksisinde gece şoförüydü, 50 milyon lira için kestiler babamı be Ayhan Bey! Bu İstanbul'un vicdanı kalmamış, yok kalmamış be!"

Kendi babasından çok bir filmde gördüğü sahneyi anlatırcasına yabancılaşmış ama filmden sonra girdiği şoku henüz atlatamamış gibi bir hali vardı Baturcan'ın. Ayhan, onu babasının başı kesik cesedi başında perperişan donmuş kalmış haliyle görür gibi oldu, irkildi. Kesik başı Afyon mermerinden, bedeni bronzdan yapılmış bir heykel canlandı gözünde. Gözleri açık... Ama hemen sildi bu imgeyi hayalinden.

"Halbuki İstanbul'a göçmemizi en çok o istemişti. Köyden daha iyi olacak, daha iyi yaşayacağız sanıyordu. Daha iyi mi olduk? Bilmiyorum..."

Derin derin içini çekerek sustu, kaşlarını çatarak dudaklarını ısırdı. O susunca, barda çalan müziği ilk kez fark etti Ayhan. Caz. Darüşşafaka Lisesi'nde öğrenciyken önceleri kulağını rahatsız eden bir gürültü karmaşası olarak irkilerek keşfettiği, sevenleri 'özenti' diye aşağıladığı, ama sonra özellikle 'blues' denen türünün siyah Amerikalıların müziği olduğunu, ezilen ve dışlanan bir sınıfın kendini ifadesi için yaratıldığını öğrenince ilgisini çeken, zamanla çalışarak dinlemeyi öğrendiği ve hatta Belgin'le ortak zevkleri arasında yer aldığı için daha çok sevdiği caz müziği... Türkü kadar sevdiği caz. Türkü kadar. Tanımakla sevmenin mümkün olduğunu, sevince anlamanın yollarının açıldığı, bir zamanlar küçümsenen, düşmanlık duyulana karşı değişim yaşanabileceğini örneklemek gerektiğinde öğrencilerine kendisinin bu müzikle ilişkisini anlattığı caz.

"Bak, 'Mack the Knife' çalıyor, bunu en iyi Louise Armstrong yorumlar," dedi, ama bu kez dalgın olan barmendi.

"Ben şahsen daha iyiyim burada... Yani Ordu'da kalsaydık beni çoktan evlendirmişlerdi; ama tabii, kıza da yazık olurdu bana da..." dedi genç barmen hülyalı bir bakışla.

Fakat ağzından kaçırdığını son cümleyle diline iğne batmış gibi irkilerek hemen sustu. Konuyu babasının dramından kendi durumuna çekmeyi planlamamıştı ama insanın kafası takılıp kaldığı konu çözülene kadar, kendisini bile şaşırtarak; ne yapar ne eder içinden geçeni ortaya dökmek için bir yol bulur, mutlaka açığa çıkartır. Öyle olmuştu yine.

"Hımmm... Önemli bir şey söylüyorsun sen şimdi..." diye sıkıntıyla mırıldandı Ayhan.

"Sözlerini doğru okuyorsam, önemli bir şeyden bahsediyorsun Baturcancım be!"

Belgin'den başka hiçbir konunun önemli olmadığı bugün ve bu zamanda başka bir konuda konuşmaya hiç niyeti ve hevesi yokken, Ayhan yine dayanamamış; başka birinin derdine merhem olma noktasına doğru doludizgin koşarken bulmuştu kendini. Bu huyundan nefret ediyordu ama can çıkmadan çıkacağı yoktu bunun galiba... 'Adam olmazsın sen oğlum Ayhan!' diye söylendi kendi kendine ama başladığı işi yarım bırakamazdı işte:

"Aslında böyle çok vaka vardır be hocam, vardır da üstü örtülür, kapatılır tabii... Misal, o intihar eden kızların bazıları, aslında kadınlara ilgi duymayan erkeklerle evlendirildikleri için 'bir şekilde' ölüyor sonunda bence..."

Sustu ve sözlerinin ağırlığını ölçmek için havayı tarttı. İleri gitmek istemiyordu. Aslında kendisi de eşcinsel erkeklerle 'ibne' diye alay edip onları kadınların zaten her bakımdan aşağı bulunan düzeyine indirgeyerek, kendinin yüceldiğine inanan bu maço erkek kültürün bir parçası olarak doğmuş ve uzun yıllar hiç sorgulamadan herkes gibi olmaya devam etmişti. Böylesi kolay ve faydalıydı. Taa ki, akademide öğrenciyken çok sevdiği, çok yardımını gördüğü, yetenekli ve 'altın yürek' lakaplı bir sınıf arkadaşının herkesten bir suç, bir günah gibi sakladığı eşcinselliğini toplumsal baskılar nedeniyle taşımaktan yorulup intihar ettiği güne kadar. Oraya kadar... Ayhan, gencecik ve çok yetenekli o arkadaşının ölümünden fazlaca etkilenmiş, bir eşcinselin üzerindeki baskıların onu ölüme götürecek kadar ağır olabileceğini ilk kez o zaman düşünmüştü. İlk kez kendini düşünmeden alay ettiği eşcinsel bir erkeğin yerine koyabilmişti. O günden sonra bir daha ne 'ibne' fıkrası anlattı ne de yanında anlatılmasına izin verdi.

"Bir erkeğin feminist, bir Hıristiyan'ın anti-semitik, bir beyazın zenci hakları savunucusu olması, bir Müslüman'ın kiliselerin yıkılmasına karşı durması veya bir gazinin vicdani redcilere hak vermesi mümkündür..." dediği bir taş atölyesi çalışmasında, kendi ilkgençliğine benzettiği yetenekli, taşralı, yoksul ve hırslı bir öğrencisi ona kafa tutmuş; "Hocam, kendisi aç bırakılmadığı zaman bile kurdun kuzuya zarar vermeden onunla yan yana yaşaması da olası mıdır? Bir kadınla bir erkek yalnızca arkadaş olabilir mi yani? Ateşle barut yan yana patlamadan ne kadar kalabilir mi size? Doğa kanununa karşı çıkılmayacağını bir köy çocuğu olarak ne çabuk unuttunuz?" diye dalga geçmişti. Gülmüştü Ayhan, gülmüştü çünkü bir zamanlar kendisi de böyle düz mantık sonuçlara varan kolaycı ve rahat biriydi. "Haklısın oğlum," demişti, kendisinden en fazla on beş yaş küçük öğrencisine bakarak; "Haklısın ama kurt gibi düşünürsen haklısın, fakat sen insan olmak için bu atölyede heykel çalışıyorsun. İnsan doğulmuyor, insan olunuyor, biliyor musun? Buradaki eğitim sana bir insan olduğunu hatırlaman için veriliyor. Çünkü yaratıcı sanatlar öğretilmez, buraya zaten yeteneğinle geldiğin varsayılıyor, biz sana yeteneğine eklemen gerekenler hakkında yalnızca yol gösteriyoruz. Onlar olmadan da belki iyi heykeltıraş olabilirsin ama sanatçı olamazsın," demişti. Delikanlı, özellikle atölyedeki kız öğrencilerin önünde bu konuşmadan rahatsız olmuş, Ayhan'a ters ters bakmıştı.

Ayhan şimdi Atatürk Havalimanı'nda sevgilisi Belgin'i beklerken onu düşünmek, ona dair heyecan ve dertler yaşamak isterken barda barmen Baturcan'la konuşuyor, sanat fakültesindeki öğrencilerini düşünüyor, bu yüzden kendisine de kızıyordu. Ama o Ayhan'dı ve başladığı işi bitirmeden bırakamamak gibi sevmediğini sandığı, ama onu o yapan temel bir özelliği vardı.

"Zorla bile olmayacak şeyler var hayatta Baturcan, var ama," dedi, sigarasından bir nefes çekerken.

"Ama nasıl anlatacağız bunu şu homofobik heriflere ve erkeği bir güvence ve dayanıklılık abidesi sanan karılara? Daha kendi tarihimizin, kendi padişahlarımızın resmi oğlan odalarını bile konuşmaya utanıyoruz be! Varsa yoksa harem, kaç kadın becerdiğimiz! Hâlâ o kadar korkağız işte! Asıl dramlarımız bir 'kadın' veya 'ibne' sorunu olarak aşağıya itiliyor. Püsürük bunlar be!"

Barmen nefesini tutmuş, soluksuz dinliyordu. Evet, bara rahat, teklifsiz, özellikle iki kadeh içtikten sonra ahkâm kesmeye hevesli pek çok adam gelirdi, şimdiden neler görmüş, neler geçirmişti de Ayhan kadar tok sözlü, sahici 'delikanlı'ya rastlamamıştı pek. Yine de temkinli davranmaya karar verdi.

"Babam ölünce ben mecburen okulu bıraktım, bir hemşerimizin çalıştığı meyhanede komilik yapmaya başladım, ablam evlendi, ağbimler iş değiştirdi, annem evlere ütü yapmaya başladı falan..." dedi barmen kırık bir sesle;

"Halbuki, mesela okuyup teknik ressam olmak istiyordum, hani mimarların yanında, şık ofislerde falan... Ama barmenlik de iyi; pek çok kişiyle tanışmak şansı oluyor insanın..."

Kaşlarını çatmış, onu dinleyen Ayhan sigarasını emer gibi içerken, Baturcan-İlyas'ın omuzlarını horon teper gibi oynatan tikinin yalnızca sinirlendiğinde değil, heyecanlandığında da arttığını düşünüyordu. Bir heykeltıraşın beyni, çevresindeki bütün bedenlerin kas ve sinir bağlantılarını takip etmek üzere tasarlanmıştır.

"İstanbul denen bu şirret mutlaka kurban alır, kendisine koşan herkesten, hepimizden kurban ister, şirret!" dedi gözlerini barmenin omuzlarından çekip, başını bar tezgâhına eğerek. İçi ezildi, gözleri yandı, küçük Berfin'i özledi.

İkisi de sustular, kendi kurbanlarını düşündüler, belki de verecekleri kurbanları.

"Ama o sokaklarda mendil satan, tinerden ölen ve ölecek bebeler var ya, işte onlar, onlar anaları ve babalarının yerine kurban edilenler, onların anaları ve babaları var ya... Bir bulsam o hainleri hani, elimden zor alırlar, anasını satiim!"

"Onlar da kader kurbanı Ayhan Bey,'" dedi barmen alçak sesle ama Ayhan onu duyamamıştı. "Hepimizden kurban alır, alır bu İstanbul! O, kendi sınırları içine kabul etmek için adak isteyen bir tanrıça sanki!" diye içini çekti yalnızca.

O sırada Baturcan-İlyas'ı bardaki şefi çağırdı. Onu daha önce de sık sık yaptığı gibi tek bir müşteriye odaklanarak öbürlerini ihmal etmemesi konusunda sertçe uyardı.

"Ben de kurban verdim, benden de birini söküp aldı bu şehir be Baturcan, hem de kendi canımdan, kanımdan küçücük birini; Berfin'imi!" dedi Ayhan onun arkasından, duymayacağını bilerek, belki de bunu isteyerek. Ama toparlandı ve birazdan uçaktan inip kollarına atılacak sevdiği kadını düşünüyordu. Onu çok özlemekle, bu buluşmadan korkmak ve her an kaçıp gitmek arasındaki Araf'ta çıldırıyordu.

Ne zaman sonra üçüncü bira kupasıyla yanına gelen Baturcan-İlyas sordu:

"Taşlar falan dediniz de mühendis misiniz Ayhan Bey?"

"Yok Allah korusun, ben taşları ev-bark, köprü-möprü yapmak için kesip biçemem. Kıyamam onlara... Haşa! Ben taşları canlı gibi görürüm be Baturcan! Ben taşları okşarım, severim, onların seslerini dinler, güzelliklerini görünür kılarım... Saklı mücevherdir onlar... Taşların da insanlar gibi hikâyeleri, soyları sopları vardır. Onlar, taşlar, su, hava, toprak gibi anamız babamızdır bizim... Mirasımızdır bizim. Ve taşlar, bilir misin, ancak kendi seslerini duyanlara teslim olurlar! Ben bir taş yontucusu, heykelciyim hocam."

Taşları anlatırken bambaşka bir düş dünyasına geçip elleriyle havada hayali taşları seksi hareketlerle okşamaya başlayan Ayhan'ın yüzüne ışıklı bir sevinç yayıldı. Taşları seven bir erkeğin rol yapıp yapmadığını anlamaya çalışan Baturcan-İlyas biraz şaşkın, temkinli ama hayranlıkla onu dinliyordu. Böyle zamanda tikleri duruyordu.

"Bak taşların dilini duyan pek fazla insan çıkmaz ha! Para pul etmez diye değil ama... Bu, insanların çoğunun taşların sesini duyamayacak kadar sağır olmalarından kaynaklanır hocam! Bak Rodin mesela; o müthiştir bu konuda. Rodin benim ilkgençlik idollerimdendir ha! Gerçeğe yakınlık duygusu onun heykellerinde canını acıtır insanın. İlk zamanlar banal bulunduğu için burjuvaları tiksindirmiştir işleri ya, ilkgençliğimde bayılırdım ben de böyle şeylere; yoksuluz, taşralıyız ya; her saniye 'İnce Memed'lik, Çirkin Kral'lık yapmak derdindeydik işte... Kimse çıkıp da bize İnce Memed'in ve Çirkin Kral'ın, yiğitliğin, artistliğin, her şeyin iyisinin arkasında aslında emek, sabır ve iyi ahlakın yattığını söylemiyordu. Şimdilerde artık beni daha çok figürün kavranışı, form kavramı ilgilendiriyor hem hayatta hem de heykel sanatında.

Barmenliğin içki servisi kadar müşteri dinleme sanatı da olduğu söylenir. Baturcan, bu ikincisinde kuşkusuz mükemmeldi.

"Bak 'Cehennemin Kapısı' mesela. Rodin'in 'Cehennemin Kapısı'nı kafama takmıştım. Heykelin orijinalini görebilmek, aslına dokunabilmek büyülü bir şeydir, öyle fotoğrafla, dergiyle, kitapla olmaz! Ustasının işine ulaşmak için çabalamayandan sanatçı çıkmaz! Bak ben o tıfıllıkta kalkıp son sınıfta borç harç parayla, otobüsle günlerce süren bir yolculuk sonunda Paris'e gitmiş ve üç günümü d'Orsay Müzesi'nde o kapının önünde aç bilaç ama büyülenerek geçirmiş, Eyfel meyfel görmeden de dönmüştüm geriye! Gerçi ağbimler Avrupa'da işçiler ya, biraz destek attılar ama olsun, önemli olan kafaya takmak, kendini bir işe, sanata adayabilmektir! Bak sonra asistanlık maaşı falan dinlememiş; birkaç kuruş biriktirmek uğruna baskı maskı, elişi ne varsa yapmış, Roma'ya Mikelanj görmeye gitmiştim ertesi yaz. Hey aşkına yanmışım heykelin be! Benim müthiş bir hocam vardı akademide Baturcan; Vasıf Esmer, büyük heykelciydi ha!- toprağı bol olsun!- kafamın etini yerdi; 'Bana bak Ayhan,' derdi, 'sanatçı olacaksan önce Dante'nin İlahi Komedya'sını okuyacak, sonra Rodin'in 'Cehennem Kapısı'nı anlayacaksın. Ne yap et, git bul oku, öyle gel!' derdi. İstanbul'da bulunmaz mı? Ararsan her şeyi bulursun İstanbul'da. Bulmuştum bulmasına, üstelik kafamı- gözümü yara yara da okumuştum Dante'yi ama okuyunca kafam daha da karışmıştı. 'Kafa, karışmadan gelişemez!' diye gülmüştü Vasıf Hoca. Daha sonra Baudelaire şiirleri ve Freud incelemelerini de okuyunca kavrayışım arttı da, bak Baturcancım, aslında var ya; Hıristiyan kültürüyle büyümeyen biri için Cehennem Kapısı hâlâ biraz yabancıdır, diye düşünürüm ben.

"Biz elbette Batı sanatını anlamadan evrensel sanat üretemeyiz ama en cahil bırakılmış insanın bile sanatı hayatına sokabilmesi için bize kendi kültürel referanslarımızla yapılmış heykel, resim, müzik lazım! Ben bunu bilir bunu söylerim. Kendi folklor, kendi yerel hikâye ve din kültürümüzü bilmeden kendi sanatımızı yapamıyoruz; o zaman da bu kadar oluyor işte! Batı'dan kaç yüzyıl sonra, hâlâ biz Kuran'dan hikâyeleri, kendi peygamberimizi sanatımızda özgürce kullanamıyoruz ki... Hâlâ yasak, hâlâ günah! O zaman da biz böööle böööle Batı'ya mecburuz işte!"

Dinlediği çoğu şeyi kaçırmış olduğu halde dikkati dağılmamış, daha çok Ayhan'ın karizmasından etkilenmiş olan barmen Baturcan, izin isteyip bara yeni gelen müşterilerin siparişini almak için bir ara gitti, sonra heyecanla geri döndü;

"Sizin gibi değerli biriyle tanışmaktan gurur duydum Ayhan Bey. Özellikle farklı koşullardan gelip de İstanbul gibi bir yerde heykeltıraş olmanız insanın hoşuna gidiyor inanın."

Güldü Ayhan, yeni bir sigara yakarken...

"Canım o kadar da büyütme beni şimdi sen! Bakma eleştiririz falan ama çobanın cumhurbaşkanı, işçi çocuğunun profesör olabildiği bir memleketimiz var bizim."

"Orası öyle de bunlar ender örnekler Ayhan Bey yani..."

"İstanbul rüyası zor görülüyor diyorsun, yani sen, ha?" diye güldü Ayhan.

Sustular. Böyle sessizliklerde kimse öbürünün ne düşündüğünden asla emin olamaz.

"Benim peder benimle hiç gurur duyamadan göçtü buralardan..." diye güldü Ayhan aniden. Ağzına kötü bir tat bulaşmış gibi yüzünü ekşitti, başını bira kupasına sokmak ister gibi eğildi. Onu teselli etmek için bir şeyler yapmak isteyen barmen;

"Nereye gitti?"

"Yok be Baturcan, peder öbür tarafa göçtü, gitti tamamen, senin anlayacağın yani!"

"Allah rahmet eylesin Ayhan Bey!" dedi üzgün bir sesle.

"Ne Allah'ı? Ben inanmam öyle şeylere!" diye homurdandı Ayhan.

"Tövbe deyin Ayhan Bey, olur mu öyle şey canım!" diye korkuyla geriye çekildi Baturcan-İlyas, dehşet içinde etrafı kolaçan etti; "Çarpılırız falan..."

"Peder ben doğduğumda zaten kırk sekiz yaşındaydı ki; ömür billah karın tokluğuna tarlada işçilik yapan biri Anadolu'da kocamış sayılır, tabii eğer o kadar uzun yaşarsa... Ve ona da yaşamak denirse... Yemek parası bile bulamazken, çocuk üretmek gibi bok yoluna gitti bizimki anlayacağın! Yedisi hayatta kalmış, kim bilir kaç tanesi düşmüş, düşürülmüş, doğduktan sonra ölmüş, çocuk üretmiş durmuş. Gariban anamın canını hiç düşünmeden, doğum kontrolü ilacı fakirlere bedava dağıtılırken, o yalnızca kendini düşünmüş olan babam! Çok sigara içerdi, ispirto bulsa alkol diye dikerdi... Eh, bu durumda öbür tarafa erken gitmesi de kaçınılmazdı tabii," diye acı acı güldü Ayhan sigarasını küllüğe bastırırken. O sırada Baturcan-İlyas, çarpılmamak için bir Elham okuyordu içinden.

"Oysa ben taşlara sevdalı bir çocuktum ve anam dışında bu tutkumu anlayan çıkmadı. Köyde önce çocuktur diye ilişmediler ama on yaşında hâlâ taş oyduğumu görünce önce babam olmak üzere 'yün ören karı gibi!' diyerek alay edenler çıktı ortaya. Oysa ben taşların farklı dokusunu, dokunuşunu, içindeki potansiyel enerjiyi ve formlara tutkunum. Taşların taşıdığı enerjiye hâlâ âşığımdır," diye gülümsedi Ayhan.

"Vay be, taşlara da sevdalanılırmış demek ki Ayhan Bey?" dedi barmen, onun hikâyesini dinlemeye heveslendiğini gizlemeden.

"Olmaz mı be Baturcan, olmaz mı be hocam! Bu öyle bir sevdadır ki; yazarın yazıya, sözcüklere, şairin sese, ritme, ressamın şekillere, renklere tutkusuna benzer. Bir yazar arkadaşım, kâğıdın üzerine parmakları aracılığıyla kalemden düşen harfleri seyrederken ayaklarının yerden kesildiğini, fiziksel olarak uçmuş gibi bir haz yaşadığını anlatmıştı. Kalemin kâğıda dokunduğu anda duyduğu incecik hışırtı, mürekkebin kalemin ucundan kâğıda bir harf olarak akışındaki sessiz sevinç yazarda ruhsal bir patlamayla, orgazm coşkusu benzeri bir duygu yaratıyordu. Benim taşlarla çalışırken, onlara dokunurken, onları yontarken yaşadığım haz da böyle bir şeydir. Başka hiçbir şeye bu kadar âşık olunamaz halidir yani... Mesela, bir erkeğin bir kadına karasevdayla bağlanmasından daha delicedir."

Bu son cümlesiyle yüzü bulutlanan Baturcan-İlyas'ın omuzlarındaki tik başlayınca Ayhan durdu, eliyle dizine vurdu, ensesini kaşıdı, kaşlarını kaldırıp dudaklarını büzdü. Pişman olmuş gibi bir hali vardı.

"Ya da, adam gibi konuşmak gerekirse; bir insanın başka bir insana sevdalanmasından da beterdir, demek doğru olur galiba? Aşk aşktır be delikanlı!"

Barmen bakışlarını ondan kaçırarak gülümsedi. Belli ki duydukları hoşuna gitmişti.

"Ama... anam dışında hiçbir kadın taşlara olan tutkusal aşkımı anlamadı, affetmedi ve asla cezasız bırakmadı. Ne eski karım ne kendisi de sanat tarihçisi sevgilim... Ne de diğerleri... Hayatıma giren bütün kadınlar, benim taşlara olan sevdamı kendileri için bir tehdit olarak algıladı ve hayatımızın içine sıçtılar! 'Ya taşların, ya ben!' diyenine bile rastladım, kitapsız kalayım be! Ekmek Kuran çarpsın ki be!"

Tanrıtanımaz olduğunu ilan etmesine rağmen her cümlesinde Kuran'dan ve Allah'tan bahseden Ayhan'ın inanç konusunda ciddi olmadığını düşünerek onun cehenneme gitmeyeceğine sevinen barmen:

"Ama kıskançlık da insanca bir şey değil mi? İnsan sevince kıskanır elbette. Yani kıskançlık taşlara da duyulur; bunun canlısı cansızı yoktur ki!" dedi.

Ayhan onu duymamıştı.

"Sonra Belgin... Belgin... Şimdi, şu anda bulutların üzerinde uçmakta olan o meleğe rastladım. İki yıl önceydi, New York'ta bir karma sergi açmıştık. Oraya geldi. Dünyanın en hüzünlü gözleri... Hem akıllı hem de güzel kadın... Bak dikkat et, hem akıllı hem de güzel kadın, dedim ha! Çok zordur böylesi bilesin!"

Durup barmene dikkatle baktı, inceledi onu. Aynı kadında parlak bir zekânın, aklın, güzelliğin ve yeteneğin bir arada zor bulunduğu saptamasını, onun anlayıp anlamadığından emin olmak istiyordu.

"Öyle demeyin Ayhan Bey, güzel kadınların çoğu aptal görünmeyi tercih ediyor, bu işler biraz da arz-talep felan meselesi, bilirsiniz işte..."

Şaşırdı Ayhan. Baturcan-İlyas'tan böyle bir yorum beklemediği anlaşılıyordu. O ise son derece doğal bir şey söylemiş görünüyor, serçe parmağıyla kulağını kaşıyordu. Sonra Ayhan'ın bakışındaki kuşkuyu sezdi;

"Kadınlar 'gey'lerle çok rahat konuşur, kalben açılırlar ya... O nedenle söylüyorum yani..."

Bakışlarını eğdi, sözlerinin tartılmasını bekledi;

"Aslında Ayhan Bey, kadınların erkekler hakkında anlattıklarını bir duysanız, aklınız şaşar inanın! Anlayıp da aptal rolü oynadıkları geyikleri, tiksinip de gülmek zorunda kaldıkları erkek fıkraları, bilip de bilmezmiş gibi davrandıkları olayları falan... Kadınların erkekler hakkında bildiklerini duysanız, kadınlara bakışınız 50 derece değişir, garanti!"

Bu sefer karşısında konuşan bu genç barmenin kadınları kendisinden farklı bir açıdan, çok daha iyi tanıma olasılığı olduğunu düşünerek süzdü Ayhan. Bir eşcinsel erkeği bu anlamda kıskanabileceğini hiç düşünmemişti. Baturcan-İlyas, kadınları çok iyi tanıdığını düşünen ve çapkınlığıyla gurur duyan 'delikanlı' Ayhan'dan farklı olarak onun hiç bilmediği alanlarda kadınlara çok daha yakındı. Yakındı da neden 180 veya 360 derece yerine 50 derece demişti?

"İnsan her yaşta bir şeyler öğrenecek, tabii ki..." diye düşündü ama bu düşünce onu rahatlatmadı. Huzursuzca parmaklarını tek tek çıtırdattı, bir sigara daha yaktı.

Genç barmen o sırada yolcusunu taşıyan uçağın İstanbul'a indiği anonsuyla bardan çıkan bir müşteriden aldığı yüklü bahşişi sevinçle sayarak yeniden Ayhan'ın yanına yaklaştı.

"Eee Ayhan Bey, şu sergiyi anlatıyordunuz, yarım kaldı, çok merak ettim de..."

Onun kadınlar hakkında söylediklerini çoktan unutmuş olduğunu fark eden Ayhan, bu durumun söylediklerinin doğallığı ve gerçekliği konusunda bir sağlama olduğunu da kafasına kaydetti.

"Nerede kalmıştık Baturcan, yahu içine ettin hikâyemin be hocam!"

"Yok yok, en güzel yerindeydi, hani sergide tanışma sahnesinde... Eeee?"

Bara gelmeden içmeye başladığı biraların sayısını karıştırmış, kavuşma heyecanı ve yüzleşme paniğiyle içi ezilmiş Ayhan çaresiz bir gülüşle bu yeni tanıştığı barmene anlatmaya koyuldu. Nasılsa daha bekleyecek çok zamanı vardı, nasılsa kendini kapana kısılmış hissediyordu, nasılsa barmeni bir daha görmeyecekti. Aslında nasılsa; hiçbiri umurunda değildi!

"Belgin sergiye gelmiş ama daha tanışmıyoruz. O 'dünyanın en hüzünlü gözleri'yle orada... New York'ta Türk Evi'ndeki karma Türk plastik sanatçılar sergisi açılışı, ben de o zaman daha New York'a ikinci kez gidiyorum. Biraz 'kıro' sayılırım yani, ha hah ha! Düşün, Türk sanatçıları arasına seçilen en genç heykeltıraş benim. Diğerleri büyük şehir bebeleri, iyi aile çocukları, kolej veletleri falan, aralarında bir ben gariban, köylü, ırgat çocuğu... Türkiye'yi pamuk ırgatının taşlara sevdalı oğlu Ayhan temsil ediyormuş, diye bir duysa bizim peder gururdan kabına sığmayacak ama artık çok geç, duyamıyor tabii. İşte tam böyleyim; yeni dünya beni çarpmış, New York yine büyülemiş, saat farkı nakavt etmiş, boku yemiş durumdayım yani! Neyse, ben şatafattan, süsten hoşlanmam, o kokteyller boğar, korkutur beni. Elimde bir salak kadeh, güya 'takmaz' pozlarda dolaşıyorum milletin arasında. Çukurova'nın köylü çocuğu her biri plastik sanat uzmanı görünen han'fendiler ve bey'fendiler arasında, biraz süklüm püklüm ama hâlâ 'kuyruk dik' durumu senin anlayacağın! Aaa baktım bir kadın; dünyanın en hüzünlü bakan kadını; yani o kadar buruluyor, çarpılıyor insan o hüzünlü ela gözlerine bakınca ha! Bir kadın -güzel bir kadın ama ha!- benim heykelime takmış gözünü, konuşuyor onunla mırıl mırıl: 'sen' diyor, 'sen taşların sesini duymuş olmalısın!' Ekmek Kuran çarpsın, böyle diyor be! Dikilmiş oraya taşla konuşuyor, bencileyin taşla konuşuyor! Kadın, taşlardan yonttuğum heykele bakıyor, onu elliyor, okşuyor... e vay anam vay; sırlarımı görüyor, şifrelerimi çözüyor! Bir de dünyanın en hüzünlü gözleri... Donup kaldım orada, elimde salak bir içki kadehiyle. İlk defa, kitapsız kalayım ki, ilk defa anam dışında bir kadın taşlara aşkımı anlıyordu be! Nereden, nasıl bilinmez, çıkmış gelmiş işte! Bir kadın; uzunca boylu, yaşı da, durumu da, duruşu da yüksek benden. Diplomat kızı, kolejlerde okumuş, hizmetçilerle büyümüş, pamuklara sarılarak el bebek gül bebek, şımartılmış 'tek çocuk'.. Mermer beyazı bir ten ve simsiyah kâküllü eski moda bir saç... Ama asıl bir burnu var, hayatımda böyle bir şey görmedim; ucu yukarı doğru minicik bir virgül gibi oyulmuş yüzünün ortasına, o kadar zarif ve elişi... İyi bir heykeltıraş uğraşmış besbelli! İşte o hokka burunlu ve dünyanın en hüzünlü gözlerine sahip kadın baktı ve çözdü sırrımı... Daha önemlisi taşlarımı kıskanmak yerine onlara ve heyecanıma hayran oldu, anladı beni Baturcan hocam be!"

"Vaay be, müthiş bir aşk hikâyesi bu Ayhan Bey, filmlerdeki gibi bir şey sanki..."

"Olmaz mı be Baturcan, olmaz mı? Sonra hemen yakında bir New York kafesinde kahve içip heykel sanatı konuşma bahanesiyle alıp kaçırdığım hüzünlü gözler, ertesi akşam sergideki sanatçı grupla başlayan ve baş başa bir barda biten yemek-içmek faslı ve hüzünlü gözler... Üçüncü gün o virgül burna dokunma izni ve hüzünlü gözler, son gün boynuma dolanan kolları, üzerime sinen kokusu, artık hep avucumda sakladığım hüzünlü bakışları. Bak!" Avucunu açıp barmene uzatan Ayhan, onun gerçekten bir şey görmek için merakla ayasını incelediğini görünce gülümsedi.

"Ayyy inanılmaz, müthiş bir şey bu Ayhan Bey!"

"Müthiş de... De, işte! Beni endişelendiren bu müthişlik belki de..."

"Ama kendinize de haksızlık etmeyin Ayhan Bey; Maşallah yakışıklı adamsınız siz de yani!" dedi Baturcan-İlyas bakışlarını Ayhan'ın geniş göğüslü, bakımlı vücudunda kısacık gezdirerek.

"İyi de be hocam, bu benim kadınım öyle tek çeşitle doymaya alışkın değil, ziyafetlerle büyümüş. Benim demem başka şey, eski moda olacak ama sınıf farkı gibi anlarsın sen işte! Hem zaten daha baştan 'ciddi ilişki' tanımı bile ürkütüyor insanı... Yani beni... Şimdi oraya onun yanına gidip kaldığımda, birkaç haftalık buluşmalarla New York'ta, sergi, konferans bahaneleriyle Londra'da, Atina'da, Roma'da her biri balayı kıvamındaki kısa tatillerle geçen iki yılda her şey güzeldi, hoştu, dozundaydı, ama beraber yaşamak başka şey... Üstelik ben, ilişki yorgunu, ilişki korkağı ve kaçağı diye suçlanan ben, ben istedim onunla beraber yaşamayı, ben soktum bu fikri kadının aklına ve onu ikna için didindim be hocam! Düşünebiliyor musun, ben, ben ki, hep kaçmışımdır uzun ve düzenli ilişkilerden..."

Çok koşmuş gibi soluksuz hissetti kendini, sustu. Birasından iri bir yudum aldı, ağzında tuttu bir süre sonra yuttu. Boğazı ağrıyormuş gibi yüzünü ekşitti sonra. Barmen Baturcan-İlyas başka müşterilere servis yapmaya gitti, sonra dönüp içi izmarit dolu kül tablasını temiziyle değiştirdi. Evinde de çok titiz biri olduğu anlaşılıyordu.

"Benim Belgin'e duyduğum sevda, taşlara duyduğuma benzer bir sevda belki de Baturcan? Eğer taşlar kadar, eğer İstanbul kadar ve anan kadar sevdiğin bir kadına rastlarsan... eğer rastlarsan... Ne yaparsın? Öyle yaptım anasını satiim! Ömür boyu pişman olacağıma, erkek gibi davrandım ve 'gel beraber olalım, gel kız kadınım ol!" deyiverdim. Ben, inanabiliyor musun, özgürlüğüne manyak kadar düşkün olan ben yalvardım bu aşkıyla, gücüyle ve ihtişamıyla beni korkutan kadına; bu Belgin'e... Kadın 'dur' dedi, 'dur bekleyelim, daha bir yıl oldu tanışalı,' dedi. O dur dedikçe ben delilendim. Kadın benim rolümü çalmış namussuzum! Kadın bir 'delikanlı' çıktı, kitapsız kalayım be! Sonra dayanamadı ısrarlarıma, işini bıraktı, burada bir üniversiteye transfer oldu ve geliyor işte..."

"O da seviyor, o da feci âşık demek ki !" diye heyecanlandı barmen. "Ne mutlu size Ayhan Bey, sevgiliniz sizin için bir şeyleri yani bayağı büyük bir şeyleri göze alacak kadar yürekliymiş.... Benim sevgilimse ödlek çıktı... Adam evli ve karısına bir erkek âşığı olduğunu bile söyleyemeyecek kadar korkak. Hatta karısı gelip beni gazetelere fotoğrafımı vermekle tehdit etti. Düşünebiliyor musunuz ilkelliği!"

Güldü Ayhan acı acı... Bir sigara daha yaktı, öbürünü bitirmeden söndürürken.

"Cesaret, zamanında kullanılmazsa bir intihar silahına dönüşür!" dedi.

O zaman sustular. İkisi de bu ağır cümleyi nasıl kullanabileceklerini kara kara düşünmeye koyuldular. Onlar düşünürken havalimanı barına giren yeni müşteriler Baturcan-İlyas'a sipariş verdiler, o da güleryüzle servis yaptı. Ayhan'ın yanına döndüğünde o hâlâ dalgındı.

"Dördüncüye başlayacak mısınız?"

"Ne dördüncüsü?" diye irkildi Ayhan.

"Bira, demek istedim..."

"Ha... Yok dur hele, biraz ara verelim, hiçbir şeyin cılkını çıkartmayacaksın Baturcan hocam. Ama bilirsin, sarhoş olmak isteyen adama su bile dokunur, değil mi?"

"Haddime düşmez ama Ayhan Bey, Valla şanslı adamsınız bence..."

"Şanslı mıyım? Şans yetmez bana, süper şanslıyım ben be Baturcan! Dedim ya, bana en büyük piyango vurdu, vurdu ama ben zengin olmaya hazır mıyım acaba?"

Sessizce gülümsediler.

"Şeytan diyor ki Baturcan, kalk sıvış buradan, kaç git... Belgin de ilk uçakla geri dönsün, işine, hayatına, dostlarına, kendi dünyasına... Yol yakınken kadını da kendimi de zararın başından döndürmek varken..."

"Yapmayın be Ayhan Bey, taşlarınızı kıskanmayan tek hanıma rastlamışsınız işte..."

Güldü Ayhan. Şefkatle Baturcan-İlyas'ın gözlerine bakarak güldü. Onun samimiyetinden yararlanan barmen biraz yılışarak sordu:

"Ayhan sizin gerçek adınız mı diye sorsam?"

"Yok sahne adım! Dalga mı geçiyorsun Baturcan sen ya? Ben Ayhan, Ayhan Pozaner,"

"Hani köyden geldim demiştiniz de Ayhan biraz fiyakalı geldi bana. Kızmadınız İnşallah?"

"Niye kızayım hocam. Adım gerçek ki, ne gerçek! Öyle kardeşlerimle kafiyeli olsun diye konan Ayhan'lardan değil benimkisi. Haklısın benim ağbi ve ablalarımın adları Ali, Hasan, Mehmet, Hatice, Ayşe diye gider de ben biraz fiyakalıyımdır. Hah ha! O okuma-yazma bilmez, o Türkçe öğrenme şansı olmayan, kırık dökük beş-on cümleyle idare eden anam, ben doğmadan önce pamuk işi için babamla gittiği Adana'da yazlık sinemalarda seyrettiği yerli filmlerde Kral Ayhan Işık'a âşık oluvermiş! Sinemaya gidecek para yok tabii, dışardan, perdenin arkasından yani tersinden seyredermiş filmleri garibim. Adana'nın malum 'çirkin kral'ı vardır ya, o da bir Adana'ya yakışıklı kral vermek istemiş 'gadası' be! Gerçi biz kim, Ayhan Işık karizması kim ama... Anam; 'Abooo taş gibi adam!' dermiş Ayhan Işık'a. Tabii bunu pederin yanında dese, burnunu kırardı bizim rahmetli, platonik aşk anlamaz bizim Adanalılar, bilirsin, ha?"

"Canım her yerde öyle... Bizim Karadeniz'de de kadına kocasından başka bir erkeğe sanal aşk bile yasaktır, ama kocalara her şey serbest Ayhan Bey!"

"Ama kadınlar akıllarına koyduklarını mutlaka yaparlar be Baturcan, benimki allem etmiş kallem etmiş, son bebesinin adını Ayhan koyuvermiş. Babama da 'bu oğlun büyük adam olacak diye adını Ayhan koyuverdik!' diye yutturmuş. Bu kadınlar var ya Baturcan, bunlarla başa çıkılmaz, inan olsun hocam."

"Ama işte büyük adam olmuşsunuz Ayhan Bey: Amerika'da sergiler falan.."

Güldü Ayhan,

"Kim kaybetmiş de biz bulmuşuz büyük adamlığı be Baturcan! Hem büyüklük bana büyük gelir, bak ben Belgin'den de İstabul'dan da korkan küçücük bir adamım hâlâ!"

O sırada şefi Baturcan'ı çağırıp yeniden azarladı. Bar müşteri kaynarken tek müşteriyle fazla ilgilenmesi doğru değildi. Şefine hak veren Baturcan-İlyas, onu sessizce dinledi, yeni müşterilere servis yaptıktan sonra yeniden Ayhan'ın yanına döndü. O sırada Ayhan orada bulduğu gazetedeki bir bulmacayı çözmeye çalışıyordu:

"Bir İstanbul semti... Soldan sağa yedi harfli? Sahi sen nerede oturuyorsun Baturcan, hangi semtinde İstanbullu oldun bu şehrin?"

"Cihangir'de elbette ki..." dedi Baturcan-İlyas gururla.

"Elbette mi?"

"Yani İstanbul'un en güzel insanları orada oturuyor, bilirsin. Sanatçılar falan..."

"Cihangir çok güzeldir de pahalı değil mi orası?"

"Pahalı ama çok istiyordum.Yani öyle böyle değil, çok seviyordum Cihangir'i... Buradan önce, ben Kumkapı'da garsonken tanıştığım ve bana bu işi bulan çok değerli bir beyefendi var, sizden iyi olmasın müthiş bir insan, gerçek İstanbul beyefendisi derler ya, aynen öyle işte. Sağolsun o yardımcı oldu, açık öğretime devam etmeme de çok destek verdi kendisi. Büyük bir insan. Zaten evi Maçka'da bir barda barmen olan bir arkadaşla paylaşıyoruz ama sonuçta Cihangirliyiz işte..."

"Demek İstanbullu ve Cihangirli oldun ha..." diye sevgiyle gülümsedi Ayhan.

"Ya siz nerede oturuyorsunuz?"

"Ben İstanbul'un neresindenim? Ben hem Ortaköylüyüm, hem Acıbademliyim be Baturcan hocam. Evim ve atölyem en büyük 'Beşiktaş'a yakın Ortaköy'de; Avrupalıyım, ders verdiğim okul Acıbadem'de, Asyalıyım. Daha ne istersin diye sorma, sorarsan, şu yeni açılan İstanbul Modern'e yakın oturmak için Fındıklı'ya taşınmak isterim, derim. Düşünsene bir modern sanatlar müzesinin bitişiğinde oturmak lüksünü ya! Valla gönlümden geçiyor, 'ulan Ayhan, sabah tıraş olup fırlayacaksın ve İstanbul Modern'in muhteşem kafesinde kahveni içecek, o olağanüstü tarihi yarımada manzarasına yine hayran kalacak ve güne başlarken birkaç orijinal sanat eseri göreceksin. Artık o günün kötü geçmesi mümkün olur mu?"

"Ben de İstanbul Modern müzesinin ününü duydum. Erol Bey, size bahsettiğim beyefendi dostum çok ilgilidir sanatla, o bir izin günümde illa beni götürecek. Onunla müze gezince insan daha önce müzelerden neden sıkıldığına şaşırıyor!"

"İlahi Baturcan, sen hakkatten güzel insansın be hocam! Dur bakalım, Belgin de hiç görmedi İstanbul

Modern'i, 12 yıldır dönmemiş ki İstanbul'a garibim, nasıl görsün?"

"Belgin Hanım'la mutlu olacaksınız inşallah Ayhan Bey! Aslında 'yenge' sözünü pek sevmem, o nedenle kullanmıyorum."

"Belgin Yenge ha!" diye güldü Ayhan. "Yenge ha!" diye bardakileri kendisine baktıracak kadar yüksek bir kahkaha attı Ayhan.

"Hay canına yandığımın Türkçesi be, ne alengirlidir, ne şen şakrak, ne şiirsel bir dildir be! Biliyor musun Baturcan, bak ben küçükken bizim evde bol Kürtçe, Arapça, az Türkçe konuşulur, okulda Türkçe, camide Arapça okutulurdu. Anam Kürtçe'den başka dil bilmezdi. Azıcık da Türkçe öğrenmişti o da taş çatlasa -ah çatlar taşlar tabii- 30-40 sözcük kadar. İşte meramını anlatacak kadar da Türkçe. Ah anacım okumayı, Türkçe gazete okumayı hep isterdi. Ama ben de okula başlayana kadar pek Türkçeyi bilmezdim.Taşlarla ilk konuşmamın anam dilindeydi ama şimdi de onu unuttum, anasını satiiim!"

Gülmeye başladılar. Güldüler. Nedense buna çok güldüler ve buna neden bu kadar çok güldüklerini o sırada anlamadan güldüler. Çok, pek çok, havalimanı barının şefi iyice bozulana kadar güldüler. Atatürk Havalimanı dış hatlar terminali gelen yolcu bekleme salonundaki barda iki adam, sanki eski iki arkadaş gibi mahrem ve duygusal konularda az rastlanır rahatlıkla konuşup üstüne de güldüler. Oysa erkekler kendi aralarında konuşmayı pek sevmezler. Hele duygulardan söz etmek eziyet çektirir onlara.

"İnanmayacaksınız belki ama Ayhan Bey, bizim orada da annemgillerin gençliğinde kızlar pek okula gönderilmediğinden, annem de Lazcadan başkasını bilmezdi. İstanbul'a geldikten sonra söktü Türkçeyi. Benim de okula gitmeden önce sizin gibi Türkçem kötüydü yani!.."

"Hadi be?" dedi Ayhan gülerek. "Gel de inan şimdi!"

Gülmeye devam ettiler, güldükçe; biri Karadeniz'in, öbürü Çukurova'nın haritada zor bulunur köyünde, birbirlerinden en az on yıl farkla doğan, Türkçeyi okulda öğrenen ve şimdi İstanbullu olan bu iki adam bardakilerin bakışlarına aldırmadan güldükçe birbirlerine daha yakınlaştılar, kahkahalarının sesi, bakışlarının rengi birbirine dokundu; orada, havalimanı barında, ikisi o sırada hemşeri oldular.

"Abooo Baturcan ya, sen çok yaşa emi, bak stresimi aldın ha! Ama bak aklıma takıldı ya, şu senin 50 derece meselesi, sahi nedir o? Neden 180 derece değil de 50 ya?"

Duyduklarıyla kafası karışmış gibi gözüken barmen Baturcan-İlyas, çabucak toparlandı ve gözlerinde hınzır bir bakışla onu yanıtladı:

"Haçen sen o Laz fıkrasını bilmez misin Ayhan Bey da! Hani Dursun sorar 'uyy sen hiç uçağa pinmuş misundur Fadimecuuuğum diye de, o da der ki...."

Belgin'in uçağının İstanbul'a inmesine artık yalnızca bir saat kalmıştı.

4
TEMİZLİK İMANDAN GELİR!

"Benim İstanbul diye bildiğim yer işte bu heladır! Ama artık kimse hela demiyo adına. Ve-Ce diyolar buraya, şimdi moda böyle. Ve-Ce. Şu hani bazen televizyonda gösteriyolar, polis üniversitede gösteri yapanları döverken, gençler parmaklarını çatal gibi yapıyolar ya; işte onun gibi, basbayağı V anam, işte ondan iki tane yan yana koyuyosun bir çift V ediyo; dabılyuuu diye okunuyo. İşte o iki tane V'nin yanına bir de C eklersen ve ce deniyo buraya. WC diye yazıyolar. Aslında tuvaalet, lavabo da diyenler var ama en çok ve-ce kullanılıyo. Turistler de anlıyo, kolaylık oluyo o zaman. Bir de 100 numara diyenler var ama bu biraz şey, yani ne bileyim, biraz şey oluyo 100 numara... sanki sütyen numarası gibi, ayıp kaçıyo yani... Zaten ben evde bile hela demiyom artık. Yok öyle kibar karılar gibi konuşma meraklısı değilim de kızlarım için yani... Kızlarım kibar, şehirli olsunlar diye gönül koyuyom işte. İnsan istiyo be anam! İstanbul'a geldik geleli, ben tuvalet diyom helaya... Kocam dalga geçiyo benle, dil değiştiriyom diye, 'Kız Hasret' diyo, 'zengin de olsan fukara da gideceğin iki yer aynıdır; biri hela, öbürü musalla taşı, ikisinde de Allah kolaylık versin!' Benim herif böyle düzkafalıdır anam, güzel şeyler söylemeyi hiç beceremez. Olsuun, ben yine de kibar konuşmak istiyom. İstanbul'a gelmemizin de bi farkı olsun di mi ama?"

Atatürk Havalimanı dış hatlar terminalindeki kadınlar tuvaletlerinden birinde temizlik işçisi olarak çalışan Hasret Sefertaş, biten tuvalet kâğıtlarının kutularına yeni rulolar doldurup çoğu kirli kadın pediyle dolu çöp kutularını temizledikten sonra henüz otuz altı yaşında varis dolu bacaklarını dinlendirmek için kapının kenarına dayandı. Yeni yönetmeliğe göre tuvalet temizlik işçilerinin tuvaletlerde oturması ve beklemesi yasaktı. Sekiz saatlik vardiya sırasında her saat başı sorumlu olunan tuvaletlere temizlik için gidip temizlik yapmaları ve her seferinde kapı arkasında asılı levhaya imza atmaları gerekiyordu. Eskisi gibi tuvaletlerde bir tabureye oturarak beklemek ve özellikle yolculardan bahşiş almak kesinlikle yasaktı. Yemek molası dışında pek fazla oturma şansı olmayan işçiler bu durumdan hoşnut değillerdi ama bu zamanda İstanbul'da iş bulmak bir mucizeydi ve mucizeler eleştiriye gelmezdi.

Derin derin içini çekip, nefes alır gibi bir doğallıkla 'Allah şükür!' diye yüksek sesle inleyen Hasret, mavi tünik ve pantolondan oluşan iş kıyafetini çekiştirdi, at kuyruğu yaptığı simsiyah gür saçlarını eliyle sıvazlayıp düzeltti. Doğduğu köydeki bütün kızlar gibi on yaşından beri başörtüsüz sokağa çıkmayan, evi dışında her yerde başörtüsüyle dolaşan tombul yanaklı, kara kaşlı, kara gözlü, dolgun vücutlu bu genç kadın havalimanında temizlik işçisi olarak çalışmaya başlayalı beri kurallar gereği çalışırken başını açıyordu.

"Ben kendimi bildim bileli bizim oralarda âdet böyledir anam; oğlanlar büyürken sünnet olur, kızlar da başörtüsü takar, biz böyle görmüş, böyle öğrenmişiz. Ninemgiller de anamgiller de böyleymiş, biz de aynen böyle yaptık. Ama öyle başını sımsıkı bağlayacan, içine ayrıca örtü takacan, tepene röntgen filmiyle hotoz yapcan, yok saçın görünmüş, görünmemiş hesabı yoktur bizde, bunlar yeni moda oldu anam. Bizimki görenekten, alışmışız işte. Gerçi şehre göçenlerin kızları değişiyo, benim kızlar mesela: artık başörtüsü falan hak getire! Kot mot giyiyolar, şehirli oldu bizimkiler çoktan anam! Yani ben anlamıyom öyle başörtüm olmazsa Müslümanlığımın -haşa!- elimden gideceğini söyleyip, kızanlara. Tövbe tövbe, olur mu hiç anam? Bak şuraya yazıyom: ben Elhamdülillâh Müslümanım, kafamı kesseler Muhammet'ten başkasına Peygamber Efendimiz demem ha! Olur mu anam, ne elakası var imanla bunun canım?

"O sıralar duyduk ki, bizim köyden İstanbul'a göçen karılar Atatürk Havalimanı'nda sigortalı iş bulmuşlar. Kaçar mı böyle fırsat? Yok zaten öyle evlere temizliğe memizliğe gitmeklen olmayacak bu iş, ne sigorta, ne sağlık karnesi, ne emekli mayişi var. Bizim kocalar desen, hepsi işsiz, kürkü rahat adamlar... Tembel anam, hepsi tembel bunların, otururlar bütün gün kahvede, tüttürürler paket paket yabancı sigara, rakı desen aslan sütü sanki nalet! Biz de oturup anlattık heriflere, böyle böyle dedik, biz sağlam iş isteriz dedik, derdimizi söyledik. Benim herif tembeldir ama akıllıdır: 'tamam o zaman' dedi, izin verdi bana. Şimdik, iki yıldır bu temizlik işçiliği görevindeyim. Allah'a bin şükür, memnunum. Önce başörtüsüz çalışmak azcık zor geliyodu. Ne de olsa alışmışım anam, örtü kafamda ikinci saçımmış gibi durur yirmi yıldır. Ama ekmek parası işte, hem namusumla çalıştıktan, kocamın rızası da olduktan sona hiç gocunmam valla. Zaten sabahları evden başımız bağlı çıkıp servis otobüslerine biniyoz, soyunma odalarında güzelce tertemiz bu mavi formaları giyiyoz, başlarımızı da açıveriyoz. Akşam eve dönerken aşağıda yeniden örtüyoz başörtülerimizi, mis gibi evimize dönüyoz anam. Yani dışardayken kafamız bağlı yine, havalimanı da eviçi gibi bi yer zaten. Söylemesi ayıp, bu pantol da pek bi yakıştı bana, azcık kıçım çıktı ama o kadar da olcak, kıçsız memesiz karı mı olurmuş anam!"

Yeniden derin derin içini çekip, 'Allah şükür!' diye yüksek sesle inleyen Hasret, farkında olmadan başörtüsünü düzeltmek için eliyle saçlarını yokladı.

"Alışmışım ya, elim gidiveriyo bazen. Önceleri çırçıplak dolaşıyomuş gibi rahatsız oluyodum ama alışmaya başladım şimdik. Yine de başım açıkken, işteyken yani, bi kadın bile baksa bi tuhaf oluyom, içim cızz ediyo, utanıyom, bana bakana sinir oluyom. Beni birine, sanki yüksekte müdür gibi birine ihbar edecek sanıyom! 'Bak Hasret başını açmış; ne ayıp!' diyecek sanki anam..."

O sırada tuvaletlerden birinde sifona basıldı ve dışarıya yaşlı, çok şişman bir turist kadın çıktı. Hasret, kendisinden en az otuz yaş büyük, bermuda şortu iri kalçalarının arasına sıkışmış, sırt çantası omzuna asılı, lastik ayakkabılı yabancı kadına gözlerini dikip pürdikkat süzmeye başladı.

"Bizim oralarda olsa, bu yaşlı karı değil gezip tozmak, çoktan yatalak olmuş, gelinlerine eziyet etmekle meşguldu anam. Halbuki şuna bak, sokak süpürgesi gibi gezer durur bu maşallah anam! Bak ama bu yabancılar bize hiç benzemiyolar. Çünkü oralardaki herif milleti bizimkiler gibi yan gelip yatmıyo, bunlar da İstanbullu karılar gibi kendilerini düşünüyolar anam; helal olsun onlara! Ah, aah şu yalan dünyaya şehirli karı olarak doğmak varmış ama kader işte..."

Hayatında ilk kez İstanbul'a geldiği her halinden belli olan yaşlı yabancı kadın ellerini yıkarken, dudaklarında turistik bir gülümseme, gördüğü ilk İstanbullu kadın olan Hasret'e aynadan bakıyordu. Beyazlaşmış saçlarını doğal halinde omuzlarına bırakmış, rahat bir tişört ve ortopedik olduğu besbelli pahalı marka spor ayakkabılar giymiş olan bu turist kadın, ellerini kurularken aslında dikkatle Hasret'i inceliyordu.

"Sen gül daha gül! Tabii gülecen, ohhh rahatın yerinde senin ne de olsa! Senin orada da helaları, VeCe'leri bizim işçiler temizliyo nasılsa. Sen gülmeyecen de ben mi gülecem anam? Bizim köyden Almanya'ya göçen herkes ya tuvalet ya sokak temizliyo, eltim dediydi de ben ondan söylüyom. Hayır, iş yapacağını bilse anasının karnından çıkmayacak kadar tembel bizim herifler oralara gidince tıkır tıkır çalışırlarmış ya, işte bu bana nasıl koyuyo bilsen! Dertleri bize bunların, gâvur karı alınca da gül gibi geçinirler tabii... Ah, ahh, sen ne bilcen anam bizim herifleri, bunlar karı parası yer, patlak lastik gibi evde, tarlada, kahvede kıçlarını yayar oturur, biz aptal karılar da çalışır dururuz, bi de üstüne yatak mesaisi var, anlarsın ya! Biz İstanbul'a göçeli on yıl olmuştur, kocam hâlâ işsizdir, benlen büyük kızım çalışır, didinir ev geçindirir, zalim İstanbul'da ayakta kalmaya direniriz. Ah ahhh, sen daha gül, gül de ağzın fiyonk olsun, tuzun kuru tabii..."

Yabancı kadın çıkarken yüzünde donmuş bir gülümsemeyle Hasret'e bir Amerikan doları uzattı, Hasret de hiç tereddüt etmeden parayı aldı, başıyla selam verdi ama yine gülmedi.

"Almazdım ama, paranın gözü çıksın işte! Küçük kızın okul masrafı için para lazım oluyo, onu okutucam ya, her şeyi ama her şeyi yaparım anam, yeter ki, o okusun, kaderi anasına benzemesin! Yeter ki, içimizden bir tane okumuş kız çıksın, çıksın da kocaya muhtaç olmasın! Bak beni babam zamanında okutmadı, erkenden bu herife verdi de ne oldu?"

Ne zaman bu konuyu düşünse, babasına olan öfkesi bedenini sarsacak kadar onu etkilediğinden yerinde duramaz, kalkar, kendi kendine söylenerek dolaşır, yatışmaya çalışırdı. Yine öyle yaptı, boş tuvalet salonunda dolaştı, sonra hiç gerek yokken tek tek tuvaletlerin sifonlarını çekti, mavi iş önlüğünü düzeltti.

"Bu zalim İstanbul'a ilk geldiğimde, eltimgillerin kapıcılık ettiği apartmanda haftada yedi gün temizliğe gider, elalemin çamaşırlarını yıkar, ütüsünü, temizliğini yapar, taşları silerdim. O apartmanda bi öğretmen hanım vardı, durumu iyi değildi, ancak on beşte bi alırdı beni. Allah onun tuttuğunu altın etsin, o dedi ki; 'Bak Hasret sen akıllı kadınsın, okuma yazma bilmeden suda yüzme bilmeyen balık gibi batar, gidersin. Gir şu belediyenin akşam kursunu, benim orada tanıdıklarım da var, altı ayda sökersin okumayı.' Böyle diye diye, başımın etini yiye yiye, kafama soka soka, baktım gidivermişim okuma-yazma kursuna, söküvermişim okumayı beş ayda anam! Önce kocama, 'öğretmen hanıma akşam örgü örmeye gidiyom, satıp ek ücret alacağız,' diye yalan dediydim, istemez, engel olur, ne de olsa o ilkokul bitirmiştir, benlen eşit olmak istemez diye anam ama sonra korktum duyar, bu sefer de boşar moşar diye. Yok dayağı yoktur bizim herifin bak Allah için, hiç vurmadı bana daha, ama boşarsa diye aklım çıktıydı işte. Bizim orada kocasız kalmak çok ayıptır, dula çıkar adın ki, işte ölümden beterdir bu! Yapamayız anam, alışmamışız bi kere. Gelmişiz İstanbul'a gelmişiz ama kafamız köydedir, İstanbullu karılar gibi olamayız ki! İstanbullu gibi olmak çok zordur anam, öyle şehre göçmek, ev değiştirmek gibi değil ki bu işler... Bak benim kızlar hep diyo, 'boşan anne, bırak bu alkolik herifi, her gün içer, sigarasına, içkisine para yetiştiremezsin, bize babalık etmez, erkek doğuramadın diye hor görür, alay eder senlen!' Ama yapamam ki... Bak başörtüsüz kalmaktan korkmadım ama şehirde, hele bu zalim İstanbul'da kocasız kalmak korkutur beni anam! 'Dul karı' diye adım kötüye çıkar, çıkar ki işe mişe de gidemem sonra! Tembel, içkici, ne iş bulsam beğenmez, karı parası yer, ayakkabı boyacılığını hor görür, çok yüksek de kendisi sanki! Ama hiç değilse dayağı yoktur bizim herifin anam. Ah öbür karılar ne çeker biliyom ben, bizim köyden İstanbul'a göçenlerin topunun koca dayağı var be! Yok benimki ne döver ne de başörtüme karışır; şimdi yalan diyemem, Allah'ın gönlüne güç gelir yani! Eh dayağı da yok! Bi kocadan daha ne beklersin ki anam?"

Yine derin derin içini çeken Hasret, 'Allah şükür!' diye iç geçirdi ve bunları yaptıktan sonra yılların alışkanlığıyla yine eliyle saçlarını, aslında olmayan başörtüsünü varmış gibi düzeltti. Tuvaletten çıkmadan önce bir eksik var mı diye yeniden çevresini kontrole başladı.

O sırada tuvaletin kapısı açıldı ve içeriye uzun bacaklarını daha da uzun gösteren sivri yüksek topuklu pahalı marka bir pabuç ve ultra-mini bir etek giymiş genç bir kadın dar kalçalarını kıvırarak girdi. Uzun siyah saçları yeni fönlenmiş, kalıp kalıp omuzlarına dökülmüştü. Sıcak yaz gününe rağmen ağır bir makyaj yapmış ama bu bile yanaklarındaki akne izlerini örtmeyi başaramamıştı. Elinde pahalı marka çanta ve kalın bir dosya taşıyordu. Küçük pırlanta küpeler takmıştı. Güzel denemezdi ama çok gençti ve etli dudakları ona yabansı bir cinsel çekicilik katmıştı. Belki de hem gençliğinin hem de uzun bacaklarının erkekler üzerindeki etkisini farkında olduğundan eteği ve topuğunun boyunu abartmış, ama bu yüzden ikisi de ona ait değilmiş gibi yabancı duruyordu.

"Ah haspam, şunun havasına bak, sanki dünyaları o yaratmış anam!" diye kendi kendine söylendi Hasret, "Allah kızlarımı korusun bu yola düşmekten, tövbe estağfurullah!"

Hasret'i küçümseyen bakışlarla süzen genç kadın, elindeki dosyayı ona uzattı:

"Ya bakar mısın, şu dosyayı emanet etsem sana, göz kulak olur musun ya?"

"Oluruz canım, n'olacak ki..."

"Ay teşekkür ederim ya, bu sıcakta bir de patronun dosyasını taşımak çekilmiyor vallaa!"

"Ayyy yesinler senin havanı görgüsüz şey!" diye içinden mırıldandı Hasret, o tuvalete girince de eline sıkıştırdığı dosyanın üzerindeki yazılanları heceleyerek okumaya çalıştı ama bunu okuma kursundan kalma alışkanlıkla ve hiç farkında olmadan yüksek sesle yaptı:

"EN-TEK Dış Ti-ca-ret A.Ş. Türk-Rus İş-a-damla-rı, Mos-ko-va Top-lan-tı-sı. Tem-muz-i-ki-binbeş. Tİ-JEN DER-YA. Ticen mi? O ne biçim ad öyle be?"

O sırada tuvaletten fırlayıp yanı başında beliren genç kadın öfkeyle elinden çekerek dosyasını geri aldı ve "Çok önemli gizli bilgiler var onda!" diye azarladı Hasret'i.

Onun tuvaletten sonra ne sifonu bastığını, ne de ellerini sabunladığını tiksinerek fark eden Hasret, kaşlarını çatıp gözlerini üzerine dikti.

"Bana emanet koskoca şirketin gizli belgeleri ya, öyle uluorta okumak olmaz ki!"

"Aman sen de ne anlarsın ya o gizli belgeleri ya cadaloz karı!" diye düşündü Hasret hiç konuşmadan ve kımıldamadan göz hapsini sürdürerek;

"Gören de seni bi şey sanır, daha sifona basmayı bilmiyon, ellerin boklu dolaşıyon be anam!" diye homurdandı içinden.

O sırada aynanın önündeki mermer tezgâha koyduğu çantasından süslü bir ruj kutusunu çıkartıp, dudaklarını boyayan Tijen Derya, tam sırtına bıçak gibi saplanan Hasret'in bakışlarını umursamaz görünüp, İngilizce bir şarkı mırıldandı:

"Everyway that I can..."

"Ayy şeyimin kenarı şarkı da söylermiş, şarkısı yabancı dildenmiş, ah canıımmm! Bunlar yumurtadan çıkıp kabuğunu beğenmez anam! Ama ve-ceyi boklu bırakan birinden ne olabilir ki? Kim bilir evini de bok götürüyodur bunun. Bak o pis ellerle dudağını boyuyo, o dudakla bi herifi öpecek. Bak o bokun yolculuğuna anam, hah hah ha!"

Hakkında kötü şeyler düşündüğü besbelli tuvalet temizlikçisinden hiç hoşlanmadığını gizlemeyen Tijen Derya, Gucci çantasındaki Calvin Klein parfümü, Yves Saint Laurent allık pudrayı ve Nokia 6111 cep telefonunu aynanın önündeki tezgâha dizdi ve ağır ağır makyajını tazeledi.

"Sen boyan boyan bakalım daha Ticen hanım, boyan! Kim bilir kaç para o boyalar, kim bilir neylen alıyon sen onları bu yaşta, kim bilir niye açtın kıçını başını böyle anam sen? Cahiliz ama aptal değiliz çok şükür, görüyoz televizyonda senin gibi kızları, zengin yaşlı heriflerle her haltı yiyo, sonra da kötü yola düşüyolar. Tövbe Yarabbi, Allahım sen kızlarımı koru Yarabbi!"

Sonra yüksek sesle 'Allah şükür!' çekti kendi haline şükrederek ve saçlarını düzeltti. Onun Allah'ın adını anması Tijen Derya'yı rahatsız etti. Tam o sırada tuvaletteki hoparlörden Moskova'dan İstanbul'a gelen THY uçağının havalimanına indiği anonsu yapıldı.

"Ahh gelmiş!" diye irkildi Tijen Derya,

"Eğer vaktinde kapıda olmazsam bozulur patron!" diye söylenerek eşyalarını aceleyle çantasına attı ve panik içinde tuvaletten çıktı. Cep telefonunu orada unutmuştu.

"Koş yavrum koş, nasılsa patronun olacak kart herif sana bi telefon daha alır! Koskoca şirketin sahibi genç delikanlı olacak değil ya anam..." diye başını sallayarak telefonu inceleyen Hasret, ekranın kararıp tamamen kapanmasına kadar farklı tuşlarını deneyerek, uzun uzun bastı. Sonunda telefonu kapatmayı başarınca onu cebine attı. Aynada kendine bakıp, parmaklarıyla hayali bir pudra fırçasını taklit ederek yanaklarını pudralayan Hasret, dudaklarını abartılı biçimde büzerek Tijen Derya'nın taklidini yaptı. Aslında onun geri dönmesini bekliyordu. Birkaç dakika sonra kapı açıldı, Tijen nefes nefese içeri girdi:

"Ayy, pardon cep telefonum burada kalmış olabilir mi yaa?" diye sordu, sesinde şimdi alttan alan bir ton vardı. Biraz önceki kibirli havası sönmüş, koyu maviye boyadığı gözleri ufalmış, boyu kısalmış gibi görünüyordu. Yanaklarındaki akne lekelerini örtmek için kat kat fondötenlediği teni solmuştu.

"Bilmem ki..." diye etrafına baktı Hasret,

"Giren çıkan çok oluyo buraya anam, malum yolcu tuvaaleti burası. Bak bakalım sen şöyle, varsa buradadır..."

Panik içinde tuvaleti aramaya başlayan Tijen, kendi kendine söyleniyordu:

"Yaa bu kaçıncı telefon ya, artık utanıyorum adama telefon kaybettiğimi söylemekten yaaa, kahretsin ya!."

Sanki tuvalette yalnızmış gibi davranan ve bir türkü söylemeye başlayan Hasret kalkıp çöp kutularını kontrol etmeye başladı:

"Avcı vurmuş ceylanı, düşmüş dağ arasına..."

Onun kendisiyle ilgilenmediğini düşünen Tijen Derya kibar bir sesle sordu:

"Affedersiniz yaa, beni hatırlamadınız siz galiba? Hani biraz önce gelmiştim, dosyamı tutmuştunuz hani siz benim?"

"Bana mı demiştin?" diye şaşkın bir sesle sordu Hasret: Tuvalet salonunda ikisinden başka kimse yoktu.

"Eveet yaa, ben Tijen, hani dosyamı okumuştunuz da..."

"Kusura kalma anam, bizim buraya öyle çok giren çıkan oluyo ki, bazan kendi yüzümü bile unutuyorum desem yalan olmaz!"

"Yaa çok pahalı bir telefondu ya, kahretsin ya! Üstelik sessiz modunu almıştım, şimdi bir yere düştüyse bile duyamam sesini yaa..."

"Anam burası İstanbul, elini bıraksan kolunu kaparlar, kimseye güven olmuyo valla! Uyanık olmak lazım, uyanık! Belki de burada unutmuşsundur ama giren çıkan belli olmuyo ki havalimanı ve-ce'lerine..."

"Hay Allah yaaa, uçak da şimdi indi alana, kızacak Mehmet Emin Bey bana yaaa..." diye suratını astı Tijen. Omuzları çökmüş, dudakları sarkmış, makyajla büyütmeye uğraştığı gerçek yaşı ortaya çıkmıştı. Canı sıkılınca veya sevinince her fırsatta ve her yerde olduğu gibi eli otomatik bir hareketle çantasındaki sigara paketine uzandı ama havalimanı tuvaletlerinde sigara içilmediğini anımsayınca yavaşça çekti elini çantasından.

"Fuck ya! Pahalı da bi modeldi yaaa; WAP'lı, kameralı, bluetooth'lu; MP3 çalarlı falandı be! Yu-Es-Pi portlu, multimedyalıydı yaa... "

"Bak ben de üzüldüm şimdi, kayıp bürosuna gitsen belki bulan insaflı biri çıkmıştır da oraya bırakmıştır anam. Babangiller şimdi kızacak tabii..."

"Yok ya babam değil, Mehmet Emin Bey yani, patronum benim. Ben onun pörsınıl asistanıyım."

"Öyle miii? Maşallah çok gençsin de ben de seni öğrenci falan sandıydım, sekreter olduğunu anlamadıydım..."

"Sekreter değil, 'pörsınıl assistant'ım ben! Ayrıca yirmi dört yaşındayım! Geçen yıl üniversiteyi bitirdim," diye öfkelenerek açıkladı Tijen.

"Tamam anam kızma, tamam pörsinıl mörsinıl asistan ol, öyle olsuun, ben ne karışırım, benim ne işime, değil mi? Bak ne güzel hemen de iş bulmuşsun, bu devirde, bu zalim İstanbul'da... Sen boşver beni, ben cahil karının biriyim anam. Bak eltimgilin Armutlu'da bi tanıdığı vardı, bütün aile yemedi, içmedi oğullarını okuttu. Çocuk da ailesinin yüzünü kara çıkartmadı, üniversiteyi bitirdi, adam oldu; oldu ama senin gibi şanslı değilmiş garibim; bi türlü iş bulamadı. Arkası da yoktu, öyle bizim gibi gecekondulu, şimdi varoş diyolar, öyle bi aile işte... Sonra bi yürüyüşe katıldı diye, sen polis bunu götür, bi güzel döv! Artık ne suçu varmış bilmiyom, günahını almayayım çocuğun... Bu hapishane isyanları vardı ya, F-tipi miydi, neydi, ben anlamam o işleri? Hani zindan gibi kapalı olanı, işte orada açlık grevine katıldı, aylarca can çekişti, inat etti, civan gibi genç çocuk, öldü gitti biliyo musun? Yaa öyle göz göre göre gitti çocuk... Ah o anası ne çekti, ne çekti, diyo eltim... Ana yüreği dayanır mı, kadın da ağır hasta olmuş şimdi... Halbuki iş bulsaydı, senin gibi pörsınıl bi işigücü olsaydı... Zalim İstanbul anam, bir kurban yetmez buna! "

"Biz Armutlu'da oturmuyoruz yaaa!" diye bozularak söylendi Tijen, "Benim babam Antalya Marina'dan emekli. Hem ben artık İstanbullu sayılırım!"

"Maşallah anam, ben seni böyle esmer güzeli görünce bizim oralı falan sandıydım da; biz Anadolu'dan geldik İstanbul'a, Kayseri'nın köyündeniz biz. Pek güzeldir bizim oralar, pek! Kayseri gibi şehir Avrupa'da bile yoktur ama işte ekmek parası anam, geldik bu zalim İstanbul'a hepimiz, n'apacaksın, di mi?"

"Benim ailem sarışındır aslında ama ben babaanneme çekmişim... Antalya kökenliyiz biz! Yaa neyse ne ya!!! Hiç gerek yok bu muhabbete! Ben gidiyorum, Mehmet Emin Bey şimdi beni merak eder. Telefonu bulursanız artık kayıp bürosuna verirsiniz."

"Ahh hiç merak etme sen anam, koşa koşa gider veririm hemen, yeter ki, bulunsun, gerisini düşünme sen."

"Kırsal n'oolacak!" diye düşündü Tijen, aynaya dönüp saçlarını düzeltirken.

"Gençliğimi kıskanıyor şişko moruk! Fuck you be! Aptal rolü yapıyor aklınca. Yok Mehmet Emin babam mıymış da yok patronum muymuş? Sana ne ya? O köylü aklıyla beni korkutacak pis kırsal! Kolay mı sanıyor bu genç yaşta koskoca anonim şirket patronunun sağ kolu olmayı, sorumluluk almayı, şirketin tehlikeli sırlarını saklamayı... Kalkmış, Armutlu'daki varoşlu solcularla beni bir tutuyor. Fuck you! 'Tribal enfeksiyon' bu be! Şansmış! Hah canım, diplomam ve İngilizcem olmasa, sadece bu güzellik, bu gençlikle biraz zor olur bu işler, sen bilmiyorsun tabii yüzlerce genç kız arasından sıyrılarak bir patron kapmanın ne mücadele işi olduğunu... Kapmak yetiyor mu?

Yok ya, nerde... 24 saat tetikte bekleyeceksin, patronu kaptıktan sonra da başkasına kaptırmayacaksın falan... Ama bu kenefte oturarak nereden bileceksin bunları sen be, fuck you!"

"İstersen telefon numaranı bırak da, bulunursa telefonun arasınlar seni anam!"

"Yook, hiç gerek yok ya! Ben şirketten birini yolattırır, kayıp bürosuna sordururum!" dedi Tijen makyajını aceleyle yeniden tazelemeye çalışırken.

"Sakın bu köylü karı çalmış olmasın telefonumu? Gıcık kaptı ya bana, sırf inadına yapmış olabilir? Pis şey! Valla attırırım ben bunu işinden, köyüne sürdürttürürüm şan olsun diye. Bıktım ya, bıktım ahlak korucularından be! Herkes: 'baban yaşında herifle' diye vaaz vermeye başlıyor yaa... Ne olmuş yani? Yıllarca didinip, çalışıp, 40 yaşında bir moruk olunca mı gidecektim Amerika'ya, Avrupa'ya? İşte görüyoruz bizden önceki kuşağın 'kendi ayakları üzerinde durmak masalı'yla sürünen karıların sonunu ağbi! Nedir yani? Hepsi kocalarını kızları yaşındaki gençlere kaptırdılar, n'aaber? N'ooldu? N'asılmış 'kişilikli kadın' çabaları hı? Didin, çalış, yorul, sonuç? Bütün âlem, kariyer yapmış, güzel yalnız kadınlarla dolu be! Yok ağbi, benim yirmi yıl sonra onlar gibi hüzünlü, yalnız ama 'kişilikli karı' olmaya hiiç niyetim yok yani! Ayrıca Mehmet Emin'in gönlü gençse, beni hoş tutuyorsa, istediğim her şeyi yapıyorsa bundan kime ne ya? Bak koskoca Woody Allen kendinden otuz beş yaş küçük hem de elinde büyüttüğü üvey kızıyla evlendi de yer mi yarıldı yani? Hem kolay mı sanıyorlar yaşlı bir adamı idare etmeyi be? Herifler 50 yaşından sonra çekilmez megaloman oluyorlar bir kere. Benimki de öyle; iliklerine kadar ego, 'her şeyi ilk o yapmış', her şeyi bir tek o biliyor' tripleri falan. Bir de yaşlı erkek kokuyor yaa... Ne kadar yıkansa, ne kadar iyi parfüm sürse de kokuyor yaa... Yaşlı erkek kokusu bambaşka bir şey ya! Ama her şeyin bir karşılığı da olacak elbette. Budur yani! Ayrıca alan memnun, satan memnunsa millete ne yani? Adam bu devirde kalktı, hasta diye annemi Antalya'dan getirtti, oranın Bahçearası gibi bir semtinden çıkma kadını burada beş yıldızlı otelde konaklattı, özel şoförüyle özel hastanelere taşıyıp, özel doktorlara ameliyat ettirdi, sonra kuzenime iş buldu, neye heves ettiysem elimin altına koydu... Rüyamda göremeyeceğim restoranlarda, pahalı kulüplerde 'dine ediyoruz', ünlülerle tanışıyorum; kendi külüstür Beşiktaş kira evimden- Ağbi nedir ya bakımsız eve 700 Lira kira alıyorlar ya? Uçmuş bu İstanbullular ya!..- onun Nişantaşı'ndaki dairelerinden birine taşındım- İnşallah evlenince de o dillere destan leb-i derya tripleks dairesine gelin gideceğim. Eee, daha ne yani? Hem adam deneyimli, kültürlü, eh olacak o kadar ukalalık da tabii... Hani anneannem; 'erkek milleti aferin salağıdır' derdi ya, aynen öyle! Azıcık gaz versen yetiyor zaten: 'acayip iyi sevişiyorsun, eski sevgilim senden gençti ama deneyimsizdi; sen muhteşemsin hayatım, bana kadın olduğumu hissettiriyorsun, senden çok şey öğrendim, dâhisin aşkım!' falan gibi öyle klasik boklar attın mı, tamam! O kadar! Ağbi insan bir şüphe eder be! Yok, anında alıyor, iç cebine koyuyor; erkek milleti ya! Eee? Kalkıp Amerika'yı yeniden keşfetmeye ne gerek var yaa? Madem onlar bunu istiyor, vereceksin birkaç doz ama doğru zamanda ve miktarda, asla çaktırmadan... Bak nasıl yapışıyorlar üzerine. Özellikle kendi yaşıtı ve evli erkek arkadaşlarının yanındayken 'seksi tatmin olmuş, mutluluktan baygın genç kız' rolünde hafif utangaç gülümsemelerle, kulağına birkaç ahlaksız sözcük fısıldayacaksın... Öbürleri iç geçirirken 'bizim baba' havalara girerek tatmin olacak ki, Allaaaah görmeye değer yani o sahne! Tam bir salaklık şaheseri ha! Ama hepsi budur; ertesi gün 'dile bundan ne dilersen' ha!

"Evet horluyor, gizlice viagra kullanıyor, ağzını şapırdatarak yemek yiyor, te-ve karşısında arada bir uyukluyor, diyetisyene ve spor kulübüne rağmen saklı bir göbeği var. Giyinince belli olmuyor ama sevişirken görmemek için gözlerimi kapatıyorum. Sonra ne oral ne de ön sevişmeden çakozluyor, 'iyi kaynaklar'dan aldığım bilgiye göre: eski karısını gözünü kırpmadan defalarca aldatmış, iş yerine yeni eleman alırken genç kızları mutlaka potansiyel sevgili olarak seçermiş, yarın beni de aldatacakmış, mış, mış... Eeee? Ne olmuş yani be? Sanki dürüstlük, içtenlik, sonra güvenilirlik işe yarıyor da bizim jenerasyon mu kullanmıyor yani! Öyle olsaydı dürüstlük tanrıçası ablamlar bugün sürünmezdi! Hadi be, sikeyim sizi tikiler; 'fuck you all!'

O sırada vardiya değişimi için tuvaleti teslim almaya gelen başka bir temizlik işçisi içeriye girdi,

Hasret'i selamladı. Yeni gelen ortalığa göz atarken Hasret tuvalet salonunun giriş kapısı arkasına asılı 'görevli iş amiri'nin imzalaması gereken temizlik listesindeki: zemin, lavabo, kloset, psivar, çöp, WC kabin, el havlu, sıvı sabun, parfüm, tuvalet kâğıdı, el sabunu, havlu hanelerinin karşılarına birer çarpı işareti koydu, bunların yanındaki boşluğa iri ve titrek harflerle özenerek Hasret Sefertaş yazdı, üzerini dikkatle karaladı; bu onun imzasıydı. Hasret bir sanat eserine bakar gibi yazdığı iki kelimeye baktı: imza yerine parmak bastığı o eski günlere inat imza atmaya bayılıyordu.

Hep olduğu gibi bir süre bomboş kalan tuvalet aniden doldu. Yolcu beklemek için benzer saatlerde havalimanına gelen bir grup kadın içeriye girdi. O zaman kadınlar tuvaleti kadın kokusu, kadın sesi, su sesi, topuklu ayakkabı sesi, kahkaha sesi, konuşma sesi doldu, içerisi cıvıl cıvıl oldu.

"Hadi kolay gelsin!" diye iş arkadaşına veda eden Hasret, hemen yanından patronu Mehmet Bey'i karşılamaya koşan Tijen'e seslendi:

"Allah sana da bereket versin anam!" dedi.

Sonra alt kattaki soyunma odasına gidip üstünü değiştirmek yerine, kayıp eşya bürosuna doğru ilerledi. Eli cebindeydi. Tijen'e bir ders vermek için sakladığı telefonu kayıp bürosuna bırakacak, sonra alt kattaki soyunma odasına gidip kıyafetini değiştirecek, başörtüsünü bağlayıp, kendisini evine götürecek servise binecekti. Ama günaha girmekten korktuğu için önce hızlı adımlarla kayıp bürosuna doğru gidiyordu.

Günahtan korksa da, cebindeki telefonu üst üste arayan işadamı Mehmet Emin Entek'in: 'Aradığınız kişiye şu anda ulaşılamıyor. Lütfen daha sonra yeniden arayınız,' mesajını dinleyerek Tijen Derya'ya nasıl kızdığını hayal ederken yüzünde beliren hınzır gülümsemeye engel olamıyordu. Kendisi kocasının elden düşme cep telefonunu ne zaman arasa aynı mesajı duymaya alışkındı.

5
KÜRESELLEŞMENİN ATASIDIR İSTANBUL!

"Yahu nedir bu demode vatan-millet feryatları beyler? Bu ne panik, ne telaş, anlaşılır gibi değil yani! Biz burada globalleşmeyle dünyaya entegre olmaya çalışıyoruz, sizin sanki vatanı satıyormuşuz gibi tüyleriniz diken diken; yapmayın *for God's sake*!* Yahu dilimizde tüy bitti; memleketin en usta ekonomistleri anlata anlata birer televizyon şovcusu oldu, ama bazı insanlar hâlâ ısrarla anlamamakta direniyor! Çok âlem milletiz canım, hiçbir konuda eşimiz benzerimiz yok yani! Halbuki tane tane 'duygusallığın âlemi yok, liberal ekonomi dışında bir çıkışımız kalmadı,' diyoruz; özelleştirme olmadan demokrasi de olmaz beyler, serbest piyasa, serbest ülkelerde bulunur, diyoruz, adımız 'liboş'a çıkıyor. Liboş! Hakaret edecekler akıl-

---

* Tanrı Aşkına!

larınca! Yahu bırakın artık bu taşralı saflıkları beyler! Biraz tarih okusaydınız, küreselleşme denen milliyetsiz ticaretin anasının İstanbul olduğunu anlayacaktınız, ama olur mu? Hem okumaz hem de milliyetçi geçinirsiniz. Peki devleti bütün kaynaklarıyla 'vatan-millet' nutukları arasında yenirken vicdanınız neredeydi? Yok, bitti artık. Kusura bakmayın yani. Olmadı, tutmadı. Yok artık o hantal Sümerbank'lar, o Etibank'lar, 'yerli malı, yurdun malı, her Türk onu kullanmalı'lar, yok öyle: 'devlet malı deniz, yemeyen domuz' dönemleri. Bitti! Mazi kalbimde bir yara, Türkiye bir yarımada, hah haa, haydi geçmiş olsun! Şimdi geleceği kurmanın zamanıdır beyler!

Moskova'dan İstanbul'a inen tarifeli THY uçağı 'business class' yolcularından işadamı Mehmet Emin Entek, yılda ortalama yirmi kez yaptığı iş gezilerinden İstanbul'a dönerken her seferinde memleketin durumuyla ilgili bir ekonomik muhasebe yapmayı alışkanlık haline getirmişti. Onun için hayatın ilk ve en önemli referansı ekonomi, her şeyin başı, sonu ve ortası da ekonomiydi. Gerisiyse zaman kaybı, zaaf ve zayıflıklardan oluşan manasızlık.

"Sen hem yarım yüzyıldan fazla dünyanın en kapalı ekonomilerinden biri olacak, kişi başı gelirini 2500 Amerikan dolarına dahi çıkaramayacaksın, hem de gizlice Avrupa Birliği rüyaları görecek ve aynı anda millete dönüp; Kuva-yı milliye nutukları atacaksın, olur mu *for God's sake*? Mümkün değil! Hem kapitalist ekonomiyi seçeceksin, hem sosyalizmcilik oynayacaksın! Bak Ruslar bile anladı Hanya'yı Konya'yı sonunda... Yani nostaljik bir ulusal söylemin zamanı da zemini de kalmadı, ulus-devlet dönemi bitti beyler!"

Hayatında, çocukluğu dahil, hiçbir zaman ekonomi sınıfında seyahat etmemiş olan Mehmet Emin Entek iş gezilerine yalnız çıkmazdı. Yanına genellikle ENTEK A.Ş.'nin gelecek vaat eden genç bir müdürüyle, daha deneyimli orta yaşlı ikisini mutlaka alır ama çok özel durumlar dışında şimdiki adı 'personal asistan'a dönüşmüş 'presantable' sekreterlerden biri olmadan seyahat etmeyi aklına bile getirmezdi. Yanında daima genç ve güzel bir(kaç) genç kız olması onun için hayati önem taşır, bir erkeğin cazibesinin yanındaki kadınlarla belirlendiğine inanırdı. İş gezilerinden İstanbul'a dönüşlerindeyse şoförü ve emektar personel müdürü tarafından 'hoş geldiniz patron' tantanasıyla karşılanmaya alışkın bir işadamıydı. Ama bu kez yalnızdı.

Dünyanın farklı zaman dilimleri ve coğrafyalarından kısa ya da uzun uçuşlarla, birinci veya ekonomi sınıf yolcusu olarak İstanbul'a inenler, yerde kısa bir süreliğine de olsa eşitleniyor ve aynı pasaport kontrol noktalarından geçerek ülkeye giriyordu. Kanunlarla belirlenmiş özel haklara sahip VIP yolcularsa özel 'Çok Önemli Kişi' salonuna alınıyor ve ayrıcalıklı olduklarını en fazla hissettikleri bu salonu seviyorlardı. VIP yolcular, diğer yolcularla beraber pasaport kuyruğuna da girmez, kısa süreliğine bile başkalarıyla eşitlenmezdi. Yine de trafik sıkıştığında, elektrikler ve sular kesildiğinde, depolar ve jeneratörler bozulduğunda, sonra meşhur İstanbul depremlerinde kimin nerede olacağı belli mi olurdu?

Havalimanında 'Çok Önemli Kişi' olmayan herkes pasaport kontrolünden geçtikten sonra valiz teslim alanına doğru ilerliyor, kimi el arabası kiralıyor, kimi artık kendilerine '*hamal*' yerine '*taşıyıcı*' denmesini isteyen havalimanı çalışanlarını yardıma çağırıyordu. Taşıyıcıların şikâyeti, yolcuların artık tekerlekli valiz tercih etmesi ve bunları kendi başlarına taşıyabilmesiydi. Oysa daha beş-on yıl öncesine kadar seyahat etmekle özdeşleşen bir meslekti taşıyıcılık ama görünen oydu ki, yakında kaybolacak mesleklerden biri de bu olacaktı. Hamallığın tarihe karışacak bir meslek olması, pekâla insanlığın zaferlerinden biri olarak da değerlendirilebilirdi.

İşadamı Mehmet Emin Entek, bu gezisinde özel hayatında yer alan ama birbirlerini bilmemeleri gereken iki kadını idare edebilmek için yalnızdı ve bunlardan Türk olanının kendisini karşılayabilmesi için, alışkın olduğu özel haklardan yararlanmıyordu. Uyumadığı her zaman biriminde övülmeye ve beğenilmeye çok ihtiyaç duyan Mehmet Emin Entek, parayla satın aldığını kendisine bile unutturacak kadar gerçek görünmesine özen gösterdiği sevgi gösterilerine bu yüzden bayılır, bazen havaya öylesine girerdi ki, 'Hanımlar, beyler beni mahcup ediyorsunuz!' diyecek kadar duygulanır, sevildiğine gerçekten inanırdı. Büyük işler, büyük organizasyonlar, büyük sevgi gösterileri onun oksijeniydi. Yaşamı boyunca 'küçük operasyon' diye dalga geçtiği ayrıntılarla uğraşmamış, uğraşanları zayıf bulmuştu. Hayatında zayıflara ve ayrıntılara yer yoktu, olmamıştı. Hobileri bile ona bir yarar sağlamak zorundaydı.

Becerikli ve hırslı bir nalbur olan büyük dedesi Ankara'dan İstanbul'a göçüp önce Karaköy'de bir küçük dükkân açmış, sonra 'ticarette her yol mubahtır' kanununa bağlı kalarak, önüne çıkan herkesi ve her şeyi çiğneyip işlerini büyütmüş, özellikle 6-7 Eylül olaylarından sonra İstanbul'dan gitmek zorunda kalan gayrımüslim esnafın mallarını ucuza kapatarak kısa zamanda Perşembe Pazarı'nda yapı malzemeleri satan birkaç dükkâna, sonunda üçünü de üniversitede okuttuğu oğullarına arkasında inşaat sektöründe yakın gelecekte bir marka olacak ENTEK A.Ş.'nin çekirdeğini bırakıp gitmişti. İki kuşak sonra varlıklı bir tüccar ailesinin büyük oğlu olarak Nişantaşı'nda doğan Mehmet Emin Entek, ilk günden beri babasının şirketi dahil, her şeyi kendi geleceği için hazır bulmuş ve büyük dedesine çektiği sık sık kulağına fısıldanarak büyümüştü. Entek ailesindeki bütün kardeş ve kuzenlerinden çok daha fazla hırslı, gözü kara ve acımasız oluşunun da yardımıyla uzun zamandır ENTEK A.Ş'nin yönetim kurulu başkanlığını elinde tutuyordu. Toy zamanlarındaki birkaç iş ve bütün hayatı boyunca tek bir aşk yenilgisi dışında kimsenin, hiç kimsenin asla canını yakamayacağıyla övünen, ama kendisinin yaktığı can sayısıyla gurur duyan bir insandı. 'Kimsenin beni üzmesine izin vermem, vermedim!' diye her övünüşünde tam tepesine bir yıldırım olarak düşen Belgin'i şiddetle uzaklaştırırdı zihninden.

Aslında kişiliğinin anahtarı, çocukluğundan beri hayranlık duyduğu iki şeyde yatıyordu: başarı ve sayılar. Başarı onu baştan çıkartan bir kavramdı. Yıllar içinde artık başarmaktan çok başarının kendisine tutkun birine dönüşmüş ve sonunda birine âşık olmaktan çok, âşık olmak eylemine bağımlı olanlara benzemişti. Sürekli ve yinelenen başarı felsefesinin yüceltildiği, başarısız insanların yok sayıldığı, başarının zenginlik olarak algılandığı bir aile ortamında büyümüştü. Sürekli başarmak gerekliliği ve onun stresli ritmine öylesine alıştırılmıştı ki, sonunda başarılarının tadına varacak zamanı bile kayıp sayan doyumsuz biri olup çıkmıştı. Başardığı hiçbir şeyden zevk alamayan, emeğinin mürüvvetini göremeyen, 'hiperaktif bir adrenalin tipi' olduğunu kahkahalarla ilan ederken, hemen 'aferin' hak etmek ihtiyacıyla yeni bir hedefe koşardı. Bir ânın keyfini çıkarttığını hissettiği anda bedenine iğne batmış gibi yerinden fırlar ve 'benim zamanım çok kıymetli!' diyerek oradan kaçarken çevresindekilere hakaret ettiğini bile farkına varmazdı. Böyle durumlarda koşarak şirketine gider, bilgisayarda sörf yapsa bile çalıştığı duygusuyla kısa süreli huzur bulurdu. Yalnızca kazanmak zorunda olan bir yarış atı gibi koşsa da o kendini, imparatorluğunu sürekli genişletmek histerisine kapılmış Büyük İskender'e benzetmeyi tercih eder, bunu sık sık çevresine ve kendine hatırlatarak hayranlıkla gülerdi. Hayranlıkla! Elbette hayrandı, çok hayrandı kendine, olmayanlara da tahammül edemezdi. Arkadaşları, karıları, sevgilileri ve çocukları ona günde 24 saat hayran olmak zorundaydı, olmayanlarla kendi uydurduğu ve sonra gerçekliğine kendisinin de inandığı bir başka sorun yüzünden ilişkisini bitirir, ama ticari bağı olanlara asla küsmezdi. 'Ticarette küsülmez, aynı piyasada iş yapacaklarınla bozuşulmaz!' diyen babasının bu düsturunu korur, etikle, vicdanla bağdaşmasa da her şeyin üzerini örterdi. Küstükleri, aynı evi paylaştıklarıydı. Asla grip olmamakla övünerek kışın bile kazaksız dolaşan, fiziksel dayanıklılığıyla gurur duyan Mehmet Emin Entek, eleştiri konusunda bir çocuktan daha kırılgandı. En ufak bir eleştiri ya da hoşnutsuzluk belirtisi bütün dengelerini bozduğundan kısa sürede dağılıp darmadağınık olur ve bunu asla kabullenemezdi. Çünkü 'süper çocuk' olmaktan çıkıp yetişkin bir erkek olarak büyümesine destek verecek kimsesi olmamıştı. Annesi hayatta başardığı en önemli iş olarak gördüğü 'mükemmel oğlu'na yüklediği kendi narsisistik imgesini dokunulmaz kılmış, babasınınsa çocuklarına ayıracak zamanı hiç olmamıştı. O da bedeni ve aklı büyürken, duygusal zekâsı çocuk kalan biri olup çıkıvermişti. Mizah anlayışından sekse, siyasetten sanata; içine duygusal zekâ girmeden işe yaramayan her konuda çocuk kalışının nedeni de buydu. Kendisinin dahil olduğu hiçbir konuda beğenilmemeye tahammül edemeyişi, diş hekiminin veya şoförünün eleştirilmesiyle bile kırılıp dağılması tamamen bu yüzdendi. Böyle zamanlarda çocukken annesine, sonra karılarına ve sevgililerine aynı evin içinde günlerce küser, haftalarca selamlaşmadan yaşayabilirdi. Çünkü onlarla ticari ilişkisi olduğu şirketler değildi, onları küserek cezalandırabilirdi. Bunun tersten tezahürü olarak, bir hafta önce yemek yediği bir arkadaşıyla karşılaştığında bile onun yeniden kendisini övmesini, göklere çıkartmasını, mümkünse arada bir 'dâhi' sözcüğü geçirmesini bekler, sonucu önemle değerlendirirdi.

Ailesinde herkes başarıya tapardı. Kökleri Ankaralı olmasına karşın artık tümünün kendini İstanbullu olarak kabul ettiği geniş Entek ailesi tamamen başarı merkezliydi; aile içi ilişkilerin durumu bile başarıya göre değerlendirilir, sevgi bağları buna göre ayarlanır, başarısız çocuklar ve torunlar ikinci plana atılırdı. Örneğin annesi, kendisini sistematik biçimde aldattığını bile bile babasından boşanmayı asla düşünmemiş; babası 6 yıl önce genç bir kızın kollarında Viagra etkisiyle geçirdiği kalp krizinden öldüğünde de; maden ocağında hayatını kaybeden bir işçinin dul karısı gibi üzgün görünmeyi başarmış, üzüldüğüne oğullarının en başarılısı Mehmet Emin'i bile inandırmıştı. Çünkü boşanmak başarısızlıktı ve yenilgi Enteklere yakışmazdı. Zaten öyle kolay kolay Entek olunamazdı. Amca ve halaları ile onların toplam on altı çocuğunun karı ve kocaları dahil aileye giren herkes birgün boşansa bile -ki, boşanma oranı yüksekti- ölene kadar artık bir Entek olarak kalmak zorundaydı, öyle de olurdu. Şimdiye kadar yalnız bir kişi bu kuralı bozmuş, zaten başından beri de Enteklere hiç uymamıştı. Bir tek o, bir tek Belgin, ne Mehmet Emin'le evliyken bir Entek olmuş ne de boşandıktan sonra öyle kalmıştı! Ailenin ve Mehmet Emin Entek'in tek başarısızlığı: Belgin'di, Belgin Gümüş!

Yoksul, başarısız, yenilmiş, tutunamamış insanlarla arkadaşlık etmemesi öğretilerek büyüyen Mehmet Emin Entek'e başarısızlık, ancak başarmayı yeterince istememekten kaynaklanan bir zayıflık belirtisi olarak açıklanmış, o da bunu sorgulamadan kabul etmişti. Öğretilen veya sunulan 'doğrular'ı sorgulamaya da hiç yeltenmemişti. Bu yüzden 55 yıllık hayatında her şeyi başarı hedefine, amacına ve sonucuna göre planlayan Mehmet Emin Entek, annesinin kendisini herkesin içinde daima *'biricik dâhi oğlu'* olarak sevmesine -sözde şikâyetçi olarak- izin verir, ama annesi dahil kimseyi sevmeyi bilmez, sevemezdi. Kötülüğünden değil, başarı ve sayılar dışında, canlı birilerini sevmeyi hiç ama hiç bilmediğinden, tanımadığından ve tabii kendine olan aşkından başkasına yer kalmadığı için... Öte yandan, annesi de dahil bütün sevenlerinin bunun karşılığında mutlaka bir beklentisi olduğunu bilecek kadar da gerçekçiydi ve bunu da doğru buluyordu. Ama bir tek o hariç. Mehmet Emin Entek, kendisini yalnızca kendisi olduğu için seven bir kişi tanımıştı. Bütün hayatı boyunca, bütün tanıdıkları arasında bir kişi... Bir tek Belgin! Belgin Gümüş. Eski karısı...

Sayılar. İşte onla başkaydı! Sayılara tapardı. Sayılar, rakkamlar, numaralar... Çocukluğundan beri harflerden ve şekillerden, yazıdan ve resimden hoşlanmazdı. Aslında yoruma açık hiçbir şeyi güvenilir bulmazdı. Yazı ve resim bu yüzden duygusal ve kadınsı gelirdi ona. Bu ikisi de tehlikeliydi, istikrarı, dengeyi bozar ve elbette iktidarı yıkar, yok ederdi.

Oysa sayıların temsil ettiği her şeye, ama özellikle sayıların kendilerine ihtiraslı bir aşk duyardı Mehmet Emin Entek. Bir hattatın harflere duyduğu aşka benzer bir heyecanla bakardı sayılara. Çünkü sayıların tek dili vardı, çeviriye ve yoruma gereksinmez, yanlış, eksik veya fazla anlamaya, abartmaya, gereksiz beklentilere hiç olanak vermez, brüt bilmez, net ve kesin konuşurdu sayılar.

Asıl önemlisi, her şeyin büyüklüğü ancak sayılarla ölçülebilirdi. Paranın miktarını, taşınır-taşınamaz her türlü metanın boyutunu, sporun skorunu, gezilen ülkelerin adedini, dijital dünyanın, bilgisayarların veya sekste gücün birimini anlatabilmek için sayılar, sayılar, sayılar... İktidarın harfleri, başarının dili yalnızca sayılarla ifade edilebilirdi ve bu yüzden sayılamayan şeylerin hiçbir değeri ve önemi yoktu Mehmet Emin Entek'in gözünde. Olanları da küçümser, aşağılar, ciddiye almazdı. Bu nedenle hayatındaki herkes, her şey ve her duygu sayılabilir veya sayılamaz diye ikiye ayrılırdı. 'Kaça?' sorusunun açmadığı kapı görmemişti henüz ve bu soruyu dünya üzerindeki bütün dillerde bildiğini iddia edecek kadar ciddi bir 'çilingir' olarak görürdü kendini. **'How much?', 'Combien?', 'Quanto?', 'Cuánto?', 'Hvor mye?', 'Çend?', 'Skolka?'**

Armağan verirken bile ya pahalı ya büyük ya da çok olanını seçerdi. Öyle '*manevi değeri olan safsatalar*'a gülerdi. Gülerdi Mehmet Emin Entek. Bütün bu nedenlerle İstanbul'da inşaat mühendisliği gibi sayısal bir meslek üzerine İngiltere'de ekonomi gibi başka sayısal bir 'MA' yüksek lisans eklemişti.

Annesinin tam 55 yıl hiç aksatmadan; 'dâhi yavrum!' diye tezahüratla sevdiği ve üç oğlu, bir kızı arasında açıkça gözdesi olan Mehmet Emin Entek'i annesi ve eski karısı dışında herkes iki adıyla: 'Mehmet-Emin' (Bey) olarak çağırırdı. Bir tek annesi ve o tek, ama tek aşk yenilgisi, eski karısı ona 'Entek' derdi. Eski karısı Belgin. Belgin Gümüş! Hayatında açıkça yenemediği ve bütün zamanların tek başarısızlığının kahramanı o kadın, o tek kadın: Belgin Gümüş! Asla yalvarmayan, sinir krizi geçirmeyen, yerlerde sürünmeyen, bir türlü kıskançlık cinnetlerine kapılmayan, sahiplenmeden seven, hesap sormayan, kıskandırma veya intikam planları yapmayan, kaybettiğinde bile başı dimdik, dimdik, dimdik; ah başı hep dik, hep soğukkanlı, hep hep hep Belgin! 'Dünyanın en hüzünlü güzeli' -lanet olasıca!- en serinkanlı dişisi! Asla tümden ele geçirilemeyen, karısıyken bile erkeğin gözünün içine teslim olmadan bakabileni, sevişirken düşen başını ertesi sabah aynı yere yeniden dimdik koyabilmeyi başaran, sırnaşmayan, asla ama asla borçlu kalmayan Belgin, Belgin Gümüş! Bir 'Entek' olmadan aileye giren ve çıkan tek insan. Belgin Gümüş.

Oysa; "Kadın ve para birbirine benzer, birini iyi tanır ve kullanmayı iyi öğrenirsen, öbürünü de kıvırırsın; dünyayı idare etmekle övünen biz saf erkeklerin asıl zaferi, kadınları idare etmeyi öğrendiğimizde olacaktır Beyler! Ama nerde bizde o şeytanlık *for God's sake*!" diye sağda solda konuşmaya bayılır, büyük, zengin, geniş yemek masalarının en rahat ve güçlü kahkahasını attığı, üstelik yanında her zaman genç ve güzel -mutlaka şirketinde çalıştırdığı- bir kadın oldu ğu için de ciddiye alınırdı. Ama bu cümle ağzından çıktığı her seferinde er ya da geç önüne dikilecek dünyanın 'en hüzünlü güzeli Belgin'in hayaliyle burulurdu. Burulur, midesi ekşir, canı sıkılırdı Mehmet Emin Entek'in. Aslında bu hayalden hem kurtulmak ister, hem de bu hayalin hayatında kendisini karşılıksız seven tek kadına ait olduğunu bilerek, onu içgüdüsel biçimde kendinden korurdu. O hayal olmadan kaybolacağını itiraf etmese de vicdanının saklı bir yerinde böyle izlek vardı. Ama Belgin'e ancak bir hayal olarak katlanabilir ve onu öylece koruyabilirdi. Çok korurdu; herkesten gizlice ve büyük bir ihtirasla korurdu. Eski karısı Belgin'in İstanbul'dan kendisi yüzünden kaçtığını ve diplomat babasının öldürülüşüyle çocuk ruhunda açılmış onulmaz yaranın üzerine bir tane de kendisinin açtığının farkındaydı. Farkındaydı ama bunu itiraf etmesi halinde 'mükemmel' olduğu üzerine kurulmuş kimliği bir daha düzeltilemeyecek biçimde yara alacak, artık iyileşemeyecek kadar dağılıp paramparça olacaktı. Mehmet Emin Entek'in hayatında en fazla Belgin'e öfkeleniyor olmasının altında da bu gerçek yatıyordu. Belgin, onun da herkes gibi biri olduğunu hissetmesine yol açmış tek insandı. Eski karısının şimdi New York'ta Columbia Üniversitesi'nde profesör olduğunu ve kendisinden sonra bir daha evlenmediğini gizlice takip ederek, onun fena kanattığı zayıf egosunu yıllardır iyileştirmeye çalışırdı. Belgin'den sonra hemen, büyük bir aceleyle, özellikle Belgin'i incitebilmek için her şeyi ortalamanın altında, hayal gücü ve algılaması sığ ve yavaş ama ondan daha genç bir kızla evlenmişti. Şirketinde işe alırken *'bir gün bununla beraber olunabilir'* niteliğine göre seçtiği asistanlarından biriydi ikinci karısı. Şirketin üst düzey sekreterlerinden olan genç kız 'büyük patron' tarafından alelacele eş olarak seçildiğine inanamamış, ailesi aylarca bu mucizeye sevinç gözyaşları dökmüş, hep birlikte Mehmet Emin Entek'e minnettar kalmışlardı. Daha İstanbul'dan, İstanbul'un kendisine çağrıştırdığı kayıp ve ihanet duygularından kaçarak, o sırada çok ama çok uzak görünen New York'a gitmeden, bir punduna getirip yeni karısını gösterebilmek için yoluna çıktığında, 'dünyanın en güzel hüzünlü yüzü'yle ona bakan Belgin yalnızca; 'tam tahmin ettiğim gibi!' demiş ve sanki daha kısa bir süre önce evli değillermiş gibi çekip gitmişti. Sanki 'sen buna layıksın, ben sana zaten fazlaydım Entek!' der gibi bakıp çekip gitmişti. Ne şirretlik, ne sızlanma, ne öfke, ne de intikam alma... Yine başı dik, mağrur, yine o; yine lanet olası serinkanlı Belgin!

İkinci evliliğinden Başar Emin ve Yener Emin adında iki oğlu olmuş ama ikinci karısı şirketinde çalıştırdığı genç kızlarla sistematik olarak girdiği ilişkilere ancak 10 yıl dayanabilmişti. Bu arada kendisinin de bu evlilik için nasıl seçildiğini artık öğrenmiş ama iş işten çoktan geçmişti. Kayınvalidesinin bu durumu büyütmeden 'bir Entek karısı' olmanın keyfini sürmesi konusunda verdiği dersler işe yaramamıştı. Ağlayıp, yalvarmaları, büyücü ve türbe ziyaretleri, adaklar, oğullarını kullanmayı denemeleri de sonuç vermeyince, Başar Emin ve Yener Emin'in babalarında kalması koşuluyla bir araba, birkaç mücevher ve bir daire karşılığında sessizce boşanıvermişlerdi. 'Şiddetli geçimsizlikten bir celsede eşinden ayrılan inşaat sektörünün tanınmış çapkın işadamı Mehmet Emin Entek' şeklinde bir alt yazıyla gazetede yayımlanan hafifçe üzgün ama zeki bakışlı fotoğrafını kesip arşivine yerleştirirken Mehmet Emin Entek üzgün olduğuna inanıyordu. Daha sonra kendi yaşıtı genç bir adamla ilişkisi olan çocuklarının annesine onun ölene dek bir Entek kalacağına dair uyarı yapılmış ve hemen ardından kadının annesiyle beraber derhal İzmir'e taşındığı duyulmuştu. Evet, çocuklarının annesi dahil hiçbiri, hayatındaki hiçbir kadın ağlayıp yalvarmadan kopamamış, haddi bildirilmeden yollanmamıştı evden. Terk edilmek gibi bir olasılık yoktu. Kimse terk edemezdi onu. Kendisini. Yani Mehmet Emin Entek'i. 'Bir liberal ekonomi dehası, 'innovasyoner' ve yaşını asla göstermeyecek olan yakışıklı Nişantaşı delikanlısı' Entek'i. Bir tek o hariç. O. Belgin. 'Dünyanın en güzel hüzünlü yüzü'. Belgin Gümüş!

Moskova'da inşaat yapan önemli Türk aile şirketlerinden biri olan ENTEK A.Ş.'nin büyük ortaklarından Mehmet Emin Entek, Libya ve Orta Asya Türk cumhuriyetlerinden sonra işlerini Rusya'ya da açması nedeniyle son yıllarda sık sık oraya gidiyordu. Son iki yıldır 'resmi sevgilisi' olan genç 'özel asistanı' Tijen Derya'yı bu kez İstanbul'da bırakmış, Moskova'da tanıştığı genç kadın mühendisle ilişkisini fark etmesini istememişti. Bunu yaparken her zamanki gibi aldattığına önemli bir misyon yükleyerek meşgul etmiş: kendisi yurtdışındayken yapılacak önemli bir toplantıda güvenebileceği kişi olarak onun şirkette kalması gerektiğine inandırmıştı. Aslında Tijen'den bir şikâyeti yoktu. Küçük bir şehirden İstanbul'a üniversitede okumaya gelen binlerce gençten biriydi. Çalışkan ve disiplinli olması bir kenara, ama asıl burun delikleri, dudak kenarları, koltukaltları ve gözbebeklerinden oluk oluk fışkıran kokusuz ve renksiz iktidar hırsı içini gıcıklamış, dikkatini çekmişti Mehmet Emin Entek'in. Kadının hırslısını severdi ama kadınları hiçbir ciddi konuda rakip olarak görmediği, bunu aklının köşesinden bile geçirmediği için onların mesleki veya iktidar hırslarını olimpiyatlarda madalya almak için çalışan okçularınkine benzetirdi. Oysa hayat savaşları gerçek silahla yapılıyordu, okun yerini çoktan mermi almıştı ve olimpiyat kurallarının hiçbirinin geçerli olmadığı hayat vuruşlarını ancak erkekler yapabilirdi. Başarının birimi dolapları süsleyen madalyalar değil, dünyayı yerinden oynatan paraydı.

Tijen Derya, işletme fakültesi son sınıf öğrencisiyken ENTEK A.Ş.'de stajyer olarak çalışan öğrencilerden biriydi. Daha öncekiler kadar güzel olmasa da uzun bacaklıydı ve çok gençti. Bir kez katıldığı şirket yemeğinde 'büyük patron'un dikkatini çekmek için her şeyi göze alacağını gösteren çok cesur ve riskli bir iki jest yapmıştı. Her şeyi göze alan bir insan sonuçta başarsa veya başarmasa da o sırada kendini belli etmeyi becerir. İşte o yemek sırasında 'büyük patron', Tijen Derya'da kendine benzeyen bir yan görmüş ve onu asıl cezbeden de bu olmuştu: Hırs! Mehmet Emin Entek bir kadına hırs kadar güçlü cinsel albeni yükleyen başka hiçbir özellik düşünemiyordu. Hırslı bir kadın, hırsı uğruna her şeyini feda edebilirdi ve 'her şey'in içine dahil olan cinsel şiddet, Mehmet Emin Entek'in seksten aldığı hazzı arttırıyordu. Eğer bu hırslı kadın alt sınıftan geliyorsa, göze alma katsayısı artacağından daha itaatkâr ve tercih edilir oluyordu. İktidar hırsıyla normalde elini sürmeyeceği, hatta tiksindiği bir adamla bile yatan bir kadın, o sırada bir ticaret yaptığının bilinciyle hiçbir duyguyla etkilenmemiş bedenini erkeğe verirken, bir fahişenin göze alamayacağı şeye, sonuçta eve eli boş dönmeye de razı olmaktadır. İşte bu göze alış nedeniyle başka hiçbir olasılığın yaratamayacağı kadar çekici bir cinsel ilişkidir bu. Bu kadın, ne âşık bir kadındır, ne de profesyonel bir fahişe. Yalnızca istediklerine sahip olmak için zengin ve yaşlı bir erkekle; bir imparator, bir sultan veya bir yönetici, bir profesör ya da zengin bir işadamı ya da ünlü bir sanatçıyla yatan bu kadın türü, dünyanın en eski ticari kanunu olan 'arz ve talep'in arz ucudur. Göze almanın ve hırsın, meydan okumanın ve riskin zevkini katmerleştirdiği bir Rus ruleti. Hiçbir ahlak ve vicdan yasasının uğramadığı bir karanlık oda. Bir suçu paylaşmanın hazzı. Aykırılık, sapma, bütün etik değerlere başkaldırma, kendini inkâr etmenin yıkıcı zevki, kazanmak ihtirasıyla yok oluş hazzı... Hem insanlık tarihi boyunca daima iki kişiyle oynanan bu oyunda kim tek tarafı suçlayacak kadar aptal bir taraftarlığı göze alabilirdi ki?

İktidar hırsıyla yanan her şeyi göze alan ve bu uğurda kadınlar arasında özel bir kategori vardı ki; bunlar kendilerinden yaşlı, kültürsüz veya çirkin erkeklerle resmen evlenerek yatmayı tercih edenlerdi. İşte Mehmet Emin Entek bunları izlemeye bayılırdı. Böyle çiftlerle çoğunlukla pahalı yemeklerde karşılaştığında içkisini eline alıp o erkekle kadının yataktaki pozisyonlarını hayal ederek, 'hırslı genç ve güzel eş'in kapalı gözleri ve inleyen ağzının arkasında sonuna dek açık bilinci düşünür ve gülerdi. Bu konuda favorisi Evita Peron'du. Çünkü o bir Peron olmadan önce resmen bir fahişelik yapacak kadar mükemmel bir örnekti. Evita Peron'u kocası olduktan sonra Juan Peron'la sevişirken hayal etmek, Mehmet Emin Entek'e Marilyn Monroe, Catherine Zeta-Jones ya da Tyra Banks, Heidi Klum ve tabii Sophia Loren'den daha uyarıcı gelirdi. En büyük zevklerinden biri de bu hırslı kadınların kendi emekleri dışında, yalnızca gençlikleri ve bedenleriyle yükseldikleri yerde orta yaşa geliş sürecindeki hırçınlıklarını izlemekti.Yerlerini başkalarının alışı sırasında yaşadıkları acıyı, duvara astığı hayvan kafalarına bakarak içki içen avcıların keyfiyle takip ederdi. Kendi hayatındaki kadınlar da buna dahildi ama biri hariç. Belgin! Belgin de hırslıydı ama onunki kendisiyle yarışmaya yönelik tuhaf bir şeydi. Boğaziçi Üniversitesi'nde akademik çalışma yapan genç bir asistanken, meslektaşlarını bile kıskanmaz, onların başarılarını kutlar, günlerce sabahlara kadar uyumadan çalışmasına ateş veren kendi hırsını kontrol altında tutabilir, ona yenilmezdi. Ona çok düşkün olan tez hocası: profesör Yannis Seferis: 'bu kızda bilim hırsı var, dünyevi hırsı zayıf benim gibi!' diye açıklardı övünerek. Bunun nesi övünülecek bir şeyse? Tuhaftı Belgin... Kendisi de, arkadaşları da, ailesi de... Başka bir şey.... Kategorize edilemeyen, ama can sıkıcı... Belki de bu yüzden can sıkıcı? Ama Belgin daima başkaydı işte. Mehmet Emin Entek'in, Belgin'i başka hiçbir kadınla karşılaştırılamaz görmesinin altında, belki de onun bir zamanlar kendisinde bulduğuna inandığı erdemlere, artık imkânsız olsa da gerçekte sahip olabilmeyi gizlice arzulaması yatıyordu. Belgin'i 'dokunulmaz' kılan onun elinde kalan tek karşı-imge olmasıydı belki de... 'Sevmek ve iyilik' kavramlarının, zayıflık ve başarısızlık nedeni olarak görüldüğü bir aile eğitiminden geçmesi ve daha sonra kendi iradesiyle de bu formülü benimseyerek yarattığı güçlü Entek imgesine karşı Belgin onun elinde kalan tek karşı imgeydi belki de...

Mehmet Emin Entek, Tijen'le ilgilenmeye başladığında onun genç bir adamla çıktığını biliyordu. Ama 'büyük patron'un kendisiyle ilgilenme olasılığı daha ufukta belirir belirmez, sevgilisini bir kenara iten genç kızın, patronla yakınlaştıktan sonra bile her ihtimale karşı sevgilisini uzakta ama elinde tuttuğunun farkındaydı. 'İşte sınıf atlama hırsıyla yanan bir ateşli kız daha!' diye zevkle gülümsemişti. Zaman içinde daha yakından tanıdıkça Tijen'in yeni ideal eş olmaya uygun bazı özelliklerini keşfetti. Bir kere güzel olmadığını biliyordu kız, bu da her kadın gibi onun için de büyük bir zaaftı. Artık ağzıyla kuş tutsa, ölene dek bir eksiklik, bir suçluluk duyacak ve bunu telafi etmek için didinip duracaktı. Çünkü bir kadının güzel olması gerektiği, bunun beyninden daha önemli ve değerli bir kadınlık özelliği olduğu ışıkla bütün denizlere yazılmıştır. İkincisi çabuk adapte oluyor ve şirketin işini kendi işi olarak benimseyip anında şirketi 'biz', projeyi 'bizim' yapıveriyor, birazcık 'okşanıp, gönlü alınınca' sadakati artıyordu. Onun farklı özelliklerini yakından tanımak ve tartmakla geçen aylar sonunda Tijen Derya'yı yanında bazı davetlere götürmeye başlayan Mehmet Emin Entek, onu hâlâ 'şirketteki sağ kolum', 'istikbal vaat eden genç asistanımız' şeklinde sunarak aslında hırsının sınırlarını sınıyordu. Bakalım Tijen Derya ne kadar sabredecekti? Bakalım ne zaman 'hadi patron yaaa!' diye sırnaşmaya başlayacak, sahiplenmeye başlayacaktı. Onun 'patronun asistanlığı'ndan, 'patron karısı' olmaya terfi etmek için verdiği sözde gizli mücadeleyi seyretmek zevkini uzatmak da Entek için ayrı bir oyundu. "Hayır, niye saklayayım, onun bu çocuksu mücadelesi bana müstehcen bir haz veriyor. Öyle müstehcen ki; bir kadının kendini bir odada yalnız sanarak mastürbasyon yapışını, ya da vajinasını tıraş edişini seyretmek gibi bir şey!" diye düşünüyordu bıyık altından gülerek. Oysa kendi yanındayken mastürbasyon yaptırttığı kadınlar olmuştu ama o izinsizce ve habersizce mahremiyeti yırtışın hazzını hiçbir şeyde bulamıyordu.

Ama yapmadı Tijen. Belki içinden kendini yiyordu ama ağzını açıp ona ilişkileri konusunda bir şey sormadı. Bu dayanıklılık ve risk kapasitesi onun hırsının büyüklüğünü gösterdiği için Mehmet Emin Entek de son zamanlarda artık 'belki bu kızla?' diye düşünmeye başlamıştı. Sonuçta 'bu kız' Entek'in zekâsına, yaratıcılığına, yaşını hiç göstermeyen fiziğine ve enerjisine hayrandı. Belgin gibi deniz tutması yüzünden tekne hobisinde onu yalnız bırakmıyor, özel uçağıyla yaptığı uçuşlara pilotluğunu sorgulamadan katılıyor, kendine ait bir dünya istemediği, aksine her koşulu kabul ederek Entek'inkine entegre olmaya çırpındığından ona her yerde her zaman eşlik ediyor, onun gölgesi, yerine göre o bile olabiliyordu. Ah işte Belgin'in asla yapmadığı ve yapmayacağı da buydu! Ve elbette cezalandırılma nedeni de!

Oysa Tijen Derya'nın her şeye ve Entek ailesine bile uyumlu kılacak kadar yüksek olan hırsı, birleştirici, ortak değer yaratıcı bir gençlik enerjisi taşıyordu. Elbette kızın bazı kusurları vardı; dağınıktı, patavatsız, görgüsüz ve telaşlıydı ama bunlar, hırslı bir kadına karşı yeri geldiğinde kullanılmak üzere işe yarayacak özelliklerdi. Tabii cehaleti, çığlığı ve bazen bayağılığa yaklaşan zevksizliği de vardı. Ama bunlar Entek'in düzeltebileceği, üstelik kendi istediği şekli vereceği şeylerdi. Zaten yavaş yavaş bu eğitime de başlamıştı. Önce onu oturduğu Beşiktaş'taki ucuz daireden alıp Nişantaşı'nda şirkete ait dayalı döşeli dairelerden birine yerleştirdi Tijen'i. Sonra fazla abartmadan küçük armağanlar aldı. Biz dizüstü bilgisayar, kız hocasıyla İtalya'ya 3 günlük paket tur, İngilizce ve direksiyon kursları, son model IPOD, elektronik mikro müzikçalar, sık sık kaybettiği, bir yerlerde unuttuğu cep telefonları, faturalarını getirmesi koşuluyla kendi seçtiği marka makyaj ve kadın giyim mağazalarından alışveriş kredisi, annesine özel bir hastanede tedavi ödemesi falan... Tijen Derya sabırla beklemesini sürdürdü. Avına yaklaşan aç bir kaplan gibi, yavaş ve akıllıca. Asla bir av olmayan Mehmet Emin Entek, dişi kaplanın ne kadar yaklaşacağını gözleri kapalı ama asla uyumadan bekliyordu; tam iki yıldır.

"Birkaç ay sonra, doğum gününde artık teklif eder, bu işi bitiririm. Akrep miydi burcu bunun? Durmadan 'ben akrebim unutma!' diyor ya. Yıl sonunda da sade bir düğün, tamam! " diye düşündü Atatürk Havalimanı'nda pasaport kontrolünden geçip bagaj alım alanına inen Mehmet Emin Entek. Uçaktan inip cep telefonunu açtığından beri defalarca Tijen Derya'nın numarasını tuşlamasına karşın sürekli: 'aradığınız numaraya şu anda ulaşılamıyor, lütfen daha sonra yeniden arayınız' otomatik yanıtıyla karşılaşıyordu.

"Bu salak yine telefonu kaybetti galiba!" diye canı sıkılarak THY Moskova uçağı bagajlarının kaç numaralı banda indirildiğini ışıklı tabeladan arıyordu. Lacivert önlük tipi ceket-üniforma giymiş taşıyıcılardan birine taksi çağırır gibi el salladı. "Kaç numara ağbi?" diye soran hamala, konuşmadan parmaklarıyla 6 işareti yaptı. Hamal başını salladı, arkasına takıldı.

Siyah İtalyan takım elbisesi, İngiliz ayakkabıları, yepyeni pırıl pırıl deri dizüstü bilgisayar çantası, Rolex saati, Gucci güneş gözlüğü, kırlaşmış dalgalı saçları, uzun boyu ve 'gerekirse gözümü kırpmadan liposakşın'la fazla yağları aldırtırım' dediği spor ve diyetle kontrol altına alınmış bakımlı bedeniyle hâlâ hoş ve dikkat çeken bir erkekti Mehmet Emin Entek. Aslında tamamen beyazlaşan saçlarının yalnızca üst kısmını hafif kırlı bir renge boyayarak doğal bir hava katan özel kuaförü, manikürcüsü, haftada üç kez ağırlık çalıştıran özel koçu evine gelir, altı ayda bir özel bir klinikte sağlık kontrolü yaptırdığı özel doktoru da ailesinde bol görünen şeker hastalığına karşı kontrollerini yapar, haftada iki kere birlikte bedmington oynarlardı. Geceleri göz altlarına ve ellerine sürdüğü özel ve pahalı kremler, yazın bütün bedenine sürdüğü koruma faktörlü bakım ürünleri kullanırdı. Sonuçta her şey mükemmellik odağında yatıyordu ve bu da başarının en önemli ögesiydi.

"Aç kızım şu telefonu *for God's sake*!" diye bağırıverdi dakikalardır kapalı anonsu veren Tijen'in telefonuna kızarak.

"Bana mı dedin ağbi?" diye sordu taşıyıcı. Elini havaya kaldırıp, hayır anlamına sallayan Entek, yeniden telefonu tuşlarken kendi kendine homurdanıyordu:

"Salak bu Tijen ya! Madem kaybettin telefonu, git jeton, kart mart, her ne haltsa ondan al, ara beni di mi? Yok olur mu? Salak işte! Şimdi bir de panik yapıyordur üstelik! Ciddi bir eğitimden geçmesi gerekecek bu kızın, çook ciddi!"

O sırada kırk yaşlarında, uzun siyah bir eteğin altına kalın altlı ortopedik ayakkabılar, üzerine de beyaz merserize hırka giymiş, omuzlarına kenarları elişi oyalarla bezenmiş siyah bir yemeniyi şal gibi bağlamış, bakımsız kır saçları kulak hizasında kesilmiş, elinde iki büyük çantayı zor taşıyan bir kadın yanına yaklaştı.

"Affedersin ağabey, bu Berlin uçağının bavulları mı?" diye önünde bekledikleri bagaj alım bandını gösterdi. Önce bu sorunun kendisine yöneltilmiş olduğuna ihtimal veremeyen Mehmet Emin Entek, kadını görmezden geldi.

"Ağabey, Berlin uçağından mı indin sen de?" diye sıcacık gülümseyerek iyice sokuldu kadın yanına.

"Al bir salak daha! Okuma yazması var, yıllardır oralarda işçilik yapıyor, ama kafa Doğulu! Şurada kocaman ışıklı tabela var, git bak, bul uçağını! Olur mu? İşte bizi Batı'da rezil eden de bu zihniyet!"

"Bu defa yalnız geldim İstanbul'a da... Gözüm korkuyor o kadar eşyayı kaybederim falan diye... Berlin bagajı di mi ağabey?"

"Çattık ya!" diye yüzünü asan Mehmet Emin Entek, başını 'hayır' anlamına yukarı kaldırıp, Türk usulü 'çık' sesiyle arkaya salladı. Ona sesli yanıt vermediği için kendisini duymadığını düşünen kadın yüzünde gölgesiz bir gülümsemeyle yanında bekliyordu. O sırada cep telefonu çaldı:

"Nihayet be yavrucuğum, oh be Tijen; *for God's sake*!" diye sevinçle cep telefonunu açan Mehmet Emin Entek, çalanın kendinin değil de yanında Moskova uçağı bagaj bandından ısrarla Berlin bagajını bekleyen kadınınki olduğunu anlayınca bozuldu. İkisinin de telefonu aynı Nokia cıngılıyla çalıyordu!

"Haaa benim Hasan Hüseyin Ağabey, Sabriye. Haa sağol, salimen indim İstanbul'a da, bagaj bekliyorum şimdi. İyi iyi, herkes iyi Berlin'de. Seyit Ali de iyidir, Ali Ekber de ellerinden öper. Gelince anlatırım. Merak etme sen. Burada kibar bir ağabey var, sağolsun yardımcı olmaktadır. Hadi görüşürüz Hasan Hüseyin Ağabey. Tamam. Hoşça kal."

"Kendisine telefon eden adama: 'ben Sabriye' diyor ya! *For God's sake*, bu kadın milleti toptan salak ya!" diye başını salladı Mehmet Emin Entek, bir yandan Tijen'in numarasını yeniden tuşlarken. Ama birden dondu kaldı: Sabriye'nin Hasan Hüseyin'e bahsettiği 'yardımsever, kibar ağabey' kendisiydi! Dönüp bakınca kadının yanında gülümseyerek beklediğini gördü. 'Yok artık!' diye düşündü. Hiç sevmezdi angaryaları ve kurnazlıkları. Tiksinirdi bu oldu bittilerden. Annesinin bütün hayatı boyunca üstüne yıktığı emrivakilerden bıkmış usanmıştı. Hemen arkasını dönüp bagaj bandının arkasına doğru yürümeye ve Tijen'i yeniden aramaya başladı. Ama Sabriye de peşinden geliyordu. Artık dayanamadı:

"Burası Moskova bagajı Sabriye Hanım! Git kendi Berlin'ini kendin bul be!" diye bağırdı kendini bile şaşırtacak kadar büyük bir öfkeyle. Ama bagaj bandının etrafında toplanan insanlar kınayan bakışlarını üzerinde hissettiği anda kontrolsüzlüğüne pişman oldu. 'Onun gibi 'mükemmel' birine hata yapmak yakışmazdı. Ah bu Tijen, hepsi onun beceriksizliği yüzündendi. Hemen toparlandı.

"Bak Sabriye Hanım, hemen şurada ışıklı bir tabela var, orada hangi uçağın bagajının hangi banttan verileceği yazılı. Sen git, oradan öğreniver bir zahmet!"

dedi daha sakin ve babacan bir sesle. Artık kurtulduğunu umarak derin bir nefes aldı. Ama Sabriye korkudan kocaman açılmış gözlerle önüne dikilip;

"Sen adımı nerden bildin Ağabey?" diye sordu.

"Sen emniyetten misin ağabey?"

Artık bu kadarı da çok fazlaydı. Sabrı tükenen Mehmet Emin Entek, arkasını dönüp kendine hizmet edecek hamalı aradı. O, henüz dönmeye başlamamış bagaj bandının ilerisinde sanki başka bantları bekler gibi duruyordu. Tijen'in numarasını yeniden tuşlayıp telefonu kulağına dayayıp, kendi kendine söylendi:

"Bunlarla mı bizi AB'ye alacaklar? Yok canım almazlar bizi! Bak kadın yıllardır Almanya'da işçi, bu hamal burada çalışıyor, Tijen ahmağı da ENTEK A.Ş'de ama al birini vur ötekine... Ne sorumluluk var, ne kafa , *for God's sake*!"

O sırada duvar dibine bırakılmış ve başında bir havalimanı görevlisinin beklediği bagajlara doğru yürüyen papyon kravatlı, askılı pantolon giymiş, göbekli, 60 yaşlarında iriyarı, şık, kelli felli, insanda saygı uyandıran bir adam dikkatini çekti. Tanıdık biriydi bu. Belki basından, televizyondan? Belki iş yaptığı şirketlerden? Yok yok, çok tanıdık biriydi bu, ama kim?

"Erol Argunsoy bu be! Belgin'in eniştesi!" Birden kalbi hızla çarpmaya başladı.

"Tabii ya, o işte. Belgin'le atölyesinde tanıştığım, çevre dostu büyük mimar Erol Argunsoy! Pöh pöh pöh! Doğru düzgün para kazanamayan ama kazananlara çevre dersleri veren büyük mimar, ünlü İstanbul âşığı! Ta kendisi. Belgin'i aldattığım için çeneme yumruk atan centilmen! Aman şimdi bulaşmasın bana, zaten konuşmuyor benimle ama..." diye arkasını Erol Argunsoy'a döndü. Ama aynı anda aklına düşen bir düşünce nefesini kesti:

"Sakın Belgin de? O da? Yok canım, o artık dönmez İstanbul'a, Bebek'e, buralara... Hem New York varken ne yapsın burayı? Benimle aynı şehirde yaşamak istemediğini söylemedi mi bana..."

"Ağabey, sen emniyettensen, bilesin ki, Hasan Hüseyin'in Gazi'deki olaylarla bir ilişkisi olmamıştır. Zeynel Abidin de zaten daha küçük bir çocuktur, gençlik işte, başında dumanlar tütmektedir! Bizi rahat bırakın ağabey, biz burada da Avrupa'da da namuslu vatandaşlarız. Hem biz de Müslüman'ız elhamdüllah!"

Sabriye'yi çoktan unutmuş olan Mehmet Emin Entek, onu arkasında bekler bulunca şaşırmaktan kendini alamadı. O sırada bagaj bandı çalışmaya, uçaktan indirilen valizler birer birer bant üzerinde dönmeye başladı. Valizlerini almak için banda yaklaşan yolcular aralarına karışınca Sabriye biraz geride kaldı ama gözlerinde ürkek bir ifadeyle Mehmet Emin Entek'e bakmaya devam ediyordu. Bu kalabalığı fırsat bilen Entek, yeniden Tijen'in telefonunu çaldırdı ama aynı otomatik yanıt, aradığı numaraya ulaşılamadığını söylüyordu. Başını çevirip gözleriyle Sabriye'yi arayınca onun incecik kollarıyla 3 tane iri valizi bagaj bandından kaldırıp yere koyduğunu gördü. Şaşırdı. Önce biraz durdu, sonra bandın üzerindeki elektronik tabelaya bakınca orada Berlin yazdığını gördü hayretle. O sırada kan ter içinde eşyalarını yüklenmiş olan Sabriye yanına gelmiş;

"Ben gidebilirim di mi ağabey? Bak her şeyim temiz tamam mı?" diye soruyordu. Kadından kurtulmak için başını sallayarak ona izin veren Mehmet Emin Entek, şimdi Moskova uçağı valiz bandını araması gerektiğini düşünüyor, ama en çok bir işçi kadının haklı kendisinin haksız olduğunu anlamasına bozuluyordu. Aslında işçi ve kadın olması da şart değildi, herhangi bir konuda herhangi birine karşı haksız olmak, kaybetmek onu daima kahrederdi. Hepsi Tijen'in yüzündendi, hepsi! O şapşal kız telefon edip dışarıda bekliyor olsaydı, bu aksilikler başına gelmeyecekti! Ah, gösterecekti ona gününü! Sonunda yanından endişeli, zoraki bir gülümsemeyle geçerek yavaş yavaş gümrük çıkış kapısına doğru ilerleyen Sabriye'yi gördü. Beden dilinden telaşlı, ürkmüş olduğu hemen anlaşılan kadının valizlerinden iri iri SABRİYE BEKTAŞ- BERLİN-İSTANBUL yazan etiketler sarkıyordu.

6
İKİ VATAN ARASINDA PARAMPARÇA BİR KALP!

"Şimdiki Kurtuluş, İstanbul'un pek özelliksiz, çok neşesiz bir semtidir. Artık ne yemyeşil bostanları, ne komşuluğa eskisi kadar değer veren, cana yakın insanları, ne de cumbalı Rum evleri kalmıştır geriye. Saygı kavramı değişmiş, kendisiyle beraber değiştirmiştir şimdi Kurtuluş'u... Bir zamanlar Kurtuluş'un Tatavla olduğunu bilmeyenler için burası önemsiz, hatta varlığından bihaber olunacak kadar önemsizdir. Kurtuluş şimdi, Harbiye'nin arkasında bir semttir yalnızca. Tatavla'sız İstanbul eksiktir ama Kurtuluş'suz bir İstanbul pekâlâ olabilir. Çünkü burası artık Yeni İstanbul'dur; burada yaşayanlarsa, özensiz, estetiksiz, keyifsiz Yeni İstanbullular!"

Atatürk Havalimanı dış hatlar, giden yolcu salonunda elinde Türk pasaportu, üzerinde şık ve pahalı bej keten takım elbise, bu sıcak yaz gününde bile ütüsü bozulmamış beyaz gömleği, mavi-beyaz çizgili İtalyan kravatı ve kırlaşmış bıyığıyla bir 21. yüzyıl Doğulu-Akdenizlisinden daha çok 1960'ların Parislisine benzeyen Profesör Yannis Seferis, Atina uçağını bekliyordu.

"Tatavla'ya 'Kurtuluş' adı belki de geçmişten, eski ahalisinden ve eski kültüründen kurtulsun diye konmuştur? Geçmişini unutsun, ebediyen hatırlamasın diye... Oysa hafızasız bir şehir, demanslı bir hastaya benzer, kendi başına ayakta duramaz! Aslında sanıyorum ki, her kültürde kurtulmanın pek çok metaforu bulunur. İnsanoğulları kurtulacak bir şey bulmakta daima başarılıdır. Fakat adı aynı kalmış olsaydı bile Kurtuluş artık o eski Tatavla değildir, Eskisi gibi 'merhaba'lar, 'Kalimera'lar, 'Şalom'lar, 'Parev'ler yok sokaklarımızda, kimse kimseyi tanımaz, selamlamaz şimdi. Herkes gitti, kaçtı, göçtü; ya öteki ülkelere ya da öteki dünyaya... Yeni gelenler de kendi aralarındaki ilişkiyle yetiniyorlar, başkasını da bilmiyorlar, görmemişler ki, ne yapsın biçareler? Hepsi değilse de birçoğu tek tip kasabalardan, muhafazakâr şehirlerden göçtüler buraya... Böyle olunca metropolün manasını, farklılığın zenginliğini, İstanbul'un ne olduğunu bilmezler onlar, Onlara da zordur, pek çoğunun da eğitimleri ya kıttır, ya da yoktur. Ne yapsın bahtsızlar! Zaten bırakınız taşrayı, bizim İstanbul'un okullarında bile çok dar, çok sığdır eğitim şimdi. Yoktur öyle beyin jimnastikleri, hayal gücü canlandırıcı egzersizleri. Ben Boğaziçi Üniversite'sindeki kendi öğrencilerimden bilirim, cingözdür, zekidir çoğu ama eğitim sistemi ufuklarını daraltmış, babalarına göre şimdiki gençler tutucu kalmıştır. Parçaları birleştirmekten, resmin bütününü hayal etmekte zorlanan, sadece parçalarla yetinen bir gençliktir şimdikiler..."

Her yere her zaman erkenden gitme alışkanlığı olan Profesör Yannis Seferis, Atina uçağının kontuarının açılmasına kadar geçecek uzun zamanı değerlendirmek üzere para değişimi yapan '*exchange office*'le, yolcuların kullanımına sunulmuş kablosuz internete bağlı bir bilgisayarın yanındaki banka oturmuştu. Dikkatle bakanların hayran olacağı, bakımlı ellerinde havalimanı dergisi GATES vardı ama o dergiyi unutmuş, kendini tamamen iç sesine vermişti.

"İnsan yaşadığı yeri sevmeden nasıl mutlu olabilir? Hayal kurmaya imkân vermeyen bir hayat, hayat mıdır? Yeni gelenlerle eskiler arasında bir komşuluk, bir mahallelilik ilişkisi kurulmuyor artık... Hiçbir yerde kurulmuyor aslında. Atina'da öyle, bizim İstanbul'da, Selanik'te de Smyrni'de de öyle... Halbuki çocukluğu mahalle sıcaklığında geçmeyen biri; öksürdüğünde komşu teyzenin su vermediği, komşularının Ramazan'da pide, Paskalya'da boyalı yumurta, Pesah'ta hamursuz dağıtmadığı, ilk sigarasını içerken bakkal amcanın fırçasını yemediği, ilk öpüşmesini delikanlı ağabeylerin rakıyla kutlamadığı bir iklimde büyüyen insanlarla ne kadar Kurtuluşlu, asıl İstanbullu olunur ki?"

Dış hatlar terminalinin pasaport kontrolünden sonra yolcuları karşılayan bekleme salonu, ahşap bankların ortada yan yana dizildiği geniş bir caddeye benziyordu. Büyük bir bulvar kavramıyla dekore edildiği anlaşılan yolcu bekleme salonu ferforje ve ahşap karışımı eski İstanbul sokak lambalarıyla aydınlatmış ve bir büyük caddenin iki yanına dizilmiş hissi veren vergisiz dükkânlarla çevrelenmişti. Bu dükkânların adları da ahşap direkler üzerine sokak tabelaları şeklinde asılmıştı. Tabelalardaki dükkân bilgileri İngilizceydi ve yanlarında hiçbir Türkçe açıklama yoktu. Burası kanunen yurtdışı sayılan bölgeydi ve yurtdışına çıkacak bütün Türklerin İngilizce bildiği varsayılarak tasarlanmış olmalıydı. *Duty-free shop'lar, 'Food Court'lar, Gourmet Corner'lar, Food Hall'lar, Golden Touch'lar, Bazaar'lar, Kid's Wonderland'ler ve çoktan dünyayı saran, kimi de yöneten markalar; Rolex, Burberry, Bvlgari, Boss, Fossil, Lacoste, Silk & Cashmere, Versace, Hermes, Bally, Empire, Desa, Mavi Jeans, Vakko* ve diğerleri '*Istanbul Ataturk International Airport*'ta yan yana dizilmişlerdi. Buna rağmen yerli ve yabancı yolcuların en fazla ilgiyi; Türk lokumları, yerel elma çayları, Türk kahve takımları, Türk çinileri, gümüş ve altın takıları, Türk Çeşm-i bülbülleri, Türk deri giysileriyle rakıya gösterdikleri, ellerindeki alışveriş torbalarından anlaşılıyordu.

Profesör, Fransız tarzı giysileri, Yunanlı adı, elindeki Türk pasaportu, orta boyu, buğday teni, başının tepesinde dökülmüş saçları, kemerli burnu, ela gözleriyle Akdenizli, çok Akdenizliydi. Hemen yanında duran eskimiş ama hâlâ şık deri çantasına sığmayıp taşan bazı kâğıtlardan 'gen teknolojisi' konulu Türkçe, İngilizce ve Yunanca başlıklar okunan profesör Seferis elindeki dergide yer alan Atina fotoğraflarına dalgın dalgın bakarak düşünüyordu.

"*Excuse me, where you got that magazine?*"

Profesör Yannis Seferis, elindeki Gates dergisini nereden aldığını soran sarışın, upuzun boylu, orta yaşlarının başında gösteren yabancı kadına şaşırarak baktı. Evet, kadın onunla konuşuyordu. Hemen ceketinin önünü kapatıp hafifçe doğruldu:

"You can find it there at the shelf Madame; Şurada" dedi, kibarca.

Amerikalı olduğu her halinden ve yayvan İngilizcesinden hemen belli olan kırk yaşlarındaki kadın oldukça ağır görünen el bagajını Profesör Seferis'in yanına bıraktı, ondan göz kulak olmasını rica ederek, ücretsiz havalimanı dergisinden bir tane almak üzere onun gösterdiği ayaklı dergi standına doğru gitti. Arkasından 'ne hoş kadın!' diye düşünen Profesör Seferis; 'Havaalanında eşyasını hiç tanımadığı birine teslim eden birine de ancak İstanbul'da rastlanır,' diye gülümsedi.

"Teşekkür ederim sana. Benim Türkçem biraz bozuk ama denerim yine de," diye gülümseyerek geri dönen Amerikalı kadın, elindeki derginin sayfalarını hızlı hızlı çevirerek göz atmaya, bir yandan da hemen yanına oturduğu Profesör Seferis'le konuşmaya başladı. Halinde Amerikalılara özgü rahat ve özgüvenli samimiyet vardı.

"Merhaba, benim adım Susan. Ama bana 'İstanbullu Susan' diyorlar artık. Senin adın nedir?"

Bu denli pervasız, genç işi ve hızlı tanışmalara alışık olmadığı beden dilindeki rahatsızlıktan anlaşılan ama kadından hoşlandığı için bunu gizlemeye çalışan Profesör Seferis, kendi kültürel terbiyesinin bir refleksiyle aniden ayağa kalkıp keten ceketinin düğmelerini ilikledi ve elini uzattı;

"Bendeniz Profesör Seferis, Yannis Seferis, hanımefendi!" dedi.

Onun bu eski moda zarafetinden hoşlandığını gizlemeyen İstanbullu Susan kıkırdayarak elini uzattı, Profesör Seferis bu eli bir balerininkiymiş gibi tuttu ve zarifçe öptü. Her kadın elinin zarafet, ustalık ve ona kadın olduğu hissettirilerek tutulduğunda nasıl canlanıp dişileşeceğini pek çok kez denemiş erkeklere özgü özgüvenle gülümsedi. Daha önce bir kere nişanlanıp evliliğin eşiğinden dönen, birkaç tane de sevgilisi olan Yannis Seferis, hemen her ilişkisinde; henüz küçük bir oğlan çocuğuyken Eleni Halası tarafından kafasına sımsıkı kazınan: bir kadınla evlenmeden onunla sevişmenin ona hakaret olarak algılanacağı endişesinin etkisiyle cinsel hayatını kupkuru bırakmış, öte yandan aşırı titizliği ve takıntılı düzenliliğiyle kadınları da ürkütmüştü. Onunkisi hastalık derecesinde bir düzen ve temizlik tutkusuydu ve artık tedavi olmayı düşünemeyecek kadar ayrılmaz bir parçası olmuştu. Kendisi elbette bakir değildi, daha üniversite öğrencisiyken Tatavla'daki komşuları 'dul Marika' ile birkaç kez yatmıştı ama bunu haz dolu bir anıdan çok, günah dolu bir sır gibi taşıyordu ve uzun yıllardır yalnızdı. Üniversitedeki iş arkadaşları ve çoğu Atina'daki akrabaları da artık ondan ümidi kesmiş, o da 'müzmin bekâr' lakabına alışmıştı ama içinde hep bir gün hayatının kadınına rastlayacağı umudunu sessizce korumuştu. Hayatının kadını, balık etinde, yüzünde hayatı kucaklayarak yaşayanlara özgü olgun meyve tadında bir gülüş, gözlerinde bir erkeğin zayıflıklarını da kabullenebilecek çapkın bakış olan, bir yanıyla şuh, yatakta şehvetli, mutfakta becerikli ve hayatta kalmak konusunda çok güçlü kadının hayali, kendisinden on yaş büyük komşu Marika'nın gençliğine oldukça benzese de ondan farklı olarak daha modern ve çok daha kültürlüydü. Bu muhteşem kadının hayali özellikle kendisi İstanbul dışındayken canlanır ve İstanbul'a her dönüşünde ona daha uçaktan iner inmez rastlayacağına inanırdı. Tıpkı dilinin ucuna gelen ama bir türlü anımsayamadığı bir sözcüğü birazdan bulacağına benzer bir umuttu bu ama bir türlü gerçekleşmiyordu. Yıllar içinde bu hayal, Profesör Seferis için gerçekten daha canlı ve önemli hale dönüşmüştü.

"Gerçek bir İstanbul efendisi oldun sen şimdi be!" dedi İstanbullu Susan, elini kibarca öpen Profesör Seferis'e dişi bir kahkaha patlatarak, "Ben de eskiden San Francisco'luydum, ama bak 10 yıldır artık İstanbullu oldum valla!"

"Ancak bir İstanbullu olduysanız Madam, İstanbulluluk ruhunu anlayabilirsiniz. Bir kere anladınız mı da asla başka bir yerli olamazsınız!"

"Yok madam falan filan yok be! Bana istersen Suzan ya da Susan diyebilirsin, artık ben İstanbullu Susan'ım, anlıyorsun?"

İstanbullu Susan'ın,TÖMER kurslarında öğrendiği Türkçesine çocuksu bir tat katan Amerikan aksanı kadar 'Valla', 'ya', 'be', 'ulan', 'hayda'lı sokak dilini konuşması Profesör Yannis Seferis'i altüst etmiş, kendi gözünde kadına egzotik bir dişilik katarak, tahrik edici bir özellik kazanmıştı. O elbette bunlardan habersiz, kendi kendine konuşur gibi devam etti:

"Bak şehirler de ruha sahiptir, bu *spirit*, ruh işte, onu anlamazsan şehri de anlamazsın, di mi? Ama bu İstanbul farklıdır yani: İstanbul ruhunu anladın mı, artık terk edemiyorsun valla! Ya, aslında sen de bunu dedin di mi?"

"Doğru söylüyorsunuz hanımefendi. Bu İstanbul; 'ne seninle ne sensiz' ıstırabıdır aslında... Ah-aah, terk etseniz de başka yerlerde mutlu olamıyorsunuz... Dünyada pek az böyle sihirli şehir olduğunu söylerler; Paris, Londra, Roma... New York için de böyle diyorlar ama bence bunun için fazla gençtir, gerçi yeni kıtaya henüz gitmedim..."

"Bizim San Francisco da kozmopolittir ve ruhu olan bi şehirdir yani; çok Kaliforniya'dır işte. Ama tabii biliyorsun, Amerika çok gençtir falan filan, yani İstanbul, yani bütün Avrupa tarihi çok eskidir ve bu şehri güzel yapan, mesela üzerinde hepsi iz bırakan başka başka medeniyetler olmuştur valla! Yani sen mesela, sen Rum musun Yannis?"

Annesi ve babası bir trafik kazasında öldükten sonra kendisini büyüten Eleni Halası dışında uzun yıllardır kimsenin adıyla hitap etmediği, çalıştığı üniversitede Seferis Hoca, mahallede Bay Yannis, sosyal ve akademik çevredeyse Profesör Seferis olmaya alışkın, müzmin bekâr Yannis Seferis, daha biraz önce tanıştığı Amerikalı bir kadının bu aldırışsız, umursamaz tavrı, belki onun kültüründen gelen doğallığıyla önce sarsıldı, heyecandan soluğu kesildi, nutku tutuldu ama bir erkek olarak kendini ifade etmeyi çoktan unutmuştu, hemen saklandı.

"Bendeniz öncelikle İstanbulluyum hanımefendi. Rum kimliğim ikinci derecededir. Atina'da bizlere Turkomeritis, yani Türk ülkesinden derler, Tatavlalı derler, şimdi adı Kurtuluş olan semttir aslında... Buradaysa Rum derler, gayrımüslim derler, azınlık derler, derler oğlu derler... Sözün kısası, iki anadilim vardır, ikisinde de azınlık sayılmaktayım. Ancak bana soracak olursanız, bendeniz hakiki İstanbulluyum hanımefendi. Zaten, 'İstanbul'da doğan, artık hep İstanbullu kalır' derler!"

Kısa bir boşluk bırakıp büyük bir sır açıklar gibi fısıldadı:

"Bir de lütfen... Yunancada bana hitap ederken Yanni demeniz gerekir, sonundaki s harfi düşer!" dedi sıkılarak.

"Ah ha! Anladım Yanni. Bak bu İstanbulluluk konusunu çok iyi açıkladın ha valla! Ben de Amerika'da bunu anlatmak istiyorum ama çok zordur anlatmak orada. Türkiye deyince hep o kadınlarını hapseden, zorla örten, söz dinlemezse taşlayarak öldüren, kara sakallı erkekler memleketi anlıyorlar be! Tamam, öyle bir Türkiye de var, var yani... Ah canım ah, kadınların durumu Doğu'da çok fenadır, Anadolu'nun Doğu'su falan filan yani... Ben işim sebeple, profesyonel olarak çok gezerim Türkiye'yi... Ama Türkiye fotoğrafı ne tamamen odur, ne de bu!" diye eliyle bekleme salonunda oturanları gösterdi.

Susan'ın Türkiye'yi dolayısıyla İstanbul'u savunmasıyla gururlanan Profesör Seferis, utangaç bir gülümsemeyle kravatını, ceketinin yakasını düzeltti, buruşan pantolonunu eliyle ütülemeye çalıştı. Her şeyin mükemmel, temiz ve düzenli olduğunu kontrol ettikten sonra rahatladı. Onun bu düzenlilik hastalığının ve tiklerinin farkında bile olmayan İstanbullu Susan çantasından bir çiklet çıkartıp ağzına attı:

"Bizans, Doğu Roma, Osmanlı-Selçuklu medeniyetleri falan filan hepsi üst üste, yan yana geldi ve bu şehri çok magnificient, yani muhteşem diyorsun, öyle yaptı işte. Ruhu melezdir bu İstanbul'un yani valla!"

"Ruhu melezdir İstanbul'un tabii... Ama Eleni Halam işte bunu anlamazlıktan geliyor!" diye aniden ağzından kaçırdı Profesör Seferis.

"Hımm?"

"Halam... Eleni Halam" diye açıklamak durumunda kaldı Profesör Seferis biraz da kendine kızarak. "O Atina'ya göçtü yıllar önce... Fakat orada bütün akrabaları, dostları arasında yalnız yaşıyor. İstanbulsuz olmak onu çok yalnız bırakıyor... Çocukluğu, genç kızlığı burada geçmiştir, buranın şarkıları, efsaneleriyle büyümüştür..."

"Hımmm... Böyledir ama İstanbul, özletir kendini bir âşık gibi aynen yani..."

"Bravo Susan Hanım! Aynen öyledir. Bakınız Eleni Halam artık iyice yaşlanmıştır ve haftada iki kere aramaktadır beni: 'Yanni' diyor, "Yanni ah bırak artık şu emosyonelliği, İstanbul artık bize vatan değildir. 'Kalk, gel buraya. Ela yavraki mu!* Ela be yavrum! Bak bir ayağım çukurdadır; fazlaca vaktim yoktur, çok akrabam da kalmamıştır. Bakma bu Atinalı yeğenlere vre, sen bana Yerasimos'umun yâdigârısın, biricik, kara gözlü hocamim, toprağı bol olsun, altın kalpli Yerasimos'umun emanetisin be vre! Kalk gel, bak soyun sopun, ailen hepten Atina'dadır. Burası senin yurdun, evindir. Ayde stin Atina!** Bırak artık İstanbul'u bırak da haydi Atina'ya gel!'"

Bu sırada çantasından küçük bir pet şişe su çıkartıp yudumlayan İstanbullu Susan ilgiyle onu dinliyordu.

"İçimi çeker, acı acı gülümseyerek dinlerim halamı. Yaşlıdır, çok yaşlıdır Eleni Halam. O yüzden iki-üç ayda bir giderim Atina'ya böyle, havaalanlarında geçer yılda beş-on günüm işte. İstanbul-Atina, Atina-İstanbul. Sonunda ve başında İstanbul olan dairenin etrafında dönerim. Fasit daire! Amma illaki Olimbiaki havayollarıyla uçacağım! Deli eder beni halam, delirtir bu yaşlı kadın beni! Alır biletimi, sanki gözleri görürmüş gibi, uzun uzun inceler, hele gel de Türk Hava Yollarıyla uç uçabilirsen... Yer yoktur, bilet kalmamıştır, falan dinlemez, bakmaz gözümün yaşına, başlar azarlamaya beni! Hemen veririm eline eski bir Olimbiaki bileti her seferinde, karşılıklı rol keseriz işte. Aslında başkası olsa işime karıştırmam tabii ama halamdır, tek yadigârdır İstanbullu akrabalarımdan...

---

* Gel, Ela yavraki mu: Gel yavrucuğum! (Yunanca: Y.N)

** Haydi.

Sonra yaşlılara saygılı olmak geleneğiyle büyüdük biz, bu bir Akdeniz tradisyonudur işte!"

"Benim çocukluğum Kaliforniya'da geçti. Çok farklıdır seninkinden. Benim akrabalar arasında Fransız var, Welsh var, ama bir de Yahudi Romanyalı var, Rumen dersin sen ona. Bak soyadım benim Constance; Susan Constance. Bu ne demektir? Yani Köstence demektir aslında, Romanya'dadır yani. Benim Yahudi Rumen babaannemde, işte onda Osmanlı ruhu vardı bence... Bilmem yani, belki de ben olsun istiyorum öyle vardı sanki..."

"Eleni Halam çok zor bir kadın, yaşlanınca iyice aksileşti..." diye dert yanmayı sürdürdü Profesör Seferis onu duymamış gibi sayıklayarak;

"Vır vır vır eder telefonlarda: 'Sen unuttun galiba o kara günleri. Neler yapmıştır bize Türkler, yoksa hatırından çıkmıştır senin? Evet o zaman daha küçüktün, on yaşında var mıydın? Ama bilirsin işte o kara 6-7 Eylül vandallığını? Güya Rumlar, Atatürk'ün Selanik'teki evini bombalamıştır diye saldırmışlardır evlerimize, kiliselerimize, dükkânlarımıza, tavernalarımıza, yıkıp yakmışlardır malımızı mülkümüzü be!' diyecek ama korkar, hâlâ korkar kızgınlığını belli etmekten, çekinir... Yumuşatarak konuşmaya alışmıştır ne de olsa: 'Derler ki, Ermeni kiliseleriyle beraber 78 kilisesi tahribata uğramıştır. Olmaz, daha çoktur, 200 tane olabilir bence... Bak ne oldu? Yoktur Atatürk'ün evinde, Selanik'te bir yıkım, bir hasar ama bizde olmuştur, bizde çok derin hasar olmuştur. Güya 3000 ev yıkılmış, yağmalanmıştır, külahıma anlatsınlar,

10.000 hane vardır en azından... Ama en mühimi hissiyatımız hasar olmuştur, korkarak yaşadığın yer vatan olur mu hiç? Ela vre Yanniki mu, gel vre Yanniciğim! Gel Atina'ya bırak İstanbul'u, o artık bize vatan değildir be yavrum, ela Yanni mu!' ... işte bu yüzden Türk Hava Yollarıyla seyahat edince sitem eder, kızar bana."

Konuşmasının tam burasında profesör Seferis ani bir öksürük krizine yakalandı. Önce çabuk geçecek sandığı bu öksürük krizi uzayınca nefes alamamaktan çok, bu hoş kadının önünde rezil olacağına üzülerek kıvranmaya başladı. Onun sırtına Türk usulü vurarak yardım etmeye, bir yandan da kendi şişesinden su içirmeye çalışan İstanbullu Susan'a birkaç dakika direndi. Başkasının ağzı değmiş bir kaptan asla ama asla bir şey içemeyecek kadar çok takıntılı ve hastalıklı derecede titiz olan Profesör Seferis sonunda yüzü kıpkırmızı kesilip soluksuz kalınca çaresiz boyun eğdi ve Eleni Halasının sözünü ilk kez dinlemeyerek başkasının kabından; İstanbullu Susan'ın şişesinden su içti. Dış hatlar giden yolcu bekleme salonundaki bazı yolcuları tedirgin edecek kadar uzun süren bu öksürük krizi bitip önce hırıltılı sonra yeniden rahat soluk almaya başladığında, kendine yardım eden kadına teşekkür edeceği yerde derin bir endişeyle dudaklarını ve midesini nasıl dezenfekte edebileceğini düşünen profesörün elindeki uçak bileti yere düşmüştü. Bileti yerden alıp inceleyen İstanbullu Susan:

"Ama sen THY ile uçuyorsun Yanni?" diye kıkır kıkır güldü.

"Ah sormayın hanımefendi," diye boğuk bir sesle yanıtladı onu profesör, bir yandan da üstünü başını düzeltip her zamanki gibi her şeyi mükemmel olması için kontrol etmeye çalışıyordu.

"Saygım, sevgim büyüktür Eleni Halama, zaten gelmiştir 84 yaşına, bu yaşta tartışacağım onunla? Yok canım! İşte bakın, eski Olimbiaki havayolları biletim cebimdedir. Atina'ya iner inmez saklarım THY biletimi cüzdanıma. Ne yapacaksınız, yaşlılık işte!" dedi, ailesinde kendisinden daha yaşlı akrabaların hayatta kalması sayesinde hâlâ genç sayılanların gizli şükran duygusuyla.

"Nasıl, daha iyisin inşallah, bak rengin düzeldi valla!" diye onu inceleyerek sordu Susan.

"Elbette iyiyim, her şey yolunda, çok şükür; kusursuz maşallah!" dedi bozularak. Bir kadın tarafından iyi görülmemeyi erkekliğine yediremeyen profesör somurttu sonra. İkisi de Müslüman olmadığı halde artık bir İstanbulluluk kültürü sayılabilecek inşallah ve maşallahlı konuşan iki yolcu bir süre sessiz oturdular.

"Benim annem o kadar yaşlı değil henüz, ama bizim oradan bakınca hâlâ barbarların tehlikeli ve çok maço görünen memleketinde neden yaşadığımı anlamaz, kızar bana çok yani... " diye içini çekti İstanbullu Susan,

"Oysa bak benim İstanbul imajım çok farklıdır. İstanbul'a turist olarak ilk gelişimdi, ben önce renkler gördüm, bir uçurtmanın kuyruğunda dans eden kırmızılar, maviler, beyazlar, altın renkleri, siyah ve kızıllar, gümüş ve yeşiller... Toprak renkleri, hep maviler, maviler... Mozayikler, çiniler, baharat kokuları, kilise haçları, sonra camii hilalleri ve bir de sinagog yıldızları... İstanbul deyince aklıma karmakarışık renkler, kokular gelir... Bak mesela Bizans ikonalarında soluk Meryem yüzleri, İznik çinileri var; oradaki Osmanlı laleleri ve çok magnificent; güzel Osmanlı mimarisi... Tabii Türkler onu yok ettiler, ama az parçaları kaldı yani... Fakat Hıristiyanlar da İslam eserlerine zarar vermiştir tarihte maalesef! Sonra sokaklar, sokaklardaki kaos, bir köşede dilenciler, öbür köşede hava atan 4x4 cipler, mendil satan sokak çocukları, Akmerkez'de Louis Vutton çanta alan burjuvalar... İnsanı hipnoz eden bir sesle camiye çağıran müezzin, simitçi, midye dolmacısı, eskici; bak hepsi İstanbul'un korosudur yani! Nereye baksan kalabalık, çok gençtir insan nüfusu burada. Bak sonra nerede vardır başka: saçlarını sımsıkı örten ama açık ayakkabısından çıplak ayak görünen kızlar, Amerika'da master yapıp Batı uygarlığını kendi gelişimi ve eğlencesi için her anlamda kabullenen ama buraya dönünce bakire kızla evlenecek oğlanlar falan filan... Hepsi burada, bizim İstanbul'da yani..."

Uzun yıllar konuşmayıp bir mucizeyle dili çözülen biri gibi İstanbul'u anlatmaya başlamasıyla Türkçesi de akıp çağlayan İstanbullu Susan'ı hayranlıkla dinleyen Profesör Yannis Seferis, duyduklarının tam da duymak istedikleri olduğunu şaşırarak fark etti. Ama bu düşüncesini bir kenara bırakıp Susan'ın sıska ve küçük göğüslü olmasına karşın mavi gözlerinin güzel olduğuna yoğunlaştı.

"Şimdi diyeceksin ki; sen alt tarafı bir Amerikalısın, ne anlarsın İstanbul'dan falan filan... Ama bak, Mark Girouard diye bi yazar var, o kitabında yazmıştı: 'Batı'dan gelen yabancılar Konstantinopolis'i görünce büyük hayranlık ve şaşkınlığa düşmüşler, tıpkı Manhattan'ı denizden ilk gördüklerinde Avrupalı göçmenlerinki gibi,' diye. Anlıyor musun Yanni, hımmm?"

Profesör Seferis, hem Manhattan yarımadasını İstanbul'la kıyaslayan Mark Girouad'yu hem de onu referans alan İstanbullu Susan'ı bu densizlikleri için asla affedemeyeceğini hissetti ama içinde bulunduğu gizemli ruh hali nedeniyle şimdilik bu münasebetsizliği göz ardı etmeye karar verdi.

"Benim Atina'da doğan bir kuzenim de İstanbul'a ilk geldiğinde böyle şeyler söylemişti," diye mırıldandı,

"O zamanlar , yani 17 Ağustos depremi öncesine kadar Türklerle Yunanlılar arasında çok büyük düşmanlık vardı; şimdi çok daha iyidir ilişkiler hanımefendi, inanın çok daha yumuşamıştır. Fakat o zaman ziyaretime gelen kuzenim buradaki Türk meslektaşlarıma beni mahcup etmişti; şöyle ki, Osmanlı işgali konusunda çok düşmanca yetiştirilmiş, malum iki tarafta da ders kitapları birbirlerine karşı hiç dostane olmayan tutum içinde yazılmışlardır. Sonra bu kuzenim; Türklerin çok hassas olduğu bir konuda fazlaca tedbirsiz davranmış: İstanbul'a sürekli Konstantinopolis demişti. Türklerde bir gün Yunanlıların İstanbul'u geri alacağı fobisi mevcut olduğundan dolayı, başımıza bela açmış, berbat tartışmalar olmuştu. Sonunda apar topar kuzenim çekip gitmişti. Fakat deprem sırasında Türklere en önce Yunanlılar yardım eli uzatınca, zaten halklar da bu düşmanlıktan bezmiş olduğundan çok şükür şimdi durum değişti. Kuzen de yumuşadı ve eski sert hava dağıldı... Hem zaten Türkiye'nin AB üyeliğini en fazla Yunanistan desteklemektedir."

Onun ciddi ifadesini hınzırca izleyen Susan; "Sen ne düşünüyorsun Yanni? Yani Yunanlılar İstanbul'u geri istiyor mu hâlâ?" diye sorup kıkır kıkır güldü;

"Bak aradan 550 yıl geçtikten sonra yani? Bu bizim Native Americans; Kızılderililerin yani, bizi Avrupa'ya geri atmaları gibi bir şey olur be valla!"

"Yok hanımefendi, nereden çıkartıyorsunuz bunları? Vardır elbette fanatikler, efendime söyleyeyim ekstremist milliyetçiler her memlekette ama geriye dönmek mümkün mü artık?" dedi sinirlenerek Profersör Seferis. Bu Amerikalılar da fazla patavatsız oluyordu işte bazen böyle.

"Ah fanatik milliyetçiler, onlar çok tehlikelidir. Nasyonalizm kötüdür be! Ama bizim Başkan Bush administration; idaresi de yani çok konservatiftir yani. Türkiye, oradan ileri gitmiş bazı konularda mesela... Bak Bush kürtajı yasaklayacak yeniden di mi? Çünkü 9-11'den yani, 11 Eylül'den beri çok tutucu oldu Amerika. Özgürlükler azalıyor valla!"

"Siz demokratsınız demek ki hanımefendi?"

"Ben mi? Yok canım, ben hiçbiri değilim, ben bir rebel, nasıl derler isyancıyım ben daha çok. Yani daima muhalifim Yanni! Bak yani Türklerin sandığı gibi her Amerikalı Bush'çu değil, bizim orada da her çeşit insan var, Amerika'da çok farklı fikir var, tolerans var. Sizin burada tolerans az! Bak benim bir Türk kocam vardı, önceleri çok liberal falan filandı, şimdi o yaşlandı ve çok tutucu oldu, ben katlanamaz oldum ona, boşandık biz yani... Valla öyle yani! Siz burada kader dersiniz, öyle be!"

Güldü Profesör Seferis. Kendisine doğal bir samimiyetle hitap eden ve bekâr olduğunu öğrendiği bu hoş kadını, iradesi dışında kendi ağzına değmiş bir şişeden su içirmesini de işte tam bu sırada affetti. Affettiği anda da buna çok ama çok şaşırdı. Şaşırdı ama keyifli bir şaşkınlıktı bu. Çok ender de olsa şaşkınlık olumlu duygulara kapı açar; başımıza yıllarca bela olmuş bir önyargı veya takıntıdan kurtuluşumuzu müjdeler. Profesör de şaşırarak ferahladığını hissetti. Bu duygu ona hafiflik ve neşe katmıştı ki, yanında olmamasına rağmen Eleni Halasının bu durumu hiç hoş karşılamayacağını düşünerek, gizli bir suçluluk duygusuna kapıldı. O zaman neşesi kaçtı.

"Annem de artık nasılsa Türk kocamdan boşandım, bekâr kadınım ya ben, yani burada kalmama neden falan filan kalmadı artık, geri dönmemi istiyor benim, anlıyor musun Yanni?"

İstanbullu Susan'ın bekârlığı, kendi anlayışına göre 'dul' olması Profesör Yannis Seferis'i derinden hoşnut etti. Bu nedenle onun sıskalığını ve küçük göğüslerini de affedebileceğini düşündü.

"Fakat... fakat ben bu şehirde bir erkek, bir kadın, bir çocuk için yaşamıyorum ki... Ben çok seviyorum bu İstanbul'u, anlıyorsun? Bu şehrin kaosunu, uzlaşmazlığını, düzenliliğe karşı muhalefetini, soylu geçmişini takmayışındaki dik başlılığı, kimseye kulak vermeyişindeki anarşik, hatta nihilist duruşunu ve herkese rağmen nasıl demeli, her baskıya veya ilgisizliğe rağmen güvenini... self-confidence... yani kendine güvenini seviyorum. Günlük hayatta martılar ve denizle yan yana gürültüsünü, sonra cami içlerindeki sessizliğini, Sufizm derinliğindeki o... nasıl söylemeli... mistik renklerini, sonra bu sizin milletin çocuksuluğunu falan seviyorum ya! Aşk gibi işte! Falan filan yani, anlıyorsun sen valla! Vatan nedir yani? Ben İstanbulluyum be!"

"Vatan nedir?" diye mırıldandı Profesör Seferis. "Vatan nedir? Vatan neresidir?"

O sırada yüzlerce insanı İstanbul'dan farklı dünya şehirlerine doğru uçuracak farklı havayollarına ait uçakların kalkış saatleri anonsları duyuldu. Farklı şehirlere, farklı vatanlara veya vatandan uzağa doğru yola çıkacak yolcular farklı kapılara doğru acele acele yürüdüler.

"Ah Eleni Halacığım, ah hangi vatan? demek isterim de ona kıyamam. Eğer Atina'ya sığarsa çocukluğum, ilkgençliğim, ilk anılarım, mahalle arkadaşlarımla uçurttuğum uçurtmalar, oynadığım toplar, kazandığım cicilona cam bilyeler, kaçırdığımız uçan balonlar, Tatavla Panayırı'nda Apokria büyük perhizinden önce günlerce süren karnaval eğlencelerini paylaştığımız komşularımız, o zamanlar yediğimiz Şam tatlıları, macunlar, cevizli muskalar, içtiğimiz salepler, kalbimdeki İstanbul'u nereye koyacağım? Eğer İstanbul vatan değilse Atina nasıl olacak? Peki İstanbul vatansa çocukluk arkadaşım Tasos Atina'ya, Nikos Selanik'e, Silva Amerika'ya, Varojan Paris'e göçmüşken, Akarca Yokuşu'nun parke taşları sökülüp asfalt yapılmışken, Yeni Atlas sineması kapanmışken bana ne kalmıştır geriye? Vatan neresidir, anıların mı, akraba ve arkadaşların yaşadığı yer mi? Neresidir vatan Hanımefendi?

Derin derin içini çekerek sustu Profesör Yannis. Bir süre önüne bakarak daldı gitti. O zaman etrafındaki kalabalık, iki dilde yapılan uçak kalkış anonsları ve kalabalığın uğultusu silindi, kendini yapayalnız bir sessizlikte buldu.

"Bazen büyük ümitsizliğe kapılıyorum ama yaşlanmaktandır, diyorum kendime; sadece yaşlanmaktandır Yanni, başka bir sebep yoktur, her şey iyi olacaktır, üzülme, ümitsiz olma! Fakat çok pardon, sizi özel sıkıntılarımla meşgul ediyorum ben..."

Onu gülümseyerek dinleyen İstanbullu Suzan, başını bir Türk gibi arkaya atıp, 'çık' sesi çıkartarak 'hayır' demek istedi. Kendisi de 'buralı' olan Profesör Yannis onu anladı.

"Amerikalılar bunu en iyi anlayacaktır Yannis, çünkü bizim orada da hep göçmen, hep başka başka milletler yan yana yaşamaktadır. Belki de İstanbul'u bana ikinci vatan yapan da budur? Biliyor musun sen, bir turizm eycinsi: acentesi yani var benim. İş kurdum yani ben burada iş kadını oldum, çok insanla tanışıyorum, görüşüyorum. Ve haklısın, burada ruh durumu aynen böyle; seninki gibidir. Herkes İstanbul'u çok sever ama melankolik, nostaljik ve biraz da bıkkın falan filandır valla!"

"Demek turizmcisiniz, ben de genetik, gen biyolojisi öğretmeniyim efendim. Artık ne kadar ilginizi çeker bilmem ama belki bir gün dünyanın en güzel manzaralı okuluna; Boğaziçi Üniversitemize lütfeder, ziyaretime gelirseniz; yani siz de ben de İstanbul'a geri dönünce belki buluşur ve konuşuruz bunları... Yani tabii siz de uygun görürseniz hanımefendi?"

Uzun yıllar sonra ilk defa bir kadından randevu istemekte olduğunu fark eden profesörün yüzü kızardı ve boncuk boncuk terlemeye başladı. Konuyu değiştirmek için aklına gelen ilk kişiye sığındı.

"Aslında bugünlerde İstanbul'a kesin dönüş yapacak bir eski öğrencim var, Amerika'da genetik doktorası yaptı, genç yaşta profesör oldu. Belgin, adı Belgin; taa '*undergraduate*'liğinden beri tanırım. Bakın, uzun yıllar Amerika'da yaşamasına, oraya yerleşmesine ve onun için artık geri dönmez denilmesine rağmen, dayanamadı İstanbul özlemine geri dönüyor. Bu İstanbul böyledir, diyorum ya! Bizim gibi iki vatan arasında bir İstanbullu o da! Bir gün onu da alır, bir kahve içeriz belki diyorum, tabii sizin için bir sakıncası yoksa?"

Profesörün artık eski moda sayılacak romantik utangaçlığını şefkatli bir gülümsemeyle gözleyen ve bundan hoşlanan İstanbullu Susan, ona iş ortağı ve sevgilisi olan genç Türk'ten bahsetmemeye karar verdi.

"Ben de bunu isterim Yanni, mademki yani... Biz nereye gidersek gidelim sonunda hepimiz İstanbul'a geri dönüyoruz, buluşalım valla, buluşalım ve bunu kutlayalım İstanbullu Yanni!"

Bu cümleyi bir randevu olarak görerek heyecanlanan Profesör Seferis, heyecanını kapatmak için yine eski öğrencisi Belgin'e sığındı:

"Belgin'i de seveceksiniz hanımefendi. Çok akıllı, tatlı kızdır. İyi bir aileden gelmektedir, babası diplomatmış, zavallı genç yaşta siyasi bir suikasta kurban gitmiş, bu yavrucuk öksüz kalmış küçükken. O da tipik bir İstanbullu olarak, zengin bir genetik havuza sahiptir; hem Anadolu, hem de Kafkas, biraz da bizim oralardan Balkan kanı taşır kendisi. İstanbullu işte. Tıpkı konuştuğumuz gibi, görüyorsunuz... Bizim üniversiteden mezun oldu, önce benim asistanım olarak okulda kaldı, master yaptı, araştırmacı, bilim aşkı ve inadı olan bir kişilik sahibidir... ama çok talihsiz bir evlilik nedeniyle işler yolunda gitmedi. Berbat bir adama düştü falan.. Neyse canınızı sıkmayayım yine..." diye sustu profesör. Dişi ağrıyormuş gibi görünüyordu.

"Bana bir *imeyl* yolladı birkaç ay önce; 'Hocam bu yaz artık İstanbul'a kesin dönüş yapmak istiyorum, üniversitede iş durumu nedir, falan?' diye. Pek sevindim. Onu bu şahane akademik *background*'uyla burada hangi üniversite kapmaz ki? Tabii eski yuvası, Boğaziçi Üniversitesi'ne alıyoruz. Zaten çevrebilim ve genetik ve gen teknolojisi disiplinler arası bir profesöre ihtiyacımız vardı. Pek pek sevindim. Eh, eski öğrencilerin bazıları arkadaş oluyor insana yıllar sonra..."

Aniden araya giren bu eski öğrenci hikâyesiyle aslında kendisinden randevu almaya çalışan utangaç profesörün anlattıklarından sıkılan İstanbullu Susan'ın ilgisini 'talihsiz evlilik' kısmı çekmişti.

"Siz Türkçede 'talihsiz evlilik' deyince, aslında 'kocasının aldattığı kadın' demek istiyorsunuz di mi Yanni?" diye sordu alaycı bir sesle.

Amerikalıların açık sözlü ve direkt tavırlarını bir türlü hazmedemeyen Profesör Seferis, İstanbullu Susan'ın bu sorusunu yersiz buldu ama kadına olan ilgisinden bunu da görmezden geldi.

"Her zaman böyle olmasa da başka bütün toplumlarda olduğu gibi bizde de maalesef insanlar eşlerini üzebiliyorlar. Bazı insanlar dürüst olmayabiliyorlar hanımefendi!" dedi alınmış bir sesle.

"Ah-hah! İşte seni yakaladım! Sen de şimdi tipik bir Türk erkeği oldun Yanni valla!" diye sitemli güldü İstanbullu Susan,

"Nedir bu erkek-kadın savaşı bu Türkiye'de be? Bak valla çok dürüst söyleyeceğim; bizim Amerika'da hâlâ nasıl siyah, yani zenci-beyaz problemi gizlice varsa sizin Türkiye'deki asıl problem Kürt-Türk, Alevi-Sünni değildir be! Sizin asıl probleminiz türban mürban da değil Yanni! Bu memleketin ana problemi, erkek-kadın problemi valla! Nereye gitsem elit, okumuş, demokrasiye inanan Türkler bile hemen kadın ve erkek ayrılıyorlar, tıpkı dedelerinin sarayda yaptığı gibi..."

Profesör Seferis hiç hoşlanmadığı bir konuya taraf olmak zorunda bırakılışından oldukça rahatsız olmuş görünüyordu. Osmanlı-Müslüman geleneği olan haremle kendisi arasında ne ilişki olabilirdi ki? Kaldı ki, o kadınları asla küçük görmez, insanları cinsiyetlerine göre ayırmazdı. Onun için kadınlar birer çiçekti ve hoş tutulmaları gerekirdi.

"Bak yani ben bu Türkiye'de çok gezdim, Van'a gittim, Mardin'e, Kayseri'ye Trabzon'a falan filan... Türk erkeklerini beğenirim, bak çok yakışıklı, seksi, hoş adamlar vardır aralarında bazen yani... Ama valla kadınlara çok düşmanlar be! Yani partilere, eğlenmeye falan filan gidiyorum ben, burada bizim İstanbul'da mesela, zeki, kariyer sahibi genç adamlar katılıyor bu partilere. Ama bak, ama bunlar içki içince ayrı grup yaparlar, aralarında erkek erkeğe daha çok seks şakası anlatırlar ve kadınları, bir de 'gay'leri, homoseksüelleri *humiliate* ederler, yani ne dersiniz siz? Şey... çok aşağılıyorlar be valla, hem de hiç ummayacağın elit takımı ya!"

"Bu tür insanlar her yerde mevcuttur hanımefendi!" dedi Profesör Seferis sesindeki hantallığa kendisi de şaşarak.

"Maço yani! Ama yok bu kadar be! Valla artık genç jenerasyon kültürlü, dünya gezmiş, insan haklarını falan filan anlayan erkekler Amerika'da veya Avrupa'da artık bu kadar maço değildir be Yanni! Ben Türk erkeklerini anlayamadım, neden Türk kadınlarından bu kadar çok korkuyorlar yani?"

Daha önce izinsiz olarak senli benli olmasına, kendi içtiği şişeyi zorla ağzına dayayıp su içirtmesine bile ses çıkartmadığı İstanbullu Susan'ın erkekler, hele Türk erkekler hakkında bu kadar sert konuşması karşısında artık ona karşı hoşgörülü olamayacağını sezen

Profesör Seferis, ilk defa kadının gözlerinin kenarında kazayağı kırışıklıklar olduğunu fark etti. İstanbullu Susan göründüğü kadar genç değildi.

"Kadınların da bu konuda kusuru olmalı efendim," dedi, artık soğuk denecek kadar mesafeli ve kontrol edemediği bir düş kırıklığının yol açtığı hantal bir sesle.

"Olmaz mı Yanni? Türk kadınları Geyşa gibi valla! Kendilerini aşağı görüyorlar en baştan be yani!"

Artık iyice canı sıkılan Profesör Seferis, kontrolünü kaybedip; 'O halde siz de vatanınıza dönün ve o kovboy kılıklı zevksiz Amerikalı erkeklerinizle yaşayın hanımefendi!' diye bağırmamak için kendini zor tuttu. O sırada Atina'ya gidecek THY uçağı için 215 numaralı kapının açıldığı anonsu yapıldı. Derin bir nefes alıp biraz da hüzünlü olarak yerinden kalktı, veda etmek için İstanbullu Susan'a döndü ama yan koltuk boştu. Kadını aramak için etrafına bakınca hemen karşısında ayaklarını yandaki boş koltuklara uzatmış uyumakta olan uzun boylu, alımlı Amerikalı kadını gördü. Önce gözlerine inanamadı, biraz daha yaklaşıp çekinerek baktı. Kadının göz kapakları rüya görenlerinki gibi hafifçe kımıldıyordu. Güzel bir rüya olmalıydı; gülümsüyordu. Bu duruma bir anlam veremeyen Profesör Seferis'in gözü kadının oldukça ağır görünen el bagajına takıldı. Bagajın sapından sallanan etikette: 'Susan Constance. İstanbul-San Francisco' yazıyordu.

7
ZEHİRLİ YALNIZLIKLAR KRALİÇESİ

"Yeşilköy'dü. Kimse Atatürk Havalimanı demezdi adına. Burası Yeşilköy'dü. 1970'lerdi... Annem bana dönüp sanki olanlar benim suçummuş gibi bir azarlayan bir sesle: 'Başını dik tut, sakın ağlama ve asla unutma; sen bir Türk kızısın Belgin! Baban seninle gurur duyacak!' demişti. Ama ben ağlamış, çok ağlamış, annemi ve tabuttaki babamı utandırmıştım.

Yeşilköy'dü. Kimse Atatürk Havalimanı demezdi adına. Burası Yeşilköy'dü. O kadar. Adını duyan zaten anlardı. Yeşilköy'e gidilecekse, uçağa binilecek, demekti. O zamanlar, seyahat etmek ve uzaklara gitmekten daha önemli olan uçağın uçağa binmenin ta kendisiydi. Uçak başlı başına bir serüvendi. Çevremizde bunu dile getirmek 'vülger' dedikleri kaba bir heyecandı ama yetişkinler kendi ses tonlarının ve beden dillerinin çocuklar tarafından dikkatle okunduğunu unuturlar. Anlaşılıyordu: uçağa binmek ve uçmak, 'gitmek'ten, o sıralar çok zor olan 'dışarı'ya çıkabilmekten, başka ve yeni şeyler görmekten bile daha heyecanlıydı. Aracın amaç olduğu hülyalı, devletin çok babaerkil olduğu kapalı zamanlardı: 1970'lerdi...

"Annem sık sık: 'baban Yeşilköy'de' dediğinde, kocaman metal bir kuşun içinden çıkan koskocaman babamı düşünür ve gururlanırdım. İriydi babam, hem çok uzun boyluydu hem de kiloluydu. 'Maşallah aslanlar gibi cüsseli' derdi babaannem. 'İriyarı, pek vücutlu ama altın gibi kalbi var oğlumun,' diye eklerdi ardından. 'Cici- Kete'm, bir tanecik dadım, 'Baba iyidir, kocamandır, pamuk gibidir!' derdi o mahcup gülümsemesiyle.

Okul öncesi yaşlarımda babamı hep 'Yeşilköy'e gider ve Yeşilköy'den gelir' olarak hatırlarım. 'Babanın görevi gereği!' derdi herkes. Oysa tanıdığım bütün çocukların babası İstanbul'da çalışırdı ama benimkinin binlerce kilometre uzakta bir 'görev gereği' vardı. Babamın yokluğunun nedeni hep buydu. Babama hasret büyüyüşümün tek sorumlusu ve suçlusu: gizemli görevi, biraz da annemdi! Daha sonra annemin kendi mesleğinin bırakmasının da aynı nedenle olduğunu öğrenecektim. Bir bakıma annem 'görevini', babamın 'görevi gereği' yapamamıştı. Konser piyanisti olmak için bütün çocukluğunu ve ilkgençliğini adadığı piyanoyu kocasının 'görevi gereği' bir çeyiz olarak eve taşımış, uluslararası performanslarda bir İdil Biret, bir Ayşegül Sarıca olmak arzusunu, 'görevi' kendi hayallerinden daha 'önemli' bir erkeğin karısı olabilmek uğruna silip atmıştı. Annem için kendi arzu ve hayallerinden vazgeçebilmek, bu kadar kolay mı olmuştu? Olmuş muydu sahi? Çocukken hayatla başa çıkamadığım, eksik, yalnız ve yetersiz kaldığım zamanlarda birine kızmam gerekirdi ve bu daima annem olurdu. Anneme kızmak için neden bulmakta hiçbir zaman sıkıntı çekmedim, ama en çok başvurduğum bana kent içinde görevi olan bir baba seçmeyişi ya da babamı kent içinde çalışmaya ikna edemeyişiydi. Anneme kızardım, anneme çok kızardım; kendine ait bir iş, bir düzen, içinde kendine dair hayalleri ve hacimleri olan bir dünya kuracak olanakları olduğu halde bunları değerlendirmediği, bu yüzden de babamdan sonra boşlukta kalan anneme kızardım. Anneme, kendini eviçlerine ve depresyona teslim ettiği, başarılı konservatuvar eğitimini çöpe attığı için kızardım. Oysa birçok kız arkadaşımınki gibi kızının hayatında ezici merkez olmadığı, rekabet etmediği, aksine beni kararlarımda sessiz kalarak da olsa desteklediği için teşekkür edeceğime ona hep kızardım. Annesine benzemekten korkan kızların yaptığı gibi ona kızdım, çok kızdım, anneme kızdım, kızdım, kızıydım, kızı, kız! Anneme kızardım, babama asla!

Belgin'in uçağı 10.5 saatlik New York-İstanbul uçuşundan sonra yere inmiş, ancak yoğun yer trafiğinden ötürü park edememişti. Yolculara uçak tamamen durmadan yerlerinden kalkmamaları ikaz edilmiş olmasına rağmen saatlerdir sabırla koltuklarında oturan yolcuların bir kısmı kalkıp yabancı yolcuların şaşkın bakışları altında kabin dolaplarını ve cep telefonlarını açmaya başlamıştı bile.

"Yedi yaşındayken çok sevdiğim babaannemden, halamdan, Erol Enişte'mden, mahallemizden ayrılığımın nedeni de yine babamın 'görevi' olmuştu. Babama kavuşmamın bedeli, öbür sevdiklerimi kaybetmekti. Zordu, çok zordu babama kavuşmak. Bu gizem ve uzaklık, bu ancak başka sevdiklerimi kurban etmek bedeliyle ona kavuşma, babamın önemini gözümde iyice büyütürdü. Benim babam başkalarınınkine benzemiyordu. Zaten kocaman, koskocamandı, ayda birkaç kez eve gelir, geldiğinde Yeşilköy'den bir metal kuşun içinden çıkar ve bana başka çocuklarda olmayan yabancı oyuncaklar getirirdi. Öte yandan; babamın 'görevi gereği' söz konusu olduğunda insanlar gizli bir bir noktaya bakar gibi dalgınlaşıp, kaşlarını kaldırıp, dudaklarını büzer ve başlarını sallayarak: 'Zor valla, çok zor, dışardan göründüğü gibi değil, hele Türkiye'nin şu zor zamanlarında...' derdi. Daha sonra bütün hayatım boyunca bazı nedenlerle 'Türkiye'nin zor zamanları'nın hiç bitmeyeceğini öğrenecektim... Ama şimdi 41 yaşımda, burada Yeşilköy'de durup düşününce, babamı benden koparan o esrarengiz görevin, bende taa o zamanlar bütün gizemlere karşı bir çeşit meydan okuma duygusu uyandırmış olduğunu artık anlıyorum. Fen bilimleri, biyoloji, özelikle genetik mühendisliğine ilgimin temelinde de bu yatar. Gizem çözme tutkusu... Kim bilir, bir çeşit babamı geri getirmek çabası, beyhudeyi zorlama hali belki de....

"Sonunda bir gün biz de annem ve dadım 'Cici-Kete'mle Yeşilköy'den uçağa binip, babamın 'görevi gereği' bulunduğu, uzak bir kente uçtuk. Büyük metal kuşa binerken, hep dışında kaldığım Yeşilköy'ün aslında benim için uçak pisti anlamına geldiğini fark etmiştim. Yeşilköy bir semt falan değildi, hiç de olmamıştı, Yeşilköy benim için bir pistti; o kadar. Şimdi adı ne olursa olsun, şimdi bu kocaman metal kuşun New York'tan uçarak konduğu İstanbul Atatürk Havalimanı aslında; Yeşilköy'dür ve yalnızca bir pisttir.

"Annemle ilk kez uçağa binip, babama kavuşmaya gittiğimde, bize havada yiyecek ve içecek ikram etmişler hem de güler yüzle sohbet etmişlerdi. O zaman babamın 'görevi gereği' bizden ayrı kaldığında pek de sıkılmadığını, canı sıkılmayanların da geride bıraktıklarını fazla özlemediklerini hissetmiştim. Bu his benim ilk hayal kırıklıklarımdan biridir. Ama o sırada mutluydum ve mutlu olanların mutsuzlara göre en büyük avantajının tadını çıkartıyor: hayal kırıklıklarını görmezden geliyor, onları mutsuz olduğum zamanlarda canımı yakması için biriktiriyordum. Mutluydum; geride kalan sevdiklerimi birden unutmuş, babamla geceleri aynı evde uyuyacağım bir hayata doğru uçuyordum. Uçmak, uçakla seyahat etmek, Yeşilköy ve şimdi Atatürk Havalimanı bende babama kavuşma veya babamdan ayrılma anlamı taşıyor hâlâ, üstelik üzerinden bu kadar çok yıl geçmişken...

"Kopenhag diye karanlık, uzak bir kentti ilk yabancı ev adresim. Kopenhag. 'Köpenhagen' diyordu annem inatla. Hep inat eder, kendisini böylece kanıtlamaya, yalnızca bir 'karı' ve 'anne' olmadığını ancak bu şekilde anlatmaya çalışırdı. Bir 'dul eş' ve yalnızca bir 'anne' kaldıktan sonra bu inatçılık dozları öyle arttı ki; giderek kendi düşünceleriyle bile çatışmaya, kendisiyle inatlaşmaya başladı. Annem kendisini hiç affetmedi. Sonuna kadar hayatındaki bütün eksikler ve yanlışlar için hep kendini suçladı. Bu konuda ona hiç yardımcı olamadım, olmadım; ona olan kızgınlığımı hiç gizlemedim, ona hep mesafeli davrandım. Hayatımızdaki trajediler ve dramlar konusunda kendisini sorumlu tutmasına izin verdim, seyirci kaldım. Annemi onun ihtiyacı olduğu zamanlarda affedemedim...

"Annemi düşününce onu da tıpkı babam gibi daha çok havalimanlarında anımsıyorum. Uçağa binerken, uçakta, uçaktan inerken, uçak karşılarken, yolcularken annem! Annem ve havalimanları... Annemin havalimanlarına gitmek için süslenişi... Annemin havalimanları kıyafetleri ve zarafeti... Oysa piyano çalardı, annem hem Bebek'te evimizde, hem de yurtdışındaki rezidanslarımızda sık sık piyano başına oturur, çevresindeki herkesi unutmuş gibi dalgın Chopin, Liszt çalardı ama beni en fazla etkileyen onun en sık çaldığı Mozart'ın piyano sonatıydı; adagio olanı. Hâlâ dinlemekten ürktüğüm, o muhteşem ezgi bana annemin babam dışında kimselere açamadığı ruhunun haritasıymış gibi gelir nedense. Evimde sayısız varyasyonu olmasına rağmen Mozart'ın K332 numaralı sonatının her gittiğim yerde bir yenisini daha ararım. Annemi bir gün bulacakmışım gibi tuhaf bir heyecan verir bu bana. Piyano çalarken dünyadan iyice koptuğu, uzaklara gittiği için belki de, annemi düşününce aklıma ilk düşen piyano çalan kadın imgesi değildir. Annemi daha çok havalimanlarındaki haliyle anımsamam, babamla buluşma ve ayrılma eylemiyle ilintili olabilir; bilmiyorum? Şu anda örneğin, onu Kopenhag havalimanında uçaktan inerkenki haliyle, canlıymış gibi net görebiliyorum. Tepesi beyaz, geniş çevresi beyaz iri puantiyelerle bezenmiş, önünde şifon bir fiyongu olan lacivert şapkasını takmış, Dior'dan esinlenilmiş lacivert bir döpiyes giymişti. Kalın kaşları ve takma kirpikleriyle hoştu. Daima Jacqueline Kennedy gibi giyinir, hep onun aristokrat tarzına özenirdi. Annemin, ben doğduktan birkaç ay sonra bir suikasta kurban giden Amerikan başkanı J. F. Kennedy'nin karısına olan hayranlığı, özellikle babamın da bir suikast sonucu şehit edilmesinden sonra beni dehşete düşürecek derecede bir özdeşleşmeye dönüşmüştü. Onun Jacqueline Kennedy'nin yaşamını kendi kaderiymiş gibi görerek takip etmesi ve aralarındaki on yıl yaş farkına göre kehanet takvimi yapması beni hep ürkütmüştür. Eğer mesele estetik sınırlar içinde kalsaydı; doğrusu fiziksel benzerlikleri de göz önüne alınarak şirin, zevkli bir espri bile olabilirdi ama annem kendini neredeyse Jacqueline Kennedy'nin Türkiye şubesi sanacak kadar bir kader örtüşmesi, kişilik kayması yaşamaya başlamıştı. Öyle ki, önce espri olan Jackie takma adı, zamanla kendi adının önüne bir daha çıkmamak üzere yapıştı ve ölene kadar Jackie-Halide Hanım olarak çağrıldı ve anıldı. Zaten bir aile partisinde tanışıp evlenmeye karar verdiklerinde adlarının Halit Ziya ve Halide oluşundaki uyumu Jack ve Jackie Kennedy çiftine benzetmekle işe başlayan annem, bunun mistik bir işaret olduğuna inanmış ve çocukken beni de bunun ilahi bir işaret olduğuna inandırmıştı. Ben de kendi hayatımda ilahi işaretler arayarak mutsuz olayım diye!

"Hoş kadındı annem. Babam yanında olduğu sürece güzeldi, ama babam yokken sönen bir balon gibi kaybolurdu. Babamdan uzak kaldığı süre uzadıkça silikleşen annem, babam bir daha dönmemek üzere gidince tamamen inatçı ve kayıp bir kadın olacaktı. Bir intihar olduğundan hep kuşkulandığım o trafik kazasına kadar... Oraya kadar...

"Bizi Kopenhag havalimanında babam ve birkaç siyah elbiseli adam karşılamış, siyah bir arabayla iki katlı beyaz bir eve gitmiştik. Babam kocaman, koskocamandı ve hep olduğu gibi bir yetişkinden çok neşeli, yaramaz bir çocuğa benziyordu. O çocuklaştıkça annem yaşlanıyormuş gibi gelirdi bana... Öyle hissederdim...

"'Yeşilköy'e benzemiyor ha?' demişti babam, anneme dönüp, manalı manalı. Hayır, benzemiyordu. Hiç benzemiyordu. O havalimanını kastetmiş olmalıydı ama ben kenti düşünmüştüm. Kopenhag diye hatırladığım, içimi titreten uzak ve karanlık bir kenttir hâlâ. Beni derinden etkileyen ilk şey, orada her şeyin dümdüz olmasıydı, dümdüz! Hiç tepe yoktu, dağ yoktu, yokuş bile yoktu Kopenhag'da. Tepesiz, göğüssüz, dar kalçalı bir kentti. Soyunmuş, çırılçıplak, hiçbir gizemi olmamış, olmayacak düz bir kent. Çıplak bir yer. Oysa temiz, düzenli, sakin ve zengindi, ama sıcak, çıtır çıtır, incir kokan bir İstanbul yazından sonra tenha Kopenhag sonbaharı beni çok korkutmuştu. Aniden kokular ve renkler değişmiş, İstanbul'un turuncu yazsonu günbatımları, meyve kokuları, şen şakrak, çoğu matrak sokak satıcı sesleri, Akdeniz güneşinde tembel tembel yalanan sokak kedileri, babannemin şıpıdık terlik sesleri, sahildeki camiden gelen sözlerini anlamadığım sonradan adının ezan olduğunu öğrendiğim güzel şarkılar, evimizin penceresinden içinden geçen vapurları seyrettiğim kocaman masmavi bir nehir sandığım Boğaziçi, ender de olsa annem izin verince oyun oynadığım mahalle arkadaşlarımın tıkır tıkır ip atlayışları... O zamanlar bütün İstanbul'u yalnızca bizim yaşadığımız Bebek, bütün İstanbulluları bizim gibi varlıklı, eğitimli, Avrupalı ve olanaklı insanlar sanıyor oluşum yalnızca çocukluğuma verilecek bir saflık değildi elbette. Biz hepimiz, bütün ailem, çevremiz, akrabalarımız tümden böyle bir rüya içindeydik. Ama orada hepsi gitmişti. Bitmişti. Kopenhag'da bizim Türk olduğumuzu duyunca bize Afrikalıymışız gibi davranıyorlardı, Afrikalı, Arap ya da Asyalı. Annemin Mozart'ı tanıması ve çalabilmesi, babamın Andre Gide'i lisedeyken okumuş olması, İstanbul'da plajdan denize girip mayoyla yüzebiliyor oluşumuza şaşırıyor, hiç inanmıyorlardı. Biz de şaşırıyorduk, annem de, ben de, dadım Kete de... Kimdik biz, neden uzaydan gelmiş gibi seyrediliyorduk? Boşlukta, bomboşlukta kalmıştım. Sokakta oyun oynayan çocuk da yoktu orada. Ah bu babama kavuşmamın bedeli ağırdı, tahmin ettiğimden de ağırdı. Ama babamın görevi gereği buna katlanacaktım. Babama kavuşmak için her şeye katlanırdım; her şeye... Babasının kraliçesi olmuş, babasına âşık bütün kız çocukları bunu anlar, iyi anlar...

"İlkokula Kopenhag'da başladım. Bir Amerikan okuluna gönderilmiştim. Dört yıl okulda İngilizce, sokakta Danca, evde Türkçe ve yirmi yaşıma kadar bana annemden daha yakın olan Cici-Kete'mle –Türkçe'min bozulacağından korkan annemlerden gizlice- Kürtçe konuşarak, içinde babamın da bulunduğu sahici bir aileye sahip olmaktan mutlu ama o kente yabancı kalarak... Bir kente yabancı kalarak orada yaşamanın insanın ruhuna nasıl acı verdiğini taa o zamanlarda hissetmiştim. İnsan içinde yaşadığı kenti sevmiyorsa veya kent onu kabul etmiyorsa ki; çoğunlukla ikisi bir arada yaşanır; bunun ne kadar büyük bir sıkıntı, ne yoğun bir ruh ağrısı yaratacağını iyi bilirim. Küçüktüm, insanın çevresiyle ilişkisi ve yaşadığı kentle uyum/suzluğu hakkında hiçbir fikrim yoktu ama bütün çocuklar gibi bilmekten öte bir algılayışa sahiptim ve bu hissediş henüz sansürsüzdü! Benim ilk kent korkum Kopenhag'dır ama sonra İstanbul, ah o İstanbul yalnızlığını öğrendikten, o büyük, o muhteşem ve çok acımasız İstanbul'un insana yalnızlığı nasıl yaşattığını anladıktan sonra başka hiçbir kent, ama hiçbir kent beni yalnızlıkla tehdit edemez oldu. İstanbul'un rengârenk, cıvıl cıvıl kaosu ve büyüleyici neşesinin içinde insanı yapayalnız, küçücük, kimsesiz bırakışında iliklerime kadar işleyen yalnızlık acısı, ne New York'la ne Kopenhag'la kıyaslanabilir, yan yana düşünülebilir... İstanbul'da yaşadığım acı, ihanet ve yalnızlık İstanbul'un zehir zemberek yalnızlığı...

"Dört yıl Kopenhag'da yaşadım ve bir daha da oraya hiç gitmedim! Sonra yine babamın 'görevi gereği' birkaç bavul eşyayla başka bir kıtaya; Güney Amerika'ya göçtük. Babamın artık bir diplomat olduğunu biliyordum. Ben bir diplomat kızıydım ve hayatım yabancı ülkelerde, tam okuluma, arkadaşlarıma alışmışken yeniden yollara düşerek, sevdiklerimden uzak geçecekti. 'Buna karşılık' diyordu annem; 'buna karşılık bak şimdiden İngilizcen ve İspanyolcan anadilin gibi gelişti, farklı kültürler tanıyor, Dali, Picasso, Magritte'in orijinallerini bu yaşta görebiliyor, Aida'yı, Rigoletto'yu dünyanın en iyi operacılarından dinliyorsun. Arkadaşlarının hayal bile edemediği şeyler yaşıyorsun Belginciiim!' Sevinmemi istiyordu ama kendisi de sevinçli değildi. Üstelik saydığı avantajlar ancak yetişkinler için önemliydi, bir çocuk için hayat daha basitti. Bir çocuk için sevgi ve güven her şeyden değerliydi ve bunlar için de sabit bir düzen ve çevre gerekiyordu. Kendimi hayatım boyunca güvensiz hissedişimde biraz da 'diplomat çocuğu sendromu'nun payı olduğunu düşünmem anneme hep abartılı gelmişti. Ona göre 'diplomat çocuğu' olmak dünyanın en ideal çocukluğuydu, ama aslında bunun nasıl kopuk, yalnız ve tutunma açlığı yaratan bir çocukluk olduğunu o nereden bilecekti...

"Ama öyle olmadı, hayatımın kalan kısmı yollarda geçmedi. Güney Amerika'da yalnızca üç yıl yaşadık ve sonunda İstanbul'a döndük. Bu son dönüşte babam uçakta yanımızda oturmuyor, tombul ve iri elleriyle, benimkini tutup kocaman heyecanıyla bana bulutların şekilleriyle ilgili masallar, Latin Amerika ya da Viking mitolojilerinden öyküler anlatmıyordu. Son seyahatimizde babam bizimle aynı uçakta ama bir tabutun içinde dönüyordu İstanbul'a... Türk bayrağına sarılı bir tabutta. On üç yaşındaydım ve Yeşilköy'e babamla ama babamsız dönmüştüm. Babamın görevi ve bu görevin gereği de böylece bitmişti. Babam 'görevi gereği' öldürülmüştü. Ben babamın 'görevi gereği' babasız kalmıştım. Yeşilköy'de... Burada, tam burada yani. Şimdi uçaktan ineceğim bu Atatürk Havalimanı'nda; Yeşilköy'de...

"Simsiyah giyinmiş, Jacqueline Kennedy'nin siyah tüllü yas şapkasının benzerini takmış, tek damla gözyaşı dökmemek için belki de yatıştırıcı ilaç alarak kaskatı kesilmiş, elimi koparacak kadar sımsıkı tutan annem: 'Teröristler babanı öldürdü, o artık bir vatan şehidi!' demişti. Sonra bana dönüp sanki olanlar benim suçummuş gibi bir azarlamayla: 'Başını dik tut, sakın ağlama ve asla unutma; sen bir Türk kızısın Belgin! Baban seninle gurur duyacak!' Ama ben ağlamış, çok ağlamış, annemi ve tabuttaki babamı utandırmıştım.

"Ben işte ne zaman bu havalimanına gelsem hep aynı endişe, aynı tedirginlik, hüzün ve yalnızlık... Ha Yeşilköy'ün o küçük, sevimli havaalanı, ha şimdi bu şık ve modern Atatürk Havalimanı! Benim için duygusu hiç değişmedi; ne havalimanlarını severim, ne de Yeşilköy'den ya da adı Atatürk Havalimanı olan bu yerden hoşlanırım... Elimde olsa vapurla seyahat ederim, trene mirene binerim, aslında seyahat falan da etmem, hiç etmem."

Sonunda uçak park etti, motorlar stop etti, merdiven kapıya yanaştı, yolcular kabin dolaplarından el bagajlarını aldı ve yavaş yavaş uçağı terk etmeye başladılar. Belgin, uzun yolculuk sırasında uyuşan bedenini küçük kol, boyun hareketleriyle açmaya çalışırken el bagajını omzuna astı, yavaş yavaş uçaktan inerken, yol boyu son derece güleryüzlü bir servis sunan kabin görevlilerine teşekkür etti. Uçağa yanaşan merdivenin son basamağından ayağını piste attığında İstanbul'a ayak bastığını düşündü, içi titredi, heyecanlandı, ama her zamanki gibi yüzünde yaprak kımıldamıyordu. Uçağın hemen önünde bekleyen alan servis otobüsüne bindi.

İçindeki heyecanı oraya hapsederek yaptığı kısa yolculuk sonunda diğer yolcularla beraber otobüsten indi. Apronda durdu ve gökyüzüne baktı. İstanbul'daydı, dönmüştü İstanbul'a! Son derece soğukkanlı görünerek döndü, modern ve işlevsel bir mimariye sahip Atatürk Havalimanı'nın şık ve tertemiz dış hatlar binasına girdi. Okyanus ötesi hava yolculuklarında yaşanan saat farkı 'jet-lag' hastalığı onu her zaman fena etkilerdi. Bozulan biyolojik saati, bedeninde huzursuzluk etkisi yapmıştı. Kendini her New York-Avrupa arası yolculuk sonrasında olduğu gibi kırık dökük, az sonra gribe yakalanacak gibi yorgun ve alıngan hissediyordu. Pasaport kontrol gişelerine giden uzun yolu kolaylaştırmak üzere hazırlanmış yürüyen bantlardan birine bindi, içindeki özel likra katkısı nedeniyle hâlâ yeni ütülenmiş gibi şık duran tek parça lacivert keten elbisesini düzeltti, saçlarını çekiştirdi. Yanaklarına iki yandan iri birer virgül gibi yayılan buklelerini bilinçsizce sıvazlayarak belirginleştirdi. Çünkü bu kocaman virgül buklelerini babası; 'Belgin Doruk bukleli, güzel kızım benim!' diye sever, 'Şuna bak annesi, yani bir tek, yanağında Belgin Doruk'un beni eksik,' derken yanağından da mutlaka bir makas alırdı. On üç yaşından beri saçlarının modelini hiç değiştirmeyip buklelerini sık sık okşaması bu yüzdendi. Buklelerine her dokunuşta babasını okşuyordu. Yine Yeşilköy'de, yine eli buklesinde, saçını okşadı ve gülümsedi. O zaman, yürüyen bantta yanında durarak ilerleyen yolcu kendisine gülümsendiğini düşünerek Belgin'e selam verdi. Belgin dikkatle bakınca bunun uçak komşusu Ulviye Yeniçağ olduğunu gördü. Âni bir suçluluk duygusuyla kızardı. Ulviye Yeniçağ nasıl ve ne zaman yapmışsa, makyajını tazelemeyi başarmış, ileri yaşına rağmen taptaze ve pırıl pırıl görünüyordu. Belgin'in bütün önyargılarını çatırdatan, yaşlı ve güzel bir kadındı.

"Maşallah pek güzel uyudunuz!" dedi cıvıl cıvıl bir sesle

"Ben mi uyudum?" diye şaşkın mırıldandı Belgin.

Sonra Ulviye Yeniçağ'ın bunamış olduğunu düşünerek sustu. Evet, altmış yaşından büyüktü, en az altmış beş vardı ve buna rağmen güzeldi. Yok yok, güzel demek yetmezdi ona, o 'güzel bir kadın'dı hâlâ. Ama herhalde bunamıştı. Çünkü aslında uyuyan kendisiydi, ama Belgin bunu onun yüzüne vurmamaya karar verdi.

"Ayhan Bey'le size bol şanslar diliyorum. İnşallah çok mutlu olursunuz."

"Uyuduysa Ayhan'ı nereden biliyor?" diye dondu kaldı Belgin. Küçük bir şok geçirdikten sonra ufak tefek Ulviye Yeniçağ'a doğru eğilerek dikkatle baktı. O, çapkın çapkın başını sallayarak güldü. Belgin'in canı sıkıldı. Yani, bu yaşlı ve güzel Ulviye Yeniçağ eninde sonunda ne yapıp ediyor, Belgin'in huzurunu kaçırmayı başarıyordu işte. Canı sıkılan Belgin, migreninin kendini hatırlatınca 'offf'layarak dudağını ısırdı. O zaman annesi ve babasını düşünerek uzaklaştığı asıl konuyu hatırladı. Asıl konuyu: Ayhan'ı! Ayhan! Ayhan onu bekliyordu. Aman Tanrım, Ayhan onu bekliyordu! Biraz ötede, pasaport kontrol gişeleriyle oluşturulan uluslararası sınırın hemen arkasında, şurada, yüz metre ötede Ayhan, Belgin'i bekliyordu. Bundan sonra beraber yaşamak istediği için işini ve bilmem kaç yıldır kurduğu hayatı bırakıp yeniden bu ürkütücü, bu çok tehlikeli, ama sürekli rüyalarına giren müthiş güzel, felaket albenili İstanbul'a geri döndüğü Ayhan. 'Artık hiçbir erkeğe güvenemem, artık âşık falan olmam,' derken çok âşık olup hem de nasıl güvendiği Ayhan. İstanbul kadar iştah açıcı, İstanbul kadar vaatkâr, İstanbul gibi karşı konulamaz Ayhan! Ayhan'ı düşününce tıpkı saçlarındaki Belgin Doruk buklelerini okşar gibi sevgiyle ve farkında olmadan elini karnına koydu ve okşadı. Sonra kuşkuyla çekti elini, bu hareketi yaparken kendine yabancılaşmıştı. Bu hareket daha önce hiç bilmediği yepyeni bir jestti ve tamamen yabancıydı ona. Yabancı ve fazla! Belgin gibi sakin, serinkanlı, ağır ve huzurlu yaşamayı tercih etmiş biri için fazlaydı... Hem İstanbul, hem Ayhan, hem aşk, hem de bu... Yok olanaklı değildi, olamazdı, çılgınlıktı, büyük çılgınlıktı... Öyleydi, çok öyleydi ama gerçekti. Üstelik çok gerçekti, çok somuttu! İşte buraya dönmüştü; İstanbul'daydı, Columbia Üniversitesi'nden Boğaziçi Üniversitesi'ne geçiş işlemleri tamamlanmak üzereydi, âşıktı ve üstüne üstlük hamileydi. Bal gibi hamileydi Belgin. Belgin Gümüş hamileydi! Bir kadının 'artık anne manne olmam, ben o defteri kapattım' dediği mevsimde, üstelik çok sevdiği bir erkekten ve bu durumun özellikle de tahrik ettiği bir saatte hamile kalmasının sarhoşluğuyla hamileydi Belgin.

"İyi misiniz Belgin Hanım? Renginiz soldu, şekeriniz mi düştü acaba?" diye endişeyle sordu Ulviye Yeniçağ, üzerinde birlikte ilerledikleri yürüyen platformda tam yanında dikilirken,

"İyiyim, iyiyim!" diye tersleyerek yanıtladı Belgin.

"Biraz oturun isterseniz, bir şeker vereyim size... heyecandandır, ne de olsa aşk var içinde aşk!" diye yine çapkınca güldü yaşlı kadın.

"Kendini annem falan mı sanıyor bu kadın?' diye bozuldu Belgin ama öbürü çoktan çantasından renkli bir jelatine sarılmış karamelalı bir şeker çıkartmıştı bile.

"Hadi canım alın şunu, dilinizin altına koyun... Yaşımız geçti diye aşk heyecanını unuttuk mu sanıyorsunuz yani... Ah mümkün mü Belgin Hanım, ben de şimdi..." dedikten sonra sesini alçaltıp fısıldayarak ekledi:

"Ne yalan söyleyeyim, ben de bir parça heyecanlıyım aslında... Büyükada'da bir zamanlar genç kızlık flörtüm olan beyefendiyle karşılaşacağım bu akşam ne de olsa... Tabii kendisi artık emekli ve dul gazeteci ama kalbimin gümbür gümbür atmasına mâni değil bu durum anlayacağınız... Ama siz iyi değilsiniz canım? Haydi büyük sözü dinleyin de alın şu şekeri bakayım!"

"Benim migrenim var!" diye homurdandı Belgin, çaresiz şekeri alırken.

"Yok yok, sizinki aşk heyecanı!" diye bilmiş bilmiş kaşlarını kaldırıp gizemli biçimde gülümsedi Ulviye Yeniçağ.

Her şeyi bilen ve bildiğinden başka olasılığı dinlemeye bile katlanamayan bu kadından asla kurtulamayacağı endişesiyle paniğe kapılan Belgin, yürüyen bandın bittiği ilk boşlukta banttan indi;

"Ben biraz oturacağım, dinlenmem gerek... Hoşça kalın Ulviye Hanım!" dedi.

Bir sonraki yürüyen banda geçen Ulviye Yeniçağ;

"Siz de hoşça kalın ve hayatın tadını çıkartın. Sakın unutmayın, aslında hiçbir şey üzülmeye değmiyor canım, inanın hiçbir şey!" diye el sallayarak uzaklaştı.

Ondan kurtulduğu için derin bir 'oh' çeken Belgin, buna sevinmesi gerekirken tuhaf bir burukluk hissedişini yadırgadı. Gerçekten tuhaftı bu Ulviye Yeniçağ. Hoştu, ilginçti, kesinlikle sevecen ve hiç de kötü biri değildi ama kuşağına has o aydınlanmacı ruh ve ısrarlı öğretmencilik tarafı artık rahatsızlık veriyordu. Ancak ensesinden başlayarak başına yayılmaya başlayan berbat migren ağrısı nedeniyle bunu düşünmekten vazgeçti. Pasaport gişelerinin olduğu yöne doğru acele acele akan yolcuların doldurduğu geniş koridorda bulunan metal banklardan birine oturdu. Çantasından bir ilaç çıkarttı, ağzına attı ve susuz yuttu. Gözlerini kapatıp işaretparmaklarıyla kaşlarının altına masaj yapmaya başladı. Birkaç dakika böylece bekledi. İlacın ağzında bıraktığı acı tattan kurtulmak için Ulviye Yeniçağ'ın verdiği şekeri onun söylediği gibi dilinin altına yerleştirip emmeye başladı. Şeker ağzına ve kanına dağıldıkça kendini biraz daha iyi hissetti. Ayhan'ı düşünecek kadar iyi...

Ayhan hemen burada, az ilerideydi ve onu bekliyordu. Ayhan buradaydı. Yaşasın, Ayhan'la buluşacaktı! İki yıldır tanıdığı, iki aydır görüşmediği, çok özlediği Ayhan'la. Tanıdığı en içten ve dürüst insan, en doğal ve sıcak erkekle. İnsan gibi insan, erkek gibi erkek Ayhan'la. Kaçmadan, iğnelemeden, yarışmadan, saklanmadan, aldatmadan, oyun oynamadan seven, kendisi gibi kendisi olan Ayhan'la... Ah Ayhan buradaydı! Ayhan... Eyvah Ayhan onu bekliyordu!

"Delilik, aşk bir deliliktir be kızım!" demişti Ayhan. "Ama öyle az bulunan bir delilik ki, sırf bu yüzden bile antika değerinde bir mucizeye dönüşüyor gözümüzde... Bir insanın yaşamı süresince gerçekten âşık olabileceği birine rastlaması ne kadar ender bir ihtimal, düşünsene Belgin... Bir kere o insanın tenini, kokusunu, dokusunu beğeneceksin, saçını, dişlerini, ayaklarını ve tırnaklarını seveceksin, ses tonunu, ter kokusunu, sivilce ve benlerini kabulleneceksin. Sonra giyinişi, fıkraları, kahkahaları, bakışları ve yürüyüşü sana batmayacak, dünya görüşü, sanat anlayışı, alt ve üst kültürü canını sıkmayacak... Uyurken bacağını seninkinin üzerine koyması, horlaması, saçlarının kepekli olması veya dökülmesi mideni bulandırmayacak.... Düşünsene Belgin, birini sevmek için ne çok konuda en azından rahatsız olmamak gerekiyor. Ve birine âşık olmamız için ne derin beklentilerde hayal kırıklığına düşmememiz gerekiyor. Diyelim ki, böyle biri var, var da bu sefer de bu özelliklere sahip o birine milyonlarca insan arasında rastlama ihtimalinin ne kadar düşük olduğunu bir hesaplasana... Çoğu kez insanlar aslında birlikte yaramazlık yapacak, beraber bir ortak dil geliştirecek, yan yana eğlenecek, dinlenecek ve haz alarak sevişecekleri 'o biri'ne hiç rastlayamadan ölüp gidiyorlar. Durum bu kadar vahim yani Belgincim. İşte şimdi bu vahim durumun tam ortasında biz, sen ve ben, Belgin ve Ayhan olarak birbirimize rastlıyoruz. Rastlıyoruz ama ikimiz de korkuyoruz denemekten. Korkuyoruz be kızım! Ayrı kıtalarda hayat kurmuşuz, aşktan ağzımız yanmış, yoğurdu üfleyerek yemekten bile caymışız... 'Uzun ve düzenli bir beraberlik'ten sıtkımız sıyrılmış, 'mutlu çift' masallarına karnımız doymuş, içimiz cızz etse de, burnumuz sızlasa da sahici bir aşka inanmıyoruz. Aslında inanacak bir şey kalmamış da işimizi, sen genlerini ben taşlarıma olan aşkımla yetiniyor, geçinip gidiyorken... Böyle böyle, 'idare ederekten' yaşarken, takk diye karşılaşıyoruz! Kız Belgin, bak işte sadece bu yüzden denemeliyiz, bu yüzden göze almalıyız be... Belki bir daha böyle bir şansımız olmayacak, olamayacak, kim bilir?"

Mantıklı, duygulu, şahane... Üstelik Ayhan'ın inanılmaz ikna yeteneği de eklenince... Ama asıl aşk, asıl aşkın sihriyle hipnotize olunca...

Defalarca provasını yapmış, zihin ve duygu terazilerinde tartmış olmasına rağmen Belgin kendini şimdi Yeşilköy'de, Atatürk Havalimanı'nda bu buluşmaya; Ayhan'ın yoğun aşkına hazır hissetmiyor, korkuyordu. İstanbul korkusu kadar büyük ve önlenemez bir korkuydu bu. İstanbul'la buluşmanın kaç kez provası yapılsa da İstanbul daima şaşırtır, daima beklenmediktir, hep korkutur. Ayhan da öyleydi. İstanbul kadar ve İstanbul gibi korkutucu! Halbuki Belgin sürpriz sevmez, beklenmedik durumlar iç dengelerini bozar, değişikliklerden de pek hoşlanmazdı. O, sistemli, istikrarlı, yerleşik düzenlerde huzurlu ve başarılı olan insanlardandır. Başarılı bilim kariyeri de zekâsı kadar bu karakter özelliğine uygun bir alanda çalışmasıyla ilgiliydi kuşkusuz. Ama şimdi korkuyordu Belgin. Pek çok insanın aksine korkmak, onun midesi yerine başını ağrıtıyordu. Korku, endişe, migren, Ayhan, Yeşilköy, İstanbul... Kaşlarının altına yaptığı masajı bırakıp nefes egzersizi yapmaya başladı. Belki biraz rahatlar, sakinleşir, o zaman da berrak düşünürdü.

Oysa her şey yolunda ve kontrolü altındaydı. Ayhan'ın New York'a gelişlerinde, uzun romantik telefon konuşmalarında, bazen lirik, bazen hınzır, çok yaramaz seksi e-posta mesajlarında ne rahattı, mutluydu ve en önemlisi ne korkusuzdu. Her sınamadan, her çatışma ve çelişkiden birbirlerini acıtsalar bile düşmanlaşmadan, birbirlerine ters düşseler bile samimi, anlaşamasalar bile kıran kırana yarışmadan, iddialaşsalar bile zafere koşmak için birbirlerini ezmeden çıkabiliyorlardı. Bunu başarabiliyorlardı. Ah bunu başarabiliyorlardı! Kendilerinden önce hiçbir kadınla erkeğin başaramadığı bunu başarıyorlardı! Ama acaba bunu şimdilik mi başarıyorlardı? Daha önceki evlilik ve aşklarında yaşadıkları 'kadın-erkek güç savaşları'ndan ikisinin de ağzı, yüreği, içi yanmıştı. Bu yüzden ikisi de birbirinin kıymetinin farkına varabiliyordu. Evet, bu defa olacaktı. Bu defa olmalıydı! Bu defa güvenebileceği bir erkeğe rastlamıştı Belgin. Sonunda galiba kadınlardan korkmayan ve nefret etmeyen bir erkeğe rastlamıştı işte! Gerçekten samimi, yanlış yapınca özür dileyecek kadar cesur ve kompleksiz bir erkeğe rastlamıştı. Çünkü Ayhan vicdanlıydı. Kendisine olmasını istemediği bir şeyi sevdiğine yapmayacak kadar vicdanlıydı. Ah Ayhan şefkatliydi. Ayhan başkaydı... Ayhan galiba farklıydı. Ayhan farklı mıydı, yoksa peri masallarıyla büyütülen bütün kadınlar gibi Belgin de böyle olmasına mı inanmak istiyordu? Bilemiyordu, güvenemiyordu, korkuyordu Belgin, yine ve hâlâ korkuyordu işte yeniden Yeşilköy'de, havalimanında, ah bu İstanbul'da... İstedikleri kadar modern, büyük ve ferah binalarla, körüklü iskeleler, pırıl pırıl apronlar, yürüyen merdiven ve bantlarla dekore edip yüzünü değiştirsinler, burası, bu Yeşilköy, bu İstanbul, kayıplarının, ihanet ve yalnızlıklarının şehri; bu İstanbul!

"Acaba tuvalete girip saklansam, birkaç saat beklesem ve Ayhan da gelmediğimi düşünüp, vazgeçse, benden vazgeçse ve çekip eski hayatına dönse... Sonra ben de ilk uçakla kendi eski hayatıma... kimse beni bir daha yaralamadan..." diye düşündü Belgin. Bu düşünce sıcak bir içecek yemek borusundan akıyormuş gibi yaktı içini, üst üste yutkunmak ihtiyacı hissetti. Rahatlamak için arkasına yaslandı ve içindeki yangını dışarıya tamamen kapatmış yüzünü gözlerine yükledi.

Kendisiyle beraber New York uçağından inen bütün yolcular çoktan pasaport kontrolünden geçip resmen İstanbul'a girmişlerdi. Bazıları bagajlarını teslim alıp gümrükten geçerek çoktan İstanbul trafiğine karışmıştı bile. Belgin son derece rahatsız metal renkli bankta oturup İstanbul, migren ve aşk korkusu yaşarken, gelen yolcu koridoru boşalmış sonra yeniden İstanbul'a; kim bilir hangi kıtadan, hangi hayallerle gelen, hangi uçağın yolcularıyla, bu kez onların benzer bir telaşla pasaport gişelerine koşturma sesleriyle dolmuştu. Başını kaldırıp bakınca hepsi birbirine benzeyen aceleci ve yorgun yolcuları gördü Belgin. Bir süre öyle görmeden bakarak izledi onları. Neden sonra yanı başında beliren esmer, orta boylu bir kadın tepesine dikildi;

"Belgin? Ay inanmıyorum, Belgin sensin değil mi?" diye avaz avaz bağırdı.

Ulviye Yeniçağ çoktan Büyükada'ya doğru yola çıkmış olduğuna göre bu o olamazdı.

"Aaa tanımadın mı yoksa? Ayy o kadar değiştim mi Belgin ya?"

"Ayda?" diye çekinerek fısıldadı Belgin,

"Ayda sen misin? Aaaa vallahi sensin, ah ne güzel bir tesadüf bu Ayda, canıım!"

Hızlı adımlarla yürüyerek veya hareketli bantta bekleyerek pasaport gişelerine giden yolcular tesadüfen karşılaştıkları besbelli olan iki kadının büyük bir sevinçle kucaklaşmasını gülümseyerek izlediler.

"Benim tabii, Je suis Ayda Seferyan, Dame de Sion, 215!"

"Ah canım Ayda! Ne kadar özlemişim seni canıım! Hep olduğu gibi Hızır gibi yetiştin yine!"

"Ben daha olayı kavrayamadım, rüyada sanıyorum kendimi valla... Son imeylinde İstanbul'a döneceğini yazmıştın ama tarih filan belirtmemiştin, ben de yine vazgeçti bizim kız, diye düşünmüştüm. Açıkçası senin artık İstanbul'a hiç dönmeyeceğine, tam bir New Yorker olduğuna inanmıştım. Dur bakim, sen gerçekten buradasın di mi, bir çimdikliyeyim seni kız!"

Güldüler. Ayda'yı görmek Belgin'e iyi gelmişti. Ayda ona daima iyi gelirdi.

"Sen yine Paris'ten mi dönüyorsun?" diye sordu Belgin migreninin kısacık molasında.

"Öyle öyle... Ama ağbimden çok Alin için bu kez. Benim kız büyüdü de Paris'te üniversiteye başlayacak desem, inanır mısın? Ayy zaman nasıl akıyor, manyak edecek beni bu hız ya; boyumca kızım var, yaşlanıyoruz Belgin be! Neyse, *C'est la vie*, işte bizim küçük Alin büyüdü de üniversiteyi Paris'te okuyacak. Onu ağbimlerin yanına yerleştirdim, ben de bizim emektar İstanbul'a dönüyorum işte. Eee senden ne haber fıstık? Dur bakayım sana şöyle bir: yine aynı Belgin Doruk bukleler, aynı bakımlı, her zaman şık Belginciiim, tatlı okul arkadaşım benim!"

"Aman ne bakımlı ya! Dökülüyorum baksana. Bir de migrenim tuttu ki sorma, yatsam 12 saat uyurum şimdi."

"Ayyy, senin şu meşhur migrenin! Nedir kızım senin bundan çektiğin, bulamadılar mı çaresini hâlâ Amerika'da bile yani şu meretin? Hiç unutmam, okulda Madame Rosignol sana nasıl takardı, hatırlıyor musun? Migrenin olduğuna inanmaz, kaytarıyorsun sanırdı."

"Ah ne matraktı değil mi? Dame de Sion'un en berbat hocası da bana çatmıştı yani!"

"Sen de az gıcık değildin ama ha! Seni tanımayanları çıldırtan o derin ve sakin, serin, kibirli bakışlarla, buz gibi dikilir, kadını deli ederdin. Şimdiki deyişle çok 'cool'dun yani! Ah şimdi de beni böyle delirten öğrencilerim var, bazen seni hatırlayıp belki rol değil, gerçektir diyorum ama hep sazana geliyorum! Eeee sırayla di mi? Hah hah ha! Ayyy özlemişim seni Belginciim ya! Sen şimdi gerçekten döndün mü İstanbul'a yani? Tam da kızımı yolcu ettim, pijama partisi yapacak yakın kimsem kalmadı, diye dertleniyordum! Ah bundan daha güzel bir armağan olur mu bana? Bak madem döndün, bana zaman ayıracaksın, ona göre Profesör Hanım! Öyle bir yemekle olmaz, Bebek'te çay içelim, Pangaltı'da kazandibi yiyelim sonra eskisi gibi gece bende kal, pijama partisi falan yapalım ha? Vallahi konuşacak çok şey birikmiş kızım."

"Bu defa uzun uzun konuşacak vaktimiz olacak galiba... Sanırım ben temelli dönüyorum İstanbul'a... Yani Aydacıım, galiba İstanbul'a kesin dönüş yapıyorum ben?"

"Aaaa ne diyor bu kız yaa? Bana bak, ciddi misin sen? C'est vrai Belgin? Sahi mi?"

Dikkatle Belgin'i süzen Ayda, onun ciddi olduğunu sezince sevinç çığlığı atarak sarıldı;

"Ayyy çok sevindim be Belgin, inan hiç dönmeyeceksin, artık Amerikalı oldun diye inanmaya başlamıştım vallahi. 'Beyin göçü'nde kaybettik bizim Belgin'i, diyorduk. Benim ağbim, kuzenler tamamen Fransız oldular ya! Malum, Batı'da bilimsel şartlar, yaşam standartları falan... Gelmez bu kız, diye aramızda Aret'le zaman zaman konuşuyorduk. Ay Aret nasıl sevinecek bu habere, biliyorsun seninle didişmeyi çok sever. O da burada, havaalanında, beni almaya geldi, görünce bak nasıl şaşıracak ha! Hem insan aynı şehirde yakın bir kız arkadaşı olsun istiyor be... Hem de yeniler, eski arkadaşlık gibi olmuyor işte!"

"Haklısın..." diye hüzünlü gülümsedi Belgin, "Yeni arkadaşlıklar inandırıcı olmak için eskimeyi bekliyor galiba... Ama kaç tanesi bu kadar dayanıklı çıkıyor ki Aydacığım?" diye içini çekti. "Hatırlıyor musun, Aret bize avucunun içinde zamanı sakladığını söylerdi küçükken," diye ekledi hüzünle gülümsedi, Ayda'nın muzip ve hınzır kardeşi Aret'i anarak.

"Aret aynı Aret ama, sanki zaman hiç umurunda değilmiş gibi hâlâ kah-kih-koh... Belki de aldırmıyormuş gibi yapıyor, bilirsin çok hassastır aslında... Amaaan, zaman konusunu unutacaksın Belgin, ben kırk yaşımdan hiç gocunmuyorum vallahi. Bir kadının en güzel yılları, kimseyi takmıyorsun, kendini tanıyorsun, çocuklar büyümüş oluyor falan. Sen zaten fıstık gibisin kızım, bak ben tombullaştım, ama sen annen Jakie-Halide Teyze'ye çekmişsin, daha ne istiyorsun!"

Ayda'nın ilkgençliğinden beri hayatla yüzleşmesindeki cesarete daima hayran olan Belgin, onun pek çok konuda yatıştırıcı olan o kendisiyle barışık ruhundan akan bereketin kendi tedirgin ve yaralı ruhuna dökülüşünü minnetle hissetti. O sırada migrenini bile unuttu.

"Hem bizimki de öyle böyle değil, geçen yüzyıldan kalma bir arkadaşlık Belgincim, eskiyoruz, eskidik, eskiyeceğiz: 'A la recherche du temps perdu'* be kızım!

Gerçekten de öyleydi. Babasının ölümüyle büyük sarsıntı yaşadığı o uzun yaslı yıllarda, yeniden İstanbul'a ve yine yeni bir okula adapte olmaya çalıştığı o dönemde karşısına çıkan sınıf arkadaşı Ayda onun için

---

* *Kayıp Zamanın İzinde*, Marcel Proust'un romanı.

büyük bir şans olmuş; okulları Dame de Sion'da başlayan, Bebek'te ve Pangaltı'da dillere destan bir arkadaşlık kurmuşlardı. O yıllarda birinden bahseden öbürünü de anmak zorunda kalır, 'yapışık ikizler' diye anılırlardı: Ayda ve Belgin, Belgin ve Ayda.

Dame de Sion'da kızını ancak burslu okutabilen saat tamircisi Artin Seferyan, Ayda'nın yakın arkadaşı 'şehit kızı' küçük Belgin'i tuhaf bir suçluluk duygusuyla sahiplenmişti. Hafta sonları iki genç kızı buluşturmak için otobüsle Bebek'e gider, Belgin'in bazı hafta sonları kendi evlerinde kalabilmesi için annesi Jackie-Halide Hanım'ı ikna etmeye uğraşırdı. Önceleri zor olsa da bunu başarır, Noel ve Paskalyalarda mutlaka Belgin'in de Ayda'yla beraber aile yemeklerine katılmasını sağlar, ona da Ayda'ya alınan mütevazı armağanın aynısını verir, kandillerde de Belgin'in annesine ve dadısı Kete'ye kandil simidi alır, taksi parasına ayıracak parası olmadığından uzun otobüs yolculuğuna katlanarak simitleri evlerine teslim ederdi. Aslında kocasının öldürülmesinden önce İstanbullu arkadaşlarının veya komşularının dini-etnik kökenlerini hiç düşünmeyen ama o 'talihsiz olay'dan sonra artık bu konuda hassaslaşan Jackie-Halide Hanım, Pangaltı'da oturan orta halli bir Ermeni ailesinin kızına olan bu ilgisinden ilk zamanlar huylansa da onları tanıdıkça ve samimiyetlerine inandıkça Belgin'in kendi evlerindeki durgun, depresif havaya alternatif olarak Seferyan ailesinin kalabalık ve canlı aile ortamına girmesine izin vermeye başlamıştı. Belgin, Aydalardan döndüğünde daha canlı ve neşeli görünür, kendisinden yalnızca on iki yaş büyük dadısı, babaannesinin eski 'besleme'si Kete'ye bıcır bıcır ne kadar eğlendiklerini anlatırdı. Bu konuşmalara kendisi bire bir katılmasa da Halide Hanım, kızının sesinden sakin evlerine dağılan yaşam renklerini görür, rahatlamaya benzer bir iç çekişle odasına kitap okumaya dönerdi. Artin Seferyan'sa, Pangaltı-Bebek arasında yaptıkları otobüs yolculuklarını Belgin'in annesinden saklamaları konusunda küçük kızla her seferinde anlaşır, taksiyle eve gelmiş oldukları yalanını paylaşırdı. Bu otobüs yolculukları, İstanbul'un gerçek yüzüyle Belgin'in ilk karşılaşmalarıydı ve Artin Amca'yı ne zaman düşünse, aklına o küçük yalanı paylaşmalarının kendinde yarattığı büyük macera hissi gelir, gülümserdi.

"Unutur muyum hiç! Unutur muyum..." diye hüzünlü bir sesle mırıldandı Belgin, "Tıpkı Ayhan'ın dediği gibi, bize yapılan iyilikler insanın bir parçası oluyor ve artık ölene kadar o iyiliklerle birlikte yaşıyoruz..."

Ayhan'dan bahsettiğini fark edince boğazını temizledi ve hemen önemsemez bir sesle devam etti Belgin:

"Ayhan, ilginç fikirleri olan bir heykeltıraş arkadaş, öyle yani..." Onu çok iyi tanıyan Ayda, Belgin'in en kımıltısız yüzündeki altyazıları okuyabildiğinden;

"Bak sen şu Ayhan'a, ne güzel konuşmuş bu arkadaş böyle!" diye manalı manalı güldü. Onu görmezden gelen Belgin devam etti;

"Ama öyle değil mi Ayda, unutmadıklarımız kötülüklerdir. Kötülükleri hatırlarız, çünkü acıtırlar. İyilikler unutulur, çünkü onlar artık bizim parçamız olmuşlardır.'"

"Ohooo, sen benden bir şeyler saklıyorsun 555 Belgin Gümüş! Bir kere bu Ayhan, eğer enişte adayımız değilse ben neyim, ikincisi, iyilikleri unuturuz ama onlar kaybolmadıklarına göre nereye gider acaba? Nereye uçar iyilikler kızım? Heyyy, qui est Ayhan ya? Kim bu feylozof heykeltıraş! Ama önce pasaporttan geçelim, girelim İstanbul'a, nasılsa bol bol konuşacak vaktimiz olacak. Yaşasın Belgin şehre döndü, Bolis'e geldi arkadaşım be!"

"Şeyyy... ben biraz daha burada kalacağım Ayda, şu baş ağrım biraz ritme girsin?"

"Aa saçmalama Belgin, olur mu bank üstünde iğreti iğreti böyle. Haydi gel önce şu uzun pasaport kuyruğundan kurtulalım önce ha? Hem bak sen daha bilmiyorsun, artık gelen yolcuları 'Türk Vatandaşları' ve 'yabancılar' diye ikiye ayırıp güzelce düzenlediler o gişeleri. Şıppadanak geçiyorsun. Hani Fransa'da falan 'Avrupa Birliği' ve 'Avrupalı olmayanlar' diye ayırıyor ya, bizimkiler de misilleme yaptı, kendilerince tabii!"

"Evet, New Yorklu Türkler söylemişti, bence de iyi olmuş."

"Hem artık pasaport polisleri de güleryüzlü, eğitimli gençler, öyle eskisi gibi pasaportuna bakıp sanki her Ermeni vatandaş bir tehditmiş gibi insanı rahatsız etmiyor, son derece kibar davranıyorlar!" diye aniden dökülüverdi Ayda'nın ağzından.

Bu son cümleler Belgin ve Ayda arasında neredeyse gözle görülür bir sarsıntı yarattı. İstanbullu

Belgin'le, İstanbullu Ayda 'memleketin yüzyıllık tabusu' can sıkıntısı renginde aralarına girmeye çalıştığında hep oldukları gibi yine rahatsız oldular. Ama bütün dostlukları boyunca aralarına kişisel olmayan hiçbir şeyin girmesine izin vermedikleri için yine öyle yaptılar.

Bir süre öyle ayakta kaldılar, sonra Ayda elini uzattı, Belgin de onun uzattığı eli tuttu. İki kadın birbirlerinin ellerini sımsıkı tuttular. Onları tanımayan onlarca yolcu, pasaport kontrolüne doğru giderken el ele tutuşmuş iki üzgün kadın görüyordu. Havalimanında el ele yas tutan iki arkadaş. O sırada birinin çantasındaki cep telefonu 'A la Turca' marşıyla çalmaya başladı.

"Benimki kapalı!" diye fısıldadı Belgin, "Ben telefonumu açmaya daha hazır değilim."

Onu duymayan Ayda cıvıl cıvıl bir sesle Paris'te ağbisinin yanına bıraktığı kızıyla konuşmaya başladı:

"Aloo, Alinciiiim, evet canım, indim İstanbul'a. Her şey yolunda kızım. Sağol canım. Aaa bil bakalım kime rastladım havaalanında Alin? Belgin Teyze'ne canım! Evet, gözüm aydın ya! Hem kesin dönüyormuş İstanbul'a... Tatilde geldiğinde artık Bebek'te balkon partileri yaparız, eski günlerdeki gibi... Aman, iyi, tamam, sen daha bebektin, hatırlamazsın tabii... Neee? Biriyle mi tanıştın? 'Le bon homme' mu? Ayol daha dün bir bugün iki, kızım, bu ne acele ya?"

"Kesin dönmüşüm İstanbul'a ben..." diye kendi kendine fısıldadı Belgin, "Dönmüşüm de Paris'teki küçük Alin'e haber olmuşum bile... Dönmüşüm İstanbul'a, dönmüş müyüm sahi?" diye banka çöker gibi oturdu, işaretparmaklarıyla kaşlarının altına masaj yapmaya başladı yeniden. Kendini yorgun, kırık dökük ve huzursuz hissediyordu. Aslında tek istediği uzanıp uyumak, uzun uzun uyumak, uykuya saklanmaktı. Telefon konuşması biten Ayda kızına bozulmuş, söyleniyordu:

"Ayy bu benim kız şimdi tıfıl bir Fransız oğlana tutulur da okumaz, erkenden evlenip çocuk doğurursa ne yaparız biz Belgin ya! Ayy daha dün gece dizimin dibindeydi, şimdi âşık olmuş be! Sanki pazardan elma alıyor da... Aman çocuğun mu var, derdin var, bazen sana imreniyorum, çocuk yapmadın diye inan olsun... "

O zaman karnındaki bebeği hatırladı Belgin, henüz kendisinin bile unuttuğu, unutmaya heves etti sandığı bebeği... Kendi bebeğini, Ayhan'la ikisinin bebeklerini... Aynı anda, Ayda'nın bundan yirmi yıl önce bir Müslüman İstanbullu ile evlenmesine, hele çocuklarının adı Ortodoks-Ermeni, soyadı Müslüman-Türk olacak diye hiç ummadığı insanların bile karşı çıkışı geldi aklına. Ayda'nın sonradan boşanacağı kocasına olan aşkını o çok zor zamanlarda nasıl da savunduğunu, babası Artin Seferyan'ın bile sessiz de olsa onaylamadığı ilişkisine sahip çıkışındaki güçlülüğü belki ilk kez tam olarak, gerçekten algıladı Belgin. Oysa okuldayken hiç de güçlü, iradeli bir kız olarak tanınmazdı Ayda. Ancak yeri geldiğinde göstermişti kendini ve sonuna dek savunmuştu ilişkisini. Onun Alin'e hamileyken: 'sevdiği bir erkekten isteyerek bir bebek sahibi olan kadın, dünyanın en güçlü insanıdır!' deyişini hatırladı o zaman.

'Acaba ona anlatsa mıydı, acaba Ayda'ya şimdi burada içinde bulunduğu çıkmazı, korkularını anlatsa mıydı, böyle ayaküstü, çabucak, yoksa... Yoksa hâlâ bütün kötü olasılıklardan, terk edilmekten, aldatılmaktan, sıradanlaşmaktan, şefkatsizlikten, gurur ve kibirden, bütün bunlardan ötürü yeniden acı çekme ihtimallerinden, hepsinden kurtulup hâlâ geri dönme şansı varken vaz mı geçseydi?

O böyle kararsız ve çaresiz kalınca, tetikte bekleyen hain baş ağrısı hemen saldırdı. Kendini çok sevdiği çocukluk arkadaşı Ayda'ya bile katlanamayacak kadar fena hisseden Belgin, herkesten ve her şeyden kurtulmak istediğini hissetti, saklanmak, kaçmak, kendini korumak istiyordu; o kadar.

"Aaa yine oturmuşsun sen ama? Hayrola senin buradan çıkmaya niyetin yok galiba Belgincim? Kalk, kalk, havalimanında yaşamak için dönmedin İstanbul'a herhalde canım! Aaaa, bak, senin rengin de soldu vallahi. Kalk çıkalım şuradan!"

"Ben seni yarın arasam Ayda? Zaten sende Kete'nin Sarıyer'deki evinin numarası da var nasılsa ama şimdi benim acilen tuvalete girmem gerekiyor! Belki midemi boşaltırsam bu iyi gelir bana," diyerek ayağa kalktı Belgin. Gerçekten de solgun görünüyordu. Ayda'yla beraber en yakındaki tuvalete girdiler. Onu orada yalnız bırakmamak için uzun uzun ısrar eden Ayda'yı daha rahat edeceğini söyleyerek İstanbul'a yolladı. Aklı arkada, orada Belgin'de kalan Ayda, kendisini yolcu bekleme salonunda bekleyen ve park sorunu yaşayan kardeşi Aret'in ısrarlı telefonlarından kurtulmak için gönülsüzce pasaport kontrolüne gitti. O gidince tuvaletin kapısını kapattı, içerden kilitledi, çantasını kapının arkasındaki kancaya astı, tuvaletin kapağını kapatıp üzerine oturdu Belgin. Oturdu ve derin bir 'offf!' çekti. Avuçlarını gözlerine bastırarak bir süre kaldı. Sonra migrenini unutturacak kadar baskın bir acıya isyan edip inledi:

"Ben ne yapacağım be İstanbul, be Ayhan, be bebek! Ne yapacağım şimdi ben!"

8
İSTANBUL KADAR GÜZEL, İSTANBUL KADAR TEHLİKELİ BİR KADIN!

"Hey ulan gözünü sevdiğimin Torosları, mis gibi kekik kokar da, bir kere İstanbul'a göçünce artık esamisi okunmaz! Burası İstanbul'dur ve onun kokusu şuh lavantadır. Ama o ne baygın lavantadır, o ne muhteşem rayihadır, bakmaz adamın İstanbul'a nereden, nasıl geldiğine, tatlı tatlı kokarak çarpar önce, yavaş yavaş vurur parfümüyle sonra. Ah bu İstanbul'un lavanta kokusu var ya, albenili buğusuyla baştan çıkartır, baygın baygın sarar insanı; usulca büyüleyerek, afsunlayarak canına okur sonunda. Onunla ilgili olarak hatırladığım ilk şey kokusudur ki: lavantadır. Ah canına yandığımın, lavantasıdır! Ben Toros çocuğuyum; kekik, çam, menekşe, nurt, turunçla büyüdüm, ama o tamamen lavanta, tamamen erguvan, kısacık mimoza ve laledir. Böyledir; İstanbul tamamen lavanta, tamamen erguvan, kısacık mimoza ve laledir. Böyledir İstanbul ve tıpkı böyledir sevdiğim kadın..."

Atatürk Havalimanı dış hatlar terminali yolcu bekleme salonunda bulunan barların birinde tek başına dört bira içen ve barmen Baturcan'la uzun uzun sohbet eden Ayhan, New York'tan İstanbul'a gelen THY uçağının iniş anonsunu duyunca acele hesabı ödedi. Barmen Baturcan'a kısacık veda etti, uçarcasına elektronik panonun önüne gitti. Bu panonun yanında Atatürk'ün tren penceresinden gülümseyerek bakan ünlü bir portresi asılıydı. Havalimanına tren resmi asılması ilginçti ama panik içindeki Ayhan bu resmi fark etmedi bile.

"İstanbul'a ilk geldiğimde duyduğum yüzlerce koku arasında beni çarpan da buydu. Lavantaydı üstüme sinen, lavantaydı ellerime avuç avuç bulaşan, rüyalarımın ve terimin kokusunu değiştiren, lavantaydı be kurban olduğum, hayallerimi ve umutlarımı İstanbullu yapan... Beyoğlu'nun, Şişli'nin, Bahariye'nin köşe başlarında bizim Adana fellahlarına benzer kadınların sürekli harmanlayarak kokusunu sokaklara, apartman girişlerine, pantolon ceplerine, sutyen içlerine, iki bakış arasına, düşlere ve umutlara dağıttığı, kalanları da küçük torbalarda sattığı lavantaydı; oydu İstanbul'un alameti, oydu simgesi, oydu İstanbul'un kokusu... Oydu işte! Onunla afsunlanarak İstanbullu olunuyordu da ben henüz acemiydim, küçüktüm ve cahildim, ben henüz İstanbullu değildim be! İstanbul'un kokusunu; o muhteşem nazlı, baygın, tatlı, şuh, o yüksek sınıftan kokuyu: lavantayı daha yeni tanıyordum ben.

"'Burası İstanbul'dur Ayhan, gözlerini iyice açacaksın ve bakacaksın! Baktığın her şeyi görmeye, anlamaya çalışacaksın. İstanbul bu, şakaya gelmez evlat, hele senin hiç şaka yapacak durumun yoktur, ha göreyim seni, yüzümü kara çıkartmayacaksın!' İlkokuldan Emin öğretmenim kulağımdan tutmuş, Darüşşafaka Lisesi'ne getirmişti beni. Anamdan, hocamlarımdan, Adana'dan, Toroslardan, komşu kızından ayrılmış, tıfıl, ürkek bir çocuğum, kendimi tutmasam 'oy anam!' diye ağlayacağım da, yapamıyorum. Yapamıyorum, çünkü daha bebeyken öğretmişler 'erkek adam ağlamaz!' diye. Bok ağlamaz! Ulan, erkek insan değil mi be? Eşek bile ağlıyor da neden erkek ağlamıyor, odun muyuz ulan biz? Hassiktir! Ağlayamayan utansın, ağlamayan var ya, insanlığından utansın o zalim! Ağlardım tabii, yatakhanedeki öteki babasız oğullar uyuyunca ağlardım gizlice. Anamı ve Torosları, ama en çok özgürce taş oyduğum günleri özlerdim. Öğretmenim karşıma dikilirdi hayalimde: 'Bak evlat, eğer adam gibi taş yontmaya hevesleniyorsan, eğer insanlar yonttuğun taşları beğensin, alsın, sen de ekmek paranı sevdiğin işten kazanayım istiyorsan önce okuyacaksın! Okumadan taş bile yontamazsın, dünyayı, şiiri, edebiyatı, müziği, resmi anlamadan, sadece yeteneğinle heykel yapamazsın Ayhan!' diye azarlardı beni her seferinde. Hayalimde bile öğretir, destek olurdu bana. Hani o bir yazar vardır ya, tuhaf isimli romanlar yazar, neydi adı onun ya? Dilimin ucunda adı ama... Neyse işte o yazmıştı bir kitabında hani: 'Hayatta en büyük mucize küçükken iyi bir öğretmene rastlamaktır,' diye, hah, ağzından öpeyim ben o kadını be! İşte aynen öyle oldu; aynen öyle bir mucize sayesinde hem heykeltıraş hem İstanbullu ama en önemlisi adam adayı oldum be! 'Dünyayı, memleketini, kendini merak etmeyen, araştırmadan her duyduğuna inanan, adil ve mütevazı olmayan adam değildir. Ne kadar büyük adam olursan ol, kibirli olursan bitersin!' diyen kutlu adam; eğer varsa, mekânı cennet olsun Emin öğretmenim benim! Eğer o beni alıp getirmese, parasız yatılı sınavlara sokmasaydı, ben şimdi ya hayta olmuş mafyaya falan girmiştim ya da ne bileyim kaybolup gitmiştim işte... Misal; köylü arkadaşlarım arasında ne fırlama, ne zeki çocuklar vardı, orada burada ziyan olmuşlardır, okuma şansı bulamadıkları, benim kadar şanslı olamadıkları için, canına yandığımın memleketimin eğitim sistemi yüzündendir be!

"Ben şanslıydım, ama ne şans! Daha hap kadar bebeydim ama hayatımın zor olacağını anlamış, gardımı almıştım. Yoksul, kenara itilmiş bebeler hayatı diğerlerinden daha çabuk kavrarlar. Lamı cimi yoktu; ne şımarmak, ne hata yapmak! Tek yolum vardı; adam olacaksam okuyacaktım! Lüks bilmem ben, hâlâ ikinci lokmamın boğazımdan geçmemesi, fakir bir bebeyi okutmak ya da bir sokak köpeğini beslemek için kıçımı yırtmam tamamen bundandır. Alnımın teriyle kazandığım parayla keyif çatarken bile suçluluk duymam bundandır. Elimde hiç para tutamayışım, hemen paylaşmazsam kendi cehennemimde yanışım da bundandır.

"Yoksulluk fenadır be! Çoluğuna çocuğuna bakamamak, sigortasız, sendikasız işçi olmak fenadır be! Dünyanın her yanında fenadır, gözünün ferini söndürür, çaresizlikten başka kaybedecek bir şey vermez insana... Çaresizlik çok fenadır be anasını satayım! Hâlâ insanımızı böyle yaşatanlara yazıklar olsun ki ne olsun!

"Büyük kararlar çocukken verilir, onları yerine getirmek daha sonraki yıllara kalır. Önce anamdan, evimden, sevdiğim her şeyden ayrılmak zorundaydım. Ayrılmak, ayrı düşmek, hasret kalmak ve yalnızlık! Ah o lanet yalnızlık, ah o sekiz on milyonun arasında yalnız kalmak, görünmezliğe yazgılı olmak, insanın kendisinden başka herkesin mutlu, başarılı ve kalabalık olduğunu sanmak acısı... Ah o bedenin başka bir bedenle temas arzusu, ah o uzun gecelerde yastığa sarılarak, kendine dokunarak, mastürbasyon yaparak, gerçek sevgiliye hasretten ağlayarak boşalmak yalnızlığı... Her mastürbasyondan sonra daha da yalnız kalmak... Sokaklar insan kaynarken küçük, yoksul bir odaya yapayalnız dönmek veya yatakhane dolusu çocukla uyurken tek başına ürpermek! Ah başka bir teni özlemekten yorgun düşerek genelevde aşağılanmayı göze almak ve borç parayla satın aldığın bir bedene ağlayarak boşalmak! Sonra bir kız seni beğendiğinde, parayla kadın kiralayan bir erkek olduğunu anlayacak diye kaygılanmak, ama kız bekâret derdinde diye onu arzularken yeniden geneleve gitmek, onu hayal ederek başka biriyle... sevişmek, yatmak falan değil, resmen başka birinin içine boşalmak! Bir hayvan gibi boşalmak ve kendini fena hissetmek! Ve boğazından kesip geneleve gitmek derdine düşen genç bedenine duyduğun karmakarışık hisler... Ah o büyük şehrin dinsiz imansız yalnızlık ağrısı, ah zalim İstanbul'un nazlı, şımarık kibri ve hiçbir şekilde taşralılığı affetmeyişi... Ne çok gizlemeye çalışsan da eline koluna, çorabına pabucuna, bakışlarına ve ağız kenarlarına sinmiş olan taşralılık ve taşralı olmanın itilmişliği... Taşranın İstanbul'la her çatışmasında, ancak İstanbul'u ezerse galip geleceğini bilmenin, zafer arzusuyla çatışan korkusu! 'Ya taşralılık İstanbul'u yenerse bir gün?' korkusu... Ama sonunda İstanbul'un kurallarına uymadan İstanbullu olunamayacağı gerçeğini kanayarak öğrenmek durumu... Acı gerçeği, çok acı, çok acıtan gerçeği... Yalnızlığa, hasretliğe teslim olmak gerçeği...

"Hasretlik ve gurbet garibin kanseridir, metropol, göçmenin AIDS'idir! İstanbul, koynuna sığınan garibanları hiç acımadan en zayıf noktasından: yalnızlık boşluğundan vurur, devirir. Yeniden ayağa kalktığında daha güçlü vurur yalnızlık boşluğuna, vurur insafsızca. İnsanın doğarken göğsünün tam ortasına konmuş ama gurbette daha da büyüyen, incelen, zayıflayan yalnızlık boşluğuna vurur.

"Gurbetin adı, zalim İstanbul'du. Bense küçük, korkak, çirkin ve yalnızdım. On sekiz yaşıma kadar kızlara yaklaşamayışımın nedeni de budur. Çirkindim, kara kuru, çelimsiz bir çocuktum, beğenilmemekten çok korkardım. Biri beni beğenince kuşkulanırdım, hâlâ öyledir. Bir tek anam beğenirdi beni...

bakma şimdi vücut çalıştığım için bu kollar ve beden bir şekle kavuşmuştur. O zaman nerdeee? Ama o halimle bile beğenirdi anam beni, anamdı işte, ben onun kuzgun yavrusuydum. Ama ne zamanki, içimi; sevincim ve acımla, hasretim, korkularım, hayallerim ve umutlarımla taşlara dökmeye cesaret ettim, soydum ruhumu, işte o zaman kızlar da beni beğenmeye başladı. Ben taşları oydukça, ben taşları sevdikçe, taşlara kendimi anlattıkça kadın milleti peşime düştü. Kendimi ifade etmemdeki adanmışlık ve samimiyet çirkinliğime, yalnızlığıma, İstanbul ve kadın korkuma merhem oldu. Evet, öyle oldu. Kadınların yaratıcı erkekleri beğendikleri doğrudur. Yemek yapan erkekleri de severler. Severler, beğenirler, çünkü kadınlar zaten yaratıcı olarak yaratılmışlardır, belki bu yüzden sanatla, bilimle uğraşan erkek, yaratıcılık bakımından tanıdık gelir onlara? Sonra... belki de yaratıcı erkeklerin biraz romantik olacaklarını umarlar, maalesef öyle ümitlenir kadınlar...

"Darüşşafaka da hayatımın önemli şanslarındandır. Bir girdik, baktık; taş gibi okul, bak hâlâ öyledir. Boru değil, taa 1863'te kurulmuş bir okuldan bahsediyorum ha! Hem de ne 'baba'lar yetiştirmiş bir ocak. Kolay değildir DAÇKA'lı olmak bak! Ben başladığımda artık kız öğrenciler de vardı okulda. Kızlar... ah kızlar, ortama çabucak adapte olan dişilik güdüsüyle herhalde- Darüşşafaka'ya öyle bir yerleşmişler, sahiplenmişlerdi ki; ben ancak aylar sonra okulumun aslında yüz sekiz yıl boyunca yalnızca bir erkek okulu olduğunu öğrenmiştim şaşkınlıkla. Kızlar yedi yılda yüz yıllık erkek kokusunu silmiş, misler gibi cıvıl cıvıl yapmışlardı Daçka'yı Allah Kuran çarpsın ki... Aman, ben öyle erkek erkeğe bir okulda okumayı hiç istemezdim. Kadınsız her ortam beni ürkütmüştür, hiç sevmem erkek erkeğe muhabbeti ha! Kadın olmayan her mecliste yoğun rekabet, kıyasıya bir yarış ve ne bileyim zevksizlik vardı be! Silme erkek dolu mekânlar da, muhabbetler de ayak kokar ulan!

"Darüşşafaka, benim için gerçekten bir 'şefkât kapısı' , bir yuva, bir aile olmuştur; asla hakkını ödeyemem! Eğer DAÇKA'lı olmasaydım bugün yapmaktan keyif aldığım hiçbir şeye sahip olamazdım, hiçbir şeye... Bak okulumun adını daima gururla taşımışımdır; yurtiçi ve yurtdışı sergilerimde, röportajlarımda daima anar ve okulumu bir 'yoksul yetimler okulu' diye küçümseyenlerin alnını karışlarım. Bak var ya, cebimde para tutmasını hiç bilemem ama biraz param oldu mu da; en önce kızıma ayırırdım... Berfin'ime... Sonra Darüşşafaka'ya. Anadolu'nun bir yanında taşlara, sözcüklere, renklere ya da ne bileyim bilime, müziğe sevdalı bir çocuk daha kurtulsun diye...

"Halbuki Belgin'e rastladığımda uzak ve dikey bir şehirdeydim. Dili, kültürü çok uzak bir şehirde. Topu topu iki heykelimle katıldığım Türk Plastik Sanatçıları filanca sergisinde, New York'un meşhur Manhattan mahallesinde, Türk Evi'nde. İstanbul'dan binlerce kilometre uzakta, orada uzak ve dikey şehirde o kadın lavanta kokuyordu! Allah Kuran çarpsın ki, o kadın taa orada bile lavanta kokuyordu; Belgin New York'ta İstanbul kokuyordu be! Olmaz böyle şey ya, kadına rastladığım anda iki tane çaktı: nakavt oldum! Bir: 'taşların dilini çözmüşsünüz, taşların sesini duymuşsunuz siz!' dedi; iki: buram buram İstanbul koktu! Osmanlı tokatı yemiş gibi dağılıp yere düştüm ama 'erkek adam'ız ya, güya çaktırmıyoruz. Bu karşılaşmadan bir ay sonra Belgin sevgilim oluyor, koynumda kadın kadın yatar ve İstanbul İstanbul kokarken pattadanak soruyor: 'Ayhan, o ilk karşılaştığımızda benim sonradan çok düşünüp içinden çıkamadığım bir şey var: Tam olarak anımsamıyorum ama bir ânda sanki tansiyonun düşmüş gibi rengin solmuş, kısacık sallanmıştın sen? Sahi ne olmuştu, züppenin biri patavatsızlık mı etmişti yoksa?'

"Hayy gözünü yediğimin Belgin'i, kaçar mı ondan 'erkek adam' numarası be! Benim kadınım işte bu! Budur yani! Asla lagalugayı yutturamayacağın bir kadın. Bu kadar! Yersen tabii... Ah yiyebilirsen tabii... Zeki ve algılayışı yüksek bir kadını yiyebilirsen... Kendini bir kadınla gerçekten, ama yürekten eşitleyebilirsen, eğer o kadar taşaklıysan tabii...

"'Sen İstanbul kokuyorsun kız, ondandır!' demiştim gülerek. İstanbul kokusu, İstanbul gibi kokan bir kadın. Uzak ve dikey bir şehre uymayacak koku: lavanta! Lavanta sevdiğimi öğrenince mutlanmış, bana taa New York'larda yanında taşıdığı Rebul lavanta kolonyası hediye etmişti de o gün bugündür limon kolonyası silinmiştir hayatımdan ve hayalimden. Eşe dosta şişe şişe dağıtır, Rebul'süz seyahate çıkmaz olmuşumdur. 'Babam hep lavanta kokardı, hep Rebul kullanırdı,' demişti sanki babası içinde yatıyormuş gibi şişeyi okşayarak. Sonra lavanta konuşmuştuk yatakta, o koynumda taş gibi memeleri ve bembeyaz çıplaklığıyla sereserpe yatarken; lavanta konuşmuştuk. Daha doğrusu o konuşurken ben onun nü heykelini hayal etmiştim. Biz yatakta çıplak yatıyoruz, Belgin, dünyanın en hüzünlü bakan kadını, anlatıyor ben onun heykelini yontuyorum gözlerimle. Mesela heykelin şiirini yazan Modigliani çalışsaydı Belgin'in başını, uzun, upuzun, zarif ve incecik. Sonra mum ışığında sergileseydi, o mistik anlam yüklemeye bayılırdı zaten... Rodin ise, Modigliani'nin tam aksine serttir o.

"Rodin, diye düşünmüşümdür, Rodin yapsaydı Belgin'in heykelini mesela... Francesca gibi mi çalışırdı? Bak buna takıyorum işte... Neden Francesca, çıkartamıyorum bir türlü... Tabii bir de büyük Michelangelo var hayalimde, ama Belgin'in heykelini ben yapacağım, o izin verdiğinde benim elimden çıkacak onun güzelliği taşlar üzerine...

"Ben bunları düşünürken, Belgin mırıl mırıl lavanta anlatıyordu. İşte o zaman öğrenmiştim İstanbul'un lavantasıyla, Toros kekiğinin aynı sülaleden geldiğini. Labiatae mi, ne karın ağrısısıysa, işte o sülaleden. 'Ben anlamam kız o Latince sözleri, İstanbullu olduysak, bizim sülale hâlâ Adanalıdır; Latincesi: Adanatae! Hah hah ha!' Belgin benim kalın kahkalarıma serin ve kibar gülüşüyle karşılık verir ya, yine öyle yapmış, ciddi ciddi botanik anlatmıştı. O zaman da lavanta ve kekiğin Türkçe soyadını öğrenmiştim: Ballıbabagiller! 'Bu aslen bir çeşit nane ailesidir ve tamamen Akdenizlidir, ama lavanta orijinal olarak Batı, kekik daha Doğu Akdenizlidir.' 'Tıpkı senle ben gibi kız! diye gülmüştüm. Sen de ben de Akdenizliyiz; sen lavanta, ben kekik!' Ulan ne kalın açıklama benimki de be! Kıro ne olacak! O ise dalmış, anlatıyor hâlâ: 'Kekikle lavanta aslen akraba bitkiler ama tarım öncesi yüzyıllarda aralarında küçük de olsa bir coğrafya farkı varmış, artık tabii böyle bir şey kalmadı, Amerikalılar okyanus ötesine götürmüş, nötralize etmişler.' Dayanamış; 'Vay benim ayaklı kütüphanem!' diye şaka etmiştim oysa kadın ciddiydi. Kadın, benim kadınım, ciddiydi.

"Ulan salak Ayhan; kadın gencecik yaşında genetik profesörü olmuş, dünyanın sayılı üniversitelerinin birinde hocalık, araştırmacılık falan yapıyor, sense hâlâ cıvık espriler peşindesin be! Ulan kaç yıllık İstanbullusun, memleketini yaban ellerde temsil ediyorsun, baba maba oldun ama oğlum hâlâ 'kıro'sun sen be! Hem de halis muhlis 'kıro'! Ne yapsın seni Belgin, ne yapsın senin gibi ruhunu dökse dökse ancak taşlara, kayalara dökebilen, elleriyle ancak taşları seven, Türkçeyi aksanlı konuşan; neydi bakayım o kıvıramadığım? Haa: 'zalim' yerine 'zalım' diyen, dili eşek arısı tarafından sokulmuş bir herifi be! Ne yapsın seni, daha çocukken dünya görmüş, diller öğrenmiş, İstanbul'un kokusunu kendi kokusu eylemiş koskoca Belgin be! Ne yapsın beni Belgin ya!

"'Birinin çiçekleri pembemsi, öbürü daha leylak rengindedir. Kekik çiçekleri -sen tanırsın- pembe tonlarındadır ama lavanta çiçeği lila, bazen koyu mor olabilir. Sanırım, lavanta adı da 'lavender' olarak İtalyancadan gelmedir bize. Ama kekik sözcüğünün kökenini bilmiyorum. Biliyor musun Ayhan, ben en çok lavantanın gümüş yeşili yapraklarını severim. Rengi daima hakiyle karıştırılır ama öyle değildir. Lavantanın yaprakları gümüşümsü bir yeşildir. Kokusundaki tatlı baygınlık da çiçekleri üzerindeki yağ bezlerinden salgılanır' demişti anamın 'şişferek çorbası' tarif edişindeki rahatlıkla. Kadınların ancak yemek tarif ederken usta olduklarını sanan 'kıro'lardan biri olarak ben de onların bilimde, sanatta, hele teknolojide su gibi konuşmalarına, hele yataktayken rahatlıkla bilimsel konuşmalarına hâlâ şaşırıyorum be! Ne olmuş ya, ha bir erkek profesör anlatıyor, ha bir kadın, değil mi? Değil, değil işte! Yook olmuyor! Görmemişim, hiç görmemişim ki alışayım; varlıklı kadının aklıyla da yüksek oluşuna... Bizim köyde, bizim evde, bizim Adana'da da görmemişim... Akademi'ye başladığımda da artık kavrayabilmek için geç kalmışım demek ki... O kadar uğraşmama, kendimi eğitmeme rağmen şu kalın 'erkek adam', 'delikanlı' kafam hâlâ beni zorluyor. Kadını insan gibi görmemize engel olan penis resimli at gözlüklerimizi sikeyim ulan! Hele kadın bir de güzelse, kadın gibi kadınsa, ah kadın bir de senin kadınınsa iş iyice içinden çıkılmaz oluyor be Belginim! Ne yapacağım ben yav! Hay benim kadınları 'becerebilir' veya 'becerilemez' diye ikiye ayıran kafam kopsun ulan! Yapamıyorum işte, bu kadar çok sevdiğim, bu kadar zor bulunur, hayallerimi süsleyen, rüya gibi bir kadını, zeki, bilgili, görgülü, sadakatli, güvenilir muhteşem bir kadını kabullenmekte zorlanıyorum.

Ulan utanıyorum itiraf etmeye ama kadının yaşı benden beş yaş büyük diye bile huzursuzlanıyorum be! Evet be, evet, Allah kahretsin, aynen böyle! Korkuyorum ulan, korkuyorum resmen be, hay anasını satayım! Aynen İstanbul'dan korktuğum kadar korkuyorum Belgin'den! Yuh ulan bana be! Yuh ama korkuyorum işte!

"Belki de tıpkı İstanbul gibi ona da asla tamamen sahip olamayacağımı ve bunu hep 'farkında olarak' seveceğimi bilmenin tedirginliği bu? Ya da Belgin'in de tıpkı İstanbul gibi tamamen elde edilemeyecek oluşunun gerginliği? Bilmiyorum... Bilmiyorum, tamamen bir erkeklik korkusu mu bu benimkisi ?

"Ah be güzel anam, keşke yaşasaydın da gelip varsam, dizine çöküp kınalı ellerini öpsem, başımı dizine yaslayıp şefkatinle yunup yıkansam, ana limanında dinlenseydim, 'Anam, güzel anam' deseydim, 'n'apcek senin kara oğlun şimdi? İşte hayatta insanın ancak bir kere başına konacak talih kuşu geldi, masallardaki gibi peri padişahının kızını çıkarttı karşıma. Ama ben ne halt edeceğim be çilekeş anam? Anam bana bakıp güler ve başımı okşardı herhal? Susar, hep yaptığı gibi sabırla, metanetle: 'Çok seviyorsan git al kızı, aslan gibi adamsın, seni sevdiğine, seçtiğine göre vardır bi bildiği' mi derdi acaba? Yoksa: 'davul dengi dengine çalar Ayhan'ım, sen ırgat oğlusun, o 'yüksek kapı kızı' mı? Bilmiyorum... Bilmiyorum ne halt edeceğimi be anam!

"Belki de en iyisi çekip gitmek ve İstanbul'un kalabalığında kaybolmak? Bana hiç yakışmasa, korkak ve şerefsiz bir davranış olsa da belki ikimiz için de en iyisi bu değil mi? Şimdi gitsem, kaçsam, kalabalığa karışsam, önce bana çok kızar, benden nefret eder ama böylece kendi hayatına en az zararla dönme şansı olmaz mı? İlerde 'iyi ki Ayhan hıyarı beni beklememiş, benden korkmuş, kaçmış da geri dönüp hayatımı kurtarmışım,' demez mi? Demez mi be Ayhan? Oğlum Ayhan, ölümlerden ölüm beğen! Allah belanı versin senin ulan Ayhan!"

İçinde Belgin'i taşıyan THY uçağının İstanbul topraklarına değdiğini kendi gözleriyle panoda görüp buna inandıktan sonra Ayhan acele bir hareketle döndü ve kaçarcasına çıkış kapısına doğru yöneldi. O kadar hızla hareket ediyordu ki, çıkıştaki otomatik cam kapı bir saniye geç açılsa bütün ağırlığıyla cama çarpacak, yaralanacaktı. Ama kapı zamanında açıldı ve Ayhan dışarı çıktı. İçeride çalışan klimadan ötürü fark edilmeyen yaz sıcağı bir fırın kapağı açılmış gibi buharlı bir ısıyla yüzüne çarptı. Dışarısı kalabalık, gürültülü ve sıcaktı. Dışarısı çok İstanbul'du. Havalimanı uluslararası gelen yolcu kapısının önü İstanbul yazıydı. Orada durdu Ayhan. Son anda ölümcül bir kazadan kurtulabilmek için ani bir frenle duran bir araba gibi içinde kıvılcımlar çakarak durdu. Son anda sahibini düşmekten kurtarmak için arka ayaklarıyla hızını kesmeye çalışan bir at gibi canı yanarak durdu.

Bir an durdu Ayhan. Atatürk Havalimanı kapılarından birinin önünde durdu. Nerede ve hangi zamanda olduğunu çıkartamazmış gibi etrafını tanımaya çalışarak, durdu. Etrafındaki dünyaya yabancılaştığını hissetti. Kendini içinde bulunduğu zamanın dışında, çok dışında hissetti. İyice bunaldı. Yapayalnız ve yabancı kaldı. Yalnızlıkla başa çıkmasını öğretmişti 'Zalim İstanbul' ona ama bu yabancılaşma duygusu yok mu, işte o kesiyordu iflahını.

Kalabalığın ve gürültünün ortasında yalnız ve yabancı Ayhan'ın solunda THY yolcu servis otobüsü, sağında da taksi durağındaki sarı taksiler yolcu bekliyordu. Ellerinde valizler, sırtlarında çantalarla yüzlerce insan üşenmeden ve yorulmadan sürekli hareket ediyordu. Sevdiklerine kavuştukları için çok mutlu görünenler sarmaş dolaş İstanbul'a karışmaya hazırlanıyordu. Kalacakları oteli veya rehberlerini bulmak telaşındaki yabancılarsa 'ilk Doğu' deneyimlerinin oldukça Batılı olduğundan şaşkın etrafa bakınıyorlardı. Orada, havalimanının önünde değişik dillerde aynı sorular havada uçuşuyordu. Metal el arabalarını süren bazı havalimanı işçileri yarım yamalak İngilizceyle, turistleri taksi durağına yönlendiriyor, havalimanı polisleri terör tehlikesine karşı kapının iki yanında pürdikkat dikiliyordu. Yaz sıcağının nemli İstanbul havası alışkın olan ve olmayan herkesi yakalayıp usul usul boğuyordu.

Bir süre çıkış kapısının önünde kararsız kalan Ayhan, gelip geçenlere engel olduğunu fark etmeyecek kadar dalgın, kendisiyle sürdürdüğü monoloğun etkisindeydi. Yorgun, kâbustan uyanmış gibi dağınık görünüyordu. Mavi polo tişörtü terden ıslanmış, kısa kesilmiş mavi-siyah saçlarının esmer teniyle birleştiği yerde dikkat çekecek kadar ince uzun kesilmiş -1970'lerin modası- favorileri ter içinde kalmıştı. Dışardan bakan birine uzun bir yolculuktan sonra uykusuz ve aç olarak az önce İstanbul'a ayak basmış bir yolcu izlenimi veriyordu. Halbuki yalnızca kafası karışıktı. Kafası çok karışmıştı Ayhan'ın. O kadar. Bir erkeğin varoluşuna karşı en büyük tehditlerden biri kafa karışıklığından gelir. Aynı anda iki şeyi düşünmenin bile huzur bozucu olduğu bir tasarımda, birkaç sorun ve sorumluluk erkeğin beyninde iç kargaşaya, iç parçalanmalara, bozulup dağılmalara yol açabilir. Bir erkek beyni bir anda ancak bir şeye odaklanmak üzere tasarlanmıştır ve bunu çok iyi başarır.

"Taksi lazım mı Ağbi?'

"Hah işte oğlum Ayhan, iyi olacak hastanın doktoru ayağına gelirmiş; taksi de hazır, bin ve kaç!"

"Ağbim, taksi diyorum, binecek misin, yoksa sıradan başkasını mı alayım?"

"Hemen, şimdi bin ve git! Bu hikâyeyi en güzel yerinde ve uzatmadan, hiç bozmadan bitir. Belgin'in iyiliği için yap bunu Ayhan, haydi aslanım, haydi adamım benim ya!"

"Ohooo, ağbim kaymış bu âlemden be! Aloo... Alooo yakışıklı ağbim, binecek misin başka müşteri mi alayım?"

"Bana mı dedin hocam?"

"Emrin olur ağbim!"

Ayhan başını çevirip bakınca, orta boylu, kumral, kilolu, gözleri yorgunluktan kızarmış, sakal tıraşı gelmiş, bıyıksız, gömleğinin koltukaltları terden ıslak bir halkayla çevrelenmiş, orta yaşlı bir adamla karşılaştı. Sesindeki kabadayı tona rağmen koyu kahve gözleri yumuşacık bakan adam, havalimanı taksi durağında çalışıyordu.

"Evet, karar verdiysen götürelim ağbicim?" dedi şoför biraz alaylı bir sesle. Ayhan'dan hâlâ ses çıkmayınca kendisine seyirci bulduğu birkaç turiste döndü ve devam etti;

"Götürelim evine, çoluğuna çocuğuna kavuşturalım seni acilen! Ya da atalım her derde deva cennet Boğaz'a, otur, dinlen, gel kendine..."

Taksi şoförünün çok bilmiş konuşması gülümsetti Ayhan'ı. Onun gülümsemesinden cesaretlenen şoför, kendisini seyreden yolcuların da ilgisiyle konuşmasına iyice teatral hava kattı:

"Taksicinin işi vatandaşı kavuşturmak, kurtarmak, sevindirmektir be ağbim! Hayat kısa, değmez her ipe sapa!"

Hiç güleceği yokken geniş geniş gülümsedi Ayhan. Kenarları doğuştan yukarıya doğru kıvrımlı dolgun dudakları yüzüne yirmi dört saat gülümseme izi çizdiğinden bu kısa ve zoraki gülümseme bile kahkaha atmış kadar aydınlattı yüzünü. Aydınlandı Ayhan'ın yüzü.

"Vatandaşa psikolojik destek hattı gibisin be hocam!" dedi taksiciye gülümseyerek.

Nihayet Ayhan'dan yanıt alan şoför, daha önce fazla hissedilmeyen Kürt aksanını abartarak, iştahla konuşmasını sürdürdü:

"Öyledir be yakışıklı ağbim! Bak şu kahpe İstanbul'da taksi şoförlerinden daha fazla dert dinleyen, çile çeken, trafik belasına katlanan, annadın mı; turistik resmin arkasındaki çöplüğü gören başka kim var ağbicim?"

Gülümseyerek sustu Ayhan. Bazen başkasının dertleriyle kendi yarasını sarmak iyi gelir insana.

"Seninki de kahpe ha?" dedi, bu kez acı acı gülümseyerek, "Bu nasıl bir şehirdir ki, herkese ayrı yüzünü gösterir be hocam? Kaç bin yüzü vardır zalimin?"

"Yok be ağbim, lafın gelişi o! Kıyamam ben bu şehre, kanımıza girmiş artık bu güzellik bir kere... Bak memleketi özlesek de bırakıp gidemeyiz başka bir yere. Şikâyet ederiz mederiz ama ayrılamayız da kendisinden asla! İstanbul bu be; yirmi dört saat uyumaz, uyutmaz, kahreder, aşk olsun ona be! Arka sokaklarındaki pisliği biz biliriz icabında ama iki ara bi derede şöyle midye tavayla rakının, annadın mı Çengelköy'deki tadı nerede vardır be, hey gözünü sevdiğimin İstanbul'u!"

"Midye tava ha? Nerelisin hocam sen?"

"Ben aslen Diyarbakırlıyım ağbim, ama yirmi yıl önce, ekmek derdiyle gelmişiz buraya bir kere, artık ne oralı oluyor insan ne de buralı... Arada derede öyle işte... Önemli olan bu şehrin bizi kabul etmesi, sevmesi, anlıyosun? "

"Memleket içinde memleket, birbirine kat kat hemşehri bizim millet..." diye söylendi Ayhan.

"Senin memleket nere yakışıklı Ağbim? Vardır bizim oraların havasından suyundan sende biraz ama?"

Güldü Ayhan, "Ben biraz Güneyli, biraz da sen gibi Doğuluyum hocam, Adana'dan, Toroslardan koptuk geldik bu Zalimler Kraliçesi, dünya güzeli İstanbul'a... Ama artık İstanbullu olduk, desek yalan değildir, değildir ekmek Kuran çarpsın!"

O sırada arkalarında beliren bir Japon turist, İngilizce olarak taksi sırasının kimde olduğunu sorunca Ayhan durumunu hatırladı, önce sıranın kendisinde olduğunu söyledi ama sonra taksi beklemediğini hatırladı, bocaladı, kararsız kaldı. Onun bu halinden bir anlam çıkartamayan Japon turist ne yapacağını bilemez halde etrafına bakındı. O zaman taksi şoförü Ayhan'ı biraz da itekleyerek taksisine doğru yönlendirdi; kapıyı açtı. Ayhan kendini aniden taksinin içinde buldu, ağzını açmaya kalmadan şoför kontağı çevirdi taksi hareket etti.

"Eli kolu boş milletlerarası yolcuya daha hiç rastlamadım ama işte İstanbul burası... İstanbul hiçbir şeye şaşırmamayı öğretir adama! Öğrendin, öğrendin; yoksa yallah söker atar seni dışarı! Hele bizim meslekte her şey mümkündür, haydi bismillah!" dedi kendi kendine. Dikiz aynasını ayarlıyormuş gibi yaparak dalgın dalgın arka koltukta oturan bu tuhaf Adanalı müşterisini süzdü.

"Adam Adanalı ama kendini basbayağı İstanbullu sayıyor ha, pes valla!" diye düşündü.

"Adım Memet, ama Hamo derler bana ağbi. Şıp diye anlarım müşterinin halinden!! Biz İstanbul taksi şoförleri bir numaralı insan sarrafıyız, değme ruh doktoru su dökemez elimize ha! Şimdi anladığım şu ki, seni bir an önce evine, sevdiklerine kavuşturmak gerekiyor. Hem bak neredeyse hemşehri bile sayılırız; Allah'ına kadar ha? Di mi, hah hah ha!.."

O sırada kendisini bir rüyada izler gibi yabancılaşmış, ama kolunu dahi kaldıramayacak kadar yorgun hisseden Ayhan onu duymuyordu bile.

"Rahatsız olmazsan bir sigara yakacağım ağbim?" derken yanıtı beklemeden sigarasını yaktı ve bir dirseğini dışarıya çıkarttığı taksi penceresinden nemli temmuz İstanbul öğlesine dumanını üfledi. Sonra keyifle bir türkü tutturdu: "*Agir ketye dilê min, Xew nakeve çavê min, Çima tu jimin dûr ketî, Bêje ronîya çav emin, Rinda min, gewra min...*"*

Onu çoktan unutup kendi içine gömülen ama sigara yaktığını görünce otomatik olarak kendi de bir sigara yakan Ayhan, Lucky Strike paketinde ancak bir tane sigarası kaldığını fark etmedi bile. Şoför Hamo bu sırada türküyü kesip konuşmaya başladı:

"Şimdi ağbim, biz güya Avrupa Birliği'ne gireceğiz ya, şu 3 Ekim müzakereleri falan diyorlar hani... Yok ağbi, almazlar bizi be! Onlar AB diye bir Hıristiyan kulübü kurmuşlar bence, hiç niyetleri yok bizi almaya da... Ama varsayalım bir gün AB'ye girdik, söz temsili yani, taksilere sigara yasağı gelecekmiş diyorlar. Yok ya? Mümkün değil, millet ayaklanır, benden söylemesi valla!"

Onu duyamayacak kadar kendi iç muhasebesiyle meşgul Ayhan, sigarasına emzik gibi yapışmış, düşünüyordu.

---

* Kor düştü gönlüme, uyku girmiyor gözüme, neden bana uzak düştün, söyle gözümün nuru, güzelim, beyazım... (Kürtçe türkü)

"Bak şu şerefsiz trafiğe be yakışıklı ağbim! Şimdi bizim buradan çıkıp Maslak'a geçmemiz bir saati bulur namussuzum. Ah gözünü sevdiğim bizim Diyarbakır be! Ah şimdi ne güzeldir, bilir misin? Mis gibidir havası, bal gibidir suyu ve o sebeptendir ki; eti lezzetlidir koyunun, sığırın, annadın mı, kuzunun bilakis! Valla bak bu sebepten İstanbul'da kebap yemeyeceksin, ishotunu bile memleketten getireceksin icabında. Sonra..."

"N'oooluyo be? Yav ananın karnında nasıl bekledin şerefsiz? Bak ağbi, bak şu herife, nasıl sağlıyor beni be! Ulan sen daha ananın beşiğindeyken biz İstanbul'da direksiyon sallıyorduk züppe yavrusu! Sahi biz nereye gidiyorduk be ağbim?"

Başını öne eğmiş, gözlerini lastik ayakkabılarına sabitleyerek içine kapanmış olan Ayhan aynı soruyu birkaç dakikadır kendisine soruyordu:

"Sahi nereye gidiyorum ben?"

"Bak bak bak şerefsize! Nasıl bastı geçti, hem de sağdan be! E tabii benim de altımda 4X4 olsa ben de basarım öyle ama... Bak koskoca İngiltere başbakanının karısı trafik cezası yemiş ve gık yok, ödemiş. Yok yok, bizi hayatta almazlar AB'ye falan..."

"Ben nereye gidiyorum ki?"

"Şimdi deveye demişler neden sırtın eğri diye, o da nerem düzgünkü, demiş! Hah ha! Anlıyorsun di mi ağbi? Yani bu İstanbul da aynı o deve! Biz önce dürüst olmadan, af buyur; hiçbir bok olamayız yani.... Bu kafayla almazlar bizi AB'ye falan ağbi!"

"Yazıklar olsun bana be! Nereye gidiyorum ben ya?" diye dehşetle sordu kendine Ayhan. "Belgin'i orada bırakıp kaçıyor muyum sahiden? Bunu yapıyor muyum sahiden? Bu kadar korkak ve şerefsiz miyim ben? Ulan İstanbul'dan kaçmadım da Belgin'den niye kaçıyorum? Hem şimdi kaçarsam, bir daha onu göremem, onu asla göremem!"

"Ağbicim ya, nereye gideceğimizi diyorum... Ona göre köprü çıkışı durumu falan..."

"Dur Hamo, dur gözünü seveyim kurban! Sen en iyisi beni geri götür, havalimanına bırak hocam! Oraya dönmek zorundayım ben. Benim yerim, kaderim, gönlüm oradadır, haydi en kısa yoldan geri dönelim," diye heyecanla seslendi Ayhan. Ama şoför Hamo onu duymamış gibi gaza basmış gidiyordu.

"Hamo hocam, sana diyorum ki; geri dönüyoruz, gerisin geri havalimanına..."

Hâlâ yola devam eden şoföre sinirlenen Ayhan, eliyle omzuna dokunmak için başını kaldırdığında dehşet içinde irkildi; çünkü takside değil, Atatürk Havalimanı dış hatlar terminali, gelen yolcu kapısının önünde dikilmiş duruyordu. Biraz önce arkasında taksi bekleyen Japon turist, duraktaki bir taksiye binmek üzereydi. Turistin kocaman sırt çantasını taksinin bagajına yükleyen şoför, kısa boylu, kendisinden daha esmer, kilolu, orta yaşlı bir adamdı. Bu sert görünümüne karşın kahverengi gözleri yumuşacık bakıyordu. Ayhan'la göz göze geldiklerinde başıyla selam verdi. Ayhan da selamı aldı. Taksinin plakasının hemen yanına 'Yolların Fatihi Hamo' yazan bir çıkartma yapıştırılmıştı.

9

BAŞÖRTÜSÜ ÖZGÜRLÜĞÜMDÜR!

"Çamlıca şimdi aslına döndü, işte şimdi bize benzedi, kendine yakıştı! Neydi ben küçükken Çamlıca'nın o içler acısı hali öyle? Turing'in işlettiği Çamlıca tepesi tesislerine gittiğimizde sanki yabancı bir memleketteymiş gibi kaybolur, kendimi fezada bir zerre kadar küçük hissederdim. Çocuktum, pek çok şeyi anlamazdım ama dışlanmayı, hor görülmeyi, daha fenası; yokmuş sayılmayı anlamak için yetişkin olmak da gerekmiyor zaten. Doğma büyüme Çamlıcalı, İstanbullu olmama rağmen ben ve ailem *onlar*ın arasında sanki azınlık, ayrık otu ya da Amerika'da zenci gibi kalırdık o zamanlar. *Onlar,* ellerinde alkollü içkiler, sigaralar, purolar, kendi halkından, geleneğinden kopmuş, insanlıkla kalbi bağları kalmamış ruhlarındaki yangını alkolle, tütünle söndürmeye çalışan zavallılar... Öyle zavallılar ki; ben dokuz yaşındayken başörtüsü takıyorum diye benim gibi minnacık bir kızı hor görmeyi içlerine sindirir, anneme öfke kusarak bakar, sonra ruhumuzu nasıl yaraladıklarını hiç umursamadan kendilerini hapsettikleri köksüz kimliklerine döner, *bizi* unutur, bir daha da görmezlerdi. Biz görünmezdik, biz yoktuk *onlar* için! *Onlar*, Batı özentisi, Türk insanının manevi ihtiyaçlarından habersiz, Müslümanca yaşamak arzusu duyanları dışlayan 'tek tipçi'lerdir. *Onlar*, İmam-Hatiplileri aşağılayan, insani masumiyeti ebediyen kaybetmiş, örtünme özgürlüğünü engelleyen, yok sayan *tek ti*pçi elittir! 'Tek tipçi'dirler; herkes kendileri gibi Batı özentisi giyinsin, yaşasın ve düşünsün isterler! Elittirler; halkı aşağı görürler!

Alnının yarısını kapatan siyah bir başörtüsünün üzerine bağladığı eflatun çiçekli bej ipek Vakko eşarbı, leylak rengi keten Zara pantolon-tünik takımı ve yüksek topuklu, kapalı, beyaz İnci ayakkabısıyla Atatürk Havalimanı vergisiz satış dükkânı 'Duty-Free' ye giren Aleynâ Gülsefer, makyajla belirginleştirdiği iri siyah gözleri, bembeyaz teni ve mankenlere taş çıkartacak incecik endamıyla hemen dikkatleri üzerine topladı. Kimi güzelliğine, gençliğine hayran, kimi giyim tarzıyla ifade ettiklerine düşman veya destekçi; ama gören herkesin bir şekilde mutlaka ilgisini çektiği kesindi.

"Oysa biz de duyguları, ümitleri ve hayalleri olan, tıpkı *onlar* gibi insanlarız. Bizden adeta öcü gibi korkulması, başörtülerimizle 'balık kafalı' diye alay edilmesi çok saçma. Tesettürün modernleşme düşmanı görülmesi, türbanın ikinci sınıf bir statü olduğu önyargısı bizi nasıl derinden rencide etmektedir, durup düşünen bir Allah'ın (Celle Celaluhu) kulu var mı? Yok! Nasıl olsun? Geleceğe dair tasavvurları kısıtlı, ne ahirete, ne cehenneme, ne de ilahi adalete inanan, amaçsız, ruhu acılar içinde kıvranan laikçi bir elitten bizi düşünmesini beklemek; olsa olsa saflık olur! Aslında *onlar* kendilerini gönül gözüyle bir görebilseler, âcilen hak yoluna dönmek isteyecekler... Ama şeytan, maddiyatın şatafatlı parıltısıyla gözlerini kör etmiş bir kere. Bazen acıyorum *onlar*a, vallahi acıyorum! Sonuçta *onlar* da insan, onlar da Hazreti Allah'ın -Celle Celalühü- kulları, Peygamber Efendimiz'in (Sallallahu aleyhi vesellem!) ümmetiyiz sonunda. Hem dış görünüş nedir ki, maneviyatın aynası gözlerdir. Gözleri maddi hırsla yanıyor *onlar*ın. Acıyorum, gerçekten ve kalben acıyorum *onlar*a! Ama hemen sonra, o kibirli ve küstah tavırlarıyla *bizi* ezmeye çalıştıklarını hatırlayınca acıma duygumun yerine haksızlığa uğramışlığın öfkesi doluyor çabucak! Kibir, ah o kibirleri yok mu, dışlayan, aşağılayan o tepeden bakışları... Nefsime yeniliyor, öfkeleniyor; ancak zalim olmamak için dua ediyorum. Yüce Rabbim -Celle Celaluhu- günahımı affetsin! Ama sonuçta çok öfkeleniyorum *onlar*a, çok! Kendilerini yenilikçi, modernitenin tek sözcüsü sanan sözde 'ilerici' bu *laikçiler*, aslında maneviyatın erdemlerini unutmuş, ana ve eş olarak kadının ve bilhassa ailenin toplum hayatındaki değerini hatırlamak istemeyen samimiyetsiz bir kesim! Öyle samimiyetsizler ki; kendi çoluk çocuklarının rızkını dünyevi zevklerine harcayıp eşlerini aldatma skorunda huzuru arar, her hanımdan birkaç çocuğu ortalığa atıp ziyan etmeyi modernlik sanırlar. Hazreti Allah -Celle Celaluhu- biliyor ya, sırf ibret için o televole tipi magazin kanallarını seyrettiğimde; birbirlerine 'O-Ha!', 'Çüş!' diye hitap eden evlat-ebeveyn, hanım-koca-metres muhabbetini, genç hanımlara asla değer vermeyen, onları sadece cinsel meta olarak kullanan tahsilli beyleri, bunlara alet olan zavallı gençleri ve aslında hepsinin şeytanla pazarlıklarını içim acıyarak seyrediyorum... Ama sefahat sefaletine batmışların hepsi, iş *biz* muhafazakârlara gelince, ortak düşmana karşı birleşir gibi bir müttefik cephe meydana getiriyor; sanki *biz* vatan hainiymişiz, sanki Atatürk milli mücadeleyi şeyhlerle, hocalarla, başörtülü Anadolu nineleriyle kol kola yapmamış gibi şuursuzca davranıyorlar! Hiç hatırlamak istemiyorlar ki; Atatürk, değerli eşleri Latife Hanım'ın başörtüsüne karışıp laiklikçilik adına onu zorla soymamıştı! Sonra da memleketi geren *biz*, 'ya açacak, ya kaçacak' olan *biz*, '*tek tipçi*'*ler biz* oluyoruz! Bir de yüzleri kızarmadan, sözde dini siyaset aracı olarak kullandığımızı söyleyerek; *dinci* diyorlar *bize*! Sanki bu memleketin % 99'u Müslüman değilmiş, sanki Türk kadınının %75'i başörtülü değilmiş gibi..."

Türk üniversitelerinin çoğuna türbanlı öğrenci alınmadığı için, 'ev-hanımı' annesinin desteğiyle 'Gülsefer Hazır-Giyim A.Ş.'nin sahibi işadamı' babasını ikna ederek Amerika'da Müslüman öğrencilerin çoğunlukta olduğu Teksas Üniversitesi'ne geçen yıl kayıt yaptıran Aleynâ, orada işletme okuyordu. Anadolu imam-hatip liselerinde zaten iyi öğretilen İngilizcesini, özel dershaneden aldığı yoğun kursla ama daha çok içindeki büyük bir hırsla geliştirmiş, TOEFL'dan yüksek dil puanı kazanmıştı. Geçen yıl Amerika'ya, yaz başında da ailecek Dubai'ye tatile giderlerken neyin nerede satıldığını öğrendiği Atatürk Havalimanı dış hatlar terminali vergisiz mağazasında şimdi eliyle koymuş gibi Kenzo kozmetik ürünleri sergileyen rafları buldu. Tam Kenzo Flower parfümünün uzun, ince, tek kırmızı çiçekle süslü şişesine uzanmıştı ki, arkasından aynı parfüm şişesine uzanan eflatun ojeli bir el şişeyi aldı ve kolundaki alışveriş sepetine attı. Aleynâ öfkelenerek eflatun rengi tırnaklı elin sahibesine doğru başını çevirdi ama o çoktan arkasını dönmüş, uzaklaşıyordu. Onun ince askılı mini entarisi içinde, parmak arası şıpıdık terlikleri ve omzuna astığı minik sırt çantasıyla bir kelebek hafifliğinde içki raflarına doğru süzülüşüne bakıp derin derin 'ya sabır!' çekti.

"Ya sabır ya Resulallah -Sallalahu Aleyhi ve Sellem- ya sabır yüce Rabbim! Hiç edep kalmamış ki, bir özür dilesin, bir gönül alsın, değil mi? Neredeyse itip düşürecek, yeter ki, en önce kendi nefsi doysun, yeter ki, kendinden başkasını düşünmesin! Belki de mahsus yapmıştır? Tesettüre düşmanlığından, beni taciz etmek için planlayarak aynı parfümü almıştır? Belki aslında başka bir marka kullanıyor ve Kenzo'yu ilerde bir başka rafa bırakıp gidecektir? Yapar mı, yapar! *Onları bizi* aşağılamak ve dışlamak için her şeyi yapar!"

Parfüm şişesini elinden alan genç kadınla aralarında geçen tatsızlığı gören başkaları var mı diye çevresine bakınan Aleynâ, yalnızca kendisini izleyen ama göz göze gelince hemen bakışlarını kaçıran başörtüsüz birkaç kadın gördü. O zaman, sık sık karşılaştığı bu göz hapislerinde hep yaptığı gibi serinkanlı ve gururlu bir tavırla başını dimdik kaldıran Aleynâ, içinde çalan sirenlerin sesini susturarak uzandı, 100 ml.lik başka bir şişe Kenzo Çiçek parfümü aldı.

"Allah sabredenle beraberdir!" diye içini çekti. "Hayır, asıl ilkelliğin çıplaklık olduğunu neden anlamıyorlar; insanların medenileşmesiyle örtünmenin paralel gittiğini nasıl göremiyorlar, ona şaşıyorum ben! Yani o kadar okumuş, sözde özgürlükçü olanların bile laikçi kör bir anlayışla hakikati inkâr edişleri çok hazin bence... Yani ben bu genç yaşımda bunu anlıyorum da o koskoca profesörler, köşe yazarları nasıl anlamıyorlar, olacak şey değil doğrusu! Bu durumda sadece samimiyetsizlik ve körleşme ihtimalleri kalıyor geriye... Peki insanoğlu ne dereceye kadar bu derin samimiyetsizlik ve körleşme içinde yaşayabilir yarabbim? Halbuki, asıl önemli olan, insanın kafasının dışının değil, içinin açık olmasıdır. Ama mademki, Müslüman doğmak lutfuna ermişiz, kayıtsız şartsız kabul etmemiz gereken: örtünmenin İslami bir emir olduğudur. Kayıtsız şartsız, çünkü dünyada tamamen özü korunan, hiç bozulmadan korunan tek kutsal kitap bizimki; bizim Kuran-ı Kerim'imizdir. Orada belirtildiği üzere, örtünme, Yüce Allah'ın -Celle Celaluhu- biz insanoğullarını arsızlık ve hayasızlığa karşı korumak için verdiği bir emirdir. Örtünme, kişinin fıtri yapısını, cinsler ve insanlararası ilişkileri düzenlemek, insan haysiyetine uygun yaşamasını sağlamak üzere amaçlanmıştır. Bütün canlılar içinde sadece bize; ne mutlu ki, biz insanlara mahsustur zaten!"

Elinde bir şişe Kenzo çiçek parfümüyle diğer kozmetik ürünlerin sergilendiği reyonları dolaşan Aleynâ, kendisini Amerika'ya götürecek uçağın kalkmasına daha bir saat vakti olduğu için telaşsızdı. Cilt bakım ürünlerinin satıldığı rafların arasında dolaştı, yaşlanmayı geciktiren kremlere yirmi yaşının getirdiği kaygısızlıkla baktı, güneşin kanser etkisini bloke eden plaj kremlerine (doğal olarak) elini bile sürmedi. O sırada, biraz önce Kenzo parfümünü 'elinden kapan' mini etekli, parmak arası şıpıdık terlikli genç kadın yanından geçerek, yüksek koruma faktörlü güneş kremlerinden birini aldı, içinde rakı ve viski şişesi olan alışveriş sepetine attı. Hızlı, kıvrak ve enerji dolu salınışıyla çevresine gençlik ve dişilik saçan bu kısacık kızıl saçlı kadın, aynı zamanda dolaştığı yere güzel bir koku da yayıyordu. O Aleynâ'yı fark etmemiş görünüyordu ama onu dikkatle süzen Aleynâ, onun zaten Kenzo çiçek parfümü koktuğunu anladı.

"*Biz* muhafazakar hanımların örtülü yaşamak isteyebileceğimize, Allah'ın -Celle Celaluhu- saygısını kazanmak için kendi nefsimizle böyle bir yaşama biçimini tercih edebileceğimize neden inanmıyor bu laikçiler? Dindarlığımızı örtünerek dışa vurmak istediğimizi neden kabullenemiyorlar? Bu hayat düzeninin bize zorla dayatıldığı, çocukluktan beynimizin yıkandığını söylüyorlar da sanki *onlar* da çocukluktan itibaren aynı şeyi yapmıyorlar mı? Bir kız çocuğuna başörtüsü yerine bikini veren aile aynı şekilde normları düzenlemiş olmuyor mu sanki? *Biz* sadece Müslümanca yaşamak istiyoruz; hepsi bu! Ama sırf bu yüzden kendi memleketimizde manevi zulüm görmemizin demokrasiyle bağdaşan tek ama tek bir yanı var mı? Ticani, yobaz, gerici falan diyorlar *bize* ama asıl *onlar* gerici! Bak işte, o 'Kenzo Çiçek Hanım' yarı çıplak geziyor, içkisini içiyor, *biz* ona karışıyor muyuz? Yok, eğer Türkiye Cumhuriyeti şeriatla yönetilirse, *biz onların* başörtüsü takmama özgürlüğünü savunacak mıymışız ki, *onlar biz*im örtünme hakkımızı desteklesinler-miş! miş miş! Yani Hıristiyan hukukuyla yönetilmek okey de Yüce Allah'ın -Celle Celaluhu- kanunuyla yönetilmek o kadar mı kötü? Hem sadece bizde değil ki, bütün dünyada bir muhafazakârlık yükselişi var; demek ki insanlığın manevi değerlere geri dönüş ihtiyacı belirmiştir. Amerika'da mesela, 'neocon'ların yükselişini herkes konuşuyor da bu durum orada bir panik yaratmıyor ama bizde bir telaş, bir korku, bir dışlama, aşağılama...

"İşte o heykeltıraş adam, adı neydi, şimdi unuttum... Ayhan bi şeydi... Neydi ya? Ayhan, Ayhan filanca. O işte, çıplak heykellerini parktan söktürdüler diye kıyameti koparttı da ses mi çıkarttık? Resmen çırılçıplak hanım heykelleri, cinsel organları açık erkek yontular, uluorta İstanbul'un en merkezi parkında sergileniyordu da, daha mı demokrat oluyorduk sanki? O adam, ya neydi adı onun ya? Ünlü de bir heykeltıraş. Amerika'da da birkaç yıl önce sergi açmış kendisi? Ayhan bir şey? Neyse işte o adam sanatla çıplaklığı, yetenekle özgürlüğü paralel tutuyor ya! Yaratıcılık, yaratmak falan... Hâşâ, sümme hâşâ! Yüce Allah'tan -Celle Celaluhu- başka yaradan yoktur ya, işte bu laikçiler, özenti Batı terminolojisini taklit etmeye de bayılırlar! Halbuki tarih, hanımların mahremiyeti ortaya saçıldıkça değerlerinin düştüğünü anlatan ibret olaylarıyla doludur. Sonra da ortalığı birbirine katıp gazetelere, televizyona demeç veriyor; adı neydi o adamın ya? Hani kızgınken bile ağzı gülüyormuş gibi duruyordu o adam... Heykeltıraş? Ayhan? Hah Ayhan Pozaner! O işte; daha iki gün önce gazetede okudumdu: tutmuş, çıplaklığın doğallık, doğallığın samimiyet, insaniyet ve öz ile ilişkisi hakkında felsefe yapıyor! Pes yani! Bir de üniversitede hoca bu adam! Pes vallahi! Utanmasa, arsızlığı, hayâsızlığı bile övecek yani! Halbuki, örtünme, kadın cinsiyeti olarak tanınmak, hürmet görmek ve incitilmeye karşı tedbir almak, hanımların iffetini muhafaza için Allah'ın -Celle Cellaluhu- bize bir emridir. Örtünmek, insanın haysiyetine uygun yaşaması için vardır, hayvanlar örtünmez ki!"

Aleynâ biraz da zaman öldürmek için test şişelerinden bileğine sıktığı farklı parfümleri koklayarak dolaştığı Atatürk Havalimanı vergisiz mağazalarından birinde, Texas Üniversitesi'ndeki Japon ve Singapurlu sınıf arkadaşları için iki küçük kutu fıstıklı

Türk Lokumu aldı. Sonra elindeki üç küçük paketle detektörlerle donatılmış çıkışa doğru yaklaştı. Bütün kasaların önünde uzun kuyruklar vardı, genç kızın canı sıkıldı. Şimdi hepsinin içleri sigara ve içkilerle dolu sepetlerle beklediği bu kuyruklara girmek kim bilir ne kadar beklemesini gerektirecekti. O sırada kasaların arasında gezen uzun boylu, siyah takım elbiseli, eflatun çizgili kravat takmış, bu sıralar genç erkekler arasında moda olan tamamen tıraşlı başı ile ilgi çeken, ela gözlü genç bir adam gördü. Adam otuz yaşlarında olmalıydı. Rahatsız etmeyen bir dikkatle kasaları ve müşterileri inceliyor, boşalan metal alışveriş sepetleri toplamaları için çalışanları gözleriyle uyarıyordu. Boynunda asılı iş kartında Jak Sarfati: Müşteri Hizmetleri Yöneticisi- İstanbul Atatürk Havalimanı Dış Hatlar Terminali – ATÜ Turizm İşletmeciliği A.Ş yazan genç adam, Aleynâ'nın bakışlarını üzerinde hissedince başını kaldırıp ona baktı. Bu ikisi göz göze geldiler.

"Ne güzel kız!" diye düşündü Jak Sarfati ilk önce, sonra bu çok sıcak İstanbul yazında iki kat başörtüsüyle sımsıkı kapattığı başına takıldı gözleri. Hırsızlık yaparken yakalanmış gibi panik içinde kaçırdı gözlerini hemencecik. Ama Aleynâ'nın da kendi boynunda asılı karta gözlerinin takıldığını fark etti; "Beni yargılıyor olmalı," diye düşünmeye devam etti. Jak Sarfati'yle göz göze gelir gelmez onunkine benzer bir panik içinde bakışlarını kaçıran Aleynâ, önüne gelen ilk kuyruğun sonuna eklendi aceleyle ama müşteri temsilcisi yanına yaklaştı:

"Elinizde sadece üç parça var, bekletmeyelim sizi, buyurun en son kasaya," diye dipteki boş kasayı işaret etti. Onun kendisiyle ilgilenmesinden hem hoşnut hem de rahatsız olan Aleynâ, gözlerini hâlâ kaçırarak;

"Yok sağ olun, ben sıramı beklerim," dedi.

"Niçin zaman kaybedeceksiniz? Buyurun gidelim," diye ısrar etti Jak Sarfati kibarca. "Hanımefendinin parfümü ve lokumu var, yardımcı olun!" dedi, yumuşak ama otoriter bir sesle biraz ilerideki genç bir görevliye. Kasa açılınca diğer kuyruklardan başka yolcular da oraya yöneldiler.

"Teşekkür ederim," dedi Aleynâ bu kez Jak Sarfati'nin gözlerine bakarak, ama gözlerinin adamın boynunda asılı karta yeniden kaymasına engel olamadan.

Jak Sarfati buna alışkındı. Çocukluğundan beri ne zaman adını sorsalar, biraz sonra başına gelecekleri bilir ve nefesini tutarak 'Jak' derdi. 'Adım Jak.' Şaşkın bir bakışla beraber hep aynı yanıtı alır: 'Aaa, bravo! Ne güzel Türkçe öğrenmişsin, hiç aksanın da yok," diye tebrik edilirdi. Çocukken her defasında aslında kendisinin de Türk olduğunu anlatır, heyecanla savunurdu kendini. Delikanlılık yıllarında, yaşına göre olgun bir gülümsemeyle anadilinin Türkçe olduğunu söylemekle yetinirdi. Ama şimdi yetişkin bir insandı ve adının Jak olmasından ötürü onu Türk saymayan birine dönüp: "Efendim ben 500 yıllık bir İstanbulluyum, anadilim Türkçe dışında İngilizce, Fransızca, İspanyolca ve İtalyancayı iyi konuşur ve okurum. Ayrıca biraz da Ladino dilini anlarım ama İbranice bilmem. Peki siz kaç yıldır İstanbullusunuz ve neden

Türkçeyi bu kadar kısıtlı sözcükle kullanıyor, açıkçası mahvediyorsunuz?" dese bile -ki, hiç kimseye hiçbir zaman bunu söylememiş, içinde tutmuştu- bu sözlerin durumunu değiştiremeyeceğini öğrenmişti artık. Aslında eksik olan mizahtı, ince espriye sinen eleştirel zekâydı, gülmek, gülebilmekti. Kendi bağnazlığına, kendi yanlışlarına, insanın kendine gülebilmesi gelişimin, değişimin, umudun içeri girebileceği bir pencere açıyordu ve en zoru da buydu! Küçüklüğünden beri mizaha düşkünlüğünü neredeyse hafiflik, çocuksuluk diye değerlendirmelerinin altında da aynı hoşgörüsüz zihniyet yatmıyor muydu? Ama o fıkra anlatmak ve dinlemekten, dokunulmazlara mizahla dokunmaktan vazgeçmiyordu, geçmeye de niyeti yoktu.

Bu nedenle şimdi karşısında duran ve Müslüman olduğunu giyimiyle herkese ilan eden bu güzel genç kızın, adının Jak olduğunu öğrenmesiyle Türklüğünden çok gayrimüslimliği'yla ilgilendiğini düşündü. Kendince buna hakkı olduğuna inanacak kadar '*buralı*' ve deneyimliydi. Kendini hiçbir zaman sofu bir dindar olarak görmeyen Jak Sarfati, dinleri öncelikle ve özellikle birer kültürel kimlik ve manevi zenginlik olarak kabul eden bir laik anlayışa sahipti. Bu düşüncelerinden ötürü kendi cemaatinin muhafazakârları arasında pek popüler olmadığını iyi biliyordu. Halbuki dedesinin orada yaşamış olması dışında artık hiçbir bağlantısı bulunmayan Balat semtindeki Ohrida sinagogu kapanmasın diye kendisine ihtiyaç duyulduğunda işini gücünü bırakarak oraya gitmesinin nedeni de buydu. Balat'a Makedonya'nın Ohri kasabasından gelen Yahudilerin yaptırdığı tarihi Ohrida Sinagogu'nu bir kültürel miras olarak değerlendirdiği için kalkar giderdi. Yahudi dininde bir sinagogun açık kalabilmesi için aynı mahallede ikâmet eden en az 10 erkekten oluşan bir cemaatin ibadeti gerekiyordu. İşte bir eksik yüzünden bu tarihi ibadethane kapanmasın diye telefon edip çağırdıklarında, Jak'ın Kadıköy'de ikâmet etmesi nedeniyle dini kurallara aykırı olmasına karşın her çağrıldığında Balat'a gidişi laiklik anlayışının bir sonucuydu. Eğer aynı durum bir kilise veya cami için de geçerli olsa gözünü kırpmadan aynı şeyi yapardı. Yahudi asıllı büyük yazar *Romain Gary*'nin Paris kiliselerinde dua edebilmesi de aynı nedenle değil miydi sanki? Ama kendi cemaati içindeki sofuların onun ihtiyaç duyulduğunda Ohrida Sinagogu'na gitmesini 'nihayet hak yoluna dönüyor' şeklinde algıladıklarını da hissediyordu. İyi insan olduğundan hiç kuşkulanmadığı, ama hiç anlaşamadıkları kuzeni de bunlardan biriydi. İnsanları kırmayı, incitmeyi, değiştirilemeyecek şeyler için çatışmayı hiç sevmeyen Jak, ilk gençliğinde başkalarını kırmamak için şimdi gereksiz bulduğu ve yapmadığı pek çok şeye 'hayır' diyememişti. Örneğin Şabat'larda oruç tuttuğu ve düzenli sinagoga gittiği de olmuştu. Saint Benoit Fransız Lisesi'ni bitirdiği yıl maceracı ve katılımcı yanını merak ettiği için İsrail'de bir Kibutz'a gidip çalışmak istemişti. Ama ziyaret için gittiği Kudüs ve Tel-Aviv'den hayal kırıklığı içinde geri dönmüş, ertesi yıl İstanbul Üniversitesi'ne işletme okumak için kaydolmuştu. Okul bitince bir yıl Amerika'da yüksek lisans yapmış; annesi ve babasının 'artık oraya yerleşir' sandıkları bir zamanda yine İstanbul'a geri dönmüştü.

Aslında hem kendi vatanındaki hem de İsrail'deki ayrımcılık onu hayal kırıklığına uğratmıştı. Burada, kuşaklar boyu yaşadığı Türkiye'de adının Jak olduğunu duyana kadar kişiliğine gösterilen sevgi birden değişiyor ve çabucak *yabancı* kategorisine yerleştiriliyordu. İsrail'de aynı şey Filistinlilere yapılıyor, İsrailli Yahudiler bile kendi içlerinde etnik köklerine göre sınıflandırılıyor; örneğin bir Arap Yahudi, bir Amerikalı Yahudi'den daha az itibar görüyordu. 'Peki Musa Arap değil miydi?' diye soramadığı gibi, 'Peki Osmanlı Sultanları Yahudi kadınlardan evlat yapmadı mı? Peki Yahudilik yalnızca anne soyundan taşınmaz mı?' diye de sormayı da artık gereksiz görüyordu. Bugün bu tür sorular sormuyor, eleştirmiyordu. Sıkılmıştı bütün kapıları en baştan kapatılmış tartışmalardan. Düşünce ve inançlarını tabu görenlerle ne tartışması, onlarla arkadaşlık bile etmiyor, kendine baskı yapmadıkları sürece yalnızca kabulleniyordu. Çünkü, Jak Sarfati, sorunun din ya da etnisite olmadığına, insan denen canlının illaki bir *öteki* yaratmadan *ben* olamayacağına kanaat getirmişti. Halbuki onun ilgilendiği şey bunların dışında kalabilen insanlardı, başkalarının dini, milleti hiç mi hiç umurunda değildi. İnsanı düşünceleri, hayalleri, tasarıları, imgelemleri ve davranışlarıyla değerlendirmek yetiyordu ona. Ne o kimseyi yargılamak, ne de yargılanmak istiyordu. Böyle bir dünyanın yalnızca bir hayal olduğunu bile bile hayal ediyordu işte! Bu bakımdan kendine en yakın bulduğu insan da kendisi gibi bir dünya vatandaşıydı ve adı: John Lennon'du, ama onu 'sınırları, ırkları ve dinleri olmayan bir dünya hayal ettiği' için Jak daha on yaşındayken öldürmüşlerdi. 'Imagine' dediği için...

Jak Sarfati'nin isteğiyle açılan kasaya yönelen Aleynâ, başını sallayarak ona teşekkür etti. Yüzünde mesafeli, serin, kibarlık icabı bir gülümseme vardı.

"Dini kimliğiyle bakıyor bana," diye düşündü yeniden Jak Sarfati, "kendini *buranın* sahibi, beni de yabancı sayıyor, öyle sayması için onu öyle eğitmişler, o da sorgulamadan kabullenmiş olmalı!"

Kendisi için bir kasa açtıran mağaza temsilcisinin jestinden hoşlanan ama onun türbanı üzerinde yakaladığı bakışlarını da içselleştiren Aleynâ, uçuş kartını çantasından çıkartıp kasiyere vermek için hazırladı.

"İşte bizi Müslümanca yaşamak istediğimiz için eleştirenlere en güzel cevap burada, önümde duruyor! Bir Musevi vatandaşımız din farkı gözetilmeden aramızda yaşıyor ve işinde yükselebiliyor. Yani onun istediği gibi ibadeti serbest, ama bizim türbanımız mesele oluyor! İşte ben buna isyan ediyorum!"

Faizsiz çalıştığı düşüncesiyle babasının tercih ettiği uluslararası üne sahip bir Arap bankasının Türkiye şubesinden aldığı kredi kartını cüzdanında bulamayan Aleynâ telaşlandı. "Acaba evde mi unuttum?" diye düşündü endişeyle. O sırada yanında bekleyen Jak Sarfati yardımcı olmak için "Yeni Türk Lirası da kabul ediyoruz," diye fısıldadı ama aynı anda "Bu cici kız dünyaya bakarken kendini her şeyden önce Müslüman olarak tanımlıyor olmalı. Ne yazık ki bu yüzden, ben onun gözünde onu beğenen hoş bir erkek falan değilim herhalde? Belki de beni en önce ve hatta tamamen bir Yahudi'yim," diye düşünerek iç geçirdi Jak Sarfati. "Ve korkarım, daha uzun yıllar bu yargısının önüne başka bir şey geçemeyecek! Onun gözünde ben her şeyden önce bir 'gâvurum', sonra yabancı! İşin trajik yanı, benim de onu öyle görmekten kendimi alamayışım!"

Kredi kartını cüzdanında bulamayınca, çantasının içini aramaya başlayan, bu sırada kendisinin en önde bulunduğu yeni açılan kasanın arkasında da bir kuyruk oluştuğunu görerek sıkılan Aleynâ Gülsefer, kendine kızıyordu. Ama kart yoktu, ya evde unutmuştu, ya da cüzdanından başka bir yere koymuştu. Şimdi cepten babasını arasa, adamcağız hemen yarı yoldan geri dönüp kızını kurtarmaya havalimanına gelirdi ama ya kartı evde unuttuysa...

"Çok da düzenliyimdir ama..." diye kendi kendine mırıldanırken mahcubiyetten kızarmıştı. O sırada kasa kuyruğunda kendi arkasında bekleyen bir kadın yolcunun Jak Sarfati'yle konuştuğunu duydu.

"Öndeki hanımın işi uzunsa benim ödeme yapmam mümkün mü acaba?"

Aleynâ'ya yardım için yeni bir kasa açtıran Jak Sarfati, onun para veya kart konusunda bir sorun yaşadığını anlamıştı ama arkadaki müşterilere de yardım etmek göreviydi.

"Sizi ben şuraya alayım, hazır olunca yine beklemeden ödemenizi yaparsınız," dedi kibarca Aleynâ'ya kasanın yanında bir yer göstererek.

Hem kredi kartını bulamadığı, hem de arkasındaki insanları beklettiği için üzülen Aleynâ kuyruktan çıktı, hemen Jak Sarfati'nin yanına geçti ve çantasını inceden inceye aramaya başladı. O zaman biraz önce arkasında bekleyen yolcunun cıvıl cıvıl bir sesle kasiyeri selamlayıp havaların sıcaklığına dair ettiği birkaç sözü de duydu. Kadının sesinden bal damlıyor, albenisine kapılmamak güç görünüyordu. Başını çantasına eğip, kendini tamamen kredi kartına vermiş olan Aleynâ, bu kadının çevresindekileri çabucak birbiriyle sohbet ettirmeyi başardığını hissetti. Jak Sarfati bile onunla sohbete başlamış, Aleynâ'yı unutmuş görünüyordu. Başını kaldırıp bakınca, onun biraz önce önünden Kenzo Çiçek parfümünü alan askılı entarili, parmak arası şıpıdık terlikli, eflatun tırnaklı genç kadın olduğunu gördü. Oydu, basbayağı oydu işte! Üstelik çok hafif makyajlı olan kadının yüzü de hoştu ve Aleynâ sanki bu yüzü başka bir yerde daha önce görmüştü... Ama en önemlisi hiç aksansız Türkçe konuşan kadının boynunda gümüş bir haç kolye vardı.

"Tövbe tövbe... Allah -Celle Celaluhu- akıl versin, başka ne diyeyim!" diye içini çekti Aleynâ. "Artık özentiden midem kalkıyor yani! Şuna bak, bir Müslüman kıza bu haç yakışır mı yani? Yurtdışına gidiyor ya, onlara yaranacak küçük hanım! İnsanın kanına dokunuyor valla!"

"Ben en çok bizim havalimanını beğeniyorum, yani Amsterdam'daki ve Kopenhag'dakiler de fena değil ama İstanbul Atatürk hem ölçek hem de fonksiyon olarak çok başarılı bir proje; bir de tabii çalışanları sizin gibi güler yüzlü olunca..."

"Ayy özenti olduğu kadar da sinir biri!" diye iç geçirdi Aleynâ ve o sırada çantasının iç gözünde kredi kartını bulup derin bir nefes aldı. Kredi kartı olmadan Amerika'da yaşamak neredeyse olanaksızdı. "Neyse, babamları da boşuna rahatsız etmedim hiç değilse..." diye ferahladı. O sırada bir Türk bankasının kredi kartıyla ödeme yapmakta olan gümüş haç kolyeli kadının kartına bakan kasiyer;

"Aaa! Ben de nereden tanıyorum diye bakıp bir türlü çıkartamıyordum sizi! Anna Maria Vernier! Siz sinema yazıları yazıyorsunuz gazetede değil mi?" diye heyecanla sordu.

"Evet, sinema yazarıyım, şimdi de Cannes'a bir festivale gidiyorum zaten," dedi genç kadın tanındığına sevinerek.

"Ben de sıkı okurlarınızdanım, ama Tarantino konusunda anlaşamıyoruz!" diye hayran bir sesle söze karıştı Jak Sarfati.

"Ben onun Kill Bill'lerine ısınamadım ama Pulp Fiction favorilerimdendir," diye güldü Anna Maria Vernier, satın aldığı içkileri ve Kenzo Flower parfümünü üzerinde Atatürk Airport yazan plastik poşete yerleştirirken.

"Haa şu 'Bir Levanten'im ben' diye sağa sola röportaj veren gazeteciymiş bu! Ben de nereden tanıyorum yüzünü diye merak etmiştim. Katolik'miş bunlar. Bak mis gibi haçını maçını takıp dolaşıyor aramızda; ne yasak var ne hor görmek! Ama ben türbanımı..."

Onun kredi kartı elinde beklediğini gören Jak Sarfati:

"Hah işte bulmuşsunuz kartınızı, buyrun hemen sizi alsınlar," diye, Aleynâ Gülsefer'e değmemeye büyük özen göstererek, onu Anna Maria Vernier'den boşalan yere doğru yönlendirdi. "Hanımefendi en öndeydi, eski yerine geçiyor!" diye açıkladı kuyruktaki müşterilere. Aleynâ, elinde durdukça ağırlaşan iki lokum ve bir parfümün ederini kasada öderken, Jak Sarfati, vergisiz mağazanın çıkışında Anna Maria Vernier ile sohbet ediyordu. Aleynâ yine dışlanmış hissetti kendini ama o buna alışkındı. Çamlıca'da dokuz yaşında ailesinin rızası ve dininin bir kuralı olarak saçlarını örttüklerinden beri türbanına göre değerlendirilmeye alışmıştı. Yine de kalbini kırılmalara karşı koruyamayacak kadar genç ve deneyimsizdi henüz. Elindeki havalimanı torbasıyla Amerika uçağının kapısına doğru yürümek üzere mağazadan ayrılırken, Jak Sarfati'nin arkasından seslendiğini duydu.

"Her şey yolunda umarım? Yine bekleriz mağazamıza hanımefendi."

Onun kendisiyle hâlâ ilgilenmesi ve kibarlığı Aleynâ'nın hoşuna gitmişti. İçinden 'anlayış yine bir yabancıdan geldi maalesef!' diye üzülse de Jak Sarfati'nin tutumunu eşitlikçi bulmuştu. Üstelik onun yakışıklı bir adam olduğunu da reddetmiyordu.

"Sağolun, teşekkür ederim," dedi.

"Buyrun, size bir kartımı vereyim, başka seyahatlerinizde bir sorununuz olursa çekinmeyin, arayın. İyi yolculuklar!"

Jak Sarfati'nin başarılı bir profesyonel olduğu belliydi. Aleynâ Gülsefer bunu farkında olmasına karşın yine de boş bulundu:

"Allah'ın selamı üzerinize olsun!" dedi ve der demez de kıpkırmızı oldu. Sonra duygularını açığa vurduğu her zaman yaptığı gibi kendine kızdı, çok kızdı. Yüzünde mahcup bir gülümsemeyle hızla kaçtı oradan.

"Gereksiz işler Aleynâ, gereksiz! Teşekkür et ve git! Adam profesyonel işte! Herkese veriyor kartını!"

Onun arkasından bakarken gülümseyen Jak'ın hiç planlamadığı halde ağzından 'Şalom!'* sözcüğü çıktı. Bunu Aleynâ'nın duyup duymadığını bilmiyordu ama 'kadınların hepsi aynı' diye düşünüyordu.

---

* Selam, Merhaba, Barış. (İbranice)

10
ŞEYTANLA MELEK ARASINDA BİR KÖPRÜ

"Çamlıca'yı da mahvettiler cancağızım! Katlettiler o güzelim cenneti! Sonunda bunu da başardılar. Tebrik ederim; bravo! Zevksizler! Sonradan görmeler! Yani Arapların bile bir estetiği, kendi iklim ve coğrafyasıyla, kendi kültürel kimliğiyle uyumlu, kişilikli bir mimarisi vardır da bu *bizim dinciler*in sanat-mimarlık konusunda ne özgün bir estetiği ve inceliği, ne de orijinal bir şahsiyeti ve zarafeti bulunur! Nasıl bulunsun ki? Daha kendi kimlikleri konusunda kendi aralarında bile bir konsensüs sağlayamıyor bunlar. Kendilerini Arap sanan, Müslümanlığı en üst ve tartışılamaz kimlikleri kabul eden ama dinlerinin dili olan Arapçayı anlamayan, anlayanların da Arapçanın derin dilbilgisine, Arap sanatı ve edebiyatının inceliklerin vâkıf olamayan, bunları hiç merak etmemiş ve öğrenmemiş, anadilleri canım Türkçeyi Arapça soslu kullanan biçare Türkler bunlar canım! Oysa kökümüz Anadolu medeniyetleri ve Bektaşi, Mevlevi hoşgörüsüyle iç içe geçmiş çok zevkli, incelikli, canım Osmanlı-Avrupa-İslam sanatıyla yoğrulmuş, tamamen bize özgü bir medeniyetken, *bizim dinciler* özlerini reddedip, kaba saba, üslupsuz, eklektik bir bulamacı kültür diye dayatıp üstüne de lezzetsiz, çirkin, aceleye getirilmiş, ucuz kalfa işi inşaatları kakışlıyor. Zevksizler! Ne münasebet canım! Mecbur muyum ben bu kültürsüz, taşralı sermayenin zevksiz şantiyeleriyle midemi bulandırmaya cancağızım? Hiçbir estetik, kültürel ve mimari kaygısı olmadan kente göçenler, eskiden kent kültürünün yarattığı uygarlık ve demokrasiden yararlanır, kentlileşmeye çalışırdı. Şimdikilerse, tamamen kentteki maddi imkânlardan yararlanmak peşindeler ve tanımadıkları, anlamak için uğraşmadıkları uygarlık izlerini de talan ediyorlar! Talan ettiler canım İstanbul'u talan! Zevksizler! Bravo size!"

Barselona'da yapılan Akdenizli Mimarlar kongresinde, 'Kentleşme ve çevre etkileşiminde 21. yüzyıl Akdeniz projeksiyonları' konusunda sunduğu bildiriyle Türkiye'yi temsil eden İstanbul Mimarlar Odası eski başkanlarından mimar Erol Argunsoy, THY tarifeli uçağıyla iki saat önce İstanbul Atatürk Havalimanı'na inmişti. Barselona'da içinde pasaportu, kredi kartı, cep telefonu ve kimlik belgesi bulunan çantası çalındığı için, pasaport kontrollerinin Türkiye Cumhuriyeti vatandaşlarına ayrılan bölümündeki kuyruğa elinde Madrid Türk Büyükelçiliği'nin hazırladığı geçici kimlik belgesiyle girmişti. Ama sıra kendine gelde yanına bir polis memuru verilerek havalimanı karakoluna davet edilmiş, şimdi orada yaklaşık iki saattir kimliğini kanıtlaması için bekletilmekteydi. Bu sırada, yıllardır sık sık pasaport polisleriyle şakalaşarak geçtiği pasaport kontrol gişelerinin hemen sağ tarafında usta bir mimari hileyle saklanmış bir karakol bulunduğuna daha önce dikkat etmemiş olduğunu anlıyordu. Havalimanı mimarisi özellikle ilgilendiği veya çalıştığı bir alan olmamıştı ama modern Atatürk Havalimanı'nın fonksiyonel şıklığını bazı yapısal hatalar, küçük estetik zaaflar dışında beğenirdi.

"Fakat *bizim dinciler* son yıllarda öyle bağnazlaştı ve öyle görgüsüzleştiler ki, güzel dinimizin şefkat, paylaşma ve hayırseverliğinden uzaklaşıp hırs ve hınç doldu yürekleri. Kendileri gibi yaşamayan ve giyinmeyenlere hınç duyuyorlar cancağızım! Olur mu canım; işte bu bağnazlık, dünyanın en hoşgörülü, incelikli dininden bile soğutur insanı yahu! İslamiyet, içki ve kadın düşmanı, yasaklar dizgesi bir korku dini değildir be insafsızlar! Kendi özünden bu kadar mı habersiz, bu kadar mı uzak olur bir millet? Bravo yani! Velhasıl, İstanbul'un gözbebeği, canım Çamlıca tepesi sonunda Afganistan'la İran arasında kimliksiz, aidiyetsiz tam bir zevksizlik tepesine dönüştü ellerinde: Bravo! Araplar bile gelince şaşırıyor: 'Nedir bu sirk?' diye soruyorlar. Altı kaval, üstü şişhane! Tıpkı kadınlarının da türban altına pantolon hele kot pantolon giymesi ve çıplak ayaklarını teşhir etmeleri gibi mesela. Bravo yani! Üstelik *bizim dinciler*, kendi yarattıkları canavarı kendileri de sevmiyor, bu yüzden hiçbir bakımdan kendi dayattıkları ortaçağ zihniyetiyle örtüşmeyen modern plaza ve alışveriş merkezlerine koşarak doluşuyorlar onar yirmişerlik gruplar halinde... Teker teker de gidemezler, cemaat halinde yaşar, düşünür ve cemaat halinde kimlik edinirler. Çünkü kent kültürünün insanı bireyleştirdiği, kent-birey-özgürlük-demokrasi ilişkisini bilmezler. Böylece farklılaşarak gelişme yerine anonimleşmiş cemaat ilişkilerine devam eder, ortaçağda yaşamayı sürdürürler. Bu yüzden sürüler halinde gidip, ne görseler almak için yarıştıkları *'şeytan Batı'* tarzı *'shopping mall'*ları da Çamlıcalaştırmak için içleri gidiyor ama henüz güçleri yetmiyor cancağızım! Bir yandan da içten içe özlem duydukları dünya, sık sık dile getirdikleri gibi kadınları duvarlar ve örtüler içine hapsolmuş, haddini bilen, erkek erkeğe iktidarın sürdüğü bir Doğu hayali değil. Aslında özgürlükleri içselleştirmiş, kadınların da ruhen ve bedenen özgür bireyler olmasını engellemeyen ve kendileriyle aynı Allah'a, aynı cennete inanan Batı medeniyetlerine gizlice hayran olduklarından moderniteyi de reddedemiyorlar. Yoksa türbanla okumak için oluk oluk parayı Batı üniversitelerine değil, İran, Endonezya, Mısır okullarına akıtırlardı. Bravo! Hah! Neyse ki, Tanrı dünyanın her yerinde bağnazlığı aynı şekilde cezalandırıyor: '*Ve Yüce Yaradan bağnazları boğazlarına kadar batırdığı derin zevksizlik çukurlarına mahkûm etti...*' Amin!"

Havalimanı karakolunda tam olarak ne için bekletildiğini tam olarak anlamayan mimar Erol Argunsoy, kendisine çay ikram eden genç polis memurundan bilgisayarda kimlik kayıtlarının incelendiği ve savcının işi bitince kendisini sorgulayacağını öğrenmişti. Doğrusu neden Barselonalı hırsızın değil de İstanbullu mağdurun sorgulanmak istendiği konusunu anlamadığı gibi, bu durum canını sıkmıştı. Yalnızca bir gün önce Barselona'daki hırsızlık yüzünden oradaki karakolda ve içinde Türkçe veya İngilizce bilen tek kişinin çalışmadığıTürk fahri konsolosluğunda geçen yorucu saatlerin ardından şimdi kendi ülkesinde, üstelik adı-sanı belli bir Türk vatandaşı olarak karakolda bekletilmesinin manasız olduğunu söylemek istedi ama kendisine çay ikram eden genç polis memuru, onun papyon kravatını, pantolon askılarını, kısa kollu şık gömleğini, bir omzuna gençler gibi astığı su geçirmez sentetik dokuma bir materyalden yapılmış sırt çantasını ve terini sildiği kumaş mendili dikkatlice süzdükten sonra, buz gibi bir sesle bunun 'normal vatandaş prosedürü' olduğunu söyledi. Zaten yüksek tansiyon problemi olan, şimdi aşırı sıcak ve yorgunluktan dayanma sınırlarına ulaştığını hisseden mimar Erol Argunsoy da beş-on dakikadan fazla sürmeyeceğini sandığı bu basit işlem için tatsızlık çıkartmadan, polis memurunun iğneli bir dille ima ettiği 'normal vatandaş' gibi beklemeye karar verdi. Oturduğu rahatsız ahşap iskemlede beklerken, uçaktan inerken yanına aldığı THY dergisi SKYLIFE'taki Çamlıca fotoğraflarına bakıyor; 60 yıl önce annesi ve büyükannesiyle pikniğe, 15 yıl önce de -sahi oldu mu o kadar?- o sırada henüz Turing'in işlettiği çay salonuyken eski karısının yeğeni, kendi öz kızı gibi sevdiği Belgin ve onun dadısı Kete'yle çay-kahve keyfine gittikleri Çamlıca'yı özlüyordu.

"Ne güzeldi Çamlıca'nın o Turing yılları Cancağızım... Kadınlıklarından çekinmeden şık kadınlar, bakımlı, tıraşlı erkekler, pırıl pırıl, terbiyeli, şımartılmamış çocuklar. Garsonlar belli bir eğitimden geçmiş, servis görgüsü olan, kibar ve güzel konuşan insanlardı. Servis, bir an önce yapıp bitirilecek bir angarya, bir ekmek parası işi değil, bir sanattı. Müşterilerine 'hanımefendi, beyefendi' diye hitap edebilen, servis görgüsü kadar güzel Türkçe konuşabilen, güleryüzlü, saygılı garsonların çalıştığı nezih bir atmosferde, insan kendini bir kentli, bir İstanbullu olarak hissediyordu. Birbirini tanımayan insanlar masalardan birbirlerine selam verir, kentlilik kültürüyle kent yaşamını yüceltir, İstanbulluluk geleneğini sürdürür, kimse kimseye yiyecek gibi bakmaz, bazen canlı bir oda orkestrası popüler valslar, film müzikleri çalar, çoğu zaman banttan eski İstanbul şarkıları duyulurdu. Diğer Osmanlı kasır ve köşklerini restore ettirtip özellikle orta sınıf halkın büyük ilgi gösterdiği zevkli, şık mekânlar yaratan Çelik Bey de zaman zaman Çamlıca'yı da ziyaret eder, masalardaki İstanbullularla sohbet ederdi, ah cancağızım, ah!.."

O sırada bir çay daha ister mi, diye soran ve yakasındaki adının Üzeyir Seferihisar olduğu yazılı genç polis memurunun arkasından seslendi;

"Bakar mısın Memur Bey, daha bekleyecek miyim ben burada?"

“Ne dahası Amca, geleli yarım saat bile olmadı.”

“Amca ha?” diye düşündü yüzünü buruşturan mimar Erol Argunsoy, “Aman nereden amcası oluyorum ben bunun cancağazım? İlla akrabalık ilişkisi kuracak, feodal kültür insanı! Onun için herkes amca-teyze, çünkü o hâlâ kasabasında yaşıyor, köyünü taşıyor kente! Elbette onun suçu değil, ne yapsın garibarı, kasabasındaki dar bilgi ve görgüsüyle gelmiş İstanbul'da, ekmek parası kazanıyor. Aslında efendi, dürüst bir adam da olabilir. Kent kültürü altında ezilmiş, asgari ücretli, kim bilir belki bu yaşta çocuk sahibi bile olmuştur bu! Asıl suçlu, ona 'tanımadığın erkeklere beyefendi, hanımlara da hanımefendi' diye hitap etmek, sokakta birine çarptığında özür dilemek, kuyrukta başkalarının önüne geçmemek gerekliliğiyle başlayan kentlilik kültürünü ve birey olmayı öğretemeyen bizlerde! Türkiye'nin bütün kentleri ama en çok canım İstanbul'uyla monolitik bir maço kasaba kültürüne indirgeme vicdansızlığında hepimiz suçluyuz! Ah, ruhu şad olsun: Metin Altıok ustanın deyişiyle: 'Masum değiliz hiçbirimiz!'

Erol Argunsoy'un yüzünü buruşturmasını kişisel bir küçümseme olarak algılayan polis memuru Üzeyir Seferihisar'ın canı sıkıldı. “Bunlar hep böyle kibirlidir; tepeden bakarlar halka!”

Besbelli kıranta bir herif, tuzu kuru tabii. Babasından hanlar hamamlar kalmış, çoluk çocuğunun istikbali için uykuları kaçmamış, gelecek yıl nereye tayin olacağı endişesi yaşamamış biri nasıl olsa... Baksana duruşuyla bile İstanbul'un sahibi sanıyor herif kendini düpedüz! Ama işler eskisi gibi değil artık; eski çamlar bardak oldu, dünya döndü, devran değişti, artık bizim de sesimiz çıkıyor buralarda işte! Bekle bakalım babalık, bekle de halk ne çekiyor anla biraz bakalım!" diye düşündü salondan çıkarken.

Elindeki THY dergisine geri dönen Erol Argunsoy, dergide yeniden Çamlıca fotoğrafları görünce kaldığı yerden düşüncelerine devam etti:

"Mahvettiler Çamlıca'yı, mahvettiler cancağızım! Kent nedir, kentlilik nedir bilmiyorlar ki. Oysa anlamını bilmeden tapındıkları Medine'den gelir medeniyet sözcüğü ve ancak kentlerin kuruluşuyla başlamıştır tarihte bu medeniyet çağı. İşte bu sebeple uygarlık, kentlileşmeden gerçekleşemez! Ama gel de anlat bunu bütün Türkiye'yi bağnaz bir köye çevirmek isteyen '*onlar*'a... İşte bu yüzden şimdi ha Çamlıca, ha taşrada bir kahve, hiç farkı yoktur artık! Kosmopolitan kentlerin en önemli farkı yasaksız, demokratik, çoksesli ve medenice düzenlenmiş olmasında yatar. Halbuki *bizim dinciler* kendi işaretleri olan korku ve yasak kültürüyle her ele geçirdikleri yeri damgalamak hırsı içindeler. Ele geçirdikleri yerde ilk önce içkiyi yasaklarlar hemen. İçki yasaklanınca cennetin kapısı şipşak açılır! En çok alkol tüketimi neden en yasakçı Konya'da olmaktadır, hiç düşünürler mi? Hayır, düşünmek tartışmayı getirir, oysa tabular tartışılamaz! Madem herkesten daha iddialı Müslümanlar sizsiniz, serbest bırakın içkiyi, günah işlemek isteyen içsin, başkalarını neden sırtınızda cennete taşıyacaksınız canım, hah hah ha! Sonuçta Çamlıca maalesef tamamen taşralı, kaba saba, zevksiz bir kasaba kahvesi olmuştur cancağızım: Bravo!"

O sırada ahşap uzun bir banko arkasında çalışan birkaç polis memuru, onların karşısına dizili altı ahşap iskemle ve duvarında bir Atatürk fotoğrafıyla iri bir saat bulunan havalimanı karakol salonuna Türkmenistan ve Kırgızistan'dan Türkiye'ye çalışmak için gelen genç kızlardan ikisi girdi. Onlara eşlik eden orta yaşlı, şişman polis memuru kızların yüzüne bakmadan onlara: "Hadi geçin geçin, oturun şuraya bakalım bayanlar!" dedi bıkkın bir sesle. İkisi de son moda markaların sahtelerinden giyinmiş çok genç ve alımlı kızlar, oldukça korkmuş görünüyorlardı. Endişe içinde salonu süzdüler. Onları rahatlatabilmek için kendilerine gülümseyen Erol Argunsoy'un yüzüne daha da büyük bir tedirginlikle baktılar.

"Giriş harcı ödememiş bunlar!" diye söylendi polis memuru.

"Yok valla ağbi, benim koca ödeyecek!" diye bozuk bir Türkçeyle kendini savunan kızlardan biri korkuyla fırladı iskemleden. Kendisinin neden orada olduğunu unutup, bu kızlara nasıl yardım edeceğini düşünen mimar Erol Argunsoy, en fazla on altı yaşında görünen bir çocuğun evli olması düşüncesiyle içi titredi.

"Kocasıymış!" diye güldü polis memuru, "Vatandaşlık hakkı elde etmek için hemen bir koca bulur bu uyanıklar ha!"

"Allah Kuran çarpsın, bir koca vardır bende ağbi!" diye titrek bir sesle yalvardı genç kız.

"Tabii tabii..." diye güldü polis memuru, her gün benzeri durumlarla karşılaştığını anlatan bıkmış bir ifadeyle.

"Kaç lira bunların vizesi, harcı, herneyse... ben ödeyeceğim!" diye ayağa kalktı Erol Argunsoy isyan eden bir sesle.

Çocukların ve gençlerin acı çekmesine daima isyan etmiş, elinden geldiği, gücü yettiğince birçok gence, çocuğa yardım etmişti, etmekteydi. Genç bir mimar adayıyken başladığı kişisel desteğe yıllardır farklı sivil toplum kurumlarına gönüllü üye olarak devam ediyordu şimdi. Yaz stajını yaptığı Sarıyer'deki inşaatın şantiye bekçisine her gün tepedeki gecekondudan sefertasıyla yemek getiren çakır gözlü, narin kız çocuğu Safiye'nin kırgın bakışlarına bakıp içi acıdığında henüz Belgin'in halasıyla nişanlı bir İTÜ öğrencisiydi. Nişanlısı Bebek'in tanınmış, saygın, pek çok diplomat yetiştirmiş bir ailesinin kızıydı ve kuşaklar boyu adına 'besleme' denen 'evlatlık' kız yetiştirme geleneğine sahiptiler. Çoğunlukla yoksul taşralı ailelerin kızlarını alıp, okuma yazma ve ev işi öğretip büyüdüğünde kendisinin de rızası alınarak evlendirilen bu kızlar ev işleri kadar çocukların bakımına da yardımcı olurlardı. Öte yandan, evleninceye dek evin bir anlamda 'köle'si sayıldıkları da söylenebilirdi pekâlâ. Safiye'nin zaten beş çocuklu inşaat bekçisi dayısının yanında daha çocuk yaşta evlendirilip, onlarca çocuk doğurmaya mahkûm edileceğini düşünerek onu her gördüğünde vicdan azabı çeken genç stajyer Erol Argunsoy, sonradan doğacak biricik yeğeni Belgin'inin 'Kete'si olacak bu kızı Bebek'e götürmüş olmaktan dolayı kendisiyle daima gurur duyardı. Zeki ve şefkatli Safiye-Kete'nin Belgin'lerin yanında daha mutlu olduğuna yürekten inanmış, bundan hiç kuşku duymamıştı. Öte yandan Belgin'in eski kocası Mehmet Emin Entek: 'Zavallı bir Kürt kızını boğaz tokluğuna hizmetçi olarak sizin eve getirmeyi sosyal yardımlaşma sayan büyük çevre dostu, ünlü mimar enişteniz Erol Argunsoy, aslında beni hep eleştirdiği emek sömürüsü konusunda dikâla bir örnek oluşturmuştur!' diyerek aklınca intikam almıştı. Öpöz karısı Belgin dahil kendisine güvenen herkesi, her anlamda aldatacak kadar 'alçak ve vahşi bir kapitalist' ve dünya çapında bir sahtekâr olarak nitelendirdiği Mehmet Emin Entek'in sataşmalarını doğal karşılardı Erol Argunsoy. Çünkü onun derdi kendi ihale sahtekârlıklarına göz yummayan, çevre düşmanı projelerini deşifre eden ama en çok Belgin'e babalık ederek, kızı daha fazla incitmesine olanak vermeyen Erol Argunsoy'a karşı biriken öfkesinde yatıyordu. 'Halandan yıllar önce boşanmış, hakkında nonoş-monoş dedikoduları olan bu adam nasıl hâlâ senin akraban, enişten olur canım! Bitti sizin hısımlığınız, sen hâlâ bu adamı manasızca öz baban gibi seviyorsun!' diye Belgin'i sık sık eleştiren o 'sahtekâr'a güzel bir ders vermek istemişti Erol Argunsoy elbette ama ah o sıralarda aralarında daha fazla incinmesini gönlünün kaldıramayacağı *biricik Belgin* vardı...

"Ne yapsaydım yani? 8-10 yaşlarında bir yavrucağı, şimdinin 'Varoş'u, o zamanın gecekondusundan bireysel olarak kurtarmanın en iyi yollarından biri onu varlıklı ve şefkatli bir ailenin yanına 'evlatlık' vermekti. Sanki o zamanlar Türkiye sosyal kurumlar ve STK'larla doluydu da, ben bunları gözardı etmiş, çocuğu da tacizkâr bir patronun evine işçi vermiştim cancağızım! Hiç de değil! Kete, yani Safiye kendine iyi bir gelecek kurabilecek kadar güven ve sevgiyi Gümüş Ailesi'nde buldu, sonunda da kendine ait onurlu bir hayat kurdu. Hem sanki aradan geçen 40 yılda kimsesiz çocuklar için Türkiye'nin koşulları daha mı iyileşti? Nerdeee cancağızım? Küreselleşme etiketiyle memleketin özkaynaklarını kendi kapitallerine ekleyen Entek gibi liberaller yüzünden daha da beter olduk canım! Hem bak, öyle okuma yazmayla yetinmeyen o küçük Kete dışarıdan ilkokulu bitirmiş, şimdi Bebekli bir bakkalla evli, oğluna Belgin'in şehit babasının adını verecek, onu Halit Ziya diye sevecek kadar vefalı, kent kültürüyle yetişmiş orta halli cin gibi bir hanım oldu işte. Üstelik babası öldürüldükten sonra, yıllarca *biricik Belgin*'e analık, ablalık ederek büyük hayır-hasenat işlemiştir, sağolsun!"

"Olur mu Amca, onlarda para var, hem de çook!" diye alay ederek karşısına dikilen polis memuru Üzeyir Seferihisar'ı görünce hâlâ havalimanı karakolunda olduğunu anımsadı mimar Erol Argunsoy.

"Var da vermiyorlar ki..." diye rahatsız edici bir bakışla baktı kızlara sonra. Ama kızlar polislerden çok şimdi mimar Erol Argunsoy'a korkuyla gözlerini dikmişlerdi. Onların gözünde 'yaşlı bir fırsatçı' olarak yanlış anlaşılmaktan hiç hoşlanmayan mimar Erol Argunsoy, son çare olarak kızlara dönüp her zamanki babacan tavrıyla:

"Ülkenizi ziyaret etmiş, folklorik motiflerinizden ve el sanatlarınızdan çok etkilenmiştim," dedi. Ama bu sözler onlar tarafından daha da tehlikeli bir işaret olarak algılanmış olmalıydı ki;

"Yok valla kâğıtlarımız tamdır ağbi, zaten benim koca dışarıda bekliyor," diye çıpınan genç kızlardan biri cebinden 50 Avro çıkartıp gösterdi. Yüzü şimdi tamamen bir çift ürkmüş göze dönüşen, bir an önce kaçmak ve buradan kurtulmak isteyen bir karacaya benziyordu. Yapacak bir şeyi olmadığını anlayan Erol Argunsoy, üzüntüyle yüzünü buruşturarak rahatsız ahşap iskemleye oturdu. Kliması çalışan salonda bile terlemişti. Pantalonunun cebinden çıkarttığı kumaş mendiliyle alnında biriken terleri sildi, papyonunun ipek bir bantla kaplanmış lastiğini gevşetti. O sırada hiç konuşmadan bekleyen öbür kız da cebinden para çıkarttı. Polislerin çabucak imzalı ve damgalı birer makbuz hazırladığı göçmen işçi kızlar kaçarcasına çıktılar karakoldan. Onların arkasından üzüntüyle bakan Erol Argunsoy, 'Resmen köle pazarımız var, 21. yüzyılda Türkiye diktatörlükten ve yoksulluktan kaçan Asyalı ve Karadenizli kaçak işçilerin modern köle pazarı oldu cancağızım!" diye düşündü ve çok üzüldü. Böyle zamanlarda kendi insanlığından utanır, ölmek isterdi. Yine öyle bir negatif duygu kapladı yüreğini, içi daraldı, nefesi sıkıştı. Zaten yüksek tansiyonu vardı ve iki gündür yaşadığı hırsızlık ve pasaport sorunu yüzünden bunalmıştı. Şimdi yol yorgunluğunun üzerine bir de karakolda bekletiliyor olması sağlığını zorluyordu. Onun çarpıntı geçirdiğini farkında bile olmayan polis memuru Üzeyir Seferihisar, ahşap bankonun arkasına geçmiş, elindeki plastik mühürün içine mürekkep dolduruyordu. Onun ne yaptığını görmeyen biri yüzüne bakınca çok önemli bir işle meşgul olduğunu sanabilirdi. Aslında aklı fikri bugün dördüncü çocuklarını doğurmak için hastaneye yatan karısındaydı. Henüz sekiz yıllık evli 28 yaşındaki polis memuru Üzeyir Seferihisar, ikiz kızlarının ardından bir kızı daha doğunca büyük hayal kırıklığı yaşamış, bu kez erkek olur dileğiyle karısını dördüncü kez anne olmaya zorlamıştı. Bir yandan zaten üç çocuklu ailesine yetmeyen küçük memur maaşı ve çalışmasına izin vermediği 24 yaşındaki karısının şikâyetleri, bir yandan okutup bakabileceğiniz kadar çocuk yapın, diye sık sık emrindeki polisleri uyaran polis müdürünün baskıları canına tak etmişti. 'Bu defa inşallah erkek olacak! Birazdan telefon çalacak ve oğlun oldu müjdesi verecekler bana!" diye içi içini yiyordu.

"Hâlâ plastik damgaların içine mürekkep doldurarak mı çalışıyor Türk Polisi?" diye kendisine laf atan kim diye başını kaldırınca, karşısındaki iskemlede oturan mimar Erol Argunsoy'u gördü. Kendi içinde öyle dalmıştı ki, önce onun kim olduğunu hatırlamadı.

Çarpıntısı azalan Erol Argunsoy, 'kendini kurtarmaya çalışan bir Anadolu delikanlısı' olarak gördüğü genç polis memuruyla bir iletişim kurmak için ona laf atmıştı.

"Bizim çocukluğumuzda da bu damgalar, mühürler kullanılırdı, aradan 60 yıl geçti hâlâ değişmedi mi bunlar?"

"Ya işte, Türk polisi hâlâ bunlarla çalışıyor!" diye yanıtladı Üzeyir Seferihisar onu.

"Avrupa Birliği'ne girmek üzereyiz, ama aynı ağır bürokrasi, aynı hantal, otoriter devlet. Mesela benim burada saatlerdir bekletilmem de aynı zihniyetin ürünü..."

"AB'ye girmek isteyen kim amca? Bize asla serbest dolaşım hakkı vermez o Avrupalılar. Eee, halka başka ne yararı olacak o zaman AB'nin? Üstelik kendi örf ve âdetlerimizi de yozlaştıracak. Eşcinseller evlenme hakkı isteyecek, asker kaçakları 'vicdani retçi' adıyla dolacak sokaklara, zaten idam cezası da kalktı, polis katillerini, hırsızları, ırz düşmanlarını sorgulayamaz oldu. Eee, bunu sonunda bütün kötülükler cezasız kalacak. İstemez AB, MB! Zaten biz Avrupalı değiliz ki!" diye bir solukta döktü içindekileri polis memuru. Ama hemen pişman oldu, duyan oldu mu diye telaşla etrafına baktı ama karşısında yalnızca yaşlı, göbekli, papyonlu ve pantolon askılı mimar Argunsoy'un üzüntüyle yüzüne dikilmiş gözlerini buldu. Hep böyle yapıyor, dilini bir türlü tutamıyor, biraz tepesi attı mı, tedbirsizce kendi düşüncelerini anlatıveriyordu. Oysa en kolay harcanacak noktada küçük bir devlet memuruydu. Allah korusun, yerin kulağı var, bir de işinden olursa beğenmediği maaşı bile tehlikeye girer, hem doğmak üzere olan oğlu... Hemen telaşla sordu;

"Bir çay daha alır mısın amca?"

Hayır, anlamına başını sallayan Erol Argunsoy'un dudaklarını büzerek, elindeki kumaş mendille alnındaki teri silmesini izledi bir süre.

"Bak oğlum, şu Avrupalılık dediğin şey bir hastalık, büyük bir düşman falan değil," diye yumuşak ve sabırlı bir sesle konuşmaya başladı Erol Argunsoy. "Biz Türkler, Anadolu'ya gelmeden yüzlerce yıl önce burada yaşayan her Bizanslı biraz Romalıydı. Ecdadımız Osmanlı her Bizanslıyı kılıçtan geçirip soykırım yapmadığına göre her Osmanlı da azıcık Bizanslıydı. Şimdi Yunanlılar ve Egeli Türkler arasında yapılan DNA çalışmalarında aynı gen haritası çıkıyor. Bunun anlamı açık. Bak evladım, ben gittim Orta Asya'ya, Afganistan'a, İran'a ve Arap ülkelerine, onları hem antropolojik hem de kültürel olarak inceleme, çalışma şansım oldu. Elbette Doğululuk da özelliğimiz ve özellikle sınır şehirlerimizde kültürel ağırlığı ve etkisi devam ediyor ama Türkiye genelinde bakarsan, ister kabul et, ister etme; biz en az 500 yıldır Avrupalıyız; hem kültüren hem de genetik olarak."

O vakte kadar çok da ciddiye almadığı bu yaşlı adama ilk defa çekinerek baktı polis memuru Üzeyir Seferihisar. Türkiye'nin bir polis karakolunda böyle bir konuşmayı göze alacak birinin çok güçlü arkası olması gerekirdi. Alnındaki teri silmeye devam eden Erol Argunsoy, bezgin bir sesle devam etti:

"Çay değil de şu benim evrakımı takip etmeni isterim. Neredeyse iki saattir burada manasız şekilde beklemekten canım sıkılmaya başladı benim. Zaten yorgunum, sıcak sağlığıma dokunuyor, birazdan trafik yoğunlaşacak, Maçka'ya varmam da zorlaşacak, Akaretler, Fulya, Ihlamur hepsi tıkanacak taa Vişnezade'ye kadar!"

"Maçka, Fulya, Ihlamur, mıhlamur! Biz İstanbullu değiliz ya, aklınca beni aşağılayacak! Ne olmuş Yozgatlıysak? Sanki İstanbul'un tapusu bunların üzerine be! Bir İstanbulluluk tutturmuşlar, sanırsın Amerikan başkanı Bush bile İstanbullu olmak için sırada beklemektedir ha! Bak işte bey amcamızın doğum yeri de Bitlis, nedir yani bu İstanbullu havaları? Yok babası orada valiyken doğmuş da anlattı önce uzun uzun: falan da falan... İlla tepeden bakacak bize ya! Şimdi iki saat beklemeye sağlığı el vermiyor bey amcanın tabii. Sen özel şoförlü, klimalı arabanda trafikten bıkmışsın ama bi görsen, senin bu cehennem İstanbul'unda vatandaş kuyruklarda, otobüslerde, dolmuşlarda ne çok bekliyor, ne sürünüyor; bak aklın şaşar yani!" diye düşündü hızla polis memuru Üzeyir Seferihisar.

"Şimdi sizin elinizde bir kimliğiniz olsaydı, işiniz bu kadar sürmezdi tabii..." dedi temkinli bir sesle ama hâlâ yerinden kımıldamadan elindeki plastik damgaya mürekkep doldurmayı sürdürerek.

"Sen beni dinlemiyorsun Polis Bey; her şeyim çalındı diyorum ben sana ve elimde bunu kanıtlayan altında Türk Büyükelçiliği damgalı bir belgeyle geliyorum. Fakat sen bana hâlâ kimlik diyorsun cancağızım! Ben de sana oteldeki çantamda kaldığı için çalınmayan ÇEKÜL, TEMA, ÇYDD, TEGV, Greenpeace gibi sivil toplum kuruluşlarına üyelik kartlarımı veriyorum, onları da geçersiz buluyorsun!"

"Ehliyet olsa kabul ederiz ama..."

"Söyledim ya, yok benim ehliyetim. Ben toplu ulaşıma destek vermek için araba da sürücü belgesi de almam. Gideceğim her yere ya vapura ya da taksiye binerim. Ne benzin tüketimiyle çevre kirliliğine ne de trafik keşmekeşine katkıda bulunurum ."

"Tabii... otobüse, dolmuşa binmez bu!" diye yine kendi kendine söylendi Üzeyir Seferihisar.

"Bizim elimizden bir şey gelmez! Kanunlar böyle amca. Türkiye Cumhuriyeti'ne pasaportsuz olarak sadece Türk vatandaşları girebilir. Bu hakka sahipsiniz ama kimliğiniz kanıtlanana kadar beklemeniz gerekiyor. Bunun için üç gün bekleyen bile oldu..."

Bu son cümlenin bir tehdit olup olmadığını anlamak için polis memuru Üzeyir Seferihisar'ın yüzüne bakan mimar Erol Argunsoy, karşısında bütün dikkatiyle plastik damgaya mürekkep dolduran genç bir adam gördü.

"Bunun ne suçu var yahu! Biçare emir kulu işte. Hayatında ne bir roman okumuş, ne bir resim sergisine, ne de tiyatroya gitmiştir bu yavrucuk! Onlara ne estetik, ne sanat, ne de felsefe nosyonu vermeyince, işte kendimizi de böyle dümdüz, lezzetsiz ve meraksız, ekmek parası düzeyinde yaşayan çoğunluğa mahkûm etmiş olduk. Birikimsiz, marifetsiz, esprisiz! Kimse ona içinde yaşadığı İstanbul'un ne büyük bir tarih, ne müthiş bir güzellik ve olağanüstü gizemler kenti olduğunu anlatamaz artık. Çok geç. Merak etme, kendini geliştirme, incelikten zevk alma yönleri köreltilmiş yavrucağın..." diye düşünerek içi çekildi.

“Bana bir bardak su getir, sana zahmet Polis Bey ama soğuk olmasın, dilim damağım kurudu burada.”

“Dili damağı kurumuşmuş, alışık değil tabii kıymetli kıçı tahta sandalyeye. O göbeğini de bizim gibi katıksız ekmek yiyerek şişirmedi herhalde. Bak memleketin polisi ne şartlarda çalışıyor!” diye içinden söylenerek su getirmeye gitti Üzeyir Seferihisar.

“Soğuk olmasınmış! Sanki beş yıldızlı otelde garsona sipariş veriyor Bey Amca'm ha! Avrupalıymışız, Bizanslıymışız! Yok daha neler! Elhamdülillah Müslüman'ız biz! Sanki biz Afganistan'dan gelmiş yabancıyız da, öğretiyor aklınca. Hem nesini paylaşamazlar ki, bu İstanbul'un? Hırsızlık, hainlik, düzenbazlık burada, uyuşturucu, alkol, porno burada. Bizim Anadolu'da ayıp, günah, kalleşlik, şerefsizlik sayılacak her şey burada helal be! Sonra sanki bizim Yozgat'ta hırsızlık, hainlik mi vardı da gelirken yanımızda getirdik İstanbul'a be? Burası İstanbul be, kahpe İstanbul! Burada açıkgöz, üçkâğıtçı olmayanı anasından doğduğuna pişman ederler! Sokaklarda döve döve öldürürler de tek bir Allah'ın kulu kılını kıpırdatmaz! Zayıf ve fakirin kâbusu bu kahpe İstanbul! Ha, ama cebin doluysa, o başka! İstanbul'un dini imanı para be para! İnsanlık mı kalmış burada? Yok, bitmiş insanlık bu İstanbul'da, bitmiş! Çocuk yaşında kızları pazarlayan pezevenkler, ağzı süt kokan çocuklara uyuşturucu satan şerefsizler, memleketin yarısı açken üç asgari ücrete bir şişe şampanya patlatan vicdansızlar, örf ve âdetlerimiz çiğneyerek gece yarıları tek başlarına yarı çıplak barlara giden orospular, hainlerin elinde zulüm çeken yüzlerce tinerci bebe, mendilci çocuk ve çeteler, çeteler, çeteler... İstanbul'un barsakları bu be! Çöpçülerle polisler olmasa kokar, çürür, erir bu İstanbul be! Sonra da polisleri sevmezler! Biz polisler canımız pahasına, asgari maaş karşılığı koruyoruz sizleri; uyanın ey amcalar ve teyzeler, eğer keyif çatıp rahat yiyip içiyorsanız, bizim sayemizde be! Sonra da tutup bize tafra atmazlar mı!.. Şeytan diyor ki..."

Kendisine bir bardak su getiren polis memuru Üzeyir Seferihisar'a teşekkür eden mimar Erol Argunsoy, suyu içtikten sonra ayağa kalktı ve sesini hiç yükseltmeden ama çok otoriter bir tonda sordu:

"Burada dış dünyayla irtibat kuracağım bir telefon vardır muhakkak. Ben artık komiseri de savcıyı da meşgul etmek istemiyorum. Sen hemen beni o telefona götür bakayım Polis Bey! Artık bu saçmalığa son vermenin vakti geldi evladım!"

İki saattir zaman zaman mızmızlansa da oturup uslu uslu işlemleri bekleyen yaşlı adamın birden dinçleşip gençleşmiş görünmesine şaşıran Üzeyir Seferihisar, içgüdülerinin yine kendisini yanıltmadığını düşündü. Mimar Erol Argunsoy'un yaşına uygun düşmediği için kendisine tuhaf gelen genç işi giyim tarzına, pahalı giysilerine, manikürlü tırnaklarına, iri yakut taşlı altın yüzüğüne ve Türkçeyi pırıltılı, düzgün, çok güzel konuşmasına bakarak, daha içeri girer girmez 'mutlaka tanıdığı bir vali, bir bakan vasıtasıyla işini tek bir telefon konuşmasıyla hallettirecek tiplerden' biri olduğunu düşünmüştü. Ama yaşlı adam bunu yapmayınca, onun hakkında yanıldığını sanmıştı. Sanki Erol Argunsoy, bile bile 'düz vatandaşlık' oynamıştı karakolda. Oysa 21. yüzyılın Türkiye'sinde hâlâ arkası olmayan düz vatandaşın işi zordu, uzundu, yorucu ve bıktırıcıydı. Ama polis memuru Üzeyir Seferihisar, Türkiye'de hayatta kalma sınavlarından geçmeyi başarmış sıradan bir vatandaş olarak yeterince 'uyanık ve kurnaz'dı ve bu sınavlar ona: kime, nerede, hangi ses tonuna hangi tepkiyi vermesi konusunda yaşamsal bir refleks kazandırmıştı. Adına: 'Türk olarak Türkiye'de hayatta kalma refleksi' de denebilecek bu yetenek sayesinde hemen hazırola geçti ve artık iyice alttan alan bir sesle:

"Arkada bir telefon var, buyrun beyefendi!" dedi.

İki saattir kendisine 'amca' diye hitap eden polisin şimdi 'beyefendi'ye geçmesine hıçkırığa benzer bir gülüşle tepki veren Erol Argunsoy, onun arkada bir odada kendisine bir tek ve kısa konuşma hakkıyla verdiği telefonu tuşladı:

"Denizciğim, merhaba canım! Benim Erol, evet cancağızım, döndüm Barselona'dan, şu anda İstanbul'dayım. İyi geçti, bildiri büyük ilgi topladı, seneye inşallah İstanbul'da yapacağız Akdenizli Mimarlar Sempozyumu'nu. Evet, anlatırım sonra. Azizim, durumu özetliyorum: Barselona'da soyuldum, pasaport falan gitti. Şimdi Yeşilköy'de havalimanı karakolundayım. Kimdir buranın amiri, komiseri, bir haber sal da Allah aşkına artık gidip evime dinleneyim yahu! Evet, uzun zamandır bekletiyorlar beni burada cancağızım! Yok canım, hiçbir şey değişmemiş, aynı tas aynı hamam! Tamam, haydi sağ olasın, görüşürüz. Selamlar."

Telefonun ahizesini kapatmak için elini uzatan polis memuru Üzeyir Seferihisar'ı ufalmış, rengini solmuş görünce üzülmekten kendini alamadı ama bunu ona hiç belli etmedi. Karakolun bekleme salonuna döndüklerinde burada tam iki saat bekletilmenin ona kendini potansiyel bir suçlu gibi hissettirdiğini, üzerine çöken ağırlığın yorgunluk, tansiyon hastası olmak ve sıcak kadar olumsuz etkisi olduğunu kavradı. Oda sıcaklığında bir kadeh iyi Merlot şarabı, yanında Havana puroyla kendini Bebek Bar'da hayal etti. Bir hafta bile hasretine dayanamadığı Boğaz'a olan özlemi içini yaktı. Ölümden korkmuyordu. Neler görüp ne tehlikeler atlatmıştı 67 yıllık hayatında. Zaten ölümü felsefi bir son olarak algıladığı için hiç korkmamıştı ondan ama son zamanlarda birer ikişer çekip giden kuşakdaşları ve arkadaşlarının cenazelerinde; Teşvikiye Camisi'nde, Aşiyan Mezarlığı'nda sık sık ölümü düşünürken yakalıyordu kendini. Hayır, ölüm değil de, bir daha İstanbul'u göremeyecek olmak, Boğaz'a karşı yiyip içerek, dostlarıyla müzik dinleyerek, İstanbul'u damarlarında duyumsayamayacak olmak... Sonra bir de o tatlı çocuk... Taşradan kalkıp iyi bir İstanbullu olmak niyeti ve hırsıyla İstanbul'a göçen, birkaç yıldır kendi gözetiminde olan çok sevgili bir delikanlının eğitimini yarım bırakmak ve onun hayatına kattığı taze enerjiden ayrı düşmek düşüncesi de onu üzüyordu. Çok üzüyordu.

"Şimdi Maçka'da eve, yarın da Bebek Bar'a gitmeden önce havalimanı barına uğrayıp hem bir küçük içki, hem de o tatlı delikanlıya bir selam ederim..."

diye düşündü. O sırada Üzeyir Seferihisar telaşla yanına yaklaştı, hazırolda bekleyerek ve saygılı bir sesle:

"Komiserim sizi odasında bekliyor beyefendi," dedi, sonra hiç de ağır olmayan sırt çantasını taşımak için ısrar etti. Birlikte koridora çıkıp komiserin odasına doğru giderken cep telefonu çalan polis memuru utanıp sıkılarak telefona yanıt verdi.

"Ne diyorsun anne? Ne? Sezaryene mi alacaklar? Neden normal doğum olmuyor? Pahalıdır bu sezaryen be! Tamam tamam, ne yapalım artık! Belli oldu mu cinsiyeti? Hadi sonra konuşuruz, hemen haber verin ha!"

Onun ilk kez baba olacağını sanan Erol Argunsoy, tebrik etmek istedi ama bu davranışının yeniden 'amca' ilişkisine yol açabileceği endişesiyle bundan vazgeçti. Samimiyetle laubalilik arasındaki sınırın asla bilinmediği bir coğrafyada yaşamaktan yorgun düştüğünü söyler dururdu yıllardır. Yorgun! Bu coğrafya hâlâ yorucuydu.

Sonrası çok kolay ve çabuk gelişti. Kendisini kapıda karşılayan komiser, 'Erol Bey'i neden beklettiniz!" diyerek polis memuru Üzeyir Seferihisar'ı sertçe ve defalarca azarladı. Polis memuru da bu azara üzülmüş göründü. Kendisine yeni pasaportunu alabilmesi için gereken damgalı bir kâğıt verip, üstüne bir de kahve ikram ettiler. Ama kahveye dokunmadan çabucak çıktı oradan Erol Argunsoy. Artık pasaport gişelerinin öteki yanına geçmişti, İstanbul'a girmişti. Bu kez de uzun bir süre iki saat önce Barselona uçağından gelen valizini aradı. Aynı uçağın yolcuları valizlerini alıp, çoktan evlerine, işlerine vardıklarından kendi valizi kim bilir neredeydi. Bagaj teslim alanında dolaşıp birkaç görevliyle konuştuktan sonra valizini bir duvarın dibinde bulduğunda gerçekten yorulmuştu. Çok yorulmuş, terlemiş, sıkılmıştı. İçi çekildi ama eve varınca yapacağı banyo iyi gelecekti. Kesinlikle iyi gelecekti. İyi!

II
AYNADA KENDİMİ GÖREBİLİYORUM!

"Hep başkası olurdu aynada," diye ürperdi Belgin. Hâlâ kendini içeriden kilitleyerek saklandığı havalimanı tuvaletinde, kapağı kapalı klozete oturmuş, ağrıyan başını elleri arasına almış, şakaklarını ovuyordu.

"Aynaya bakınca bana benzeyen bir başkası olurdu karşımda. Yüz benimkine çok benzerdi; burun mesela aynıydı. Babamın iki parmağı arasına alıp 'küçük virgülüm' diye sevdiği, tanıştıktan biraz sonra insanların estetikli mi diye merak ettikleri burnum. Sonra gözler; gözler de aynıydı. Ancak aynada gördüğüm bütün elementleri bana benzeyen bu yüzün duruşu, ifadesi ve edası, açıklanması olanaksız fakat şiddetle hissedilir biçimde tamamen yabancı, uzak ve ürkütücü derecede bambaşka birine aitti. Aynaya bakınca kim olduğunu bile bilmediğim o yabancıyla her karşılaşmamda ensemden sırtıma buz gibi ter tabakası ve başıma korkunç bir ağrı yayılırdı. Aynada kendi suretimi kaybetmenin paniği! Bir dehşete düşme hali ve bundan bir daha kurtulamama endişesi! Bir insanın aynada kendini güzel veya çirkin görmesinden çok daha önemlisi, orada kendisine rastlayıp rastlayamamasıdır. Aynaya bakıp da orada kendini bulamayan birinin yaşadığı dehşet, hayatı boyunca bir gün aniden karşısına dikilecek bir hayaleti beklemek gibi ürperticidir. Sanki insanın gölgesi çalınmıştır ve ölene dek bir daha asla geri dönmeyecektir.

"Daha önce aynalara özel bir düşkünlüğüm yokken on üç yaşımda aniden bir 'ayna kuşu' olduğumu düşünerek, derslerimi ikinci plana atacağıma üzülen annemi yatıştırmak için zavallı Kete: 'Kuzucuğum aynaya bu kadar çok bakarsa, kendini eskitecek di mi Halide Anne?' diye kendince ortamı yumuşatmaya çabalardı. Hakkını asla ödeyemeyeceğim bir tanecik Keteciğimin beni aynanın önünde yanağımı, burnumu ya da saçımı yoklarken yakalayıp annem görmesin diye çekiştirerek odama götürüşlerini hâlâ anımsarım. Oysa benim derdim annemin sandığı gibi dişiliği keşif ve bunu erkenden yaşamak telaşı değildi. Ben aynada kaybolan bir şeyin peşine düşmüştüm. Hayatında bir kez bile aynada kendi imgesini aramayı düşünecek şansı veya cesareti olmamış birilerine, aynadan kaybolan imgenizi nasıl anlatabilirsiniz? Anlatamazsınız. Anlatamazdım! Ne Bebek'teki evimizde, ne Erol Enişte'min halamla beraber yaşadığı Arnavutköy'deki veya ayrıldıktan sonra Maçka'daki kendi evinde, ne Aydaların Pangaltı'daki evinde veya Entek'le beraber

Nişantaşı'nda yaşadığımız o evde, ne de Dame de Sion'un, Boğaziçi Üniversitesi'nin aynalarında... Yoktum, yıllar boyu aynalardan çekilmişti suretim. Bunu kimselere anlatamazdım! Oysa gerçek şuydu: *İstanbul'un bütün aynalarında, tümünde kayıptım ben!* Babamın öldürüldüğü yıl, on üç yaşındayken kaybettim suretimi aynalarda ve 'dünyanın en hüzünlü bakan kızı' yaftasıyla beraber migren illeti de tam o sıralarda yapıştı üzerime. Aslında bütün fotoğraflarımdan sızarak kimliğime damgasını vuran o serin, hüzünlü gülümsemenin bir çeşit esiri oluşum da aynı yıllara denk düşmez mi sanki? Düşmez mi, düşmez mi hiç!"

Atatürk Havalimanı, dış hatlar, gelen yolcu pasaport kontrol gişelerinden hemen önceki kadınlar tuvaletine migrenini bahane ederek okul arkadaşı Ayda Seferyan'dan, uçak arkadaşı Ulviye Yeniçağ'dan ama en çok kendisini birkaç yüz metre ötede bekleyen Ayhan'dan kaçarak saklanan Belgin, zaman kavramını yitirmek arzusuyla uzun zamandır tuvalette oturuyordu. Uçaktan ineli 15 dakika mı, yoksa 1.5 saat mi geçtiğini bilmek istemiyor, bilmekten ürküyordu. Hayatının kritik zamanlarında kasları kilitlenip migreni azar, içi tekinsiz, cehennemî renklere bürünürdü. Kararsızlık, en fazla kararsızlıktan hoşlanmayanların derdidir. Belgin gerilimli, daracık bir zaman ve sımsıkı kapalı bir mekân içinde kendini esir gibi hissediyor, yüreği daralıyordu. Oysa uzun iç hesaplaşmalar sonunda iki ay önce hayatının bir başka dönüm noktasına geldiğini anlamış ve artık ciddi bir karar vermeye hazır olduğunu sezmişti. Bunda hamile olmasının ve anne olmayı bu kez istediğini anlamasının da etkisi vardı ancak en büyük etken aynaydı. Küçük, Mardin işi telkâri bir ayna! Sonunda kararını vermişti. Ama bugün burada yıllar sonra döndüğü Yeşilköy'ün sakladığı anılar topraktan, havadan ve denizden fışkırıp üzerine saldırmış, sarsmış, sallamış, yorgun düşürmüştü onu. Bu yorgunluk cesaretini kırmış, saklandığı korunaklı kabuğundan çıkıp yeniden hayatın içine katılmak gücünü sarsmıştı. Büyük acılar kadar insanın cesaretini kıran veya arttıran hiçbir itici güç yoktur. Ama hangisinin daha önce ateşleneceği hiç belli olmaz. Şimdi Belgin'in kararını yeniden gözden geçirip, acilen yeni bir karar daha vermesi gerekiyordu. Aslında fazla alternatifi yoktu ve bu işini kolaylaştırıyordu. Ya bu tuvaletten hemen çıkıp pasaport kontrolünden geçerek Ayhan'a kavuşacak; ona hamile olduğunu söyleyecek ve bundan sonra muratlarına ererek kerevetlerine çıkacaklardı! Ya da burada birkaç saat daha bekleyerek Ayhan'ın kendisinden ümidi kesmesini sağlayacak ve bir sonraki uçakla geri dönmek üzere havalimanı otelinde bir gece kalacaktı. Bu kadar basit, bu kadar kolay ve bir üçüncü alternatifi olmayan bir karardı vermesi gereken. Bu kadarcık!

Oturduğu klozet kapağının üzerinde elleriyle ovduğu başını cendereyle sıkıştırır gibi ağrıtan migren gözlerine doğru ilerlemiş, şimdi görmese de gözlerinin kan çanağına döndüğünü hissediyordu Belgin. Derin derin nefes alıp verdi. Migrenliler için verilen bir terapi kursunda öğrendiği nefes egzersizlerini yaparak ağrısını biraz hafifletmeye çalıştı. Ama nefes egzersiziyle beraber çıkarttığı seslerden kuşkulanan bir yolcu tuvaletin kapısını vurdu: 'iyi misiniz? Yardıma ihtiyacınız var mı?' 'Ah teşekkür ederim, iyiyim!' diye telaşla yanıtladı onu Belgin. Demek annem de kendi olarak bir işe yarayacağını hiç bilmeden, kapasitesinin öbür yarısını hiç farkına varmadan Bebek'ten Boğaz'a uçuvermişti. Trafik kazasıymış, hah!

"Yıllar sonra New York'ta editörlük yapan Jacqueline Kennedy-Onasis'in restore ettirdiği tarihi Grand Central tren istasyonunun açılış töreninde kendimi o kalabalık içinde bulduğumda, aslında annem için orada olduğumu biliyor, bunu ama itiraf etmeye çekiniyordum. Anneme yıllarca kendini Jackie ile özdeşleştirdiği için takılan bendim sonuçta. Ama işte orada, annemin hatırına, annemi görecek kadar heyecanla Grand Central'deydim. İnsan hiç yapmayacağım dediği şeyleri yaparken kendini yakaladığında geçmişteki kendisinin ne kadar saf ve katı olduğunu anlıyor. Kaç yaşında olursa olsun, artık genç olmadığını idrak etmesi de o yakalanma anına denk düşüyor galiba... Hasta olmasına rağmen formunu ve şıklığını hiç bozmayan Bayan Kennedy törene sevgilisi Maurice Templeton ve oğlu John Jr. ile gelmişti. Onu yakından, etli-canlı haliyle görünce anneme rastlamış gibi oluvermiştim. Boğazım düğümlenmiş, gözlerim dolmuştu. Bu kadar benzediklerini daha önce hiç düşünmemiştim. Annem yaşasaydı Jackie'den on yaş daha genç olacaktı o sırada ama... Otuz beşinde dul kalıp ellisinde ölen annemi anlamak için çok da çaba sarf etmemiş olduğumu orada 60 yaşlarındaki Jacqueline Kennedy'nin sevgilisiyle çapkın bir bakışı paylaştığı sırada düşündüm. Biraz daha kalsam, sanki onun boynuna sarılacaktım, kaçarak çıktım kalabalık gardan...

"Aynalarda kendimi bulamıyorum diye ortalığı birbirine katarak annemi korkuttuğum yıl, hayatımızın en güzel sürprizini yaşadık; ihtiyaçtan mucize yaratarak, babamın yerine evin en dayanıklı karakterine, bu anlamda ailenin reisine dönüşen Kete işte bu ayna krizi sırasında sahneye çıktı. Ben doğmadan birkaç yıl önce Erol Enişte'min babaannemlerin evine o zamanlar adına 'besleme' denen boğaz tokluğuna çalışan bir çocuk olarak getirdiği küçük Kürt kızı, biricik Kete'm! Kendisini 'kurtulsun' diye Van'dan İstanbul'a yollayan ailesini bir türlü affedemeyip onları ve asıl adı Safiye'yi ceza niyetine silen, inatçı, güçlü, cesur ve altın kalpli, benden yalnızca on-on ki yaş büyük, oyun arkadaşım, dadım, can dostum, ablam, ailem, canım Ketem! Kete'nin adının Safiye olduğu yılları ben hiç anımsamıyorum. Oysa ben doğana kadar herkes ona adıyla sesleniyormuş ama hepimize parmaklarımızı yedirten özellikle Doğu Anadolu bölgesine özgü yemek ve börekleri arasında en sevdiğim *kete* adındaki çörek yüzünden onu Kete diye çağırmaya başlayan benmişim. Yaptığı yöresel çöreği, evin şımartılarak büyütülen kızının beğenmesi onun ruhundaki yaralara iyi gelmiş olmalı. Çünkü hırslanıp küserek ne kadar reddetse de kete denen çörek, onun geride bıraktığı ailesini, çocukluğunu, mahallesini temsil ediyordu ve bu anıştırma nedeniyle benim kete çöreğini sevmem, onunla aynı takımı seçmem gibi bir tarafgir, yandaş ruh yaratmış olmalı. Oysa annem, içine kavrulmuş un konan bu yoksul işi çörek yerine içi bol proteinli; peynirli, kıymalı börekler yemem için ne çok uğraşırdı ama ı-ıh! İlle o sonsuz işareti gibi dönerek yuvarlanan, tek lüksü üzerine sürülen yumurta sarısı olan, kendi de katığı da -kavrulmuş- unlu mis gibi kete çöreği! Kete. Hâlâ benim için rakipsiz, en lezzetli hamur işidir kete ama erbabından, benim Ketem'in elinden yemek kaydıyla.

"'Doktora götürmeyelim Halide Anne. Belgin sapasağlam maşallah! Halit Ziya Baba'nın vefatı, genç kız oluşu falan, hepsi üst üste gelince, sıkılıyor kuzucuğum işte. Bence kurşun döktürelim, hemen geçer sıkıntısı.' diye ağzından girip, burnundan çıktı, o hayatında kurşun dökme nedir bilmeyen ve babamın ölümünden sonra -kocaları suikasta kurban giden zavallı dulların kader benzerliği nedeniyle kendini iyice Jacqueline Kennedy hayaline kaptıran- annemi ikna etti Kete. Ailesi nüfus kaydı yaptırmadığı için yaşı ve doğum günü tam olarak bilinmez Keteciğimin ama en fazla yirmi beş yaşlarında olmalı o sıralar. Bebek'in esnafı, kapıcıları ve temizlikçilerini iyi tanıyan, hepsiyle iyi ilişkiler kurmayı başarmış, becerikli, hamarat Keteciğim, daha annemin ağzından 'bilmem ki, iyi gelir mi?' sözleri dökülür dökülmez eve kurşuncu bir çingeneyi getirivermişti. Annemin ve babaannemin şaşkın bakışları arasında çingene ve Kete, beni bir çarşaftan yapılmış çadırın altına koyup dualar okuyarak, üzerimde sıvılaştırılmış kurşunu (Buket'in sorusu:

böyle midir bu işlem ???) bir tencereye dökmüş, tencerede oluşan şekilleri fal bakar gibi okuyarak, bana kötülük yapan şeytanları tanımlamış, kötü ruhları kovuvermişlerdi. O çadırın içinde, üzerimden cazz diye dökülen gizemli kurşun töreni sırasında hem korkmuş, hem de eğlenmiştim. Çadırın içinde hayaller kurmuş, dışarıdan birer siluet olarak görünen yetişkinlerin farklı profillerini keşfetmiş ama en önemlisi bir karara varmıştım. Aynada kendimi kaybettiğimi artık kimseye söylemeyecektim. Bu büyük kaybımı yetişkinler algılamakta zorlanıyordu. Böylece annem ve babaannem bu kurşun döktürme işinin bana iyi geldiğine inanıp Kete'ye daha da çok güvenmişlerdi. Kararımı uzun yıllar bozmadım. Aynada kendimi bulamayış acımı yapayalnız yaşamaya devam ettim taa ki Entek'le evlenince bu sırrımı ona açıklamak budalalığını yapana kadar ve sonra bir de... "

Belgin'in uzun süredir işgal ettiği tuvaletin önünde bekleyen yolcular bazen kapıyı tıklıyor ama karşılığında 'dolu' diyen bir ses duyunca kendi dillerinde özür diliyorlardı. Bekleme uzadıkça bekleyen bozuluyor, sonunda boşalan diğer iki tuvaletten birine giriyordu. Kendini içine hapsettiği bu küçücük tuvalet kabininde hücumuna uğradığı pek çok bölük pörçük anı ve düşünceyle boğuşurken, dışarıda ellerini yıkayan, aralarında onlarca farklı dilde konuşan kadının sesi Belgin'e ninni gibi geliyor, kendini bu ninnilere bırakıp uykuya saklanmak istiyordu.

"Yılarca boşuna aradım kendimi Türk malı, Çin malı, Hint, Amerikan, Danimarka veya Brezilya malı aynalarda, çerçeveli, düz, varaklı, lekeli, kırık, süslü, el ve boy aylarında. Ama yoktum, bana benzeyen bir başkasının benim yerime bana baktığı aynalarda ben kendimi sonsuza dek yitirmiş gibiydim. Birileri silmişti benim imajımı ama bunu benden başka fark eden yoktu, herkes benim yerime soluk alıp veren bir başkasını Belgin sanıyor, kimse dikkatle bakmıyordu bana. Kimse! Kimse dikkatle bakmıyordu bana! 'Biliyor musun, ayna sözcüğü maskülendir Fransızcada, erkektir yani. Bizim kadınlar baktıkları bu sırlı camın erkek olduğunu bilmezler, çünkü Türkçede sözcüklerin cinsiyeti yoktur. Belgincim, gel otur bakayım kucağıma, bak sana ne göstereceğim aynada.' Böyle başlamıştı ayna oyunumuz babamla. Sekiz veya dokuz yaşında olmalıydım. Bebek'te evimizde miyiz, yoksa Kopenhag'da elçilik konutunda mı? Bunu çıkartamıyorum, bunu tam olarak anımsamakta zorlanıyorum... Eğer gümüş varaklı ayna imgesi doğruysa Bebek'teyiz ama bu aynayı çok sevdiğim için onu bu anıya sonradan asmış da olabilirim... O hâlâ rüyalarıma giren melek figürlü pirinç duvar şamdanı, melek figürlü porselen kupa, yine melek figürlü gümüş varaklı aplikler... Varaklar ve melekler... Bir hayalin parçaları gibi... Ama babamın kucağına bir prenses gibi oturuşumu taptaze anımsıyorum. 'Bak!' diyor babam, 'bak Prensesim, sana bir oyun öğreteceğim. İyice bak aynaya ve bana ne gördüğünü söyle." Ona kendimi gördüğümü söylüyorum: o zamanlar aynada kendimi görebiliyorum çünkü. 'Dikkatle bak Belgincim, gözlerinin içine bak, ne görüyorsun?' diye ısrar ediyor babam. 'Kahverengi gözbebekleri,' diyorum biraz cilveli bir sesle. 'Hayır,' diyor babam, 'Bana gözbebeklerinin de taa içinde en dibinde gördüklerini tanımlamalısın!' Bütün dikkatimi toplayıp babamın zekice bulacağı bir yanıt için veri topluyorum aynada, dikkatle, çok dikkatle balkıyorum gözbebeklerime. Ve o zaman görüyorum, yaşasın görüyorum: 'Gözlerimin içinde ışıklar yanıyor, sanki meşale gibi baba! Offf ateş gibi parlıyor gözlerim!' diyorum sevinçle. Tanrım, içim içime sığmıyor, bütün dünyayı avuçlarımdaymış gibi kavrıyorum babamın bana kocaman gelen, tombulca, güzel tırnaklı, bakımlı elini. Dünyanın en mutlu, en güçlü, en sevilen kızı benim: babam beni çok seviyor, bana gözlerimin içinde yanan ışığı keşfetmem için yardımcı oluyor. Bir kızın bu muhteşem aşkı yaşadıktan sonra artık bundan sonraki hiçbir aşkın dişinin kovuğuna gitmeyeceğini daha o zaman, o yaşta sezmiş gibi o an, orada mutluluktan ölebileceğimi ve buna pişman olmayacağımı hissediyorum. Dünyanın en mutlu iki insanıyız. Babam ve ben. Ben ve babam! Annem bizi bulduğunda gülümsüyor, aramıza girmeden, uzaktan, kısacık gülümsüyor ve sessizce kayboluyor. Ya da ben böyle olsun istiyorum. Bunu ben mi uyduruyorum? Annem gerçekten bizi böyle yakalıyor mu acaba?

"'Şimdi bana bir söz vermeni istiyorum Prenses,' diyor babam usulca kulağıma. Ben, bir kızın bütün ömrü boyunca görüp göreceği en büyük aşkın ateşinde nar gibi kırmızı, mutluluktan erimişim; ne isterse yapmaya hazırım. 'Şartlar ne olursa olsun, gözlerindeki bu ateşi asla kaybetmeyeceksin, hiç ama hiç kimsenin bu nuru kaybettirmesine de izin vermeyeceksin! Kaybettiğini hissettiğin anda buna sebep olandan uzaklaşacaksın, zira o kişi senin düşmanındır. Hatta gerekirse kendinle bile mücadele edeceksin! Çünkü gözlerindeki ışık senin fenerindir, en karanlık zamanlarda yolunu bulmana, direnmene ve hayatta kalmana yardım edecek aydınlıktır. Sen o nur ile sensin, o ziya seni biricik yapıyor! Söz ver babana, bütün kalbinle söz ver Belgincim!' Söz vermiştim. Bütün kalbimle olur mu, bütün benliğimle. Babama söz vermiştim gözlerimdeki ışığı, yolumu aydınlatacak fenerin enerjisini kaybetmemeye... Ama yapamadım. Gözlerimdeki ferin sönmesini çaresizce izlemiş, karanlıkta kalmış ve aynada kendimi bu yüzden göremez olmuştum.

"Babam, erkenden gittiği bu dünyada acı çekmeme dayanamamış, kalkıp rüyama girmiş, bana hayatımı zindan eden problemi çözmek için yardıma gelmişti... O kadar bunalmış ve çaresiz kalmıştım ki, bilinçaltım ancak ondan yardım alarak beni sağaltacağına karar vermiş olmalıydı. 'Yakışmıyor sana Prenses, hiç yakışmıyor!' demişti rüyamda babam biraz kırgın bir sesle. Bebek'te, evimizin salonundaydık. Melek figürlü pirinç duvar şamdanı ve melek figürlü gümüş varaklı aplik yerli yerinde. O öldürüldüğü 43 yaşında donmuş kalmış, bense artık genç bir kadındım. Gözlerini çok sevdiği Boğaz'a dikmiş, arkası bana dönük, sayıklar gibi konuşuyordu babam: 'Hani benim akıllı, problem çözücü kızım? Nerede gözlerindeki ışık?

Hani verdiğin söz?' Bana uzak duruyor, yorgun görünüyordu. Ne diyeceğimi bilememiş, ama babamı yeniden gördüğüme çok sevinmiştim. Ah onu ne çok ama ne çok özlemiştim! 'Baba, çok güvendiğim biri var hayatımda. İyi eğitimli, kibar ve beni seven biri. Kocam. Ama her geçen gün bir başka yalanını yakalıyorum. İnsan sevdiği birini aldatır mı baba? Başarılı bir insanın sinsi, sahtekâr, hesaplı-planlı biri olmaya ihtiyacı olur mu? Beni neden bu kadar saf, insanlara güvenen biri olarak yetiştirdiniz baba! Çok canım yanıyor, bunalıyorum. Yalnızlıktan korkuyorum!' diyorum sanki bir metinden ezberlemiş gibi didaktik bir sesle. Koşup boynuna atılmak, kocaman, koruyucu, sağlam baba gövdesine sığınmak ve o samimiyetten bir daha ayrılmamak için can atıyordum ama yapamıyordum. Dokunursam kaybolacakmış gibi bir kaygıyla, o muhteşem kucaklaşmayı hayal ederek içim eriyordu. 'Problem çözücü olmalısın Belginciğim, eğer kendi problemlerini çözemiyorsan eğitimin, bilgin, hayat görgün bir çeyize dönüşür, duvara asarsın! Ama unutma: sen yalnızca iyi bir evlilik yapmak üzere yetiştirilmiş bir kız değilsin. Kalk yerden, git ve gözlerindeki ışığı yak! Hemen! Benim gitmem lazım. Acelem var, annen bekliyor, konsere yetişeceğiz. Haydi kızım hoşcakal. Sakın unutma sana güveniyorum!' Sonra pencere camının içinden geçerek bizim Ehram Yokuşu'ndaki üç katlı evin balkonundan aşağıya süzüldü. Arkasından 'Babacığım dur, dur lütfen bir kere sarılayım sana, son bir kere!' diye bağırdım ama sesim çıkmadı.Gözlerimden yaşlar akıyordu ama sesim çıkmıyordu. Sanki sesim çıksa, dönecek ve sarılacaktık. Bir insanın rüyasında yaşadığı özlemin bu kadar yürek yakabileceği, eti kesiliyormuş gibi can acıtacağını söyleseler inanmazdım. Acıdan ve özlemden içim kıyılıyor, mideme kramplar giriyor, ama sesim çıkmıyordu. Onu son olarak Bebek koyunda, tam annemin arabasının denize uçtuğu yerde yürürken gördüm. Arkasına bakmadan, acele adımlarla denizin üzerinde yürüyerek gidiyordu annemin yanına. Uyandığımda gerçekten yataktan yere düşmüş, babamın dediği gibi yerde, gözyaşlarından sırılsıklam olmuş yatıyordum. Ertesi sabah aylardır yapmayı çok isteyip bir türlü cesaret edemediğim şeyi yapmak üzere Erol Enişte'yi arayıp, bir avukat bulmasını istedim. Artık beni sistematik olarak aldatarak aşağılayan, akademik çalışmalarıma, aileme, geçmişime ve bilim heyecanıma dudak büken Entek'ten boşanmaya karar vermiştim. Beni aşağılayarak kendini yüceltmeye çalışan bir sadistle evlenmiştim ve onun hayatımı zehir etmesine daha fazla izin vermeyecektim. Ve ancak ne boşandıktan sonra Erol Enişte'nin Maçka'daki evinde kalırken, ne de daha sonra New York'a doktora yapmaya gittiğimde o gözlerimden akarak, karanlıkta yolumu aydınlatan ışığa kavuşamadım. Babam öldüğünde yitirdiğim yaşam ışığı, aynada kendimi kaybetmeme neden olmuştu. Ama bu ışığı aramak için önce hayatımı karartan kişiden kurtulmam gerekiyordu. Tabii bu hiç de kolay olmayacaktı. Olmadı da. Kendisinden ayrılmak isteyişimle şişkin egosu sarsılan Entek'in bana engel olmak için çıkarttığı zorluklar, kişiliğimi yaralayıcı tavırlar ve hakaretleriyle dolu bir yıl daha geçirdim, lisansüstü tezimi zamanında bitiremedim. Ama zor ve sancılı bir süreçten sonra Entek'ten boşanmayı başardım. O sırada tanıdığım herkes bir yana dağılmış, kendine yeni hayatlar kurmakla uğraşıyordu. Evimizin sokağında devamlı alışveriş yaptığımız Bebekli dul bakkalla evlenerek Sarıyer'de bir eve taşınan, ertesi yıl bir de bebek doğuran Keteciğim, sanki bana adadığı yıllarla arasındaki açığı kapatmak telaşında kendine çabucak bir hayat kurmuştu. O sırada henüz süt bebeği olan oğlu Halit Ziya ve evdeki iki üvey çocuğunun sorumluluğuna karşın Keteciğim bana boşanma sürecinde büyük destek verdi. Annemin vefatından sonra bana kalan Bebek'teki evimizi ben Nişantaşı'nda Entek'le yaşadığım için kiraya vermiştim. Bu yüzden boşanma sürecinde Erol Enişte'min evine taşındım. Boğaziçi'nde tez hocalığından öte bana dert ortaklığı da yapan Profesörüm Yannis Seferis ve tabii liseden can arkadaşım Ayda olmasa nasıl direnir, ayakta kalırdım, hiç bilmiyorum. Sonunda bu ağır dönemden de sağ salim çıkıp New York'ta kendime yeniden güvenebileceğim yeni bir yaşam kurmayı başarmıştım ama hâlâ aynada kendimi göremiyordum. Başka bir şey gerekiyordu. Başka bir şey! Biliyordum başka bir şey, içimdeki ateşi yeniden yakacak, gözlerimi parlatacak çok insanca bir şey: yeniden insanlara güvenebilmek, sevebilmek ve sevilmeye izin vermek gerekiyordu. Ancak yapamıyordum. Güvendiğim ve sevdiğim iki insanı yitirmiştim. Babamı ve itinayla seçtiğim, çok özel bir adam sandığım kocamı. Evet dünyadaki bütün erkekler kötü, bütün kadınlar da iyi değildi fakat korkak ve sahtekârların 'büyük adam/kadın' rolü oynadığı yeryüzü sahnesinde yeni bir yanlış yapmaktan, daha fazla örselenmekten çok korkuyordum."

Çantasını açıp içinden Mardin işi gümüş telkâri bir cep aynası çıkarttı Belgin. Bu aynayı Ayhan armağan etmişti ona. 'Bak kız Belgin,' demişti, 'Bak bu telkâri emek işidir, binlerce yıllık Mezopotamya, Süryani, Arap, Kürt, Türk, Ermeni, Roma, Selçuk, Pers ruhu taşır üzerinde. Şimdi ne zamanki bu aynada '*dünyanın en hüzünlü güzel yüzü*'ne bakmak istersen önce arkasına dokun: onu meydana getiren ruhu hisset! Sev aynanın içindeki Arap'ı, Kürt'ü, Türk'ü, sev Süryani'yi, Ermeni'yi, Yunan'ı ve İranlı'yı. Çünkü onlar senin de içinde yaşıyorlar, seni sen yapan onların zenginliği. Sonra, ah sonra bak bakalım aynada nasıl güzel bulacaksın suretini kız!' demişti o kalın, alaycı, yaramazlık telaşıyla çıtırdayan sesiyle. 'Ben heykel yaparken onların hepsini içimde hissetmesem bir bok beceremem ha!'

Atatürk Havalimanı tuvaletinde kaç saattir bilmiyor, kendini içeriden kilitlediği kabinde, çantasından çıkarttığı gümüş el aynasına baktı Belgin. 'Senin telkârin benim varak sevgime denk düşüyor galiba?' diye sormuştu bu aynayı eline ilk kez alıp incelerken Ayhan'a. 'Teknik olarak benzerler ha! İkisi de altın veya gümüşten yapılan işlerdir ama varak levhadır, telkâri teldir. Varakın sahteleri çoktur, telkârinin sahtesi olamaz. Varak Avrupa, telkâri bizim buranın, bizim Süryanilerin has işidir kız!' demişti gözleri parlayarak. Ayhan'ın gözlerindeki ışık fener değil, projektör kadar güçlüydü. Ama işte bu aynada başlamıştı ve Belgin son iki yıldır artık kendini görebiliyordu. On üç yaşında kaybettiği suretini, içinde binlerce ruhun dolaştığı bu küçük aynada bulalı iki yıl olmuştu. Kendini bu küçücük aynada gözlerinin içi pırıl pırıl yanarken yeniden bulduğunda sevincinden ağlamış ve o sırada yanında sigara içerek yatan Ayhan'a her şeyi anlatmış, hiç huyu olmadığı halde yataktan çıplak fırlayıp dans etmeye başlamıştı. Onu gülümseyerek seyreden Ayhan, 'Hey yeri göğü yaradan büyük heykeltıraş, sen bu kuluna aynada kendini kaybeden kadını mutlu etme şansı verdin ya, bak ben de bunu taşlara anlatmazsam ekmek Kuran çarpsın beni be!' diye davudi sesiyle gürlemişti. İşte 'Aynalı Kadın' adlı çok sevilen Ayhan Pozaner heykelinin fikri de böyle doğmuş, ertesi yıl Paris'te özel bir galeride sergilenmişti. Gelecek yıl İstanbul Modern Sanatlar Müzesi'nde düzenlenecek Modern Türk Heykeli adlı karma serginin kuratörleri Ayhan Pozaner'den özellikle bu heykeli istemişlerdi. Elindeki küçük aynadan dışarıya doğru kocaman, muhteşem bir kadın yüzü fışkıran Afyon mermeriyle Limra taşından yapılmış kadın figürü çırılçıplak ayakta duruyor, boşta kalan eli havada gördüğü bir şeye engel olmak ister gibi boşluğu itiyordu. Aynalı kadın heykelinin yüzü boştu. '*İçinde yoğun bir yaşam barındıran coşkulu ve güçlü tekniği ve ışığı adeta bir form gibi kullanışıyla özgünleşen genç Türk heykelcisi Ayhan Pozaner, klasik heykelin dramatik ve erotik sesini modern zamanlara taşımayı başarıyor'* yorumuyla yayımlanan Paris kataloğunu New York'a Belgin'e yollayıp, 'Kız senin Fransızcan iyidir, benim gibi Çukurovalı sonradan görme İstanbullu'ya şu ünlü plastik sanat eleştirmeni Fransız'ın makalesini damardan çevirip yollarsın artık!' diye bir not düşmüştü içine. Aslında öğretim üyesi olduğu Marmara Üniversitesi Güzel Sanatlar Fakültesi'nde ve bağlı olduğu sanat galerisinde Fransızcası çok iyi dostları vardı, ama büyük başarılarında bile yanında Belgin'e yer açmaya özen gösteren, onu da hayatına katmayı gerçekten isteyen Ayhan bunu bile bile yapıyordu.

Entek'ten boşandıktan sonraki hayatında birkaç ilişki yaşayan ve ancak her keresinde hiçbir şeye dahil olmadan yalnızca eğlenmek için bir araya gelen, risk almaktan korkan, paylaşmak denen fiili hiç duymamış, edilgen ve bencil erkeklere rastlayan Belgin, Ayhan'ın doğal, güvenilir ve sahici kişiliğini tanıdıkça ona daha çok değer verir olmuştu. Kendisine öğretilen 'değer' kavramıyla, gerçek hayatta öğrendiği 'değer'ler farklıydı. Değerlere sahip bir insan olmak hem çok basit hem de çok zordu. Basitti: dürüstlük, samimiyet ve doğallık gerektiriyordu. Zordu: bedelleri ağırdı ve büyük cesaret istiyordu. Kimse dürüst, samimi ve doğal insanı sevmiyor, ondan hatırlattıkları nedeniyle nefret ediyor, onu yalnız bırakıp cezalandırıyordu. Ancak Belgin'in iki yıldır tanıdığı ve çok sevdiği Ayhan böyle biriydi ve bu yüzden sanki gerçek olmak için fazla iyi, neredeyse mükemmeldi. New York'taki bazı Türk arkadaşlarının 'Bu senin heykeltıraş yakışıklı, hoş da biraz taşralı, yani sanki azıcık *kıro* görünüşlü... Sen koskocaman diplomat kızısın, aman dikkat et, feodal olur bunlar ha!' uyarılarına hiç kulak asmamıştı Belgin. Çünkü o, bir zamanlar çok beğenilen, modern, kentli, iyi eğitim almış, aşçılar ve özel şoförlerle büyümekle övünen, iki yabancı dili anadili gibi bildiğini her fırsatta açıklayan doğma-büyüme İstanbullu bir erkekle evliydi. Evet Entek kültürlü bir ailenin çocuğuydu, çok etkileyici, yakışıklı ve ışıltılı bir erkekti. Evet, Türkçesi aksansız, küfürsüz ve duyguları kontrollüydü ama Entek şişkin, asla doymayan, tatmin olmayan bir egonun esiriydi, üstelik samimi, dürüst bir insan olmayı hiçbir zaman başaramamıştı. Bir sahtekârdı, sinsiydi ve daima haklıydı. 'Teflon adamdı o be!' diye acı acı güldü Belgin. 'Kendisi yalanlarına kendisi de inanıyordu artık!'

İşte Ayhan'ın en büyük albenisi bu sahiciliğinde gizliydi. Belgin'in yaralarını saran da buydu. Aynada kendini yeniden görmesine neden olan ışık Ayhan'ın sevgisiyle yanmıştı. Ve tabii bir de biyolojik bir acil durum vardı: Belgin hayatında ikinci defa hamileydi, ama bu kez kendine itiraf etmeye korksa da bu bebeği istiyordu. Korkuyordu. İstiyordu. Korkuyordu, çok korkuyordu! Ağzı yoğurttan yananların korkusuydu bu. Keşke her şey anne ve babasının çok sevdiği Belgin Doruk filmlerindeki gibi bitse, Ayhan onu öperken fonda SON yazsa ve onlar muratlarına erse, seyredenler kerevetine çıksaydı, keşke, ah keşke! Oysa Ayhan'la aynı şehirde yaşamaya başlayınca her şeyin bitmesi, Ayhan'ın da onu aldatma olasılıkları...

Belgin Ayhan'ı sevmemeye İstanbul'da dayanabilir miydi?

'O zaman ayrı evlerde yaşarız kız!' demişti Ayhan onun bu korkularını duyunca. 'Korktuğun şeye bak ya! Aynı apartmanda iki daire kiralarız ya da sen benim Ortaköy'deki Ayhanhanemin yan dairesine taşınırsın mesela, sen ve varaklı aynaların, melek figürlü lambaların, hepiniz, beraber tabii... Ben hemen senin yatak odanın duvarına bir delik açar, röntgenlerim kendi karımı ha?' diye gülmüştü iri iri sonra. Karı-koca olmak, henüz Ayhan'ın haberi olmayan bir çocuk sahibi olmak, ilişkilerinin bağımsız ruhunu öldürüp monotonlaştırdığında... 'Ya da Boğaziçi'ne yakın ama şehir dışında bahçeli bir eve taşınırız. Ben zaten tahammül edemediğim YÖK'ten kurtulup istifa eder, bahçeye Mehmet Aksoy'unki gibi müthiş bir heykel atölyesi kurarım, sen okuluna gider, deneylerini yapar, derslerini verirsin... Hatta çoluk çocuğa, börtü böceğe bile karışabiliriz be kız?'"

"Ay bu tuvalet kilitli mi, kaç dakikadır bekliyorum, içerden ses çıkmıyor?"

Belgin kendini içine hapsettiği küçücük kabinde daha fazla kalamayacağını dışarıda sabırsızlanan yolcuların sesinden anladı.

"Bir de Avrupa Birliği'ne gireceğiz güya! Ayol daha havaalanlarına yeterli sayıda tuvalet koymayı beceremiyoruz canım!"

Sifonu çekip tuvaleti kullanmış gibi yapan Belgin, migrenli başını fazla kımıldatmamaya özen göstererek kapağı üzerine oturduğu klozetten kalktı, gözlerini açmadan elbisesini ve saçını elleriyle düzeltti. Derin nefes aldı. Biraz bekledi. Kapıyı açıp dışarıya çıkarken pasaport kontrolünden geçtikten sonra hemen havalimanı oteline gidip kendini doğruca yatağa atmayı düşledi. Evet, en doğrusu buydu. Yol yakınken geri dönmek, daha sonraki tehlikeleri önleyebilirdi. New York'a geri dönünce Ayhan'a bir mektup yazarak özür dilerdi. Ayhan akıllı bir adamdı, Ayhan adam gibi bir adamdı, Ayhan önce kızsa da anlayacaktı Belgin'i. Usulca gözlerini açtı ve tuvaletten dışarıya çıktı. Ama kapıyı açtığında tuvalet boşalmıştı. İçleri yanan kısılmış gözlerini çevirip aynaya baktığında, aynada kendini gördü. Aynada kendini gördü. Belgin artık aynada kendini görebiliyordu.

12
BİR ERKEK, BİR KADIN, BİR İSTANBUL...

"Kentler mi kadınlara benzer, yoksa kadınlar mı kentlere? Kimdir ulan, 'kadınları denize benzeten o ilk düzenbaz herifler? Bak bir avuç sarhoş denizci atmıştır bunu ortaya, milyonlarca salak da atlamıştır üstüne ha! Hassiktir be!" diye söylendi Ayhan, Lucky Strike paketinde kalan son sigarasını yakarken.

"Floransa mıydı, neredeydi o hani, 'kent tasarımları' konulu seminerde konuşan İtalyan mimar? Şey demişti; 'Kentleri kuranlar hep erkeklerdir' anlamında bir şey söylemişti -ben tabii kulaklıkla, simültane mi, eşzamanlı mı nedir, öyle bir tercümeyle dinliyordum boktan İngilizcemle... Demişti de salondaki bütün güzel sanatçı ve mimar kadınlar bıyık altından gülmüşlerdi. Gülmüşlerdi ulan! Kadınlar gülüyorlar işte be! Kentleri kuranlar erkeklerse, kadınları da kurmak, düzenlemek ve yönetmek aşkı mıdır onlara yüklenen kent benzetmesi, ha? Benim şimdi bok gibi bunalmamın asıl nedeni bu değilse nedir hey rahmetli pamuk anacığım, gel de yardım et şu taşçı oğluna kurban!"

Temmuzunun nemli ve sert sıcağıyla İstanbulluların üzerine çöken İstanbul, bir şeylerin hıncını alır gibi boğuyordu onları. Belgin'den kaçmak düşüncesiyle havalimanından çıkıp taksiye binmeye heveslenen Ayhan, kendi kafasında yaptığı bu kaçış yolculuğundan uyanmış, galiba vazgeçmişti. Ama şimdi dönüp bekleme salonuna giremeyişiyle çekip gidemeyişi arasında sıkışmış, kendini yiyordu. Kararsız değildi. Hayır, hayatta hiç kararsız kalmamıştı o; çok çetin, yalnız ve yoksul geçen çocukluğundan beri ne istediğini hep bilmiş, isteklerine şehvetle sımsıkı sarılmış, hızlı kararlar vermiş, onların çoğunu da dirençle uygulamıştı. Şimdi yine büyük bir ihtirasla istediği, kararını çoktan verdiği ve çok sevdiği birine doğru ilerlerken tökezliyordu... Resmen tökezliyordu.

"Seninkisi korku! Korkuyorsun oğlum Ayhan; hem kendi şansını hem de Belgin'i kaybetmekten. Kazanırken kaybetmekten, kaybederken kaybetmekten... Bütün hayatın boyunca en büyük hayallerinden biri gerçekleşmek üzereyken bir kaza yapmaktan, mükemmelin arızasıyla yüzleşmekten, kendi romantizminden, kendi kültürel sınırlarından, çok sevdiğin birini hayal kırıklığına uğratma olasılığından..." diye dişlerinin arasından tükürür gibi homurdandı.

"İstanbul'a ilk geldiğinde de böyle olmuştun ulan sen Ayhan! Korkmuştun bu kentten, korkmuştun bu muhteşem güzellikten; milyonlarcası gibi seni de yalar yutar, sonra bir kenara atar diye be!"

O sırada sigarasının bittiğini ve izmaritin parmaklarını yaktığını acıyla fark etti. "Hassiktir!" diye refleksle izmariti yere attı, ayağıyla ezdi.

"İşte şimdi Belgin beni görse, kızardı; 'çöp sokağa atılır mı, kent sokaklarını evimizmiş gibi görmeden kentli olunur mu?' derdi ve haklı olurdu. Ve ben Adana çocuğu... ama ben erkek oğlu erkek; 'haklısın' diyerek durumu kabullenemez, erkekliğime yediremez ve boku yerdim. Bozulurdum, hem de ne biçim bozulurdum, içime atar, onun haklı, benim haksız olmama bakmaz, sevgilim, kadınım tarafından eleştirildim diye küser, ama bambaşka bir yerde ve zamanda saçma sapan bir nedenle tatsızlık çıkartır, onun çoktan unuttuğu bu olayın intikamını alır; mesela çok eğlendiği bir anda mutluluğunu paylaşmaz, onu cezalandırırdım. Belgin bu davranışıma bir anlam veremez, yanlış bir şey mi yaptığını sorar, ben onu geçiştirir, ben geçiştirdikçe o tedirginleşir, ben içime kapanıp, gizemli sessiz adam rolü oynar, binlerce yıl önceden öğretilmiş 'delikanlı adama' neyin yanlış olduğunu öğreten kadını cezalandırma iktidarını sürdürürdüm. Eğer bir daha benim hiçbir yanlışımı eleştirememesi için ciddi bir ceza düşünüyorsam, birkaç gece onunla yatmaz, dalgın sigara içişleri, bulunduğumuz ortamlardaki başka kadınlara azıcık fazla ilgi gösterisi ve aramızda geliştirdiğimiz özel dile ait unutkanlıklar göstererek onu hizaya sokardım. Sokardım! *Yılan gibi, arı gi-*

bi, erkek gibi sokardım! Evet, aynen böyle yapardım, hep yaptığım, hep yaptığımız gibi... Ah ulan Ayhan ah, şimdi sen ne halt etmeye bunları yapmaya kıyamayacağın kadar hoş, güzel, ince ve bunları yapmayı beceremeyeceğin kadar özel bir kadını bekliyorsun burada ha?

Düşünceleri alev alev bedenini yakmaya başladığında ancak tiryakilerin anlayacağı bir telaşla acilen bir sigara daha yakmak ihtiyacı duydu Ayhan. Ama özellikle Belgin'le tanıştıktan sonra onun desteğiyle günde yarım pakete indirdiği sigara sayısını bugün çoktan ikiye katlamış, üstelik kendini teşvik etmemek için arabaya da yedek paket almamıştı. Bir an için dünyanın sonu gelmiş gibi değildi. Mutlaka ama mutlaka sigara bulmalıydı; tercihen Lucky Strike.

"Ulan Ayhan, baban da mı Lucky Strike içerdi be hocam! Git içerde bir sigara makinesi vardı bir yerde git ne varsa al ve iç!"

Yeniden havalimanına girdi, ama bekleme salonuna geçebilmesi için bütün arama-tarama, polis ve dedektör kontrolünden geçmesi gerekiyordu.

"Hay terörün de teröristin de kafasını... Sanki biri kalkıp, bu sıkı kontrolde Atatürk Havalimanı'na bomba koyacak da..." diye söylendi.

Kontrolden geçip, klimayla serinleştirilmiş bekleme salonuna yeniden girince biraz yatıştığını hissetti. Havalimanlarını hem mimari, hem de içinde yaşanan yapay hayatlar açısından daima ilginç bulan Ayhan, bir gün insan duygularında biriken enerjiyi iş enerjilerine dönüştürecek bir kolektör aygıt icat edip bunu duyguların en yoğun yaşandığı mekânlara ve açık alanlara yerleştirmeye dair bir fantezisi vardı. Bu kolektörlerde toplanan duyguların enerjisi trafolar, dönüştürücüler ve rafinerilerde farklı enerjilere transform edilerek kullanılınca insanlığın ne petrole, ne nükleere, ne de fosillere gereksinimi kalacak, bu kaynaklara ulaşmak ve onları kontrol etmek için harcanan iyi ve kötü emek tüketimi tamamen sona erecekti. Savaşların bittiği, askerlik, maden işçiliği ve ajanlık mesleğinin ortadan kalkacağı bu dünyada insan duygularından elde edilmiş dönüşümlü enerjiyle ısınıp, seyahat edip, eğlenilecekti. İşte o zaman şimdiki havalimanlarına denk düşecek adı belki de 'ışınlanma terminalleri' olan mekânlar en değerli enerji toplama alanları olacaktı. Bu yüzden Atatürk Havalimanı, şimdilik yalnız Ayhan'ın farkında olduğu büyük ve çok zengin bir enerji potansiyeline sahip önemli bir mekândı. Öte yandan havalimanları, mekânların makineleşmesi ve boşlukta yer alışında etkili olan bilinçaltı etmenler ve bunun insan hayatına etkileri konusundaki düşünceleriyle sık sık Michel Foucault'yu hatırlatırdı ona. Bu düşüncelerle gevşemişti ki, bu alanda sigara içilmediğini hatırladı.

"Hay sizin Avrupa Birliği uygulamalarınızı seveyim ben!" diye homurdandı. Zaten sigara makinesi diye hatırladığı paralı makinelerin tümü de meşrubat ve cips makinesi çıkmıştı. İyice canı sıkıldı, içinden yere tükürmek geldi ama o da yasaktı! Bağırarak küfür etse rahatlayacağını düşünüyordu ki, aklına barmen

Baturcan ve içinde sigara içilen küçük bar geldi. Ve tabii barların uzun bacaklı Amerikalı kovboylar için tasarlandığını düşündüğü bar tabureleri. Kafası karmakarışık, içi daralmış olarak ama sinirinden gülerek bara doğru yöneldiğinde Belgin'in uçağı İstanbul'a ineli 30 dakika olmuştu.

ANONS I

DİKKAT DİKKAT!
SAYIN YOLCULARIMIZ,

DİJİTAL SİSTEMLERDE MEYDANA GELEN BİR ARIZA NEDENİYLE ATATÜRK HAVALİMANI'NDAN YAPILACAK BÜTÜN UÇAK SEFERLERİMİZ GEÇİCİ BİR SÜRE İÇİN İPTAL EDİLMİŞTİR. DİJİTAL ARIZA GİDERİLENE KADAR LÜTFEN EL BAGAJLARINIZLA BERABER SİZE EN YAKIN ÇIKIŞ KAPISINA DOĞRU ÇOCUKLU YOLCULARIMIZA ÖNCELİK VEREREK İLERLEYİNİZ. SAHİPSİZ BAGAJLARI KENDİ GÜVENLİĞİNİZ İÇİN GÖREVLİLERE BİLDİRMENİZİ ÖNEMLE HATIRLATIRIZ. TÜM ÇIKIŞ KAPILARI FLAŞLI IŞIKLARLA GÖRÜŞÜNÜZE SUNULACAKTIR.

GÖSTERECEĞİNİZ İŞBİRLİĞİ VE ANLAYIŞ İÇİN ATATÜRK HAVALİMANI İŞLETMELERİ, TÜRK HAVA YOLLARI VE HAVALİMANI POLİSİ OLARAK TEŞEKKÜR EDER, BU GEÇİCİ ARIZA İÇİN ÖZÜR DİLERİZ.

ATTENTION PLEASE!

ATTENTION, ALL PASSENGERS, LADIES AND GENTLEMEN!

DUE TO UNEXPECTED PROBLEMS WITH THE DIGITAL COMPUTER SYSTEMS WE ARE SORRY TO ANNOUNCE THAT ALL INCOMING AND OUTGOING FLIGHTS HAVE BEEN TEMPORARILY SUSPENDED.

PLEASE WAIT OUTSIDE UNTIL FURTHER NOTICE.

PROCEED CALMLY TO THE NEAREST EXIT, TAKING YOUR PERSONAL BELONGINGS WITH YOU.

PLEASE ALLOW THE ELDERLY, HANDICAPPED AND FAMILIES WITH CHILDREN TO LEAVE FIRST.

PLEASE INFORM AUTHORITIES OF ANY UNATTENDED LUGGAGE.

ON BEHALF OF ATATÜRK AIRPORT, WE APOLOGIZE FOR THE INCONVENIENCE.

13
BÜYÜK AŞKLARIN VE KORKULARIN ŞEHRİ İSTANBULUM BEN!

Benim adım İstanbul, ah güler geçerim böyle dijital arıza anonslarına! Dijital arızaymış! İstanbul'um Ben, ne yangınlar gördüm, ne savaşlar, depremler ve isyanlar, ibadethanelerime konan ne bombalar, ne büyük yağmalar ve ah ne cinnet linçler! Bu fânilerin birbirlerinden nefret ve birbirlerine kötülük etme kapasiteleri hakkında binlerce yıllık tecrübemden sonra, şaşırtamaz artık, şaşırtamaz Beni hiçbir fâni. İstanbul'um Ben,en korkusuz ve yıkılamayanım!

Bu sabah dikkatimi havalimanıma yöneltmek isteyişimin asıl nedeni yıllar süren İstanbul özleminden sonra sevinç gözyaşlarıyla dizlerime kapanacak Belgin'i seyrederek biraz keyiflenmek, eğlenmekti. Hatta Ayhan'ın kollarında İstanbul aşkıyla yoğunlaşmış bir öpüşmeyle erimesini görmek için oyalanmayı bile düşü-

nüyordum, ancak biri kendini tuvalete hapsederek, öbürü bar iskemlesinde tüneyerek kendilerinden kaçmaya çalışan bu fâni çiftten sıkılmaya başladım artık!

Ah bu fâniler, nasıl da tahmin edilebilir, nasıl da duygusal canlılardır bunlar! Hep aynı sıkıcı yakınmalar, aynı bilindik tekrarlar... Bu sabah dikkatimi biraz değişiklik olur da eğlenirim diye içlerinden bu ikisine yönelttim ama genzime dolan yine o tipik insani koku oldu: aşk ve ölüm, coşku ve korku. Eteklerime sığındıkları binlerce yıldır fânilerin yarattığı ter ve gözyaşı, aşk ve ölüm korkusunun kokusu Benim birbirinden güzel yüzlerce farklı çiçek, meyve, toprak kokuma ve temiz havama karıştı, ruhuma bulaştı çoktan. Bu yüzden çiçeklerimin rayihasını taşıyan rüzgârlarım kuşkusuz aşinadır korku ve aşk kokusuna. Ve artık İstanbul'un derindeki kendi kokusu da aşk ve korku aromalıdır. Çünkü fâniler hem sever, hem korkarlar, hem Benden, hem de birbirlerinden. Ve itiraf etmeliyim ki, aşk ve ölüm korkusunun kokusu birbirine çok benzer!

Oysa korkunun kendisi hiç de korkulacak bir şey değildir aslında. Mesela en derinlerimde uyuyan, en eski dostlarımdan biri olan ve adı Benimle anılan korkuların en büyüğü: eski deyişle: **Konstantiniyye Zelzelesi**, *şimdiki* **'İstanbul Depremi'**, *Benimle yaşayan fânilere binlerce yıldır korku salar ancak kendisi aslında hiç de korkulacak biri değildir. Özünde son derece devrimci bir karakteri vardır, evet radikaldir, ağırbaşlıdır ve hoppalıktan nefret eder. Aslında korku yaratmaktan hoşlanmaz, onun en sevdiği şey uyumaktır. Son olarak 1999 yazında kısa bir süre için uyandığın-*

da konuşmuştuk da, o etkileyici bas sesiyle bana yakınmış; yeryüzündeki diğer akraba depremlerin, başka büyük şehirlerde artık korku yaratmadığına değinip 'Yeni İstanbullular'ın kendi açgözlü ve sahtekâr hemşehrileri yerine hâlâ aptalca bir inatla onu suçladıklarını anlatmıştı. Dostum 'İstanbul Depremi'ni asıl üzen, hakkında çıkartılan dedikodular ve bu devirde bile hâlâ bunlara inanan İstanbulluların olmasıydı. Bu dedikodular içinde en eskisi, Hıristiyanlık öncesi dönemimdeki Bizanslıların depremi işledikleri günahlar yüzünden kendilerini cezalandıran kutsal bir işaret olarak düşünmeleriydi. Şimdi bu zırvanın üzerinden tam iki tane bin yıl geçtikten sonra bazı Müslüman İstanbulluların aynı şehirde, aynı Bende yaşarken onu hâlâ kendi günahlarıyla ilişkili görmeleri canını sıkmış ve uykusunu kaçırmıştı. Hiç unutmam, 17 Ağustos 1999 gecesi, 'İstanbul Depremi' kafesteki bir aslan gibi kükremiş: 'Ne Romalısı, Bizanslısı, ne Venediklisi, Haçlısı, ne Osmanlısı, ne de Türk'ü! Hiç fark etmiyor, hepsi aynı: Hıristiyan, Müslüman, Yahudi, Şaman, Putperest, ateist, agnostik…. Esmer, kara, beyaz, sarı… Aynı, hep aynı!' diye haykırmıştı. Halbuki kızdırılmadığı sürece zararsızdır ama ahmaklığa hiç dayanamaz, şuursuzluktan hoşlanmaz, öfkelenir, o zaman uykusu kaçar, kaçınca sallar, silkeler, fırlatıp atar ve işte o zaman korku üretir, bilirsiniz…

Şimdi son derece manasız ve tamamen fâni bir sıkıntı olarak beliren bu 'dijital arıza' krizini çözmeyi de beceremez bu fâniler! Gel de bugün zamanımın bir kısmını havalimanıma ayırdığıma pişman olma şim-

di! Doğrusu, Bebekli Belgin'in ayaklarıma kapanıp, Beni nasıl özlediğini görmeyi ve bedenine sinmiş özlem dolu aşkın kokusunu duymayı beklerken, ruhunu esir almış korku kokusu hiç cazip değil, hiç.

Böyle korku dolu bayağılıklara ayıracak hiç zamanım yok! İstanbul'um Ben, Ön Asya'nın, Yakın ve Orta Doğu'nun, Balkanlar'ın ve Doğu Ege'nin, Kafkaslar'ın ve Doğu Akdeniz'in en Avrupalısıyım Ben! Çağ açan, çağ kapayan en güçlü şehriyim bu diyarların. Doğuştan Avrupalıyım; hem Bizanslı, hem Romalı, hem Osmanlı, hem Türk'üm! Bir zamanlar şahsımın başkent olduğu devlete ve mülke bizzat 'Avrupalıların 'Avrupa'nın Hasta İnsanı' (!) adı taktıkları şehr-i İstanbul'um Ben! Akdenizli, Karadenizli, Egeli, Avrupalı ve Avrasyalıyım, binlerce yıldır türbanlı dilberden saçları belinde salınan güzele, fesliden şapkalıya, feraceliden peçeliye, kalpaklıdan kasketliye, takkeliden kippalıya, kapalıdan açığa, her çeşit İstanbulluya bir arada yaşama şansı vermişimdir bağrımda, şimdi neden bu yüzyılın başında değişecekmiş karakterim, buna inanacak fâniye şaşarım! İstanbul'um Ben, ölümlülerin aşk ve ölüm korkusuyla ölümsüz kıldığı, şehirler şehri, cihan ecesiyim.

Benim adım İstanbul.

14
YİNE KURBAN İSTİYORSUN SEN İSTANBUL!

"Bir bomba ihbarı mı aldılar acaba? Bomba? Yoksa ölmek için mi döndüm İstanbul'a? Hem de benimle beraber ölsün diye Ayhan'ı da çağırdım havalimanınına? Aman Tanrım, babamın tabutuyla yıllar önce indiğim Yeşilköy'de şimdi de sıra bizde mi?" diye dondu kaldı anonsu duyan Belgin.

Uzunca bir süredir saklandığı tuvaletten çıkıp ilk uçakla bu kez New York'a geri dönmeye karar veren Belgin, pasaport kontrol gişelerine doğru yürümeye başlamıştı ki, dijital sistemlerde bir arıza olduğu anonsu yapıldı. İlk tepkisi, ellerini içgüdüsel bir hareketle karnının üzerinde birleştirip midesi ağrıyormuş gibi ovuşturmak oldu, sonra uçaktan ineli bir saate yakın zaman geçtiğine göre, Ayhan'ın kendisinden umudu kesip, adeta 'sevgili atıymış' gibi anlattığı kamyonetiyle Ortaköy'e doğru yola koyulmuş olabileceğini düşündü. Bu olasılık, havalimanında patlayacak bir bomba varsa Ayhan'ın bundan kurtulacağı düşüncesiyle Belgin'i biraz rahatlattı ama bu rahatlama kısa sürdü. Zaten baş ağrısıyla gerilmiş kasları, saklandıkça ve korktukça bulanıklaşmış düşünceleri ve hayal kırıklığına uğramamak için çöpe atmaya hazırlandığı hayallerinin yerinde şimdiden oluşan boşluk onu yormuştu. Kırık hayaller yorgunluğu, kırk yaşından sonra kanser kadar ürküten, uykusuzluk hastalığı kadar sinsi ama kaçınılamaz bir birikim oluşturur, ancak Belgin henüz bunun farkında değildi.

"Dijital sistem arızası ne demek? Zaten artık her şey dijital çalışmıyor mu burada? Eee, hangi sistem arızalandı ve neden lokal değil de genel bir önlem alınıyor? Basbayağı acil tahliye planı bu!" diye bir yandan düşünürken, sanki henüz yalnızca bir embriyo olan içindeki canlıyı korumaya çalışırcasına elleri yine karnının üzerindeydi. Her kuşku, korku veya mutluluk anında elleriyle karnını tutma refleksi çok yeniydi ama o binlerce yıldır alışkınmış gibi doğal yapıyordu bunu. Kadınlar her yumurtalarının aybaşı pedlerine kanlar içinde akmadan önce bir bebek potansiyeli taşıdığının sessiz bilincindedir. İsteyerek ya da istemeyerek hiç anne olmamış bütün cahil ya da eğitimli kadınlar yaşamın sürekliliğini taşıdıklarını bilirler. Bu bilgi binlerce yıldır ninelerden torunlarına taşınır. İşte binlerce yıldır uygulanan bütün yasak, şiddet, hor görme, yok etme eylemlerine karşın hâlâ kadınların dünyadan kaybolmamasının en büyük nedeni de onlara mücadele ve direnme gücü veren bu bilinçte saklıdır: Hayatın kendi gücünde!

'Bu adaletsiz ve tehlikelerle dolu dünyaya bir çocuk daha getirmek büyük haksızlık' diye düşünenlerdendi Belgin. Özellikle Entek'le evlendikten hemen sonra hiç planlamadan ilk kez hamile kaldığında yaşadığı talihsiz olaylar ve Kete'yle el ele ağlayarak kürtaja gittikleri o '*yetişkin hayatının en büyük çaresizlik deneyimi*'nden sonra, 'çok ileride bir gün belki bir çocuğu evlat edinirim,' diye düşünenler kulübüne sanal üye olmuşken... Şimdi, hem de 41 yaşında hamile kalmak! Ve bunun her aklına düşüşünde içinin ısınması ve yüzünde beliren gülümseme...

"Nedir bu? Annelik defterini duygusal ve zihinsel olarak tamamen kapattığımı düşünürken, bütün deneyim ve bilgilerimi bir kenara atıp, yeniyetme ve acemi bir kız gibi sevinmeler, bu heyecanlanmalar nedir? Eğer doğa bu kadar güçlüyse, bilinç, akıl, irade, rasyonalizm uğruna ömür ve ödün vermeler nedir? Eğer kadınlar doğanın kurbanları olarak tasarlandılarsa, bedelleri büyük, can yakıcı çekişmeler sonunda küçücük kazanımlara sevinmek zavallılık değil midir?"

Anonsun iki dilde iki kez yinelenmesine karşın yolcular arasında gözle görülür bir panik havası yaratmayışı, kendisinden başka hiç kimsenin bir bomba ihbarından kuşkulanmadığını düşündürttü Belgin'e. Aşırı kuşkucu, paranoyak saplantıları olan, hatta bu yüzden tedavi görmesi gerektiğini evliliklerinin son yılında çocuk azarlar gibi sık sık yüzüne haykıran eski kocası Entek'i hatırladı o zaman. Oysa Belgin'i

Entek'ten önce ve sonra kimse azarlamamıştı, kendisi de kimseye bağıramaz, azarlayamazdı. Rahatsızlık duyduğu konuları konuşmaktan, düzelmiyorsa ya öyle kabul edip ya da oradan uzaklaşmaktan yana bir eğitim almış, bunu da benimsemişti. Çocukken azarlanan, aşağılanan Entek olmalıydı; çünkü ailesine, kendisine ve aslında hiç kimseye sevgi ve saygı duymayan oydu.

"Kızım sen manyaksın be! Seni babanın tabutuyla aynı uçağa bindirdikleri gün kafayı yemişsin sen! Kafanda yazıp, yazdıklarına inanıyor, sonra gelip bana çatıyorsun. Hayat öyle Bebek'te el bebek, gül bebek büyütülmekle, çocukken La Scala'da izlemeklerle, Mona Lisa'nın aslını on yaşında Louvre'da görmekle, İnka medeniyeti kalıntılarını Peru'da İspanyolca konuşan rehberlerden öğrenmeklerle falan anlaşılmıyor güzelim! Hayat, güçlü, sağlam, gerçekçi olanın elinde ve hizmetinde şekilleniyor canım! Sen hâlâ bilim, sanat diye yırtın, ama hayat gerçekleri ve zorluklarıyla gelip dayatınca da paniklen, gel, acısını benden çıkart! Yok ya! Git tedavi ol sen be! Nereden uyduruyorsun bu saçma masalları; yok şirketteki sekreterlerle falan... Manyak!"

Oysa ilk tanıştıklarında Belgin'in kültürel derinliği, aldığı Batılı eğitim ve on üç yaşına kadar geçen masallardaki kadar mutlu çocukluğu Mehmet Emin Entek'i büyülemiş; 'Yavrucuğum, sen gerçek bir prenses olarak doğmuş, kraliçe olmak için yetiştirilmişsin. İzin ver, ben de babanın bıraktığı yerden alıp hak ettiğin kraliçelik makamına oturtayım, 'milady'im yapayım seni?' diye onu çiçeklere, buketlere boğmuş, gerek üniversitesine, gerek evine sürpriz ziyaretleri, şık armağanları ve teatral telefon konuşmalarıyla genç kızı etkilemeyi başarmıştı. Mehmet Emin Entek, Belgin'i tanıdıktan sonra ondan çok daha zengin bir çevrede büyümesine karşın, kendisini eğitim ve öğrenim dahil her alanda yalnızca daha çok para kazanmaya odaklayarak, her şeye yatırım perspektifinden bakmaya alıştıran ailesiyle yüzleşmek durumunda kalmış ve bundan rahatsız olmuştu. Mükemmellik hastalığına çocukken tutulanların hiçbiri yüzleşmeye tahammül edemez. Belgin'e rastlayana kadar her türlü yüzleşmeden ustalıkla kaçmayı başaran Mehmet Emin Entek, bu genç kızın yalnızca varlığıyla bile kendisini yüzleşmeye ittiğinin farkına vardığı ilk andan itibaren ona öfke duymaya başlamıştı. Çünkü, günde yirmi dört saat alkışlanmak için seyirciye bağımlı oluşu, her adımını başarıyla tamamlamak saplantısı ve başarıyı para ve genç kızlar olarak gördüğü ortalığa saçılıvermiş, görünür olmuştu. Belgin denen bu zarif, sade, derinlikli kız duruşuyla bile yanındakilerin sahte, plastik ve/veya zayıf yanlarını ortaya dökmeyi başarıyordu. Bu son derece rahat kaçırıcı ve huzur bozucu bir özellikti ve koskoca Mehmet Emin Entek kendisiyle yüzleştiği anda paramparça dağılıp yok olabilirdi!

Şakaya getirip, kendini 'işkolik' veya 'hiperaktif' diye tanımlayan Mehmet Emin Entek'in, aslında ciddi bir yalnızlık fobisi: 'kendiyle baş başa kalmak korkusu' vardı. Halbuki beğendiği bir heykeli saatlerce keyifle seyredebilen, tek başına oturup bir opera aryasını huşu içinde dinleyen, bir resmin içindeki hikâyelerde kaybolan ya da bir romanı başka metinlerle ilişkiler kurarak bulmaca çözer gibi hazla okuyan Belgin seyirciye gereksinmeden kendisine yetebiliyordu. Yüzündeki serinkanlı güven en çok bu nedenle gerçeklik kazanıyor, kendisi farkında olmasa da Belgin'i kocasının gözünde tehlikeli bir rakip durumuna yükseltiyordu.

Daha Erol Argunsoy'un mimarlık bürosunda bir iş toplantısı sırasında tesadüfen karşılaştıklarında '*duruşundan nefes alışına kadar sahici bir zarafet başyapıtı*' diye tanımladığı bu kızın karısı olması halinde kazanacağı prestijin hesabını ayaküstü yapıvermişti Mehmet Emin Entek. Hesap yapmak kuşkusuz onun uzmanlık alanıydı ve Allah için bu konuda hep çok iyi olmuştu! Erol Argunsoy'un yeğeni Belgin Gümüş o sırada henüz Boğaziçi Üniversitesi'nde -hangi bölümde olduğu hiç önemli değildi, tanınmış bir üniversite adı yeterliydi- son sınıf öğrencisiydi ve '*hüzünlü bir ceylan*'a benziyordu. Belki klasik anlamda güzel, gezmeye alışkın olduğu o manken kızlardan biri değildi ama özgün bir sanat eseri, saf bir taş, 24 ayar altındı. Bu kızın, sosyetede eşlik edeceği erkeği daha duruşuyla 'birinci lig'e zıplatacak, konuşunca da artık 'ermişler katı'na taşıyacak bir mirası narin omuzlarında taşıdığı aşikârdı. Kendisinden on yaş küçük bu mücevheri, azıcık konuşturunca en zayıf noktasının baba özlemi olduğunu anlayan 'kurt erkek' Entek, Belgin'in öldürülen babası hakkında araştırma yapmış ve ikincisi tesadüf olmayan karşılaşmalarında babacan, güvenilir, esprili maskesini takınarak genç kızı en zayıf yerinden yakalayıvermişti.

"Babamla ilgili bildikleri, ona hayranlığı ve cenazesine dair hatırladığı detaylardan çok etkilenmiştim. Yurtdışında görevli Türk diplomatlarının teröristlerce peş peşe öldürülmeleri Türkiye'de o denli büyük bir duygu patlamasına yol açmıştı ki, babamın cenaze töreni artık sembolik bir terör protestosuna dönüşmüştü. Binlerce kişinin katılımıyla önce Ankara'da Dışişleri Bakanlığı'nın düzenlediği resmi tören, sonra İstanbul'da Bebek Camisi'nden Aşiyan'a doğru yükselerek akan protestolu, dualı, gözyaşlı, sloganlı, kalabalık, öfkeli ama çok üzgün insan seli... Ankara'daki törene beni götürmeyen annem, halam ve Erol Eniştem, tansiyonu ve şekeri yükseldiği için hastaneye kaldırılan ve birkaç ay sonra da oğlunun yanına gidecek olan babaannemle beni, dadım Kete'ye emanet etmişlerdi. Ama ertesi gün İstanbul'da yapılan törende alelacele bulup buluşturulan siyah bir elbiseyle annemin yanında kaskatı kesilmiş olarak dikilmiştim. Üzerimizdeki elbiselere kadar cenazedeki her detayı hatırlayan Entek'in bu bilgileri arşivlerden toplatıp beni etkilemek için çalışmış olduğunu nasıl düşünebilirdim ki? O güne kadar hiç kimseyi gerçekten sevmemiş, 'her şeyi planlar' üzerine kurulu bir insan tanımamıştım. Maalesef bütün tanıdıklarım dürüsttü! Ama artık hayatımın en büyük sahtekârına rastlamış ve tuzağına düşmüştüm. Hem biraz baba, biraz ağabey, hem de tatlı bir flört ve arkadaş rolünde çok başarılıydı Entek. Dilinden bal kıvamında akan 'yavrum, yavrucuğum, mileydim' sözleriyle beni sarıp sarmalayıp el üstünde tutuyor, ben de babaları erken ölmüş kızların çoğu gibi babamın yerine geçerek, bana çocukluğumu geri getirecek ilk erkeğe teslim olmuş, bir türlü artık büyüdüğümü kabul edemiyordum. Toydum, şapşaldım! İnsanlara inanırdım o zamanlar... Meğer şirketinde çalışan bütün kızlara 'yavrum, yavrucuğum' dermiş, meğer pek çok niteliği taklitmiş, hem de aslından ayırt etmenin uzmanlık isteyeceği kadar başarılı bir imitasyon!

"Onunla tanışmadan önce ciddi bir ilişkim, gerçekten bir sevgilim olmamıştı, erkekleri tanımıyordum. Bir sınıf arkadaşımla çocuksu denecek kısa bir flört devresi geçirmiş, sonra Entek'in kucağına düşmüştüm. Ne çocukluk! 'Frijitsin sen be! Senin gibi modern bir ailede yetişip de üniversite diploma törenine bekâret zarıyla gelene ne denir? Haa, ne denir bilir misin?'

"Beni soğuk, cinsellikten hoşlanmayan bir kız olduğuma neredeyse inandırmıştı Entek. Oysa cesaretlendirip, babasının 'cici kız'ı olmak uğruna baskılanmış cinselliğimi ortaya çıkartmaya çalışabilirdi. Ama yapmadı, istese de yapmazdı. Paraya ve iktidara dönüşmeyen hiçbir şey için uğraşmazdı. Bunu anladığım andan itibaren o benden on yaş büyük, kocaman Entek gözümde küçüldü, büzüldü, ufacık kaldı. Ona bakınca zavallı, aciz bir diktatör görüyordum, ama ne yazık ki bunları anlamam üç yılımı almıştı. Üç koca yıl ve üstüne hasarları tamire çalıştığım başka uzun yıllar... Çok gençtim, insanlara ve kocama güveniyordum. Aile kavramına inanıyordum. İnsanların birbirlerine verdikleri sözleri tutacağını sanıyordum. Entek'le benim artık aynı takımın üyeleri gibi birbirimize destek olacağımızı zannediyordum. O zamanlar... Annemin babama güvendiği gibi... Kadınların en zeki ve başarılı olanlarının bile ancak bir erkekle tamamlanacağı, başka hiçbir şeyin bu yarım kalmışlık durumu düzeltmeyeceği öğretilmişti bana... Severek kabullenmiş, isteyerek inanmıştım bunlara. Kuşkusuzluk kadar kör, inanç kadar koruyucu, saflık kadar insanı gelişmekten koruyan, ama mutlu eden başka hangi duygu vardır ki? Beni sanatın, yemeğin, kültürün nitelikleri konusunda iyi yetiştirmeye büyük özen gösteren ailem, insanlar ve hayat konusunda tamamen cahil ve saf-salak kalmama göz yummuştu. Onlara kızdım, özellikle Entek'in canımı çok yaktığı yıllarda anne ve babama çok kızdım; çok! Ama beni soğuk olmakla suçlayan Entek, demek ki, evleneceği kızın bekâretini içten içe önemsiyordu.

"Ondaki dengesizliğin farkına vardıkça dengeli ama saf ve dürüst olmanın erdemini keşfetmeye başladım. Benden on yaş büyük olması, o sırada 23 yaşında olan bana yaşlı görünmüştü ama Entek kendine iyi bakar; dış görünüşünü bir pazarlama aracı gördüğünü de övünerek anlatır, ben de hayran hayran onu dinlerdim. İşi o denli abartmıştı ki, eşcinseller ve kadınlarla alay etmeye bayılan bu adam ta 1990'larda kadınların kullandığı gözaltı kremleri kullanır, erken beyazlanan saçlarını özel berberini eve getirtip boyatır, manikür ve pedikür yaptırırdı. Kim bilir şimdi 50 yaşını geçtikten sonra kaç çeşit erkek kozmetiği, kaç fasıl estetik operasyon... Ancak hakkını da yememeliyim, hoş sohbetti, yaşından genç gösteriyordu, yakışıklıydı ama en çok babam hakkındaki bilgisi ve onu takdir ediyor olmasından etkileniyordum. Bir insanın rol icabı böyle davranabileceği aklıma bile gelemezdi, mümkünü yok gelmezdi... Çok etkilenmiştim. Bana kalsa hemen evlenecek ve muradıma erecektim, ama önce Erol Eniştem araya girmiş: 'Mehmet Emin Entek hırslı, başarılı, parlak bir çocuk ama onda çözemediğim, tuhaf bir şey var. Parlaklığı gözü fazla kamaştırıyor, iddialı olduğu alan çok geniş ve yenilirse dağılacak kadar kaskatı bir duruşu var ki, bunlar ancak bir şeyin üzerini örtmek için kullanılan tiyatro dekoruna benziyor. Peki örtünün altında kim var? Ben acele etmeyelim, biraz bekleyelim derim Belginciğim,' dedi. Sonra annem, beni Kete'ye bırakıp, yıllardır inzivaya çekilmiş olan annem, bana yemin verdirmek için o kalın kabuğundan, o arkadaki karanlık odasından çıktı: 'okul bitmeden evlenen kızlar okulu bırakır ve sonunda çoğu mesleksiz kalır. Üniversite bitmeden evlenmeyeceğine babanın anısı üzerine yemin edeceksin Belgin Gümüş!' dedi. Ettim etmesine, ettim ama diploma töreninden çıkar çıkmaz, doğru düğün-dernek yapmaya koştum: çok acelem vardı! Bir an önce kendime yeni bir hayat kurmak, yeni bir hayata başlamak, eskisinde kırılan kanatlarımı onarıp, yeniden uçmak istiyordum. Türk kızlarının çoğu gibi yeni bir hayatı ancak bir erkekle tamamlanarak, onun desteği ve sevgisiyle kuracağıma o denli inandırılarak eğitilmiştim ki... Üstelik, tıpkı babam kadar güvendiğim ve beni karşılıksız seven bir adama rastlayacak kadar şanslıydım! Yani bunun gerçek olduğuna inanmış, gerçekten inanmıştım! Ancak bir kızı babasından başka karşılıksız ve sürekli sevecek bir erkek olmayacağını kabul edebilmem bozgun dolu yıllarımı alacaktı. Ama o sırada hayatımla ilgili her şeyi planladığımı, kontrol altına alıp, kesinlikle düzene koyduğumu sanıyordum işte! Mezun olduğum Boğaziçi Üniversitesi'ndeki hocam Profesör Yannis Seferis'in asistanı olarak kalacak, çok sevdiğim moleküler biyolojide araştırmacı olacaktım! Mutluydum, çünkü ümitlenmiştim. Ümit etmek, mutlu olmanın kendisinden daha haz vericidir! Ama... Ama kısa süre sonra her şey dökülmeye, Erol Enişte'min dekor tabir ettiği örtü açılıp içindeki naylon karakter sırıtmaya başladı. Zaten annem de düğünden sonra altı ay bekledi, benimle ilgili sorumluluğunu başkasına teslim ettiğini düşünmüştü herhalde? Sonra Bebek'ten cumbadanak denize... Trafik kazasıymış, Hah!"

Belgin'in içinde uzun süre saklandığı havalimanı tuvaleti pasaport gişelerine çok yakındı. Dijital arıza anonsunu duyduğunda kısa bir süre donup kaldı ama pasaporttan geçip, derhal New York'a geri dönmek arzusu öyle baskındı ki, toparlanıp pasaport gişelerine yöneldi. Ancak pasaport kontrolü için oluşmuş uzun, çok uzun kuyrukları görünce içi daraldı. O kalabalığa ve uzun bekleyişe dayanabileceğini sanmıyordu. Bunaldı, çok bunaldı. Hiçbir şey yapamayacağını, dayanma gücünün iflas ettiğini düşündüğü an aklına bir can kurtaran gibi havalimanı oteli geldi. Hemen ilerideki havalimanı otelinin uluslararası bölge kabul edilen kısmından giriş yapsa, ardından ılık bir banyo ve sonra bembeyaz, serin çarşaflarda derin bir uyku çekse... Hatta odasına çıkmadan ertesi günkü New York uçak rezervasyonunu da otelden yaptırsa, o vakte kadar odasından çıkmasa, yarın da rahat rahat geri dönse? Geri dönse? Geri dönmek. Dönmek. Kesin dönüş ve geri dönüş. Dönüş. İşte bu kadar! Oh be! Ama öncelikle, hemen, bir an önce serin, tertemiz bir yatağa girip, uyuyabilmek! Uykuya saklanabilmek. Tek isteği! Tek! Tek mi sahi? Gerçekten tek istediği bu muydu Belgin'in? 'Oh be!' miydi sahiden? Omzuna asılı çantasının askısını düzeltmek için ellerini karnından çekerken uzun bir süredir onları karnı ağrıyormuş gibi orada kilitlediğini fark etti. Henüz dümdüz karnını ilk kez görüyormuş gibi şaşkın bakakaldı. O düşünedursun yüreği ve varoluşu çoktan bu bebeği seviyor ve koruyordu. Dudaklarını birbirine bastırıp derin bir soluk aldı. Bebeğin kendisi mi, bebeğin babası mı, yoksa bir bütün olarak annelik ve yeni bir hayat umudu mu?

'Hamilesin öyle mi?' diye şaşırmıştı Entek. Sanki bir erkek hamile kalmış gibi irkilerek Belgin'in karşısında dikilip donmuştu. Üç yıllık evliydiler ama Entek onu hâlâ beraber bir aile olacak kadar avucunun içinde hissetmiyordu.

Aldatıldığını ilk kez o yaz fark eden Belgin buna inanmak istememiş, aynı günlerde hiç planlamadan hamile kaldığını anlamıştı. Aslında her şey küçük bir şakayla başlamıştı ama ah, her şeyi kontrol edebileceğine inanacak kadar kibirli olan beyni! Mehmet Emin Entek sık sık çıktığı iş gezilerinden birine pijamalarını almadan gitmiş, Belgin de kocasının kaldığı otele telefon ettiğinde espri olsun diye 'pijamasız daha seksi uyuyacaksın!' demişti. Onun güleceğini sanırken Entek boş bulunup: 'Nereden duydun, ne zamandır biliyorsun?' diye kekelemiş, 'ciddi bir şey değil, büyütme!' diye saçmalamıştı sonra da. Uzunca sessiz kalıp, Belgin'e 'orada mısın, gidecek misin?' diye sormuştu telefonu kapatmadan önce buz gibi bir sesle. Ani bir tokat yemiş gibi sersemleyen Belgin, önce donup kalmıştı. Sonra bunun bir karabasan olduğuna inanmak için uğraşmış, gerçeği görmemek için direnmişti bir süre. Bu arada ona yeni tanıştıkları günlerdeki gibi ilgili davranmakta olan Entek, Belgin'in tepkisizliğinden rahatsızdı. Daha sonra kocasının o zaman sekreter, şimdilerde asistan diye şirkete aldığı genç kızları 'karımla açık evlilik yaşıyoruz, onun da sevgilisi var' diye kandırarak ilişkiler yaşadığını, kızlardan birinin kendisine yazdığı imzasız mektuptan öğrenmiş, ama hayallerini yıkmamak için şaşırmaya devam etmişti. İmzasız mektubun sahibi büyük olasılıkla pijamasız otel gecesinden önce patronla evlenmeyi hayal ederek, o da kendi payına nişanlısını aldatarak fedakârlık eden(!) ama o geceki telefon konuşmasından sonra apar-topar Eskişehir'deki üniversitesine yollanan pazarlama bölümündeki stajyer öğrenci Mehtap'tı. Öfkesine ve gençliğine yenilerek Belgin'e imzasız uzun bir mektup yazmış; 'patron'un aslında en çok kendisini sevdiğini, karısını soğuk ve kibirli bulduğunu ve onu kendisinden önce defalarca aldattığını çocuksu, küfürlü bir dille açıklamıştı. Mehtap'ın listesinde: Entek A.Ş. pazarlama bölümü müdürü Nihal, yönetici sekreter Nimet, Nimet'in kız kardeşi Zeynep, şirketin iş yaptığı turizm acentesi ortaklarından Rüya ve adlarını hiç duymadığı başka kızlar da vardı. İnsanların verdikleri sözleri tuttuklarına ve göründükleri gibi olduklarına inandırılarak büyütülen Belgin şaşırmıştı. Öte yandan Entek'in mektupta adı geçen bütün kızlar için çeşitli zamanlarda bir bahaneyle çoğu kaba uslüplu arızalar, yetersizlikler veya çirkinlikler bulduğunu birden ayrımsamıştı.

Belki de bu bir taktikti ve ilişkiye girdiği kadınları kötüleyerek, onları Belgin'in görüş alanından uzaklaştırıyordu Entek? Ya da 'benimle daha fazla ilgilen, bak bütün bu kadınlarla yatıyorum ben!' çığlığı atıyordu? Fakat her şeyden çok kendisinin nasıl olup da manasız bulduğu bu ayrıntıları hatırladığına hayret etmişti Belgin. Taze kete yemeyi bahane edip çok özlediği Kete'sini yeni hayatında, Sarıyer'deki evinde ziyarete gittiğinde anlatmıştı bunları safça. Onu her zamanki gibi sakince dinleyen Kete gülümsemişti. 'Ah kuzucuğum, ne şaşıyorsun be sıpa gözlüm? Sen bir kadınsın ve Allah kadınlara kocaman bir hafıza vermiştir, yoksa bu bebeleri nasıl büyütecektik,' diye emzirmekte olduğu oğlu Halit Ziya'yı göstermişti. 'Ama biliyorsun kuzucuğum, bu senin Entek'i ne rahmetli Jackie-Halide Anne, ne de insan sarrafı Erol Enişte'nin gözü tutmuştu. Sen de ben de onların haklı olduklarından korktuk ya, korkudan suspus olduk herhalde...'

'Aldatmak' demeyi planlamıştı Belgin, 'aldatmak, benim gibi birini cinsel olarak fazla incitmez çünkü seks bir ilişkinin yalnızca bir kısmıdır. Aşk sahtekârlık kaldırmaz ve sakın unutma başkasını aldatarak kurulan her ilişki çalıntı mala benzer!' falan gibi oturaklı sözler, derin bakışlar ve kararlı bir ses tonu kurmuştu kafasında hiçbirini söyleyemedi. Bunun yerine: 'İnanmayacaksın ama Entek, ben sana gerçekten güvenmiştim!' dedi. Böyle dedi. Bu kadar. 'Ben sana güvenmiştim!' Sonra mutfağa gidip kendine ıhlamur yaptı ve orada oturup tek başına içti. Oysa 'böyle durumlar' konusunda çok deneyimli olan Entek, onun bağırıp çağırmasını, ağlayıp sinir krizi geçirmesini beklemiş, programın devamında 'sonuna dek inkâr etme, yöntemi ve sabaha kadar karşılıklı içki içip ilişkiyi gözden geçirme ritüeli burnunda tütmüştü. Çünkü sonunda onu ve sağladığı maddi güvenceyi kaybetmeyi göze alamayan aldatılmış kadının inkârlara inanmış gibi yapmak zorunda kalışından büyük bir erotik zevk alır, bu sahnede şehvetle sevişmeye bayılırdı. 'Bu durumlar'da formül buydu ve bütün hayatı boyunca hep böyle olmuştu. Hep! Ama Belgin farklıydı, bu formülü de bozmuştu işte! 'Allahın cezası Belgin' ne ağlamış, ne de sinir krizi geçirmişti. Yalnızca hüzünlü gözleri sislerle kaplanmış olarak: 'İnanmayacaksın ama Entek ben sana gerçekten güvenmiştim!' demişti. O kadar. Güvenmişmiş! Mehmet Emin Entek'e güvenmişmiş! Annesinin bile güvenemediği birine güvenmek! Kendisine inanmayan bir insanı en fazla yıkacak tek cümle. 'İnanmayacaksın ama Entek ben sana gerçekten güvenmiştim!' Ne biçim kadınsın sen Belgin! Ama Belgin bunu nereden bilecekti ki? Bu konunun böyle kapanamayacağını anlatmak için öfkeyle peşinden mutfağa giren Mehmet Emin Entek, karısını yemek masasına oturmuş, son derece soğukkanlı biçimde ıhlamur içerken bulmuştu. Artık bu kadarına dayanamamış, masaya elini zedeleyecek sertlikte bir yumruk atmış: 'İpimi mi çekeceksin sen benim kadın!' diye bağırmıştı. Şiddete hiç alışkın olmayan Belgin korkuyla yutkunmuş, aslında o sırada söylemeyi aklının ucuna bile getirmediği şeyi kaçırmıştı ağzından; 'Ben hamileyim Entek!' Zaten kendine güveni sarsılan, adım atacak yeri kalmamış Entek için bu haber bardağı taşıran son damla olmuş, bir süre dili tutulmuş, sonra 'Ne malum bu piçin benden olduğu?' diye bağırmıştı. Belgin'in hayatı boyunca kendisine güvenen hiç kimseye hiçbir şekilde ihanet etmeyecek sağlam karakterli biri olduğunu biliyordu. Bu özelliğin altında daha değerli bir erdem olduğunu en fazla kendisi farkındaydı ve bu erdem en çok onu sinirlendiriyordu. İşte bu çelişki yüzünden, eğer kadın olsaydı asla kendinden çocuk doğuramayacak biri olacağından, çıkıvermişti ağzından öfkeyle: 'Ne malum bu piçin benden olduğu?' Yine susmuştu Belgin. Başını eğip dudaklarını ısırmış ama konuşmamıştı. 'Konuşmazsın, konuşmazsın tabii... Benim gibi bir 'sahtekâr'la konuşursan kirlenirsin değil mi hanımefendi?' diye Belgin'in elinden ıhlamur fincanını alıp yere fırlatıp paramparça etmişti. Oysa biraz dikkat etse başını eğmiş olan Belgin'in ağladığını görecekti. Görmedi. Göremezdi. Mehmet Emin Entek, yalnızca kendisinin öznesi olduğu cümlelerle yaşardı.

Ertesi hafta Kete'nin bütün yalvarmalarına -'Ah kurban olayım kuzucuğum, tez karar verme, bir daha düşün!'- karşın onunla beraber ağlayarak kürtaj olmaya gitmiş, Bebek'teki ev kirada olduğundan aynı gün uzun yıllardır yalnız yaşayan Erol Enişte'nin Maçka'daki evine taşınmıştı. Hayatında ilk kez bir kadın tarafından terk edilen Entek önce şoka girmiş, ancak bunu kendi terminolojisine bir başarısızlık olgusu olarak tercüme ettikten sonra kendine gelmiş, bu noktada hemen toparlanıp düşman bir şirketle savaşır gibi saldırgan bir stratejiyle bu ayrılığı bir kan davasına dönüştürmüştü. Sonunda avukatı aracılığıyla, kendi arzusu dışında yapılmış bir kürtajdan, bu kürtajda alınan bebeğin babası hakkındaki kuşkularına kadar uzanan geniş bir arsızlık gösterisi sunarak kendine saygısını yerle bir etmiş ama bunu görememediğinden olacak, kazananın kendisi olduğuna inanarak, galibiyet kutlaması yapmıştı. Mahkeme süreci uzamış, Belgin'e kendisinden öyle kolayca kurtulunamayacağı, ancak kendi isterse özgür kalabileceği dersi vermiş, boşanma davaları aylarca sürünmüştü. Bütün bu şeytani planları sırasında, bundan böyle hayatında bir daha asla bir kadın tarafından terk edilmemek üzere kendine söz veren Mehmet Emin Entek, kadınlarını, daha doğrusu kendi yaşı ilerledikçe onların yaşı daha da küçülen genç kızlarını seçerken hep bu ölçüte uygun olanları tercih etmiş ve başarmıştı da.

İntikam duygusuyla karşısındakinin en zayıf noktalarına saldırarak, kanlar içinde ayrılmalara hiç alışkın olmayan Belgin, boşanma süreci uzadıkça bir daha iyileşemeyecek yaralar aldığını hissediyor, ama kurallarını bilmediği bir oyun içinde darbe üzerine darbe yiyordu. Çok yıpranıyor, inançları sarsılıyor, nefes alamayacak kadar tıkandığı, tökezlediği, tükendiği oluyordu. Bir kurtuluş olarak kendini tamamen akademik çalışmalarına verdi; adeta adadı. 1990'ların başıydı ve internet henüz evlerde yaygın değildi. Bu dönemde Boğaziçi Üniversitesi'ndeki tez hocası ve artık sırdaşı, dostu Profesör Yannis Seferis'in desteğiyle Amerikan üniversitelerindeki doktora çalışmaları konusunda araştırma yaparken, yaşadığı duygusal zor zamanlara eklenen kıt asistanlık maaşı ile Bebek'ten gelen kirayı Kete'yle bölüşmesi ve hayatında ilk kez parayla bire bir ilişki kurması ona alışkın olduğu hayat standardının altında yaşamanın nasıl bir şey olduğunu acı acı hissettiriyordu. Onu incitmemek için doğrudan maddi destek vermek yerine, sanki fazladan elinde kalmış gibi sevdiği konser, tiyatro biletleri, birlikte yapacakları İzmir Foça, Venedik, Floransa gezileri, kitap, dergi, kasetleriyle alışkın olduğu koşulları sağlamaya çalışan Erol Eniştesi, yıllardır yalnız yaşadığı evine taşınan Belgin'in varlığından hoşnuttu. Belgin'in halasından uzun yıllar önce ayrılmasına karşın 'Gümüş Ailesi'yle ilişkisi hiç kopmamış, Maçka'da bir yıldan fazla beraber yaşadıkları dönemde de Belgin'le bir enişte-yeğenden çok ikisinin de özlem duyduğu baba-kız ilişkisi sürdürmüşlerdi. Birinin öldürülen babası, öbürünün hiç doğmayacak kızı!

İşte o sıralarda Belgin, Erol Eniştesi'yle halasının gizemli ayrılıklarının nedenini sezmiş, ya da Erol Argunsoy, artık genç bir kadın olan Belgin'in kendi cinsel eğilimini sezmesine izin vermiş ama bu konuyu aralarında hiç konuşmamış, dile getirmemiş, hayatın doğal bir parçası olarak kabullenmişlerdi. Erol Argunsoy'un bir erkek sevgilisi olduğunu ama onların kuşağında aralarında Türkiye'nin saygın ve önemli bazı sanat ve iş adamlarının da bulunduğu eşcinsel erkeklerde çok görüldüğü gibi bu ilişkilerin saklı kalması gerektiğini hissetmişti Belgin. Aynı dönemde bakkal kocası, iki üvey bir de öz çocuğuyla kurduğu kendine ait hayatını sürdürmeye çalışan Kete, bir yandan da haftada bir gün Maçka'ya gidip Belgin'le Erol Enişte'ye yemek yaparak onlara destek veriyordu. Yani yaşayan herkes kendine bir hayat kurmuş, hayata bir yerinden yeniden tutunmuş ve yola koyulmuştu. Belgin de artık kendi kaderini çizme vaktinin geldiğini anlamış, büyümek zorunda olduğunu görmüştü. Hayat, hiç kimseye babasının prensesi, sevgilisinin/kocasının kraliçesi olma keyfini uzun süreliğine nasip etmiyordu, etmezdi! İnsan hayatının bir bozgun olduğunu, buna karşın ayakta kalabilmek gerektiğini nihayet anlamıştı Belgin. *Şeytan, yalnızca insan kılığına girmeyi seviyordu.* Sonunda boşandı, moleküler biyoloji master tezine en uygun programı bulduğu Columbia Üniversitesi'ne başvurdu. Profesörü Yannis Seferis'in verdiği kredisi yüksek referans mektubu, yüksek notları ve bilimsel kariyer konusundaki ciddiyeti nedeniyle ertesi sömestrde başlamak üzere Columbia'ya tam burslu doktora öğrencisi olarak kabul edildi. İşte o zaman 13 yıl kesintisiz sürecek New York yaşamına doğru yola çıkma vakti geldi çattı. Çattı.

İkinci kocasıyla Ankara'ya yerleşen halasından başka akrabası kalmayan Belgin'i Yeşilköy'den akrabadan daha yakın Kete, Erol Enişte ve Prof. Yannis Seferis'ten oluşan sevgili ailesi yolcu etti. 'Beyin göçüne bir kurban daha veriyor Türkiye,' demişti Profesör Seferis, şık takım elbisesine bulaşan görünmez bir kiri temizler gibi elleriyle sürekli silkeleyerek. 'Onunki daha çok ünlü bir sahtekârdan kurtuluş, bir beyin kurtarma operasyonu' diye acı acı gülmüştü Erol Enişte, papyon kravatı ve pantolon askılarıyla her zamanki gibi iki dirhem bir çekirdek. 'Ah kuzucuğum, kara kaderinden, iblis kocasından, zalim İstanbul'dan kaçıyor güzel meleğim!' diye gözlerini silmişti Kete. Daha sonra defalarca Belgin'i ziyaret için Amerika'daki konferans-kongre programlarını New York'a doğru esneten İstanbul Mimarlar Odası eski başkanı Erol Argunsoy, bir keresinde Kete'yi de yanında getirerek Belgin'i gurbette mutlandırmıştı. Oysa insanın kendi vatanında, kendi şehrinde ve evinde de gurbeti yaşayabileceğini öğrenen Belgin için New York'un yalnızlığı ve yabancılığı geride kalanların sandığı gibi ürkütücü olmamıştı. Kim bilir belki de babasını yitirdiğinden beri gurbette olduğundan... Yine de Erol eniştesinin Belgin'e büyük sürpriz yaparak Kete'yi de New York'a getirdiği yaz, birlikte şehri gezişleri, Yeni Dünya'nın başkentini ve kültürünü keşfediş hikâyeleri onların yıllarca dillerinden düşmeyen çok keyifli bir deneyim olmuştu.. Vanlı küçük Safiye'nin İstanbul'dan sonra New York'ta da dimdik, gururlu ve alicenap varoluşu, orada bile kendine bebekken emanet edilen Belgin'e sahip çıkışındaki muhteşem insanlık dersi... Belgin'in elbette en heyecanlı, mutlu New York anısı buydu. Tabii 2 yıl önce Manhattan Türk Evi'nde açılan Türk Heykel Sanatı karma sergisinde sanatçı Ayhan Pozaner'e rastlayana kadar...

"Bir bomba alarmı mıydı bu acaba? Yoksa yalnızca bir dijital sistem sorunu mu? Peki neden bütün uçuşlar iptal edildi?" diye yeniden düşündü Belgin. Pasaport gişelerinin önünde giderek uzayan kuyruklara bakıp havalimanı oteline geçmeye karar vermişti ama birden içi çekildi, kolunu kımıldatacak enerjiyi bulamadı kendinde. Baş ağrısı ve durmadan değişen kararlarına ek olarak bir bomba alarmı olarak algıladığı anonsuyla neredeyse donmuş gibi hissizleşen bedenini yaslayacak bir yer aradı. Pasaport gişelerine yakın bir alana dizilmiş gri metal banklar bomboştu. Yolcular, panik öncesi tuhaf bir gerginlikle pasaport kuyruklarında huzursuzca itişip kakışıyordu. Daha metal banklara oturur oturmaz eli otomatik olarak karnına giden Belgin farkında olmadan kaşlarını çattı.

"Ya gerçekten şimdi burada bir bomba varsa ve ben birazdan havada uçuşan kollarımı, bacaklarımı görerek öleceksem? Hem bebeği, hem Ayhan'ı, sonra Kete'yi... Erol Enişte'yi, Yannis Hoca'yı, Ayda'yı bir daha hiç göremeden... Bebek'ten Boğaz'a bir kez daha bakamadan, Bebek yokuşunu karlar altındayken seyredemeden, Bebek'te pembe-beyaz bahar çiçeklerini seyrederek yürüyemeden, Bebek badem ezmesi yiyemeden, Bebek kahvede kaşarlı simitle çay içemeden... Bebek'te Kete'nin ketesini tadamadan..." Aniden ağzına buruk bir tat doldu, diline elektrik tadı bulaştı. Benzer bir tadı 11 Eylül sabahı New York'ta üniversiteye gitmek için evden çıkıp elinde bir karton bardakta kahve ve tarçınlı Yahudi simidi Bagel ile yürürken Manhattan'ın güneyinden yükselen büyük yangın bulutunu görünce duymuştu. Aynı gün televizyondan ikinci kulenin yıkılışını dehşet içinde ağlayarak izlerken, İstanbul'dan arayan Erol Enişte, Kete, Ayda ve Yannis Hoca'nın endişe dolu seslerini duyduğunda bir daha...

Çantasından bir nane şekeri çıkartıp ağzına atmak ihtiyacı hissettiği an, Belgin'in aklına telefon geldi. Lavanta rengidir diye nefti bir kurdeleyle fiyonklanmış kutusunda Ayhan'ın armağan ettiği cep telefonu. İki yıldır 'hasretine dayanamadım kız!' diyerek, gelirinin çoğunu uçak biletlerine yatırıp ya bir seminer veya sergi bahanesiyle bir Avrupa şehrinde ya da neredeyse ayda bir çıkıp geldiği New York'ta buluşmalara koşmaktan yorulan Ayhan, sonunda hayatlarını bundan sonra İstanbul'da beraber sürdürme hayalini ona açmıştı. Hayalin sahibi olmasına karşın kendisi de bu hayalin kırılmasından korkuyor ve bunu saklamıyordu. Daha önceki ilişki veya evliliklerini büyük acıyla hatırlayan iki insanın yeni bir ciddi ilişki için karar vermesi güçtür. Uzun uykusuz geceler, kâbus dolu uykular, göz göze gelmekten kaçınan gözler ve vicdanının çığlığıyla sağır olan kalpler... Karar verene kadar kendi nefislerine yaptıkları işkence ikisini de yorgun düşürünceye dek direndiler ama sonunda aşk galip geldi: 'Yeni Dünya'nın New York adlı kentine taşıdıkları 'Eski Dünya'nın en eski kültürlerinden birinin binlerce yıllık hüzünlü ışığıyla birbirlerine bakıp karar verdiler. Evet, İstanbullu Belgin'le, İstanbullu Ayhan olmayı göze alacaklardı. Böylesi kararlarda çoğunlukla kariyerinden ve hayatından fedakârlık eden kadındır, görünüşte yine öyle olacaktı. Ama aslında öyle değildi. Çünkü beraber yaşamayı seçtikleri kent herhangi bir yer değil, İstanbul'du. Belgin'in yüksek sesle telaffuz edemediği İstanbul özlemi, İstanbul'un hayatındaki yeri ve önemi, İstanbul'la barışmasının anlamı, İstanbul'un gizemli albenisi, İstanbul'un ta kendisi .... O çok önemli kararı verdikleri gece, o okyanus aşırı kentte, birbirlerine hiç dokunmadan, yan yana yatıp, yorgun gülümserken ikisi de liseli gençler gibi heyecanlıydı.

İşte ondan bir sonraki görüşmelerinde nefti renkli bir kurdeleyle fiyonklanmış, şık bir paket içinde bir cep telefonu armağan etmişti Ayhan. 'Yeni hayat, yeni telefon, yeni numara!' diye eğlenerek uzatmıştı kutuyu. Bir Türk GSM merkezine bağlı kontör kartlı cep telefonunu İstanbul'da kullanmak daha ekonomik ve pratik olacaktı. Daha sonra telefonun elektronik adres rehberine yalnızca kendi iş, ev ve cep numaralarını kaydetmiş ve İstanbul'a inince kendisini ilk kez bu telefonla aramasını dilemişti. Ayhan bunu, Alaaddin'in cininden bir dilek dilediği gibi heyecanla dilemişti. Daha sonra telefonun elektronik rehberine Kete, Erol Enişte, Yannis Hoca ve Ayda'nın da numaralarını ekleyen Belgin, bununla ilk olarak Ayhan'ı arayacağına söz vermiş, İstanbul'a doğru yola çıkarken de telefonu bu amaçla çantasına koymuştu. Ama uçaktan indikten sonra geçirdiği karmakarışık ruh hali ve hâlâ kafatasını sıkıştırarak ezen insafsız migreni nedeniyle bu telefonu çoktan unutmuştu. Aklına gelince çok parasızken eski bir palto cebinde bir tomar para bulan biri gibi sevinerek hemen çantasından telefonu çıkarttı, biriyle konuşması lazımdı. Çok sevdiği, güvendiği biriyle acilen konuşması şarttı. Konuşmalıydı biriyle. Her şey üzerine geliyor, yer ayaklarının altından kayıyordu sanki yine Yeşilköy'de, bu Yeşilköy'de. Biri şarttı ona şimdi. Biri ama öyle biri ki... PIN kod numarasını tanışma tarihleri 6 Mayıs 2003'ün kısaltması olarak kaydeden Ayhan'ın bir başka inceliği de açılış meninin 'TANIŞTIK KIZ!' olmasıydı. 'TANIŞTIK KIZ!' yazısını görünce sanki Ayhan karşısındaymış gibi gülümsedi Belgin ama başının ağrısı bıçak gibi kesti gülümsemesini. Ona dışarıdan bakanlar, havalimanının henüz hafif dozda panik yaşanan ortamında, pasaport gişelerinin hemen karşısındaki metal banklardan birine oturmuş ve cep telefonunu tuşlayan son derece soğukkanlı, şık ve hoş bir kadın görüyordu. Oysa onun vermek zorunda kaldığı karar yüzünden içi çekiliyor, migren krizinden gözleri kapanıyor ve pek de beklemediği bir şekilde karnındaki bebeği sevdiğine dair tanımadığı bir tür heyecanla allak bullak oluyordu.

"Eğer uçaktan iner inmez pasaporttan geçip çıksaydım, şimdi Ayhan'la yolda olacaktık. Büyük olasılıkla gülüyor, koklaşıyorduk. Asıl önemlisi bombadan kurtulmuştuk!"

Aklına bomba olasılığı yeniden gelince başının ağrısı şiddetlendi. Biriyle hemen konuşmalıydı. Biriyle hemen! Yoksa paramparça olacaktı, dağılıp paramparça! Rehberden Kete'nin adını bulup, 'ara' tuşuna bastığında İstanbul'a döndüğünde ilk aradığı kişinin Ayhan olmadığını düşünerek içi sızladı. Uzun uzun çalmasına karşın Kete'nin ev telefonunu açan olmadı. Şimdi liseye giden oğlu Halit Ziya okulda olmalıydı, bakkal kocası Bebek'te iş başındaydı, peki Kete neredeydi? Kete'nin oğluyla ortak kullandığını söylediği cep telefonunu aradı bu kez. Belgin'in İstanbul'da aradığı ikinci numara da Ayhan değildi.

"Alooo, buyurunuz efendiim" diyen Kete'nin sesini duyunca baş ağrısı dahil bütün sıkıntısı hafifledi, içi ısınıverdi Belgin'in. Babaannesinin Kete'ye daha Bebek'e ilk geldiğinde öğrettiği telefon açılışı cümlesi: 'alo buyurunuz efendiiim'i aynen oradaydı ve Belgin'i sıcacık kucaklamıştı yine.

"Alooo, buyurunuz efendiiim!" Ah Kete, ah her zaman sevgiyle Belgin'e açık kucak! Kete onun annesi, babası, Kete onun Bebek'teki evi, çocukluğu, Kete onun Entek'ten kaçarken elini tutan ablası, kız kardeşi, ninesi, arkadaşı, Kete onun ailesiydi.

"Benim Keteciğim, ben, kuzucuğun, Belgin!"

"Ah kurban olayım kuzucuğum, vardın mı, burada mısın, bastın mı güzel toprağımıza sıpa gözlüm benim?"

"Geldim, geldim, İstanbul'dayım Keteciğim, ama daha Yeşilköy'deyim canım."

"İyi iyi, İstanbul'a vardıysan gerisi kolay kuzucuğum. De bana, iyi misin, sağlığın sıhhatin yerinde midir, sesin biraz yorgun, azcık bereli geliyor bana. Acaba bu cep telefonu mu bir alicengiz oyunu yapar bana yoksam yol mu yormuştur seni Belgin'im?"

"Yok yok, sakın telaşlanma Kete, iyiyim, gayet iyiyim... yani iyi sayılırım da aslında."

"Aslında var bir şey var galiba kuzucuğum?"

"Var ama, bak telaşlanmayacaksın sakın, olur mu?"

"De bana kuzucuğum, ama asıl sen telaşa kapılmayacaksın tamam mı sıpa gözlüm; ne anons ederlerse etsinler sakin olacaksın, oldu mu?"

İçinde bulunduğu sıkıntılı durumdan, verdiği ve vereceği kararların hayati öneminden yorgun düşen Belgin, Kete'nin bu son sözlerindeki anlamı kavrayamadı, duymadı bile. O bir an önce bir haber vermek istiyordu.

"Kete sana bir şey söyleyeceğim, aslında böyle telefonda değil, yüz yüze söylenecek bir şey ama... Şimdi birden bunu paylaşmazsam kötü bir şeyler olacakmış gibi bunaldım... Hani her şey üstüme geliyor gibi... Bilirsin, bana küçükken böyle olurdu; 'şu yaklaşan kara bulutu kovmak lazım!' diye hani sen yatıştırırdın beni... Bir tek sen..."

Belgin'i kendi öz çocuğu kadar iyi tanıyan Kete, daha onun ilk cümlesinden önemli bir sorun olduğunu anladı ve hemen sordu:

"De bakiim kuzucuğum, merakta bırakma Kete'ni haydi..."

Lafı hiç dolandırmadı Belgin ya da zaten açıklamak için bahane aranacak son kerteye gelmişti artık. Söyledi. 'Ben hamileyim be Kete!' dedi. O kadar... Sustu sonra. O sustukça anladı Kete. Anladıkça hem sevindi hem de ürktü.

"Hem de bu yaşta hamileyim işte!" diye devam etti sonra Belgin. "Aslında ben de geçen hafta öğrendim... Daha kimse, hiç kimse, Ayhan bile bilmiyor, ilk sana söylüyorum..." dedi, derin bir nefes alıp oturduğu o çok rahatsız metal havalimanı bankına yaslanarak. Ama karşı taraftan çıt çıkmadı. Sanki telefon hattı kesilmiş ya da Kete buharlaşıp uçmuştu.

"Kete? Orada mısın?" diye endişeyle fısıldadı Belgin, ama ses yoktu.

"Kete?"

"Ahh kurban olayım kuzucuğum! Ah Halit Ziya Baba'nın emaneti, ah kızım benim! Ah kuzumun kuzusu doğacakmış da yüce yaradan bana bu günleri de nasip edecekmiş! Ey Allahım sana binlerce, binlerce şükür bize güzel günler gösterecekmişsin nihayet!..." diye bir çığlık attı Kete, sesinde hayret, sevinç, sesinde dünyayı yerinden oynatacak enerji vardı. Onu görmese de sevinince iki yana sallanarak, avuçlarını sıktığını iyi bilen Belgin, görmüş gibi gülümsedi. Bilmediğiyse, Kete'nin sevinçten ağladığıydı.

"Ama..." diye geveledi Belgin. "Ama kararsızım... Bu yaştan sonra... hevesli değilim pek... Yani şu dünyada bu kadar çok ihanet, yalan, sahtekârlık ve yalnızlık, çok yalnızlık varken... Savaşlar, hastalıklar, biyolojik, nükleer silahlar, küresel ısınma varken... Bu bebeği doğurmak istediğime emin değilim Kete... Yani bebek bile değil ki o, bir embriyo, yani bir cenin o daha..."

"Ne demek emin değilim?" diye güldü Kete. "Ne demek bu yaştan sonra?" Sesinden toparlanmış ve kontrolü tamamen eline almış olduğu, her koşulda yavrusunu koruyacak dişi kaplan konumuna dönmüş olduğu anlaşılıyordu. "Tabii ki eminsin Kuzucuğum! Emin olmasan onu da getirir miydin İstanbul'a. İlahi benim aklı fikri yüksek, koskoca profesör meleğim! Sen bebeğini istemeseydin ondan çoktan kurtulurdun, ne bir haftası, bir günde hem de... Ben seni tanırım kuzucuğum! Hem sonra bir kadının en güzel yaşında, en bereketli kırk yaşındasın Belgin'im benim."

"Bunu düşündüm tabii, düşünmez miyim? Ama Bush Amerika'sında kürtaj artık o kadar kolay değil Keteciğim!" diye itiraz edecekti ama etmedi. Aslında edemedi. Sustu kaldı Belgin. Sustu ve anladı. Anladı ve sustu. Bebeği ne kadar çok istediğini anlamak için Kete'den sağlama yapmasını beklediğini, bunun bir bebekten öte, içinde öldüğünü sandığı kadınlığını ve hayat umudunu canlandıran bir mucize olduğunu...

"Korkuyorum Kete, çok korkuyorum... Bir şeyler yine ters gidecek ve çok acı çekeceğim yine diye...

Hâlâ birtakım şeyleri yenemiyorum, anlıyor musun, kıramadığım bir duvar, çözemediğim bir sert düğüm, cesaretimi, sevincimi engelleyen sert bir düğüm var; kördüğüm!"

"Hayır kuzucuğum korkmayacaksın, buralara kadar getirdiğine göre o bebeyi doğuracak, babasına, büyük eniştesine, halasına ve Kete'sine; onun hem anneannesi hem de ninesi olacak bana armağan edeceksin kuzucuğum," dedi Kete en Kete sesiyle. Ama birden hızı kesildi Kete'nin; çünkü başka bir şey vardı, Belgin'in sesinde başka bir şey vardı. Çok başka bir şey... Belgin'i kendisi yetiştirmişti, onu iyi tanırdı: O hem annesi Jackie-Halide Hanım gibi gururlu hem de Kete'si kadar inatçıydı!

"Kete? Orada mısın?" diye sordu Belgin. Ama onun çocukluğundaki gibi inadı tuttuğunda sesini çatallaştıran kara bulutların varlığını sezmişti Kete. Derin bir nefes alıp metanetle bekledi:

"Sen Kete, eğer 'kaderi bizimkine benzemesin' diye küçücük bir kızken seni bir otobüse bindirip amcanın yanına, Sarıyer'de bir gecekonduya yollayan anne ve babanı affedebilirsen, eğer bunu başarabilirsen, ben de Ayhan ve bebekle yeni bir hayata başlayacak kadar kendimi ve geçmişimi bağışlayabilirim!" dedi Belgin. Aynen böyle dedi. Kete'nin en zayıf, dolayısıyla kabuğu en sertleşmiş yarasına bastı ve belki ilk defa bu kadar sert meydan okudu ona. Evlatların mutlaka bir gün anne-babalarına ortak geçmişlerinin en karanlık noktasından hesap sordukları gibi. Demek ki, Belgin, öz anne veya babasına isyan edemeyişinin acısını gecikerek de olsa annesi yerine koyduğu Kete'ye şimdi meydan okuyarak çıkartıyordu!

"Bak yoksa geri dönüp New York'a gideceğim. Anlıyor musun Kete? Orada mısın Kete?" Sessizlik devam ediyordu. Neden sonra; "Hı ya, burdayım kuzucuğum," dedi Kete dalgın bir sesle. "Duyuyor musun Kete, benim yeni bir hayata başlamam, bir erkeğin bir kadını kendi çıkarları dışında yalnızca o olduğu için sevebileceğine inanmam senin biyolojik aileni affedebilmen kadar zor ve neredeyse o kadar olanaksız!"

Kalbi duracakmış gibi yavaşlayan Kete çocukluğundan beri göğsünün tam ortasına çöreklenen ayva büyüklüğündeki öfke düğümünün üzerine yumruk yaptığı elini koydu, nefes almaktan bile korkarak bekledi. Ama aynı anda biraz önce duyduğu anonsu hatırladı ve analık içgüdüsüyle hemen toparlandı:

"Bak kuzucuğum bunu sonra konuşuruz ama şimdi sen beni bir iyicene dinle bakayım!" dedi en Kete sesiyle: "Şimdi hiç telaş etmeden bulunduğun yere en yakın çıkış kapısına git, polislere ben hamileyim, bana öncelik verin, anonstan etkilendim falan, de ve çarçabuk çık havaalanından kuzucuğum!"

Kete'nin söylediklerinin içinde 'hiç telaş etmeden' kısmı, biraz önce duyup da fazla atladığı 'anons' sözcüğüyle birleşince, uzun bir sarhoşluktan sonra ayılmış gibi parçaları birbirine ekleyiverdi Belgin.

"Kete, söyler misin sen bana, şu anda neredesin?"

"Nerede olacağım be kuzucuğum? Bir tanecik sıpa gözlüm yuvasına, İstanbul'a dönecek de Kete evde oturup bekleyecek mi yani?"

"Kete sen Yeşilköy'de misin şimdi?"

"Elbette ya Kuzucuğum, başka nerede olabilirim?"

"Hemen çık buradan, belki bir bomba var burada, anonsu duydun di mi?"

"Sus bakayım, ağzını hayra aç, sakin ol hele! Yoktur bomba momba inşallah! Şimdi sen bir söz ver bakayım Kete'ne. Ben buradan çıkacağım ama sen de hemen çıkacaksın tamam mı?"

"Kete? Aloo, alo Kete? Beni duyuyor musun Kete?" Telefon konuşması aniden kesildi, meşgul sinyaline benzeyen bir sinyal duyulmaya başladı. Bunu geçici bir telefon sorunu sanan Belgin telefonu çantasına yerleştirirken, "Ah canım Kete'm benim, kalkmış buralara gelmiş be!" diye mırıldandı sevinç içinde.

"Haydi kuzum, Allah'a emanet ol, sen de beben de haydi evladım... Ah gözümün nuru, lavanta kokulu kuzucuğum, iki canlı kızım benim," diye kendi kendine fısıldayan Kete, telefonu avucuna sıkıştırmış, öbür elini sımsıkı yumruk yapmış, göğsünün ortasına koymuştu. O sırada içinde bulunduğu dış hatlar terminalinde telaşla ÇIKIŞ kapılarına yönelmiş yolcuları unutmuş, çevresine tamamen kapanmış, adeta afsunlanmıştı. Mümkün müydü o büyük kin düğümünü çözmesi, mümkün müydü ana-babasını asla ama asla affetmemek için ettiği kör yemini, o ahretlik ahdini bozması Kete'nin? Ah mümkün müydü neredeyse bir hayat kaynağına dönüştürülmüş nefret urundan gönül rızasıyla vazgeçmek? Ama ya Belgin kararlıysa, ya o inatçılıkta kendini yolda bırakacak Belgin ve bebeği? Ah nereden çıkartmıştı şimdi bu belayı başına şimdi bu deli kız?

Sınırın ve telefonun öbür ucundaki Belgin, Kete'nin havalimanında olduğunu öğrenince, dünyada kendini incitme ve terk etme riski en düşük olan bu insanın limanına sığınmak için neredeyse koşarak pasaport gişelerine doğru yürüdü. Ama daha iki adım atmıştı ki, kuyruktaki yolcuların söylenerek kuyruğu terk ettiklerini gördü. Ne olduğunu sorduğu bir yolcu: 'Sistem arızası bitene kadar sınırları kapatmışlar, bizi bir güvenlik kapısından alıp başka bir yerde bekleteceklermiş!' dedi öfkeyle. 'Ne olduğunu tam olarak açıklasalar daha iyi olmaz mı sanki!'

Dışardan bakınca soğukkanlı, son derece sakin ve metanetli duruşuyla yolcuyu dinleyen Belgin, aslında olduğu yere endişe ve dehşetle mıhlanıp kalmıştı.

"Burada kaldık, burada sıkışıp kaldık, Yeşilköy'de: bebek ve ben!" diye dişlerini sıktı. Elleri karnının üzerindeydi ve bebeği korumaya çalışır gibi iri iri açılmıştı.

15
SAKIN SEVDİĞİME KIYMA EY İSTANBUL!

"Hassiktir, dijital sistem arızasıymış! Çocuklar bile inanmaz bu masallara be! Hâlâ kendi halkınızı kandırın ulan fiyakalı beyler!" diye homurdandı Ayhan.

Heyecandan fazlasıyla erken geldiği havalimanında zaman öldürmek için önce barda barmen Baturcan-İlyas'la uzun uzun sohbet etmiş, sonra Belgin'in uçağını elektronik panoda takip etmek için bekleme alanına çıkmış ama orada panonun önünde mermer bir külçe gibi hareketsiz kalakalmıştı. THY New York uçağı tam zamanında İstanbul'a inmiş, panoda uçuş numarasının karşısına kocaman kırmızı büyük harflerle İNDİ ve LANDED yazmıştı. Sevinçten yüzünde güller açması gerekirken, Ayhan panodaki bu sözcüklere kenetlenmiş, bir daha bulunduğu yerden hiç kımıldamayacakmış gibi hipnotize olarak oraya mıhlanmıştı. Tıpkı bir heykelin kaidesine sonsuza kadar kenetlenmesi gibi o da Atatürk Havalimanı dış hatlar terminali, gelen yolcu panosu önüne çakılıp kalmış, mıhlanmıştı Ayhan!

Bir haftadır heyecanla provasını yaptığı 'vuslat' yaklaştıkça, kendisinin de anlayamadığı tuhaf tepkiler veriyor, ilk aşkını yaşayan toy bir delikanlı gibi yalpalıyordu. Panonun önünde bir taş sıkıntısıyla kaskatılaşınca paniğe kapılmış, birazdan ateşli bir hastalığa tutulup büyük acılar çekecek ve sonunda sakat kalacakmış gibi önsezisel bir endişeyle oradan kaçıp kendisini taksi durağına atmıştı. Hayatında ikinci kez çok arzuladığı ve uzun süre hayalini kurduğu bir şeyin gerçekleşeceği an yaklaşınca aklı önce karışmış, sonra da onu terk etmişti. Korku, insan aklının boşluklarını çabucak ve iştahla doldurur. Korkmuştu Ayhan, korkmuş ve kaçmak istemişti. "Ne istemesi, kaçtın ulan oğlum Ayhan, korkak bir züppe gibi kaçtın sen ya, yuh olsun sana be hocam!' diye homurdandı.

İlkinde İstanbul'la, şimdi de Belgin'le, ikisiyle de yeni ve yeniden hayatlar kurmak için buluşacağı zaman, aynı panik, aynı dehşet! Evet, kaçmaya yeltendiği doğru, bunu inkâr etmiyor zaten, ama sonuçta kaçmadı, kaçmadı işte. 'Pes etmedim, geri döndüm!' diye savundu kendini. 'Hayır, kolay pes etmem, aslında hiç pes etmem ben!' Ceyhan nehrinin küçücük kollarından birindeki taşları oyan, taşlarla konuşan yoksul, babasız çocuktan, heykelleriyle kendini ifade etmeyi başaran ve başarmak isteyen başka çocuklara da elinden geldiğince destek veren, kendi sesini dünyaya, dünyanın sesini evrene haykıran biri olabilmişse...

Olabilmişse eğer... (Olmuş muydu sahi?) Kendini inkâr etmeden İstanbullu olabildiyse, aynı şekilde özgür ama Belgin'li de olabilirdi. Olabilirdi belki... Hem Ayhan hem de Belgin'li olmak... Belgin'li Ayhan... Ayhan'lı Belgin... Kendi kalarak birini çok sevmek olasıysa eğer, İstanbullu Ayhan olabildiyse eğer... Ah kaç yüz kere bunları düşünüp taşınmış ve kaç yüz kere karara varmamış mıydı zaten! Varmamıştı demek ki...

Sigara bahanesiyle ikinci kez dış hatlar gelen yolcu bekleme salonuna giren Ayhan, bu kez 'harbiden' Belgin'i aramış, köşe bucak bakınmış ama onu bulamamıştı. Sanki içine doğmuş gibi tam o sırada birkaç yüz metre uzaktaki gümrüksüz bölgede bir tuvalete kendini hapseden Belgin'i, başka bir tuvaletin kapısında uzunca bir süre beklemiş, içeriden çıkan her kadına bir ad takarak bir oyun kurmuş ama oradan da eli boş ayrılmıştı. Halbuki aralarında dünyanın en geçilemez, en katı, acımasız ve en şeffaf seddi, insanların en utanç verici buluşlarından biri: 'Pasaport Sınırı' vardı. Bu sırada çevresinde birbirine kavuşanların kucaklaşıp öpüşmelerini biraz suçluluk, biraz özlem ve kıskançlıkla izlemiş, avare avare dolaşıp bunalmıştı. İşte tiryakilerin canı tam da böyle zamanlarda sigara çeker. Ancak havalimanında sigara içilebilen çok az 'adacık' kalmış, tütüncüler çoktan gözden düşmüştü.

Acaba Belgin çıkıp gitmiş miydi? Yoksa çekip gitmiş miydi? '*Çıkıp gitmek*'le '*çekip gitmek*' arasındaki farkı düşününce canı sıkıldı. Yine sigara arandı ceplerinde. Yoktu tabii. İyi de Belgin çıkıp veya çekip gittiyse eğer, nereye gitmişti? Hani heykel malzemesi taşıyabilmek için aldığı mavi kamyonetine atlayıp -binek araç sayılmadığından mecburen ikinci Boğaz köprüsünden geçerek- günlerdir köşe bucak temizletip, çekidüzen verdirttiği Ortaköy'de alttaki garajla içeriden birleştirilmiş iki daireli atölye-evi: 'Ayhanhane'sine götürecekti 'kızını'? Hani eşikten kucakta taşıyıp öpecekti Melek'ini? Hani o romantik düşleri? 'Yuh, ben senin erkekliğine sıçayım Ayhan!' diye tısladı. 'Bombok ettin işi yine!' Uğruna geri döndüğü adamı havalimanında bulamayınca Belgin de *çıkıp* bir taksiye atlamış ve *çekip* gitmişti. Gitmişti işte! Hem çıkıp hem de çekip gitmişti! Giderdi tabii... Evet, gitmişti ama nereye? Aklına ilk gelen, zaman zaman gazetelerin düşünenlerin düşüncesi sayfalarına: 'İstanbul'a sahip çıkın, başka İstanbul yok, koruyun onu!' diye kendini parçalayan makaleler yazan mimar eniştesi Erol Argunsoy'un Maçka'daki evi oldu. Maçka'ya mı gitti Belgin? Yoksa, yoksulluğun en stilize edilmiş örneklerinden biri olarak; içine kavrulmuş un koyduğu kete peksimetiyle ünlü, anneden yakın, abladan öte ama aslında evin besleme kızı: Safiye-Kete'nin Sarıyer'deki evine mi? Başka? Başka kimsesi var mıydı Belgin'in İstanbul'da? Bebek'teki evi kiradaydı, sonbahara kadar boşalmayacaktı. Sonra Boğaziçi'nden hocası, Yannis Seferis'ten bahseder dururdu özlemle. Profesör Seferis, Kurtuluş'ta mı oturuyordu ne? İyi de, onun evine gidecek kadar yakın mıydı öğretmeniyle? Ama kafası bozulunca, kim bilir... Ha bir de liseden arkadaşı, kankası gibi biri vardı... Adı neydi onun? Neydi ya? 'Pes yani, sevgilisinin yakın bir kız arkadaşını hatırlamayan erkeğe ne denir oğlum Ayhan! Ayı denir ya, neyse... Dur bakayım, neydi ya?' Bir opera adını çağrıştırmıştı Ayhan'a... Neydi be? Ayda! Evet, kızın operaya benzeyen adı Ayda'ydı. Ayda'ydı adı ya! Hayatında bir kere operaya gidip pek bir şey anlamamış ve sevmemiş olan Ayhan, kızın adını sevmişti. 'İnsanın bir kızı olsa da adını Ayda koysa!' deyivermişti aniden. Öyle çıkıvermişti ağzından işte. Bir sessizlik olmuştu. İkisini de şaşırtan bu sessizlikte Ayhan, altı yaşındayken bir kazada ölen küçük kızı Berfin'i, Belgin de henüz birkaç haftalıkken aldırtmak zorunda kaldığı bebeğini düşünmüştü. Susup sessizliğin içinde utanarak beklediler. Belki Ayda'ya gitmişti Belgin, ama Ayda'nın ne adresini, ne de telefonunu bilmediğini canı sıkılarak fark etti Ayhan.

Ama çıksaydı görürdü, mutlaka görürdü. Belgin havalimanından *çıkıp, çekip gitse* Ayhan onu görür ve engel olurdu. Çünkü çıkış kapısının önünde, taksi durağında beklemişti uzun süre... Yok, yok yok havalimanından çıkmamıştı Belgin! Belki de gelmemişti Belgin? Pekâlâ kendisi gibi o da ürkmüş ve birlikte kuracakları *yeni hayat*tan son anda vazgeçmiş olabilirdi? Ayhan'ın 'kıronun teki, adam olmayacak bir maço, bir salak' olduğunu düşünmüş olabilirdi? Vazgeçmişti belki hem Ayhan'dan hem de İstanbul'dan? Ama bu mümkün müydü? Olabilir miydi? Yine de onun aslında korkak bir erkek olduğunu sezdiyse... Peki, ya sözcüklerin arasındaki boşlukları, bakışların kenarına asılmış görüntüleri, ter kokusuna sinmiş gerçek duyguları hissettiyse... 'Eşek değil ya bu kız, hissetti tabii... Ulan Ayhan, eşeğin daniskası, asıl hayvan olan sensin be oğlum! diye tısladı dişlerinin arasından.

Canı yine sigara istedi. Tiryakilerin çoğu gibi bunaldığında, canı sıkılıp öfkelendiğinde 'tütün emziğine' saklanmayı özlüyordu. Kafası meşgul olduğundan dümene geçen ayakları onu sigara bulup ve içebileceği bir mekâna; yeniden havalimanı barına geri götürdü. O hiç sevmediği bar taburelerinden birine oturdu. O sırada yumruklarının sıkılı olduğunun farkında değildi. Onun içeriye girdiğini görmeyen Baturcan, bu defa papyon kravatlı, pantolon askılı, hafif göbekli, yaşlı ve 'klas' bir müşteriyle sohbeti koyulaştırmış, kahkahalar atıyordu. 'Âlem çocuk bu İlyas ya, şeytan tüyü var oğlanda,' diye ona bakıp, yarım yamalak gülümsedi Ayhan. Hemen, 'Yok Baturcan olacak' diye kendini düzeltti. Bu sırada Baturcan'un konuştuğu adamı nereden tanıdığına takılmıştı ama başını aşan dertleri yüzünden üzerinde durmadı. Bir süre orada kendi deyimiyle 'sinirleri alınmış, organik bir kütle' gibi oturdu kaldı, taa ki Baturcan onu fark edip sevinçle yanına gelene dek.

"Aaa hayrola Ayhan Bey, nerede Belgin Hanım? Bir aksilik yok inşallah?' diye sanki ikisinin de eski arkadaşıymış gibi samimiyetle sordu Baturcan.

"Henüz kavuşamadık be Baturcan!" diye içini çekti Ayhan. "Ama eğer bana acilen sigara bulabilirsen hayır duamı alırsın, yakıtsız, barutsuz ve halsiz kaldım buralarda..."

"Aaa tabii, hemen bakayım, özellikle istediğiniz bir marka var mı?"

"Var da her yerde bulunmaz bir şey: Lucky Strike diye bir şey. Sanşlı Vuruş güya, hah ha!" diye, huzursuz, lezzetsiz, gergin bir kahkaha attı.

"Bir dakika," diyerek fırladı Baturcan, biraz önce samimi biçimde sohbet ettiği papyonlu, şık adamın yanına gidip neredeyse kulağına dudakları değecek kadar yaklaşarak ona bir şeyler fısıldadı. Ayhan yine bu adamı nereden tanıdığını düşündü ama çıkartamadı. Papyonlu adam başını çevirip Ayhan'a baktı, gülümseyerek başıyla selam verdi. Onun selamını başıyla alan Ayhan, kalantor beyefendinin eğilip onun olacağına asla ihtimal veremeyeceği son moda sırt çantasından bir karton Lucky Strike çıkartmasını şaşırarak izledi. 'Hassiktir be! Bu kadar da olmaz ki!' diye söylendi. Biraz sonra elinde bir paket sigarayla ağzı kulaklarında geri dönen Baturcan, bir çocuk gibi sevinçliydi:

"Vallahi şansınız var Ayhan Bey! Ya hemen gidip kumar oynayın ya da acilen Belgin Hanım'ı bulun! Tam gününüzdesiniz maşallah! Yani bakar mısınız tesadüfe şimdi? Devamlı müşterilerimizden Erol Bey'in bir milletvekili arkadaşı için aldığı kartonla burada oturduğu saate denk geldiniz yani!" dedi ve çok büyük bir sırrı açıklar gibi fısıldadı: "Aslında kendisi puro içer."

Sigara paketini, bütün sorunlarına iyi gelecek bir mucize ilaç kutusuymuş gibi aceleyle açtı Ayhan. İçinden bir tane sigara alıp, yakarken; "Bırakacaksın bu mereti oğlum Ayhan! Yok hem bir bilim kadınıyla evleneceksin hem de kıro gibi tüttüreceksin, yakışır mı sana ya!" diye söylendi kendi kendine. Ama hemen sonra emer gibi içti sigarayı. Ancak yarısına gelince kendini iyi hissetti. O zaman başını kaldırıp kendisine zemzem suyu yollamış kadar mübarek şu Papyonlu Beyefendi'nin jestine teşekkür etmesi için Baturcan'a birkaç laf edecekti ki, ohooo, o çoktan Papyon'un yanına uçmuştu bile. Ne demişti Baturcan onun adını? Bunu çıkartamadı ama hakkında 'devamlı müşterimiz' dediğini hatırladı. 'Çok seyahat ediyordu demek ki bu Papyon. 'Milletvekili dostu' olan önemli, sırtı kuvvetli biriydi besbelli. Buna rağmen kasıntı değildi, işte bir barmeni adam yerine koymuş, onunla sohbet ediyordu. Baturcan'un mutluluğuna bakan da sevgilisine kavuşmuş delikanlı sanacaktı onu neredeyse... Aslında görmüş geçirmiş, aydın, şeker bir adama benziyordu bu Papyonlu Beyefendi; yüzü de bir yerden tanıdıktı ama Ayhan'ın hiç tadı yoktu bunu deşip, bulmaya, hiç.

İşte tam o sırada anons yapıldı, dijital bir arıza nedeniyle Atatürk Havalimanı'ndaki bütün uçuşların yeni bir anonsa kadar iptal edildiği haber verildi. Önce bozuldu Ayhan, 'Ha, bugün bir bu eksikti!' gibilerden bozuldu. Küfretti ardından, pis bir şakaya kurban gitmiş gibi küfretti. Ama sonra hatırladı: Belgin'in havalimanında, burada, bu çatı altında ve tehlikede olabileceğini hatırladı. Hafızasından bilincine yollanan bu sinyal kalbine bir bıçak gibi saplanınca acıyla yerinden fırladı. Çocukken hastalandığında hemen aynı semptomlarla aynı hastalığa tutulan anası geldi aklına. Herkesin alay ettiği, patetik bir empatiyle Ayhan'a bağlı olan annesi gerçekten de Ayhan'la beraber kızamık, gıda zehirlenmesi ve sıtma geçirmişti. 'Yok artık, bu kadar empati ancak ananın evladına duyduğu aşkta bulunur oğlum Ayhan, sen boku yemişsin be hocam!' diye söylendi. 'Bitmişsin sen Ayhan!' Ama birden hiç beklemediği bir şey oldu. Oluverdi. Artık sinirlerinin kopacak kadar gerildiğini hissettiği anda, bu sözleri kendi ağzından duymak ona iyi geldi. Çok iyi geldi. İçindeki kargaşayı, İstanbul kadar büyük kaosu, bu kez paniğe kapılmadan, sakince görebilmek ve aslında onu ayakta tutan enerjinin bu kaostan kaynaklandığını hatırlamak ona yine iyi geldi. 'Seviyordu ulan, İstanbul kadar, İstanbul gibi seviyordu Belgin'i be!' Zaten akademideki hocaları da onun 'stres altında üretken tip' olduğunu söylemezler miydi sitemle? Kaos! Evet, öyleydi, hep öyle olmuştu: o gürültülü kahkahalar ve hınzır bakışlarıyla korumaya aldığı yanık, yalnız, öksüz ruhuna iyi gelen İstanbul'un karmaşasında saklı mucizevi enerji olmamış mıydı hep? Şimdi de İstanbulumsu, İstanbulvâri, İstanbulesk, 'her ne boksa!' işte öyle bir kadına tutulmuştu. Evet, o kadar zor ve güzel, o kadar karmaşık ve eşsiz. Durum buydu yani, bu durumdu. Hepsi buydu. Çocukluğundan beri abartmaya, uçmaya ve coşmaya yatkın doğası onun sık sık paniğe kapılmasına yol açar, akademideki rahmetli Şefik Hocası 'Bak Ayhan, bir tek yaratırken, heykel çalışırken kontrolsüz olsun fırtınaların, hayatın içinde normalleşmen gerek evlat!' diye uyarırdı zaman zaman. İşte öyle bir kriz anındaydı ama artık kesip, bitirmeliydi bu paniği. Derin bir nefes aldı. Krizi atlatacak, çıkıp Belgin'i bulacak ve alıp götürecekti. Onun kafasındaki kaygıları da alt edecek kadar güçlüydü şimdi... Yeniden güçsüz kalana kadar en azından... O vakte kadar... Sigarasını söndürdü. Paketi pantolonunun arka cebine yerleştirdi.

Bardan çıkmadan önce Papyonlu Beyefendi'ye ve Baturcan'a veda etmek için döndü ama bardaki müşterilerin alelacele hesaplarını ödeyerek, kaçarcasına dışarı çıktıklarını, Baturcan'ın da bembeyaz bir yüzle kasada meşgul olduğunu gördü; omuzundaki tik başlamıştı. Çoğu zaman olduğu gibi, yine Ayhan'ın kendi içindeki paniği yendiği sırada çevresinde gerçek bir panik başlamıştı. 'Herkes normal oğlum Ayhan, kaosla beslenen sensin be!' diye bozularak başını salladı. Anonsun dijital bir arıza falan değil, aslında bir terörist saldırı olabileceğini düşünen hemen herkes apar topar barı terk ediyordu. Ama başka bir gezegende yaşıyormuşçasına purosunu tüttürerek, viskisini yudumlayan Papyon'sa sanki uzak bir yere bakıyordu. Bir ara o karışıklıkta Ayhan'a el sallayan Baturcan, "Biz" diye seslendi, "Biz çalışanlar en son çıkartılacağız!" Ona güç vermek için elini yumruk yapıp havaya kaldıran Ayhan, bardan hızlı adımlarla çıkarken telefonu hatırladı. Belgin'e İstanbul'da kullanması için bir cep telefonu armağan etmişti. 'Hay salak Ayhan, hay kafa mı kaldı sende be!' diye söylenerek, siyah kot pantolonunun cebinde saatlerdir kapalı unuttuğu incecik, son teknolojik özelliklere sahip cep telefonunu heyecanla çıkarttı. Oysa bu sabah uyandığında ilk iş olarak telefonu açtığına emindi. Kapalı olduğunu görünce evden ne denli gergin çıktığını hatırladı. Hemen telefonun pin kodunu tuşladı, sonra rehber bölümünden B harfinde ilk kez kullanacağı 'Belgin İstanbul' yazan kaydı bulup, arama tuşuna basarken içine yayılan lavanta kokusunu, anonsun yaydığı asit kokusu bastırdı. Ama nasıl olur? Belgin'in telefonu meşguldü. 'Burada, Belgin İstanbul'daydı ve başkasıyla konuşuyor! Mümkün müydü bu yani?' Acaba telefonu kapalıyken aramıştı da... Hemen telesekreterdeki sesli mesajları dinlemek için dört haneli numarayı tuşladı. Ama yoktu. Allah'ın her lüzumsuz kulunun bıraktığı, hatta manasız adamların haftalar önce bıraktığı sesli mesajlar o küçük makinanın içine sığmış, kaydolmuştu da bir tek Belgin aramamış, bir tek onun güzel sesi düşmemişti telefonuna! Yoktu, yoktu işte! Yeniden Belgin İstanbul'u aradı, yeniden meşgul sinyalini duydu. 'Hem başkasıyla, hem de uzun uzun konuşuyor!' diye öfkelendi. Kaşlarını çattı, burnunu kaşıdı ve dişlerini sıktı.

"Hassiktir, sen bu kızı kıskanıyorsun ulan Ayhan! Bal gibi kıskanıyorsun, deli gibi âşıksın be!"

"Lütfen panik yapmayın, sakin olun, önemli bir şey yok!" diye bağıran bir sesle irkildi, kendi içinde daldığı dünyadan uyandı. Ellerinde telsizlerle gezen havalimanı görevlilerinden biriydi bu. O elinde cep telefonu kendi derdine düşmüş, dış hatlar terminalinin gelen yolcu bekleme alanını arşınlarken, başkaları huzursuz ve hızlı adımlarla hep beraber aynı yöne doğru akıyordu. Çıkış kapısının yönüne! Aklını başına toparlayıp dikkatle bakınca şık giysili yerli ve yabancı yolcuların tekerlekli valizlerini sürükleyerek, gözle görülür bir telaşla camlı büyük otomatik çıkış kapısına doğru koşturduklarını fark etti. İstanbul müzik festivaline gelmiş sanatsever Japonlardan, bermuda şortlu kültür meraklısı Amerikalı turistlere, Galatasaray'la yapacakları maç için İstanbul'da bulunan Kuzey Avrupalı futbol fanatiklerinden yaz tatili için ailelerini ziyarete dönen Avrupalı Türklere kadar herkes bir an önce terminali terk etmek telaşıyla çıkış kapısına ilerliyordu. Aslında koyu Beşiktaşlı Ayhan, Galatasaraylıların o kibirli havasından hiç hazzetmezdi ama şu anda içinde bulundukları tehlikeli ortamda bunun çok önemi yoktu.

"Ulan şimdi: Müslüman ülkede Müslüman terör, diyordur bunlar ha!" diye düşündü Ayhan içi ezilerek.

Normal zamanlarda ortalarda görünmeyen onlarca güvenlik görevlisi ve köpekli polis de birden havalimanını doldurunca, olağandışı bir durum yaşandığı insanın yüzüne tokat gibi çarpıyordu. Bu atmosferde gözden kaçan önemli bir ayrıntıyı hemen yakaladı Ayhan: dış hatlar salonunda kıyafetlerinden yurtdışında işçi oldukları anlaşılan ya da onları karşılamaya gelmiş dar gelirli oldukları giysilerinden besbelli insanlar diğer bütün insanlara göre çok daha sakin görünüyordu. Sanki kendilerine bir şey olmayacağına dair bir bildikleri vardı... 'Bağışıklık mı, kadercilik mi?' diye düşündü onlara bakıp Ayhan. 'Normal koşullarda hayatının değerli olduğu hissettirilmeyen insanlar olağanüstü hallerde daha mı sakin oluyor? Anamın kanser olduğunu ve öleceğini öğrendiğindeki tahammül ve dirençlilik de benzer bir şey değil miydi?' Ama düşündüğü veya yaptığı hiçbir şey onun Belgin'i yeniden aramasına engel olmuyor, Belgin'se ısrarla meşgul olmayı sürdürüyordu.

"Ulan ben saatlerdir onu bekleyeyim, o gelsin ve başka biriyle -kimle acaba, kimle, kimle?- konuşsun; olacak şey mi be! Hiç adaletin yok mu ulan yalan dünya?"

'Saatlerdir beklediği kadın' ha? Olur mu, olur mu be? Yıllardır bekliyordu, yıllardır hayalini kuruyordu Belgin'in o... Belki adı Belgin değildi, adı başkaydı, ya da adsızdı beklediği kadın ama oydu, bizzat oydu. Belgin'in kendisiydi adını bilmeden düşlerini ilk gençliğinden beri süsleyen kadın her şeyiyle oydu!

İnsanların telaşla çıkışa doğru koştuğu havalimanında, elinde devamlı meşgul sinyali veren cep telefonuyla bambaşka düşüncelere dalmış volta atan Ayhan'ın gözleri, Baturcan'un barının önünde gri metal banklardan birine çevresindeki telaşa kapılmadan oturmuş, orta yaşlı bir kadına takıldı. Bir Yoga bilgesi gibi sakin, bir Sufi gibi mütevekkil, bir Yunan tanrıçası gibi gururlu, bir Anadolu ninesi gibi gözü kara oturuyor, kulağına sımsıkı yapıştırdığı telefonla usul usul konuşuyordu. Bu, Türkiye'nin neresinde ve hangi sınıfında yaşarsa yaşasın, hemen herkesin hayatına başka adlar ve rollerle girmiş veya girecek olan esmer, orta boylu, her zaman orta yaş üstü görünen, temiz yüzlü, inançlı, sevdikleri için sonuna kadar fedakâr ve inatçı, hünerli, serinkanlı ve kırsal kökenli kadınlardan biriydi. Her şeyiyle orta halli ama güçlü! Buraya kadar Ayhan'ın köyünden, ailesinden iyi bildiği bu anaç, koruyucu, birleştirici, yatıştırıcı ve insanlığın devamlılığını sağlayan kadın tiplemesine tıpatıp oturan bu kadının benzerlerinden çok önemli bir farkı vardı ki, Ayhan'ın en fazla ilgisini çeken de oydu: pabuçları! Beyaz saçlarını hiç boyamadan modern bir model kestirmiş, sıska denecek kadar zayıf bu kadının dizinin bir karış altına uzanan mütevazı lacivert elbisesi tipine uyuyordu ama ayaklarındaki kırmızı kısa topuklu küt pabuçlar tam bir mucizeydi! Renkli ayakkabı konusunda bütün toplumun tutucu olduğu Türkiye'de kırsal kökenli, ucuz-mucuz, kırmızı -işte!- pabuçlu orta yaşlı kadın imgesi Ayhan'ı hep sevindirirdi. Elindeki cep telefonunu kulağına dayamış, yüzünden sevgi akarak konuşan kırmızı pabuçlu kadın. Ama bu oydu? Evet, bu kadın bal gibi oydu ya!

"Kete bu, Belgin'in Kete'si!" diye bağırdı Ayhan. İçine anasına rastlamış gibi sevinç doldu.

16
KADERDE VARSA ÖLMEK, DOĞDUĞUM ŞEHİRDE OLACAKTIR MEZARIM!

"Yok canım, daha neler, ben ihtimal vermiyorum böyle bir şeye! Bu anons gerçekten söylendiği gibi bir dijital arıza mı, yoksa Allah esirgesin? Yok yok, manasız kuşkulara kapılmamak lazım. Hem zaten Avrupa Birliği müzakere arifesinde böyle şapşallık etmez teröristler bile!" diye endişeyle nefesini tuttu Profesör Yannis Seferis. Anonsu duyduğu sırada elinde uçuş kartı, içinde tıkabasa bilimsel dergi, makale ve dizüstü bilgisayarının olduğu çanta omuzunda asılı, Atina uçağına binmek üzere uçuş kapısına doğru ağır ağır yürümekteydi. Anonsu duyunca önce ani bir darbe yemiş gibi sarsıldı, birkaç saniye dondu kaldı. Kendini yatıştırmak için birkaç kısa cümle geçti aklından, içlerinden birini seçip tam kullanacaktı ki; çevresindeki çıkış kapılarının üzerinde sessiz sessiz oturan EXIT yazıları kırmızı ışıklar saçan flaşörlerle yanmaya başladı. Bu ışıklar çıkış kapılarının yerini göstermek için yanmaya başlamıştı ama belki de kendilerine çoğunlukla eşlik eden siren sesini çağrıştırdığından yolcularda bir tedirginlik yarattı. Oysa siren çalmıyor, insan sesi dışında başka ses duyulmuyordu. Çocuklarının elinden tutarak acele adımlarla çıkış kapılarına yürüyen yolcuları görünce Profesör Seferis'in nefesi hızlandı, aniden bütün bedenini ter bastı, hiç farkında olmadan pantolonunu ve ceketini sanki pis bir şey bulaşmış gibi eliyle silmeye, temizlemeye çalıştı. Eleni Halası'ndan miras, 'aile yadigârı' mükemmeliyetçilik ve titizlik hastalığı, ufakcık şeylerden kaygı duyup, sık sık şüphelenmesi onu zaman zaman doktora gitmek zorunda bırakacak kadar başına bela olan, 'saplantı-zorlantı bozukluğu' , daha havalı deyişle: 'obsesif-kompulsif' rahatsızlığı! İstemi dışında, kendisinin de bıktığı ve bile bile tekrarlamaya mahkûm olduğu davranışları: yürürken sokak taşlarını saymaktan, temiz olmayacağı endişesiyle kendi çatal-bıçağıyla lokantaya gitmeklerden, genel tuvaletlerin kapı kulplarını mendilsiz tutamamaktan, çalışma masasını her gün defalarca düzene sokmaya kadar onlarca yorucu, bezdirici ayrıntı... O kadar ki, şu anda Atatürk Havalimanı'nda ciddi bir hayati tehlike olasılığı söz konusuyken onun derdi, canını kurtarmak değil, onu hangi şartlar altında ve ne şekilde kurtaracağıydı. Şimdi söz gelimi, bu yolcular 'EXIT'lere hücum etseler, insanlar can derdindeyken, Profesör Seferis için en önemli konu kendisine yanlışlıkla dokunacak, bedenine mecburen değecek insanların elleri, saçları veya elbiselerinin pis ve mikroplu olup olmadığıydı. Ya birinin tükürüğünden bir bakteri, parmağındaki bir yaradan virüslü bir kan damlası ona bulaşır veya kapılardan birinin kolunda terli bir elin bıraktığı vıcık vıcık yağ tabakası derisine değerse... Belli mi olur, o panik anında kendi eli de sert bir yere, bir duvara, boruya falan çarpıp incinir, oluşacak bir çizikten açılan yarayla kendisine bir şey bulaşırsa... Hepatit B, AIDS, Tüberküloz, ne bilsin işte her şey olabilir... Binlerce pasif taşıyıcı vardır şimdi bu havalimanında... 'Endaksi thia Eleni? Tamam mı Eleni Hala?'

Bütün bu olasılıklar Profesör Seferis'in aklından o denli hızlı ve sert biçimde geçti ki, anonsun üzerinde yarattığı panik etkisi zayıfladı, neredeyse kayboldu. İnsanın kendi kafasında yarattığı tehlikeyle başa çıkması bazen gerçek tehlikeden daha zordur. Anonsun içinde saklı olası tehlike, onun kafasındaki olası tehlikelerin yanında önemsizleşti. O zaman soluğu normalleşti, ani basan teri soğudu, daha sakin düşünmeye başladı. Biraz önce kalktığı banka geri döndü, ne de olsa şu anda bütün havalimanındaki en temiz oturma yeri orasıydı. Özellikle daha önce oturduğu aynı noktayı buldu, emin olmak için çabucak ölçtü, biçti ve oraya oturdu. Çantasını, altı kirlenmesin diye yanına koydu. Çevresinde tümü de endişeli konuşmaların Türkçe, İngilizce ve Yunanca olanlarını anlayabiliyor, telaşlı bir filmin içindeki bir anlatıcı gibi sakince onları dinliyordu. Duyduklarına göre, yolcular bir bomba olasılığından endişeleniyor ama bu kadar iyi korunan bir mekânda tehlikede olmadıklarına inanmak, çok inanmak istiyorlardı. Henüz panik yoktu; ama fırtına öncesinin gergin sükûneti vardı. Profesör Seferis, biraz ileriden kulağına Yunanca seslerin geldiği yöne doğru eğilip konuşanları görmek istedi. Bunlar büyük olasılıkla Atina'ya beraber uçacağı yolculardı. Dikkatle arayınca, hemen ötede sırt çantalı genç bir çift gördü. Hallerinden turist oldukları anlaşılan Yunanlı çiftin konuşmaları İstanbul'a geldikleri için pişmanlık doluydu. Profesör Seferis önce, anadillerinden birinde kaygılanan bu gençlerin yanına gidip, onları yatıştırmak istedi. En kibar ve en güvenilir, olgun sesiyle; İstanbul'un binlerce yıldır neler görüp geçirmiş, ne büyük badireler atlatmış, güçlü, büyük ve sağlam bir şehir olduğunu anlatmak, terör saldırılarının çağımızda artık New York, Londra, Madrid gibi uygar Batı şehirlerine bile musallat olduğunu hatırlatmak istedi. Böylece büyük olasılıkla ilk kez İstanbul'a gelen genç Yunanlıları sakinleştirecek, ama aslında İstanbul'u savunacaktı. Savunmalı, korumalıydı şehrini; He Polis'i, Konstantiniyye'yi, İstanbul'unu. Çocukluğundan beri rüyalarında bile ara vermeden savunduğu gibi herkese, içeride ve dışarıda, onuTürkiyeli, İstanbullu, Rum, gâvur, gayrımüslim, Turkomeritis, azınlık, Yunanlı-Munanlı, nasıl etiketlemişlerse hiç fark etmeden hep yaptığı gibi... Kimsenin onun Tatavlalı veya Kurtuluşlu küçük Yanni olarak doğup büyüyen İstanbullu bir çocuk olduğunu düşünmeden daima sorgulayıp yargılamasına tek başına 24 saat savunma halinde olma refleksiyle... Ömrü billah, daima, ebediyen yaptığı gibi; tereddütsüz, cansiperane, aslanlar gibi! Rüyalarında bile hep kimliğini kanıtlamak, savunmak, korumak içgüdüsüyle, aslında hayatta kalabilmek refleksiyle... Doğrusu şimdiye kadar bu savunma çaba ve çalışmalarından yorgun düştüğünü pek hatırlamıyordu ama şu anda, tam da kendini içinde hiçbir zaman iyi hissetmediği kapalı bir mekânda ve yapılması ardından kırmızı ÇIKIŞ ikaz ışıklarının yanmaya başladığı tehditkâr pis anonsun etkisiyle yorulduğunu, İstanbul'u ve kendini savunmaktan fena yorulduğunu hissetti.

"İstanbul'u korumak, savunmak, İstanbul'u kurtarmak istiyorum ben aslında!" diye söylendi. "İstanbul'u, Ah İstanbul'umu savunmak istiyor kalbim hâlâ! Kendi akrabalarıma, kendi hemşehrilerime, hatta kendime bile... İki vatan arasında yorgun yüreğim bu yaşta kendimi anlatmak için didiniyor!" diye mırıldandı.

"Onu savunmak adına New York ve Londra'dan daha az medeni diyorum ha!" diye farkına varınca, kızdı, bozuldu kendine, çok bozuldu, sonra küstü. Küstü kendine Profesör Yannis Seferis. Çok sevdiği birini korumak adına onu yabancılara karşı küçük düşürmüş gibi hissederek kızdı kendine. İstanbul'u Yunanlılara karşı korumak geçmişti aklından demek ki? Yunanlı, İngiliz, Norveçli, fark mı ederdi? Savunurken kendi İstanbul'unu küçük düşürmek ha? Bal gibi geçmişti aklından işte! Belki bunu daha önceleri de yapmıştı? Yapmış mıydı sahi? En çok, en sevdiklere haksızlık edilmez mi hep? Suratını astı, kendine göz dağı verir gibi başını salladı, dudaklarını büzdü ve küstü. Çevresindeki kimi yolcuların acele acele çıkış kapılarına doğru ilerledikleri, kimilerinin gruplar halinde aralarında yüksek sesle konuşarak tedirgin bekledikleri, kimilerinin de sakin görünebilmek için kendini aşırı kastığı bu gergin ortamda, o kendine küsüp suratını astı. Bir süre herkesi ve bulunduğu şartları unutup öyle kaldı. Hayatının en gergin, en gerilimli zamanlarından birinde uyuşmuş gibi kaldı, daldı gitti. Dışardan bakan biri onun heyecan anlarında yaşanan bir şokun etkisinde donmuş olduğunu düşünebilirdi ama herkesin kendi derdine düştüğü bir zamandı. Kendi içinde ancak kendisinin bildiği yollardan bir yolculuğa çıkan Profesör Seferis, bu stresli kapalı mekân ve zor zamanda şimdiye kadar omuzlarına yüklenen bütün sorumluluktan ve takıntılarından çok ama çok bıktığını hissetti. Daha önce de defalarca kapana kısılmışlık duygusu yaşamış, her şeyi ve herkesi terk edip kaçma arzusu duymuştu ama bu defa, şimdi burada, her an patlama ihtimali olan bir bombanın yaşamına son verebileceğine inandığı bu anda, şimdiye kadar olmadığı kadar çok bunaldı. Ölmeden önce görüleceği söylenen hayatının film şeridi gözünün önünden akmaya başlayınca artık dayanamadı. Belki de zamanı gelmişti? Sanki ayağındaki pranganın anahtarı tesadüfen o anda eline geçmişti de, eğilip zincirdeki kilidi açarsa kurtulup özgür kalacaktı. Paniklenmesi, çok endişelenmesi gereken bir zamanda beliren özgürlük umudu eğer bir ironi değilse neydi; '*Endaksi thia Eleni?*'

Belki de bu anons özellikle kendisine bir işaret olarak yapılmıştı ve bardağı taşıran son damla olarak gönderilmişti? Belki de Yannis Seferis'in canına tak etme zamanı gelmiş, çatmıştı. TAK! İnsan yaşamının en büyük yenilgilerinden birini kabul edip bu yükten kurtulmaya hazır olduğu anı böyle net görebilir mi? Bozgunlarının çoğuna neden olan yanlışlarını ve acısını kaldırıp atmanın mümkün olduğunu sahiden görebilir mi? Çöpe atılması gerekenleri çöpe atma vaktini ve cesaretini ancak büyük bir tehlikeyle karşılaşma anında mı yakalar insan? Bu soruların yanıtlarını bilmiyordu ama altmış yıllık ömrünü zehir eden baskıları düşününce kendini şaşırtan bir güçle başını kaldırıp, uykudan uyanır gibi etrafına baktı. Sanki ruhunu ferahlatan bir ışıkla içi aydınlanmıştı. Baktı ve içinin rahatladığını, hafiflediğini hissederek yepyeni bir şeyi fark etti: vazgeçmişti! VAZGEÇMİŞTİ: Profesör Yannis Seferis vazgeçmişti. Bütün yaşamı boyunca kendi şehrini, kendi İstanbulluluğunu, çok kültürlü kimliğini savunmaktan usanmış, yorgun düşmüş ve artık vazgeçmişti. Neyse oydu, oysa neydi yahu! Yetmişti artı. Şimdi ölse gitse kimin umurunda olacaktı sanki?

Başını kaldırıp çevresine baktığında tasmalarını tutan polisleri çekiştirerek gördükleri her valizi didik didik koklayan birkaç bomba köpeği gördü.

"Demek fanatikler buna da cesaret ettiler ha? Demek güzel İstanbul'umun havalimanına da bomba koydular ha!" diye dertli dertli içini çekti ama hâlâ yerinden kıpırdamadan hiç rahat olmayan ahşap havalimanı bankında oturuyordu.

"Birazdan burada öleceğiz, anlaşılan... Şakaya gelir yanı kalmadı bu işin... Koynunda öleceğiz be İstanbul! Bak şimdi Eleni Halam yine haklı çıkacak vre! 'Ben demiştim ona, gel Atina'ya Yanni, ama dinletememişimdir,' diye kasılacaktır ha! Endaksi thia Eleni? Gözlerinden yaşlar boşanırken, ölümüme hıçkırarak ağlarken bile haklı çıktığını düşünecektir. Bilirim ben keçi inatlı halamı, ah güzel halamı, babamın yadigârı halamı... 'Ehe ya Panaya, tomilisama/ Oniro itane, ta lismonisame'*

Özlemle içini çekti Profesör Seferis,

"Sonra bizim üniversitede küçük bir cenaze töreni yaparlar bana. Fakültedeki bütün hocalar, dekanlar, rektör de katılır törene. Sonra laborantlar, hizmetliler ve şoförler de gelir. Her Noel'de odama gelip elimi sıkarak: 'Mutlu Noeller Hocam!' diye tebrik eden, benim de Müslüman bayramlarında kantine inip tek tek ellerini sıkıp, bayram tebriki yaptığım temizlik işçileri falan, hepsi gelir cenaze törenime. Ağlayanlar olur içlerinde, 'Toprağı bol olsun, ne beyefendi bir insandı!' diye hüzünlenirler. Öğrencilerim, asistanlarım, eski öğrencilerim... Ve Belgin... Elbette kızım gibi sevdiğim Belgin! Yakında İstanbul'a dönecek olan Belgin de gelir cenazeme... 'Neden beklemediniz beni hocam?' diye ağlar bahtsız çocuk... Çok severim ben bu çocuğu, tam bir akademisyen ahlakına, disiplinine sahiptir. Ne meslektaşlarının makalelerini, ne öğrencilerinin fikirlerini çalar! Çok asildir, entelektüel etiğe sahip, has bilimcidir o! Her yıl makale

---

* Hoşça kal Meryem Ana, Bu bir sohbetti/ Bir rüya idi, unuttuk gitti.' Bir halk şarkısı-(Balat ve Çevresi-Jak Deleon)

yayımlar, titizdir. Böyle olduğu için bizim üniversitelerde onu ezmeye, dışlamaya çalışacaklardır elbette... Eğer bugün burada ölürsem eğer kaderde burada ölmek varsa, peki kim koruyacaktır Belgin'i bu akademik cangılda, bu ahlaken laçka olmuş entelektüel ortamda? Kim? Fakat bir dakika, dur bakayım hani şu birkaç ay önce, şu son buluşmamızda, hani canım Roma'daki biyoteknoloji kongresinde bana tanıştırdığı genç adam, şu heykeltıraş olan, Ayhan Bir şey? Hani Maçka Parkı'ndaki **nü** heykelleri geceleri kırılan ama ertesi gün onları hiç bıkıp usanmadan daima onardığı için sık sık gündeme gelen sanatçı adam! Yok yok, bu defaki efendi bir çocuğa benziyor, üstelik bizim kıza da sırılsıklam âşık görünüyor. Umarım üzmez benim talihsiz kızımı o da! Umarım haytanın biri çıkmaz da mesut olur çocuk bu defa! Fakat öte yandan Belgin de çocuk değildir canım! O da kendini korumayı öğrenmelidir artık. Hem mesleki olarak, hem de kadın olarak kendi ağırlığıyla yere basabilmelidir; bak Eleni Halam hiç ezdirmedi kendini, asla ezdirmez! Rum kadınları sanıyorum kendi haklarını daha farkında olarak yetiştiriliyorlar...

"Cenazem... Yani okuldaki cenaze törenim... Sonuçta küçük ama derli-toplu bir tören olur benimkisi. Birkaç konuşma yapılır hakkımda, karanfil sevdiğimi hatırlayanlar kırmızı karanfiller bırakır çalışma masama- gerçi bu mevsimde biraz zor olur ama bulurlar canım! Bununla beraber mutlaka bir densiz çıkıp 'Rahmetli Rum'du ama iyi insandı, toprağı bol olsun!' diyecektir. Maalesef benim en tiksindiğim yaklaşım budur! Ve küçük birer fotoğrafımı iğneyle tuttururlar yakalarına, altında doğum ve ölüm tarihlerimin parantez içinde yazılı olduğu siyah-beyaz bir fotoğrafımı... Doğal olarak bazıları törenden sonra çöpe atar, belki birkaç kişi de evlerinde saklar, tabii canım, hiç değilse birkaç kişi; mesela Belgin... Umarım iyi bir fotoğrafımı seçerler, eskiden çekilmiş, saçlarım dökülmeden, göbeklenmeden önceki bir fotoğrafımı..."

Yüzünde hüzünlü bir gülümseme olan Profesör Seferis'in birden gözleri doldu.

"Fakat ölüm haberimi Eleni Hala'ya kim verecektir? Evet, işte asıl sorun budur. Belki önce kendisinden saklarlar ama sonuçta televizyondan veya komşulardan duyacaktır bu elim haberi. Şok haberi: İstanbul Atatürk Havalimanı'nda hainlerin koyduğu bir bomba patlamıştır! Elim olayda can kaybının fazla olduğu tahmin edilmektedir... Kathimerini gazetesi okur o ya da televizyonun birinden duyar. Tabii hemen anlar, hemen anlar, hisseder. 'Yannim gitti, gitti Yerasimos'umun yadigârı, gitti oğlum!' diye ağlayacaktır. Endaksi thia Eleni? Korkarım ki, tansiyonu yükselir de yine yoğun bakıma kaldırılır diye, ama o sırada elimden bir şeycikler gelmez artık, bir ölüyümdür ne de olsa... Zor olur tabii... Önce inanmasa, ağlayıp dövünse de zamanla kabullenir. Zamanla neleri kabullenmiyor ki insan? Ah neleri, kimleri ve kendini bile... Kabulleniyor işte insan... Ama vakurdur, güçlüdür Eleni Halam! Sessizce yasını tutarken asla inadından taviz vermez, tutturur: 'İlle de Yanni'mi Atina'ya gömeceğiz!' diye. Bütün aile direnecektir; 'bırak Eleni Mu, o tercihini yapmış, İstanbullu olarak yaşamış ve orada ölmüştür.' Yok, ben halamı tanırım, Nuh der, peygamber demez vre! Uzun uzun çekişirler, Eleni Halam hepsinin burnundan getirir artık! Endaksi thia Eleni? Hah hah ha! Vallahi ben kurtulmuş olacağım bu curcunadan, hiç değilse son defasında!"

Dış hatlar gümrüksüz alanda özellikle çocuklu yolcuların, havalimanı polis ve güvenlik görevlilerinin serinkanlı tavırlarının etkisiyle çıkış kapılarına şimdi daha az panikle yönlendirildiğini gören Profesör Yannis Seferis kendi kendine yüksek sesle:

"Psifiaki vlavi? Digital arıza ha?" diye sordu. "Fakat kaderde ölmek varsa, mezarımız elbette İstanbul'da olacaktır. Endaksi thia Eleni?"

Ölümünden sonra olacakların senaryosu gözünde canlanınca, can havliyle taptaze bir enerjiyle dolan Profesör Yannis Seferis, uykudan uyanmış gibi gözlerini kırpıştırdı. Hani, insan bir sabah uyanır ve yıllardır içtenliğine inanmayan yakın bir dostuna veya kocasına kendini savunmaktan artık bıkar, bu çabasının anlamsızlığını kavrar; o zaman bütün bu 'boşuna emek'in aslında kendi kişiliğine hasar verdiğini fark eder ve on(lar)a nasıl; artık 'canın cehenneme!' derse, işte aynen öyle oldu. Öyle oldu. Profesör Seferis'in canına tak etti ve hayatı boyunca, kendi için değerli kavramları başkalarına da anlatabilmek için gösterdiği çabadan vazgeçti. Buradaki ve oradaki birçok insanın kültürel, dinsel ve/veya ulusal önyargılardan körleşmesiyle ortaya çıkan cehaletle mücadele etmekten vazgeçti. Orada ve buradaki başkalarının, dostlarının akrabalarının gözünde: 'kibar, şık ve hoş bir Rum asıllı İstanbulluyu temsil etmek sorumluluğuyla kendi kişisel zevklerini, cinsel arzularını, zaman zaman yaşam heyecanını bile baskılayan Yannis Seferis, kendine engel olan her şeye ama en çok kendine çektiği sette sırtını döndü, omzunu silkti, bırakıverdi. Aynı anda gidip çamurda yuvarlanmak, yağlı elleriyle kalan azıcık saçını karıştırmak ve çalışma masasında pizza yiyip boş şarap şişelerini yerlerde bırakıp, yatmaya gitmek istedi. Oh işte, istedi! Orada; Atatürk Havalimanı'nda, 2005 yılının sıcak temmuz ayında, belki de birazdan öleceğini hissettiği sırada Profesör Seferis, sevdiği şeyleri ve İstanbul'u başkalarına savunmaktan vazgeçtiğini anladı. Sevinçle anladı. 'Sto dialo!' diye zevkle fısıldadı.

"Bitti! Sto dialo! Canı cehenneme!' diye gülümsedi gururla, "Bitti. Beni hiddetlendirmelerine izin vermeyeceğim bundan böyle. Bitti! Artık Yanni sevdiklerini savunmayacak, sadece yaşayacak. Yanni kapıları çıplak elle tutacak! O kadar! Yalan dünya be; Palio dünyas be!"

Yüzünde muzaffer bir gülümsemeyle derin bir nefes aldı. "Endaksi thia Eleni?"

Yıllardır fazla kilolarla gezen birinin 30 kilo verip hafiflemiş ruh haliyle önce ipek kravatını gevşetti, sonra çıkarttı. Özenle katladığı kravatını keten ceketinin cebine koydu. Sonra takım elbisesinin ceketini çıkarttı, onu da kravatı gibi dikkat ve özenle katlayarak, bilgisayar çantasının üzerine koydu. Bunları yaparken yüzünde çocukluğundan kalma bir yaramaz sırıtış belirdi. Özellikle Eleni Hala'sını kızdırdığı zamanlar yüzüne yapışan biraz yırtık, biraz vahşi, biraz da hazlı bir sırıtma! Yıllardır bir köşede saklanan bu duyguyu hatırlamasına sevinerek şaştı Yannis Seferis. Tıpkı yıllardır yüzmemiş birinin denize atlama cesaretini toplayıp kendini suya bıraktıktan sonra yüzmeyi hatırlaması gibi canlanıvermişti çocukluğunun özgür gülüşü.

"Psifiaki vlavi? Dijital hata ha?" diye düşündü yeniden, yüzündeki gülümsemeyi bozmadan, "Yahu bir kere de doğruyu söyleyin vatandaşlarınıza be! Çernobil kazasından sonra radyasyonlu çayı içen bakanımız, Susurluk kazasından sonra fakir kamyon şoförünü suçlayan emniyet müdürümüz, Şu Imia Nisi; Kardak adası krizinde keçileri bile suçlayan iki tarafın yetkilileri! Yahu öleceksek bari doğru dürüst ölelim be! Ben bu dijital hataya neden inanacakmışım şimdi?"

O sırada yanındaki bankta, uçağını beklerken derin bir uykuya daldığı anlaşılan bir yolcu yeni uyanmış, şaşkın şaşkın etrafında ne olup bittiğini anlamaya çalışıyordu. Olağanüstü bir durumun yaşandığı, polis köpeklerinin eşyaları koklayarak saklanmış bir şeyler aradığı bir havalimanı dış hatlar gümrüklü bekleme salonunda saçını düzelterek etrafına uykulu gözlerle bakan uzun boylu, zayıf, sarışın kırkbeş yaşlarındaki kadın yolcu, herkesin ayakta olduğu sırada yanındaki bankta tek başına oturan gömleğinin kollarını sıvamış, orta yaşlı, tombulca, kibar görünüşlü bir adam gördü ve ona bozuk bir Türkçeyle sordu:

"Affedersin, fakat neler oluyor burada acaba?"

Profesör Yannis Seferis başını kaldırıp bakınca İstanbullu Susan'ı gördü. Buna da güldü. Uyku mahmurluğuyla daha da alımlı bulduğu Susan'ın, olup biteni anlayamamaktan şaşkın bir hali vardı. Demek ki, artık kafası karışanlar başkalarıydı, kendisi değil. Gülümseyerek kadına baktı, bütün yolcuların ayakta birbirlerini dinlemeden bağırıp çağrıştığı bir ortamda yalnızca ikisi oturuyordu. Yannis ile Susan!

"Ah, siz miydiniz hanımefendi! Merak etmeyiniz, henüz vahim bir durum yoktur. Siz uyurken bir acil durum anonsu yapıldı, hepimiz havalimanını terk ediyoruz. İşte olan budur! İsterseniz paniğe kapılabilir, endişelenir veya benim gibi bu durumu ciddiye almazsınız. Çünkü eğer bir zavallı buraya bomba koymuşsa ve birazdan hepimiz havaya uçacaksak, zaten yapacak bir şey yoktur, değil mi?"

"Pardon?"

"Diyorum ki hanımefendiciğim, hiçbir şey büyüttüğümüz kadar ciddi değildir aslında, fakat maalesef bunu çocukken öğretmezler bize!"

Adamın söyledikleriyle, söyleyiş tarzı birbirine o denli zıttı ki, Susan Constance önce yanlış anladığını sandı. Eğer tehlikeli bir anons yapıldıysa bu adam nasıl oluyor da bu kadar rahattı, yok eğer bir tehlike yoksa anonsu neden yapmışlardı? O zaman kendi Türkçesinden kuşkulandı, yeniden sordu:

"Excuse me, do you speak English?"

"Evet, İngilizce biliyorum ama sizin Türkçeniz gayet iyidir, bu yüzden Türkçe konuşabiliriz," diye çapkın bir bakışla yanıtladı onu profesör.

Bu kibar ve hoş adamın kendisiyle rahat ve samimi konuşmasına bakarak, daha önce tanışmış olduklarını ama bunu kendisinin hatırlamadığını düşünerek utandı Susan Constance. Son zamanlarda işlettiği turizm acentesindeki müşterilerinin adlarını da karıştırmaya, unutmaya başlamıştı zaten.

"Ah tabii..." dedi zaman kazanmak için, "Kusura bakma, biraz dalmışım da..."

"Evet uyuyordunuz, ama güzel bir rüya görüyormuş gibi huzurluydu güzel yüzünüz."

İstanbullu Susan bu flört kokan sözler üzerine daha önce tanıştıklarına iyice inandı. Profesör Seferis ise hayatı boyunca ilk defa bir kadına bu kadar hızlı ve rahat iltifat edebilmesiyle gururlandı. Evet evet, sevmişti bu özgür, rahat ve nihayet görünmez baskılardan kurtulmuş Yanni'yi. Çok sevmişti hem de. Keşke böyle giderayak kavuşmasaydı kendine... Ah, hiç değilse on yıl önce aklı başına gelseydi ya... Hem Yunanlı hem de Türklerin boşuna 'Yalan Dünya!' Palio Dunias! Payyo Dünyas!' demediklerini daha önce anlasaydı...

"Şu anonsu bir daha tekrarlar mısınız?" diye sordu Susan.

"Dijital sistem arızası, dediler hanımefendi ama havalimanını terk etmemizi istediklerine göre biraz ciddi bir arıza olmalı"

"Oh my God! Bir terörist saldırı mı yoksa!" diye inledi Susan Constance yerinden sıçrayarak. Fakat onun geçirdiği bu ilk tepki dönemini daha önce atlatmış olan öteki yolcular onunla ilgilenmediler bile.

"Yok, yok, İstanbul güçlüdür," dedi alaycı bir sesle Profesör Seferis.

"Evet ama ölebiliriz! Jesus Christ! Kalkın, çabuk kalkın çıkalım buradan hemen!"

"Nereye kalkacağız hanımefendiciğim? Herkes can derdinde, bizi neden önden kurtarsınlar ki? Ama bakın eğer kaderde varsa... Belli olmaz tabii... Eğer öyleyse, bu fâni dünyada son göreceğiniz kişi, bendeniz Profesör Yannis Seferis olacak, bunu arz edeyim efendim."

Amerikalı turizmci Susan Constance, karşısında oturan adamın yaşadığı şok yüzünden kendini kaybettiğini düşünüp kaygılandı, ama dikkatle yüzüne bakınca profesör olduğunu söyleyen bu adamın ciddi olduğunu düşünerek ondan kuşkulandı.

"Yaşarken göreceğiniz son kişinin ben olmam konusuna gelince; bu yüzden artık talihinize mi küsersiniz, yoksa şükür mü edersiniz bilemem, fakat sizi temin ederim, aslında fena biri sayılmam. Mesela; yemeğin, müziğin, şehrin ve kahvenin iyisinden anlarım. Şarap özel ilgi alanımdır. İyi Cabarnet Souvignon'u başka hiçbir şaraba değişmem, kusura bakmayın ama her şişede aynı tadı tutturma histerisindeki Kaliforniya şarapçılığından çok, aynı yılın aynı şarabının bile her şişede farklı çıktığı Fransız şarabını tercih ederim. Şarap insan gibi olmalıdır, değil mi? İki öz kardeş bile birbirine benzemezken... Yok, öyle şey olur mu, her şişe şarabın kendi karakteri vardır! Yunan şarabı fena değildir; Alpha, Kir-Yianni, sonra Strofilia iyidir. Ama bakın, Türk şarapları da son yıllarda toparlandı; Öküzgözü'nü iyi yapıyorlar, bir de Tenedos-Bozcaada şarapları fena sayılmaz ama orada, yerinde içeceksiniz!"

Onu kuşkuyla dinleyen Susan, konu şaraba dek uzayınca kendini tutamayıp güldü. O gülünce kendine güveni artan Yannis Seferis devam etti;

"Öte yandan biraz asabi olduğum doğrudur; fazla titiz ve manasız derecede düzenli... İnanmayacaksınız ama bıraktım! Artık bıraktım. Baktım nasılsa olmuyor! Ne taşları sayarak, ne kapı kulplarını silerek, hatta ne de sizin pet su şişenizi reddederek... "

Burada durdu ve manalı manalı Susan'a baktı;

"Amaaaan, doktorlar da, Eleni Hala da artık kimse umurumda değil, anlıyor musunuz? Sonunda 'Sto dialo! dedim: 'go to hell!' yani..."

Profesörün anlattıklarının nereye varacağını merak etse de içinde bulundukları durumla hiçbir ilişkisi olmadığını kavrayan ve yüzünde şaşkın bir ifadeyle onu dinleyen Susan, sohbetten hoşlansa da çevrelerindeki telaşlı kalabalığa baktıkça huzursuzlaşıyordu. 'Parlak zekâlı bir deli ya da büyükannelerinden biri çılgının teki; her iki halde de şeker biri' diye düşündü hızla. Öbürüyse sanki kendisi hakkında konuştukça, kendini tanıyan birinin açlığıyla hâlâ anlatıyordu:

"Halbuki 'melek gibi biri' olduğumu söylerler ama bilesiniz hanımefendi, artık şeytanımı uyandırmış bulunuyorum; diaolos! Yani sizi şimdiden uyarırım! Ha, bir de lütfen bana Yanni deyiniz, Yannis değil! Profesörlüğümse... bakın o da önemli değil artık; okuldan çıkarken dolabıma koymam gereken bir sıfat o, tıpkı profesyonel bir dalgıcın karada şınorkeliyle dolaşmaması gibi... Endaksi? Tamam mı? O.K.?"

Karşısında oturup yaramaz oğlan çocuğu mahcubiyetiyle çapkın erkek arasında kararsız gülümsemelerle konuşan adama bakıp: 'bir şok etkisi olmalı!' diye düşünen Susan, başını çaresiz iki yana salladı ve oturduğu banktan kalkması için ona elini uzattı;

"Haydi Profesör, haydi Yanni Bey, önce bir çıkalım biz, senle ben buradan, eğer havalimanı boşaltmak şaka değilse, sonra güleriz buna!"

"Bana göre hava hoş, hanımefendiciğim!"

Sol omzuna bilgisayar çantasını asıp ceketini de işaretparmağına 'külhanbey'i gibi takıp omuzuna atan Profesör Yannis Seferis koluna girip adeta kendisini sürükler gibi en yakındaki bir çıkış kapısına yönlendiren Susan Constance'a yüzbinin kare kökünü hiç merak edip etmediğini soruyordu. Koluna dokunan kadın teninden duyduğu hazdan hoşnut, buradan kurtulursa yeniden titizlik-düzen hastalığının geri tepeceğinden ürkerek hani neredeyse bu panik ortamından zevk duyuyordu. Bütün cesaretini toplayıp bu ânın bitmesini istemediğini kendine itiraf ediverdi. Yüzünde Eleni Halasının görse hiç sevmeyeceği o çocukluk gülümsemesinin tıpkısıyla...

17
HOŞBULDUK İSTANBUL!

"Demek kalkıp Yeşilköy'e kadar gelmiş Kete ha?" diye gülümsedi Belgin, sevindiğini bu kez kendisinden gizlemeden. Pasaport gişelerinin önündeki o en şeffaf ve gaddar sınırın kapatıldığını duyunca oraya en yakın banklardan birine dönüp oturduğunda farkında olmadan ellerini hâlâ karnının üzerinde tutuyordu. "Demek kalkıp Yeşilköy'e kadar gelmiş Keteciğim, ah canım besbelli bana sürpriz yapacaktı ama anonsu duyunca..."

Sürpriz yapmayı severdi Kete. Çocukken en sevdiği oyuncakları, çikolataları, özellikle kete çöreğini onu en sevindirecek zamanlarda ortaya çıkarırdı. Kaybolan porselen bebeğini, defter ve boya kalemlerini ya da bayramlık armağanlarını kendince küçük oyunlarla süslediği sürprizlerle verirdi Belgin'e. O da bazı zamanlar yalnızca Kete'yi hoşnut etmek için sürprizin kendisinden çok, sürpriz eylemine sevinmiş gibi yapardı. Buna karşılık Kete kendisine sürpriz yapılmasını hiç sevmezdi. Belki de anne ve babasının 'Bari o kurtulsun!' diye onu Van'dan İstanbul'a giden bir otobüse koyup yolladıkları o günü hayatının en büyük sürprizi olarak kabul ettiğinden...

Geçen kış yaptığı sürprizse unutulur gibi değildi; Kete bu kez artık kendini aşmış, Belgin'in gözünü korkutmuş, 'pes!' dedirtmişti. New York'a yerleştikten sonra her pazar günü Amerika'da indirimli olduğu için Türkiye saatiyle akşam altıda Kete'yi arayıp bir saat kadar telefonla konuşma alışkanlığı edinen Belgin bu konuşmalarından birinde Ayhan'ın Ortaköy'de oturduğunu anlatmıştı ona. Ortaköy'ün Bebek yokuşlarını andıran daracık ve dimdik bir sokağında, kendisinin henüz görmediği, hiç gitmediği ama Ayhan'ın ayrıntılarını bir heykeltıraşın detay-gören gözüyle tane tane anlattığı; adına 'Ayhanhâne' dediği; altındaki garajla birleştirerek oluşturduğu atölye-evini Kete'ye aktarmıştı. Bundan bir ay sonraki telefon konuşmaların da Kete, 'Bu senin sevgilin; heykelci Ayhan var ya,' diye başlamış, 'bak kuzucuğum bu sefer doğru adam bulmuşsun; gözüm tuttu bu adamı!" deyivermişti. Belgin daha 'Ne demek istedi acaba?' diye düşünürken, o her zamanki kendinden emin tavrıyla devam etmişti: 'Evini de elimle koymuş gibi buldum keratanın!' Belgin'in şaşkınlıktan nefesi kesilmiş, soluksuz kalmıştı telefonun New York ucunda. 'Nasıl yani Kete?' diyebilmişti sonunda şaşkınlıkla. O da sanki kocasının bakkalına alışverişe gitmiş kadar doğal bir şekilde devam etmişti: 'Ne demek, nasıl yani kuzucuğum? Sen demiştin ya, Ortaköy'de Yapı Kredi'nin yan sokağından girince, Taşbasamak Sokak diye bir yer varmış... Yukarı çıkınca sağda, yokuş başında hem de tesadüfe bak apartmanın adı 'Ayhan'mış diye... Hah aynen öyle, zaten çocuğa tarif etsen o bile bulur; eh ben de gittim, buldum, çaldım kapıyı!' Gitmiş, çalmış mı kapıyı? 'Aman Tanrım gidip, çaldın mı kapısını sahiden Kete?' Ah ne korkunç! Yoksa kendisi Kete'ye gitsin, Ayhan'ı bulup, değerlendirsin diye mi tarif etmişti evi? Yok canım ne münasebet! Neden böyle yapsındı ki? Ayıp olurdu bir kere, sanki adamı test ettiriyor gibi... Sonra... Sonra... Ne? Sonra ne? Yoksa gerçekten Kete'nin gidip Ayhan'ı gözden geçirip, 'sağlam raporu'(!) vermesini mi istemişti bilinçaltında? Üstelik kendisinin okuyamadığı bu saklı mesajı Kete hemen kapmış ve duruma el koymuştu. Öyle mi yapmıştı sahi? İnsanın ancak öz annesinin hissedebileceği ama kendi annesi hayatta olsa asla göze alamayacağı bir şeydi bu!

"Ah kuzucuğum, analık illaki de doğurduğun kuzulara karşı olmaz ki... Ne analar var, kuzularını atarlar kurtların arasına... Hem de 'kurtulsun!' diyerek kucaklarından iterler... Seni ben doğurmadım ama senin burnun kaşınsa neye içlendiğini bilirim kuzucuğum..." derdi sorduğunda. Bu yüzden sormamıştı bu kez Belgin. Sokak adına kadar tarif ettiği sevgilisinin evine elbette gidip, bulacak ve 'o adamı' görecekti Kete. Çünkü bunu isteyen aslında kendisiydi. Kabul etse de etmese de bunu istemişti işte!

"Bir kere aslan yattığı yerden belli olur kuzucuğum. Şimdi İstanbul'da oturduğu semti seçme şansı olanların semtine bir bakacaksın hemen. O sahtekârın oturduğu, seni de oturttuğu Nişantaşı'nı Mişantaşı mesela hiç sevmem ben oraları. Fazla süslü gelir bana, fazla bir şey işte... Baban, Halit Ziya Baba mesela, rahmetli o da sadece Bebek'e yakışırdı. Bebek gibiydi. Kocaman, güzel kalpli, cömert... Ama bak bu Ayhan'ın Ortaköy'ü de güzel. Önce Sarıyer'den, bindim 25E otobüsüne, sahilden bir güzel Rumeli Hisarı, Aşiyan, bizim Bebek, o-oooh seyrede seyrede vardım Ortaköy'e. Hava da bir yağmurlu, sisli, soğuk, her yan çamurlu ki sorma... Ama hiç takmadım, indim Ortaköy'de, önce gezdim, dolaştım, çay bahçelerini, iskeleyi, camiyi falan şöyle bir inceledim. Sahili gürültülü ama insanların oturduğu asıl mahalleler sakin, arka tepelerde mütevazı evler de var. Neyse senin anlattığın yoldan gidince hemen buldum Ayhan Apartmanı'nı, zilde de adı yazıyor zaten: Ayhan Pozaner. Bastım zile. Tık yok. Evde yok, dedim ama vazgeçmedim, bastım durdum. Sonunda apartmanın otomatiği açıldı, girdim, zaten giriş katındaki kapı da açılmış, kapıda uykudan kalkmış gibi baygın gözlerle karayağız, gençten bir adam, üzerinde kirli bir tişört. Aynen senin anlattığın gibi: yakışıklı, Doğulu, esmer biri. Hemen tanıdım onu. Sanki çok eskiden tanırmışım gibi tanıdım. Baktı bana, baktı, baktı. Çıkartamadı. Ama gözleri kırmızı ayakkabılarımı görünce bir takıldı ki, anlatamam sana. Duruyor öyle ama ayakta uyuyor sanki. Tıpkı senin dediğin gibi dururken bile ağzı gülüyor adamın: Allah'ın bir lütfu işte, zor kızarsın bu yaramaza sen! Bir şeyler geveliyor ama besbelli kendi kendine konuşuyor bu da Erol Enişte gibi ha! Sonra uyandı: 'Merhaba!' dedi. Bak dikkatini çekerim Belgin, 'ne istiyorsun!' falan diye terslemedi kapısını yıkan yabancı bir yaşlı kadını ha! Hani o senin Entek, herkesi aşağılar, azarlardı ya... Hah, bak bu daha ilk görüşte birinci puan. Ben de 'merhaba!' dedim ve bekledim. Bu başladı gülmeye: 'Hoş gelmişsiniz de acaba bana mı yoksa başka birine mi gelmişsiniz?' diye sordu. Gülünce, ben de dayanamadım güldüm; güldüm çünkü, benim kuzucuğum bu defa iyi yürekli, kalbi cömert bir adama sevdalanmış diye sevincimden güldüm ha! Biz kapıda karşılıklı gülüyoruz, o daha benim kim olduğumu bile bilmiyor. 'Senin adın Ayhan değil mi oğlum?' deyiverdim. 'Öyle ama apartmanın sahibi olan Ayhan ben değilim. Ben zengin olmayan öteki Ayhan'ım!' diye gülmeyi sürdürüyor bu seninkisi. Artık ben de dayanamadım, 'Ben de Belgin'in Kete'siyim; artık onun ablası mı, dadısı mı, anası mı ne dersen adıma!' deyiverdim. Aman kuzucuğum, bu senin Ayhan bir sevinsin, sanırsın öz anasını görmüş, içi alevlenmiş. Bana bir sarılsın, bir havalara kaldırsın, kuş olup uçtum canım. Kemiklerim kırılacak, öyle sıkı, öyle samimi sarıldı, ancak çok seven birinin sarılacağı gibi ha!"

Kete böyleydi işte: Susurluk siyasi skandalını geniş kitlelerin ışık söndürerek protesto ettiği eyleme katılır, kocasının endişeli uyarılarına rağmen Galatasaray'da toplanan Cumartesi annelerine çiçek götürür,

8 Mart kadınlar günü feministlerin toplu yürüyüşlerine destek verir, radyo ve televizyonlardaki enteraktif toplumsal tartışmalara telefonla başvurur, bazılarında sesini duyurur, yerinde duramaz, haksızlığa dayanamaz, çevresindekileri şaşırtmaya bayılırdı. Evet, başkaydı Kete. Ve işte şimdi belediye otobüsüyle uzun bir yolculuk yaparak İstanbul'un taa öbür ucuna Belgin'i karşılamaya Yeşilköy'e gelmişti.

"Demek kalkıp Yeşilköy'e kadar gelmiş Kete ha? Ah canım benim! Bana sürpriz yapacaktı ama anonsu duyunca..."

"Hem de sana âşık! Bu Ayhan denen adam sana âşık kuzucuğum, öyle gösteriş, çıkar işi değil bu seferki... Ortaköy'den nasıl bir ferahlıkla ayrıldım, bir Allah bilir, bir ben. Hafta sonu bizimkine dedim, 'ben aile kabrine gideceğim', 'iyi git' dedi. Gittim, Halit Ziya Baba'ya, büyükanneye ve Jackie-Halide Anne'ye dua okudum, onlara senin için artık dertlenmemelerini söyledim. 'Kuzucuğumuz artık huzura kavuşacak, bilesiniz bu defaki damat sahici bir insandır!' dedim. Bilesin, hepsi huzurlu uyuyor şimdi...

Belgin sevinçten dudaklarını kemirerek dinlemişti Kete'nin Ayhan'la tanışma hikâyesini. Ama utancından konuşamamıştı bir süre. Yetişkin bir kadının, genç kız heyecanları taşımasının ayıp olduğu kültürünün egemen olduğu bir ülkede büyümüştü. Ama yüreğine söz geçiremedi, heyecanlı bir genç kız sesiyle sordu: 'Benden beş yaş küçük olduğu belli mi sence?' Gülmüştü Kete, kahkahalarla gülmüştü. 'İlahi Kuzucuğum, sen çok yaşa emi, hah hah ha!' O güldükçe utanmış, bin pişman olmuştu sorduğuna Belgin. 'Ayol kuzucuğum, o şeytan Entek senden on yaş büyüktü de sen bununla ilgili tek bir şey sormamıştın da, şimdi neden aklına geliyor bu? Hem karısı kendinden yaşça büyük olan erkek zengin olur, derler. Bakarsın bütün apartmanı satın alır, adının hakkını verir apartmana, hah hah ha!'

"Demek kalkıp Yeşilköy'e kadar gelmiş Kete ha?" diye bir daha, bir daha sevindi Belgin. "Ah canım benim! Bana sürpriz yapacaktı ama anonsu duyunca... Anonsu duyunca..." Anons aklına gelince migreni de kendini hatırlattı. Yüzünü buruşturarak başını kaldırınca çevresinde yolcuları ve el bagajlarını koklayan özel eğitimli köpeklerle dolaşan havalimanı polislerini gördü. Bu köpeklerin uyuşturucu bulmak üzere eğitildiklerini biliyordu, demek ki şimdi de bomba arıyorlardı. Canı sıkılarak içini çekti: 'Hoşbulduk İstanbul, hoşbulduk!' diye fısıldadı.

18
AH GÜZEL İSTANBUL!

"Kete bu, Belgin'in Kete'si!" diye bağırdı Ayhan. O anda kendi anasına rastlamış kadar sahici sevinç doldu içi. O kadar sevindi, o kadar rahatladı.Tam o kadar! Havalimanının endişe dolu, paniğe gebe bekleme salonunda ve kendi içindeki suçluluk dolu işkence odalarında huzursuzca dolaşırken mucize sayılacak bir huzur, sığınma, ferahlık, ani bir ait olma duygusu... Kete adında bir ferahlama ve sevinç... Ama daha Kete adını anar anmaz, önüne 'tak' diye bir çift çamurlu kırmızı pabuç imgesi düştü ve 'girdi Kete'yla arasına.

Özel yeteneklerle doğan insanların çok şanslı olduğunu düşünenlerin hepsi bunun bazen ne büyük bir ceza olduğunu hiç anlamayacak kadar sağlıklı ve normal insanlardır. Çocukluğundan beri ani ve çok yoğun imge sağanaklarına yakalanan, bu yüzden bazen hastalanacak kadar yorgun düşen Ayhan'ı yaşamı boyunca annesi dışında ancak kendine benzeyen birkaç sanatçı arkadaşı anlamıştı. Annesininki de koruma amaçlı bir özdeşleşme haliydi. Çocukluğundan başlayarak, herhangi bir yerde ve zamanda bazı adlar veya nesneler, duygular veya duyular onda aniden bir imge sağanağı yaratır, bu da Ayhan'ın şeffaf ama geçirimsiz bir perdeyle izole edilerek, gerçeklikten kopmasına yol açardı. Bu sırada tamamen kendi dünyasında imgelerle baş başa kalan Ayhan, çocukken böyle zamanları nefes alamayacak gibi tıkanır, bunu bir hastalık, bir kriz, kendisine verilmiş bir ceza sanırdı. Belki de öyleydi ama bu şiddetli imge bombardımanlarından yararlanmayı el yordamıyla keşfedip soyut imgeleri taşlara yontmaya, ahşaba kazımaya başlayınca artık bu krizlerden şikâyet etmemeye başlamıştı. Adına 'hayalhâne yağmurları' diyerek yumuşattığı, sert şimşek aydınlığıyla gelen bu kaçınılmaz ve başa çıkılamaz imge sağanağı öyle güçlüydü ki, ne içinde bulunduğu ortamı, ne de duyguları ciddiye alır, takardı. Geldiği sırada Ayhan'ı melankoliyle sarar, sarhoş birine dönüştürür, kendinden bile kopartırdı. İşte havalimanında Kete'yi görür görmez usunda canlanan çamura bulanmış bir çift kırmızı pabuç imgesiydi ve o imgenin yoğun çağrışımları onu içinde bulunduğu ortamdan kopartıp uzaklaştırmıştı.

Çocukken daha çok yalnızlığı tercih etmesi ama yalnızlık çekmemesi de bu yüzdendi. Güçlü çağrışımlarla gelen uzun imgelem atakları, Ayhan gibi Çukurova'nın bereketli bir köyünde büyüyen yoksul bir çocuk için büyük bir nimete dönüşmüştü. Derede yüzen çalıları, yaprakları, bulutları, yıldızları, köyün içindeki ağaçları, yemeğe bayıldığı Murt, Hambelis, Güllop meyveleri, ve çok sevdiği otlar ona bazen bambaşka şekillerde ve canlanmış olarak görünür, çalılar büyük gemilere, yapraklar ak sakallı dedelere, bulutlar pamuk tarlasında çalışan ırgatların sevinç içinde topluca göğe yükselişine dönüşüyor, yıldızlar Amerika'dan geçerek Ay'a ve Mars'a giden roketlere, roketler deredeki taşlara, anasının ayakları Adana'daki yüksek binalara, üzerindeki yaralar, nasırlar binaların pencerelerine, pencereler köye bitişik Aslantepe'deki arkeolojik kazılarda bulunan yazıtlara, yazıtlar mezar taşlarına, mezar taşları Kâbe taşına, Kâbe taşı içinde kara sakallı evliyaların oturup şerbet içip yün ördükleri dergâha... Tabii henüz imgenin ancak çizildikten veya forma büründükten sonra düşünce taşıma aşamasına eriştiğini bilmiyordu. Ve daha Rodin'in 'Cehennem Kapısı' eserinden ve onun imgelem gücünden habersizdi.

Kete'nin çamurlu kırmızı pabuçları. Bir çift çamurlu kadın pabucu!

"Hocam, İstanbul İstanbul diyorsunuz da çamur içindedir, ne farkı vardır Adana'dan, dağdan taştan ya?" Çocukluğunda yazlık sinemaya gidecek paraları olmadığından, dışardan ve tersinden seyrettikleri Ayhan Işık-Belgin Doruk filmlerinden beri içinde heyecanla büyüyen İstanbul hayranlığı, artık kendini İstanbullu saymaya başladığından beri, her kış şehri esir alan çamurla beraber çöker, küçülür, sönerdi. "Hassiktir, kurtaramamışsınız çamur deryasından ulan!"

Halbuki çamur, taş ve kil gibi heykel yaparken kullanmayı sevdiği bir materyaldi. Ama çok sevdiği bu ıslak toprak, sokaklarda üzerine, ayakkabılarına bulaştığında bundan fena halde rahatsız olurdu. Ayakkabıya bulaşmış çamur onun için yoksulluk, umutsuzluk, acı demekti. Çamur aşağılanmak, umutsuzluk, şansızlık , Allah'ın cezası demekti. Köyü neyse ama İstanbul? Hani ah güzel İstanbul? Kış geldi mi, çamur olurdu İstanbul'un her yanı. En şık mahallelerinden Allah'ın ve belediyelerin unuttuğu varoşlara kadar çamura boğulurdu İstanbul. Hiç değişmedi hâlâ öyledir. Oysa bizden çok soğuk kışlar ve çok daha ıslak sonbaharlarda bile kimsenin çamura bulanmadığı Batılı metropolleri gezip gördükten sonra çamurun bir 'üçüncü dünyalılık' metaforu olduğunu düşünen Ayhan, yüzyıllardır beceriksiz, plansız ve özensiz kalan yerel ve merkezi yönetimlere sövüp duruyordu.

"2010'da Avrupa kültür başkenti, hatta dünya başkentlerinden biri olmak isteyen ey İstanbul! Her kış her yanın çamura bulanıyor, daha yüzünü yıkayamıyorsun sen be!" İşte o gün kapı çalındığında elinde murç, üstü başı toz içinde Ortaköy'de evinin altındaki garajdan bozma atölyesinde çalışıyordu Ayhan. Üst katta temizlikçi hanım vardı ama kapıyı açmadığına göre işini bitirip gitmiş olmalıydı. Gidip kapıyı açtığında karşısında duran orta yaşlı, temiz yüzlü kadının ilk olarak çamur içindeki ayakkabılarını görmüştü. Bir çift çamurlu kadın ayakkabısı. Ayakkabılar o kadar çamurluydu ki, arasından görünen kırmızı deri parçası çöldeki tek damla yağmur gibi ferahlatmıştı Ayhan'ı. "İstanbul'u önce çamursuz bir kent yapmak şart!" diye içinden geçirdi. Kadın kendi ayakkabılarının çamurunu ilk defa fark ediyormuş gibi başını eğip baktı. Sonra birbirlerine baktılar: ama Ayhan çoktan dalmış, kadına bakarken bambaşka bir yere uçmuştu. 'Victor Hugo'nun bir romanıydı, Sefiller mi, Notre Dame'ın Kamburu mu, onlardan biri işte, ama romandan aklımda en kalan en önemli şey, Paris'in de 150 yıl önce çamur içinde olduğuydu. Halbuki Darüşşafaka'daki edebiyat öğretmenim romanın özetini istemişti. Bense çamur ve kentlilik üzerine ödev yazıp az daha çakıyordum ha!' diye gülerek anlattı. Ayhan'ın kapısını çalan kırmızı ayakkabıları çamurlu orta yaşlı kadın onun anlattıklarını dinledi ve gülümsedi. Ayhan daldığı yerden devam etti. "O zaman anlamıştım ki, roman da diğer sanatlar gibi hiçbir tarih, coğrafyanın ya da bilimin kendi çağının önemli ayrıntılarını yansıtamayacağı kadar müthiş bir aynadır. Bakma ha, hâlâ roman okumaya öyle ayılıp bayılmam ama iyi romancılara saygım büyüktür," dedi. Sonra toparlandı, kendisini hoşgörülü gözlerle tepeden tırnağa süzen kadına; 'Merhaba!' dedi. Gülümseyerek, çocukluğundan beri yaptığı gibi, yediği bütün tokatlara, yaşadığı bütün bozgunlara rağmen hâlâ sakınmadan, tanıştığı her insana iyi ve dürüst olma kredisi vererek: 'merhaba!'

"Sen Ayhan olmalısın," dedi ayakkabıları çamurlu kadın sevimli sevimli gülerek. "Belgin'in Ayhan'ı olmalısın sen!" dedi çamurların altından kırmızı ayakkabısı görünen kadın. 'Belgin'in Ayhan'ı,' dedi. Öyleydi tabii.

"Kete bu, Belgin'in Kete'si!" diye sevindi Ayhan. Ama Kete çevresinden tamamen soyutlanmış, neredeyse kulağına yapıştırdığı telefona fısıl fısıl bir şeyler anlatıyordu. Telefonda konuştuğu her kimse ona çok önemli bir şey söylediği hissediliyordu. Burnunun dibine sokulduğu halde hâlâ kendisini fark etmeyen Kete'nin telefonda kiminle konuştuğu sorusu Ayhan'ın kafasına huzursuzca takıldığı anda ayağına da bir şey takıldı. Bu, aceleyle ÇIKIŞ kapısına yürümekte olan bir yolcunun dikkatsizce çektiği tekerlekli valizdi. Düşmekten son anda kurtulan Ayhan, yolcunun kendisinden özür dileyeceğini sandı ama o anonsun yarattığı panikle kendini havalimanı dışına atabilmek için çoktan gözden kaybolmuştu. Ayhan, sık sık içinde kaybolduğu imgelem dünyasından sıyrıldı ve kırmızı pabuçlarıyla oturup, telefonla konuşan Kete'ye; "Hemen çıkmalıyız buradan!" diye bağırdı.

19
ALLAH'IN DEDİĞİ OLUR!

"Bismillahirrahmanirrahim! Dijital arıza da ne demek şimdi? Sakın bir bomba olmasın bu? Allah korusun, ama bu anons pekâlâ öyle de manalandırılabilir yani.. Allah esirgesin, eğer burada bir bomba varsa şimdi bunu da Müslümanlara yüklerler vallahi de billahi de..

Aleynâ Gülsefer, bir elinde Kenzo Flower parfümü ve iki kutu lokumun içinde olduğu, üzerinde 'Istanbul Ataturk Airport Duty Free' yazılı, gözbonculkarından kenar süsü yapılmış rengârenk plastik poşet, öbür elinde Gümrüksüz Mağaza müdürü Jak Sarfati'nin iş kartıyla dış hat uçuş programını gösteren monitörlerin önünde beklerken anonsu duydu. Önce duyduklarını yanlış anladığını düşündü, derin derin nefes alarak içinden üç İhlas, bir Fatiha suresi okudu. İhlas suresini Kulhuvallahi diye bilenleri düzeltmeyi bir görev sayan Aleynâ, İmam-Hatip lisesinden ve ailesinden aldığı eğitimle dinimizi eksik bilenleri aydınlatmayı severdi.

Etrafindaki yolcuların anonstan sonra farklı dillerde huzursuz konuşmalar yaptığını duyunca heyecanlanan Aleynâ'nın kalp atışları hızlandı. Heyecan ve stres, astımı tetiklediği için kendini yatıştırmaya çalıştı; bir Fatiha suresi daha okudu. Henüz bütün dillerde aynı anlama gelen *'terör'*, *'bomba'* ve *'İslam'* sözcüklerini duymasa da birazdan bu üçünü yan yana duyacağını düşünerek içi daraldı. İslam yaşama biçimini tercih edenlere Türkiye'de cumhuriyet kurulduğundan beri üvey evlat zulmü yapıldığına kesinlikle inanan Aleynâ, 11 Eylül'den sonra Batı dünyasında İslamiyet'e yöneltilen eleştirel tutum yüzünden de acı çekiyordu. Mutlu ve sağlıklı bir çocukluk geçirmiş olmasına rağmen, hassas yapısıyla kız ve erkek kardeşine hiç benzemezdi. Özellikle son yıllarda haksızlığa uğramışların 'kurban' psikolojisiyle, hakkını alacağı zamana kadar mücadele edecek ateşli bir direnişçi arasında savrulup duran ruh hali onu çok yoruluyordu. Gencecik omuzlarına büyük bir haksızlıkla savaşmak misyonu yüklendiğini düşünerek daima güçlü ve sabırlı olmak zorunda kalıyor, geleceğe dair kişisel hayallerinin ve planlarının tam ortasına daima türban konusu oturuyordu. İçine doğmasaydı da tercih edeceğini tartışmasız inandığı İslami yaşam biçimine karşı oluşturulmuş pek çok olumsuz önyargıyla çocukluğundan beri savaşmak onu daha yirmi yaşında yorgun düşürse de her geçen gün içindeki mücadele ateşinin güçlenmesini Allah'ın bir işareti olarak algılıyor, buna şükrediyordu.

"Her şerde bir hayır vardır, ancak bunu görebilenler 'sevgi ile şükran' nimetinden faydalanabilirler!" diye geçirdi içinden. Stres kontrolü konusunda birçok astım hastası gibi o da bilgiliydi. Ama gençti ve azimliydi, bu panik ortamında astım atağına izin vermemeye niyetliydi.

Sıcak İstanbul yazlarında, özellikle türbanına, uzun pardösü veya tüniğine alayla bakan 'laikçiler'in arasında tek başına kaldığında omuzlarında taşıdığı yük ağırlaşır, bazen omuzları buna dayanamaz çöker ama güçlü imanının yardımıyla kendini toplar, çocukluğunda geliştirdiği bir refleksle başını dimdik tutar, içinden bir Fatiha suresi okur, derin derin nefes alarak o ânı muzaffer olarak atlatırdı. Kendi ülkesinde İslami hayat biçiminin bir parçası olan türbanı yüzünden üniversitede okuyamadığı için Amerika'ya giderken şimdi bir bomba patlar ve ölürse, şehitlik mertebesine ulaşacağının bilincindeydi. Çünkü, Aleynâ Gülsefer burada ve şimdi ölürse Allah'ın buyurduğu ilim ve irfan yolunda ölecek ve şehit olacaktı.

Yine aynı şey oldu; başını dimdik kaldırdı, omuzlarını arkaya attı, bir Fatiha suresi okudu, derin derin nefes aldı. Astım atağını ve kem gözleri geri püskürtecekti!

"Merak etme Aleynâ, Allahü Teala seni görüyor, seni sınıyor. O inananı ve sabredeni bilir ve korur!" diye fısıldadı kendine.

Çevresinde İngilizce ve Türkçe 'Ne olmuş, tehlikeli bir durum mu varmış? Nasıl çıkacağız buradan?' cümlelerini duyunca kendi içindeki derin yolculuktan sıyrılıp çevresinde EXIT yazılı çıkış kapılarını araştırmaya başladı. Henüz gözle görülür bir panik yoktu ama bunun yaklaşmakta olduğuna dair bütün işaretler vardı ve bu tehlikeli bekleyiş yüreğini yakıyordu. Bulunduğu noktadan iki ayrı yöne doğru giden çıkış okları vardı ve bu mesajı dikkatle okuyunca, yön konusunda vereceği kararın kendisine sunulmuş bir başka sınav sorusu olduğu ayan beyan ortaya çıkıyordu. Gerçek Müslümanları öncelikle sağlam ahlaklı insanlar olarak kabul eden Aleynâ, yaşamın bu insanlar için her an şeytanın ayartmalarıyla dolu bir sınav olduğuna inanırdı. Şimdi mesela, önünde iki farklı yönü gösteren ÇIKIŞ okları flaşörler yakarak onu sınıyordu. Şu anda vereceği bir karar belki kurtuluşu veya sonu olacaktı. Seçeceği yön, belki bombaya yakın, ölümün yanı başındaki bir noktadan geçecekti? Ya da seçmediği yön aslında kurtuluşa açılan yol olacaktı? İçi ürperdi, annesi, babası ve küçük kız kardeşini düşündü. Eğer burada bugün ölürse babasının annesini suçlayacağını: 'türbanıyla üniversite bitirecek, meclise bile girecek kızım!' diye tutturmasa Aleynâ'nın şimdi hayatta olacağını onun başına kakacağını görür gibi oldu. Ama o da tıpkı annesi gibiydi, kafasına koyduğunu yapar, tuttuğunu koparırdı. Kendini toparladı ve derin nefes aldı. Hâlâ derin nefes alabiliyordu!

"Kader!" diye fısıldadı, "Kadere karşı konulamaz, alnımıza ne yazılmışsa o olacak! Eğer bugün burada ilim irfan yolunda şehit olmak yazılmışsa eğer alnıma, benim elimden ne gelir?" Bunu düşününce içinin çekilmesi kesildi, yerini kabullenmişliğin sakinliği ve bir çeşit meditasyon huzuru kapladı. Astım atağı endişesi çoktan aklından çıkmıştı zaten. O zaman elindeki torbayı ve kartı hatırladı. Kartta: *'Jak Sarfati: Gümrüksüz Mağaza Yöneticisi – İstanbul Atatürk Havalimanı Dış Hatlar Terminali- DHMI tel: (0212) 465 4200 E-posta:jaksarfati@atu.com.tr'* yazıyordu. Gümrüksüz Mağaza Aleynâ'nın sağında kalmıştı. Müslümanlar için sağ, sola göre daima tercih edilmesi gereken bir yöndü; iyilik meleği Münker sağ omuzda bekler, amel defteri sağdan verilir, tuvalette sol ayakla girilir, taharet sol elle edilirdi. Aynı zamanda Jak Sarfati'nin sağ tarafta olmasıysa tamamen bir tesadüftü elbette... O zaman Aleynâ sağdaki ÇIKIŞ'a doğru döndü, sağ adımıyla 'Bismillahirrahmanirrahim!' diyerek yürümeye başladı. Bunları saniyeden kısa zamanda ve neredeyse otomatik olarak yapmıştı. 30-40 metre kadar yürüdüğünde Gümrüksüz Mağaza'nın önünde ellerindeki eşyaları kasalara bırakıp telaşla mağazayı terk eden kalabalık turist gruplarına rastladı. Kapının önünde son derece sakin, kibar, kontrollü biçimde ve birkaç farklı dilde yolcuları yatıştırmaya çalışan Jak Sarfati'yi gördü. Siyah takım elbisesi içinde atletik bedeni, uzun boyu, arkaya doğru irileşen sanki bir heykeltıraş tarafından özenle yontulmuş tamamı tıraşlı, çıplak başı ve uzaktan bile insanın burnuna gelen erkeksi parfümüyle (neydi acaba?) dikkat çekecek kadar yakışıklıydı. Erkeklerin uzun saçlarını at kuyruğu yaptığı ya da saçlarını tümden tıraş ettirdiği iki zıt erkek saç modasının yan yana kullanıldığı 'özgür zamanlar yüzyılı'na çoktan girilmişti. "Yine de onu asıl cazip kılan sükûnetli ve beyefendi hali" diye düşündü Aleynâ her zamanki gibi kendini kontrol ederek. "İnsana mesafe koyacak kadar beyefendi hali..." Sonra kalbine âni bir acıyla saplanan cümle geldi düştü aklına: "Ölmeden önce göreceğim son kişi Jak Sarfati olacak belki de." Bu düşünce ona ölüm ihtimalinden daha üzücü geldi. Yaşamındaki son insan olarak annesini, babasını, kardeşini değil de hiç tanımadığı, yabancı birini görecek olması çok zalimceydi. Buna dayanamayacağını hissedince gözlerini yumdu ve aklından geçen 'O bir Yahudi olmasaydı?' düşüncesini çabucak söküp attı oradan. Ama bir fitne bir defa girmeyegörsün insanın zihnine, hemen yayılır, kanını zehirler. "Şeytanın işi bu! Allah -Celle celaluhu- beni sınıyor olmalı! Bir Müslüman asla insanları ayırmaz, ne dinine, ne ırkına göre ayırmaz! Ayırmamalıdır! "

Çok sıcak bir İstanbul yazında, havalimanında bir acil durum esnasında yaşanan gerilimli ortamda tepeden tırnağa örtülü Aleynâ'nın gözlerini de kapatarak nefessiz kalışı çevredekilerin dikkatini çekmişti. Yoksa astım krizi mi başlamıştı? Hayır, Aleynâ buna izin vermeyecekti! Kısa bir süre sonra gözlerini açtığında birkaç kişinin etrafında toplanıp sağlığını sorduklarını görünce mahcup oldu, kızardı, terledi. Kendini belli etmek bir çeşit günahtı. Sağlığını merak edenler arasında Jak Sarfati de vardı çünkü Aleynâ'nın kısacık fenalaştığı yer onun çalıştığı mağazanın tam önüydü.

İçi bulunduğu koşullar nedeniyle onu görünce bir tanıdığına rastlamış gibi gülümsedi genç kız.

"İyi misiniz?" diye endişeyle sordu Jak.

"Sağolun, iyiyim, biraz evhamlandım galiba... Geçti ama, geçti."

Birbirlerine bakıp tuhaf bir suçluluk duygusuyla çekingen gülümsediler. Ama koşullar o kadar olağandışıydı ki, ikisi de çevrelerinde telaş içinde ÇIKIŞ kapılarına doğru henüz koşmasalar da hızla akan yolcuları kaygıyla izlemekten kendilerini alamadılar. Bu koşullar altında bile Aleynâ, onun aklından kendisi için '*Müslüman ama iyi bir kız!*' diye geçiyor olabileceğini düşünüp, bu varsayım yüzünden kırıldı.

"Endişelenmeyin, burası Türkiye'nin en iyi korunan kapalı mekânıdır. Atatürk Havalimanı'nda çalışan güvenlik ve polis ekibi ülkemizin en profesyonel ve deneyimlileri arasında özel olarak seçilir. Şu anda pek çok sivil polis aramızda dolaşıyordur; sakın korkmayın!" diye fısıldadı Jak, Aleynâ'ya.

Korkmuyordu Aleynâ, ölürse şehit olacak, Tanrı katında en yüksek mertebeye yükselecekti nasılsa. Yine de tamamen yabancı bir ortamda ve sıra dışı bir durumda birinin kendine destek vermesinden hoşlandığını hissediyor ama bundan son derece rahatsız oluyordu.

"İleride, sağ taraftaki Havalimanı Oteli'ne doğru EXIT kapısından çıkın, herhalde sizleri daha güvenli bir yere götüreceklerdir. Başka bir zaman, normal koşullarda yolunuz düşerse beklerim, her zaman hizmetinizdeyiz," diye fısıldadı Jak.

"Sizler ne zaman çıkacaksınız buradan Jak Bey?" diye sordu Aleynâ aniden; ama aynı anda acaba Bay Jak mı demeliydi, diye içine bir kurt düştü. Acaba ayıp edip onun kalbini kırmış mıydı? Bilemedi. Acaba dini farklı diye insan komşusuna farklı mı hitap etmeliydi? O zaman, ne samimi birer Müslüman olduklarından hiç şüphelenmediği ailesinin, ne de akraba ve tanıklarının bir tane bile gayrimüslim arkadaşları olmadığını ilk defa fark etti. Yoktu, olmamıştı. Aralarında bilerek isteyerek oluşturulmuş bir sınır mı vardı yoksa bu bir tesadüf müydü? Peki o zaman eskiden yan yana mahallelerde yaşadıklarını yazan İstanbul yazarları nasıl insanlardı? Daha doğrusu bunu şimdiye kadar neden hiç düşünmemişti de Amerika'da her dinden ve ırktan sınıf ve yurt arkadaşı olmasıyla gurur duyuyor, oradaki demokrasiye özeniyordu? Sanki burada kendi memleketinde de pek çok farklı dinden ve ırktan insan yaşamıyor muydu? Öte yandan her fırsatta özendiği ve zengin kültür mirasıyla gurur duyduğu Osmanlı İmparatorluğu'nda ataları bunu nasıl başarmışlardı?

"Yolcu kurtarma işlemi tamamlanınca biz havalimanı çalışanlarını da 'evaküeyt' edecekler" dedi Jak soğukkanlı bir sesle.

"Ölebilir..." diye düşündü Aleynâ. "Ölebilir ve bunu biliyor ama sakin görünüyor. Belki din inancı kuvvetlidir ve bu yüzden böyle güçlüdür? Ya da içinde fırtınalar kopuyor, fakat dışarıya kaya gibi sert görünüyordur, tıpkı benim gibi..."

"Hakkınızı helal edin!" dedi Aleynâ aniden, hiç planlamadan, öyle... Ama Jak'ın şaşkın bakışlarını görünce, sözlerinin anlamını kavradı ve onun hakkını helal etmesini beklemeden, utangaç bir gülümsemeyle başını sallayıp kaçarcasına sağ taraftaki ÇIKIŞ kapısına doğru uzaklaştı. Saçmalamıştı. Daha biraz önce tanıştığı bir mağaza müdürünün üzerinde ne hakkı olacaktı ki, bir de helal etmesini istemişti ondan? Zevzeklik işte! Evet evet, akıldışı, gereksiz, beyhude sözler!

'Of Aleynâ ya, annen duysa nasıl kızardı şimdi sana... İnanamıyorum sana ya! Hem de...' diye homurdandı. 'Hem de...' Ama bu '*hem de*' neydi? Ne? Ah neydi de dile getiremiyordu bu '*hem de*'yi bir türlü? Kalbi yine hızla atmaya başlayınca durdu, astım atağını şimdi istemiyordu, şimdi değil! Ama niye kızıyordu kendine? Sonuçta; Allah'ın selamını üzerine verdiğimiz herkesin de bizim üzerimizde bir insanlık hakkı yok muydu sanki? Selam verdiğimiz her kişiyle aramızda insani bir bağ kurularak, her insanın vicdanen birbirlerine karşı hakkı oluşması gibi muhteşem bir yardımlaşma, hak yememe ve dürüstlük düsturu üzerine kurulmamış mıydı İslamiyet? Bir sünnetti bu. Bu yüzden selamını aldığın hiç tanımadığın biri bile açken senin boğazından lokma geçmemesi gerekmez miydi İslamiyet'te? Öyle olmalıydı elbette... Öyle olmalıydı gerçek İslamiyet'te tabii... Öyle! Ama öyle oluyor muydu gerçekte?"

'Offf!" diyerek bunaldı Aleynâ. Oysa şu sıra bunalmaması, astımı davet etmemesi gerekti. 'İyi ya, yanlış yapmadım ben yani...' Peki o zaman neden, kendini tanımladığı gibi 'Medenî bir Müslüman Bayan' olarak Jak'ın cevabını beklememiş, mahcup biçimde kaçmıştı? Suçluluk duyuyorsa bu yanlış bir şeydi! 'Neden suçluluk duyacakmışım ki?' diye savundu kendini kendine karşı. Onlar İsrail'in Filistin politikasından dolayı suçluluk duyuyor mu? Hem biz kendimize üst kimlik olarak Müslümanlığı seçince suç oluyor da, onlar neden önce Türk değil de Musevi kimlikleriyle kendilerini tanımlıyorlar? New York'ta neden American Jewish* değil de Jewish Heritage Museum** var? Ha?" Birden durdu. "Çünkü Batı iki yüzlü davranıyor. İslamiyet'i dışlıyor ama Museviliği kendi medeniyeti içinde kabul ediyor!" diye öfkeyle söylendi. 'Herkes bize karşı; içeride ve dışarıda Müslüman'ın Müslüman'dan başka dostu az!' Böyle düşününce rahatladı ve yeniden ÇIKIŞ kapısına doğru yürümeye başladı.

O sırada yanında yürüyen bazı yolcuların konuşmalarından pasaport gişelerinin kapatıldığını duyunca kendi içindeki büyük kavgadan koptu. Demek annesi, babası ve kız kardeşini son olarak görüp el salladığı noktadan çıkış da artık imkânsızdı. Hem onlar şimdi Çamlıca'daki eve varmışlardı belki de? Hatta Boğaz manzaralı şık bir sitede yer alan üç katlı villalarının diğer villalarla bir örnek döşenmiş geniş, ferah, mutfağında toplanmış, çay içip dedelerinin köyünden getirdikleri yatılı hizmetçilerin pişirdiği ev kurabiyesi yiyerek gururla büyük kızlarından bahsediyorlardı

---

* Amerikalı Yahudi.

** Yahudi Mirası Müzesi.

şimdi? Gururla tabii... Bütün sülalesinde Amerika'da üniversite bitirecek ilk kişi kendisi olacaktı: 'hem de bir bayan olarak!' diye fısıldadı kendine. Gurur vericiydi elbette! Herkes onunla gurur duyuyordu ama ille de annesi... Oysa kızının gurbette eğitim görmesini bir türlü içine sindiremeyen, şimdiye kadar çoktan dede olup torunlarına Kuran'ı ve namazı öğreteceğine dair sık sık içlenen babası belki de yine huzursuzdu? 'Nedir bu inat hanım?' diyordu annesine, 'Aleynâ ille de çalışmak istiyorsa, bizim dinimizde baskı yoktur. Önce evlenir, kocasının da rızasıyla bizim şirkette pekâlâ türbanlı olarak çalışabilir. Sonuçta türbanla çalışmak sadece devlet dairelerinde yasak. Allah'a şükür işlerimiz iyi, gün geçtikçe de açılıyor, varlıklıyız hamdolsun! Ne diye elin Amerikalarına gidiyor bu çocuk kız haliylen?' Ama annesinin desteğiyle kendisi de bu üniversite diplomasını bir gurur meselesi yapmış ve sonuna kadar da ucunu bırakmamaya azmetmişti evvel Allah!

Yalnız babası bu bomba, ya da -İnşallah- dijital arıza olayını eğer haberlerde falan duyarsa zaten yüksek olan tansiyonu onu yine 'acil'lik edebilir, Allah esirgesin tehlikeli olabilirdi... Yok yok, direnmeliydi ve bütün bu sebeplerden dolayı daha güçlü ve daha fazla mücadeleci olmalıydı Aleynâ. Daima uyanık ve güçlü! O zaman cep telefonuyla ailesini arayıp 'haklarını helal etmelerini' istemek arzusunu da gönülsüzce sildi aklından. Zaten seslerini duyunca ağlar mağlar, iyice perişan ederdi babasını... Yok yok, olmazdı telefon, olmazdı....

Buradan hayırlısıyla salimen çıkacaktı; Allah'ın izniyle... Pasaport geçişleri kapatılsa da... Kapatılmıştı demek! O zaman sembolik de olsa artık Türkiye toprağında olmadığını, uluslararası bir bölgede sıkışmış ve zamanda büyük ihtimalle bir bomba ile baş başa kaldığını düşündü. Hemen bir Fatiha daha okudu ve aklından sık sık geçen astım atağını uzaklaştırdı. Yine de omzunda asılı şık çantasında astım spreyi olduğu düşüncesiyle rahatladı. Biraz ileride kendisiyle aynı üslupta türbanlı, uzun fildişi renkli pardösü giymiş, kol kola iki genç kadını fark edince havalimanında akrabalarına rastlamış gibi sevindi Aleynâ. O ikisi birbirleriyle hararetle konuşup hızla ÇIKIŞ kapılarından birine doğru yürüdüklerinden onu görmediler. 'Belki onlar da türban yüzünden yurtdışında okumaya gidiyorlardır? Amerika'ya...' diye düşündü Aleynâ.

"Doktor çağırın! Bayıldı zavallı! Koşun, yardım edin!!!" çığlıklarını o sırada duydu Aleynâ. Başını sola çevirince, bir kuyumcu dükkânının önünde, kalabalığın ortasında yerde yatan bir kadın gördü. Başına toplanan kalabalıktan yüzünü göremediği kadının entarisi beline kadar sıyrılmış, bacakları baldırlarına kadar sereserpe açılmıştı. Ama kimsenin onun bacaklarına bakacak hali yoktu, herkes doktor peşindeydi. Hemen çantasından yedek eşarbını çıkartan Aleynâ kadının bacaklarını örtmek için kalabalığı yararak yanına ulaştı ve aceleyle örttü. Kadının başında dikilmiş yaşlı bir kadın turistle, Avrupa'da çalıştığı besbelli bir Türk işçi kadın 'doktor!' diye bağırıyorlardı. Bacaklarını örttüğü kadının yüzünü görmek için eğilince, onun sinema yazarı Anna Maria Vernier olduğunu irkilerek fark etti Aleynâ. Kadınlar da ilgisi nedeniyle Aleynâ'yı doktor sanarak geri çekildiler. Gözlerini kocaman açmış, hırıltılı ve güçlükle nefes alan Anna Maria ile Aleynâ göz göze geldiklerinde Aleynâ telaşla bağırdı: "Astımı var bu bayanın astımı: Astıma!"

Sonra hemen çantasına uzandı ve astım spreyini çıkartıp yerde boğulacakmış gibi hırlayan Anna Maria'yı başının arkasından dikkatle tutup kaldırdıktan sonra ilacı ağzına sıktı. O sırada yanlarında beliren bir güvenlik görevlisi: 'Durun bayan, siz doktor musunuz? Belki hasta astımlı değildir, bilmediğiniz ilacı kullanmayın, doktor gelene kadar bekleyin!' diye Aleynâ'yı uyardı ama o görevliyi duymamıştı bile. Birkaç saniye sonra sakinleşen Anna Maria, bir koluyla başına destek vererek, yanına çömelip başında bekleyen Aleynâ'ya gülümsedi, gözleriyle teşekkür etti.

"Önemli değil, kim olsa yapardı," dedi Aleynâ hiç gülümsemeden. Anna Maria bunu 'Kime olsa yapardım,' olarak duydu, öyle anladı.

Sonra oturur pozisyona gelmek için yavaş yavaş doğrulmaya çalışan Anna Maria'yı sırtından tutarak destekledi. O sırada onun boynundaki haç kolyeyi yeniden gördü.

"Sizinle tanış mıydık biz?" diye tane tane ve yorgun bir sesle sordu Anna Maria,

"Ben sizin birkaç sinema yazınızı okumuştum," dedi Aleynâ onun ayağa kalkmasına yardım ederken, buz gibi bir sesle.

"Ah, şimdi hatırladım, biz sizinle aynı parfümü kullanıyoruz! Değil mi?" diye gülümsedi Anna Maria, şimdi rengi yerine gelmiş, iyileşmişti.

Evet anlamına başını salladı Aleynâ. Demek biliyordu, demek başından beri farkındaydı... Demek, Aleynâ'yı taa mağazadayken fark etmişti Anna Maria... Taa o zamandan beri...

20
CIAO İSTANBUL!*

"Al başına belayı şimdi! Tut ki, bu bir bombadır ve patlar, burada on kişi ölürüz, ama bu felaket kim bilir kaç on yıl Türkiye'nin kaderine yapışır ve temizlenemeden üzerinde kalır!" diye yüzünü buruşturdu Anna Maria Vernier anonsu duyduğunda.

"Halbuki Londra veya Tokyo metrosunda ya da Paris Havalimanı'nda bir bomba patladığında, o felaketin kanıyla beraber kara yazısı da psikolojik ve siyasi deterjanlarla yıkanmaya çalışılır, temizlenmesi için emek harcanır, sonra da turizmden sanata, bilimden sinemaya hayat yeniden olağan akışına döner... Bizim burada öyle mi ama!" diye ateşe üfler gibi uzun uzun nefesini verdi.

"Giovanni Amcam burada olsa, 'Bak yine bulduk papazı! Gördün mü bendeki eşşek şansını be!' derdi

---

* Merhaba, hoşça kal. (İtalyanca)

şimdi" Bir yandan zoraki bir gülümsemeyle kendini neşelendirmeye, bir yandan da derin nefes almaya çalışan Anna Maria'nın içine sanki tek zerre oksijen girmiyordu. Yeniden denedi, ancak sanki havalimanının bütün havası anonsla beraber emilmiş, geriye bir şey kalmamıştı. Yıllardır astımla beraber yaşayan biri olarak aşırı heyecanlandığı veya paniğe kapıldığı sırada astımın daha saldırganlaştığını bildiğinden soğukkanlı olmaya çalıştı.

"Yarınki panelde bunlar artık canımı çıkartırlar benim; yok Türkiye'nin Doğu-Batı ikilemi, yok siz Türkler nasıl AB'ye gireceksiniz? Yok kimlik krizi... o da olmaz: İslamiyet ve terör, falan da falan... Sanki IRA, ETA falan Müslüman da!... En iyisi sen yarın Cannes'da yapacağın 'Yeni Kuşak Türk Sineması'nı unut kızım Anna Maria!"

Elinde bir şişe viski, bir rakı, birkaç kutu lokum, yüksek koruma faktörlü güneş kremi ve Kenzo Flower parfümünün olduğu 'Duty Free' torbasıyla havalimanı gümrüksüz bölgede bulunan şık bir mücevherci dükkânının vitrinine bakarken anonsu duyan Anna Maria Vernier, olduğu yere çakılıp kaldı. Önce bir süre ertesi güne dair olası negatif senaryolar üzerine sıkılıp durdu. Sonra aniden anonsu duyduğundan beri kendisini içinde bulunduğu mekândan ve tehlikeden soyutlamış olduğunu, aslında kendisinin de ciddi bir risk altında olduğunu kavradı. Ancak kavrayışındaki gecikme onu şaşırtmadı, yalnızca biraz canını sıktı. Kuşaklar boyu sinemacı bir aileden gelmesinin yarattığı tuhaf bir durumdu onunkisi. Yalnızca kendisi değil, akrabaları arasında da hayatı bir filmmiş gibi dışarıdan ve yabancılaşmış olarak izlemek ya da hayatı senaryo olarak okumak gibi 'ailevi arıza'sı(!) olanların sayısı hiç de az değildi. Bu yüzden Atatürk Havalimanı'ndaki uçuşları iptal ettirecek kadar önemli anonsu duyduğu andan itibaren, bu durumu da bir kurgu gibi algılamış, Türkiye'yi temsilen sık sık katıldığı uluslararası toplantılardan birinde yine omuzlarına yüklenecek 'ülkenin itibarı' meselesine odaklanmış, bu arada kendi başına gelebilecekler konusunu 'kendi gerçeklik' alanından çıkartmıştı. Kendi gerçeklik alanı: sinemaydı!

'Ülkenin itibarı' konusu yurtdışına çıkan her Türk vatandaşının omuzlarına yüklenen ağır bir bagajdı ama Anna Maria'nın bir de yurtiçinde taşımak zorunda olduğu ağır bir günlük yükü: *Levanten* olmak gibi bir öneki vardı ki, ancak çekenin anlayacağı dertlerdendi; yoğun, karmaşık ve oldukça sakildi. Doğduğundan beri bir Levanten Türk ya da Levanten Türkiyeli olmaktan ötürü taşıdığı kimlik yükünün ağırlığı, Anna Mario Vernier'in biraz sonra burada Atatürk Havalimanı'nda hiç tanımadığı ve kişisel hiçbir düşmanlığı olmadığı birinin yerleştirdiği bir bombayla ölme olasılığı yüksekken bile, yarın Cannes'da yapılacak bir uluslararası toplantıda Türkiye'yi temsil edecek olmasıyla ilgili kaygılarını ön plana çıkartıyordu. Sinema ve gerçeklik konusu burada yalnızca bir araçtı. Çocukluğundan beri hem yurtdışındaki yabancılara hem de yurtiçinde aynı vatandaşlığı, aynı dili ve ulusal kaderi paylaştığı insanlara kendi kimliğini sürekli anlatmak, izah etmek, açıklamak durumunda kalmıştı, kalmaktaydı:

"Hayır, göçmen değilim, sonradan gelmedim İstanbul'a! Dedemin dedesi ve onun dedesi de İstanbulludur. Hayır, Müslüman değilim, ama zaten İstanbul kurulduğunda da Müslüman değildi. Hayır, yabancı değilim, ben bir Türk vatandaşıyım, ama Levanten kökenliyim. Hayır, köklerim 13. yüzyılda İstanbul'a gelen Venedikli bir aileye kadar uzanır. Çok daha önceleri Bizans devletiyle ticaret yapan Venedikli ve Cenovalılar, sonradan Osmanlılarla da ticari ve sosyal ilişkilerini korumuştur... Tabii İstanbul'un adı Konstantinopolis'ken Pera'da pek çok Levanten yaşardı, şimdi çok az kaldı... Ne münasebet, ben de tıpkı sizin kadar, sizden daha uzun süredir buralıyım! Hayır, İtalyanca kadar Türkçe de anadilim benim! Hayır, yabancı değilim, adım Anna Maria fakat Galata da Türkçe değil ki? Niye mi İtalya'ya gitmiyorum? Canım siz neden burada yaşıyor, neden burayı seviyorsanız, ben de aynen o nedenlerle burada yaşıyorum... Ve geçmişimi, anılarımı korumak, şimdiki zamanlarımı da tercih ettiğim için başka yerlere yerleşmiyorum!"

Yoruyordu tabii... Konuşma her zaman bu noktalara kadar varmasa da, kimi zaman kibarlıkla; 'Bravo Türkçeniz ne kadar akıcı, aksanınız da yok'a, kimi zaman gerilimle: 'Müslüman olmayı hiç düşündünüz mü'ye, veya 'Ama sonunda İtalya'ya döneceksiniz herhalde'ye uzanınca, insan sürekli 'yerleşik yabancı' konumuna itilip, azınlık bilinci uyanık tutulmaya çalışılınca, yorulmamak imkânsızdı. O da yoruluyordu. 30 yıllık hayatında Anna Maria da zaman zaman yorgun düşüyor, bezip usanıyor ama vazgeçmiyordu. Neden vazgeçmeliydi ki? Burası onun da yurduydu, eviydi, arkadaşlarının, çocukluk anılarının, geçmişinin ve kimliğinin ait olduğu kültürdü. Ve ona göre bazı Venedikliler de tıpkı Türkler gibi İstanbul'a gelmiş, yerleşmiş, burayı yurt edinmişlerdi.

"Sanki bir tek onlar buranın sahibidir de kendilerinden önceki ev sahipleri uzaydan gönderilmiş 'alien'lar ya!"

Anonsun içeriğinde ustaca gizlenmiş bir ölüm tehlikesi olasılığını bile düşünmeye fırsat bulamadan, içinde bulunduğu durumun bir sinema filmine ne müthiş bir giriş sahnesi olacağını düşünmekten kendini alamadı Anna Maria Vernier. Elinde değildi, bütün referansları sinema olan bir aileden geliyor, sinemayı çoğu zaman hayatın kendisinden daha etkileyici ve hiç kuşkusuz hayattan daha iyi buluyordu. Sinema, büyüleyici ve iyileştiriciydi. Sinema, birleştirici ve eleştiriciydi. Sineme sinemaydı işte! Büyük dedesi Sergio mimar, dedesi Vittorio, Chaplin'in Asrî Zamanlar filminin ilk oynadığı ve Atatürk'ün gittiği sinema olarak ünlenen Elhamra Sineması'nın müdür yardımcısı, dayısı Giovanni tanınmış sinema tarihçisi ve yazar, büyük kuzeni Maria Rita ödüllü bir müzisyen olan ailesinde daha pek çok sanatçı ve zanaatçı vardı ve hepsi İstanbullu veya İzmirliydi: 'hepimiz buralıyız!'

"Daha balıktan anlamayan, deniz ürünleri yemeyen, yüzme bilmeyen, denizle ve denize dair tek bir hayali, imgesi veya anısı olmayan, Galata'nın, Haliç'in, Boğaz'ın; Pera'nın tarihini bilmeyen, bunlarla hiç ilgilenmeyen, üzerinde yaşadığı kendi ülkesini ve geçmişini merak etmeyen bu insanlar kendilerini buralı, İstanbullu sayıyor da... Ya sabır! İstanbul, herhangi bir şehir değil ki, böyle itilip kakılsın? Şeytan diyor ki aç ağzını, haykır: İstanbul doğuştan kozmopolittir; ona tek kültürü dayatırsanız ölebilir ya da daha önce yaptığı gibi dayatmacıları söküp atabilir! Dio vi stramaledica!*

Ağzını açtı ama konuşmak için değil. Ağzı sudan çıkmış bir balığa benziyordu. Önce havayı emer gibi içine çekti. Bu sırada göğsü hızla inip kalkmaya başlamıştı. İlkin bunu görmezden gelmeyi denedi. Görürse paniğe kapılmaktan korkuyordu. Halbuki ne koşmuş ne de merdiven çıkmış, çocukluğundan beri başının belası şu astım hastalığını tetikleyen bir efor sarf etmişti. Ama astım atağa geçmek için stres ve paniği, doktorların daha severek kullandığı şekliyle 'emosyonel davranışları' da seven bir canavardı. Özellikle kapalı alanlarda kalabalık arttıkça toz, sigara dumanı, vernik kokusu... Ama Atatürk Havalimanı'nda belli bölgeler dışında sigara içilmesi yasaktı ve iyi havalandırma sayesinde toz-duman gibi tetikleyici de kontrol altına alınmıştı. Yok yok, Anna Maria olası bir astım krizine karşı koymak konusunda kararlıydı. Hele bugün, burada, bu koşullar altında: hayır! Yine de omzuna astığı çantasında sprey ilacı-

---

* Tanrı cezanızı versin! (İtalyanca)

nın olup olmadığını düşünmeden edemedi. Evet, vardı.

"İşte en çok *onlar* yüzünden İstanbulluyum, '*onlar*'ın cehaleti, İstanbul'u anlamadan, sevmeden, tadını almadan, hırpalayarak kullanmaları nedeniyle de İstanbullu kalacağım! Özellikle o laiklik düşmanlarına karşı, buranın tek din, tek dil, tek -içecek- şerbet şehri olmadığını gösterebilmek için... Ah İstanbul'u bir Ortadoğu şehrine indirgemek rüyası ne büyük düşüncesizlik!"

Anonsun yapılmasından kısa süre sonra nereden ve nasıl çıktığı anlaşılmayan onlarca güvenlik görevlisiyle, yanlarındaki özel eğitilmiş köpeklerin kuşkulu her şeyi koklayarak dolaştığı polisler havalimanı dış hatlar gümrüksüz bölgesine yayılıvermişti. Onların varlığı kendilerine olağandışı bir durumu hatırlattığı için daha çok huzursuzlaşan yolcular polislere soru sormak için yolarını kesiyor, onlar da nazik bir şekilde ciddi bir sorun olmadığını, yakın bir zamanda herkesin uçaklarına bindirilip varış noktalarına gönderileceğini söylüyorlardı. Güvenlik görevlileri ve polisler son derece sakin görünüyorlardı.

"Mesela o türbanlı kız. Ne o öyle? Bu sıcakta kat kat giyinmiş, örtünmüş ama ayakları çıplak! Kendini İstanbul'un en erdemli ve en inanmış kadın olarak dolaştırıyor sokaklarda ve burada havaalanında! Başörtüsü ve giyim tarzını bize teşhir ediyor aslında! Ama bir yandan da seksi bir esansı olan Flower parfümünü kullanıyor. Yüzünde, giysileriyle bize anlattığı inancının kibriyle, sözde yoksul ve ezilen bir kesimi temsil ediyor. Tamamen kibir! Örtündüğü için üstün, ilahi insan modeli, bir azize sanki! Bu kızın sık sık 12 milyon nüfusunun tamamı Müslüman, tümü kendisi gibi kapalı, kocalarının ihanet ve dayağına dayanıklı kadınlarıyla, sokaklarında kanlar içinde kurbanların kesildiği bayramları, gündüzleri bütün lokantaların kapandığı Ramazanları, bütün gençlerinin mezun olduğu tektip İmam-Hatip liseleri ve çeşit çeşit şerbetlerin satıldığı Tekel dükkânlarının her köşede bulunduğu bir İstanbul rüyası gördüğünden eminim. Özlemleri, hayalleri kendine doğru gelenin dayatılması olduğuna inanmamam için hiçbir işaret vermiyor. Ama öyle olmayacak! İstanbul tek başına hiç kimsenin değil, hep olduğu gibi burada yaşayan hepimizin kalacak. Çünkü bu şehir çok sesli, çok dinli, çok dilli ve çok kültürlü bir şehir olarak kurulmuştur, öyle olduğu için özeldir ve öyle kalmalıdır..."

Birden çığlık atacakmış gibi ağzını açtı ve havayı emerek içine çekti Anna Maria. Göğsü hızla inip kalkmaya başladı, nabzının hızlandığını ve içinin çekildiğini hissetti. Tansiyonu mu düşüyordu yoksa? Fakat hâlâ çantasından astım spreyini çıkartmaya davranmıyordu. Çünkü sinir olduğu bu illeti ciddiye almazsa sanki kendisinden vazgeçeceğine dair saklı bir umudu vardı ve belki bu da sinemanın büyüsünü, hayatın gerçekliğiyle karıştırmayı sevmesiyle bağlantılıydı? Yaşamı boyunca bu alerjik astımla yaşayacağını bir türlü kabul edemiyor, bununla didişiyordu. O sırada gözü sol elindeki tek taş pırlanta yüzüğüne takıldı ve yüzünde güller açtı. Anna Maria da tıpkı halası gibi Levanten olmayan Müslüman bir İstanbulluyla evlenmiş, zaten erken vefat etmiş annesinin rızasını alamasa da demiryollarından emekli babası buna hiç karşı çıkmamıştı. Evliliğine karşı çıkanlar, kocasının ailesi olmuş, özellikle kayınpederi, Anna Maria'nın din değiştirip Müslüman olmasını çok arzu etmişti. Ama gençler kararlı davranınca Müslüman İstanbullu aile Katolik İstanbullu gelinini kabul etmek durumunda kalmıştı. Genç çiftin sık sık kullanmak zorunda kaldığı: 'Fatih Sultan Mehmet'in annesi Müslüman olmadan vefat etmiş ve Hıristiyan mezarlığına gömülmüştür,' cümlesi ne kadar işlerine yaramıştı, bunu hiçbir zaman bilemeyeceklerdi. Ama emekli subay olan kayınpederi, hâlâ 'Osmanlı'nın içindeki yabancı unsurların ekonomiyi ellerinde tutarak haksız rekabet yarattığını, her sarsıntıda Batı'ya göz kırptıklarını' zaman zaman Anna Maria'ya ima etmekten vazgeçmemişti. Aslında pek de dindar sayılmayan, yıllardır kiliseye gitmemiş, Noelleri yalnızca kültürel bir gelenek olarak kutlayan Anna Maria'nın son aylarda boynunda gümüş bir haç kolyeyle dolaşmaya başlaması hem dayısı Giovanni'yi hem de kocasının ailesini şaşırtıyordu. Hiç alışkanlığı değilken, üstelik bir dini simgeyle dolaşılmasına karşıyken boynundaki kolyeyi yadırgayan arkadaşlarına 'bu haçı, türbanı bir dini kimlik olarak bana dayatanlara karşı bir simge olarak takıyorum! Burası hepimizin ülkesi, hepimizin kamu alanı!' diye açıklıyordu Anna Maria, gergin bir gülüşle.

Üç yıl önce evlendiği İstanbullu kocası, Galata'daki evlerinin yakınında, Kuledibi'nde küçük bir İtalyan lokantası işletiyor, gazeteden ve sinemadan vakit bulduğunda o da hemen lokantaya koşuyor, kocasına yardım ediyordu. Galata ile Asmalımescit yüzlerce yıldır ailesinin, akrabalarının yaşadığı semtti ve özellikle son yıllarda yeniden, yazar, şair, sanatçı ve bohemlerin bu bölgeye dönüp pek çoğu bakımsızlıktan çökmek üzere olan anıt bina değerindeki evleri onararak yerleşmeleri onu çok sevindiriyordu. Kuledibi'ndeki bu canlanma ve bölgenin İstanbul tarihindeki önemi kocasıyla onu heyecanlandırmış ve mönüsü Türk ve İtalyan mutfağından oluşan Ristorante del Levante adında küçük ve özgün bir lokanta kurup işletmek üzere bankadan kredi alıp işe koyulmuşlardı. İtalyan Lokantası kısa sürede kendi müdavimlerini yaratmış, özellikle zengin Türk ve İtalyan şarapları ile taze meze ve sosları muhteşem makarna çeşitleri dillerde dolaşır olmuştu. Ristorante del Levante'de ne zaman Anna Maria'nın adı anılsa, karısının bir yabancı olmadığını her gün onlarca defa açıklamak zorunda kalmaktan yorulan kocası daha şimdiden genç kadının omzundaki yükü hissetmeye başlamıştı.

"Şeytan diyor ki Anna, al eline megafonu ve anlat bağıra bağıra: 'Ulan bu Levantenler sizden de dedenizden de daha İstanbullu'dur ulan! Siz daha Türkçeyi bozuk, aksanlı, özensiz, sevgisiz kullanır, hayatınızda Ayasofya'yı, Sultanahmet'i gezmeden, Mimar Sinan'ı, Mimar D'Aranco'yu, Mimar Fosatti kardeşleri merak etmezken, Beyoğlu'na Bey Oğlu Gritti'nin, Kallavi Sokağı'na Glavani ailesinin adlarını verdiğini bilmezken, Venedikli Bellini olmasa Muhteşem

Fatih Sultan Mehmet'in bir portresini bile göremeyeceğinizi unutmuşken nasıl İstanbullu olabilirsiniz ulan! Her şey parayla mı ulan?"

Levanten bir kökenden gelmediği halde kendisini anlayan birinin desteği onu son yıllarda rahatlatsa da bazan kocasının da aynı nedenlerle bezip yorulduğunu gören Anna Maria, buna üzülüyordu. Kendisi alışmıştı da... Kocasının çok bunaldığı bir gece öfkelenip söylediği: 'Şeytan diyor ki, topla tasını tarağını ve çek git buralardan!' cümlesi yüreğine bir bıçak gibi saplanmış, belki de yüzlerce yıldır orada duran bir yarayı kanattığından çok acıtmıştı. Buralardan çekip gitmek? Kolay mıydı buraları bırakmak? Ah buraları... Hem daha 30 yaşında kendine ulusal ve uluslararası bir ün edindiği sinema yazarlığı işini seviyor, Türkiye'deki sinemaseverler tarafından eleştirileri ciddiye alınan, güvenilir bir sanat eleştirmeni olarak kabul ediliyordu. Aslında başka bir metropolde, gerçek bir kozmopolit şehirde işine devam edebilirdi; İtalyancası, Türkçesi gibi anadiliydi, İngilizce ve Fransızcası da iyiydi; sonuçta sinema da evrensel bir sanattı ama... Ama İstanbul... İstanbul? O tekti ve ondan vazgeçmesi mümkün değildi!

"Öğrenecekler sevgilim, İstanbul'da yaşamak için İstanbullu olmaları, bu şehre saygı ve sevgi duymaları gerektiğini öğrenecekler!" diye dudaklarını öperdi kocasını yatıştırırken. Aslında kendisinin yatışmasına en büyük etken buydu: dışlayan çoğunluktan birinin, marjinalleştirilerek dışlananın sıkıntısına akraba yakınlığında destek vermesi ve bu duruma isyan etmesiyle boşalan enerji! Yine de her gün en az bir defa duyduğu *'Yabancı ama iyi insandır!'* cümlesinin yarattığı tiksinti duygusundan kocasına bahsetmeyi bırakmış, bunu kendi içine atmaya başlamıştı.

Nefesi iyice daralıp, göğsünden hırıltılar duyulmaya başlayınca artık yaklaşan astım krizine engel olamayacağını anlayan Anna Maria, 'nefret ediyorum bu hastalıktan!' diye düşündü huzursuzca. Çevresindeki insanların telaşlı koşturmaları, kuşkulu hissettiği her şeyi koklayarak polislerle gezen polis köpekleri ve üzerlerinde kırmızı flaşörlerle yanan EXIT işaretleri... Atatürk Havalimanı'nda yapılan dijital arıza anonsunun yarattığı gerginlikten kadar astım krizininin yaklaşmasından ötürü bunalan Anna Maria, ertesi gün Cannes'da 'İstanbul Havalimanı'ndaki terör' diye anılıp, hemen Türkiye'ye bütün seyahatlerin durdurulacağını düşününce iyice daraldı. "Artık her fırsatta ve yıllarca hepimizin başına kakılır da kakılır..." Çok daraldı. Kuş gibi hırlayan nefesinin sesi havalimanındaki uğultu ve gürültüyü bastırıyordu ki, içinde Kenzo Flower parfümü ve Fransız arkadaşına aldığı rakının da bulunduğu torbanın elinden kaydığını hissetti: 'Bir yere mi takıldım, düşüyor muyum acaba?" diye düşündü. "Kocam çok üzülecek..."

"Kadın bayıldı! Koşun! Yardım edin, burada bir kadın bayıldı!!!" diye bir çığlık duydu sonra. Oysa kısa bir karanlık andan sonra bilinci yerindeydi Anna Maria'nın. Hayret etti kendine; daha önce hiçbir astım atağında ne düşmüş ne de böyle fenalaşmıştı. Ama şimdi kafası arkaya doğru sarktığı için soluk alması daha da zorlaşıyordu. Halbuki oturabilse ya da biri onu oturtsa, çantasında astım sprey ilacı olduğunu söyleyecek, iki puf puf spreyden sonra düzelecekti ama, hırlamaktan konuşamıyordu. Bir kuş gibi ötüyordu göğsü. Keşke birileri astımlı olduğunu anlasa... Ama galiba epilepsi hastası sanmışlardı onu: 'Saralı zavallı!' diyorlardı. Nabzı hızla atıyor, içi çekiliyordu. O sırada yarı aralık gözlerinin önünde türbanlı biri belirdi. Önce eğilip Anna Maria'nın hiç sevmediği türbanlık eşarplardan biriyle bacaklarını örttü. 'Münasebetsiz şey, namusumu değil canımı kurtar önce!' diye bağırmak istedi ama artık konuşacak durumda değildi, ağzından hırıltılar fışkırıyordu.

Türbanlı kız yere çömeldi, iyice yaklaşıp kolunu Anna Maria'nın başının altına koyup, özenle kaldırdı. Hareketleri yumuşak ve dikkatliydi. Başı öne doğru kaldırılınca Anna Maria biraz rahatladı. O zaman tanıdı: bu oydu! Gümrüksüz Mağaza'da karşılaştığı kibirli türbanlı kızdı bu! Göz göze geldiler. O zaman Aleynâ bağırdı: 'Astımı var Bayan'ın!' Sonra boşta kalan eliyle çantasından bir sprey çıkartıp çalkaladı, Anna Maria'nın başını hafifçe geriye itip, spreyin ağızlık kısmını dudaklarına dayayıp püskürttü. İlaç ağız ve boğaz duvarlarına çarpınca, çocukluğundan beri alerjik astımla mücadele eden Anna Maria alışkanlıkla nefesini tuttu ve ıslık çalar gibi nefesiyle beraber ilacı serbest bıraktı. Bir puff daha sprey sıkan Aleynâ, artık yerde oturma pozisyonuna getirdiği Anna Maria'nın sırtına destek vererek tutuyor, yeniden düşerse diye onu koruyordu. Her şey çok kısa sürede olmuştu, başlarına dikilen bir güvenlik görevlisi ilk yardım yetkisi olmadan hastaya müdahalede bulunduğu için Aleynâ'yı azarlıyor, bir sağlık ekibinin hemen geleceğini haber veriyordu. Azarlandığı için utanıp kıpkırmızı olan Aleynâ başını yere eğmiş ama Anna Maria'nın başında beklemeyi bırakmamıştı. Bu sırada hastanın iyileştiğini düşünen meraklı yolcular, tekrar kendi can dertlerine düşüp, telaşla ışıklı ÇIKIŞ kapılarına doğru yönelmişler, bu ikisi baş başa kalmıştı. Şimdi kendine gelen Anna Maria, Aleynâ'nın elindeki sprey kutusunun üzerindeki markayı okumaya çalıştı ama başaramadı. Hırıltılı bir sesle konuştu:

"Teşekkür ederim, benim çantamda da sprey vardı ama atak benden önce davrandı!"

"Geçmiş olsun. Artık iyisiniz di mi? Ne yapalım, Allah bu derdi vermiş işte, çekeceğiz böyle... Devasız dert vermesin Yaradan!"

"Benimkisi atopik astım," dedi Anna Maria, spreyin adını öğrenmek hevesiyle. Ama Aleynâ 'benimki de' demekle yetindi. Sonra yavaş yavaş ayağa kalkmaya davranan Anna Maria'ya yardım etti ve başının dönmesi olasılığına karşı tedbirli davranıp koluna girdi. Dışardan bakanlar havalimanında biri başı türbanlı, yüzü, ayakları ve elleri dışında bütün bedeni sımsıkı kapalı, öbürü boynu haçlı kolyesi, askılı mini etekli elbisesi ve sandaletleriyle iki genç kadının kol kola yürüdüklerini görecekti ama doğrusu kimsenin onları görecek hali yoktu, yolcular hızlı adımlarla polis ve güvenlik görevlilerinin eşliğinde ÇIKIŞ kapılarına doğru yönelmişlerdi. Onlar bu sırada kısa bir konuşmayla aynı parfümü kullandıklarını, aslında birbirlerini daha önce fark ettiklerini teyit etmekteydiler.

"Biliyor musun, eğer ben senin yerinde olsaydım bir doktora danışmadan sprey ilacı sıkamazdım ağzına. Yani böyle bir riski göze alamazdım. Doğrusu sen çok cesursun!" diye gülümsedi Anna Maria.

Onun bu sözlerinin altında olumsuz bir söylem olduğunu düşünen Aleynâ bozularak başını çevirdi, gözlerini kaçırdı. Onu incittiğini anlayan Anna Maria konuyu değiştirmek için hemen sordu:

"Sence şu anons ettikleri dijital hata gerçek olabilir mi, yoksa?"

"Allah bilir!" dedi Aleynâ, o sırada gözüyle Anna Maria'nın boynundaki haçı işaret ederek "Muhakkak bilen ve esirgeyen odur!"

"Bir de polisler biliyor ama..." diye kıkırdadı Anna Maria,

Yüzünü yere eğen Aleynâ da gülümsedi, hiç kimseye göstermeden gülümsedi.

"Bunu da Fransa'da takmayı yasaklayacaklarmış, öyle diyorlar. O zaman uçaktan inerken çıkartmak zorunda kalacağım," diye boynundaki haçı işaret etti Anna Maria ona. Onun koluna sımsıkı girmiş olan Aleynâ, hiç tepki vermeden başını salladı. En yakındaki EXIT'lerden birine doğru kol kola yürüdüler. Kol kola.

21
BENİM VAAT EDİLMİŞ TOPRAĞIM SENSİN İSTANBUL!

"It's over Jak Bey!'* diye söylendi Jak Sarfati kendi kendine. 'İşte bu kadar! Korkuyu saldın mı bir kere, artık herkesi kontrol edebilirsin!"

Birkaç dakika öncesine kadar ellerindeki metal alışveriş sepetlerine sevdikleri ve kendileri için seçtikleri gümrüksüz içki, çikolata, lokum, sigara, parfüm veya puroları dolduran yerli ve yabancı onlarca yolcu anonsu duyar duymaz aldıkları her şeyi kasaların önüne bırakıp kaçarcasına gümrüksüz mağazayı terk etmeye başladı. Demin kasaların önünde oluşturdukları uzun kuyruklarda bir an önce ödeme yapmak için sabırsızlanan yolcuların ödemelerini kolaylaştırmaya çalışan 'Duty Free Mağaza' müdürü Jak Sarfati, kendini aniden onların ellerindeki malları fırlatırcasına bı-

* Bitti.

rakıp ÇIKIŞ kapılarına doğru yol bulmalarına yardım ederken buldu.

"Birilerinin bedduaları tuttu herhalde; bizim buraya yapılabilecek en büyük kötülük maalesef bir korku yaratmaktı: işte onu da yaptılar sonunda!" diye düşündü canı sıkılarak. Ancak daha aklından beddua sözcüğü geçer geçmez, hemen 'Haham'ın papağanları' fıkrası gelip gıdıklamaya başladı burun deliklerini... Hani iki dişi papağanı olan bir kadın bir gün hahama gider ve 'Ah Haham Efendi, büyük sorunumu sen çözeceksin, benim papağanlar çok inatçı; bildikleri iki cümle var: Merhaba biz hayat kadınıyız, sizi nasıl mutlu edebiliriz? Bu papağanlar beni çok mahcup ediyor, asla başka söz ezberlemiyorlar. Halbuki ben onlara ilahi sözler öğretmek istiyorum, ne yapmalıyım, çok çaresizim? der, diye başlayan fıkra. Haham kadına yardım etmek için kendi erkek papağanlarının onunkileri çabucak eğitip, hak yoluna çevireceklerini söyleyerek kadını yatıştırır. Ertesi gün heyecanla papağanlarını hahamınkilerin yanına bırakan kadın odadan çıkınca dişiler başlar: Merhaba biz hayat kadınlarıyız. Sizi nasıl mutlu edebiliriz, demeye. Kafeslerindeki ciddiyetle dua metinlerini ezberlemekte olan iki erkek papağan onları duyunca sevinçle bağırır: Sana şükürler olsun yüce Tanrım, sonunda dualarımızı duydun ve kabul ettin! Artık yeni dua ezberlememize de gerek kalmadı!"

Gülmemek için dudaklarını büzen DUTY FREE müdürü Jak Sarfati, tıpkı babası gibi mizahı, özellikle Yahudi mizahının hüzünlü alaycılığını, özeleştirel lezzetini sever, her duruma uygun bir fıkra bulmakta zorlanmazdı. Baba-oğlun dramatik ortamlarda bile uygun fıkra düşünme huylarını yakışıksız bularak sık sık eleştiren annesiyse, bu tutumun gerçeklerden kaçmanın bir yolu olduğunu söyler dururdu. Olay-konu-durum ile ilgili fıkra çağrışımının ille bir kötü niyet veya saygısızlık amaçlı olmadığını, bazı insanlarda bu çağrıştırmanın doğuştan şekillendiğini artık öğrense de kızardı annesi. Buna rağmen Jak'ın çocukluğundan beri sık sık yaptığı esprilere kayıtsız kalamaz, biraz da annelerin oğullarına, babaların da kızlarına herkesten daha geniş bir hoşgörü alanı sunma içgüdüsüyle, oğlunun fıkralarına gülerdi. Özellikle o meşhur: 'Dâhi kimdir?' sorusunun içindeki iğneli anne figürüne takılmadan gururlanırdı. *'Dâhi, ortalama bir öğrencinin bir Yahudi anne tarafından yetiştirilmiş olanıdır!'*

Atatürk Havalimanı dış hatlar terminalinde 24 saat yolculara servis veren gümrüksüz mağazanın anonstan sonra aniden boşalması kasiyer ve diğer çalışan görevlilerde de bir huzursuzluk yaratmıştı. Jak Sarfati, bazı yeni elemanlarının telaşlandıklarını görünce aralarında agorafobiklerin de olabileceği hesabıyla son derece soğukkanlı bir sesle: 'Arkadaşlar, son derece iyi korunaklı bir mekânda olduğumuzun bilincinde, hepimiz işimizin başındayız, güvendeyiz ve serinkanlı davranıyoruz! Tehlikede değiliz. Bizi unutmazlar, gerekirse hepimizi salimen buradan çıkartacaklarını biliyoruz!' diye konuştu. Bu sözleri mağaza çalışanları üzerinde gözle görülür bir yatıştırıcı etki yaptı. Avaz avaz bağırmadan veya kavga etmeden sözünü dinletebilmenin mümkün olduğu bir aile kültüründe yetiştiğinden, ama daha çok binlerce yıllık sabır, sükûnet, göze batmama geleneğinin yarattığı genetik refleksler sayesinde ortamı sakinleştirmekte etkili olmuştu. Çocukluğundan beri iyi bir yönetici olacağını yineleyen annesi geldi aklına ama o serinkanlı dış görünüşüne karşın içinden endişeli düşünceler geçiyordu:

"Ama maalesef, artık kimse bu insanları anonsun gerçekten dijital bir arızadan kaynaklandığına ikna edemez. Bitti. Beyinlerindeki korku merkezi bir kez alarma geçti, şimdi hayatta kalış, *survival* durumuna girildi. Şu andan sonra, buradan çıkabilmek için bayılıp yere düşen birinin bile üzerinden atlayıp geçebilirler! Korkarım, daha yüzyılın başında terör korkusu çoktan galip geldi ve ne yazık ki barış, demokrasi falan 'est mort!'* diye içini çekti, ağzını buruşturdu. Ama o sırada tekerlekli sandalyedeki kocasını gümrüksüz mağazanın detektörlü bariyerlerinden çıkartmaya çalışan yaşlı bir yabancı yolcuya yardıma koştu. Onlara sakin olmalarını, çok güvenlikli bir havalimanında bulunduklarını İngilizce anlattı. Yaşlı kadın teşekkür etmek için dönüp bakınca Jak'ın yakasına takılı isim kartına gözü ilişti. İyice yaklaşıp, boynunda asılı yakın gözlükleriyle okudu, sonra İbranice bir şeyler söyledi. Bu sahnelere alışık olan Jak onu anlamayınca sözlerini İngilizce tekrarladı:

---

* Ölü.

"Memnun oldum ama İbranice bilmediğinize şaşırdım. Biz çocuklarımızla 20 yıl önce İsrail'e yerleştik... Fakat İstanbul'a bu ilk gelişimiz, çok beğendik, çok memnun kaldık."

"Sizin adınıza sevindim. Umarım orada mutlu olursunuz. Şehrimize yine bekleriz! Bu anons için de endişelenmemenizi dilerim, havalimanımız güvenliklidir," diye kibarca onu geçiştiren Jak Sarfati, bir eliyle yaşlı kadının sırtını hafifçe sıvazlayarak, onu ilerideki en yakın EXIT kapısına doğru yönlerdirdi.

"Ah biz bu anonslarla yaşamaya alıştık, artık endişelenme duygumuzu yitirdik!" diye acı acı güldü yaşlı kadın.

"Bunlar deli eder adamı ya! İlle her Yahudi İbranice bilecek ve İsrail'de yaşayacak sanki... Hani her Müslüman Arapça, her Katolik Latince bilecek! Ha bir de İsrail'de oturulacak, muhtemelen de Mr. Şaron politikası desteklenecek! Ya nedir bu ya! Hâlâ bu üniforma mantık, hâlâ bu bağnazlık! Hadi be, hangi devirde yaşıyoruz Allah aşkına!"

O sırada havalimanı sivil polislerinden biri gümrüksüz mağaza müdürüne yaklaştı ve başıyla selam verdi. Jak da ona her şey kontrol altında anlamında gözlerini kırpıp başını salladı. Sivil polis herhangi bir yolcu gibi giyinmiş, tıpkı onlar gibi kararsız adımlarla yürüyordu.

"Belki de gerçekten bir bomba ihbarı aldılar? Belki gerçekten tehlikedeyiz?" diye sivil polisin arkasından endişelendi. Fakat polisin yüzündeki o serinkanlı ifadeyi anımsayınca rahatladı. Atatürk Havalimanı üst düzey yöneticileriyle sık sık yapılan güvenlik toplantılarında, limanda görevli polislerin başındaki genç polis müdürünün deneyimini ve yetkinliğini, bu brifinglerden hemen herkesin olumlu duygularla ayrıldığını hatırladı. "Yok canım, bu kadar iyi korunan bir mekânda olsa olsa lokal bir tehlike yaratılabilir," diye düşündü Jak Sarfati hızla. O sırada bir yandan elinden tuttuğu küçük kızıyla gümrüksüz mağazadan çıkarken, bir yandan da çantasının kopan askısıyla uğraşan yolcunun, çantasından dökülenleri toplamaya çalıştığını gördü. Hemen yanlarına gidip onlara yardım etti ve küçük kıza mağazanın eşantiyonlarından bir lolipop ikram etti. Çocukla göz göze gelince aklına iki yıl önce bombalanan Neva Şalom sinagogunda ölen kuzeni ve onun küçük kızı geldi. Koyu bir dindar olan kuzeni, laik bir Yahudi olduğu için Jak'ı sık sık eleştirir, her yaz tatil için gittiği İsrail'e kendisiyle beraber gelmesi için baskı yapardı. Kendisi her hafta sinagogda ibadet eder, çocuklarını inanmış, dini bütün, iyi birer Yahudi olarak yetiştirmeye özenirdi. Jak'ı geleneğe uygun bir Yahudi gibi yaşamadığı, cemaate uzak durduğu, domuz eti ve kabuklu deniz ürünleri yediği ve kadınları zihinsel ve entelektüel olarak aşağı gördüğü için maço olmakla suçlayan kuzeni, ona kızardı. Ama kuzeni en çok rahatsız eden Jak'ın İsrail'in topraklarının bir kısmında bir Filistin devleti kurulması için verdiği destekti. 'Bugün ya da yarın mutlaka dünyanın ve İsrail'in resmen tanıdığı Filistin devleti kurulacak ve İsrailliler ile Filistinliler, savaşmadan yan yana yaşamayı öğrenecekler. Başka yolu yok! İşte ancak o zaman kutsal topraklara özlenen huzur gelecek!' diyen Jak'a bozulurdu kuzeni. 'Sen hâlâ solcu, idealist hayallere dal bakalım Jak! Çoğu Yahudi müzik dehasının neden piyano yerine keman çaldığını bir kavrasan zaten uyanacaksın ama nerde?' Piyano yerine keman neden tercih edilir? Neden? Neden? 'Aman Tanrım!' diye altüst olmuştu anlayınca: altüst!

Siyasi görüş ve duruşlarının tamamen zıt olmasından duyduğu rahatsızlığına karşın kuzeni onu cemaatin ve ailenin kara koyunu, ayrıksı ve romantik ruhlusu olarak görür, bazen ciddiye almaz, sık sık sitem eder ama arkasından 'Atatürk Havalimanı Duty Free müdürü bizim kuzendir!' diye gururlanırdı. Sonra koyu taraftarı oldukları Fenerbahçe maçlarına onunla beraber gider, takımlarının kazanması için birlikte tezahürat yapar, fıkra atışmasında galip gelmek için canını dişine takardı. Aslında kuzeni, Jak'ın Yahudilik karşıtı bulduğu fıkralarını da hiç sevmezdi ama altta kalmak istemediğinden o da karşı fıkra anlatırdı.

'Haham'ın karısı...' diye başlayan Jak'a sitemle bakan kuzeni: 'İlla takılacaksın Haham'a di mi?' der ama yine de dinlemeye can atardı. 'Haham'ın karısı çarşıya giderken eve bir kutu bırakmış ve kesinlikle içine bakmamasını söylemiş. Haham çok dürüst bir adammış ama işte o da insan tabii, dayanamamış açmış kutuyu. Kutuda 3 yumurta ile 2 milyar lLira varmış. -Şimdi olsa 2000 YTL diyecekti- Çok merak ettiği için karısına kusurunu itiraf edip bu yumurta ve paranın sırrını sormuş. Vaazların çok sıkıcı olduğunda bir yumurta aldım, demiş karısı. Oh! diye derin nefes almış Haham. Yalnızca 3 sıkıcı vaaz, hiç de fena sayılmaz yani. Peki ya bu 2 milyar lira? Aa o mu? demiş karısı. Yumurtalar düzine olunca satıyordum da!' Gülerdi kuzeni. Sitemli, bozularak ama gülerdi.

'Ateist Yahudi' diye başlardı karşı atağına hemen. 'Ateist Yahudi bir kıza âşık olmuş ama kız çok üzgün, ailesi gerçek dindar bir ailedir ve kızlarını asla bir dinsize vermezler elbette. -Her dinsiz, ateist sözcüğünden sonra durup bunun Jak üzerindeki etkisini ölçer, Jak'ın sahiden mi yoksa numaradan mı anlamazlıktan geldiğini anlamaya çalışırdı- 'Ah anneciğim sevdiğim çok hoş biri ama ateisttir ve cehenneme bile inanmaz' der. Annesi kızının saçlarını okşar: 'Hiç üzülme yavrum biz onu cehenneme inandırmakta hiç zorlanmayız!' Hah hah ha! Gülmezse bozulur, fıkrasının ne kadar komik olduğunu savunurdu. 'Yahu ateistin Yahudi'si mi olur?' diye Jak onun üzerine giderdi ama bilirdi ki hangi dinden olursa olsun koyu dindarlar şaka, hicviye, ironi, espri konularında sıkı sınırları olan insanlardı. Bu kendisine göre fanatiklik, onlara göre saygı sınırıydı.

Ailenin faziletlerini ve aile sahibi olmanın cemaat içindeki önemini sık sık Jak'ın kafasına vuran, 30 yaşını geçtiği halde bekâr olmasını, çıktığı bazı kızların da Yahudi olmadıklarını eleştiren yalnızca kuzeni değildi elbette. Genç kuşakların gelenekten ve dinden koptuğundan şikâyet edenler oldukça fazlaydı. Gençler artık din ve kültür farkına bakmadan evleniyor, bayram ve dini geleneklere saygı göstermiyor ve kültürleri elden gidiyordu! 'Her on yılda bir roman sanatı bitti!' diye feryat eden eleştirmenler gibi, her kuşakta, her dinin ve kültürün elden gittiğini ilan eden felaket tellalları vardır. Bak işte doğa ve insanlık bütün felaket ve zulümlere karşın yok olmuyor, fakat değişiyor. Değişim anahtar sözcüktür! Asıl felaket ve kıyım, değişime ayak uyduramamaktan kaynaklanır fakat değişimi destekleyenler hiçbir yüzyılda çoğunluk tarafından kabul görmemiştir!' diyordu annesine, babasına, kuzenine ve çevresine. Fakat bu açıklaması onları birbirlerine yakınlaştırmıyor, aksine uzaklaştırıyordu. Kendisini dinlediklerinden bile emin değildi. Giderek kendisini aforoz etmeseler de cemaatin kıyısına iten, artık ondan 'ne köy olur, ne kasaba' diye ümidi, selamı kesenlerin sayısının arttığını anlıyor ama onlara kırılmıyordu eskisi gibi Jak Sarfati. Zaten ülkesinde bir azınlık mensubuydu ama artık azınlık içinde de azınlıktı ve arkadaşlık edebildiği insanlar da 'çoğunluğun azınlıkları'ndandı. Farklı olmak, çoğunluğun inancından, zevklerinden ve düşüncelerinden farklı şeylere inanmak ve aykırı düşünmek her yüzyılda ve her kültürde zordu. Şimdi de kolay değildi elbette. Çünkü, farklılığını yaşamak için gereken özgürlüğü talep etmek tehlikeliydi! Farklı olduğu için azınlıktı, azınlığın içinde de farklıydı. Ve galiba bu 'azınlığın azınlığı' olma durumuna alışmış, bundan belki marazî bir haz almaya bile başlamıştı! Öte yanda: 'Jak Bey Musevi'dir ama iyi insandır!' bönlüğü sürüyordu zaten...

Gümrüksüz Mağaza'nın önünde giderek büyüyen kalabalık yolcu grupları hangi yöndeki ÇIKIŞ'a yöneleceklerini farklı dillerde ve endişeli yüksek seslerle tartışırken, ellerinde uzun tasmalarından tutarak çevredeki her kuşkulu cismi koklattıkları köpeklerle dolaşan polisler ve telsizlerle talimat alıp veren güvenlik görevlileri yolcuları yatıştırıp bilgilendiriyordu. Kendini hem Gümrüksüz Mağaza içindeki personelinin, hem de kapı yerine parası ödenmeden dışarıya çıkartılan mallara duyarlı sensörlerin dizildiği mağaza önündeki yolcuların güvenliğinden sorumlu gören Jak Sarfati, o kalabalık içinde birden Aleynâ'yı gördü. Genç kız endişeli gözlerle besbelli bir ÇIKIŞ kapısı aramaktaydı ve mağazanın önünde tıraşlı başı, uzun boyuyla hemen dikkat çeken Jak'ı hemen tanıdı. Kızın solgun rengini fark edince o anda aklına gelen en mantıklı düşünceyle ona yardım etmek istedi. Polisin bütün yolcuları Havalimanı Oteli'nde toplayabilme olasılığını düşünerek ona Airport Hotel'e doğru gitmesini söyledi. Aslında Aleynâ'yı sakinleştirmek için konuşurken tıpkı diğer yolculara yaptığı gibi eliyle sırtını dostça sıvazlamak istedi ama bunu dindar bir kızın yanlış anlayabileceğinden çekinerek yapamadı. Buraya kadar her şey olağandı ama kızın gitmeden önce onun hayatına dair endişesini belirtip ardından hakkını helal etmesini istemesi Jak'ı şaşırttı. Kendi kimliğini din üzerinden kuran bu genç kızın, farklı dinden birine samimi ve dinsel bir veda sözü etmesi, belki de içinde bulundukları olağanüstü koşulları içinde hoşuna gitmişti. Yüzüne bir gülümseme yayıldı. Havalimanındaki anonsun yarattığı gerilim, yolcuların telaşla ÇIKIŞ kapılarına doğru yürümeleri, ÇIKIŞ kapılarının üzerinde yanan flaşlı ışıklar... Yine de yüzünde yamuk bir gülümsemeyle: 'Helal olsun!' diye fısıldadı. Sonra çalışanlarına moral vermek için işinin başına, yöneticisi olduğu Gümrüksüz Mağaza'ya döndü. Jak Sarfati, kasada kredi kartını uzun süre arayıp güç bela bulduktan sonra ödeme yaparken yardım ettiği genç kızın kartta yazan adını belki lazım olur diye okumuştu. 'Helal olsun Aleynâ Hanım, sana da helal olsun kuzen!' diye yeniden fısıldadı.

22
DOĞDUĞUM ŞEHİR, AÇ MÜHRÜNÜ ARTIK!

"Bizden umudu kestiler mi yoksa? Buradaki yolcuları gözden çıkartmaları mümkün mü?" diye endişeyle düşündü Belgin. Belirsizlik ve kuşkularla dolu anonsun ardından kapatılan pasaport gişelerinin tam olarak ne anlama gelebileceğine dair birkaç olasılık hesabı yapınca, ilk düşüncesin etrafında dolaştığını görüp içi ezildi, bunu fırsat bilen migreni coştu, başı bedeninden ayrılıp bir topaç gibi havada dönmeye başladı. Oysa dışardan bakan biri, orada o anda en sakin ve rahat görünen kişi olarak rahatlıkla Belgin'i seçebilirdi. Ayhan'ın sevdiği bir türküden Belgin'e yakıştırıp, zaman zaman kulağına çağırdığı: '*Söğüdün yaprağı narindir narin/ İçerim yanıyor, dışarım serin*' tanımlaması gerçekten de karakterini en basit ve öz açıklayan dizelerdi.

"Henüz Türkiye'ye resmen giriş yapmadığımız için buradaki yolcularla beraber ben de memleket dışındayım şu anda,' diye düşündü yeniden. Hayatı boyunca dışarıda, tam sınırın kenarında kalmanın, hiçbir gruba, topluluğa veya kulübe dahil olmayı tercih etmeyişin yapayalnızlık bilinciyle ürperdi. Üstelik sınırın ve tehlikenin çok somut olduğu bu anda, olası bombanın tam yanındaki bir çöp sepetinde bulunması onu şaşırtmayacaktı.

"Böyle bir bürokratik, diplomatik, filanmatik nedenle bizi harcamaz, burada bırakıp gitmezler değil mi? Bırakıp gitmezler?" diye sordu kendi kendine. Daha bu soruyu sorduğu anda keskin bir lavanta kokusu doldu genzine, mis gibi yayıldı havaya, mutluluğun en cıvıltılı çeşidiyle doldu içine. Aynı anda yumuşak bir gülümseme yayıldı yüzüne. Hiç dayanamadığı lavanta etkisiydi bu! Sakıngan bir heyecanla etrafa bakıp avuç avuç lavanta kolonyası sürünen birilerini aramaya başladı. Lavantanın dolgun, ağırbaşlı, doğuştan Akdenizli zarafetiyle hayatı kutsayan güçlü rayihasına bebekliğinden beri aşina olan Belgin için lavanta kolonyası iyileştirici ve güzelleştirici bir sihre sahipti. Büyülü, olağanüstü dinlendirici, yatıştırıcı, soylu bir esans... Limon kolonyasının günlük hayatın içinde bolca kullanıldığı Türkiye kültüründe büyüyen herkes gibi o da limonun ferahlatıcı etkisine kayıtsız değildi elbette. Ayrıca babasının o zamanlar dünyanın yedi harikasından biriymiş gibi anlattığı 'Eau de Cologne'ün portakal, leylak, çam gibi farklı çeşitlerini denemiş ama lavanta kadar müthiş olanına rastlamamıştı. İşin romantik ve gizemli yanlarını sevmeyenlerin, 'alt tarafı, içine esans katılmış yüzde 80 oranında alkollü bir çözelti' diye tanımlayabilecekleri bu belki dünyanın en ucuz parfümünün bir de tütün esanslı olanını duymuş olsa da lavantanın pabucunu hiçbiri dama atamazdı. Lavanta, kuşkusuz lavanta olacaktı kolonyanın hası! Misk-i amberler gibi burcu burcu kokan muhteşem lavanta kolonyası! Ama illa ki de babasının kullandığı: 'Dünya kalite kontrol merkezinden altın madalya alan *Rebul Lavanda'* kolonyası! Türkiye'nin kuşaklar boyu lavanta geleneği! Babasının gözdesi, 'yerini başka hiçbir kolonyanın, tıraş losyonunun doldurması imkânsız!' diye övdüğü, babasının kokusu, baba kokusu, ah baba!

"Tam 28 yıl önce tam burada, Yeşilköy'de babamın tabutuyla yere ayak bastığımda burası tamamen lavanta kolonyası kokuyordu; şimdi bir başkası tesadüfen sakın?" diye huzursuz bir sevince kapıldı. Kokunun kimden geldiğini o kadar merak etmişti ki, kalkıp çevresine bakındı ama kimsenin kolonya, parfüm gibi şeylerle uğraşacak hali yoktu. Farklı ülkelerden gelip İstanbul'dan Türkiye'ye giriş yapmak üzere bekleyen çoğu yol yorgunu yüzden fazla yerli ve yabancı yolcu yapılan anonsun anlamını aralarında konuşuyor, henüz kontrollü görülse de kapana kısılmışlık tedirginliği havalimanına hafif hafif yayılıyordu. Aradığı lavanta kolonyalı yolcuyu bulamayan Belgin kendisine kızarak yeniden oturdu, canı sıkılarak dudaklarını kemirdi.

"Sanki bulsam ne olacak? Hani babam karşıma çıkıp, 'merhaba Prenses!' diyecek de lavanta kokarak kucaklayacak beni! Ah, keşke gerçekleri kabul edebilmenin bir ilacını yapabilseydik, yutsaydık ve bilinci bulandırmadan yalnızca gereken nöron reseptörünü hedefleyen tek bir kapsülle kurtulsaydık yıllar süren işkenceden!' diye inledi. Babasını çok özlediği zamanlarda Kuzey Kutbu'nun veya Sahra Çölü'nün ortasında bile olsa gerçeğinden daha gerçek, buram buram lavanta kolonya kokusu doluyordu burnuna. Sonunda New York'a gittiği yıl gördüğü bir terapist buna: 'lavanta efekti' adını vermişti.

"Gerçeği kabul etmenin, hayale kapılmamak olduğunu sanmak; insanın rüyalarını kontrol edeceğine inanması kadar beyhude bir uğraş galiba! Ah Tanrım, on üç yaşında bir çocuk ölümü kabul ediyor ama anlamını kavrayamıyor! İşte ruhunun o yaşta donup kalması ve sonra ölene kadar bir gün onu kavramayı umma umudu taşıması da travmanın gerekçesi sayılıyor..." diye düşünerek içini çekti.

"Alacağın olsun kız Belgin, sen sonunda beni de bu Rebul Lavanda'ya müptela ettin ya! Valla hayatımda ne lavantayı, ne de lavanta kolonyasını bilmeden, koklamadan mutlu büyümüşken, sen tut babası lavanta kolonyasının tiryakisi olan Bebekli bir kıza âşık ol iyi mi?" diye söze başlayan Ayhan, her New York ziyaretinde ona 380'lik cam şişesinde lavanta kolonyası taşımaya bayılıyordu. Kendi gidemediğinde, New York'ta işi olan bir arkadaşı veya öğrencisine mutlaka 'Belgin Gümüş'e iletilmek üzere' bir kutu lavanta kolonyası taşıtıyordu. 'N'olacak yav, alt tarafı 380 ml. be!' İki yılın sonunda Belgin'in New York'taki stüdyo evinde küçük bir lavanta kolonya deposu oluşmuştu adeta.

"Tabii iş burada bitmiyor, bu defa insanın aklına takılıyor; nedir bu Rebul adı, nereden gelir, neden benim kadınımı büyüler falan? Böyle uzun bir geleneğin bir hikâyesi olmalıdır di mi? Al bakalım başına yeni bir iş oğlum Ayhan! Sonunda dayanamadım, kalktım gittim Beyoğlu'ndaki Rebul Eczanesi'ne, dedim: Hocam nedir bu sizin kokunuzun sırrı? Dur Belgin gülme kız, bak araştırma sonuçlarını açıklıyoruz bırak tadını çıkartayım ha! Bak essahtan sordum kız. Bak hâlâ gülüyor ha! Zor da güler, gülünce de güzel güler bu Belgin ama.." Sarılıp öpmüştü lavanta kokarak, kokusunu üzerine yadigâr bırakarak...

"Bak şimdi, kolonyanın rahatlatıcı yanı tamamen lavanta bitkisinin kimyasal etkisiymiş ama kullandıkları öyle senin bildiğin lavanta değil ha! Bunlar, her yıl Fransa'nın güneyindeki Grasse kentine yakın bölgelerden gün ağarana kadar lavanta çiçeklerini toplatıyor, gün doğumundan önce de fabrikada işlemeye alıyorlarmış. Rayihanın sırrı buradaymış meğer. Neymiş Prenses? Özel bir itina ile aslına uygun olarak işlenmesi! Öyle be Belgin; itina anahtar sözcük işte yine... Ver kız, bir avuç lavanta daha ver bakayım, şu aşkından öldüğün lavanta kralının, yani benim için: hah hah ha!"

Güldü Belgin. İçinde hep buruk anıların, imkânsız kavuşmaların hüznüyle yer edinen lavanta kolonyasına, artık biraz aşk ve sevinç katmayı başaran Ayhan'ın muzipliklerini düşününce güldü. Başının ağrısına, içinde bulunduğu iki kat düğüme rağmen gülebildi!

"Bak hepsi bu kadar da değil ha! Bu kolonyanın arkasında aslında 109 yıllık gelenek var. Taa, 1895 yılında Fransız Jean Cesare Reboul tarafından; dur bakayım benim müthiş Adana Fransızcamla(!) dilimi eşek arısı sokmadan doğru söyleyebilecek miyim kız? Neydi adı? Hah: Grande Pharmacie Parisien, yani senin anlayacağın şekliyle: Büyük Paris Eczanesi oluyor, tamam mı? Gülme de dinle kız! Efendiiim, işte bu adla Pera Eczaneleri olarak adlandırılan Beyoğlu'ndaki ilk eczanelerden biri olan Rebul Eczanesi de böylece kuruluyor."

Gerçekten gitmiş ve araştırmış, sonra New York'a gelip anlatmıştı Rebul'ün hikâyesini. Ayhan'ı Belgin için özel, farklı, önce kentli ve İstanbullu kılan da bu merakı, bilgi hırsı, diri enerjisi ve bilgiyi paylaşma heyecanıydı. Sevdiği insan lavanta kolonyasına gönlünü kaptırmış diye kaç kişi işini gücünü ki, -dersleri, öğrencileri, kendi kişisel atölye ve akademik çalışmaları, iş seyahatleri, sergileriyle çok yoğun işini gücünü- bırakıp lavanta ve Rebul'ün peşine takılırdı? Kaç erkek kendi dönüşüm ve değişimini yaşarken sevdiği kadına karşı dürüst kalmaya dayanıklı çıkabilirdi? Ayhan'ı biricik kılan, sevgisi uğruna İstanbul'a geri dönmeye değecek kılan bunlar değilse neydi? Yoksa birine duyulan aşk, cinsel arzu... Bunları dünyanın her yerinde mevcuttu ama o kadar...

"Şimdi –toprağı bol olsun!- bizim bu Levanten Mösyö Jean Reboul yaşlanıp varisi de olmayınca ne yapmış? Bir karar vermiş ve Rebul Eczanesi'ni yanında çalışan eczacı Kemal Müderrisoğlu'na devretmiş. Bu olay tam Atatürk'ün öldüğü yıl gerçekleşmiş. İşte efsane budur, bundan sonrası sayenizde yazılacaktır hanımefendi."

Belgin ani bir hareketle omzunda asılı siyah çantasını açıp içinden küçük plastik bir şişeye doldurduğu lavanta kolonyasını çıkarttı. Sabırsızca şişeyi açtı, avucuna bolca kolonya doldurdu, sonra avucunu burnuna götürüp koklamazsa ölecekmiş gibi lavanta kokusunu büyük bir açlıkla içine çekti, kokladı derin derin. Lavanta misler gibi içine doldukça kokunun uyardığı bütün olumlu anılar ve kişiler aktı, geldi gözünün önüne: Bebek'teki evdeki haliyle babasını, babaannesini, annesini, Kete'yi, sonra Ayhan'ı ve bebeği düşündü, düşününce de yüzünde ortama ve baş ağrısına hiç uymayan bir gülümseme belirdi.

'Kız olursa Lavanta koyalım adını!' diye bir düşünce işte tam o sırada ışık hızıyla geçti zihninden. Lavanta adında bir kız! Simsiyah saçlı, sıpa gözlü, ceylan kadar zarif, kedi gibi dik kafalı, kartal kadar özgür, cin gibi zeki ve susamuru gibi oyuncu küçük bir çocuk canlandı gözünde. Adı Lavanta! Dudakları tıpkı Ayhan'ınki gibi durduğu yerde gülümseyen bir ifadeyle doğuştan uçları yukarıya kıvrık şekilli, burnu tıpkı Belgin'inki gibi minik virgül biçimli, dedesi gibi sevecen, anneannesi gibi zarif, büyük halası gibi geleneksel İstanbullu, Kete gibi bereketli ve sağlam, Ayhan gibi sanatçı, neşeli, iyimser, Ayhan kadar cesur, Ayhan gibi doğal, sağlam, gerçekçi ve dayanıklı... Ayhan, yani babası gibi... Lavanta'nın babası Ayhan... Lavanta'nın babası ve annesi: Ayhan'la Belgin. Belgin'le Ayhan ve kızları Lavanta! Neden kız da, oğlan değil? Bilmiyor! Bilmediği başka şeyler de var. Örneğin ne zamandır çocuk sahibi olmaya böyle hevesliydi Belgin? Hevesliyse bunun farkında olmayı kendine yasaklamış mıydı? Gerçekten anne olmaya arzulu idiyse şimdi hem de sevdiği bir erkekten doğacak bu bebeği neden sevinçle kabullenemiyordu. Neden? Bilmiyor! Hiçbirini bilmiyor. İnsan en çok kendine dair soruların yanıtlarından ürker. O da ürktü. O kadar ki, şaşkınlıktan dilini ısırıverdi.

Bu sırada birkaç havalimanı polisi ellerinde telsizlerle yolcuların arasına dağıldı, telaşsız adımlarla pasaport kulübelerine doğru ilerlediler. Onların bu davranışı yolcular arasında kısa bir süre önce kapanan sınırın yeniden açılacağına dair bir heyecan yarattı. Yenibaştan pasaport gişelerine doğru bir yığılma başladı ama polisler hiçbir açıklama yapmadan orada dikilip ellerindeki telsizlere konuşmayı sürdürdüler. Belgin yerinden kalktı, dışardan bakınca son derece sakin görünen adımlarla o da diğer yolcuların yanına yaklaştı, ama gişelerin önü ellerinde pasaportları birçoğu homurdanarak huzursuz bir bekleyiş içinde bekleyen yolcularla tıklım tıklımdı, fazla ilerleyemedi. Yakın çevredeki bütün ÇIKIŞ kapılarının üzerinde kırmızı flaşörlerle yanan ikaz ışıkları ortamı gerginleştiriyor, herkes bir an önce ve salimen buradan çıkmaya can atıyor, fakat henüz bir panik yaşanmıyordu. Biraz önce bilincinin en saklı düşlerinden biri olarak gözünün önünde neredeyse bire bir canlanan Lavanta'nın hayali Belgin'e daha şimdiden hiç tanımadığı bir korumacı güç katmış, toparlanmış, canlanmış, henüz farkında olmasa da artık havalimanında patlayacak bir bomba olasılığına ve ölüme teslim olmamaya karar vermişti. Sağa sola baktı, soru soracak, danışacak hiçbir yetkili göremedi. Canı sıkıldı. Oysa tam arkasında birkaç genç polis bekliyordu. Biraz sonra bu polislerden biri 'Endişelenecek bir durum olmadığını, gümrüklü yolcuları en kısa zamanda daha güvenlikli bir yere transfer edeceklerini' yüksek sesle ilan etti. Ama Türkçe bilmeyen yolcular merakla sorular sormaya başlayınca ortalık karıştı.

"Hiçbir şey değişmemiş!" diye düşündü Belgin içinden bozulup, dışında yaprak kımıldamadan. "Eski küçük havalimanı yerine son derece modern ve fonksiyonel olanını yapmışız ama hâlâ yabancı dil bilen polisler burada değil! Yine iş başa düştü!"

Çevresindeki yabancı yolculara polisin duyurusunu İngilizce olarak anlatan Belgin gibi başka Türkler de aynı hizmeti gönüllü olarak yaptılar. Bu karışıklıkta çoktandır migrenin kendini unutturduğunu fark eden Belgin buna tam sevinecekken içi çekildi, başı döndü, sendeledi. Hemen arkasında duran ve biraz önce duyuru yapan esmer, ince uzun, genç polis kolunu uzatıp Belgin'i tuttu.

"İyi misiniz bayan?" diye sordu endişeyle.

Belgin, 'yok iyiyim, şimdi geçer' demek için ağzını açtı ama: "Ben hamileyim!" diyen kendi sesini duyduğunda şaşkınlıktan ve mahcubiyetten kıpkırmızı oldu.

Polis telaşla telsize konuştu: "Burada hamile bir bayan var, fenalaştı. Hemen yardım gönderin!"

"Yok," dedi Belgin çok mahcup bir sesle. "Gerçekten iyiyim, öyle bir an başım döndü sadece," Onun mahcubiyetini 'iffetli kadın' kapsamında değerlendiren polis, Belgin'in aslında yıllarca kendinden bile gizlediği annelik konusunda bu denli hevesli olduğunu keşfederek utandığını hiçbir zaman bilmeyecek, bilse de anlayamayacaktı. Aslında Belgin de anlayamıyordu. Kafası ve ruhu dağınık, fazlasıyla kırılgan olan kendi annesinden eksiklendiği anneliği belki... Kete'nin yanı başında içinde taşıdığı derin annesizlik hüznü belki de... Ama en çok, kendi özgüven eksikliğini ve sahtekârlığını örtbas etmek için karısına 'karnındaki kimin piçi?' diye sorabilecek kadar kötü, çok kötü, en kötü, kötülükleriyle gurur duyacak kadar kötü Entek yüzünden anne olmak istememişti belki? Entek A.Ş'nin sahibi, yönetim kurulu başkanı, yurtdışında Türk inşaat şirketleriyle memleketin yüz akı, esprili, İngilizcesini Amerikan Koleji'nde öğrendiği için öz-hayranlığı kabaran, tekne yarışlarındaki ödülleriyle 'denizler hâkimi', amatör pilot brövesiyle de 'gökler hâkimi', 'aferin obur'luğuyla 'pişkinlik hâkimi', şirketinde çalıştırdığı genç kızların sırayla sevgilisi, '24 saat-365 gün dâhi' Mehmet Emin Entek! Kısaca eski kocası Entek!

"Benim hanım da hamile bayan, şu anda Allah'ın izniyle oğlumuzu doğuruyor," dedi sağlığıyla yakından ilgilenen polis memuru Belgin'e gururlu bir gülümseyişle.

"Tebrik ederim!" dedi Belgin serin bir gülümsemeyle. Hayatında ilk defa bir hamilelik muhabbetine hem de hiç tanımadığı biriyle, bir polisle girmiş olduğunu garipseyerek devam etti:

"Artık ultrasonla bebeklerin cinsiyet belli oluyor tabii... Ama en önemlisi bebeklerin genetik olarak taranabilmesi... Kalıtsal hastalık riski de azalıyor böylece."

"Yok Bayan, biz ultrason yaptırmadık bu defa! Daha önce baktırdık, üçü de kız çıktı. Hanıma dedim ki; yok yaptırmayacaksın bu defa, uğursuzluk getiriyor, istemiyorum ha!"

Bu sözünden sonra polis memuru ve Belgin göz göze geldiler. Polis memuru göz göze geldikleri bu kısacık anda, birden karısının üç aylık kontroller için gittiği hastanede pekâlâ ultrason çektirebileceği ve bebeğin cinsiyetini de öğrenmiş olabileceği ihtimaliyle sarsıldı. Bebek erkek olsaydı, karısı mutlaka söylerdi; demek ki bu da kızdı! Mutlaka kızdı! "Hay canına yandığımın dünyası, bir kaşık düşmanı daha ha!" diye dişlerinin arasından tükürür gibi söylendi.

O sırada kız çocuk istemeyen bu genç adamın aksine kendinin neden bir kızı olmasını istediğini düşünen Belgin, polisin son sözlerini duymadı. Belki Ayhan'ın ilk karısından olan kızına düşkünlüğünü bildiğinden, belki de kendi babasıyla yarım kalan aşkını tamamlamak arzusuyla... Sonra elindeki cep telefonunu tuşlayan polise baktı, onun erkek olmadıkları için bozulduğu kızlarını düşünüp, gözünde canlandırmaya çalıştı ama önüne çıkan hep kendi hayalindeki kızı Lavanta'ydı. Lavanta kızı! Lavanta'nın babası tarafından sevilmeyeceğini hayal bile edemedi. Babaları tarafından sevilmeyen, ama daha önemlisi değer verilmeyen bütün çocukların acısı bıçak gibi saplandı yüreğine. Kendi babasını düşündü. Babasının kendisini erkek olmadığı için sevmediğini ve değer vermediğini hayal etmeye çalıştı bir an için... Bunun ten renginden veya aynı tek tanrıya farklı bir yalvaç yoluyla inanmaktan ötürü aşağılanmaktan farkı neydi? Kadınları, erkek olmadıkları için aşağılayanların en büyük ırkçı ve mezhepçiden farkı var mıydı? Yok, kendi babasının onu erkek doğmadığı için sevmeyeceği olasılığını hayal bile edemedi. Kaldı ki, çocuklarının cinsiyet genini babanın kromozomunun belirlediğini, annenin bu konuda hiçbir etkisi olmadığını bilen bir genetikçiydi. Ama zeki ve başarılı bir bilim insanı olmasına karşın kadın oluşu nedeniyle sessiz ve sözsüz bir uluslararası dille kendini kanıtlamaya itilişinin acısını iyi biliyordu.

Yok yok, baba sevgisi olmadan yok olur, kaybolur, dağılırdı Belgin! Dayanamazdı baba sevgisizliğine. Evet babası erkenden ölmüştü ama sevgisi hep onunla kalmıştı. Babasının verdiği kısacık 13 yıllık sevgi bütün yaşamını aydınlık kılmış, onu korumuştu. Hâlâ koruyordu da. Peki hayatta oldukları halde kızlarını sevmeyen babalar, ya onlar? Düşüncesi bile içini yaktı!

"Kızlarını sevmeyen babalar, doğrudan cehenneme gidiyor olmalı!" diye düşündü. O an Belgin'in bütün hayatı boyunca cehenneme en fazla inandığı andı. Polise baktı. Hiç de şeytana benzer bir ifadesi yoktu. Kendi halinde, caddelerde dikkat çekmeden dolaşan binlerce insandan biriydi. Birden bu polis memurunun babası tarafından hiç sevilmemiş bir çocuk olarak büyümüş olma olasılığı geldi aklına. Ya da şimdi kendisine belki erkek doğuracak diye saygılı davranan bu polisin, kız kardeşlerini erkek değiller diye değersiz bulan anne ve babası... Peki kendisi baba sevgisi görmemiş birinin de illa kötü baba olması mı gerekiyordu? O sırada Belgin'in düşüncelerinden habersiz olan polis memuru dördüncü çocuğunun cinsiyetini öğrenmek için cep telefonunu tuşluyordu.

"Ne tuhaf!" diye geçirdi içinden Belgin. "Hamile olduğumu Kete'den sonra hiç tanımadığım bir polise söyledim."

"Eşinize haber vermek isterseniz, maalesef zor!" diye mırıldandı polis. "Telefonlar kilitlenmiş, sistem çökmüş anlaşılan!"

"Nasıl?" diye şaşkınlıkla sordu Belgin.

"1999 Depremi'nde de böyle olmuştu bayan. Herkes telefonlara yüklenince uzun süre İstanbul'daki telefonlar çökmüştü!"

"Nasıl olur!" diyerek telaşla Ayhan'ın armağanı cep telefonunu çantasından çıkartan Belgin bu kez Ayhan'ın numarasını buldu ve 'ara' komutunu tuşladı ama polis haklıydı meşgule benzeyen ama meşgul olmayan bir sinyal sesi duydu. Yeniden denedi, yeniden! Ama artık aramak için çok geçti. "Ayhan'a nasıl ulaşacağım ben? Ya gittiyse, ya benden vazgeçtiyse?"

Başının ağrısı eskisinden besbeter geri döndü, ya da hep oradaydı ama ikinci planda kalmıştı ama şimdi olanca ağırlığıyla kendini anımsattı. Ağrıya dayanamayacağını hisseden Belgin'in midesi bulandı, kusacağını anladı. Kendini tuttuğu için öne doğru eğilip kasılmaya, bastırmaya çalışsa da öğürmeye başlayınca polis onu kolundan tutup kaşla göz arasında kadınlar tuvaletine neredeyse uçurarak götürüverdi. Daha önce üç 'kız' babası olduğundan hamilelik bulantılarını iyi bildiği Belgin'e söylediği sözlerden anlaşılıyordu. Belgin'e son derece şefkatle davranıp onu hem kusmadan önce tuvalete yetiştirmeyi başarmış; hem de 'Korkma bayan, bu bulantılar normaldir, bizim hanıma olurdu. Bak sana doktor bulacağız, iyi olacaksın bayan! Her şey yolunda bayan, sen hiç merak etme!' gibi yatıştırıcı sözlerle yardımcı olmuştu. Biraz önce içinde saatlerce saklandığı aynı tuvalete yeniden dönen Belgin, orada kusmaya başladığında tuvalet bomboştu. Kızlarını cinsiyetlerinden ötürü sevmediği için kendisini zihninden cehenneme yolladığı genç polisin görevini yaparken gösterdiği özen ve şefkat Belgin'e bir çelişki gibi gelse de bu yardımı için ona teşekkür etmek istediğini fark etti. Başka şartlar altında ona ve onun temsil ettiği kadın cinsiyetine -kendi kızlarına- düşman insanlarla konuşmayı bile zaman kaybı olarak düşünen Belgin, içinde bulunduğu olağandışı koşullarda bu adamın insancıl bir yanını görmüştü. Bu bir şans mı, yoksa şanssızlık mıydı bilemedi ama bu sıkıntılı zamanı atlattıktan sonra, hem yeni doğan bebeğini kutlamak hem de teşekkür etmek üzere polisi ziyarete bile gidebilirdi. Neden olmasın? İyi de bu polisi nasıl bulacaktı? Kusması ve artçı öğürmeler bitip yüzünü soğuk suyla yıkadıktan sonra, polisin adını sormadığına canı sıkıldı Belgin'in. Ama bir dakika... Polisin yakasında Üzeyir Seferihisar yazılı bir kimlik kartı asılı değil miydi? Evet öyleydi. Üzeyir Seferihisar. Bunu nasıl olup da anımsadığını anlayamadı ama polisi bulup teşekkür edebileceğine sevindi. Üzeyir Seferihisar. Bu hisarın İstanbul'daki hisarlarla ilgisi olmadığını düşündü. Yoktu. İstanbul'un hisarları arasında Seferihisar yoktu. İyi de neredeydi bu Seferihisar sahi?

23
ANA GİBİ YÂR, İSTANBUL GİBİ DİYAR...

"Buradan hemen çıkmalıyız Kete!" diye seslenen Ayhan, onun hâlâ kendisini fark etmediğini görünce, Kete'nin elindeki telefona can kulağıyla yapışıp dışarıya tamamen kapandığını anladı.

"Belgin'le konuşuyor, mutlaka onunla konuşuyor. Bir ananın ancak evladına vereceği canının özüyle, her şeyi unutmuş, onunla konuşuyor..." diye düşündü o zaman. Bu düşünce burnunu sızlattı, gözlerinin içi yandı. Annesini artık hiç kucaklayamayacak her yaştan çocuğun zaman zaman yaşadığı şiddetli özlemle burnunu çekti, kendini toparladı.

"Her biyolojik anne, ana olmuyor ama..." demişti Belgin, annesinin Bebek'te, tam evlerinin karşısında bir trafik kazasında öldüğünü anlatırken. 'Doğurmak başka, annelik etmek başka bir iş..."

Gafil avlanmıştı Ayhan. Şimdiye kadar 'cennetin ayakları altında' olduğu, hiçbir yârin aşkıyla ölçülemeyecek kadar büyük, karşılıksız, mutlak ve sonsuz diye bildiği 'ananın evlat sevgisi' üzerinde tartışılamayacak bir tabuydu onun için. Analık tanrısal, yüce, mutlak bir kavramdı. Bunun biyolojik ve sosyolojik yanı-manı olur muydu hiç? Dişi hayvan gibi dişi insan da ana oldu mu, yavrusunu katiyetle sever ve gönül rızasıyla, hevesle, artık dünyayı unutarak on(lar)a analık ederdi. Ana anaydı, daima verir, şikâyet etmez, sormaz, yargılamaz, sever, korur ve koşulsuz hazır beklerdi! Böyleydi bu. Bu böyleydi. Bu yüzden bir erkeği her koşulda seven tek kadın yalnızca anasıydı işte!

"Benim annem," demişti Belgin, "Halide Gümüş, ya da aile içindeki adıyla Jackie, beni seviyordu elbette ama bana annelik edemedi. Annelik içgüdüsel, içgüdüler de hormonaldir. Ama biz insankızları ve oğulları pek çok içgüdümüzü körelteli binlerce yıl oldu. Biz genetik bilimciler genetik mirasın bozulup değişmesini, yani mutasyonu hızlandıran her şeye mutajen diyoruz. Mutajenlerin ille de karsinojen, yani kansere yol açıcı olması gerekmiyor, kullanılmadığı için körelen, yok olan pek çok organ var. Ayhan, kullanılmayan her şey köreliyor, kayboluyor, değişiyoruz!"

Bunları anlatırken on binlerce yıllık evrim basamaklarını gözüyle görüyormuş gibi boşluğu seyredişindeki yorgun ama meraklı bakışını sevgiyle seyreden Ayhan, gözünde hemen canlanan 'mutasyon' adlı heykelin imgesiyle sarhoş olmuştu.

"Eğer bizi hayvanlardan farklı kılan bilinçse, bilinç binlerce yıldır içgüdülerle sürekli çatışma halinde değil mi Ayhan? Çatışıp duruyoruz! Kendi doğamızla çatışıyoruz ve onu değiştiriyoruz. Bugün uygarlık denen hemen her şey bu çatışma sonunda galip gelen bilincin ürünü değilse nedir? Ama maalesef yendiğimiz şey, kendi özümüz olduğundan ne yaparsak yapalım, bir türlü gururlandığımız kadar mutlu olamıyoruz. Homosapiens'in evrimi, büyümek için kendi anne-babasını geçmek zorunda olan ergenin suçluluk duygusuna tıpatıp benziyor bence... Ve gurur büyüdükçe mutluluk azalıyor sanki... İşte sonunda ilkel saydığımız ilk atamızdan ve ninemizden daha mutlu değiliz!"

Oysa dışardan bakanlar Belgin'in modern hayatın nimetlerini her zaman her şeye tercih edeceğini düşünürdü. O denli kentli, çağdaş, yenilikçi, o denli burjuvaydı. Üstelik kendi tercihiyle genetik gibi evrimin en rasyonel alanında uzmanlaşmıştı... Ama galiba doğallığa ve içgüdülere dair yaşadığı bu iç çelişki, Ayhan'la buluştuğu önemli kırılma noktalarından biriydi ve -yine galiba- Ayhan'a da cinsel heyecan yükleyen cazibe merkezlerinden biri de aynısıydı.

"Jackie'nin analık güdüsü zayıftı. Öğrendiği yabancı dil ve aldığı kolej diploması kendi kullanımı için değil, çeyizini zenginleştirmek üzere ona verilmişti. Çocuk da aynen diploma gibi bir unsurdu. *Bir insan ırkının veya cinsiyetinin kendi başına bir bütün olduğu bilincini binlerce yıl süreyle köreltirse, sonunda o insan(lar) artık buna inanır.* Bu, ancak bilerek yapılabilecek bir kötülüktür: bilinçli vicdansızlıktır ve iktidar tarafından köle kalması istenen cinsiyete ve ırklara uygulanır! Biri ataları gibi kral olacağını, öbürü de ataları gibi köle kalacağını bilerek büyütülen iki siyah çocuk arasındaki farkı düşünsen yeter," dedikten sonra susup başını öne eğmiş, sanki yüzyıllardır süren soykırımlarına, katliamlara bizzat tanık olmuş gibi yorgun düşmüştü Belgin.

Ayhan'ın sevdiği kadının özlemine dayanamayıp birikmiş mil puanlarının ve üniversitedeki bir meslektaşının derslerini bir hafta idare etmesi 'kıyağı'yla New York'a yaptığı kaçamaklardan biriydi. Yine Belgin'in Manhattan'da bir apartmanın 27. katındaki bir oda ve salondan oluşan stüdyo evinde, yine sarmaş dolaş oturmuş, ellerinde sıcak baharatlı kırmızı şarap, bu daracık ama keyifli ve işlevsel evin penceresinden görünen güzeller güzeli Central Park'a bakıyorlardı. Kıştı, çok soğuk bir kıştı; lapa lapa yağan karın altında bembeyaz uzanan bu yapay parkın içinde yürüyen, koşan, kartopu oynayan, kayak kayan her yaştan insanı seyrediyor, bütün bu hareketlilik sürerken fonda buna çok yakışan bir tezatla son derece sakin görünen manzaranın huzuru onları gevşetiyordu. Sevişiyor, yemek yiyor, sonra tekrar sevişiyor, konuşuyor, beraber yaptıkları hiçbir şeye ve birbirlerine doyamıyorlardı. Aşkın her şeye kâdir olduğu zamanlardı. O gün Martin Luther King Jr.'ın doğum günüydü ve New York'ta okullar tatildi. Bir zamanlar devlet düşmanı bir asi olarak görülen ve Mahatma Gandhi'nin şiddete dayanmayan *sivil itaatsizlik* felsefesini başarıyla ülkesindeki zenci haklarını savunmada kullanan King'in doğum günü artık Birleşik Amerika'da resmi tatil kabul ediliyordu. Buradan yola çıkarak, azınlık hakları konusunda insanlığın 21. yüzyılda kadar geçirdiği 'düşünsel mutasyon'dan konuşuyorlardı ama konu nereden başlarsa başlasın sonunda konuşanların yaraları üzerine dönüp gelme kuralını bozmuyordu.

"Ve hiçbir din insanların kalbindeki kötülüğü temizleyemedi!" diye fısıldadı Belgin, Ayhan'ın elini sıkarak.

Ayhan onu dinledikçe, kendini bir solcu olarak tanımladığı yeryüzünde insanların hakkı, onuru ve emeği korunsun, çeşitlensin diye mücadeleye kendince katıldığı, öğrencilerini bilinçlendirmeye çalıştığı, siyahların, çingene/Romanların ve eşcinsellerin içine kattığı azınlıklarla, işçi sınıfını temsil ettiği yoksulların, ezilenlerin arasına cinsiyetçiliği hiçbir zaman eklemediğini, belki de bundan isteyerek kaçındığını anlıyor, buna içten içe bozuluyordu. Bozuluyordu; bir kere: doğası gereği otoriteye karşı olduğu için sevdiği sanata, heykele, formlara, soyuta, aykırı-maykırıya karşı koruduğu duruşunu, işine gelmeyen konularda bozmuştu demek ki! Bu bağlamda 'kadın hakları', makları, feminizm meminizm söylemlerini burjuva, elit kadınların erkek düşmanlığı çağrışımıyla bilerek isteyerek göz ardı etmiş, şimdi hâlâ içinde kırmakta çok zorlandığı o erkeksi duruş, 'delikanlı adam' klişesi nedeniyle Belgin'e hak verdiğini itiraf edemiyordu bir türlü.

"Sonunda kendince bir bütünlüğe erdi de. Annem mutluydu babamla, seviyorlardı birbirlerini... Herhalde öyleydi? Bilmiyorum? Sevgili olmuş iki kişi arasında yaşananları hiç kimse gerçekten bilemez, bilemez değil mi Ayhan? Bir aşk ilişkisinin hangi ortaklıklar üzerine kurulduğu bellidir ama asıl hangi zayıflıklar üzerine durduğu daima bir sırdır," diyerek içini çekti Belgin.

"Acaba babamın uzun seyahatlerinde başka kadınlar var mıydı, kısa ilişkileri falan? Bilmiyorum, artık öğrenemem de... Babam öldürülünce, doğal olarak Jackie-Halide'ye öğretilen formül çöktü ve annem bir daha kendini hiç toparlayamadı. Dul bir kadının aslında bekâr ve cinsellikten başlayarak kişisel pek çok gereksinmesi olabileceği gerçeği onun kuşağına ayıp, günah ve sessizce yasaktı."

Bu konuşma sonrasında Ayhan kendi annesinin rahim kanserinden genç sayılacak yaşta ölümünü anımsayıp, doğrusu onu analık dışında bir kadın, bir birey olarak hiç düşünmediğini yüreği yanarak kabul etmişti. Eve az da olsa para getiren, huzursuz, kendi deyimiyle; 'içi dikenli, kurtlu' ama dürüst ve hak yemez kocası, yedi çocuğunun babası, 'dağ gibi adam' birkaç ay içinde eriyip çöp gibi kalmış, sonra gözünün önünde sessizce ölüverince çilekeş, bakımsız, yorgun anacığı dul kalmıştı. Babasının ölümü için 'sigaradan, alkoldendir' dediler. Kanser dediler. Yıkayıp gömdüler. Üzerindeki hayat yükü o günden sonra daha da artan anasının nasıl bunaldığını yıllar sonra düşünüp üzülen Ayhan, aynı anasının o günden öldüğü güne kadar bir daha hiç cinsel hayatı olmadığını aklının ucuna bile getirmemişti. Yok işte, getirmemiş, bunu hiç düşünmemişti. Sanki anası etten kemiktendi ama cinsiyetsizdi. Ancak önce ölen anası, yalnız kalan babası olsaydı onun bir analık, hem de genç bir kadını analık olarak getirmesini çok da yadırgamayacaktı. Bozulacak ama yadırgamayacaktı. Üstelik anası dul kaldığında yalnızca kırk dört yaşında yani Belgin'den yalnızca üç yaş büyüktü. Belgin'in o hanımefendi, ağırbaşlı profesör kıyafetinin altında nasıl ateşli ve diri bir kadının yattığını düşününce hem kasıkları ısındı, sırtı karıncalandı hem de anasını düşünüp utandı.

Babasının ölümünden bir yıl sonra bir akrabalarının vasıtasıyla Avusturya ve Fransa'ya işçi olarak giden iki ağabeyi, birkaç yıl sonra da kız kardeşlerini de oralara aldırınca anacığı biraz ferahlamış, az da olsa gurbetteki çocuklarının yolladığı para yardımıyla tarla işçiliğinden kurtulmuştu. Elinde kalan üç çocuğundan en küçüğü Ayhan da İstanbul'a Darüşşafaka'da okumaya gidince onun adına huzura kavuşmuştu. O yıllarda yaz tatillerinde köye dönen Ayhan, anasına İstanbul'u anlatırdı; şehrin güzelliğini, büyüklüğünü, havasını, suyunu, insanlarını; İstanbulluları anlatırdı. Caddelerinin, binalarının, dükkânlarının Adana'dan bile büyük ve çok olduğunu İstanbul'un. 'Abooov, sakın kaybolmayasın Ayhan'ım orada,' derdi anası, gözlerini ağırta ağırta. Ayhan da gülerdi anasının saflığına. Yaz tatillerinden sonra İstanbul'a dönerken otobüsün camında annesini daha yanındayken özleyen Ayhan, büyüyünce ona içinde suyu ve kaloriferi olan bir ev alacağının, okul gezisinde keşfettiği muhteşem Büyükada'da onu faytonla, Boğaz'da vapurla gezdireceğinin hayallerini kurardı.

"Traktör kazasıymış! Küçük ağbim kullanıyormuş. Hız yapmış, devrilmiş, ağbim gitmiş... ölmüş. Anam buna dayanamadı, öyle derler. Yani bana sonradan söylendi, öyle dendi... Dayanabilir miydi anam oğlunun ölümüne? Dayanamaz tabii... Ama ulan insan anında kanser olmaz ki? Olur mu Belgin, sen bilirsin bu işleri ha? İşte anam, güzel anam da küçük ağbimin arkasından altı ayda gitti. Ölüverdi. Bana göre taş gibi kadındı ama bu kanser illeti içeriden kemirmiş onu. Rahim kanseriymiş. Yedi çocuk ve belki o kadar da düşük yapan anamın rahmi sonunda isyan etmiş herhalde... Sen anlarsın kanserden, onkolojiden falan Melek Belgin; söyle bana hayatı boyunca analıktan başka hiçbir şeyden haberi olmayan bir kadını rahminden vurmak yakışır mı kansere hıı? Ulan benim anam analık kanserinden öldü, gitti be! Üzülmeyeyim diye anamın ölümünü ancak yaz tatilinde haber verdiler bana, çoktan cenaze falan kaldırılmış, aylar geçmiş öyle... Hiç ağlayamadım, biliyor musun? Taş kesildim, hah o yonttuğum taşlar gibi dondum kaldım. İki yıl sonra Fransa'daki işçi olan ağbimin yanına gittiğimde, ancak onu görünce dizlerim çözüldü, ona sarılıp kana kana ağladım, Adana'dan binlerce kilometre uzakta... Eğer yoksul olmasaydı doktora da giderdi, doğum kontrolüne de... Belki o kadar erken ölmezdi diye bir ukte taşırım içimde hâlâ be Belgin... Ah ulan gözü kör olsun yoksulluğun!"

Belgin'le Ayhan annelerinin ölümünü konuştuktan sonra o küçücük, daracık evde, dışarıdaki her şeyin üzerine lapa lapa yağan kar manzarasını çerçeveleyen pencerenin önünde durup birbirlerine sarılmış, aslında ikisi de olmayan annelerini kucaklamışlardı. Kendini hep öksüz-yetim olarak görerek içten içe efkârlanan Ayhan, ilk kez bu kucaklaşma sırasında aslında Belgin'in de bir öksüz ve yetim olduğunu algılamıştı.

"Yoksulluk insanlığın en büyük utancı," demişti Belgin başını Ayhan'ın omzuna gömerek. "Ama acı çekmek, keder ve yalnızlık kahrı, yalnızca yoksullara mahsus değil. Ben mesela hiç yoksulluk çekmedim, hiç aç kalmadım ama babasızlık, annesizlik, ihanet gibi acıları katmerli yaşadım. İnanmıyorsan izlerini göstereyim?"

"Parayla da saadet olmuyor güzelim! Ama şu izleri öpmek için seni yeniden soymam gerekecek..." diye içinde bulundukları dertli ortamı yumuşatmaya çalıştı Ayhan. Ama Belgin'in gülümsemesi buruktu, o da konuyu sulandırmadı.

"Parayla saadet olmadığını anlayacak kadar ufkum genişledi kız Belgin. Benim de elim biraz para gördü, sıkılmadan kitap, CD, dergi alacak, sinemaya, yazları Roma-Paris müzelerine gidecek, hatta kendime ev, bacılarıma, yeğenlerime hediye yollayacak kadar param oldu. Zenginlere heykel sattım, zengin arkadaşlarım, sevgililerim oldu... Bütün bunların sonunda iyice öğrendim ki Belgincim; insanın kalbi camdan yapılmış!" dedi ve sustu. O zaman gözünde camdan bir kalp imgesi canlandı. Camdan kalp havada uçtu ve aşağıda buz pateni yapan insanların tepesinde kar taneleri gibi savrulan yüzlerce camdan bir kalbe dönüştü, onların üzerine lapa lapa yağdı... Onun camdan kalplerini göremeyen Belgin'se, ona çok yakışan hüzünlü gülümsemesiyle tamamladı sözlerini:

"Her anne, ana olamıyor ama bazen da sana emek veren, seni gerçekten seven biri asıl annen olabiliyor. İşte Kete, bu yüzden benim öz annemdir."

"Ay benim Ayhan oğlum, ay benim aslan oğlum gelmiş ta yanı başıma da Kete Anası onu görememiş! Bak şimdi bana bak!" diye ayağa kalkıp önünde dikilen Ayhan'ı kucakladı Kete. Atatürk Havalimanı dış hatlar terminali gelen yolcu bekleme alanında diğer yolcuların hızlı adımlarla ÇIKIŞ kapısına yöneldiği sırada Belgin'le yaptığı telefon konuşması aniden kesilmiş, "Haydi Kuzum, Allah'a emanet ol, sen de beben de haydi evladım... Ah gözümün nuru, lavanta kokulu kuzucuğum, iki canlı kızım benim," diye kendi kendine fısıldayan Kete, telefonu avucuna sıkıştırmış, öbür elini sımsıkı yumruk yapmış, göğsünün ortasına koymuş, çevresine tamamen kapanmış, adeta afsunlanmıştı. Ancak kendi adını duyunca gözlerini açmış, o zaman Ayhan'ı fark etmişti. Ayhan, Kete'nin kendisini bütün varlığıyla kucaklamasına gerçek anasına kavuşmuş gibi hasretle karşılık verdi: onu sardı sarmaladı ve onun kalbine dokunmasına izin verdi. Camdan kalbine.

24
BİR ŞEHRİ SEVMEKLE BAŞLAR HER ŞEY!

"Demek buraya kadarmış ha? Demek Yeşilköy havaalanında vedalaşacaktık seninle İstanbul ha?" diye yüzünü buruşturarak acı acı güldü mimar Erol Argunsoy anonsu duyduğunda.

Barselona'da bu yılki teması: 'Kentleşme ve çevre etkileşimleri konusunda 21. yüzyıl Akdeniz Projeksiyonları' olan, *Akdenizli Mimarlar Kongresi*'nde Türkiye'yi temsilen bir bildiri sunan Erol Argunsoy, oradaki dört günlük yoğun program ve şiddetli sıcaktan sonra havalimanı karakolunda geçen gergin bekleyiş ardından yorgun düşmüştü. Barselona'da çalınan pasaportunun yerine Madrid Türk Büyükelçiliği'nce hazırlanan geçici evrakla Türkiye'ye giriş yapabilmek için iki saate yakın Atatürk Havalimanı karakolunda bekletilmiş ve ancak nüfuzlu bir arkadaşının araya girmesi sayesinde daha fazla bekletilmesi önlenmişti. Bu yorgunluğun üstüne bir de hep görmezden geldiği yüksek tansiyonu bu kez kendini fark ettirmeye kararlı bastırmış, o her ne kadar yoksaysa da başı ağrımaya, şakakları zonklamaya başlamıştı. Kendisi karakolda bekletilirken sahipsiz kalan, içinde Barselona'dan aldığı tanınmış birkaç mimarlık dergisi, sanat kitapları ile birbirinden şık gömlek, papyon, pantolon askıları ve süslü iri bir armağan paketinin bulunduğu valizini uzun aramalar sonunda bir duvar dibinde bulduğunda burnundan soluyordu. Her şeyin aksi gittiği günlerden biri olmalıydı işte... Yardım istemesi üzerine peşine takılan bir havalimanı taşıma işçisi ancak kitapların böylesine ağırlaştırabileceği iri valizi, zorlanarak metal el arabasına yükledi. Bu arada hemen yanı başlarındaki ekspres gümrüksüz mağazadan son derece alışkın ve hızlı hareketlerle birkaç kutu puro, nüfuzlu dostu için tiryakisi olduğu markadan bir karton sigara ve iki şişe iyi Fransız şarabı alan Erol Argunsoy taşıma işçisiyle beraber gümrükten geçti. Bundan sonra derhal tansiyon ilacını içip, dosdoğru bir taksiye atlayarak Maçka'daki evine gidip soğuk bir banyo sonrası dinleneceği yerde, havalimanının dış hatlar gelen yolcu bekleme alanındaki bara girip, kendine: 'Anadolu'mun canım Sultaniye üzümlerinden yapılmış, buz gibi Sauvignon Blanc' beyaz şarabından bir kadeh ısmarladı. Yanına bir puro yaktı ve seyahat nedeniyle beş gündür görüşmediği için özlediği genç barmen Baturcan'la sohbete daldı.

Bütün hayatı boyunca kendi olanakları ve etki alanı içinde ihtiyacı olan çocuklara ve gençlere hem kişisel, hem de sivil toplum kuruluşları vasıtasıyla karşılıksız destek vermiş olan Erol Argunsoy, birçok çevre koruma, kültürel anlamda mahallelilik bilinci edinme ve sokak çocuklarına yardım eden sivil oluşumunun da kurucu üyesiydi. Taşradan İstanbul'a göçen bir Karadenizli ailenin oğlu olan Baturcan'ı Kumkapı'da dostlarıyla balık yediği bir meyhanede garsonluk yaparken keşfedip ona yardım etmeye karar vermesindeyse diğerlerinden farklı olarak bazı kişisel etkenlerin de rol oynadığını hiç inkâr etmemişti. Servis sırasında yaptığı içten esprileri ve ağırbaşlı tavrıyla masadakilerin dikkatini çeken Baturcan'ın kendini geliştirmek, İstanbullu olmak ve kentliliği öğrenmek konularında içinde tutmakta zorlandığı büyük bir merak ve açlığı olduğunu fark eden Erol Argunsoy sonunda bu meyhanenin müdavimi olmuştu. Dürüst olmak gerekirse ki; kendine ve sevdiklerine karşı daima öyle olmuştur, o zamanki adıyla İlyas, destek verdiği diğer gençlerden farklı olarak kendi eşcinselliğini gizlememiş, yakışıklı bir gençti. Kendini bir fırsatçı durumuna düşürmemek için önceleri delikanlıyı sabah kurslarına yazdırıp liseyi dışardan bitirmeye teşvik edip, destek vermiş, arkadaşlarıyla beraber yaşadığı Sirkeci'den hayallerini süsleyen Cihangir'e taşınmalarına yardım etmişti. Delikanlıya bu konularda el verirken, ona bir insanın yaşadığı kenti tanımadan sevemeyeceğini öğretmiş ve onunla sık sık kendisinin de büyük zevk aldığı İstanbul içi gezi turlarına çıkmıştı. O sıralar hâlâ tanıştıkları Kumkapı balıkçısında garsonluk yapan Baturcan'a İstanbul'u farklı ve çok özel kılan kent mobilyalarını tek tek gezdirirken, bu binaların, sokak, meydan ve sahillerin, bu saray, cami, kilise, havra ve semtlerin içlerinde yaşamış insan ve kültürler nedeniyle değerlendiğini anlatmaya çabalamıştı.

"Kız Kulesi'ni herhangi bir kuleden ayıran en önemli şey, onun bize kadar taşınan efsaneleri, farklı dil ve dinden şimdiki kültürümüze akan ve bizi biz yapan asıl kanımızdır ki; artık o efsanelerin kahramanları bizim de atalarımız, ninelerimizdir! Yani bizden önce buralarda yaşamış insanları bizden ayırarak buralı olamazsın cancağızım! Çünkü burası ne Kuzey'in tek kültürlü, homojen İskandinavya'sıdır, ne de güneyin yerlileri; Abori'jinleri yok edilerek Batılılaştırılmış Okyanusya'sıdır! Burada kanlar ve döller sahiden karışmıştır Baturcancım. Burası yedi düvelin birbiriyle karıştığı son Babil Kulesi: İstanbul'dur. Son umuttur. İstanbul dünyanın son umududur! Ya bunu reddederek İstanbul'da bir taşralı, yani *'yabani bir yabancı'* olarak kalırsın, ya da kabullenerek İstanbullu olursun ki, aslında bütün Anadolu böyledir cancağızım!" dedi ama kendisi de iyi biliyordu ki, farklılıklar hâlâ dışlanıyordu; kendisine *'Dernekçilik, sivil toplum gibi boş işlerle uğraşır ama iyi insandır!'* dendiğini kaç kez duymuştu.

Olsun, o sonuna dek farklı seslere destek vermeye devam edecek, böylece yüzyıllarca başardığımız gibi farklılıklara tolerans gösterebilen bir topluma yeniden dönüşmemizde bir tutam tuzu olacaktı. İşte şimdi açık üniversitede işletme okuyan ve gerçekten bir İstanbullu olmaktan umudunu yitirmeyen delikanlının, bu barda iş bulmasından, adını İlyas'tan Baturcan'a, semtini Sirkeci'den Cihangir'e değiştirmesine ama en önemlisi: başkalarının değil de kendi istediği hayatı yaşamasına destek veren mimar Erol Argunsoy'dan başkası değildi. Elbette ona sırılsıklam âşık olan da ta kendisiydi.

Erol Argunsoy, bütün yorgunluğuna, karakol keyifsizliğine ve yüksek tansiyonuna karşın, kendini iyi hissediyordu. Taa ki, kendisine büyük bir hayranlık ve saygıyla servis barmen Baturcan'ın o sırada bara giren esmer, 40 yaşlarında yakışıklı bir adama verdiği içtenlikli selamdan işkillenene kadar... Aslında kıskanç bir adam değildi. Ne Belgin'in halasıyla evliyken ne de daha sonraki ilişkilerinde ama belki şimdi yaşı ilerlediğinden, belki Baturcan'a aşırı düşkünlüğünden, belki de şu son iki gündür yaşadığı talihsizliklerden ötürü alınganlaşmıştı işte. Canı sıkıldı. Bara giren bu yakışıklı adamı, sanki hiç umursamazmış gibi incelemeye başladı. Kısa kesilmiş siyah saçları cilalanmış gibi parlak, karın kasları ve bakımlı bedeni çelik gibi sert görünen bu adam için kadınların çıldırdığını tahmin etmekte zorlanmadı. Adam son derece yalın giyinmişti, kot pantalonu ve beyaz lastik pabuçları onu yaşından genç gösteriyordu. 'Ama en aşağı 40 vardır bu!' diye düşünerek rahatlamaya çalıştı Erol Argunsoy. Sonra bu adamı bir yerden tanıdığını düşünüp hafızasını hızla taradı ama çıkartamadı. Onun 'Son zamanlarda moda olan aşiret dizilerinde oynayan geçici starlardan biri' olabileceğine karar verince rahatladı ama kendisi için bayağı olan böylesi bir şöhretin Baturcan için etkileyici olabileceği aklına gelince yine huzuru kaçtı. Duygularını saklamakta usta olduğu için buz gibi beyaz şarabından bir yudum alırken kulağını kaşıdı ve barın duvarlarına asılı 4 büyük-düz- sıvı ekran televizyonda gösterilen futbol maçı tekrarlarına daldı. Onun futbolla ilgilenmediğini bilen barmen Baturcan, yeni bir müşteriye bira servis ettikten sonra yanına gidip selamlaştığı adamın İstanbul parklarındaki heykelleri çıplak diye kırılan o ünlü bir heykeltıraş olduğunu söyledi. 'Haaa, demek öyle...' diyerek hiç ilgilenmeyen mimar Erol Argunsoy, aslında bir televizyon kanalında onunla estetik, ahlak ve siyaset üzerine yapılan bir röportajı dikkatle ve beğeniyle dinlediğini anımsadı, ama bundan asla söz etmedi. Onun keyifsiz olduğunu hisseden barmen Baturcan, o zaman bu heykeltıraşın yurtdışından gelen sevgilisini beklediğini, bu yüzden heyecanlı olduğunu ustalıkla araya sıkıştırdı. Gereksiz bulduğu için de '*sevgilisi: New York'tan Belgin Hanım*' demedi. Demedi. O sırada bu kısacık cümleyi etmedi. Etmedi! Kendisi için küçücük, önemsiz bir ayrıntı, karşısındaki için hayatının en önemli haberiydi. Ama işte böyleydi, böyle olurdu, olurdu böyle hep, işte böyle böyle böyleydi hayat... Hep, her zaman... Yoksa, biricik yeğeni Belgin'in birine âşık olduğundan ve bu ilişkinin ciddileşmekte olduğundan elbette haberi vardı Erol Argunsoy'un ama daha önceki 'berbat evliliğine' kendisinin neden olduğuna dair saçma bir saplantı ve suçluluk duygusu yanı sıra yüksek tansiyonu olduğundan onu kaygılandırmaktan çekinen Belgin, tedbirli davranmıştı. Erol Eniştesinin özellikle son yıllarda nefes darlığı, uykusuzluk hastalıklarına yakalandığını, sıkıntıya gelemediğini ve tansiyon problemi olduğu uyarısını Kete'den aldıktan sonra sabırlı davranmaya karar veren Belgin, kendisine her zaman babalık etmiş, çok sevdiği eniştesine, ciddi bir ilişki bile düşündüğü adam hakkında yalnızca; kendisinden 5 yaş genç, dürüst ve sağlam karakterli bir akademisyen olduğunu söylenmekle yetinmişti son telefon konuşmalarında. Bu tedbirli tavrına rağmen; 'Aman acele etme Belginciğim, önce ben bir tanışayım, bir göreyim yüzünü, anlayayım huyunu suyunu, o zaman karar verirsin. Aman öbürü gibi sahtekârın, maskaranın teki çıkmasın cancağızım!' diye endişelenmişti Erol Enişte. İşte önce İstanbul'a dönüp, biraz yerleşecek, sonra Ayhan'ı alıp, sürpriz yapacaktı eniştesine Belgin. Öyle düşünmüştü Kete, öylesi uygun gelmişti Belgin'e. Öyle, öyle, öyleydi hayat, düşünceler, planlar, sürprizler... Hayaller, beklentiler, düşler... Öyle, öyle, öyleydi... Ama öyle de olmazdı çoğu kez; hiç öyle olmazdı, öyle öyle...

Heykeltıraşın bir kadını sevdiğini ve beklediğini öğrendikten sonra keyfi yerine gelen Erol Argunsoy, onun o sırada tam da kendini karakoldan kurtaran nüfuzlu dostu için aldığı marka sigara aradığını duyunca gözünü kırpmadan kartonu açıp bir paket yollamıştı bu kendine göre genç sayılacak adama. Heykeltıraş da gülümseyerek başını sallamış, teşekkür etmiş, hatta gülüşündeki ağırbaşlı içtenlikle Erol Argunsoy'un gönlünü almış, gözüne girmiş ve herkes muradına ermişti ki, dijital arıza anonsu yapıldı.

"Demek buraya kadarmış ha? Demek Yeşilköy havaalanında vedalaşacaktık seninle İstanbul ha?" diye yüzünü buruşturarak acı acı güldü o zaman mimar Erol Argunsoy. Göğsüne bıçak gibi ani bir ağrı saplandı ama o bunu da ciddiye almamaya kararlıydı.

"Dijital, yani sayısal arıza ha!" diye boğazına bir şey tıkanmış gibi güçlükle yutkunarak söylendi.

"Herhalde bilgisayar sistemlerinde bir sorun çıktı?" diye onu rahatlatmaya çalışan Baturcan en güzel gülümsemesiyle karşısına dikilmişti.

"Ah Baturcan cancağızım, ah sevgili çocuk, senin bu masumiyetini ne çok özleyeceğimi bir bilsen inanamazsın, asla inanamazsın!" diyerek acı gülümsemesini sürdürdü Erol Argunsoy. Bu sırada göğsündeki yanma koluna, oradan da sırtına doğru yayılıyordu. Onun bakışlarındaki derin kederi sezen Baturcan;

"Yoksa?" diye eğilip kulağına fısıldadı endişeyle;

"Yoksa, ciddi bir şey mi var? Allah korusun, bir bomba falan?" Ve sözü biter bitmez kendi cümlesinden korkup dehşetle elini ağzına kapattı.

"Ah benim sezgisi güçlü, saf çocuğum, dijital bir sorun bazı uçuşları etkiler ama havalimanı tahliyesi için daha mühim bir sebep gerekiyor, anlıyor musun?" diye alçak sesle konuştu Erol Argunsoy, serinkanlı davranmaya özen göstererek. O sırada bazıları paniğe kapılan yolcular acele hesaplarını ödemeye, paralarını üstünü bile almadan hızlı adımlarla barı terk etmeye başlamışlardı. Başını güçlükle çevirince telaşla cep telefonunu tuşlayan heykeltıraşın Baturcan'a el sallayarak bardan çıktığını gördü, purosundan son bir duman çekti, şarabından son bir yudum içti; 'sevdiği kadını bekleyen, onun için endişelenen erkek sağlam adamdır, benim güzel Belgin'ime de inşallah...' diye düşünerek gülümsedi ama artık göğsündeki ağrı sol kolunu acıtacak kadar artmıştı. O sırada çalışanlar dışında tamamen boşalan bardan içeriye ellerinde eğitimli köpeklerle iki sivil polisle bir güvenlik görevlisi girdi. Onları gören Baturcan'ın rengi bembeyaz oldu, Erol Argunsoy'a döndü, göz göze geldiler. Ona sevgiyle bakan mimar Erol Argunsoy;

"Korkma sana bir şey olmayacak, sana da İstanbul'a da..." diye fısıldadı. Onu daha iyi duyabilmek için yanına koşan Baturcan endişeyle yüzüne baktı.

"Hiç korkma Baturcancığım, sen gençsin, İstanbul güçlü, ikiniz de kurtulacaksınız cancağızım, ama ben..."

"Allah göstermesin Erol Bey, size bir şey olursa ben ne yaparım, olur mu hiç!" diye geveledi, bulanık bir bakışla barmen Baturcan. Bu sırada omuzlarında o hiç sevmediği tik başlamıştı. Daha başlarken bir şeylerin gerçekten ters gittiğini işaret ettiğinden bu istemdışı kasılmalar zaten kendi başına tedirgin ediciydi, üstelik bu yüzden çocukluğundan beri insanların alaylarına maruz kalıyordu. Hem tiklerini unutmak hem de arkalarında barın şefiyle konuşan sivil polislere bakmak için döndüğünde hemen yanı başında ağır bir şey yere düştü, bar şefi kalın bir çığlık attı, Baturcan başını tekrar çevirdiğinde karşısında oturan Erol Argunsoy'un yere düşmüş olduğunu gördü.

"Uyyyy koşun koşun hele, onun yüksek tansiyonu var! Çabuk koşun!" diye çığlık attı Baturcan. Ama bu konuşanın kendisi olduğunu anlamadı. Hemen koşup, Erol Argunsoy'un yanına çömelen sivil polislerden biri, telsize emirler vermeye başladı: 'Yaşlı bir adam, kalp krizi geçiriyor olabilir, alkol almış, gelen yolcu bar 1, acil!'

"Ambulans, ambulans çağırın, çabuk bir şey yapın, ölecek adam, Allah aşkına yardım edin ona! O çok önemli biridir, çok zor yetişen insanlardandır, kurtarın onu lütfen!!!" diye çırpınan Baturcan'un tikleri artmış, sesi daha önce hiç duymadığı bir tizlikle yükselerek yabani bir hayvan çığlığına benzemişti. Elleriyle bedeninin yanlarını dövüyor, bir kuş gibi çırpınıyordu. Baturcan sanki çıldırmıştı.

"Aman Allahım kalp krizi mi geçiriyor? Ambulans bulun, doktor bulun, haydi kurtarın onu Allah, peygamber aşkına!"

"Dur arkadaşım, dur sakin ol, ona mı bakacağız sana mı ya? Tamam endişelenme, dışarıda ambulans da var, doktor da... Kapıları açma izni gelsin hemen burada olurlar, sakin ol arkadaş ya!"

"Yaa olur mu yaaa, bu çok acil bir durum polis bey! Ya adam ölürse, hemen açsınlar kapıları ya, yok mu bu havalimanının bir doktoru ya!" diye bağırmayı, polise emir vermeyi sürdürdü Baturcan, kendini kaybetmiş görünüyordu.

Elindeki telsizden karşısındakini azarladığı besbelli olan sivil polis, söyledikleri duyulmasın diye barın uzak bir köşesine gitmiş, bomba eğitimli polis köpeğiyse yerde yatan Erol Argunsoy'u kokluyordu. Köpek birden inler gibi ince ince sesler çıkartıp ağlamaya benzer bir şarkı tutturdu. Sonra için için ağıt yakmış gibi uludu.

"Açsınlar kapıları, hemen açsınlar, kurtarsınlar Erol Bey'i! O çok önemli, çok değerli biridir, eşi yoktur bu İstanbul'da vallahi onun! Ölmesin, kurtarın onu!" diye olduğu yerde horon teper gibi sallanarak kendi kendine konuşan barmen Baturcan ağlıyordu.

"Açarlarsa dışardan istenmeyen şahıs girebilir!" diye öfkeyle dişlerinin arasından tısladı güvenlik görevlisi Baturcan'a ama o artık başka bir yerdeymiş gibi uzaklaşmıştı ortamdan. Telsizle konuşan sivil polis yanlarına yaklaşıp yere çömeldi ve Erol Argunsoy'un gözlerini, nabzını kontrol etti.

"Bu adam ölmüş!" dedi düz bir sesle.

Baturcan'ın çığlığı o sırada göğsünden koptu, fırladı, barı dolaştı, duvarlara çarptı ve dışarıya, yolcu bekleme alanına çıktı, bir ağıt, bir fırtına gibi geçtiği ve değdiği her şeyi deldi, buz gibi soğuttu, ürpertti ve sarstı:

"Ah Erol Bey, ah güzel insan, lütfen gitme, beni bırakıp gitme Erol Bey!"

25
BİN BİR YÜZ, BİN BİR TUZAK, BİN BİR İSTANBUL!

"Bilgisayar sistemlerinde bir sorun olmalı..." diye umursamadan omzunu silkti barmen Baturcan anonsu duyunca. "Ne olacak canım, onarırlar, geçer! Buradaki teknoloji Amerika kadar yüksek nasılsa... Sonra da *havalimanı hayatı* doğal akışına girer," diye rahat rahat gülümsedi. O sırada barda beyaz şarabını yudumlayarak oturan mimar Erol Argunsoy'un kendi kendine söylendiğini gördü ama bir müşteriye bira servisi yapmakta olduğu için hemen yanına gidemedi.

Onun havalimanındaki 'hayatın doğal akışı' dediği şey, hiçbir yerdekine benzemiyordu elbette. Barmen Baturcan'ın, 26 yıl önce İlyas Uzunçay olarak doğduğu ve büyüdüğü Trabzon'un köyünde ağır ağır geçen, İstanbul'a göçtüklerinde hızlansa bile hâlâ aynı zeminde akan 'Doğulu Zaman', garson olarak zor koşullarda çalıştığı Kumkapı meyhanesinde de benzer bir hacim ve ritim içinde ilerlemekteydi. Fakat ne zaman bu havalimanının kapısından içeri adım atmıştı ki; türküleri, masalları, ağıt ve destanlarıyla bildiği, bedenine, zihnine ve duygularına arka sayfa görevi yapan o binlerce yıllık mihenk taşı; o bildiği en sağlam ölçüt olan *Zaman* düzencesi bu mekânda bitmiş, kaybolmuştu. Çünkü bu topraklarda binlerce yıldır hüküm süren *Zaman*, Atatürk Havalimanı'nda geçmişe ve ileriye, sağa ve sola akan Doğulu ritminden çıkıp tek bir yöne düzenli olarak ilerleyen simetrik bir güce dönüşüyor, yalnızca burada bu şekilde akıyordu. Havalimanında *Zaman*, Türkiye'nin hiçbir yerindekine benzemiyor; birden ecnebi, bize egzotik, tamamen Batılı bir ifade kazanıp buradaki iktidarın iktidarı oluyordu. *Zaman*, havalimanında kendini tek güç olarak hissettiriyordu.

Bu memlekette *zaman*'ın bu denli güçlü, kibirli ve disiplinli aktığı başka hiçbir yer yoktu çünkü. *Zaman* havalimanı denen bu mekânda kendini sınırları sımsıkı korunan özel bir fanusun içinde saklıyordu. Bu saklanış, onu baştan çıkartabilecek olası bütün Uzak, Yakın, Ortadoğulu ve Akdenizli Zaman akışlarından soyutluyordu. Bütün bu özellikler Atatürk Havalimanı'nı İstanbul'un belki de en güçlü ama en yabancı mekânı, modernitenin en uç sınırı kılıyor ve bu anlamda Türkiye içinde marjinal bir kimlik kazanmasına da yol açıyordu.

Atatürk Havalimanı yalnızca zaman kavramıyla diğer mekânlardan farklılaşmıyordu elbette. Bu havalimanı, başka hiçbir mahalle veya komşuya gereksinmeden kendi başına nefes alıp veren, kendi kendine dijital yöntemlerle basbayağı varolan bir canlıydı aynı zamanda. O bir hücrenin mitekondrisi gibi bağımsız ve güçlüydü. *Değişime, dönüşüme, yenilenmeye en uygun biçimde kurulan, gereksinmeler değiştikçe biçimi de değişebilen havalimanı, içindeki her şeyin ve herkesin hareketli olduğu bir mekândı.* Havalimanı, bünyesinde durağan hiçbir şeyin varolamadığı kendi başına bir kentti ama tamamen yapay, mekanik, bir makineler kentiydi aslında. Sınırları '*Zaman*'dan çizilmiş, kendisi makinelerden oluşmuş, oksijeni ve suyu makinelerce sağlanan, barsakları borulardan, kanı ve canı makinelerin ürettiği enerjiyle akan bir kent! *Bu metalik özelliğine karşın içindeki bütün canlıların devamlı hareket ettiği havalimanı inanılmaz bir duygusal potansiyele sahipti ve bu büyük zıtlık ona bilinenin tersine çok yakışıklı, erkeksi, ürkütücü derecede albenili, modern bir Frankenştayn özelliği katıyordu.*

"Atatürk Havalimanı, dev bir metal balina! Soluk alıp veren dev bir makina sanki!" diye tanımlamıştı barmen Baturcan, hem sevdiği hem de ürktüğü bu mekanik kenti bir defasında.

İçinden 30 bin personelle, 150 bin yolcunun aktığı, sürekli büyük bir devinim, aralıksız bir dolaşımın yaşandığı bir duygu laboratuvarı! Hem kıtalararası hem de uluslararası çok özel bir adreste bulunan Atatürk Havalimanı, insan denen canlının bütün duygularının aynı anda toplanabildiği dünyadaki biricik birkaç mekândan biridir. Gidenler, gelenler, ayrılanlar, kavuşanlar, terk edenler, kaçanlar, varmak için yola çıkanlar, kavuşmaya uçanlar, bekleyenler, kalanlar, duranlar, gidemeyenler, hiç gidemeyecek olanlar, hiç duramayacak olanlar, yenenler, yenilenler, tutunanlar, tutunamayanlar, aldatanlar, aldatacaklar, aldatılmışlar, yalnızlar, çok yalnızlar, en çok yalnızlar, yapayalnızlar, en yalnızlar, yalnızlıklarında yanıp kavrulanlar, yalnızlığa gidenler, yalnızlığa kaçanlar, yalnızlıktan kaçanlar, gezginler, göçebe ruhlar, gitmek, daima gitmek zorunda olanlar, seyahat ateşiyle yanarak bir türlü yerleşemeyen huzursuz ruhlar, göçebeler, meraktan yola düşenler, kâşifler, arayanlar, buldukça yeniden arayanlar, canlarını kurtarmak için kaçanlar, hayatta kalabilmek için gelenler, düşünceleri yüzünden kovulanlar, yeteneklerinden ötürü çağrılanlar, zekâları veya ahlak anlayışları nedeniyle gitmek zorunda kalanlar, satmak ve satın almak için gidip gelenler, düşüncelerini paylaşmak için gidip gelenler, sahipleri çoktan ölmüş yaşayan düşüncelerin izlerini takip etmek için gidip gelenler, gelen-gidenler, gidip gelmeyenler, gidip dönmeyenler, gelip kalanlar, onlar, bunlar, şunlar, bizler, sizler, benler, benler, benler, ler, ler, ler...

"Atatürk Havalimanı, dev bir metal balina! Soluk alıp veren dev bir makina kent sanki!" diye tanımlamıştı barmen Baturcan, kendisine buradaki barların birinde iş bulan mimar Erol Argunsoy'a. Onun bu gibi doğaçlama tanımlamalarını ilgiyle dinleyen Erol Argunsoy gülmüş ve çok sevdiği kent ve kent kültürü konusunda bazı düşüncelerini bu genç adama aktarmıştı. Ona göre, binlerce yıl kırlarda yaşayan insan, sonunda kendini geliştirmek için kentleri kurmuş, böylece yarattığı kent kültürü de uygarlığın kaynağını oluşturmuştu. Fakat teknolojinin gelişmesiyle kentlerin yakın gelecekte artık kendi kendilerini yenileyecek, yapıp bozacak bir yapay zekâya sahip olacaklarından korktuğunu da eklemeden edememişti. Havalimanı işte bu gelecek kentlerin bir öncüsü, bir önmodeliydi. Öyleydi. Tatlı tatlı, sanki yemek tarifi verir gibi anlatmıştı bunları Erol Argunsoy. Hep böyle yapar, engin bilgisi ve deneyimini anlaşılır bir formüle dönüştürüp havadan sudan bahseder gibi döküverirdi Baturcan'un önüne. Onu incitmeden eğitmek, ondan ikisinin de istediği kentli genç adam modelini yaratmak için hiç üşenmeden emek verirdi. Böyleydi Erol Bey; o oldukça tuhaf düşünceleri olan farklı biriydi ve çoğunlukla da işin ucunu kaçırmayı severdi. Bir keresinde Baturcan'a, aslında kentleri insanların değil de tam tersine kent olgusunun insanı yarattığını söylemişti. 'Ama!' diye eklemişti, mutlaka bir 'ama'sı olurdu zaten. 'Ama, bu kentler kesinlikle Akdenizliydi! Ancak ve ancak Akdeniz kültürü ve Akdeniz kentleri insanı yaratacak özelliklere ve berekete sahipti, hâlâ öyledir cancağızım! '

"Tövbe Tövbe... Bu Erol Bey de iyidir hoştur ama tuhaftır böyle işte..." diye sık sık düşünürdü Baturcan. "Tuhaf ama iyi kalplidir; her zaman muhtaç olana elini uzatır, sık sık yardım eder, Allah bu yüzden onu kazadan beladan korur! Bir de romantiktir, ah hem de ne romantik! Çok başkadır, bambaşkadır, biriciktir Erol Bey!" barmen Baturcan, hamisi, dostu, hocası ve onu çok seven, çok çok seven, ona tutkun 'partner'i Erol Bey'i böyle tanımlar, eğer o olmasa şimdiki Baturcan olamayacağını sık sık kendine hatırlatırdı.

"Zamanı tanımlamak için insan algılarını esas almaktan başka yapabileceğimiz bir şey yok Baturcan, cancağızım! Kente gelince, kent olmanın ilk belirtisi özgürlüktür. Düşünceni dile getirme özgürlüğü, farklılıklarını özgürce yaşayabilme özgürlüğüdür aslında kentin sınırlarını çizen!"

"Demek ki Atatürk Havalimanı kendi içinde özgür bir kent yaratabilmiş Erol Bey! Baksanıza, her çeşit insan burada birbirine karışmadan yaşıyor. Kimse öbürünü; sen 'gay' misin, değil misin, diye taciz etmiyor, mesela!" demişti Baturcan sevinçle.

"Biz henüz sınırları son derece kesin çizilmiş bir özgürlükler düzeni, yani sahici bir kent kuramadık ah cancağızım!" diye içini çekmişti Erol Argunsoy, "Bir kere burası bir havaalanı, yani içinde yaşanan değil, üzerinden geçilen bir mekân. Bu da havalimanını bir kapı, İstanbul'un surlarındaki en büyük kapı yapıyor. Çünkü kent bir yerleşke karakterine sahip olmalıdır. Öte yandan, senin de bildiğin gibi buradaki herkesi elektronik gözüyle bir Büyük Birader gözetliyor Baturcancığım!"

Oysa Baturcan için durum hiç de öyle değildi. Evet kendi köyünde aç da kalmamıştı, açık da, ama köydeki yaşam kültürü yenilenmemiş, geliştirilmemiş, ilk kurulduğu geçen yüzyıllarda kalmıştı. Evet, köyün havası ve suyu çok güzeldi üstelik bedavaydı ama evlerin içinde akan su, banyo, tuvalet yoktu. Evet, ailesi, akrabaları, komşuları vardı ve herkes gerektiğinde birbirine yardım ederdi ama karşılığında kimsenin farklı olmaya, farklı yaşamaya hakkı yoktu, olamazdı. Kızların kimle evlendirileceğinden, nerede yaşayacağına kadar her şey hâlâ kendi iradeleri dışında kararlaştırılıyordu ya, aslında genç erkeklere de fazla şans tanındığını kimse iddia edemezdi.

Daha on yaşında ve henüz İlyas Uzunçay'ken hemcinslerine karşı ilgi duymaya başladığını anlayan Baturcan, bu farklılığını sezen herhangi birinin kendisine zarar vereceğine emin olduğu için, işi kendi halletmek ister ve kendini cezalandırmak için dikiş iğnesiyle ellerini kanatır, cehennemde cayır cayır yanacağını düşünerek korku içinde titrer, yatağında sabahlara dek ağlar, lanetlendiğini düşünürdü. Oysa İstanbul'a göçtükleri yıl, asıl İstanbul sokaklarını keşfettikçe kendisine benzeyen erkeklerin varlığını hissetmiş, eşcinsellerin dünyasında belli şifrelerin olduğunu kavramış, zaman içinde duydukları ve okuduklarından karşı cinse hiç ama hiç ilgi duyamayışının kendisine Allah tarafından verilmiş bir ceza olmadığını, yalnızca kendisinin böyle yaratıldığını anlamıştı. Anlamış ve biraz rahatlamış; vicdan azabı ve Allah korkusuyla yanan gencecik kalbi ilk defa huzura kavuşmuştu. 'Eğer Allah istemeseydi beni böyle yaratmazdı' diye düşünmeye, Allah'ın hâlâ kendisini sevdiğine ve hâlâ iyi bir kul ve insan olabileceğine aklı yatmaya başladığında yeniden yaşama sevincine de kavuşmuştu. Yine de bir erkekle yaşadığı ilk cinsel ilişkisi babasının ölümünden sonraydı. Taksi şoförü babasının gasp edilip öldürülmesinden sonra liseyi bırakıp, garsonluk yapmaya, ailesine yardım etmeye, daha bağımsızlaşmaya başladıktan sonra bazı arkadaşlarıyla ilk kez bir 'gay bar'a gitmiş, orada arzu edilir biri olmaktan çok hoşlanmıştı. Çok hoşlanmıştı. Eğer köyünde kalsa babasının seçtiği bir kızla çoktan evlenip sonunda çaresizlik ve suçluluk duygusuyla ya kendisi ya da karısı intihar edecekken, burada, büyük kentte, kent yaşamında kendi hayatını yaşayabiliyordu bir anlamda...

"Ah cancağızım, İstanbul'u bu kadar büyütme, henüz İstanbul'un eksikleri var... Bir kere burada senin ne birey olarak, ne gay olarak, ne de bir emekçi olarak hiçbir hakkın güvence altında değil. Sen haklarını ve düşüncelerini hâlâ açık açık savunamazsın. İstanbul'a göçen homoseksüellerin kaç tanesi delik deşik edilmeden ayakta kalıyor sanıyorsun cancağızım? Eğer şanslı olmasaydın, senin şimdi İstanbul'da ya AIDS kapmış, ya bir kavgada bıçaklanmış, ya işsiz, aç biri olarak belki de bir uyuşturucu mafyasının tuzağında parçalanıp yok olman işten bile değildi Baturcuğum. Hatırlasana meyhanedeki garson çocuğun başına geleni... Gencecikken bitti hayatı! Evet bu risk New York'ta da, Paris'te var ama oradaki sivil örgütlenme ve hukuk desteği bizde henüz yok, çünkü Paris, New York, Londra, Roma, Barselona gibi kentler gerçekten kentleşmiştir, biz Türkler henüz farklılıkların özgürce yaşanabildiği demokratik bir kent kuramadık. Ama... Ama bak ecdadımız Osmanlı bunu başarmıştı!"

Aslında yalnızca cinsel kimlik değildi, kendi tercihi olmayan bütün yüklerden, bütün kimliklerinden, bunların sorumluluklarından kurtulup kendi istediği kendisi, çağdaş bir kentli vatandaş olmak hayalindeydi Baturcan. Çünkü ancak o zaman özgürleşeceğine inanıyordu. Aksi halde hiçbirini kendi iradesiyle seçme şansı verilmemiş pek çok kimlik etiketini tek başına omuzlarında taşımak yükünden şimdiden yorgun düşmüştü. Bir insanın tek başına aynı zamanda:Türk-Müslüman, erkek-eşcinsel, Laz, Ortadoğulu, Karadenizli-Türkiyeli kimliklerini taşıması ve bunları temsil etmesi gerçekten yorucuydu. Halbuki 'çağdaş bir kentli' olmak insana özgürlük ve mahremiyet alanlarında büyük olanaklar sağlıyordu. Ah çağdaş bir kentli olmak, olmak ya da olabilmek ne güzeldi ama ne de zordu böyle! Çok zordu, çok! Hem zaten öyle kolay olsaydı, kendilerini modern-kentli diye tanımlayan ve bilmem kaç kuşak İstanbullu olmakla övünen bazı insanlar ona bakıp, hâlâ: '*Homo ama iyi insandır!*' diye alay etmekten utanırlardı!

"Eğer Erol Bey olmasaydı, eğer ona rastlamasaydım, bildiğim için değiştiğim, değiştiğim için mutlu olduğum hemen hiçbir şeyi tanımayacaktım... O olmasaydı çok eksik kalırdım ben..." diye düşünerek gülümsedi, kendisine beyaz şarap kadehini uzaktan kaldırıp şerefe içen mimar Erol Argunsoy'a. Ona karşı duyduğu derin hayranlık ve samimi şükran duygusuna karşın, kendisine tensel bir tutkuyla bağlı olmayışından ötürü yaşadığı gizli suçlulukla üst üste yutkundu, omzundaki tik depreşti. Tensellik başkaydı, bambaşka etkenlere bağlıydı elbette. Her tenin ayrı bir kokusu, dokusu, dokunuşu vardı ve dünyadaki insan sayısı kadar ten çekimi karakteri vardı. Evet Erol Bey, Baturcan'a hiç baskı yapmıyor, onu uzaktan ve şefkatle izliyordu ama Baturcan'ın gönlü birkaç ay önce, burada havalimanı barında tanıştığı tanınmış, yakışıklı, mutlu evliliğiyle basında yer alan bir sanayicinin çapkın bakışlarına kaymış, onunla beraber olmaya başlamıştı. Kaçamak yaptığı yeni sevgilisi Erol Argunsoy'dan 20 yaş genç, bakımlı ve yakışıklı bir adamdı ve Baturcan tensel olarak ona tutulmuştu. Bu kaçak ilişkiyi asla Erol Bey'i aldatmak olarak görmeyen genç Baturcan yine de zaman zaman suçluluk duyuyordu ama âşıkların suçluluk duygusu yüzeyseldir.

İki kız babası tanınmış işadamı sevgilisi, Baturcan'ı Levent'teki modern 'plaza stüdyo ev'lerinden birine gizlice davet ettiğinde ona; Erol Bey'in kuşağındaki gay erkeklerin, güçlü ve kültürlü adamlar olmalarına karşın eşcinselliklerini bir günah gibi saklamayı neredeyse kutsal saydıklarını anlatmıştı. Piyasadaki güvenilirliğini korumak için kendisi de eşcinselliğini saklayan bu gizli âşık, Baturcan'a eşcinselliğin insanlık tarihiyle yaşıt olduğunu, zaman zaman yasaklansa da yüzyıllarca sıradan bir olay gibi yaşandığını anlatmış, Osmanlı İmparatorluğu'nda meşru sayılan eşcinsel ilişkilerden, padişahlarımızın iç oğlan odalarından ve Evliya Çelebi Seyahatnamesi'nde bahsi geçen '4. Murad'ın sefer öncesi resmi geçitlerinden birine katılan sanatçı, börekçi, peksimetçi, imam, müezzin, dalgıç gibi meslek sahiplerinin arasında pezevenk, deyyus ve pekâlâ eşcinsellerin de olduğunu da söylemişti. Gülmüşlerdi, uzun uzun gülmüş, çapkın çapkın bakışarak gülmüşlerdi.

Şimdi Erol Bey'in cesedini bir sedyeye koyup ambulansa götürürlerken, hâlâ şok geçirmekte olan Baturcan, bir yandan da suçluluk duygusuyla kavruluyor, kendi gözyaşlarında boğuluyor, anlamsız sözcüklerle dövünüyordu. O sırada dış hatlar termialinin ÇIKIŞ kapısının önünde bir süredir panik içinde itiş kakış yaşayan kalabalığın yakınında bir patlama sesi duyuldu. Ardından büyük bir gürültü, çığlık ve inilti kapladı mekânı. Böylece biraz önce, azıcık önce bir elinde soğuk beyaz şarabı, bir elinde purosu, gözleri sevgilisindeyken kalp krizinden ölen Erol Argunsoy'la artık ilgilenen kimse kalmamış, meydana gelen daha acil bir durum onunkini sıradanlaştırmıştı. Gerçek bir İstanbul âşığı, kentli, Kete dahil sayısız öksüz çocuğu okutmuş, birçok sivil toplum kuruluşunun kurucu üyesi, Belgin'in eniştesi ve barmen Baturcan İ. Uzunçay'ın en yakın dostu, hamisi Erol Argunsoy artık sıradan bir ölüydü.

26
BEBEKLİ SEVGİLİM, BEBEK!

"Kete, ah güzel anam, bana haber verseydin ya bana, kapıp atıma atar seni getirirdim buraya yav!" diye gülerek kucakladı Kete'yi Ayhan. Kete'de Belgin'i görmüş kadar mutlanmış, içi ısınmıştı. Aslında biraz önce Belgin'le yaptığı telefon konuşmasında çok sevindirici bir haber alan Kete, onun son sözlerinde saklı olan sitemle dehşete düşmüş, bir duygu kilitlenmesi yaşıyordu.

"Canım oğlum, gel bakayım sana şöyle bir; kara gözlü yağız evladım benim!" derken Kete'nin gözlerinden iki damla yaş aktı. Bu yaşlar, onun çocukluğundan beri canevinin önünde kaskatı dikilen öfke duvarının temelinde sakladığı bir çift kristaldi ve şimdi çok yıllar sonra kendini içinde müebbede mahkûm ettiği duvarı yıkmak üzereydi. Bu tamamen Belgin'in hatırı için yıkılan bir duvar, onun ve bebeğinin uğruna dönülen kör bir yemindi, dünyanın en zor işiydi ve dolaylı olarak Ayhan'ı da ilgilendiren büyük bir dönüşümdü. Aslında bu kararla Kete'nin hayatında ikinci ve çok önemli özgürlük dönemi başlayacaktı. İnsanın kendini bağışlayabilmesinden daha zor ne olabilir? Halbuki bütün bunlardan habersiz olan Ayhan, Kete'nin gözyaşlarını tamamen kendisiyle ilişkilendirmiş ve duygulanmıştı. Bu ikisi birbirlerinde Belgin'e hasret giderirken, biraz önce Ayhan'ın çıktığı bardan fışkıran canhıraş bir çığlıkla irkildiler. Keskin bir acıyla kıvranan bir insanın çığlığı vahşi hayvanlarınkine benzer; bu yüzden derin bir ürküntüyle birbirlerine bakan Ayhan'la Kete bu çığlığın içindeki acıyla buruldular.

"Hayırdır inşallah!" diye kaşlarını çattı aniden Kete. Hemen fırlayıp bara koşmak ve yardım etmek isteyen Ayhan'ın kolunu sımsıkı tuttu, bırakmadı. "Dur bakayım Ayhan oğlum; sen öyle düşünmeden her alarm verilen yere koşma hele. Bundan böyle artık bebeni de düşünmek zorundasın sen!" dedi.

Önce onun sözlerini yanlış anladığını sanan Ayhan durdu, dönüp Kete'ye şaşkın bakakaldı. Şaşkınlığı şok etkisi yaratmış, artık bardan gelen çığlığı unutmuştu. "Nasıl yani ya?" diye yutkundu. Duyduklarını düşündü. Bir eliyle çenesini kaşıdı. Sonra: "Hadi be, ne diyorsun sen Kete ya?" dedi ve o anda Kete'nin sevinçle parlayan ıslak gözlerini görünce anladı. "Yoksa Belgin hamile mi?" diye ağzı açık kaldı. Ardından sevineceği yerde, bu haberin önce kendisine verilmemesinin hayal kırıklığıyla yüzü asıldı. O zaman Kete büyük bir pot kırdığını anladı ama hemen toparlandı:

"Evet evladım, Belgin hamile ama hamileliğiyle ilgili bir sorun vardı, o hallolduktan sonra sana haber verecekti. Şimdi sorun çözüldü, emin ol çözüldü diye gülümserken, bir eliyle Ayhan'ın sırtını sıvazladı, öbür eli yumruk yapılmış olarak hâlâ göğsünün ortasında duruyordu. Onun sözleriyle kafası iyice karışan Ayhan endişeyle, "Belgin'in bir sağlık sorunu mu var Kete? Neler oluyor ya? Neden ben en son haberdar oluyorum peki?" diye bozuldu ama yine de dayanamadı: "İyi mi Belgin, telefonu meşguldü de..."

"Yok yavrum, yok bir şeycik, sorun morun da kalmadı, bebek de iyi, Belgin de... Ben bunu sana diyorsam bir bildiğim var herhalde... Sen Kete'ye güven, bak bu kocakarı Kete, bu göğsünde yumruk olmuş kini, nefreti çözmeye karar vermiş taş kafalı Kete; 'artık bu iş tamam!' diyorsa, tamamdır! Her şey çok güzel olacak, artık güzel olacak aslan evladım!"

Bu sözlerden hiçbir şey anlamayan, ama Belgin'in İstanbul'a inince ilkin kendisini aramaması gibi hamile olduğunu da ilk kendisine haber vermediği için önce bozulan Ayhan, şimdi Belgin'in ve bebeğin sağlığının iyi olduğunu öğrenince ferahladı ve bu durumu hele bu koşullar altında daha fazla sorun etmemeye karar verdi. Demek ki, Belgin'in onu üzmemek için kendi başına halletmek istediği bir şeyler vardı ve zaten hem telefonda hem de hamileliğiyle ilgili olarak ilk konuştuğu kişi de Kete'ydi; Kete yani iki öksüz olan onların ortak anaları, baş taçlarıydı. O halde bu meseleyi büyütmemesi gerekirdi. Anlamsız şeyleri büyütmemeyi öğrenecekti, bunu mutlaka öğrenecekti. İşte şimdi Belgin'in hamileliğini ilk kendisine söylemediği için çektiği kıskançlıktan arınmayı deneyince, ancak o zaman kavradı durumunu:

"Dur yaa, şimdi ben essahtan baba mı oluyorum Kete? Haa? Has... be!" diye sevinçle bağırdı. Çok sevinçle bağırdı. İki bayramı bir arada kutlamak gibi bir şeydi bu biraz da... Ama aynı zamanda havalimanında bir acil durum olduğu ve Belgin'le bebeğin tehlike içinde olabileceklerini hatırladı.

"Onları hemen buradan çıkartmalıyız Kete, bu anons belki de bir bomba ihbarıdır!" dedi endişeyle. Belgin'le bebeğin güvenliğine odaklanıp onları havalimanından salimen nasıl çıkartacağını düşünürken biraz ileride iki sağlık görevlisinin bir sedyede üzeri örtülü birini taşıyarak geçtiğini fark etmedi. Fark etseydi, sedyedeki cesedin yanında elindeki telsize emirler yağdıran bir sivil polisi, polis köpeğini sessizce ağlayan barmen Baturcan'ı görecekti. Ancak o şimdi yeniden baba olacağının şokuna girmişti.

"Bu dünyada binlerce öksüz, yetim, aç, eğitimsiz, taciz altında çocuk varken insanların durmadan çocuk yapması bana çok bencilce geliyor. Bunun yerine kendi ülkelerinin 'öteki' durumundaki çocuklarından evlat edinmeleri daha dürüstçe ve hakça olmaz mı?" demişti Belgin. Geçen kış Londra Kraliyet Sanat Akademisi'nde açılan 'Türklerin Bin Yıllık Yolculuğu' alt başlıklı TÜRKLER adlı muhteşem sergiyi görmek bahanesiyle beş günlüğüne Londra'da buluşmuş, girişteki uzun kuyrukta liseli âşıklar gibi el ele tutuşup beklemiş, hayranlıkla sergiyi geziyorlardı. Sergide yer alan Osmanlı şehzadelerin ince zevkli kaftanlarına ilgiyle bakarken Belgin birden dönmüş ve çocuk yapmak ve evlat edinme hakkında düşüncelerini söylemişti. Oysa biraz önce Ayhan ona, nihayet Osmanlı İmparatorluğu'nun yarattığı medeniyeti kabul etmeye yanaşan Batı'dan, üstelik tam da medeniyetler çatışması adı altında yine bir dinler kutuplaşmasına gidildiği 'modern batıl zamanlar'da bu serginin öneminden bahsediyordu. Batı'da yaşayan hemen bütün Türklerin satır araları ve satır başlıklarında daima Türklerin olumsuz yanlarından bahsedilmesinden bıktıkları, nihayet bu sergiyle kendi atalarının da uygar ve incelikli yanlarının yansıtıldığını konuşurlarken Belgin aniden onun sözünü kesmiş ve bambaşka bir konuya atlamıştı. Evet önünde durdukları panoda muhteşem güzellikle sırmayla işlenmiş miniminnacık bir şehzade kaftanı vardı ama sanki o kaftan yalnızca bir bahaneydi ve Belgin aslında uzun zamandır bu konuda konuşmak istiyordu. Artık beraber yaşamaktan, birlikte İstanbul'da 'yeni bir hayat' kurmaktan açık açık söz ediyor, kendilerine ortak bir gelecek planları yapıyorlarken Belgin'in çocuk konusunda bu şekilde konuşması Ayhan'ı irkiltmişti. Güzel Sanatlar'da öğrenciyken, neredeyse çocuk yaşta âşık olup evlendiği ilk ve tek eski karısından olan kızı Berfin düşmüştü yüreğine cız diye. Berfin'in henüz altı yaşındayken tek başına bindirildiği bir uçak yolculuğu sırasında ölmesinden sonra çocuk sahibi olmaktan korkan ve bu kazaya kendi sorumsuzluğunun neden olduğuna dair hastalıklı bir saplantısı olan Ayhan, kendisi için çok tekinsiz olan bu konuyu çarçabuk geçiştirmeye çalışmış, yüzünde kendisine bile manasız gelen bir sırıtışla: "Biz de bir Kürt kızıyla, bir Tibetli oğlan evlat ediniriz kız Belgin!" demişti, O zaman Belgin, 'Acaba ciddi mi söylüyor?' diye dönüp Ayhan'ın yüzüne bakmıştı. Ayhan orada kaçırdığı o bakışı, üzerinden aylar geçtikten sonra, Belgin'in kendi çocuklarına hamile olduğunu öğrendiği Atatürk Havalimanı'nda ancak şimdi algılayabiliyordu. O sırada öylece geçip giden o bakış ve o bakıştaki anlam şimdi pat diye ortaya çıkmış ve bütün çıplaklığıyla açılmıştı önünde. O bakış, "Acaba ciddi misin?" diyordu ama Ayhan kaçırmıştı gözlerini ondan... Yüzleşmek istemediğimiz bakışlardan kaçıveririz; işte o kaçışlardan biriydi... Belki de evlat edinmek veya edinmemek aslında önemli değildi de, Belgin aslında beraber çocukları olsun istemişti? Yalnız bilim ve sanat konusunda geleceğe bir şeyler bırakmak değil, aynı zamanda birlikte çocuklar yetiştirmek de istemişti belki ama söyleyememiş, ancak ima etmişti? Kendisi gözlerini kaçırdığı için de konuya devam edememiş, çekinmiş ve susmuştu belki? Kadınlar direkt konuşmak yerine dolaylı yoldan anlatmazlar mı arzularını? O halde Belgin, pekâlâ birlikte önemli ve ciddi işler yapmak isteyecek kadar Ayhan'a güveniyordu ama o korkaklık etmiş, 'hayvan gibi' gözlerini kaçırmıştı kızdan!

"Ulan hayvanım ben be!" diye söylendi. Tabii kız hamileliğini ilk bana söyleyemez! Ah ulan, ben kıronun tekiyim be Kete! Şimdi hemen Belgin'le konuşmam gerek benim ya!" diyerek cep telefonundan Belgin'i aradı ama telefon ağı aşırı yüklenmeden ötürü çökmüş, yalnızca tuhaf sinyaller duyuluyordu.

"Telefonlar çalışmıyor Kete!" dedi, derin endişeyle ona bakarak Ayhan. Kete bunu biliyordu. 11 Eylül'de 'Kuzu'su New York'ta sağ salim mi diye ararken, 17 Ağustos'ta Erol Enişte'yi, Ayda Seferyan'ı, Yannis Hoca'yı sağ salimler mi diye ararken aynı sinyali, aynı iletişim kopukluğunu, aynı endişeyi yaşamıştı. Ama asıl böyle zamanlarda; içinde alarm sinyalleri çalarken sakinliğini bozmamakla tanınan Kete, Ayhan'ın elini tuttu ve en yatıştırıcı sesiyle:

"Bir şey olmayacak, Allah'ın izniyle hepimiz salimen çıkacağız buradan Ayhan oğlum. Sakin ol bakayım! Bir insanın talihi hep kötü gitmez, sonunda bir gün mutlaka bahtı açılır, en şansız kişinin bile güneşli günü olur. Belgin'imin bahtı açıldı, sana da artık şans gülecek!" dedi.

Ayhan yanında duran bu kır saçlı, zayıf, esmer, ufak tefek, kırmızı pabuçlu kadına baktı, sonra derin bir nefes alıp etrafını tıpkı bir film izler gibi seyretti. Atatürk Havalimanı Dış Hatlar terminali, gelen yolcu bekleme alanında gözle görülür bir panik yaşanıyor, özel eğitilmiş polis köpekleri bagajları koklayarak dolaşıyor, ellerinde telsizlerle sivil polisler geziniyor, öbürleri açılmadığı için tek ÇIKIŞ kapısının önünde bir an önce kaçıp kurtulmak telaşına düşen insanların biriktiği gözleniyordu. Daha önemlisi, sevdiği kadın ve bebeği pasaport sınırının öbür tarafında tehlike içindeydiler ve telefonlar çalışmıyor, üstelik sigara da içemiyordu.

"Hassiktir be! Kete'ye güvenmeyeceğim de kime güveneceğim!" dedi. İçinden yere tükürmek geldi ama bu da yasaktı. O sırada ÇIKIŞ kapısının oradan güçlü bir patlama sesi duyuldu.

27

LODOS GİBİ DALGALIDIR İSTANBUL'UN MİZACI

"Belki de yanlış yapan bendim? Belki olmayacak şeyler bekleyerek erkekleri zorlayan, geren ve sonunda yetersizlik duygusuyla dağılıp parçalanmalarına neden olan bendim?" diye sordu kendine Belgin. Daha kısa bir süre önce kurtulduğunu sandığı aynı tuvalete bu kez polis memuru Üzeyir Seferihisar'ın yardımıyla dönüp kustuktan sonra yüzünü yıkarken.

"Sen babanı hayatındaki erkekler arasına koyduğun sürece, ben kendimi pedofil gibi hissediyorum kız Belgin! Artık çıkart şu rahmetli adamı erkek listenden de ben rahat bir nefes alayım ey kurban!" demişti Ayhan sitemli bir gülüşle bir keresinde.

"Tamam ana babamızın da herkes gibi birer kadın ve erkek olduklarını, onların da kendi cinsel ihtiyaç ve sorunları olabileceğini kabullenmeyi ben senden öğrendim, ama ah kız Belgin, bu pamuk ırgatının oğlu der ki; insanın anası ve babasıyla ilişkisi cinsiyetsiz olmalı ki, onları doya doya öpsün, koklasın, bizim dünyamızdan ayrıldıklarında da kendini rahat salsın anıların kollarına be kız, hıı? Hem erkekler listesinde seninki gibi muhteşem bir babası olan bir kızı ben nasıl mutlu edebilirim, insafsız Melek Belgin!"

"Babamı, hayatımdaki erkekler listesinden nasıl çıkartabilirim? Sanki erkekler için durum farklı mı? Erkekler için anneleri en ulaşılamaz kadın değilse kimdir?" diye canı sıkılarak söylendi Belgin boş havalimanı tuvaletinde. Sonra başını kaldırıp tuvaletinin aynasında kendisine baktı. Saçları bozulmuş, yanaklarına düşen Gina-Belgin Doruk buklesi ve kâkülleri pörsümüş, gözlerinin içi kızarmış, altındaki koyu renk halkalar ortaya çıkmış, dudakları kurumuş, artık hafiften 'buradayım!' sinyalleri veren göz ve dudak kenarı çizgileri kendi yollarını çizmeye başlamıştı. Kendini son iki yıldır yeniden aynalarda görmeyi başaran Belgin, aynada şimdi gördüğü bu yorgun Belgin'i hiç beğenmedi. Ama düşünceleri isyankâr bir atakla imgelerin önüne geçti ve saldırdı;

"Peri masallarıyla büyüyenler kız çocuklarıdır; sihirler, düşler, gerçeküstü imgeler hep kızların kısmetine düşer ama kendi cinsiyetlerinden kahramanlarla serüvenler yaşamak, kurtarıcı, etkin roller ve olanca gerçekliğiyle iktidar oğlan çocuklarına armağan edilir. Peri masalları yüzlerce yıldır kız çocuklarına ince ince zerk edilir, edilir, edilir ki, onlar büyüdüklerinde bu masallarla hipnotize ahmak kadınlar olarak hâlâ kendilerine sonsuza dek sevgi, güven ve hayranlıkla bağlı kalacak sihirli erkekleri boşuna beklesinler. En zeki, en yetenekli, en okumuş kadınların içinde bile saklı bir iç çekişle bekleyen aslında peri masallarından rüyalarına sızmış o sihirli bir erkektir. Kız çocuklarının hemen tümünün kalpleri paramparça, delik deşik yaşlı kadınlar olarak gömülmelerinin asıl nedeni bu peri masallarıyla vaat edilen yakışıklı, anlayışlı, sevecen, sabırlı, güvenilir, ahlaklı prens-erkeklerin gerçekte asla var olmayışıdır. Peri masallarıyla büyütülen kızların, hayatta ne kadar başarılı, zeki ve üretken, cesur veya çalışkan olursa olsunlar kendilerini eksik hissetmeleri gerçekte olmayan erkek modeline bir türlü rastlayamayışlarındaki hayal kırıklığıdır. Çünkü böyle bir erkek yoktur. Bu koşullarda bir kızı sevecek tek erkek o kızın babasıdır. Hiçbir erkek kızına göstereceği şefkat ve dürüstlüğü başka bir kadına göstermez! Peri masallarındaki erkek, kızların yalnızca mutsuz kadınlar olmalarına neden olan bir kara kahramandır; o ölümcül bir fantezidir!"

Düşüncelerinin ağırlığına dayanamayan Belgin'in göz kapakları kapandı, hafifçe lavaboya yaslandı.

"Keşke dünyanın bütün genç kızlarına seslenip onlara: Ey 21. yüzyılın kızları! Yok böyle bir şey, yok! Siz Sindirella veya Uyuyan Güzel masalını okuyarak bundan etkilenmesi sağlanan bir oğlan çocuğu gördünüz mü? Hayatta tek bir tane babanız var ve ancak eğer şanslıysanız, masallardaki prenslere en benzeyeni de yalnızca odur!" Avucuna soğuk su doldurup yüzünü yıkayan Belgin, bunun beynini kemiren düşünceleri dağıtmasını umdu.

"Erkeklerin bizden farklı tasarlanmış, dünyaya bizim gibi ayrıntıları ve incelikleriyle algılayamadıklarını kabul edin ve beklentilerinizi buna göre değiştirin ey kızlar! Bu dünya binlerce yıl önce kadınları yenilgiye uğratmış olan erkeklerin dünyası ve bizler her alanda onların istedikleri gibi giyinip, davranıp yaşamaktayız. Erkeklerden değil, onlarla ilgili hayal kurmaktan vazgeçin ey dünyanın bütün kızları!"

Derin bir nefes alıp, kapalı gözlerini kendinden başka kimsenin olmadığı havalimanı tuvaletinde açan Belgin, lavaboya yaslanarak ayakta uykuyla uyanıklık arasında dalgınlaşmış, tam uykuya dalmak üzereyken bazen çıkılan muhteşem kısacık büyülü bir yolculuğa çıktığını ayrımsadı. Polis memuru Üzeyir Seferihisar'ın kız çocuklarını sevmeyişiyle, karnındaki bebek, babasının uzaktaki hayali, kendisini aşağılamak ve aldatmaktan zevk alan eski kocası Entek ve şimdi sevdiği adam Ayhan'ın imgeleri üst üste gelince yorulmuştu Belgin.

"Ayhan'dan da babam olmasını beklemeyeceğim. Ondan kendi kapasitesini aşan davranış ve duygular ummayacağım. Onun hem sevgilim hem dostum hem kocam hem de babam olmasını talep etmeyeceğim. Peri masallarını önce ben bırakacağım. Ama kendimi asla ama asla kimsenin küçük görmesine, incitmesine ve dağıtıp parçalamasına da olanak vermeyeceğim! Ve bunları yapacağıma senin önünde söz veriyorum Lavanta!" diye ellerini karnının üzerine koydu.

"Lavanta Bebek!" diye yüksek sesle telaffuz etti bu adı ilk kez. "Senin benimkinden farklı, korkmayan, peri masalı prensi beklemeyen, kerevete çıkıp sonsuza dek bir ilişki beklemeyen, sahici bir annen olacak bebek! Korkmayan, korkmayacak, İstanbul'un baş ağrısı yapan Lodos'undan, değişken mizacından, aşktan ve erkeklerden korkmayan bir annen!"

Tam o sırada uzaktan ama güçlü bir gürültü zemini sarsarak taa Belgin'e ulaştı. "Deprem mi oldu acaba?" diye tuvaletin duvarına yaslanan Belgin altına saklanacağı bir yer aradı ama hemen sonra bütün uçuşları iptal ettiren bombanın patlamış olduğunu düşündü.

"Ayhan? Kete?... Aman Allahım, ya bomba onların yakınında patladıysa!" Belgin kendini ikinci kez hapsettiği tuvaletten aceleyle dışarı yeniden aynı geniş mekâna çıktı. Sanki haftalardır, aylardır hep bu havalimanındaydı, hep aynı salonlarda, koridorda ve tuvaletlerde, hep aynalara bakarak kendisiyle, geçmişiyle yüzleşiyor ve sanki artık bu havalimanından asla çıkamayacaktı. Yine, yeniden aynı havalimanındaydı işte. Ama bu kez polis memuru Üzeyir Seferihisar onu kapının önünde içten bir endişeyle bekliyordu. Hâlâ bekliyordu.

28
SENİN BARSAKLARINI BİZ TEMİZLİYORUZ HAYIRSIZ İSTANBUL!

"Yok daha nazik bir anons yapılamaz mıymış da, yok yolcuların psikolojisi bozuluyormuş da... Bak bak bak... Ağzı olan konuşuyor be! Yok canım yaranılmaz bu millete, ağzınla kuş tutsan kendi polisini sevmez, hakir görür nankörler!" diye söylendi Atatürk Havalimanı karakolunda görevli polis memuru Üzeyir Seferihisar.

"Ama başı belaya girince, ama ödü bokuna karışınca, ama elinin kirlenmesinden korkunca zırt: '155 Polis İmdat!' di mi? Ulan bu şehrin barsaklarını biz temizliyoruz, biz olmasak leşler arasında kalacaksınız be!"

Polis okulu mezunu sekiz yıllık polis memuru Üzeyir Seferihisar, bugün dördüncü kez baba olmasının heyecanını doya doya yaşamasına engel olan bu anonsa aslında Türk istihbaratının haftalardır sürdürdüğü operasyon sonucunda ortaya çıkartılan Atatürk Havalimanı'na yönelik bir terörist saldırı planının neden olduğunu biliyordu. MİT'in ve polisin birkaç aydır birlikte yürüttüğü operasyonlarda son dört günde elde edilen istihbarat sonucunda, İstanbul, Ankara ve Konya'da yapılan baskınlarda, saldırı planıyla bağlantılı oldukları sanılan 10 kişi tutuklanmış ama olay netleşip, dosya sonuca bağlanmadan bir paniğe yol açmamak kaygısıyla topluma açıklama yapılmamıştı. Güvenlik birimleri, teröristlerin el bagajlarında taşıdıkları patlayıcılarla saldırı düzenlemeyi planladıkları bilgisine erişmiş, bugün üst üste gelen bomba ihbarları ve terminaldeki değişik kameralardan iki kapı noktasında üç şüpheli şahsın havalimanına giriş yaptığının saptanması üzerine güvenlik alarmı, "ciddi" alarm düzeyinden, "her an bir saldırı düzenlenebileceği" anlamına gelen "kritik" seviyesine yükseltilmişti. Henüz teröristlerin hangi dini veya etnik gruba dahil olduklarına dair kesinleşmiş bir bilgi yoktu ama her zamanki gibi bazı işaretler mevcuttu. Türk terörle mücadele uzmanları, engellenmeye çalışılan saldırıların *dünyadaki tek laik, demokratik ve Müslüman devlet olan Türkiye Cumhuriyeti'nin varlığıyla yarattığı emsal sembole yönelik herhangi bir Batı veya Doğu kökenli grup, ideoloji veya tarikattan kaynaklanmış* olabileceğini düşünüyordu.

Polis memuru Üzeyir Seferihisar, hem sakin kişiliği hem de mesleki deneyimlerinden kaynaklanan tedbirli ve serinkanlı tavrının kendisi için önemli bir avantaj olduğunun bilincinde ağırbaşlı, muhafazakâr, geleneksel bir Anadolu ailesinde büyümüş genç bir adamdı. Bu olağandışı koşullarda bile yine telaşsız, vakur, yine dingindi ama üç kız çocuğundan sonra onun için gerçek evlat sayılan bir oğlunun doğacağına inandığı bu özel günün böyle yoğun geçmesinden hiç hoşnut değildi. Zaten bir saat öncesinde pasaportu yurtdışında çalınan Erol Argunsoy denen 'o yaşlı züppe'nin kendisine üstünlük taslamasına gıcık kapmıştı şimdi de üzerine bu anonsun gerginliği, yolcuların huzursuzluğu ve tahliye beklentisi keyfinin içine etmişti hani!

"Hem her gün yüzlerce kişinin ağız kokusunu üç kuruşluk maaş için çekeceksin, hem kafanda bir alçağın kurşunu patladığında 'şehit polis' töreninden sonra ailenin ortada kalacağını bileceksin, hem de güler-yüzlü, şefkatli polis olarak millete hizmet vereceksin! Nasıl yaa? Sanki bize her gün bedava baklava, kadayıf dağıtıyorlar da biz şekersiz şerbet sunuyoruz millete! Yok gösteride solcuları copluyormuşuz, insan haklarına riayet etmiyormuşuz da dincileri kolluyormuşuz! Bak bak bak, nasıl tahrik unsuru var bu söylemde ha? Yok daha neler! Bir kere; elhamdülillah Müslüman'ız biz! Bu memleketi bölücülere, dış kaynaklı kuklalara, hainlere bırakmayacağız, ikiii! Daha önemlisi; biz polisler olmasak kim koruyacak bu milletin namusunu? Tövbe estağfurullah!" diye düşünerek sıkıntıyla saatine baktı; acaba oğlu doğmuş muydu?

"Telefon şebekesinin de kilitleneceği saate bak! Hey Allahım be, vardır bunda da bir hayır inşallah!"

diye tevekkülle içini çekti. Hamile olduğu için öncelik tanıdığı 'bir bayan yolcu'nun fenalaşması üzerine onu tuvalete götüren polis memuru Üzeyir Seferihisar, şimdi salimen kocasına teslim etmek için tuvalet kapısında onu bekliyordu.

"Şansa bak ya, tam o süslü Erol Argunsoy'un cakasından ucuz kurtulduk derken -bunlar adamı süründürür alimallah!- bir de üstüne bu terörist şerefsizler çıktı ortaya! Yok yok, ben bu polislik mesleğini tavsiye etmem kimseye, hayat mı bu yaaa? Hem varoşlarda bir ev kirasına zor yeten maaşla hayat mücadelesi vereceksin, hem milletin çapulcusu, haini, hırsızı, ırz düşmanı, arsızı, sübyancısı, pezevengi ve orospusuyla uğraşacaksın, hem de can güvenliğin olmayacak, sonra bir de vekillerin, ensesi kalınların dostu, akrabası çıkıp tepene çullanacak! Yok bu kadar da yüklenilmez insana ya! Hayır, keşke trafiğe geçeydim desem; trafik daha mı iyi durumda sanki? Adam 300 promil alkollü çıkar, hâlâ polise kafa tutar bu İstanbul'da be! 'Hassiktir lan!' diyeceksin, hem Allah'ın gücüne gider, hem de mesleğe yakışmaz. Ama o sarhoş sürücü bir zenginin, vekilin akrabası çıkınca olan sadece ceza veren polisle, ezdiği insanın hayatına olur, parayı veren de düdüğü çalar! Olur mu böyle kanun, hukuk mukuk ya? Sonra vur polise, vur polise! Bir Allah'ın kulu da çıkıp bu polislerin sorunları nedir, şehrin bokunu püsürünü temizleyen bu insanların hayat şartları nedir, neden gülüp eğlenmiyorlar da hep asabiler, somurtkanlar, diye sormuyor. Psikolojik problem bakımından bir numaralı risk altında kim? Biz polisler tabii... Ama sormazlar! Yok, yok, oğlum polis olmasın, başka meslek mi yok canım? Borsada çalışsın, emlakçılık yapsın, ithalat-ihracat, ticaret yapsın..."

O sırada elindeki telsizden adını duydu: polis büro amiri, 'acil eylem planı'nın uygulanacağı konusunda bilgi geçiyor, Atatürk Havalimanı Polis Müdürü Emir Eraslan'ın bizzat bütün arkadaşlarına başarılar dilediğini duyuruyordu.

"Ama o başka!" diye yüzü aydınlandı polis memuru Üzeyir Seferihisar'ın; "Polis müdürümüz var ya, o bambaşka! Adamın uluslararası havacılık sertifikası, bilmem kaç yıllık narkotik müdürlüğü tecrübesi var, aslanlar gibi iki yabancı dil konuşuyor, ama en önemlisi emrindeki polisi adam yerine koyan, şerefli bir insan! Ne kimsenin karşısında ezilir, ne de personelini ezdirir. Ben onun eğilip boyun büktüğünü görmedim ama sert de değildir ha! Zaten oğlumun adını Emir koyacağım."

Bu sırada yanında bomba eğitimli polis köpeğiyle pasaport noktasındaki yolcuların el bagajlarını aramaya giden bir başka polis memuru orada ne yaptığını soran bir işaret yaptı Üzeyir'e. O da başıyla tuvalet kapısını işaret edip "hamile bir bayan rahatsızlandı, onu bekliyorum" dedi. Öbürü başıyla selam verip, biraz ileride tahliye edilmeyi huzursuzca bekleyen gümrüksüz yolculara doğru ilerledi. Bu polis memuru, Üzeyir'in birkaç ay önce katıldığı 2. Polis Bilişim Sempozyumu'nda yan yana oturduğu bir meslektaşıydı. Bu sempozyumdan Üzeyir'in aklında kalan; bilişimin yaygınlaşmasıyla insan haklarına katkının arttırılacağıydı.

İçerde uzun zamandır hiç sesi çıkmayan 'hamile bayan'ı artık merak etmeye başlayan Üzeyir, birden ondan şüphelendi. Her ne kadar Belgin terörist portföyüne uymasa da 18-35 yaş arası herkes şüpheli kapsamındaydı ve o da bu yaş grubuna uygun görünüyordu. O zaman kapıyı vurarak: "İyi misiniz bayan, çıkabilecek misiniz dışarı?" diye sordu ama o sırada kendi geçmişiyle şiddetli bir yüzleşme yaşamakta olan Belgin onu duymadı bile.

"Kolay değil, günde 120 bin yolcu sirkülasyonu, 30 bin personeliyle 150 bin nüfuslu bir şehir gibi bu havalimanı be! Bizim Yozgat'ın merkez nüfusu ancak bu kadardır, belki daha bile azdır. Tabii ilçelerle, köylerle 600 bin'e çıkar Yozgat ama sonuçta burası da bir havalimanı yani! İçinde her cins insanın olduğu bir şehir mübarek; cins cins insan!" diye canı sıkılarak başını salladı polis memuru Üzeyir Seferihisar,

"Bayan iyi misiniz? Bakın iyi değilseniz içeri geleceğim!" diye yeniden tuvaletin kapısını tıkladı. Hamile olduğu için büyük empati ve sempati duyduğu kadın yolcunun sağlığını gerçekten merak ediyor, bir yandan da ondan kuşkulanıyordu. Eğer hamile diye üzerine titrediği 'tuvaletteki bayan' bir teröristse hiç bakmazdı gözünün yaşına! Çocukluğundan beri üniforma, silah ve güç simgesi olarak gördüğü polislik mesleğinden ne kadar şikâyet etse de işini sevdiğini inkâr etmezdi.

"Tabii bizim müdürün hep söylediği gibi: bu yıl 160. kuruluş yılını kutladığımız köklü polis teşkilatının İstanbul'da şerefli üyesi olmak başka şey de...

Yine de bu yıl bir maaş ikramiye verseler ne iyi olurdu, şimdi masraf artacak; oğlum doğacak!" diye yüzünü buruşturdu. Tam o sırada pasaportun dışında, gümrüksüz bölgeden kulakları sağır edici bir gürültü geldi ve canhıraş çığlıklar duyuldu ve aynı anda tuvaletteki 'hamile bayan' korku içinde gözleri kocaman açılmış olarak dışarı fırladı. Onun bu anda bir elinin karnı üzerinde olduğunu gözden kaçırmayan polis memuru Üzeyir Seferihisar, artık 'bayan'dan şüphelenmeyi bıraktı.

"Korkmayın bayan, sizi salimen kocanıza teslim edeceğim!" diyen kendi güven verici sesini zevkle duyduğu sırada düşünüyordu: "Acaba oğlum doğdu mu?"

29
ÖLMEK İÇİN ÇOK GENCİM YAAA!

"Fuck be! Allah belanızı versin yaaa! Her bokluk da beni buluyo ya! Bıktım ağbi, bıktım sorunlardan, üfff be!" diye elini yumruk yapıp tırnaklarını avuç içlerini kanatana kadar batırdı Tijen Derya. Anonsu duyduğunda hâlâ tuvalette kaybettiği cep telefonunun peşinde koşturuyor; havalimanı yolcu bekleme salonunda bulunduğu yerlere dönüp görevlilere 'pahalı, son model bir Nokia 6111' bulup bulmadıklarını soruyordu. 'WAP'lı, kameralı, bluetooth'lu; MP3 çalarlı falan, Yu-Es-Pi portlu, multimedyalı bi cep telefonu yaa...' Bir yandan iki yıldır yaratmaya çalıştığı: ciddi, sakin, 'cool', güçlü yönetici asistan ve modern kadın imajını korumaya çalışırken, içinden yavrusunu yitirmiş hırçın bir kuş gibi çırpınıyordu.

"N'ooluyoruz şimdi ağbi ya? Holiganın biri bir bomba koymuş diye bok yoluna ölüceez mi şimdi bu kapalı yerde? Kahretsin ya! Sevindiği veya canının sıkıldığı her durumda olduğu gibi eli otomatik bir hareketle çantasındaki sigara paketine uzandı ama havalimanı içinde ancak belli alanlarda sigara içilebildiğini anımsadı ve yine öfkelendi: "Allah belanızı versin ya, göt herifler be! Onu yapma, bunu içme, şunu yeme, onunla yatma, şunu söyleme! Nereye kadar yaaa? 40 yaşına gelip moruklADIktan, menopoza girip oğlan çocuklarına fikra olduktan sonra mı yapcaz istediklerimizi be!"

"Çok içiyorsun yavrum şu mereti! Bu yaşta senin nefesin daha süt kokmalı yavrucuğum, sigara değil. Bak öpüşürken fena kokuyor o taze nefesin, bilmiş ol Tijenciğim," diyordu Mehmet Emin Entek son zamanlarda sık sık. Tijen Derya bunu duyunca daha da fazla sigara içiyordu, Entek'e, annesine, babasına, şirketteki gıcık tiplere, ev sahibine, taksi şoförüne, eski öğretmenlerine, hatta İstanbul'a ve herkese, her şeye inat daha büyük bir hırsla ve daha çok sigara içiyordu. Daha beş yaşlarındayken annesinin 'Buna bi şey yaptıracaksan tersini söyleyeceksin!' diye sırtından dürterek sinirli bir sesle herkese ilan ettiğinden beri, söylenenin, beklenenin, kuralların tam tersini yapmayı büyük bir ihtirasla seviyordu. Bu nedenle en çok kendi canının yanmasından da tuhaf bir zevk alıyordu. Annesi ne zaman yenilmişlik duygusuyla kahrolarak: 'Kime çektin sen Allah'ın cezası Tijen, kimse almaz seni bu inatla kız!' dese içine tanıdığı hazların en büyüğü dolarken zafer kazandığını hissederdi.

“Bak, eğer sen şu zıkkımı içmeyi bırakırsan, ben de sana küçük bir araba alırım! Şöyle ateş kırmızısı ya da deniz mavisi yavrucuğum, hımmm?”

“Bakarız aşkım, aslında ben de bırakmayı istiyorum tabii...” diye gülümsüyordu Tijen.

“Ay sanki ben senin salaklık Oscar’lı sekreterinim de rengârenk, cicili bicili ucuz bir arabayla kandıracaksın beni aklınca! Ee tabii sen ünü uluslar ve okyanuslar ötesine taşmış bir dâhi, biz de bu dehaya 24 saat hayranlık servisi veren oksijen desteğiyiz ya, iyice kaptırıyor kendini bu işe bizimkisi ha! Ah yaşlı horozum, ah sevgili patronum ve de ünlü işadamım Mehmet Emin Entekciiim yaaa, senin o kız tavlama tekniklerin çoktaaan aşındı, taşındı ama sen takmışsın otomatiğe, gidiyorsun işte... Biz de ne yapalım, piyasa böyle olunca mecburen ‘hıı hıı’ çekiyoruz tabii... Valla piyasanın bıçağı keskin, kuralları acımasız ve net. İsteyen kabul eder, dünyalığını hazırlar, istemeyen tıpış tıpış evine döner. Ağbicim bu piyasa derki, BİR: Ya ‘kendi ayakların üzerinde duracaksın!’ adlı modası geçmiş o büyük enayiliği benimser, en güzel, en dişi yıllarında hem evde hem işte didinir, sonunda hem yalnız hem de yaşlı bir kadın olursun ki, buna bye bye! İKİ: eğer elin yüzün düzgünse, biraz da estetik takviye alır, sinema, televizyon, moda, şarkıcılık işlerine girer, şöyle böyle bir ad edinir, kendi piyasanı yaratır, yaşın geçmeden parsayı toplarsın. ÜÇ: eğer elin yüzün ekrana uygun değilse, kafanı çalıştırır, elinden gitmeden gençliğinin üzerine yoğunlaşırsın. İş dünyasında ciddi, güvenilir ve kafaya koyduğun adama derinden hayran bir genç kız portresi yaratarak tercihen patron, olmazsa executive* bir koca yakalar, dünyalığını yaparsın. Yaptın yaptın, ancak otuz, en fazla otuz beş yaşına kadar vaktin var ey kadın milleti! Duyduk duymadık demeyin, otuz beş yaşında boku yemeyin! Piyasa durumu budur: budur yani."

Çantasında sigara paketini bulamayan Tijen, onu da tuvalette mi bıraktı diye endişelendi. "Şimdi işin yoksa sigara ara bu havalimanında yaaa!"

"Bir de ehliyet kursuna yazdırırım seni yavrucuğum. Artık atlarsın küçük, şirin arabana havanı atarsın annene, arkadaşlarına..."

"Küçük, şirin arabama atlarmışım... Ayyy bıcı bıcı bıcı be! Bari anaokuluna da yazdır sen beni! Sen kafayı yemişsin Entekciim yaa... Tamam sen kendini 1970'lerde ve hâlâ genç sanıyor olabilirsin ama bu senin sorunun Darling'ciiim yani... Hooop, uyanınız, ding dong! Zaman değişti, kızlar artık yaşlı adamlara öyle eskisi gibi: 'baba eksikliği' psikolojisi misikolojisi, yok olgun erkek hayranlığı mayranlığı ayağına gitmiyorlar be patroncuum yaa... O işler eski zaman kızlarının saflığına gelmiş de yaşamışsınız vaktiyle. Zavallı anneannelerimizi Yeşilçam filmleriyle uyutmuşsunuz yıllarca ama yemezler, zaman değişti, dünya farklı ağbi şimdi. Şimdi bu yüzyılın kızları her şeyin eeeen ince ayrıntısına kadar farkında. Far-kın-da! Alacaksan metalik gri bir executive Sedan alacaksın, ne o öyle çocuksu, şirin kutucuklar öyle? Kutu kutu pense

* Üst düzey yönetici.

mi bu be? Yok ağbi, ben 'sun roof'lu bir BMW Sedan isterim mesela. Şu hani 6 silindirli, saatte 230 falan yapan, minumum 1600 hacimli, tabii CD çalarlı, yan aynaları elektrikli katlanabilir, 4 kapılı bir Sedan. En az 50-60 bin Euro'luklardan... Hadi bunu yemedin diyelim, o zaman şimdilik bir Honda Accord da olabilir, hani o rakip şirket diye bahsettikleri şirketin 40 yaşındaki moruk kadın yöneticisinin var ya; onunki gibi, metalik gri, 2000 motor 'executive'lerden bir tane mesela... İnternetten baktım sıfır kilometresi 50-60 milyar lira falanmış onlar da. Ne ya? Bu kadar veriyoruz, bu kadar yaşlı erkek kokusu, kompleksi çekiyoruz tabii arabanın da evin de en iyisini isteyeceğiz ya! Fuck be, o rakip yönetici kadın gibi 50 yaşıma gelip moruklayınca lüks arabam olacaksa ne yazar be! Hem ben 40 yaşında ölürüm ya... Ayyy o kadar yaşlanmak iğrenç bir şey yaaa..."

"Sigarayı bırakmaya çalışıyorum Entekciim, ama araba maraba için değil, senin için aşkım!"

"Yavrucuuğum bana Entek deme diye kaç kere söyledim sana? Yapma şunu, sinirleniyorum! Şirkette, sokakta Mehmet Emin Bey, yalnızken Mehmet Emin diyeceksin bana Tijenciğim. Bak bazan Memetti diyorsun ya, onu da sevmiyorum yavrum!"

"Aaa tabii, emrin olur patron! Neymiş efendim, ona hayatında bir tek o kadın Entek diyebilirmiş de zartmış da zurtmuş da... Vah vah vah! Ayy ne kıymetliymiş o eski karısı yaaa! Kadının adını anmak bile çarpılmaya yetiyor be! 'Aman Tijen patronun yanında sakın eski karısı Belgin Gümüş'ün adını anma!'

diye uyarıldığımda, hafif bir 'o-haa durumu olmuştum' ama sonra filmin kareleri düştü yavaş yavaş. Film klasik ve tipik ağbi! Zengin ve yakışıklı adam, karısını defalarca aldatır, ama kadın da taşaklıdır, kendinden öncekiler gibi susmaz, tak diye bunu boşar. Na na nooom! The End- tamam mı? Aradan yıllar geçmiş, kadın başka şehre, kıtaya gitmiş, ama bizim patronun aklı hâlâ ondadır. Sansasyonel bir 'Kadının Adı: Belgin' durumu yani. Olay bu kadar basit! Ama tabii bana anlattığı hikâye hiç böyle değil. Güya o ilişki kadının yüksek egosundan, kendini beğenmişliğinden, kocasını ezmeye çalışması gibi kişilik sorunlarından bitmiş-gitmiş bir şeymiş de, de de de... İyi de, madem bitmiş gitmiş de neden bu kadının adının geçmediği, ya da yüce(!) varlığının hissedilmediği gün, hafta yoktur ağbicim? Hadi be! Bana ne yaaa.... Belgin'in semti Bebek, Belgin'in üniversitesi Boğaziçi, Belgin'in yeni şehri New York'u, Belgin'in en sevdiği opera, sinema, caz-maz! Sıçarım içine yaaaa! Sıkıldım ben bu Entek'in kutsal bakiresi Belgin'e hayranlığından be! Ağbicim bak, bu Belgin karısı kendini sana ezdirmemiş, şirketteki kızlarla yatmandan bıkmış ve tuzu kuru olduğundan parana da düşkünlük göstermek zorunda kalmamış. Sonuçta kadın seni terk etmiş ağbi! Etmiş mi? Etmiş! Boşanmak istemiş ve boşanmış mı? Evet! Ama sen hâlâ bunu yediremiyorsan, benim suçum ne? Bıktım bu kadının varlığını aramızda hissetmekten yaaa!"

Nihayet çantasındaki sigara paketini bulan Tijen Derya, daha paketi eline alır almaz ağlamaktan katılmış bir bebeğin ağzına verilen emzikle rahatlayıp susması gibi ferahladı. Aslında hafif Marlboro light içiyordu ama Entek daha hafif, ince ve kadınsı diye ona Eve veya Davidoff Slims marka sigaradan kartonla alıp getiriyordu yurtdışı gezilerinden dönerken.

"Yaa sevmiyorum ben o kıl gibi incecik süslü sigaraları! Sigara, harbiden sigara olacak, yok öyle bazen alıp getirdiği vişneli, karanfilli, kahverengi tütünlü uyduruk şeyler... Ama takmış adam ya, ille beni değiştirecek, kendi istediği şekle sokacak... Bir de salağız ya, Londra'da tesadüfenmiş gibi 'Educating Rita', 'My Fair Lady' gibi oyunlara götürüyor beni ya da New York'tan DVD'lerini getirip izlettiriyor bana... Hani o hepsinde, genç ve salak kızları yontup kendi arzu ettikleri biçimde ayar eden zengin, kart herifleri anlatan senaryolar... Ayar çekmek istiyor, aslında beni bozup yeniden yapmak derdinde... Olacak şey değil yaa... Genciz, deneyimsiz ve meteliksiziz ya, çaktırmadan 'ağaç yaşken eğilir' durumları aklınca ha! İyi de bütün genç kızlar ille aptal değil ki ağbicim! Yok illa değiştirecek! Ayyy beni benzeteceği kadın da Belgin ha! Ah canıııım! Yaa, ölsem ben öyle 'entel' karılardan biri olmam yaaa... Ayyy bana 'genetik bilimci, genç yaşta profesör, asaleti bedeninin önünden yürüyen zarafet abidesi' falan deneceğine ölürüm be!

"Belgin Gümüş. Kadını görmüş kadar tanıyorum artık ya! Bir fotoğrafı yok mu bunun, görelim bakalım neymiş bu unutulmaz eski karı? 'Ben de hiç fotoğrafı yok, attım tümünü!' diyor bu sefer de... Numara tabii. Eğer bu Mehmet Emin Entek, Belgin'in fotoğraflarını özel dolabında saklamıyorsa bana da Tijen demesinler ha! Yok kadın Fransız diva Catherine Deneuve ile yerli diva Belgin Doruk'a benziyormuş da... Bana ne yaa... Tanımam hiçbirini, ama mecburen öğrendik patronun son karısı olabilmek hatırına tabii! Ağbi, oturup bu iki divacık mivacık hatunu inceledik bok gibi, aynen, ama Allah için aralarında tek bir bağlantı bulabildiysem kör olayım yani! O kadar yani! Bir kere Fransız olanı buz gibi burjuva bir karı. Belgin Doruk'a gelince, Pamuk Prenses'ten bozma, cici, şeker, namuslu Türk kızı. Annemin bile hatırlamadığı, annenannem yıllarındaki o adı neydi? Elizabeth bi şey... Taylor, Taylor! Evet, kadının adı: Elizabeth Taylor, hah işte onun tipi, demode bi şey ya... Nerde Uma Thurman, Angelina Jolie, Charlize Theron gibi gerçek güzeller ama... Ayrıca ağbi, Catherine Deneuve denen hatun, ağlamış suratlı, tecavüz edilme olasılığı dışında seksle ilişkisi olmayacak bir tip, Belgin Doruk'sa on çocuk doğursa bakire kalacak kadar cinsellikle ilişkisiz. Tamam ikisi de o zamana göre hoş olabilirler ama karılarda seksapel sıfır! Tek ortak yanları da bu işte. Şimdi tabii insanın aklına; acaba bizim Entek'in büyük aşkı (!) Belgin Gümüş de soğuk bir tip miydi diye bir soru geliyor ister istemez de? De... Bana ne yaaa? Artık kim takıyor asaleti, Catherine Deneuve'ü, gerçek Bebekli olmayı, kadın bilimciliği, filanca üniversitede profesörlüğü falan? Kimin 'fuck'ında ağbi? Nedir; matah mıdır gerçek İstanbullu olmak artık, hıı? Benim ailemin Antalya'dan, Entek'inkinin Ankara'dan gelip İstanbullu olduğumuz kimin umurunda sanki? Şimdi tek ilgi alanı var ağbi: para! Parayı basan Bebek'teki en güzel evi, en modern sitedeki villayı, hizmetçiyi, şoförüyle beraber alıyor, zaten bunun üstüne de daha elini sallamadan karının kızın en asili, en genci, güzeli koşa koşa alana giriyor. Parayı veren düdüğü, zurnayı, klarneti çalıyor. Onlar ermiş muradına durumu. Alan memnun, satan memnun, işte yeni düzen bu. İşini bilen en iyi yerlerde krallar gibi yaşıyor, ben de kraliçe olmak istiyorum, o kadar!"

Çantasındaki Eve marka sigaradan bir tane alıp yakmak için patronunun armağanı olan üzerine altından akrep motifi işlenmiş Zippo marka çakmağını çıkarttı.

"Ben aslında o Swarovski marka kristalli, mücevher çakmağı daha çok beğenmiştim ama ille bana Akrep burcu olduğumu hatırlatacak, iğneleyecek ya, bunu almakta ısrar etti, biz de kabullendik. Bir evlenelim, bir de çocuk doğurayım, bak bakalım kim kimi idare ediyormuş, sen o zaman gör patroncuğum! Ben senin öyle o soylu karına ve önceki salak sevgililerine -bir de oğullarının anası var ama onu kimsenin ciddiye aldığı yok- neyse işte, o karıların hiçbirine benzemem canım, beni kullanıp onlar gibi atamayacaksın! Ama dur zamanı gelene kadar dur sen bekle Bay Entek!"

"Bayan, bakar mısınız bayan, bu alanda sigara içemezsiniz! Bakın şu ileride bir oda var, orada için sigaranızı!" diye aniden yanında beliren bir güvenlik görevlisi Tijen Derya'yı sertçe uyardı o sırada.

"Ah pardon, unutmuşum," diyerek, çakmağı ve henüz yakmadığı sigarayı çantasına atan Tijen arkasını döndü, dişlerini sıkarak söylendi:

"Fuck be, fuck you all be! Her şey yasak ya! Kurallar kurallar, yasaklar yasaklar be! Sen kurallara uyan bi Türk gördün mü polis bozuntusu ya? Nedir ya, biz her türlü üçkâğıdı, hileyi, korsanlığı Vikinglerden mi öğrendik sanki? Çıkarıp kaç paraysa verip cezasını, bir paket sigarayı tüttüreceksin üstüne ama neyse... Bu da aynen o tuvalet temizlikçisi karı gibi kraldan çok kralcı ha!"

Sıkıntısı artınca sigara arzusu da arttı, kendini çaresiz hissettiğini kabul etmemek için dişlerini sıktı, bunların hepsinin geçeceğini, gelecek yıl bu sıralar bütün yaşamı boyunca çektiği sıkıntılara inat, kraliçeler gibi rahat yaşayacağını düşünerek ferahlamaya çalıştı. Ancak o sırada sağından ve solundan omuzuna çarparak hızlı adımlarla aynı yöne doğru neredeyse koşarak giden yolcular canını yaktı.

"O-ha be! N'ooluyoo ağbi? Bi pardon deyin be! Nedir bu telaş ya? Bok mu yetiştiriyorsun bir yere be!" diye homurdandı kendi kendine. Ama sigarasızlık ve bugün başına gelen telefon talihsizliği o denli canını sıkmıştı ki, biraz önce yapılan anonstan ötürü paniğe kapılan insanların çıkış kapısına doğru gruplar halinde yöneldiklerini henüz fark etmedi. Sıkıntı içinde başını kaldırınca tam da İstanbul Atatürk Havalimanı'na iniş yapan uçakların tarifesini gösteren elektronik panoyla karşılaştı. Orada THY Moskova uçağının İstanbul'a on beş dakika önce indiği dönüşümlü olarak İngilizce ve Türkçe dillerinde yanıp sönerek ilan ediliyordu.

"Kahretsin ya! Her şey üzerime geliyor bugün be! Şimdi patron fellik fellik beni arıyor, benim telefondan da ses çıkmayınca 'beceriksiz kaz kafa!' diyordur mutlaka. Başkalarına kızınca diyor da bana niye demesin ki? Hay Allah ya! Çok kızacak bana ya... Gözünden düşeceğim yaaa... Eğer benim hizmetime güveni kalmazsa, yeni işe başlayan o boyalı saçlarını gerçek sarıymış gibi yutturmaya çalışan, her an vermeye hazır şu yeni asistanı alıverir koynuna ha! Alır mı alır, daha önce hep yapmış da benim kara gözüm için mi yapmayacak? Yok yok, ama öyle kolay kurtulamaz benden yaaa... Di mi yaa? Öf yaaa niye kurtulmasın ki? Bu adamın adı: Mehmet Emin Entek. O işine gelmeyen her kızı kullanıp attığı bir eşya gibi görmüyor mu? Hâlâ unutamadığı Belgin için bile uğraşmamış biri beni niye atmasın ya? Of yaaaa? Ben ne derim anneme yaa? 'O zengin koskoca herif senin gibi kara kuruyu n'apsın, hiç heveslenme Tijen o herif seni almaz!' diye zaten bir yıldır başımın etini yiyor zaten... Annemin yılan gibi bakıp zevkle sırıtmasına nasıl katlanırım yaa... N'aparım eğer Entek beni atar, yerime şirketteki başka kızı alırsa yaaa? Yok yaa, ben o kadar da küçük lokma değilim be! Ama yine de derhal bir yerden bir telefon bulup ulaşmalıyım Patron'a... Yeter be! Her şey üzerime geliyor bugün! Elektronik tarife panosunun altında yurtdışından gelen yolcuların çıktığı otomatik açılır kapıdan ellerinde valizleri veya valiz el arabalarıyla İstanbul'a giren yolcular kendilerini bekleyenlerle kucaklaşmayı kısa kesip çıkış kapısına doğru koşarak ilerliyor, bir an önce havalimanından uzaklaşmaya çalışıyorlardı. Kendi derdine düşmüş olan Tijen hâlâ çevresindeki telaşın anlamını kavrayamıyordu.

"Dış hatlar gelen yolcu çıkışı bir tek buradan olduğuna göre, eğer burada beklersem, Entek'i mutlaka görürüm," diye düşündü, "Evet, evet madem o kahrolası telefonu bulamayacağım, bari burada bekleyip görünce sevinçten çıldırarak koşar, kocaman kucaklarım Entek'i. Gösterişe, şova bayılır nasılsa..."

Fakat bulunduğu noktada yaşanan panik, yolcularını bekleyenlerle, gelen yolcuların oluşturduğu kalabalık, ani bir kargaşa yaratmış, Tijen bu izdihamda sıkışıp ezilecekmiş gibi bunalmıştı. Anonsun bir bomba ihbarı olduğunu düşünenler panik içinde bekleme alanının taksi ve otobüs duraklarına açılan otomatik çıkış kapısına telaşla yürüyünce diğerleri de aynı endişeye kapılmış, her şey çok çabuk gelişmişti.

"Durun yaaa, ezeceksiniz be!" diye bağırdı Tijen Derya ama onu duyan olmadı.

"Endişeye gerek yok, herkes yavaş ve düzenli olarak terk edebilir bu alanı," diyen bir polis, kalabalığı yatıştırmaya çalıştıysa da bunu duyan Tijen bu defa gerçekten endişelendi. Polis 'endişelenmeyin' diye uyarıyorsa, endişelenecek ciddi bir şey olmalıydı. İlk defa başına kötü bir şey gelebileceğini o zaman düşündü. Annesini arayıp haberlerde 'havalimanındaki bomba' olayı verildi mi, diye sormayı düşündü, ama telefonunun kayıp olduğunu anımsadı. Bir sigara içse rahatlayacağını sandı, ama kapalı alanda sigara içmenin yasak olduğunu da anımsadı. O zaman beyninin alev alev yandığını, bir asansörde kapalı kalmış gibi dehşete kapıldığını, ortadan çatlayacakmış gibi şişmiş, birazdan bayılacak gibi içinin çekildiğini hissetti. Bir an için nefes alamayacağını düşünüp korktu. Korktu Tijen, çok korktu. Tıpkı ortaokula başladığı yıl, annesinin orta halli saydığı ama Tijen'in varoş kabul ettiği için oturmaktan utandığı Antalya'nın eski Bahçearası, şimdiki Narenciye semtinde onun şikâyetlerinden artık bıkan annesinin bir gün dayanamayıp, her konuda aşağıladığı Marina'da memur babasının aslında üvey olduğunu öfkeyle açıkladığı günkü kadar korktu. O güne kadar öz sandığı babasının üvey olduğunu öğrendiğinde yaşadığı korku, dışlanmışlık, güvensizlik ve en çok annesine odaklanan öfke duygusu, o sırada annesinin yerleri sildiği çamaşır suyunun kokusu olarak içine dolmuş, midesi bulanmıştı. On üç yaşındayken üzerine bastığı zemin kaymış, zaten daha iyi bir semtte, mesela Bahçeli'de iyi bir evde ve daha rahat yaşamak; pahalı elbiseler, ayakkabılar giyebilmek, Konyaaltı ve Işıklar'daki pahalı lokantalara gidebilmek, haftasonları Garage'da, Rosemary'de görünebilmek, Mystic Pizza'da doya doya tıkınmak arada kaçamak 'big Mac' yiyebilmek, Bodrum'a tatile gidebilmek ve elbette İstanbul'u görebilmek isterken, aslında beğenmediği şeylerin bile sahte olduğunu anlamıştı. 'Neden daha zengin bir adamla evlenmedin de bizi bu yoksulluğa mahkûm ettin anne yaaa!' diye sızlanırken, onu kendi nüfusuna kaydedip öz kızı olan küçük kardeşinden hiç ayırmadan seven, ailesine bakabilmek için her gün çok uzun, çileli bir dolmuş yolculuğuyla marinaya çalışmaya giden, sessiz, sakin karakterli o beğenmediği adamın aslında üvey babası olduğunu öğrenmek yıkmıştı Tijen'i. Zaten ailede bir tek kendisinin esmer olmasını da kafasına takmış olduğundan, öğreneceklerini taşıyamamaktan korkarak öz babasının kimliğini hiç araştırmadı, sormadı bile. O henüz bir çocuktu ve yalnızca dünyanın yücelttiği değerlerden payını istiyor; daha beyaz, zengin, şık olmayı hayal ediyordu. O gün annesinin temizlik için kullandığı çamaşır suyu sanki üzerine dökülmüş ve bir daha teninden asla çıkmayacakmış gibi kokmuştu. Sodyum hipoklorit. Yüzme havuzlarına gidemeyişi de bu yüzdendir. Klor ona, gelecek endişesi ve terk edilmişlik duygusu verir. Gelecek endişesi! Şimdi içinde tehlikede hissettiği havalimanı birden klor koktu, Tijen'in midesi bulandı. O sırada arkasından Rusça konuşan bir kadın sesiyle kendine geldi. Anlamasa da Rusça onu uyardı. Aklına bir yıldır sevgilisi olan ve onu gelecek endişesinden kurtarıp hayallerindeki lüks hayata taşıyacak patronu işadamı Mehmet Emin Entek geldi. Biraz sakinleşti, toparlandı: 'Ona bir şey olmaz, o daima kendini kurtaracak bir yol bulur. Onun kafasında her zaman tilkiler dolaşır ve mutlaka bir B planı vardır' diye düşündü. Fakat bu özelliğinden ötürü onunla gurur duyması mı, yoksa kendini tehlikede hissetmesi mi gerektiğini çıkartamadı. Aslında biliyordu, çok iyi biliyordu ama kabul edemiyordu, çünkü henüz çok toydu: Tijen Derya 24 yaşındaydı. 'Ama beni de burada unutmaz herhalde... Yani onun için bu kadarcık da değerim vardır herhalde...' diye düşündü yutkunarak. O sırada sırt çantasıyla çıkış kapısına doğru koşan iriyarı bir turistin çantası kafasına çarptı, canı yanan Tijen artık kendini tutamadı, bağırdı:

"Fuck you be! Allah belanızı versin ya! N'ooluyoruz yaa!"

Dış hatlar terminali gelen yolcu bekleme alanınındaki insanları ve el bagajlarını koklayan özel eğitimli köpeklerle dolaşan havalimanı polislerinin çokluğunu o zaman fark etti. Bu köpeklerin uyuşturucu bulmak üzere eğitildiklerini duymuştu ama şimdi belki de bomba arıyorlardı? Bomba mı? Olabilir mi? Zaten köpekleri sevmez, daha doğrusu onlardan korkardı Tijen. Şu anda köpekler ona zebani gibi görünüyor, içi daralıyor, burnuna keskin klor kokusu geliyor; burada tehlike içinde olduğunu hissediyor, kaçıp kurtulması gerektiğini düşünüyor ama birazdan bu kapıdan çıkacak Entek'i ve onun üzerine kurduğu gelecek planlarını kaybetme riskini göze alamıyordu. Polis köpeklerinden biri yanına yaklaşıp ıslak burnunu bacaklarına sürünce artık dayanamayacağını anladı: "Ayyy çekin şunu üzerimden yaaa!" diye bağırdı. Köpeğin tasmasını elinde tutan genç polis, köpeği geri çekerek Tijen'e göz kırptı, sonra yatıştırıcı bir bakışla başını salladı. Ama Tijen artık tahammül eşiğine eriştiğini, kontrolünü kaybetmeye başladığını çaresizlik içinde sezmişti. Burnu yalnızca kendisinin duyduğu klor kokusuyla, kulakları da kendi içinde çalan siren sesiyle dolmuştu. Üzerindeki EXIT yazısı flaşörlerle yanıp sönen otomatik cam kapıya döndü ve can havliyle oraya doğru koşmaya başladı. Artık ne Entek, ne bütün umutlarını bağladığı evlilik hayali, ne 'Vah vah kıçımın kenarı, o beğenmediğin üvey babandan daha iyi koca bulamadın di mi?' diye yüzüne sırıtacak annesinin küçümsemeleri, ne de kaybolan cep telefonu umurundaydı. Tek istediği buradan çıkmak, hemen, çabucak çıkmaktı!

Atatürk Havalimanı dış hatlar terminali bekleme salonunun dışarıya açılan tek çıkışı; büyük, iki kademeli, çift kanatlı otomatik cam kapısı önünde büyük bir kalabalık birikmiş, insanlar birbirlerini neredeyse ezerek dışarıya çıkmaya çalışıyordu. Kapının önüne biriken herkes bir an önce canını kurtarmak için itişip kakışıyor; bir can pazarı paniği yaşanıyordu. Polisler, ellerindeki telsizlere acele acele konuşuyor, bir yandan da yolculara 'Lütfen sakin olunuz, herkes birer birer dışarıya çıkartılacaktır!' uyarısı yapıyor, ancak artık kimse onları dinlemiyordu. Bazıları 'Ne seyrediyorsunuz yahu, açsanıza öteki kapıları da!', 'Memur bey, millet ezildikten sonra mı açacaksınız öbür çıkışları!', 'Open the other gates for God's sake!'* diye bağırıyor ama anlaşılan hepsi birer 'emir kulu' olan polis ve güvenlik görevlileri bütün kapıları açabilmek için yukarıdan bir yerden emir bekliyordu. Bu 'can pazarı'ndan yararlanıp içeriye aranmadan girebilecek tehlikeli kişileri önleyebilmek adına, dışarıya çıkabil-

---

* Tanrı aşkına öbür kapıları açın!

mek için ezilecek insanların sorumluluğunu göze alabilmek, ağır işleyen Türk bürokrasisi, kitle psikolojisi, panik salgını, yaygınlaşan uluslararası terörün yarattığı paranoya, sıcak hava, stres ve klostrofobi yan yana gelince mantık ve sağduyu tamamen tükendi ve bu boşluğu derhal felaket doldurdu. Havalimanının dış hatlar terminaline canhıraş çığlıklar, ağlama sesleri ve imdat feryatları yayıldı. İçerideki cam kapının çıkışında bir grup insan sıkışıp kalmıştı ve Tijen Derya da onların arasındaydı. Her şey çok çabuk olup bitmiş, kendini dışarıya atmak için önündekileri itip, ilerlemeye çalışırken insan etinden örülmüş sımsıkı bir geçitte sıkışıp kalmıştı.

"N'ooluyor be? Fuck! Kımıldayamıyorum ya! Yürüsenize be, sıkıştım burada görmüyor musunuz!"

"Hepimiz sıkıştık salak!' diye bağırdı biri. Sonra feryatlar birbirine karıştı:

"İmdaaat!!! Kurtarın beni! Kalp hastasıyım been!!!"

"Yandım anam!"

"Please help, pleeease!"

"Çocuğum nefes alamıyor, evladım boğulacakkk, imdaattt!"

"Eşhedü enna ilahe illallah!"

"Yoksa burada ölecek miyim?" diye kalbine bir bıçak gibi saplanan düşünceyle buz gibi oldu Tijen. "Kahretsin! Daha ne gördüm ki bu yalan dünyada be? Doğduğum günden beri her istediğim şey ayıp, yasak, günah, her beğendiğim şey pahalı, uzak, imkânsız ya! Birgün bana sormadınız be, bir gün de Tijen sen ne istersin, ne düşünürsün diye be! Ya çocuktum, ya çok genç, ya da kız kısmı, karı aklı! Allah belanızı versin be! Babam bile benim babam değilmiş be! Şimdi de burada sıkıştım kaldım yaaa... Eğer burada ölürsem, bilin ki, bana şu hayatımda hiçbir hak, hiçbir özgürlük vermediniz be! Ölemem yaa, daha nasıl ölürüm ben yaa?"

Ölümü düşününce bütün enerjisini toplayıp, sıkıştığı yerden kımıldamaya çalıştı ama bu hiçbir işe yaramadı, bacakları daha fazla sıkıştı, sol ayak bileği burkuldu, içi ezildi.

"Ölecek miyim burada sahiden? Kahretsin be! Bana baskı yapan, arzularımı engelleyen herkes kahrolsun ya! Oku dediniz, okudum, en güzel yıllarımı iyi bir üniversitede parasız okuyabilmek için kurslarda harcadım. İstanbul'a geldim, İstanbul denen belalı yerde tek başıma ezilmeden hayatta kaldım, bir üniversite bitirdim, dil kurslarında gecelerimi çürüttüm ama bu kez de iş bulamadım. İş ararken diploma değil, 'veren genç kız' olmak gerekliliğini o zaman öğrettiniz be! Kadının beyni değil kukusu önemli dediniz be! Hem de en okumuş beylerinizle, en olgun amcalarınızla, dede yaşındaki saygıdeğer ünlülerinizle be! Her yerde her çeşit tacizle be! Basınıyla, te-vesiyle, erkeğiyle kadınıyla, sosyetesiyle, varoşuyla hep aynı yönü gösterdiniz; fuck be! Allah hepinizi kahretsin be! O gösterdiğiniz şeyleri ben de istiyorum yaaa! Ben de iyi yaşamak istiyorum be! Ben de lüks arabalar, evler, pahalı elbiseler, mücevherler istiyorum be! Burada böyle ölemem yaa... O kadar emek verdim,

Entek'i evliliğe hazırladım, tam İstanbul rüyasını gerçekleştiriyorum, tam yüzdüm yüzdüm kuyruğuna geldim; şimdi burada ölemem yaaaa! Ben ölmek için çok gencim yaaa!"

O sırada kapının dışına ambulanslar dizilmeye başladı, Tijen'in yanındaki yaşlı kadın bayıldı ve onun sol kolunun üzerine düştü.

"Haksızlık bu ama yaaa... Ben burada ölmek istemiyorum ki..." diye sızlandı Tijen Derya, gözlerinden kendisinin henüz farkında olmadığı yaşlar Yves Saint Laurent marka maskarasıyla simsiyah akarken. "Daha göreceğim güzel şeyler var yaa... Şimdiye kadar hep didindim, hep benden istenenleri yaptım, şimdi artık ektiklerimi toplayacağım! Gençliğim geçmeden, genç kadın etine tapanların iştahı kapanmadan... Annem gibi yoksul, annem gibi kenarda kalmadan... Hem ben daha sosyete dergilerine gireceğim, ben Tijen Entek olacağım!"

Tijen'in biraz ötesindeki bir genç kadın 'Bacağım, bacağım kırıldı, imdaatt!' diye bağırmaya başladığı sırada telsizlerden bir başka çıkış kapısının daha açılması izni geldi ama paralel çift büyük cam kapı bu şiddetli basınca daha fazla dayanamadı ve korkunç bir gürültüyle altına ve içine sıkışmış insanların üzerine çöktü. Kırılan camların gürültüsüne karışan insan çığlıkları herkese bir bombanın patladığı duygusu vermişti, kapının çevresindekiler gibi uzağındakiler de yere yatıp kollarıyla başlarını korumaya çalıştılar. Ne olduğunu anlayamayan Tijen yaşadığı şokun etkisiyle dehşet içinde soluğunu tutmuş kalmış, üzerine düşen iri cam parçalarının kafasına saplandığının henüz farkına varamamıştı. O sırada sıkışıp kaldığı yerde arkasından gelen şiddetli basınçla kapının sağ tarafina doğru savruldu ve o anda kapının üst kanadından blok olarak düşen çok büyük bir cam parçası sağ kolunu kopartarak yere düşüp, parçalandı. Her şey o kadar kısa bir anda olmuştu ki, bedenine yayılan sıcak bir duyguyla içi çekilen Tijen henüz kolunun koptuğunun ve omzundan oluk oluk kan fışkırdığının farkında değildi. İnsanlar can havliyle kendilerini kurtarmaya çalışıyor, çığlıklar, feryatlar birbirine karışıyordu.

"Buradan kurtulursam adımı değiştireceğim," diye düşündü Tijen. 'Bu Tijen'i hiç sevemedim. Annemin özentisi yani... Bir de beceremez ticen demezler mi ayyy! Adımı Özlem yaptırmak isterim mesela... Özlem Derya! Yok; Özlem Entek! Ne güzel olur... Buradan kurtulursam eğer... Kurtulurum di mi? Ölmem daha yaa... O kadar da diyet yapmış, 'Big Mac'leri yiyememiştim be! Fuck be, ölürsem boşa gidecek o diyetler be! Hem ben ölmek için çok gencim yaa..." diye inledi. O sırada içindeki sıcaklık bütün bedenine yayıldı, içi çekildi ve her şey karardı. En son gördüğü şey, yerde kopmuş bir koldu.

30
YALAN DÜNYA, YALAN İSTANBUL!

"Eşhedü ennaaa! Ne demek şimdi bu anam?" diyerek dondu kaldı anonsu duyan tuvalet temizlik işçisi Hasret Sefertaş. "Soysuzun biri bomba mı attı çöp kutularına acaba? Yoksa, şu zalim İstanbul'da bir Ve-Ce temizlikçisi olarak ölmek mi yazıldı alnıma anam? Ah yoksa, şu Ticen düttürüsünün telefonunu aldım diye Allah ceza mı kesti bana? Yok anam yok, hâşâ! Ben hiç kimsenin malını çalmadım bugüne kadar, Allah korusun! Hırsızlık günah anam, bu dünyanın bir de ahireti var, cehennemde yanıverirsin Allah esirgesin. Ben o şımarık karının telefonunu çalmadım ki, sadece bi ders vermek için aldıydım, bak şimdi de kayıp bürosuna da teslim ettim anam! Allah şahidimdir, başka bi niyetim yoktur, vallahi, de tallahi de... Zaten o Ticen cadalozunun, o pahalı telefonu alın teriylen değil, başka yerinin teriylen almış, baksana... Töbe töbe, insanı gündüz vakti günaha sokar bunlar böle..."

Tijen Derya'nın dış hatlar terminali, gelen yolcu bekleme alanındaki kadın tuvaletlerinden birinde unuttuğu cep telefonunu cebinde saklayarak vardiya çıkışı onu kayıp bürosuna bırakan Hasret, artık bodrum katındaki soyunma odalarına inip mavi formasını çıkartacak, ayak bileklerine kadar uzun siyah eteği, mavi çiçekli yarım kollu gömleği ve az topuklu, küt burunlu beyaz spor ayakkabısını giyip başına bağladığı kenarları elişi oyalı başörtüsünün altından çıkan siyah gür saçlarını omuzlarına dökerek kendisini Bahçelievler'e götürecek servis otobüsüne binecekken anonsu duydu ve irkildi kaldı. Hazır ÇIKIŞ kapısına yakınken kendini üzerinde iş kıyafetiyle bir an önce dışarı atıp kurtarmalı mı, yoksa aşağı kata inip acele hazırlanarak servisini mi beklemeliydi?

"Acaba anonsta dedikleri gibi dicital micital, ne zıkkımsa, öyle bi arıza mı var gerçekten, yoksa insanın aklına ilk geldiği gibi bir bomba tehlikesi mi var?" diye düşündü ama bir karar veremedi Hasret. Kendini kararsız bulduğu için devamlı eleştiren kocası geldi aklına: 'Amaan sen dalga geç daha be, biz burda can derdindeyiz!' diye söylendi, hayalinde bile kendisiyle alay eden kocasıyla.

"Hayır, şimdi burada ölsem 'Havalimanındaki Ve-Ce temizlik işçisi H.S öldü.' diye yazacaklar arkamdan anam. Hani beni sinir eden şu: '*Tuvalet işçisi ama iyi kadındır*!' lafı gibi salakça bi şey yani... Kim bilir benim temizlediğim tuvalete kaç kere işemişlerdir de zahmet edip adımı bile koymazlar gazeteye bu nankör gazeteciler anam! Bi de üstüne işçi kimlik kartımdaki o çirkin fotoğrafı basarlar. Pek kötü çıktıydım o fotoğrafta be anam! Benim kızlar hem öldüğüme üzülür hem de anamız hela işçisi diye utanır ölümün arkasından şimdi. Küçük kız okulda arkadaşlarına benim işimi demiyomuş, sadece 'anamız havalimanında görevli' diye bahsedermiş benden gayrı. Zaten ben ölünce bizim herif çocuklarla baş edemez, kesin edemez o tembel herif, gider bizim Kayseri'nin köyüne; 'İstanbul'da yayla gibi evim var', diyerekten, baldırı çıplak bi kız getirir, evlenir üstüme. Evlenir valla anam! Evlenirsin sen herif, yaparsın vallahi de tallahi de! Ahhh anam ahhh, daha kırkım çıkmadan bana bunu da mı edecektin kör olasıca herif! Kimse demez mi sana o beğenmediğin gecekondu aparmanındaki daireyi kim aldı, elalemin boklarını temizleyerek Ve-Ce'lerde kim alın teri döktü de taksitlerini ödedi, diye? Yoook, demezler, kimseler sormaz, beni unutup eğlenir, güler, sefa sürerler. Bu benim herif şimdi, yeni gelini kaçırmamak için vapor gezilerine de çıkartır, Boğaziçi'ni, Padişah sarayını, Süleymaniye Camisi'ni, Kızkulesi'ni hepsini gezdirir! Vallahi de tallahi de yapar. Benden esirgediği her şeyi o körpeye verir. Ben nasılsa elde birdim anam! Domuz herif! O kadar da yalvardıydım sana, ama beni bi gün şu Ayasofya'ya, Sultan Ahmet Camisi'ne götürmedin be hayırsız! Allah'ından bulasıca seni! Gezmeylen bitse neyse, gözü çıkasıca herif, taze eti görünce köpek gibi kıvırtır tabii. Taze kız da kırıtır durur, elini yemeğe, bulaşığa sürmez her işi benim kızlarıma yaptırır. Küçük de ister misin iş yapmaktan derse vakit bulamayıp okulunu bıraksın? Vay seni şıllık seni, sen gel kart herife var, sonra küçücük kızımın okuluna, geleceğine engel ol ha! Vay oruspu vay, hadi herifi aldın, al başına çal; -zaten ondan sana değil kimseye pek hayır gelmez artık ama- sen onu gençken görecektin, bi koynuna aldı mı beni sabahlara kadar uyutmaz, yer yutardı anam beni! Kolları nasıl sağlam, taş gibi sertti, belimden tuttu muydu beni havaya uçurur, yere inmeden artık işte... Hahh hah ha! Ahhh, ahhh; pek güzeldi o günler pek. Köyün tertemiz havasından, suyundan, anamdan babamdan kopmamıştım daha... Bu zalim İstanbul'a göçmemiş, burada ekmek-iş kavgasına başlamamıştım daha...

"İyi tamam benim herifi kaptın, eve yerleştin, nikâh da yaptın; peki kızımdan ne istiyosun be şıllık? Bırak okusun yavrucuğum be! Bak babam beni okutmadı neler çekiyom şu zalim İstanbul'da be! Ama senin baban daha betermiş, hem seni okutmamış hem de satıvermiş yaşlı bir herife karı diye? Hadi biraz anlayış göster be anam, onlar da bi ananın kuzulari be taze gelin, elleşme evlatlarıma, bırak küçük kız bari okusun, öğretmen olsun, hemşire olsun, beyazları giyip tansiyon ölçsün, iğne yapsın, ne bileyim; bu havalimanındaki akıllı kızlar gibi bilgisayara kayıt tutan memur olsun, sigortalı işi olsun hayatında be! Bak büyük de çeyiz parası biriktiriyor, babasından saklı, gizlice... Koca korkusu, koca dırdırı çekmesin kızlarım be anam! Kadının mesleksizi kalmasın be anam! Amaaa, sen bunu yapmazsın taze gelin! Aç gözlü, utanmaz arlanmazsın ya, ister de istersin sen!... Bak işte Ticen denen o yosma, belli ki okutmuş onu babası ama o ne yapmış, kart patronuyla aşna fişne! Niye? Kart herife bayıldığından mı? Yok be anam; hangi genç kızın canı kart herif çeker bu yalan dünyada? Sen ve Ticen gibilerin tek derdi; kart herif karısı olup da paraları yemek! Ama anam benim herifin parası yok, bunu bilesin!"

Havalimanı dış hatlar terminalinde yapılan arıza anonsunun ardından gelen yolcu bekleme alanında beliren polis köpekleri ve güvenlik görevlileri, ÇIKIŞ kapısının üzerinde yanan flaşörler, telaşla kapıya yönelen yolcular ve yakınları, 2 yıldır burada çalışan Hasret Sefertaş'ın görmeye hiç alışık olmadığı bir olağanüstü bir durum yaratmış, onu ürkütmüş, kararsızlık yaratmıştı.

"Şimdi hemen çıkıp gitsem, başım açık kalacak! Sonra sokaklarda böyle dolaşmak ayıp olmaz mı? Hayır, kalıp sokak kıyafetimi giyinsem burada bombadan mombadan Allah göstermesin ölsem, kocayı sümüklü kıçı kırık taze geline kaptıracam, kızlar ortada kalcak! Yandım ki, ne yandım! Ne yapcam ben şimdi be anam?"

ÇIKIŞ kapısının üzerinde yanan uyarı ışığı Hasret'e ambulans, itfaiye ya da polis arabalarını çağrıştırdığı için içi çekildi, metanetini kaybetti. Hâlâ bodrum kata inip, formasını değiştirip, başörtüsünü takarak buradan kurtulması gerektiğine dair taşıdığı kaygıyı içinden atamamıştı. Bir yandan da içinden bir ses ona hemen, çok acil olarak buradan kaçmasını söylüyordu. Hiç farkında olmadan yalnızca bir tanesi açık olan ÇI-

KIŞ kapısına doğru yürüyor, sonra geri dönüyor, alt kata inen merdivenlere kadar gidiyor, sonra tekrar ÇIKIŞ'a doğru yöneliyordu. Aslında bu arada çoktan üstünü değiştirebilirdi ama o şimdi şok geçiriyor, gerçeklikle bağlantısı sık sık kopuyordu. O arada ÇIKIŞ kapısındaki çığlıklarla irkildi. ÇIKIŞ kapısının önüne biriken yolcular, polis ve güvenlik görevlilerinin uyarılarına karşın panik içinde dışarı çıkmaya çalışınca orada birbirini iterek kaçmaya çalışan büyük bir kalabalık oluşmuştu. Futbol maçlarında trübünün kapısına sıkışarak ezilen insanları andıran o korkunç izdihamda bir ara Tijen Derya'yı gördüğünü sanan Hasret, "Ahh anammm!" diye çığlık attı. "Allah beni cezalandırıyo valla! Bak Hasret kulum, sen cehennemliksin, kızın telefonunu aldın ya, ben de senin cezanı veriyom' diyo son nefesimde töbe töbe!.." diye inledi. Kafasında kurduğu senaryo ve içinde bulunduğu olağandışı koşulların etkisiyle dövünen Hasret, sanki güçlü bir manyetik alan tarafından çekiliyormuş gibi ÇIKIŞ kapısına doğru yöneldi. Şimdi ikinci ÇIKIŞ kapısının açılma emrini bekleyen polis ve güvenlik görevlilerinin emir geciktikçe kapıda birikmiş kalabalıkta artan gerilimi önleme çabaları artmış, itiş kakış, panik büyümüş, iç burkan bir tabloya dönüşmüştü. Tamamen hipnoz olmuş gibi görünen Hasret, kapının önündeki kalabalığa yaklaşmış, onlara büyülenmiş gibi bakıyordu.

"Allahım, eğer bu Hasret kuluna buradan sağ salim kurtulmayı nasip edersen, bil ki, bir daha hiiiç ama hiç şikâyet etmeyeceğim hayatımdan. Ne benim herifi bekleyeceğim beni götürsün diye, ne de kızların büyümesini. Çekip gideceğim her güzelliğini dünya gözüylen göreceğim bu İstanbul'un. Bi de küçük kızı okutup meslek, iş sahibi edip, evlendirdikten sonra emekli olunca köyüme dönmek isterim. Bana Kayseri'ye, köyüme dönüp, oranın havasına suyuna kavuşmak, orada ölüp, gömülmeyi nasip et ey yüce Rabbim!"

Bu sırada önünden geçerek hâlâ açılmayan ikinci ÇIKIŞ kapısına doğru elindeki metal el arabasıyla, burnu havada dosdoğru yürüyen, simsiyah pahalı güneş gözlüklü, uzun boylu, kır saçlı, kellifelli bir adam elindeki kâğıtları gösterip kapıyı açtırdı ve dışarı çıktı. Onu gören Hasret. "Hey yüce Allahım can pazarında bile zenginleri korumuyosun değil mi güzel Rabbim?" diye sordu ama hemen sonra bu sorudan ötürü korktu, tövbe etti. Dış hatlar terminali, gelen yolcu alanında kendini kaybetmiş olarak bir aşağı bir yukarı dolaşan Hasret, bir ara bacağına ıslak burnunu sürerek onu koklayan polis köpeğini de zebaniye benzetip ürktü. Ne kadar sonra bilmiyor, hiç hatırlamıyor; büyük bir gürültüyle çift cam kanatlı ÇIKIŞ kapısının kırılıp dev cam parçaları olarak altına sıkışan insanların üzerine düştüğünü gördü. O anda sanki kulakları sağırlaştı, sesler çekildi, sonra dili tutuldu, ağzını açtı, bağırdı ama sesi çıkmadı. Önünde kanlar içinde çığlıklar atan, bayılan ve yaralı insanları televizyonda izlemeyi çok sevdiği bir realite şovda ya da Irak Savaşı'ndan kanlı bir pazar meydanını haberlerde seyreder gibi seyretti. Tamamen dışarıda, uzakta, soyutlanmış görünüyordu. Biraz daha orada öylece kalsa belki de bu derin şokun etkisiyle bir daha hiç iyileşemeyecek olan Hasret o sırada kalabalığın içinde kanlar içinde bir genç kız gördü. Uzun bacaklarını zaten örtmeyen mini eteği ve çok yüksek topuklu ayakkabıları kanlar içinde kalan siyah uzun saçlı kızın sağ kolu dirsek üstünden kopmuş, kolun kalan parçasından kanlar akmaktaydı. Kız şaşkın şaşkın yerdeki koluna bakıyordu ki, dizleri büküldü ve yanındaki yaralıların üzerine düştü, bayıldı. O zaman Hasret kendine geldi, sesleri duymaya başladı, nerede ve hangi koşullar içinde olduğunu kavrayıverdi.

"Ah anaammm! Bu sahiden Ticen be! Ah yavrum, ah Ticen be!" diye bağırdı. Bu sırada nihayet açılan ikinci ÇIKIŞ kapısından polis ve güvenlik görevlilerinin gözetiminde içeriye giren sağlık ekipleri yaralılara yardımcı olmak için çırpınıyordu.

'Koşun Allah millet aşkına koşun, bu kıza yardım edin anaaam!' diye Tijen'in tepesinde çırpınan Hasret, sağlık görevlileri genç kızın yanına varınca, atılıp Tijen'le beraber ambulansa yöneldi. Yaralı kızın kopuk kolunun kalan kısmına kanamayı önlemek için turnike bağlayıp kopuk kolu buz kutusuna koyan sağlık görevlileri sedyeyi taşırken Hasret'e 'Sen yakını mısın teyze?' diye sordular. "Bu Ticen Derya'dır. Entek A.Ş' de çalışır. Kendisi Antalyalıdır' dedi Hasret bir solukta. Bu bilgiler nedeniyle Hasret Sefertaş'ı Tijen Derya'nın yakını sanarak 'O zaman hastaneye gelebilirsin' diyen sağlık görevlisinin peşine hiç tereddüt etmeden takıldı ve onlarla ambulansa bindi.

Göz açıp kapayıncaya dek cayır cayır siren çalarak hareket eden ambulansın içinde bir doktor ve sağlık görevlisi daha fazla kan kaybetmesin diye Tijen'in kopuk kolunun bedeninde kalan kısmına turnike bağlamış, kopuk kolu buz kutusuna yerleştirmiş, genç kızın kaybettiği sıvıyı yerine koymak için sağlam kolunda damar yolu açarak sıvı takviyesine başlamıştı. Yaralının tansiyonunu ve nabzını devamlı kontrol altında tutan sağlık ekibi serinkanlı bir sesle aralarında sık sık içinde 'hipovolemik şok' geçen cümleyi kullanıyor, endişeli görünüyordu. Şimdi artık ne başörtüsünü, ne kocasını, ne de Ve-Ce işçiliğini düşünen Hasret, önündeki sedyede baygın yatan Tijen'e bakarak dizlerini dövüyor, ağlayarak söyleniyordu: 'Ah bu yavrucak ölmesin Allahım? Kurban olayım anam, tecrübesizlik etmiştir, medyaya falan özenmiştir, para pula kanmıştır ama ölmek için çok gençtir be Allahım! Günah şuncacık şey, hiç bi şey yaşamamıştır daha be... Anasına babasına bağışla bu kızı sen Allahım!"

Onun kederli çırpınışına üzülen sağlık görevlisi yüzünü silsin diye kâğıt mendil uzatınca umutlanan Hasret: 'Ölmeyecek di mi ağbi?" diye sordu. Yüzünü buruşturarak içini çeken sağlık memuru: 'Eğer sıvı kaybına bağlı şoku atlatabilirse... Ama Allah'tan ümit kesilmez bayan!' diye yanıt verdi. Sonra 'Bayan akrabanız mı oluyor?' diye sordu. Çığlık çığlığa siren çalarak hastaneye yetişmeye çalışan ambulansın içinde mavi forması Tijen'in kanıyla lekelenmiş olan Hasret gözlerinden yağmur gibi yaşlar boşanırken hıçkırdı: "He ya, hemşerim olur ağbi. Ticen Derya bu zalim İstanbul'dan hemşerim olur!" dedi.

31
GEMİSİNİ KURTARAN KAPTAN

"Hay Allah kahretsin; bir bu eksikti şimdi ha! Bugün benim şanssızlıklar günüm herhalde; şu sersem Tijen'in telefonunu kapalı sinyali verdiğinden beri her şey aksi gidiyor be!" diye söylendi Mehmet Emin Entek anonsu duyduğunda.

"İster misin şimdi bir havalimanı tahliyesi, üstüne bir itiş kakış başlasın? Bu sıcakta yapış yapış bir güruhla temas etmek durumu doğsun? Avrupa'da yaşar ama yıkanmaz, pis kokar bunlar!" diye biraz önce yanından kaçtığı Berlinli işçi kadın Sabriye Bektaş'ı kastetti.

"Ahmak Tijen telefonu açmış olsaydı, çoktan çıkmış olacaktım buradan ama kim bilir yine nerede unuttu telefonunu? Benim telefonumu yani!"

Anons yapıldığı sırada dış hatlar gelen yolcu valiz teslim alanındaki Gümrüksüz Mağaza'dan kendisine göz çevresinde oluşan kaz ayağı kırışıklıkları yumuşatan pahalı bir göz kremi, tıraş sonrasında cildin kuruyarak yaşlanmasını önleyen 'gelecek-nesil anti-aging serum' ile Tijen'in -24 yaşında da artık akne olmaz ki yavrucuğum yani?- yanaklarındaki sivilceleri örtmesi için astronomik fiyatlı bir cilt kapatıcısı, birkaç kutu sigara ve 2 litre viski almakta olan Mehmet Emin Entek, bu kez Tijen'e hem kadınsı hem de havalı gösteren 'classy' bir sigara markası bulamamıştı. Davidoff Clasic-Slims kartonlarının önünde durdu ama onu da beğenmedi. İşte bu sırada anonsu duyunca önce pek ciddiye almadı. İlk önce anonsta bahsedilen sayısal arızayı önemsiz bir teknik mesele olarak düşünmüş, zaten kendi planlarını aksatmayacağı için de çabucak unutmuştu. Nasılsa kendi işi bitmişti, artık yola çıkacaklar düşünsündü rötarı canım! Fakat anonsu duyan pek çok müşterinin ellerindeki alış veriş sepetlerini öylece ortalık yere bırakarak valizleriyle doğruca gümrükten ÇIKIŞ'a koştuklarını fark edince onların bu davranışını yadırgadı. Başlangıçta kararsız kalsa da çevresindeki telaşı görünce havalimanındaki durumun sandığından ciddi olabileceğini düşündü. Tehlikenin boyutları kendisini de kapsıyor olabilirdi. Kendisi söz konusu olunca artık Tijen'le oyun oynamayı bırakıp dışarıda beklemesi gereken özel şoförünü aramaya karar verdi. Hayatta en sevmediği şey kararsızlıktı. Ah sersem Tijen! O da diğerleri gibi beceriksiz çıkmıştı işte, belki de gereğinden fazla yüz vermiş, şımartmıştı kızı. Evet, evet fazla şımartmıştı bu 'acil sınıf atlama' rekoruna hırslanmış körpe kızı. Mehmet Emin Entek, daha önce hayatına aldığı kızları 'eğitmek ve kullanışlı hale getirmek' için gösterdiği çelik irade ve kararlılık konusunda son yıllarda ve özellikle 'Tijen Derya vakası'nda eskisi kadar güçlü olmadığını seziyor, bu sezgiden; yaşlanmak ve düşkünlük kavramlarından nefret ediyordu. Buna bağlı olarak herhangi bir ortamda 'yaşlı erkek', 'genç adam' ya da şaka niyetine Viagra sözleri geçse huzursuzlaşıyor, geriliyor, sözün bir kenarına 'erkeğin genci-yaşlısı olmaz, erkeğin olgunu ve toyu vardır!' diyen bir Entek özdeyişini mutlaka sokuşturuyordu. Yoksa uykuları kaçıyor, sırt ağrıları tutuyor, 'yarım asırlık adam' esprisiyle bir daha nerede karşılaşacağı geriliminden kurtulamıyordu. 'Yarım asırlık adam mı?'

Cep telefonundan aradığı şoförü, saygılı bir sesle dışarıda Mehmet Emin Entek'i beklediğini, Tijen Hanım'ın herhangi bir aksiliğe meydan vermemek için arabayı iki saat önceden havalimanına getirttiğini söyledi. 'Beyefendi'nin uçağıyla ilgili bilgi almak için birkaç kere aradığı halde ne yazık ki, Tijen Hanım'a ulaşamadığını, 'beyefendiyi' rahatsız etmemek için de kendisini aramadığını ekledi. Havalimanı dışında dikkat çekecek kadar fazla polis arabası ve birkaç ambulans olduğunu da belirten şoför, 'Beyefendi'nin bir an önce dışarı çıkmasını 'haddi olmayarak' önerdi.

Önce durumu gözden geçirip bir karar alması gerektiğini düşünen Mehmet Emin Entek, yolcuların çoğu gibi korku ve telaş içinde hareket etmemeye, elindekileri satın alıp öylece buradan çıkmayı kendi konumuna en uygun strateji olarak saptadı. Sakin bir tavırla boş kasalardan birine gitti ve endişeyle diğer kasiyer arkadaşıyla konuşan görevli genç kıza cebinden çıkarttığı bir tomar buruşmuş Avro'yu uzattı.

"Salağın teki sahipsiz bir valiz bulmuş, bomba sanıp ihbar etmiştir. Bunlar da güvenliği sağlama almak için işi sıkı tuttular anlaşılan..." diye düşündü. "Teröristler de aptal değil ya, yaşadıkları ülkenin can damarını kesmezler herhalde..." Terörist sözcüğü 'teröristlerce katledilen şehit diplomat Halit Ziya Gümüş ve dolayısıyla kızı Belgin Gümüş'ü aklına getiriverdi. 'Budala Belgin, benim soyadımı bir kez bile kullanmadı!" diye söylendi kendisinin bile hiç beklemediği bir anda. O sırada pasaportunu görmek isteyen kasa görevlisinin sesini duydu, çıkartıp yeşil pasaportunu verdi. Onun kasa işlemlerini yaparken yan kasadaki arkadaşına 'Bizi ne zaman çıkartacaklar?' diye endişeyle sorduğunu duydu. Bu sırada belki de tehlikenin etkisiyle kasa görevlisi kızın bir kez bile yüzüne bakmadığını içi ezilerek fark etti. Son yıllarda böyle fark edilmez, görünmez olmaya başladığını irkilerek seziyordu maalesef... Bütün hayat felsefesi daima ve her yerde fark edilmek, beğenilmek ve alkışlanmak üzere kurulmuş olan birisi için bu durum tam bir felaketti. Geliyorum diyen bir facia, bir musibet! İvedi olarak bir şeyler yapması ve kendini fark ettirmesi gerekiyordu, bu şarttı; yoksa varolmasının bir anlamı kalmaz, yok olurdu.

"Siz hiç merak etmeyin, birazdan acil durumu kaldıran bir başka anons yaparlar, burası Türkiye'nin iyi korunan bir tesisidir!" dedi Moskova'da büyük bir ihale kazanan Türk inşaat şirketi ENTEK A.Ş'nin büyük ortağı, işadamı Mehmet Emin Entek, en etkileyici ses tonunu ve biraz çapkın, biraz da iktidar sahibi bakışını kullanarak. Bu üçü yan yana, genç kızları daima etkileyen sihirli bir formüldü. Henüz dişiliğinin ve gençliğinin anlamını tam olarak fark edemeyecek kadar toy kızların beğenilmek, kendini güvende hissetmek ve hayranlık duygularıyla ustaca oynayabilmek her olgun erkeğin harcı değildi tabii... Kalın, seksi bir erkek sesi üzerine flörte hazır, yaramaz ve zengin adamın: 'kimbilir sonunda evleniriz bile'yi vaat eden bakışı... Tabii bu sırada gözlere yüklenen çapkınlığın ve gücün dozu önemliydi. Dozu kaçınca çapkınlık tacize, iktidarsa baskıya dönüşebiliyor, bu da kızları ürkütüyordu. Ama elbette Mehmet Emin Entek için her konuda kontrolü elde tutmak çocuk oyuncağıydı.

Hınzır, çapkın, enerjik, kaçamaklara hazır, biraz fırlama, modern çağa ve yeniliklere açık, genç kızları güldürmeye bağımlı bir erkeğin bakışları... 'Kızlar kendilerini eğlendirebilen erkekleri sever!' derdi sık sık yanında çalıştırdığı genç erkeklere, bu konuda rakipsiz bir usta olduğunu düşünerek; kibirle kasılarak. Onun bu Entek özdeyişini defalarca dinledikten sonra bir defasında: *'Aman ha Damat Bey, uçarılığı ve şaklabanlığıyla tanınan bir erkeği yaşlılığında bekleyen en büyük tehlike maskaralıktır!'* diyen Belgin'in dayısı geldi aklına. Mimarlar Odası Başkanı, Türk mimari eserlerini koruyucu, büyük yurtsever(!), üstat Erol Argunsoy! 'Halt etmişti işte! Hem zaten onun için ibne diyorlar, o önce kendine baksın be!' diye öfkelendi şimdi aklına gelince. Sonuçta kendisi hâlâ genç kızların beğendiği, kapış kapış kaptığı bir erkekti. Yaşıtları hâlâ ilk karılarının dırdırıyla orta yaşlı, hastalık hastası adamlara dönüşmüşken, o sayısız ilişki, iki eski ve yakında bir yeni evlilikle taptaze, 'elini sallasa ellisi' özgüveninde kalmayı başarmış, hiçbir karısını 25 yaş üstünden seçmemeyi başarmıştı. Zaten 30 yaşın üzerindeki kadınlar, hele meslek sahibi ve bağımsız olanları ona zor, eleştirel ve bilmiş geliyor, bu yüzden aralarında bazen beğendiği biri çıksa bile uğraşmayı denemiyordu. 30 yaşının üzerindeki kadınlar, erkekler tarafından en az bir kez aldatılmış, terk edilmiş, hayatın gerçeklerini tanımiş olduklarından onların romantizmi ölüyor, aşka, ömür boyu mutluluğa, erkeğin samimiyetine inançsız ve alaycı yaklaşıyor, fazlasıyla gerçekçi, sitem dolu, yani bagajlı oluyorlardı. Bunun tek çözümü de 'karıları daima 30 yaşın altında tutmak hah ha ha!' diye öğütlerdi genç işadamlarına. İşte şimdi Atatürk Havalimanı dış hatlar terminali, gelen yolcu alanındaki Gümrüksüz Mağazası'nda kasa görevlisi genç kızı çapkın ve kudretli bir bakışla etkilemeyi denerken, aslında kendini özgüvenini sınıyordu. Bu, yalnızca küçücük bir testti ama bunun gibi testlerde hergün defalarca kendini sınamak, formda kalmak onun için hayati öneme sahipti, çünkü her keresinde kazanamazsa gerçekten bozulur, rahatı kaçardı.

Onun söylediklerini hiç duymamış gibi parasının üstünü, farkını önemsemeden yeşil pasaportunu ve iki büyük torba dolusu gümrüksüz içki, sigara ve kozmetiği üzerine tel zımbayla zımbaladığı faturasıyla kendisine uzatan kasa görevlisi genç kız, uzanıp başka müşteri var mı diye mağazanın içini gözleriyle taradı. Sanki Mehmet Emin Entek herhangi biriymiş ya da yokmuş gibi onu görmezden gelmişti. Kızın büyük olasılıkla içinde bulunduğu olağandışı koşullardan etkilendiği için kendisini fark edemediğini düşünerek canını sıkmamaya çalışan Mehmet Emin Entek, bu testi atlatabilmek için son bir hamle daha yapmak zorundaydı. Egosunun içinde bulunduğu tehlike, havalimanındaki olası bombadan daha büyüktü. Yakını okurken gözlük takmak zorunda oluşuna nasıl sinir oluyorsa, uzak okumada bir sorunu olmayışına öyle müteşekkirdi ve hemen kasa görevlisi genç kızın göğsünde asılı kimlik kartından adını okudu. Abartılı sayılacak bir soğukkanlılıkla sesini iyice kalınlaştırıp koruyucu erkek tavrıyla konuştu:

"Bu tür beklenmeyen risk faktörlerine biz iş dünyasında sık sık rastlarız; kanı hızlandırır, adrenalini arttırır, insanın saklı yeteneklerini ortaya çıkartır. Güzeli daha da güzelleştirir Sinem Hanım!"

Genç kız adını duyunca ilk defa başını kaldırıp Mehmet Emin Entek'e baktı. Gencecik yüzüne iri iri yerleşmiş ela gözlerinde endişeden başka hiçbir duygu yoktu; boştu. Hatta Mehmet Emin Entek'i gördüğünden bile emin değildi. O karşısında bir müşteriye bakıyor ve o bir an önce anonsun yarattığı tedirgin ortamdan kaçmak istiyordu. Yaşamak istiyordu, çok gençti.

"Pardon bana mı söylediniz?" diye sordu kibarca, sonra yanıtı beklemeden yan kasadaki genç erkek meslektaşına döndü: "Ya, çıkartsınlar bizi buradan ağbi ya..." dedi

"Görünmez olacak kadar da yaşlanmadım henüz!" diye söylendi Mehmet Emin Entek, elindeki iki büyük torbayla gümrüksüz mağazayı terk ederken. "En az 10 yaş genç gösteriyorum hâlâ canım!" Dizüstü bilgisayarını üzerindeki özel korumalı kutuya koyduğu tekerlekli şık Samsonite valizini ve elindeki torbaları taşıtmak için bir taşıyıcı görevli aradı. Lazım değilken ortalarda dolaşan taşıyıcıların hiçbiri yoktu ve kendi eşyalarını taşımak zorunda kalması ona kendini bir kez daha fena hissettirdi. Daima yanında eşyalarını taşıyacak, önünde koşturacak birileriyle seyahat eder, çocukluğunda beri asla 'küçük işler'le uğraşmazdı ama Rusya'ya götürdüğü Entek A.Ş.'nin iki genç yöneticisini Moskova'dan Taşkent'e geçip oradaki fırsatları araştırmaya bizzat kendisi yollamıştı. Dış hatlar terminali, gelen yolcu gümrüksüz alanının ortasında birbirine zincirlerle bağlı metal el arabalarının bulunduğu bölgeye doğru büyük bir ciddiyetle ilerledi. Yolcuların valizlerini taşımaları için dünyanın hemen bütün havalimanlarında ücretsiz kullanılan bu arabalar, Atatürk Havalimanı'nda parayla kiralanıyordu. Acaba Türkler metal el arabaları kirasından kazandıkları parayı nerede kullanıyorlardı? El arabalarının başında bekleyen görevliye 5 Avro uzatıp elinin tersini havada sallayarak 'üstü kalsın!' hareketi yaptı ve eşyalarını arabaya yükletti. Bu sırada çevresinde özel eğitilmiş köpeklerle dolaşan polisleri, telsizlerle konuşarak hızlı hızlı yürüyen güvenlik görevlilerini gördü ama o daha çok midesinde kasa görevlisi genç kızın başlattığı yanmayı düşünüyordu; buradan çıkınca bir gastrit ilacı içmeyi planladı. Aklı hâlâ aynı yerde takılmış olarak polis köpeklerinin kendi valizlerini de koklayıp kontrol etmesini bekledi.

Hiç alışık olmadığı biçimde valiz ve gümrüksüz eşyalarını yüklediği metal el arabasını kendisi iterek gümrükten geçerken, tutma kolu aslında bir fren olarak da çalışan bu 'trolley' arabaları Türkiye'de kimin imal ettiği, bu yatırımda kâr olup olmadığı geldi aklına. Ama şimdi böyle 'herkes gibi' dış hatlar gelen yolcu salonuna tek başına girecek olması ağırına giderken doğrusu hiç ticaret düşünemiyordu. Yok yok, yakışmıyordu, hiç yakışmıyordu koskoca anonim şirket sahibi Mehmet Emin Entek!'

"Şu düştüğüm duruma bak! Olacak şey mi yani? Koskoca Mehmet Emin Entek çoluk çocuğun elinde oyuncak olduk be!" diye söylenerek derin derin içini çekti. Birden bir yerlerde pusuya yatıp onu bekleyen o hiç sevmediği derin hüzün çöktü içine. Bu onun, ticari bir başarısızlık kadar gözünü korkutan gizli hastalığıydı. Derin hüzün, kara bir bulut gibi üzerine çöktü mü, yoğun bir kasvet duygusuyla günlerce bitkin, isteksiz ve mutsuz olur, bu usanç verici karanlık belayla mücadele etmesi gerekirdi. Çocukluğundan beri çektiği, çoğu zaman fiziksel bir neden yokken kendini bazen okula gidemeyecek kadar hasta hissettiren bu derdi, annesi ciddiye almamış, 'benim oğlumun her şeyi sağlıklı, mükemmeldir!' diyerek onu bir doktora götürmeyi reddetmişti. Bu rahatsızlığının farkına varıp, ciddiye alan ve kronik olduğunu düşünerek bir terapiste gitmesini öneren Belgin'iyse nasıl aşağıladığını anımsayıverdi aniden. 'Belki seni yalnızlığa ve mutsuzluğa sürükleyen o abartılı başarı ataklarının altında aslında bu melankoliyi örtbas etme çabası vardır Entek? Belki bunu iyileştirmek, seni huzura, bizi mutluluğa kavuşturacak tek yoldur canım?' dememiş miydi? Demişti elbette, hem de onun ve beraberliklerinin iyiliğini isteyerek, bütün içtenliğiyle demişti. Ah Belgin, ah asalet timsali, zarafet simgesi, ah her zaman dürüst ve samimi Belgin! Vintage Belgin! Ah paha biçilmez kalitesi ve iyiliğiyle eşsiz kadın... Peki kendisi ne yapmıştı? Alay etmişti Belgin'le. 'Ne o genetik bitti, şimdi de psikiyatri uzmanı mı oldun yavrucuğum?' diyerek aşağılamıştı kızı. Onun bütün hayatı boyunca tanıdığı en içten, en çıkarsız ve belki tek sahici insan olduğunu bile bile aşağılamış, hor görmüş, defalarca aldatmıştı Belgin'i.

"Hepsi maaşlıydı!" diye mırıldandı hüzünlü bir sesle. "Tijen dahil; sevgilim ve karım olan bütün kızlar maaşlıydı; tanıştığımda hepsine para ödüyordum ve hepsinin emir aldığı patronu veya müşterisi pozisyonundaydım, Belgin dışında hepsinin!" diye tısladı. "Belgin dışında hepsi!"

Gümrüğü geçip büyük otomatik buzlu cam kapıdan resmen İstanbul'a ayak bastığı sırada içini saran hüzün bulutu iyice büyümüş, kendisini günlerce kasvete boğacak o manyetik kara alan genişlemişti. Kapının hemen çıkışında bekleyenleri, giriş yapan yolculardan ayırmak üzere çekilmiş kırmızı kordonlu bölgede durdu ve gözleriyle Tijen'i aradı. Ama yıllardır sık sık geçtiği dış hatlar terminali, gelen yolcu bekleme alanında şimdiye kadar hiç görmediği tuhaf bir durum vardı. Alanın büyük bölümü neredeyse boş fakat havalimanı otobüsü 'Shuttle', taksi durakları ve otoparka açılan ÇIKIŞ kapısının önü ana-baba günüydü. Yüzden fazla insan üzerinde flaşör yanan otomatik cam kanatlı büyük ÇIKIŞ kapısının önüne birikmiş, yedek çıkışları açmadıkları için orada oluşan izdiham, gürültü ve panik, son derece rahatsız edici bir tablo yaratmıştı. Normalde kalabalık olan yolcu bekleme alanı şimdi aksine tenhaydı, 'Kadıköy' alanı diye bir sokak tabelası konmuş bölümdeki gri metal banklarda yalnızca birkaç kişi oturuyor, onlar da besbelli yurtdışından gelen yakınlarını bekliyor, beden hareketlerinden huzursuz oldukları hemen anlaşılıyordu. Tam karşıda yan yana dizilmiş AVIS, HERTZ, BUDGET araba kiralama acentaları, para değiştirme 'Exchange' bürosu, Türkiye İş Bankası şubesi, Havalimanı Oteli rezervasyon masalarının önü bomboştu. Burada gerçekten olağanüstü bir durum olduğu o denli açıktı ki, Mehmet Emin Entek de artık işi ciddiye almaya karar verdi. Tijen'inkinin bir üst modeli olan cep telefonunu çıkarttı, bir kez daha şoförünü aradı ama telefonundan manasız sinyaller geldi. Birkaç kez daha aynı numarayı tuşladı ama telefonu arama sinyali dahi vermiyordu. Telekomünikasyon şebekesi çökmüştü.

"Yoksa gerçekten bir bomba mı koydular bu pırıl pırıl havalimanına?" diye öfkelendi Mehmet Emin Entek. 'Liberal ekonomiye düşman, AB'ye girmemizi istemeyen muhafazakâr, sözde milliyetçilerin işidir bu! Şu Belgin'in dayısı Erol Argunsoy gibi Osmanlı özlemi çeken tutucu sersemlerin! Yuh be, burada patlayacak bir bomba zaten kırılgan ekonomiyi altüst eder, Moskova'daki prestijimiz bozulur, işi kaybedebiliriz, turizm de çöker! Allah kahretsin sizi be! Toplayıp atacaksın, süreceksin bu muhafazakârların topunu sınır dışına!"

Hemen yanı başında "Lütfen panik yapmayın, sakin olun, önemli bir şey yok!" diye bağıran bir sesle irkildi o sırada. Bu, ellerinde telsizlerle gezen havalimanı görevlilerinden biriydi. Kendisi gibi dış hatlardan gelen bazı yolcuların ÇIKIŞ kapısı yönüne doğru hızlı adımlarla yürümesi huzursuz edici olduğu kadar, büyük bir sahnede oynanan modern bir dans gösterisine de benziyordu. Bu ölçekte bir mekân ve oyuncu sayısı düşünülünce büyük bir prodüksiyon işi olmalıydı. Bir havalimanı müzikali belki? Kafasının yalnızca ticarete çalışmasıyla övünen Mehmet Emin Entek, bu benzetmesini duysaydı, Belgin'in çok hoşuna gideceğini düşünmeden edemedi.

Metal el arabalarını veya tekerlekli valizlerini sürükleyerek ÇIKIŞ'a koşan yerli ve yabancı yolcular arasında Japonlar, İstanbul müzik festivaline gelmiş sanatsever, bermuda şortlu kültür meraklısı Amerikalı turistler, Galatasaray'la yapacakları maç için İstanbul'da bulunan Kuzey Avrupalı futbol fanatikleri -koyu Galatasaraylı olan Mehmet Emin Entek bu maçı alacaklarına emindi- ve yaz tatili için ailelerini ziyarete dönen Avrupalı Türkler ilk göze çarpanlarıydı.

"Lütfen panik yapmayın, öteki kapıları da açacağız, sakin olun!" diye bağıran polislerin sesi bir kez daha yankılandı alanda. Ama sanki kimse onları duymuyordu. Ellerinde özel eğitilmiş köpeklerin tasmalarıyla dolaşan güvenlik görevlileriyse köpeklere yerde duran her şeyi koklatıyor, telsizlerle üstlerine bilgi veriyordu.

O sırada biraz ileride volta atan esmer, yakışıklı, gençten bir adamın cep telefonunu hırsla tuşladığını, sonra yeniden ve yeniden tuşladığını gördü Mehmet Emin Entek. 'O da bir kadına ulaşmaya çalışıyor besbelli!' diye düşündü, dudaklarına alaycı bir gülümseme yayılırken. 'Ama o daha çok genç bir erkek!' diye içini yakan bir başka düşünce bir alev gibi kalbini yalayıp geçerken yüzündeki alaycı gülümseme silindi, kayboldu. Sonra bu adamın yüzünün hiç yabancı gelmediği, onun ya bir davette tanıştığı ya da basından gözüne takılmış ünlü biri; şimdi pek moda olan 'Güneydoğulu erkek aktörler'den biri, belki bir gazeteci olduğunu düşündü ama o anda gri metal banklarda oturan bir kadınla göz göze geldi ve düşündüğü her şeyi ama her şeyi unuttu; tamamen allak bullak oldu! İnsanların hemen hepsinin telaşla çıkış kapısına doğru yöneldiği bir olağandışı durumda sanki çevresinde olup bitenler başka gezegende oluyormuş gibi her şeyin dışında, bir Yoga bilgesi gibi sakin, bir Sufi gibi mütevekkil, bir Yunan tanrıçası gibi gururlu ve bir Anadolu ninesi gibi gözü kara oturan bu orta yaşlı kadın, bütün dikkatini kulağına yapıştırdığı telefonla konuştuğu kişiye vermişti. Ayaklarında kırmızı pabuçları vardı.

"Kete?" diye şaşkınlıkla fısıldadı Mehmet Emin Entek. Yıllardır görmediği Kete! Belgin'in Kete'si. İyi de ne işi vardı Kete'nin burada havalimanında, hem de tek başına? Sonra neden herkes gibi dışarı koşmak yerine oturmuş bekliyordu? En önemlisi kimi bekliyordu? Kete dış hatlardan gelen kimi bekliyordu? Ah kimi bekliyordu? Onunla göz göze gelince bakışlarındaki sevecen, sabırlı bakış bulutlanan Kete oturduğu yerde kaskatı kesildi, bir eliyle telefonu kapattı ve ancak Mehmet Emin Entek'in dudaklarını okuyarak anlayacağı buz gibi bir sesle fısıldadı:

"Sahtekâr!"

Sert bir tokat yemiş gibi sarsılan Mehmet Emin Entek önce sapsarı oldu ama hayatta kimsenin kendisine hakaret etmesine ve yenmesine izin vermemiş biri olarak hemen toparlandı; sonuçta 'bir besleme parçası' olan Kete'ye ağzının payını vermek için durdu, ona döndü. Ama o zaman hiç beklemediği bir şey oldu. Kete ayağa kalkıp Mehmet Emin Entek'e göre kısacık boyuyla onun önüne dikildi, gözlerini onunkilere kenetledi ve hiç kımıldamadan, gözlerini kırpmadan öylece baktı. Bu dikiliş ve bakışta öyle güçlü bir meydan okuma, öyle bir cesaret vardı ki, elinde silahı olan birini bile ürpertir, bir sonraki hareketten vazgeçirtebilirdi. O kadar!

Dişlerini gıcırdatan Mehmet Emin Entek sert bir hareketle Kete'ye arkasını döndü ve ÇIKIŞ kapısına doğru metal el arabasını itekledi. "Hep bu ahmak Tijen'in yüzünden!" diye mosmor söylendi. "Yalnız gördü Kete beni! Yalnız, yapayalnızken!" Artık içinde büyüyen koyu kasvetin ağırlığı artmış, hareketlerini de yavaşlatmaya başlamıştı. Yılda birkaç kez gelen bu sert kasvet krizlerinden bıkmış, usanmış ama doktora gitmeyi hep reddetmişti. Onun gibi biri kendi sorunlarını kendi çözer, ancak zayıf erkekler psikiyatriste giderdi. Hele hele Belgin'in önerisiyle psikiyatriste gitmek! Allah yazdıysa bozsun, hah! Birden Belgin'in bu öneriyi ona en az 10 yıl önce yaptığını hatırladı. Aslında aradan 10 yıl geçtiğini kavradı. En az 10 yıl... 10 koca yıl önce...

O sırada ÇIKIŞ kapısındaki kalabalık büyümüş, öfkeli sesler duyulmaya başlamıştı. Koskoca Mehmet Emin Entek'in o kalabalığın arasına girmesi, herkesten biri gibi davranması ve ona sunulan tek seçeneği sessizce kabullenmesi mümkün değildi. Böyle bir şey asla olamazdı. Mehmet Emin Entek, her şey olabilirdi ama asla sıradan biri değil! O daima koşulları kendi lehine çevirecek kadar usta bir stratejist olmuştu. Buradan da hemen ve tek başına kurtulmanın bir yolunu düşünürken kapıdaki panik büyümüş, kapının arasına sıkışanlar çığlık atmaya başlamıştı. Bu ortam, bu çığlıklar, Kete'nin hakareti ve üzerine çullanan hüzün bulutu Mehmet Emin Entek'in canına tak etti. Buradan kurtulursa, bu kaostan sağ salim kurtulursa eğer, salak-malak demeden Tijen'le evlenecekti. Kimse onu yalnız göremeyecekti bir daha. Bakalım Kete denen o 'besleme bozması' bir daha ona caka satabilecek miydi? 'Şimdi gidip Belgin'e de anlatır, yalnız, yapayalnız Entek' diye... Ama önce buradan kurtulması gerekiyordu. O kalabalıklara girmeden ve çabucak. Durdu, önce ceketinin cebinden siyah Gucci güneş gözlüğünü çıkartıp taktı, sonra yeşil pasaportunu sol eline alıp havaya kaldırdı. Doğruca hâlâ açılmak için amirlerinden emir bekleyen polislerin durduğu ikinci ÇIKIŞ kapısına doğru kararlı adımlarla metal el-arabasını sürdü. Ona bakan olsa, elinde yeşil pasaportu havaya kaldırmış, siyah gözlüklü, kır saçlı, uzun boylu, kalantor bir adamın hızını kesmeden polislerin üzerine doğru gittiğini görürdü ama birkaç polis dışında kimsenin onu görecek hali yoktu. Açık bulunan tek ÇIKIŞ kapısına sıkışanların çığlıklarıyla şimdi bir felaket mahalline dönen bu ortamda güvenlikçilerin öncelikleri değişmişti.

Bu karmaşada kapalı ikinci ÇIKIŞ kapısının önüne gelen Mehmet Emin Entek, polis memuruna sert bir sesle emretti: "Aç oğlum şu kapıyı!" Polis memuru önce ona baktı, kısa bir süre kararsız kaldı. Karşısındaki adam çok önemli, nüfuzlu biri olabilirdi. Büyük yerlerden korunan, arkası güçlü, belki karanlık ilişkilerin aydınlıktaki yüzü, uluslararası bir örgütün yerel üyesi ya da yalnızca blöf yapan zengin, şımarık bir işadamı. Şimdi eğer bu önemli adamın emrine uymaz, kapıyı açmazsa işinden uzaklaştırılır, dağ başına sürülür, çoluk çocuğu sefil olurdu. Ama eğer adam blöf yapıyorsa bu kez de amirinden onay almadan kapıyı açtığı için sürülecekti. Kısa bir an Mehmet Emin Entek'in yüzüne bakan polis memuru da bu topraklarda yüzyıllardır 'önemli büyüklere' emir kulu olmuş bir toplumun, kurallara uymak, her vatandaşa eşit davranmak gibi demokratik her hareketinin daima cezalandırıldığı bir genetik hafizaya sahip çocuklarından biriydi: gözünü kırpmadan kapıyı açtı. Açılan kapıdan kararlı ve muzaffer bir ifadeyle dışarıya çıkan Mehmet Emin Entek'in ardından ikinci ÇIKIŞ kapısı yeniden kilitlendi. Bu arada sıra sıra dizilip bekleyen havalimanı otobüsleri, ambulanslar ve itfaiye arabasının arasından geçerek taksi durağına ilerleyen Mehmet Emin Entek, cep telefonunun çalışmadığını hatırlayınca özel şoförünü ve arabasını bu kalabalıkta aramanın zaman alacağını, oysa bir an önce buradan ayrılmanın akıllıca hareket olduğunu düşünerek eliyle taksilere işaret etti. Durağın en başındaki taksiden kısa boylu, kilolu, bıyıksız, sakal tıraşı gelmiş, orta yaşlı bir şoför bedeninden hiç beklenmeyecek bir çeviklikle fırladı, koşup Mehmet Emin Entek'in metal el arabasını kaptı, sonra taksinin kapısını açtı, ÇIKIŞ'ında büyük bir paniğin yaşandığı havalimanından saçı başı bile dağılmadan tek başına çıkmayı başaran belli ki, 'yüksek yerden' müşterisini oturtup valizini ve gümrüksüz eşya torbalarını, kapağına 'Yolların Fatihi Hamo' yazan bir çıkartmanın yapıştırıldığı bagaja koymak için arabanın arkasına gitti. Bu arada takside kısa bir süre yalnız kalan Mehmet Emin Entek, ancak şimdi aklına gelen bir düşünceyle dehşetle irkildi. Ani bir yıldırım gibi aklına düşen bu düşünce, ona bugün Moskova'dan İstanbul'a indiğinden beri başına gelen bütün olumsuzlukları unutturacak kadar büyük bir darbe vurdu. O kadar ki, bedeni sarsıldı, içi çekildi, hayatında ilk kez kendini çaresiz hissetti, acıyla gözlerini yumdu: "Belgin orada! Aman Tanrım, Belgin içinde bomba bulunan havalimanının içinde!" diye inledi.

32
RINDA MIN İSTANBUL!*

"Hey canına yandığımın güzel İstanbul'u be! Bir de böyle havalimanı felaketi mi gelecekti başına, hey cennetmekân be!" diye söylenerek son model Hyundai Accent taksisinin kontak anahtarını çevirdi şoför Hamo. İstanbullu taksi şoförlerinin çoğu gibi yalnızca göz ucuyla süzdüğü müşterileri hakkında mükemmel analiz yapabilen Hamo, insan sarrafı olmakla övünürdü. "Şimdi kim bilir kaç cana mal olacak bu felaket, kaç bin kişinin ekmek parasını kesecek di mi ağbi?" diyerek dikiz aynasından taksinin arka koltuğunda oturan dalgalı kır saçlı, pahalı siyah güneş gözlüklü, tırnaklar manikürlü, emir vermeye alışkın olduğu havada asılı kalmış kaşından anlaşılan, orta yaşlı müşterisine baktı. Son beş dakikadır yedekleri

* Güzelim İstanbul! (Kürtçe)

açılmadığı için tek ÇIKIŞ kapısının önünde büyük izdiham yaşanan havalimanındaki mahşerden saçının tek teline zarar gelmeden ve tek başına sıyrıldığına göre, mutlaka 'sırtı kalın' olan müşterisiyle göz göze gelmeyi umut ederek: "Buraya turist gelecek ki, millet de çoluk çocuğunun rızkını çıkacak ağbi!" diye ekledi. Ancak arka koltukta sol elinin işaret parmağını ağzına bastırmış, baş parmağıyla çenesini tutan ve sanki başka bir gezegendeymiş gibi uzak görünen müşteriden çıt çıkmadı. Oysa havalimanında 'dijital arıza anonsu yapıldığından beri içeriden telaşla çıkan yolcularla, onları karşılamaya gelenlerin anlattıklarından etkilenen bütün havalimanı çalışanları gibi havalimanı taksi durağının şoförü Hamo Türk de gerçekte ne olup bittiğini merak ediyor, bagaja yerleştirirken çabucak göz attığı pahalı valizinin etiketinden THY ile Moskova'dan döndüğünü anladığı bu yolcunun diğerlerinden daha çok şey bildiğine inanıyordu.

"Baksana ağbi, her taraf polis, ambulans, itfaiye aracı doldu. Var bir Çapanoğlu bu işin içinde ama dur bakalım!" diye yeniden şansını denedi. O sırada kendi içinde derin bir hesaplaşmaya dalmış olan işadamı Mehmet Emin Entek bakmadı. Baksaydı, orta boylu, kumral, kilolu, gözleri yorgunluktan kızarmış, sakal tıraşı gelmiş, bıyıksız, gömleğinin koltukaltları terden ıslak bir halkayla çevrelenmiş, orta yaşlı bir adam olan şoför Hamo'yu görecek, sesindeki kabadayı tona rağmen ela gözlerinin yumuşacık baktığını fark edecekti.

Dikkat etmedi, bakmadı, görmedi. Mehmet Emin

Entek'in simsiyah Gucci gözlükleriyle sakladığı gözleri her zamanki gibi kendisiyle ilgili olmayan her şeye ve herkese kapalıydı.

"Ben 30 yıldır İstanbul'da yaşıyorum, bir o kadar yıllık da taksiciyim ama daha önce burada hiç bu kadar yoğun güvenlik tertibatı görmedim bak! Eğer bu işin altından bir şerefsizin koyduğu bomba çıkmazsa bana da Hamo demesinler ha!" diyerek yumuşakça frene bastı şoför Hamo. Acil durum için havalimanı dış hatlar terminali önüne biriken araçların tıkadığı yolda ilerlemek neredeyse imkânsızdı.

"Vay şerefsiz vay, görüyorsun yola çıkıyoruz, yol versen olmaz di mi! *Xwedê qahr û xezeba xwe bike!** Ah be Ağbi ah, bu İstanbul çok bozuldu çok! Önüne gelen İstanbul'a doldu, işte sonunda ne o eski İstanbul kaldı, ne de eski İstanbullular... Hay şerefsizler be, yok bizim buradan çıkmamız zaman alacak gibi gözüküyor bana..." diye sigarasına davrandı ama sonra arka koltukta derin düşüncelere dalmış müşterisinin sigara dumanından rahatsız olacak 'yüksek yerden' biri olabileceğinden çekindi, vazgeçti. Bu sırada bir yandan frene basarken sert davranmamış oluşunu düşünerek, bir yandan da sigarasızlığa direnmesi konusunda kendisiyle gurur duyuyordu taksi şoförü Hamo Türk.

Oysa karada seyahat ederken bir yerden bir yere özel şoförü tarafından götürülmeye alışkın olan Mehmet Emin Entek, bir takside olduğunu bile unutmuş,

---

* Allah kahretsin! (Kürtçe)

biraz önce dış hatlar terminalindeki insanların can havliyle açık bulunan tek ÇIKIŞ kapısına yığıldıkları sırada, her zamanki mağrur ve güçlü ifadesiyle oturup birini beklemekte olan Kete'yi düşünüyordu. Üstelik bu ufak tefek kadının önüne dikilip kendisine kafa tutmasıyla incinen egosunu değil de onun bu tehlikeli ortamda canından daha değerli birini; kızı gibi sevdiği Belgin'i beklediğinden artık hiç kuşkusu kalmadığını düşünüyordu. Evet, Kete oradaysa, Belgin yıllar önce kaçarcasına terk ettiği İstanbul'a dönmüş demekti. Belgin dönmüştü, İstanbul'daydı ve buradaydı. Belgin'in içeride bulunma olasılığı, onun hayatının risk altında bulunduğunu da gösteriyordu. Eski karısının tehlike içinde olduğunu düşünmenin kendisini bu kadar çok üzebileceğini hiç beklemeyen Mehmet Emin Entek, bu yüzden rahatsız oldu. Ancak Belgin'in kılına bile zarar gelmemesi için neredeyse dua etmeye hazır olduğunu da şaşkınlıkla fark ediyordu. 'Belgin! Ah Belgin... Ah!' diye dişlerini sıktı. Uzun zamandır ilk defa kendini çaresiz hissetmekten ötürü acı içinde kasıldı. Zaten bu Belgin, onun kendini yetersiz ve çaresiz hissetmesine neden olmaz mıydı daima? Belgin'in şimdi içeride ve hayatının tehlikede olması kabul edilemezdi! Halbuki yakında evlenmeyi düşündüğü asistanı Tijen Derya'nın da içeride olma olasılığı vardı ama değil bu olasılık, şu anda Tijen'in adı bile Mehmet Emin Entek'in akla gelmiyordu.

"Bak şu şerefsiz trafiğe beyefendi! Şimdi bizim buradan çıkıp Maslak'a geçmemiz bir saati bulur namussuzum," diye söylendi şoför Hamo, şimdiye kadar 'ağbi' diye hitap ettiği müşterisine 'beyefendi' derse muhatap alınacağını hesaplayarak.

"Şimdi Avrupa Birliği'ne gireceğiz ya, şu 3 Ekim müzakereleri falan diyorlar hani... Yok almazlar bizi beyefendi ya! Cık! Kattiyyen! Yani siz mutlaka daha derinini bilirsiniz bu işlerin tabii, ama girersek bir gün AB'ye ertesi gün yeniden atarlar dışarı bizi bu 70 milyon nüfusla, bu 'adam sende' cilikle, bu hilecilikle yani... Bak şu İstanbul'a beyefendi, her aile yedi-sekiz çocuğuyla gelip, bebecikleri mendil satmaya sokaklara salıyor, insafsız, şerefsizler ! Mutlaka evlatlarınız vardır, Allah bağışlasın cümlemizinkiylen- o '*sippé kera*'lar* olmasa hayat çekilir mi?- ama insan nasıl kıyar yavrusunu İstanbul gibi bir canavarın karanlık sokaklarına salmaya? Ahh, ah sen bu İstanbul'un karanlıktaki korkunç yüzünü biz şoför milletine soracaksın beyefendi! Asıl geceleri o karanlık arka sokaklarda uyuşturucu peşine düşürülmüş gençler, kapkaç çetelerine satılmış zavallı çocuklar, affedersin her cinsiyetten orospular, evsizler, sarhoşlar, hiç çıkışı, tek umudu kalmamış tükenmişlerin hikâyeleridir kahpe İstanbul aslında... Var ya, biraz elim kalem tutsa, bir yazsam bunları bak, buraya yazıyorum: en çok satan kitap olur mu olmaz mı ha!"

Dikiz aynasından şimdi işaret ve başparmağı arasındaki dudaklarını büzmüş olan ehemmiyetli müşterisinin kendisini dinleyip dinlemediğini anlamak için

---

* Eşek Sıpası. (Kürtçe)

bakan Hamo, onun sessizliğini olumlu algılayarak devam etti.

"Ah Beyefendi, o plazalarda, lüks gökdelenlerde oturup İstanbul ekleri hazırlayan gazeteciler yar ya, biri gelip de bir gece bir taksiciylen İstanbul'u gezse bak nasıl değişir bu şehre bakışları, sonra gazetelere bastıkları fotoğraflar, falan... aklın şaşar valla! İstanbul öyle beş-altı lokanta, on gece kulübü, yirmi-otuz sarışın kadın, elli tane zengin adamdan ibaret değil. Olur mu hiç yaaa! İstanbul'u görebilmek yürek ister beyefendi, kocaman, sağlam yürek ister! Öyle 'dünyanın en müthiş metropolü, Avrupa'nın en güzel şehri' diye atmak var ya, bak karanlıktaki kalleş yüzünü görsünler Laleli'nin, Tarlabaşı'nın, Beyoğlu'nun, Eminönü'nün, Bakırköy'ün arka sokaklarına, gitsinler sabaha karşı Maçka Parkı'na, Gezi Parkı'na, Belgrad Ormanları'na, Avcılar kıyısına, Bağcılar Piknik Alanı, Kurt Kemeri'ne, Fatih Ormanı'na, karşıda mesela gitsinler Kaymakdonduran'a, Hacet Deresi'ne, Avcıkoru'ya bakalım. Ha? Karanlıktaki arka sokakları tanımadan İstanbul'un kremasıyla olmaz bu işler, sonra gülerler adama icabında, di mi beyefendi?"

O sırada nihayet soldan gelen bir arabayı neredeyse yalayarak yola çıkan taksi yoğun trafikte yavaş da olsa havalimanından çıkıp otoyola doğru yöneldi. Şimdi rahatlayan Hamo, kendi İstanbul'unun sesli resmini çizmeyi sürdürüyordu;

"Hâlâ İstanbul'un taşı toprağı altın sanıyor garibban millet, topluyor çoluğu çocuğu, göçüp duruyor buraya. Tamam köyleri yakıldı, kimliği bilinmeyen şahıslarca öldürüldüler, bir yandan teröristler, bir yandan devlet bunları hor gördü, iki arada sıkıştılar, çocuğuna okul, başına dam, kendine iş kalmadı ama... Ama tıpkı motorlu araçlar gibi bu İstanbul'un da bir taşıma haddi var di mi beyefendi icabında? Nasıl her aracın taşıma kapasitesi aşılınca araç çökerse, İstanbul'un altyapısı da çöktü işte! Misal bizim memleketten her sıkışan atlayıp geliyor; 'bana bir iş, şoförlük falan Hamo Ağbi' diye takılıyor. Olur mu be? Şu kahpe İstanbul'da her 10 kişiden birini taşıyan taksilerin şoförü olmak öyle kolay mı be? Şimdi bunlara sadece İstanbul trafiğinde her gün 17 bin 600 taksinin seyir halinde olduğunu ve 24 saatte ortalama bir buçuk milyon yolcu taşındığını anlatsan anlamaz, -af buyur- öyle sığıra bakar gibi bakarlar, cık cık cık!"

Onu dinlemeyen Mehmet Emin Entek, dinleseydi bile akranı, ayarı olmayan kimseyle gereksinmesi dışında konuşmaz, asla tartışmazdı. O kendi için 'değmeyecek' hiçbir konuda enerji ve zaman harcamaz, kılını kıpırdatmazdı; onun zamanı değerliydi! Ama Hamo bunu bilmiyordu. Hamo'nun bildiği 10 yıl önce Türkiye'de bu konuşmaları yapamayacağı, bugün bile dikkatli olması gerektiğiydi. O yine de son yıllarda göreceli olarak artan konuşma ve düşünme özgürlüğünün tadını çıkartmaya kendi çapında bayılıyordu.

"Sen -10 milyarlık oldu- plakayı kiralayıp ödeyebileceğini düşünerek taksiciliğe atlayan bu saftiriklere nasıl anlatırsın her yıl 2 milyon turistin geldiği bu cennet mekân İstanbul'da taksicilik yapmanın dünyanın en belalı işi olduğunu beyefendi? Parayı veren düdüğü çalacağını sanıyor bu İstanbul'da zaten, tövbe tövbe... Bak, can güvenliği bakımından polislere en yakın olan meslek taksi şoförlüğü desem inanır mısın bana? Son 10 yılda 78 taksici öldürüldü beyefendi! Çoğu gaspçı şerefsizler iki kuruş para için taksicilere kıyıyor, yakalansa salıveriliyorlar; bizim kanunlar çok berbat, çook..."

"Ya Belgin zor durumdaysa, ya zaten babasının tabutuyla indiği Yeşilköy Havaalanı'nda daima huzursuz olan Belgin şimdi içeride klostrofobi krizine girdiyse, ya Belgin'in migreni tuttuysa...Yapayalnızsa... Belgin yapayalnızsa, çaresizse..." diye endişeyle nefesini tuttu Mehmet Emin Entek. Doğrusu onu asıl endişelendiren, yıllardır umursamaz gibi davrandığı ama aslında hayatının temel referansı olan eski karısı Belgin Gümüş'ü kaybetmekten korktuğunu hâlâ kendine itiraf edemeyişiydi.

"Aslında bak bizim İstanbul'da 2 bin taksi durağı var ya, bunlar 24 saat çalışan mahalle karakolları gibi halka hizmet veriyor bir yandan da ha! Bak kimse bunu düşünmez ama polisten sonra halkın en güvendiği yer taksi duraklarıdır beyefendi. Şu AB ayağına bir de taksilerin durumunu iyileştirseler, şöyle İstanbul'a yakışan, temiz, bakımlı, klimalı araçlara kavuşsa bu cennet mekân, di mi yani?" diyerek son model Hyundai taksisinin direksiyonunu okşadı gururla.

"Bu bizim ekmek teknemiz, kaç kişi geçiniriz biz bunlan, hiç tahmin edemezsin beyefendi. İşten, dişten arttırdık, taksit taksit ödüyoruz yavaş yavaş... Bak ötekileri bilmem ama ben koltuk ceplerine dergi, gazete koydum, AB'ye girdim kendimce, Taksiciler Birliği'nden madalya beklemiyorum tabii hah hah ha!"

"Ya Belgin havalimanında yapayalnızsa..."

"Senin de başını ağrıttım ama beyefendi, Türkiye eğitimsizlik, gasp ve rant çıkmazından kurtulmadan biz taksiciler de kurtulmayız bence..."

Şimdi biraz ferahlamış görünen Hamo Türk, tam arka koltukta hiç konuşmadan oturan yolcuya nereye gideceklerini soracak ve ondan da Nişantaşı yanıtını alacaktı ki, arkalarında kalan dış hatlar terminalinden gelen büyük bir gürültüyle sarsıldılar.

"Allaaah! *Bi qîr besilmeta te kirî!** diye haykırdı Hamo Türk sertçe frene basarak. Sonra ani bir refleksle hemen toparlandı taksiyi öndeki araca çarpmaktan kurtarıp yavaşca sağ şeride kaymaya çalıştı.

"Bomba mıydı?" diye endişeli bir sesle soran müşterisinin ilk kez konuştuğunu o zaman duydu.

"Bilmem ki Beyefendi. İnşallah değildir ! Vay şerefsizler be! Yazık bu İstanbul'a yazık bu insanlara, yazıktır bize şerefsiz hainler be!" diye sayıklar gibi konuştu Hamo. O külyutmaz, sert havasına, kabadayı ses tonuna büyük bir zıtlıkla yakışan derin bir keder içindeydi ve eğer dikkatle bakılsa ela gözlerinin dolduğu görülürdü. "Allah kahretsin sizi şerefsiz teröristler be!" diye söylenmeye devam etti. "Bak şimdi eğer bunu Hizbullah, mizbullah yapmış olsun ama göreceksin herkes PKK yaptı diyecek, yazıyorum şu-

---

* Allah kahretsin! (Kürtçe)

raya, bak dediğim çıkacak beyefendi. Ben şahsen Kürt'üm, Kürtlüğümden de anadilimden de hiç utanmam, ne olacak, hepimiz birer ana evladı olarak doğmuşuz sonunda ama bak, memleketin selameti söz konusu olunca ne Kürt'ü kalır ne Laz'ı, ne Alevi'si ne Sünni'si... Benim dedem Sakarya'da şehit düştü bu topraklar için. Burası hepimizin vatanı! Valla bakmam kimsenin gözünün yaşına, hem başka İstanbul yok beyefendi!" dedi Hamo ama arkasından sık sık '*Kürttür ama iyi insandır!*' diye fısıldaşan bazı meslektaşlarının kendisini nasıl incittiklerini düşünerek, içlendi.

Hamo'yu başından beri dinlemeyen Mehmet Emin Entek, kendisini de şaşırtacak bir tutkuyla artık havalimanında olduğuna inandığı Belgin'in bu patlama sırasında başına ne gelmiş olabileceğinin derdine düşmüştü. Ya bomba yanı başında patladıysa ve Allah esirgesin kolu ya da bacağı koptuysa? Ya korku içinde yapayalnız ağlıyorsa? Ya Belgin?...

"Bana kızan, asimile Kürt diyen arkadaşlar var, Kürtlüğünü kaybetmiş yani, bak bak bak, aklınca taciz edecek! Hiç takılmam, takmam. Benim dedeme çekmişim, kafama yatmayan şeyi kesseler kabul etmem. Ama herkesin hakkını da vereceksin. Misal, Kürtlerin yoğun olduğu bölgeyi kalkındırmak şart beyefendi. Eğer devlet vatandaşını iter kakarsa o vatandaş devletinden soğur, çalışma hevesi azalır, anlıyorsun di mi?"

Hayır anlamıyordu. Mehmet Emin Entek onu dinlemiyordu ki...

"Fakaaat... eğer şimdi havalimanında patlayan bombaysa ve eğer tek ama tek bir Allah'ın kulu yaralanırsa, can çekişirse benim canım yanar be!" derken gözleri yeniden doldu Hamo'nun, başını sol cama çevirip burnunu çekti.

"Masum bir insanın, belki ailesinin yıllarca emeğiyle okumuş, belki doktor, bilim adamı, ne bileyim belki profesör falan, onun ölümü bütün insanlara ziyandır, ziyan be şerefsizler!"

Hamo'nun ağzından dökülen bu dramatik sözler arasında iki tanesi yükseldi, havalandı ve yıldırım olarak Mehmet Emin Entek'in başına düştü: 'ölen bir profesör'!

"Bak şimdi beyefendi" diye devam etti Hamo, bütün dikkatiyle yan ve dikiz aynaları kontrol ederek, yoğun trafikte diğer arabalar gibi yavaş yavaş ilerlerken, "Dışardan yabancı turist, 'burada Müslüman terörü var' diye ayağını kesecek, içerde de Kürt-Türk düşmanlığını kaşımaktan rantı olanlar şahlanıp coşacak. Allah belalarını versin be! Olan gariban halka, yine bize olacak!" diye yumruk yaptığı elini sertçe direksiyona vurdu Hamo. "Her Kürt'ü terörist diye damgalayana kadar uğraşacak bu şerefsizler!" Küfür etmemek için dudaklarını ısırıp hırsını arabasının direksiyonundan çıkartırken dikiz aynasından elindeki cep telefonunu tuşlayan kalantor müşterisini gördü. Mehmet Emin Entek, dünya tarihi boyunca her kriz, savaş ve depremden belki ufak tefek yaralarla ama sağlam kurtulan bir kitleye dahildi, taksi şoförü Hamo Türk aslında başından beri kendi kendine konuştuğunu anladı. Biliyordu, anlıyordu ama işte o da taksi şoförlerinin çoğu gibi dünyanın en rutin ve dertli işinde, sıkıntıdan kurtulmak için konuşuyor, kendini eğlendirmek istiyordu. Arada sohbeti hoş, bilgili, ilginç müşteriler çıktığında da gerçek diyaloglar kuruluyordu. Arada, bazen, zaman zaman...

Havalimanında ölen veya yararlanan olup olmadığını, dolayısıyla Belgin'le ilgili bir haber edinmek için cep telefonundan özel şoförüne ulaşmaya çalışan Mehmet Emin Entek; "Buna inanamıyorum; telefon 'network'ünü hâlâ onaramamış beceriksizler!" diye söylendi. Hâlâ sevgilisi ve maaşlı 'personal' asistanı Tijen Derya'yı aramak aklına gelmemişti.

Taksisini yoğun trafikte 20-30 km.lik hızla sürmek zorunda kalan Hamo, radyoyu açıp haber istasyonlarını hızla tarayarak, bir şeyler öğrenmeye çalıştı, ama istasyonlarda doğal müzik akışı içinde cıstak cıstak ya da avaz avaz müzikten başka bir şey bulamadı. "Tuhaf..." diye söylendi; "Koskoca İstanbul'un koskoca Atatürk Havalimanı'nda bomba patlayacak da haber ajansları bunu es geçecek?"

O sırada tam arkalarından en tiz sirenini çalarak kendisine yol açmaya çalışan bir ambulansın yaklaştığını fark ettiler. Bu, taksiye bindiklerinden beri patlamayla birlikte duyup ilgilendikleri tek ortak konuydu.

"Vayy vayy ki vay!!!" diye inleyerek taksisini sağ şeride doğru çekip, çığlık çığlık hastaneye yetişmeye çalışan ambulansa yol verdi Hamo, "Yaralıları topluyorlar beyefendi, vay vay vayyy! Vay İstanbul'um, *Ax*

*Stenbola delal!** daha başına neler gelecek senin cennetmekân be!"

Ambulans flaşör ışıklarını yakarak arkalarında belirdiğinde trafikte ona yol vermeye çalışan arabaların içinde oturan insanların çoğu üzüntüyle gözlerini ona çevirdiler, içindeki yaralı(lar) için endişelendiler ya da dua okudular.

"Şimdi bu ambulansta can çekişen garibin ne suçu var ha? O talihsizi sevenler, ailesi, varsa çocukları ne yapacak? Neye yarayacak, neyi değiştirecek onun ölmesi be şerefsizler!" diye dişlerini sıkarak konuştu Hamo. Taksi şoförünün ambulansın içinde kimin olduğunu neredeyse biliyormuş gibi konuştuğu hissine kapılan Mehmet Emin Entek'in gözünün önüne kanlar içinde yatan Belgin'in hayali geldi. Kanlar içinde sedyede yatarken bile onu Gina-Belgin Doruk kesimi saçları, yalan söylemeden yaşamayı göze almış insanların güzelliğindeki duru cildi, dürüst bakan gözleri, bir virgül gibi yüzünün ortasında duran minik, kalkık burnu, iri çocuk dudakları ve insanın başını döndürecek kadar seksi özgüveniyle düşündü. On üç yıldır görmese de öyle hayal etti Belgin'i. O şimdi bir zamanlar kendisini sevmiş, önemsemiş ve güvenmiş bu özel kadının yanlarından geçmekte olan ambulansta can çekiştiğini düşünerek, daha önce hayal edemeyeceği kadar derin bir acıyla sarsılıyordu. Hiç beklemediği ve önceden asla tahmin edemeyeceği derin bir endişeyle Belgin'siz bir dünyada sonsuza kadar yapa-

---

* Ah Güzel İstanbul! (Kürtçe)

yalnız kalacağını fark ediyordu. Yanında olmasa da aynı gökyüzü altında gündüzleri ve geceleri dünyanın bir yerinde bir zamanlar kendisini çıkarsız, karşılıksız sevmiş, değer vermiş ve ona güvenmiş tek insan: eski karısı Belgin Gümüş ölüyordu.

"Bak beyefendi; sen okumuş, yazmış birine benziyorsun, bazı şeyleri bizden daha iyi bilmen gerekir ya, şimdi söyle bakalım; neden insanlık bu en ileri teknoloji çağında en fazla masum sivilleri ve çocukları öldürüyor? Neden 21. yüzyıl, insanlık tarihimizin en vahşi çağı olarak başladı sence? Büyük ve güçlü devletler, en demokratik ve uygar toplumları yönetmekle övünürken neden yoksulluk içinde diktatörlerin ezdiği halkları bombalıyor veya yok oluşlarını seyrediyorlar? Sen mesela Beyefendi, sen en son ne zaman Filistinli çocuklar, Afrikalı AIDS'liler, İstanbullu sokak çocukları, tinerciler için bir şeyler yaptın? Ne zaman bu Kürt terörü meselesinin barışçıl yollardan çözümü olabileceğini düşündün? Haydi bunlara vaktin olmadı, sana güvenen ve seven gencecik Belgin Gümüş'ün daha önce ve sonra başka kadınlarda rastlamadığın özgüvenini kırabilmek için onu neden defalarca aldatıp hırpaladın da şimdi pişmanlık ve suçluluk içinde yanıyorsun? Neden yıllardır çocuğun yaşında kızları sistematik olarak baştan çıkartıp birkaç yıl sonra yeniden başka bir kızın özgüvenini söküp atıyorsun? Böyle nereye kadar gideceğini sanıyorsun? İşte Belgin de ölüyor, şimdi ne yapacaksın? Ha? Büyük dâhi, önemli işadamı Sayın Mehmet Emin Entek, şimdi ne yapacaksın?"

"Nasıl?" Kulaklarına inanamadan dehşet içinde duyduklarıyla sarsılan Mehmet Emin Entek, kulaklarının içi yanmaya, başı çatlayacak kadar ağrımaya başlayınca şoföre ağzının payını vermek için başını kaldırıp baktığında onun arabanın sol ön camından yandaki taksi şoförüyle konuşmakta olduğunu gördü ve aklını oynattığını düşünmeye başladı.

"Yok beyefendi, arkadaş da fazla bir şey bilmiyor. Haydi inşallah şu ambulans hastaneye vaktinde yetiştirir de yaralıyı kurtarırlar! İnsanın tanımadığı halde içi yanıyor, bir de şu sırada belki can çekişen zavallının ailesini, sevenlerini düşün sen bir de be!" diye açıkladı Hamo üzgün bir sesle artık kendisi uzaklaşan ama sireni cayır cayır yanan ambulansın arkasından.

"İnşallah!" diye fısıldadı Mehmet Emin Entek, aniden şiştiğini hissettiği bademciklerinin yutkunmasını zorlaştırdığını şaşkınlıkla hissederek. Kulaklarındaki yanma devam ediyor, başı da ağrıyordu. Kendini toparlaması gerektiğini biliyor, hayatta en iyi yaptığı şey olan 'her beladan ustalıkla sıyırtma' tekniklerini düşünüyor ama yetişkin hayatında belki de ilk kez kılını bile kıpırdatmak gelmiyordu içinden. Daima başaran, kazanan ve bilen biri olmakla açıkça övünen, gerektiği yerde gerekeni yapmaktan asla çekinmemekle gururlanan Mehmet Emin Entek, havalimanı taksi durağı şoförü Hamo Türk'ün sarı İstanbul taksisinde kendini hiç sevmediği ve alışık olmadığı bir dağınık, kontrolsüz ruh halinde seyrediyordu. Tam o sırada ilerideki ambulansın sireni kesildi ve Hamo üzüntüyle yumruğunu direksiyona vurdu:

"Vay şerefsiz katiller, vay insanlık dışı mahluklar, Allah belanızı versin!" diye söylendi, sonra Mehmet Emin Entek'e dikiz aynasından baktı ve çok üzgün bir sesle:

"Sireni kapattıklarına göre ambulanstaki yaralı bizlere ömür beyefendi!" dedi. "Allah sevenlerine sabır versin!"

Önce eliyle ağzından fırlayan hıçkırığı tutmaya çalışarak donup kalan Mehmet Emin Entek artık dayanamadı ve katıla katıla ağlamaya başladı. Hayatta hiçbir şey için tek bir damla göz yaşı dökmemiş olmakla övünen Mehmet Emin Entek, Hamo'nun şaşkın bakışları altında bir ticari arabanın arka koltuğunda daha önce asla tahmin ve affedemeyeceği bir içtenlikle ve kimseyi umursatmayacak kadar derin bir acıyla kendini kaybetmişçesine ağlıyordu. Ağlıyordu. Çok ağlıyordu.

Onu nasıl ve ne için teselli edeceğine karar veremeyen taksi şoförü arabasını sağ şeride çekip ikinci viteste yavaş yavaş ilerlerken şaşkın mırıldandı: "Tövbe tövbe, bugün de bütün tuhaflar beni buldu ya! Öğlede arabaya binip, sonra geri dönen o Adanalı adamdan sonra şimdi de bu! Haydi hayırlısı Hamo, haydi hayırlısı!.."

33
GECELERİ YARASA, GÜNDÜZÜN MARTISIN SEN İSTANBUL

“Ona karşı şuurlu bir vicdansızlık etmeyeceğine söz ver!” demişti Kete. Aynen böyle demişti Ayhan’a. ‘Şuurlu vicdansızlık etmeyeceğine söz ver!’

Ayhan’ın Ortaköy’deki atölye evine yolda çamurlanan kırmızı ayakkabılarıyla, ‘oğlan evine görücü’ misali gelip kendi elleriyle yaptığı taze keteleri, kendi denetiminde demlettiği çaya katık edip birbirlerini tanımaya çalışırlarken böyle demişti Kete. Bir heykel atölyesinin dağınık, tozlu, kirli olduğunu, heykel çalışanların da insan içine çıkmadan önce iki elleri kanda olsa bile mutlaka duş yaptıklarını bilmeyen Kete, Ayhan’ın kendini ve oturacak kadar bir alanı çabucak temizlenmesini yine görücü kayınvalide edasıyla izlemişti. Kışın bahara bir türlü geçit vermediği ıslak, gri, soğuk ve çamurlu bir İstanbul öğle sonrasında, sanki yıllardır birbirlerini severmiş, sanki birbirlerine en yakınları kadar güvenmeye heves edermiş, sevgisi ömür boyu garantili, dolaysız, bal kaymak ana oğul muhabbetine gırtlaklarına kadar batmaya büyük özlem duyarlarmış gibi, sanki dünyanın en büyük ikramiyesi olan sahici dostluğa utangaçça birbirlerini buyur ederlerken; öyle güzel bir masal anında birden; pat diye: "Söz ver Ayhan oğlum, kuzucuğuma şuurlu bir vicdansızlık etmeyeceğine, söz ver ki, yüreğim kuş gibi çırpınmasın gece gündüz korku içinde!" demişti Kete. "Bak gönül bu, insanlık halidir; ne zengin fakir, ne güzel çirkin ayrımı yapar. Hepimizin gönlü yasağa, günaha meyyaldir, kayabilir, bunu anlarım... Ama bilerek isteyerek kötülük, planlayarak hile yapmak fenalıktır, habasettir; bunu ne anlarım ne de kabul ederim! Belgin benim kızım sayılır, çok kıymetli büyüklerimin emanetidir bana ve ben de her ana gibi çocuğumu korumak isterim Ayhan oğlum!" Sesinde biraz tehdit, biraz yalvarış, galiba heyecan vardı. Sesi sahiciydi.

"Şuurlu vicdansızlık; yani bilinçli vicdansızlık ha!" diye düşünmüştü Ayhan, keyifle içinde yüzdüğü rüyadan uyanıp tozlu atölyesine geri dönerken etine iğne batmış gibi irkilerek. "Vay be! Çok ağır bir kavram bu ya!" diye söylendi. Ancak onu asıl irkilten hem taşıması hem de düşünmesi ağır bu kavramın orta yaşlı, orta halli, iddiasız görünümlü, kır saçlı, -Belgin anlatırken hatırladığı kadarıyla- ilkokul mezunu, uzmanlık alanı ev işleri ve çocuk bakımı olan Kete tarafından rahatlıkla kullanılmasıydı. Annelik deyince aklına sevgisi, sabrı ve fedakârlığı engin ve güçlü ama entelektüel birikimi, soyut kavrayışı ve teknik donanımı zayıf kadın karakterler gelen Ayhan'ın kafasındaki kadın kalıpları ve çapları İstanbul'a geldiğinden beri yıkılmış, allak bullak olmuştu. Yıllar önce henüz güzel sanatlardan yeni mezun bir delikanlıyken kızı Berfin'i doğurduğu için apar topar evlendiği sınıf arkadaşı karısına karşı da benzer bir duygusal karmaşa yaşamış; kendini iyi yetiştirmiş bir erkek olduğunu sanırken, gencecik bir kız olan karısından artık yalnızca 'ana' olmasını beklediğini hayretle fark etmişti. Kentli, meslek sahibi, yetenekli genç kuşaktan bir kadının doğum yaptıktan sonra artık dünyadan elini eteğini çekmiş, kendini yalnızca çocuğuna adayan bir kadın olmayı kabul edemeyeceği gerçeğini o ilkgençlik yıllarında kavramakta zorlanmıştı. Nasıl olurdu; kutsal analık duygusu bir kadına yetmiyor muydu yani? Kadınlar annelikten sonra yine eski duygusal, cinsel ihtiyaçlarına ve hırslarına sahip olabiliyorlar mıydı yani? Bunda bir tuhaflık yok muydu? Ancak şimdi kırkına merdiven dayamış bir adamdı, acıyı ve yenilgiyi tatmış, kendisinin de fâni olduğunu kavramıştı. Bütün bunların yükü ve hafifliğinde şimdi kadınlar konusunda onu rahatlatan tek dişi Belgin'di. Çünkü kafasında Belgin'i yerleştirdiği yer tabularının, önyargı ve kör inançlarının ulaşamayacağı bir yükseklikteydi ve bu irtifa farkı onu koruyordu. Kendisiyle henüz yüzleşmese de Ayhan kafasında kurduğu senaryoyla daha baştan kendi savunma ve saldırma mekânizmalarını köreltmeye çalışıyor, Belgin'i tanıdığı diğer kadın tiplerinden ayırarak olası tökezlemelerini önlüyordu. Bu yöntem şimdilik mükemmel işliyordu ama gelecekte ne gibi sakıncalar doğuracağını bilmiyordu. Bilmiyordu, ah hiç bilmiyordu! Şimdilik Belgin'le ilgili pek çok konuyu çözümlemiş, kafasında belli yerlere yerleştirmişti hiç değilse ama Kete ne olacaktı? Kete, Gümüş ailesine sonradan katılmış, kimsesiz bir çocuktu ve geçmişinde sağlam bir eğitim ve soyut düşünme geleneği yoktu. Halbuki Ayhan sonradan iyi eğitim alma, büyük hocalarla çalışma ve bir erkeğin hareket özgürlüğüne sahip olabilmişti. Ancak Ayhan hâlâ belli kalıplara bağlı ve dar alanda düşündüğünü daha sonra Kete'yi tanıdıkça anlayacaktı. Kete içinde düşünsel ve sanatsal hareketlerin 'gündelik şeyler' olarak yaşandığı bir evde tamamen eşit bir katılımcı olarak büyümüş zeki, hayata karşı meraklı bir kadındı ve kendini yetiştirmeye hâlâ devam eden modern bir bireydi. Onu özel ve saygın kılan da pişirdiği nefis keteler, terk edilişi, çektiği acılar değil, bunlara rağmen kendi gibi kalarak kendini yeniden yaratabilme cesareti ve gücüydü.

O güzel tanışma akşamında Ayhan, Kete'yi kapıya kadar geçirdi, sarılıp yanaklarından sonra izin alarak ellerinden öptü, yolcu etti, onun yüzüne yaydığı çok mutlu: 'anası tarafından şımartılmış oğul gülümsemesi'nin keyfini uzun uzun çıkarttı, bu zamanı uzatmaya özen göstererek döndü, koltuğa uzandı, yüzündeki şımarık gülümsemeyi koruyarak, anasının ölümünden beri bir daha hissetmediği 'sırtına güneş vurmuş kedi mutluluğunu' yaşayarak bir süre öyle kaldı. Çok mutlu kaldı. Orada bir süre 'anasına kavuşmuş öksüz rüyası'na kilitledi kendini Ayhan. 'Ben buna şans derim oğlum Ayhan!' diye düşündü. 'İstanbul gibi bir kadına âşıksın, o da seni seviyor, üstüne ikramiye olarak da kadının Kete'si öz anan gibi kokuyor ulan!" diye yeniden gülümsedi. Ama çalışması, elindeki 'iş'i sergiye yetiştirmesi gerekiyordu. Kalktı, önlüğünü ve maskesini taktı, ince keskiyi eline aldı, 'uzayda insan' konulu karma sergi için hazırladığı 'Eller' çalışmasına kaldığı yerden devam etti. Bu, bir kadınla bir erkek elinin avuçlarıyla yarattığı kürenin üzerine dünya haritası gibi görünen ama dikkatle bakınca gezegenlerin işlenmiş olduğu çapı 75 cm.lik bir mermer heykeldi. Ayhan'ın ellere olan özel tutkusu Rodin'le başlamış, Abidin Dino ve Metin Altıok desenleriyle derinleşmişti ancak onun el saplantısının kökeninde anasının tarlada ve evde çalışmaktan kalınlaşmış, nasırlı, kaba, iri ellerinin kendisini okşarken yaydığı sihir ve hüzün vardı. Heykelinin kadın eli figürünün parmaklarını rendelerken birden durdu. Midesine bıçak saplanmış gibi acıyla kasıldı.

"Bilinçli vicdansızlık mı? Ulan tam olarak ne demektir bu be? Eğer bilinçli vicdansızlar sapık ve faşist tiplerse, Kete bunu bana neden söyledi?" diye sordu kendine. "Hem bir solcu, doğası gereği bilinçli vicdansızlık yapamaz ki ulan!" Ama daha bu cümlesi tamamlanmamıştı ki; demokrat geçinen pek çok insanın Çingenelere, travestilere, tinerci çocuklara karşı ilgisizliği veya 'hakediyorlar ama!' tavrının bal gibi şuurlu vicdansızlık olduğu asit gibi aktı içine. Sonra,

Varlık Vergisi'nin gayrımüslim komşusunun iflas etmesi için konduğunu bilmezden gelmek, toplama kampına yollanan Yahudi komşusunun ölüme gönderildiğini farkında değilmiş gibi davranmak da şuurlu vicdansızlık değilse neydi? Peki şimdi nükleer silah yalanıyla Irak'a giren ordunun katliamını Ortadoğu'ya demokrasi götürmek amaçlı olduğuna inanıyormuş gibi yapanlar? Yok, çok fena, fena ötesi bir şuur kaymasıydı 'bilinçli vicdansızlık! İğrençti, adiceydi, sefillikti ve elbette bir gün mutlaka bir şekilde ortaya çıkacak bir büyük suçluluk dramına neden oluyor, yapanın yanına kâr kalmıyordu. "Yapanın yanına kâr kalır mı böyle bile bile birilerini üzmek ya da acılarına seyirci kalmak ulan?" diye homurdandı ama o anda kızı Berfin'in annesi geldi, içini yırtarak düştü aklına. Hani ikisi de daha üniversite öğrencisiyken, hani o Güzel Sanatlar resim bölümünün en güzel kızıyken önce sevgilisi, sonra kızı Berfin'in annesi olan çakır gözlü genç kız geldi aklına. Hani o dillere destan aşklarının dişi yarısı, hani birbirlerini nasıl çok sevdikleri, yokluk ve yoksullukla nasıl beraber savaştıkları, hani başlarına gelen her belayı ve aksiliği nasıl gülerek, aşkla ve gençlikle göğüsledikleri narin kız... Hani her şeyin eğlence, heyecan ve seks çağrıştırdığı o müthiş yirmili yaşların ilk yarısı... Hani her çağrışımın dünyayı sarsacak bir projeye, umuda ve aşka yöneldiği, sık sık sevişildiği, hani hiç durmadan, gece gündüz, sabah akşam, öğün aralarında ve her yerde sevişildiği zamanlar, o zamanlar, zamanlar, zamanlar... Hani o ucuz, berbat bodrum katındaki rutubetli, pis, küçücük dairede mutlu olunabildiği yıllar... Sonra ne olmuştu? Hiç ayrılamazken, birbirlerini aynı gün içinde defalarca özlerlerken, birdenbire mi birbirlerine tahammül edemez olmuşlardı? Tanıştıktan dört, evlendikten iki yıl sonra şiddetli geçimsizlikten kolaycacık mı boşanmışlardı? Değil yüz yüze, telefonda kendi biricik Berfin'leri hakkında konuşurken bile kavga ettikleri, birbirlerinin sesini duyunca gerilen, içleri kalkan, öfkelenen, tahammülsüz bir çift insana dönüşme süreci ve bu sürecin inanılmaz acısı nasıl oluştu? Nerden nereye çöküşleri, hayallerinin iflas edişi, birbirlerinden soğumaları, çok soğumaları ve bu sırada çok acı çekişleri...'Boktan bir evliliği sürdürmenin' tiksindiriciliğinden kurtulmak için 'kaçınılmaz ayrılığın' yaklaşan dondurucu rüzgârında kaskatı kalmanın iğrençliği! Bir çıkmazdan kurtulurken öbürüne hapsolmak! Olay buydu! Öyleydi, kabul etse de etmese de ayrılık öyle bir şeydi! Hiçbir kopuş, bitiş, ayrılık insanı daha özgürleştirmiyordu! Yalandı o sloganlar, o grafitiler, romanlar ve filmler! Her ayrılıktan sonra daha ağırlaşıyor, daha yavaşlıyor, daha yoruluyordu insan be!

Ve sonunda ne oldu? Minnacık Berfin annesiyle beraber Ankara'ya anneannesi ve dedesinin yanına taşınmaya mecbur kaldı. Ve onlarca mış'lar, miş'ler, ler, ler, ler... Ayhan'ın küçük bir çocuğun babasından ayrı yaşamak zorunda kalışına engel olmayışı, olamayışı, hatta bu ayrılıktan ötürü içten içe -gizlemeye çalıştığı- bir huzur duyması... Onlar evden gidince suçlulukla karışık olsa da artık nefes almaya başlaması. Öte yandan kızına duyduğu özlemle yanıp kavruluşu... Çok özlemesine karşın çocuğunu görmeye Ankara'ya gidecek vakit bulamayışı: Allah'ın cezası vakit bulamayışı! Berfin'in annesi, eski aşkı, eski biriciğinin de kızlarını İstanbul'a getirecek vakti olmaması... Birbirleriyle kendi çocukları üzerinden hâlâ güçler ve güller savaşına devam etmeleri... Bunun yerine Berfin'in Ayhan'ı görmek için bir hostese emanet edilip tek başına uçağa bindirilmesi. O kadar uçak sapasağlamken bir tek o uçağın düşmesi... Berfin'in uçağının düşmesi! Berfin'in ölmesi! Berfin'in annesinin aklının bir kısmını o günden sonra tamamen yitirmesi, bir daha iyileşememesi! Mesi, mesi, mesi... O kadar. Berfin öldü. Ölürken tek başınaydı! Yedi yaşındaydı!

"Özgür kalmak, tek başına yaşamak, sorumluluk almadan yeni ufuklara açılmak istiyordun Ayhan! Tavlamak için peşinden koştuğun, elde edebilmek için her türlü şaklabanlığa başvurduğun okulun en güzel kızına sahip olunca bıktığın, çocuğun doğunca 'ne halt ettim?' paniğine kapıldığın ve ardından da her şeyi bombok ettiğin o hikâye senin hayatının bir parçası, çok önemli bir parçası oldu ve daima öyle kalacak aslanım! Bir zamanlar herkesin gıptayla baktığı minicik bir aile; dünya güzeli, yetenekli, sana âşık bir kız, sağlıklı cin gibi bir bebe! Ama sen ne yaptın Ayhan? Salak, hayvan, kıro Ayhan! Boğuldun! Bir kaşık suda boğuldun! Dayanıksız, korkak, sefil çıktın Ayhan! 'Evli ve çocuklu bir erkek' olmaktan korktun, bunun için çok genç olduğunu düşünüp kendi kurduğun düzenin teröristi oldun! Devamlı surat astın, senin aşkından pervane o güzel kıza sırtını döndün, onu görmezden geldin, ilgilenmedin, ortada bıraktın, elini sürmedin, sevişmedin, konuşmadın, dinlemedin, gülmedin... Aynı evin içinde terk ettin onu! Mutsuz olduğunu sık sık ifade ettin, seni mutlu etmesine izin vermedin, izin vermekten, beraber mutlu olmaktan korktun ve senden soğuması, seni terk etmesi için elinden gelen her şeyi yaptın! Aşka inanan gencecik bir kızın hayallerini ve umutlarını bile bile, isteyerek yıktın ulan Ayhan! Üstelik kızın kendisine değil, temsil ettiği rolün sana gardiyanlık yaptığına inanarak kırdın onu! Ona değil, evliliğe kızıyordun! Âşık olmadığın halde bir başka kızdan -hem de güya- dürüstlük adına söz edip, karının kalbinin üstüne bastın, çıtır çıtır kırdın lan sen onun kalbini Allahsız! Çünkü yeniden özgür kalmak, yeni aşklar, yeni seyahatler, projeler ve bambaşka yollar dolaşmak için karın ve kızından kurtulman gerekiyordu. Onlar kendi başlarının çaresine bakarlardı nasılsa; eğer seni rahat bırakırlarsa senin yeni oyuncaklarla oynama şansın olacaktı; çünkü bıkmıştın eskisinden! Ben bunları bilerek, planlayarak mı yaptım essahtan ulan? Yaptım mı bu şerefsizliği ben böyle böyle böyle, yoksa bu kadar net bilincinde değil miydim bu hainliklerin? Nereye kadar masumdum, nereden itibaren sinsi bir haindim ben? Eğer bilerek yaptıysam ve bunun adına bilinçli vicdansızlık denmezse, o zaman daha neye denir Ayhan, neye ulan Ayhan? Hassiktir be! Allah belamı versin, etmişim işte! Nitekim Berfin'imi aldı, verdi belamı!"

Elindeki rendeyi yerdeki murçun yanına bıraktı,

ağzındaki toz maskesini çıkarttı. Yontmakta olduğu 'Eller' heykelinin kaidesinin yanına oturdu, sessizce ağlamaya başladı. Berfin'i hatırladığında daima yanan yüreğindeki yangın bu defa daha büyüktü. Yalnızca kendi ilk gençliğinde yaptığı yanlışların aslında bir çocukluk saçmalığı, usdışı beceriksizlik değil de bilinçli vicdansızlık olabileceğini kendine itiraf etmek kadar, en yakın dostları, kardeşleri ve sevgilileri tarafından kendisine karşı yapılmış bazı fenalıkların da yanlışlıkla değil, bile isteye hazırlandığını çıplak görmeye cesaret edişinden ötürü yüreği yanıyor, çok yanıyordu.

"Bilinçli vicdansızlık ha! Yaktın beni Kete Ana be, yaktın ki, ne yaktın ha! Bilmezden gelerek yaşayıp gitseydim ne olurdu be anam be!" diye burnunu çekti ve bir erkeğin ancak yalnızken ağlayacağı kadar derin ağladı Ayhan. Orada, heykel atölyesinde, tek başına, Berfin'i, onun annesini, Kete'yi ve Belgin'i düşünerek ağladı. Gelecekte her ikisinin de birbirlerini bilinçli bir vicdansızlık cinayetine kurban etme olasılığı olan Belgin'i düşünerek...

Hava iyice karardığında yerde tek başına otururken kendine geldi, yüzünde kurumuş gözyaşı ve sümükleri elinin tersiyle sildi, yerinden kalktı. Gidip yüzünü yıkadı, ışıkları yaktı, CD çalara bir Tolga Çandar albümü koydu, içinden çok sevdiği Ege türküsü 'iki keklik'i seçti ve çal tuşuna bastı.

"Ah İstanbul ah, ulan ne zalimsin be!" diye söylendi eline dişsiz skarpelayı alırken; "ille kurban ister, almadan da rahat bırakmazsın İstanbulluları be! Bir yarasa gibisin, geceleri arka sokaklarda yaşayan parlak, pırıl pırıl yanan simsiyah bir yarasa ama sabah olunca bir bakmışsın vapurlarla yarışan bembeyaz, masum, tertemiz bir martı ... Hangimiz senden daha bilinçli vicdansız olabiliriz ki İstanbul? Ah İstanbul ah!" diye içini çekti, gözlerini yumdu. Geçmiş ve gelecekle, şimdiki zaman arasında çok hızlı çağrışım sıçramaları yaşamak gibi büyük şans ve şanssızlıkla doğan insanların sık sık başına geldiği gibi Ayhan da dikkatini şimdiki zamana toplamakta zorlanırdı. Ama bu defa gerçek zamana daha çabuk döndü ve Atatürk Havalimanı dış hatlar terminali, gelen yolcu bekleme alanında yanında oturan Kete'ye:

"Demek Berfin'ime kardeş geliyor Kete ha?" diye sordu Ayhan. O şimdi anonsun yarattığı rahatsızlıkla önünden gruplar halinde acele acele ÇIKIŞ kapısına koşan insanları değil, pasaportun arka tarafında; hemen 200-300 metre ileride yeni, yeniden bir şans olarak bekleyen Belgin'i görüyor, Belgin'e bakıyordu. Ama o sırada büyük bir patlama oldu, çığlıklar ve inildler duyuldu. Ayhan da bunun bir bomba olduğunu sanarak korumak için Kete'nin üzerine kapandı, onu kucakladı; kollarıyla bedenini sardı, başını göğsüne bastırdı.

"Hassiktir ulan! Buraya da mı uzandınız şerefsiz teröristler be!" diye homurdandı dişlerinin arasından, yere tükürmemek için kendini çok zor tutuyordu.

34
LAVANTASIN, ERGUVANSIN, LALESİN SEN İSTANBUL!

"Sevişirken kulağıma adımı fısıldıyor!" diye düşündü aniden Belgin. Bu düşünce, yüzüne parlak bir gülümseme yaydı, içi ürperdi, kasıkları karıncalandı, içinden ılık bir şeyler aktı, çamaşırı ıslandı. "Ayhan sevişirken kulağıma adımı fısıldıyor!" diye düşündü yeniden. İnsanın ölümle yüzleşme anlarında daha önce düşünmeye cesaret edemediği veya düşünmeyi ertelediği şeylerin birden önüne döküldüğünü okumuştu bir yerde; belki bir romanda, bir şiirde belki de bir filmde duymuştu. Aşk ve ölüm hakkında aklımızda kalan sözler, sevdiklerimizden çok edebiyat ya da sinema sihirbazlarına ait düşünceler değil miydi zaten? O halde şimdi ölümle yüzleşme anında mıydı yani? Gerçekten ölüme bu kadar yakın mıydı Belgin? Ayhan'ın 'iyi aile terbiyesi' diye adlandırdığı, aslında mahremiyet ve müstehcenlik konularında muhafazakâr sayılacak bir seçkinlik anlayışıyla yetiştirilmiş olan Belgin, bu şartlar altında bile düşüncelerini okuyan birileri var mı diye çekingen bakışlarla çevresini kolaçan etti, utandı. "Baskı! Her sınıftan kadına cinsel hazza dair fantezilerin bile yasaklandığı hayatlar... Benimki zarafet, başkasınınki töre adına, benimki yakışıksız, ayıp, başkasınınki günah diye!" Kadına cinsel hazzı yasaklayanların bundan haz aldıklarını ilk kez düşünerek somurttu bu kez.

Polis memuru Üzeyir'in ortalık sakinleşene kadar bir yere kımıldamaması için içtenlikli bir endişeyle uyararak oturttuğu metal banklarından birinde bekleyen Belgin, sanki yüzyıldır içine hapsolduğu havalimandan salimen kurtulursa, eğer kurtulursa, öğrencilerine moleküler biyoloji ve genetik derslerinde bundan böyle kültürel genlerden de söz etmeye karar verdi. Biraz önce nereden geldiği anlaşılmayan o büyük bir gürültüyü duyduğunda o da pek çok yolcu gibi bunu patlayan bir bomba sanmış, Kete'nin veya Ayhan'ın, kendinin ve Lavanta bebeğin ölebileceğini düşünmüş, korkmuştu. Ölüm düşüncesi bu kadar yakınına varınca, öncelikle cinsellikle ilgili düşüncelerin hücumuna uğraması şaşırtıcı, tuhaf ve anlaşılmaz gelmişti ona.

"Kadınlar çiçeğe benzer, öyle zarif, narin ve güzeldir. Onlara iyi bakmak gerekir" derdi babası. O ne zaman bu cümleyi tekrarlasa ailesindeki farklı kuşaktan kadınlar bu mecazı gülümseyerek ve şükranla kabul eder, çiçek açmış gibi gülümserlerdi. Belgin o sırada henüz bir çocuk olsa da çiçeklerin sonuçta bitki, kabaca ot olduklarını farkındaydı ve bu otlara kimin bakması gerektiğine kimin karar verdiğini merak etmekten kendini alamazdı. "Elbette erkekler Belgincigim!" derdi babası, büyük olasılıkla büyüyünce çiçek açacak bir filiz olarak gördüğü biricik kızının saçlarını sevgiyle okşayıp iyi niyetle gülümserken.

"Bu İstanbul mesela, İstanbul erguvandır Belginciğim, tamamen erguvandır! Onu bir erguvan olarak anlatmak saatlerce sürecek kadar renkli, zengin ve zariftir. Çünkü şehirler kadına, kadınlar çiçeğe benzer ve özellikle bu muhteşem şehr-i İstanbul bir erguvan hanımefendi'dir," diye devam ederdi, baharda Boğaziçi'ni saran pespembe erguvanları hayal ederek.

Babaannesiyse İstanbul'un ancak laleyle özdeşleşebileceğini iddia eder, her defasında oğluyla kıyasıya çekişirdi: "Erguvan sokak çiçeğidir, oysa lale en asil ve en hakiki Türk çiçeğidir ve Osmanlı saray adabının mührü laledir oğlum! Tabii ki kadınlar çiçektir ama her çiçeğin kendi soyu sopu başkadır! Öyle soyu sopu karışık bir çiçek İstanbul'u temsil edebilir mi canım!"

"Ninesi mutlu bir kadın olarak ölmüş kaç kız tanıyorsunuz? Gençken çiçek kadar güzel, zarif ve narin olan babaanne, anneanneler arasında mutlu olarak göçüp gitmiş olanı? Ama öyle bir köşede güleryüzlü, nur suratlı, sevecen ve elbette sessizce oturan cinsiyetsiz bir ninenin 'her şeye rağmen hayatta kaldım, bütün acı ve ihanetlere rağmen ailemi korudum, binbir fedakârlıkla dağılmasına engel oldum!' mutluluğu değil! Bir kadın olarak mutlu olmuş, sevilmiş, değer verilmiş, cinselliğini yaşayabilmiş kadın nüfusunu merak ediyorum. Dünya üzerinde kaç kadın seks hayatını gülümseyerek anarak ölmüştür? Var mıdır böyleleri?" diye sordu kendine Belgin; ölmeden önce son düşüncelerinin bunlar olabileceğine kendisi de şaşırmış olarak.

"İşi fahişelik olmayan kaç kadın, hani çiçeğe benzeyen kaç kadın, dişi yanını ciddiye alabilme şansına sahip olabildi? Kaç kişinin annesi kadınlığını yaşayarak geçti gitti bu dünyadan? Kaç kadın zeki olduğu için cezalandırılıp acı çekti yeryüzünde?" diye üzülerek içini çekti Belgin. Belki de yoğun bir düşünce seline kapılarak ölüm korkusundan kaçıyordu?

"Çok genç ve safken arzulanan genç kızın, aklı ve düşünceleri olgunlaşıp kendini ve dünyayı fark ettikten sonra tehlikeli ve düşman sayılması neden? Neden akıllı kadınların ancak nine olunca saygı görebilmeleri? Nedir kadının yaratıcı ve entelektüel zekâsına karşı bu kıyıcı küçümseme? Nedir, nedir dişi cinsiyete bu dayatma, bu hor görme, bu ille kontrol etme hırsı ve çok derindeki güçlü kadın-sevmezlik? Yeryüzü uygarlığı, kadını kadınların çizmediği daracık bir alana hapsetmek konusunda neden hiçbir konuda olmadığı kadar kararlı ve büyük bir dayanışma içinde? Niçin bütün dinlerde negatif ve şeytan enerjileri dişil özelliklere bağlanıyor da savaşları, soykırımlarını, silahları, bombaları kadınlar yaratmıyor? Neden imparatorlar, tarihçiler, şehirciler ve peygamberler hep erkek? Kadın kime göre eksik, neye göre tehlikeli, zayıf ve duygusal? Eğer ideal kadın modelinin yalnızca bir zevk, hizmet, itaat ve üreme makinesi olarak işlev görmesi ve sonsuza dek de böyle kalması konusunda uluslararası bir konsensüs varsa, neden kadının kafasına beyin, göğsüne kalp konarak yaratılmış olduğu konusunda bir açıklama yapılamıyor? İnsan zekâsının mantık kadar duygudan oluştuğu neden yalnızca 'yapay zekâ' söz konusu olunca hatırlanıyor? Aslında bir adı da 'kadın korkusu' olan bu şiddet hangi yüzyıla dek devam edecek? İnsanlığı daima ikiye ayıran bu zulüm barikatlarını kırmak ve bölücü nefreti yıkmak için kaç yüzyıl daha bekleyeceğiz? Kırılıyoruz, yok oluyoruz, kaybediyoruz. Çünkü aslında kazanan taraf yok! Çünkü ruhun cinsiyeti yoktur ve asıl üzücü olan da budur!"

"Erkekler de bahçevan mı oluyor baba?" diye sorduğunda kahkalarla gülen diplomat Halit Ziya Gümüş, her seferinde yüzünde biraz da tiksinme ifadesiyle, "Erkekler olsa olsa böcektir Belginciğim" derdi. Onlar çiçekler ve böcekler konusunda didişirken bir koltukta sessiz, nazlı, zarif ve elbette soylu bir çiçek gibi oturan annesi Jackie-Halide Hanım, belki saygılı olmak, belki de çiçeğe benzemek için hiçbir fikir belirtmez, bir zamanlar konser piyanisti olmayı hayal eden bir lale gibi sessizce varlığını sürdürürdü. Böyle zamanlarda düşüncelerini açıklamaktan çekinen ama bir yolunu bulup mutlaka konuşan gencecik Kete illa ki lavantadan söz ederdi.

"Bana hiç düşmez büyükanne, ama ben şu İstanbul'a geldiğimde önce aylarca hiç koku alamadımdı, biliyorsun hep anlatırım. Ama ne zaman Halit Ziya

Baba'nın lavanta kolonyasının kokusunu duydum, içim açıldı, temizlendi, gönlüm şenlendi vallahi! Amaaan ne sevindim, nasıl beğendim, nasıl bağlandım lavantaya, bilirsiniz... İşte İstanbul'un kokusu budur, bence İstanbul lavantadır!"

Tam o sırada yanı başında beliren polis memuru Üzeyir Seferihisar endişeli bir sesle konuştu: "Adınız Belgin Gümüş değil mi bayan? THY tarifeli uçağıyla New York'tan İstanbul'a geldiniz?

"Evet," diye kaygılandı ama son derece serinkanlı yanıtladı Belgin. Kısa bir süreliğine saklanan migreni bıçak gibi saplandı ensesine; yoksa Kete'ye ya da Ayhan'a...

"Size sürpriz yapmak için bir polis arkadaşa rica edip araştırdım ama maalesef dış hatlar terminalinde yolcusunu bekleyenler arasında Bay Gümüş'ü bulamadılar Bayan!"

"Bay Gümüş mü?" diye şaşırdı Belgin. "O da kim?"

Bu defa şaşırma sırası Üzeyir Seferihisar'a geldi.

"Tabii ki kocanız; bebeğin babası bayan!"

35
PAREV SEVGİLİ İSTANBUL![*]

"Hadi be! Daha 'Sireli Bolis'[**] diyemeden kıymayın İstanbul'a yaa!" diye inledi anonsu duyan Ayda Seferyan.

Ortaokuldayken okumak üzere akrabalarının yanına gittiği Paris'ten bir daha ziyaret amacıyla bile hiç dönmeyen ağabeyi Sarkis'e şimdi orada üniversiteye gidecek kendi kızı Alin'i emanet edip İstanbul'a geri dönen Dame De Sion Lisesi'nin Fransızca öğretmenlerinden Ayda Seferyan, dijital arıza anonsunu duyunca dehşetle dondu kaldı. Oysa az önce havalimanında çok sevdiği çocukluk ve okul arkadaşı Belgin'e rastlamanın, daha önemlisi -hiç değilse- onun İstanbul'a dönüşünün keyfiyle ağzı kulaklarındaydı. Tam da

---

* Merhaba. (Ermenice)
** Sevgili Şehir. (Ermenice)

Belgin'in adeta kaçarak terk ettiği İstanbul'a 13 yıldır sonra yeniden gelişini uğurlu bir işaret saymışken...

Aslında araya giren yıllara ve okyanus aşırı mesafeye rağmen arkadaşlıklarını eskiden pullu posta, son yıllarda elektronik mektup ve telefon yoluyla korumaya çalışan iki kadının bu karşılaşmadan ötürü duydukları keyif anonstan daha önce kaçmıştı. Belgin'in Dame de Sion sıralarından beri başına dert olan migreni azmış, birlikte güle oynaya havalimanından çıkıp gidememişlerdi. Ya da Ayda öyle sanıyordu. Öyle sanıyordu çünkü öyle demişti Belgin. Sonra tuvalete gitmiş ve Ayda'ya kendisini beklememesi konusunda ısrarlı davranmıştı. O da buna inanmıştı. Elbette inanmıştı. Aralarında hiç yalan olmamıştı ki inanmasın! Bu yüzden Belgin'i başı ağrırken orada öyle bırakmaya bir türlü gönlü razı gelmeyen Ayda, pasaporttan geçip kendisini bekleyen kardeşi Aret'le buluşmuş olmasına rağmen havalimanından ayrılamamıştı.

"Yok Aretciğim, mutlaka bu işin içinde bir iş var!" diye telaşla anlatıyordu kardeşine:

"Var bir acayiplik bu işte. Ben kaç yıllık arkadaşımı tanırım; *n'est pas?** Tamam migreni var, gözlerine sis çökmüş, yanakları solmuş ama işte şimdi bir an önce buradan çıkıp uyuması gerekmez mi tuvalete girip kıvranacağına yani? Yok, tamam; yine samimiydi, yine candandı, bizim Belgin işte, yani Allah için bir dirhem kilo al, biraz yağlan *n'est pas?* Yok canım, genç bir kız gibi kalmış, bakmış, korumuş kendini maşal-

---

* Değil mi? (Fransızca)

lah! Tıpkı rahmetli annesi Jackie-Halide Hanım yani! Aynı ince, zarif vücut, klas gusto, ağırbaşlı şıklık, aynı Belgin Doruk saçlar, tabii o şahane minik kalkık burun -babası 'virgülüm benim' diye severmiş hani- aynı serin duruş ama ah o dokununca sevgiye hasret kucaklaşma açlığı, Belgin'e has o sevgi açlığı... Ve tabii yine cin gibi; ayol baksana, en az 10 kilo gürbüzleşmiş, anasına, kızına ve öğrencilerine koşturmaktan kendisine zaman ayıramamış balıketli arkadaşı Ayda'yı şıppadanak tanıyıverdi Aretciğim, hah hah ha!"

Ablasını keyifle dinleyen Aret de kendi göbeğini sıvazlayarak ona göz kırpınca iki kardeş kahkahalarla güldüler. Hep böyleydiler. Tanımayanların hiçbir şeyi ciddiye almadıklarını sanacak kadar geniş görünür, en tatsız olaylarda bile eğlenceli bir yan görecek kadar alaycı davranarak aslında kendilerini korurlardı. Onların hayatla dalga geçebilme erdemine daima hayran olan Belgin, bunun bir hayatta kalma refleksi, bir azınlık ruh durumu olduğunu ancak çok yıllar sonra anlayabilmişti.

"Bak bu anlattığım konularda hiç sorun yoktu. Yine sarıldık, kucaklaştık ama şimdi düşününce onun migrenden öte bir durgunluğu olduğunu, kafasında ciddi bir mesele bulunduğunu seziyorum. *C'est vrai!* Bak sen benim salaklığıma, onu hiç dinlemeyip, kolundan çekip çıkartacaktım buradan *n'est pas*? "

Çocuklukları beraber geçen ve yetişkinliklerinde hâlâ birbirlerinin değerini bilen ender arkadaşların yaptığı gibi kendilerini birbirlerinin mutsuzluk ve sağlık sorunlarından sorumlu tutan Aret'le Ayda, Atatürk Havalimanı dış hatlar terminali, gelen yolcu bekleme alanında Belgin'in çıkışını bekliyor, bir yandan da endişeleniyorlardı. Arabasını otopark yerine yol kenarına bıraktığı için bekleme süresi uzadıkça canı sıkılan Aret, bir çekici aracın gelip arabasını alıp götüreceğini düşünerek huysuzlansa da ablası Ayda onu yatıştırmaya çalışıyordu:

"Canım bu kız ömür boyu o tuvalette kalmayacak, *n'est pas*? Eninde sonunda şu kapıdan çıkacak, biz de onu kapıp gideceğiz. Onsuz gidemeyiz, unutma Belgin bize babamızın emanetidir!"

Öyleydi. Diplomat babası yurtdışında teröristlerce öldürülen Belgin'i Dame de Sion'da bursla okuyan kendi kızından ayırmadan seven orta halli saat tamircisi Artin Seferyan, kendilerinden daha varlıklı bir ailesi olmasına rağmen Belgin'i hep gözetmiş, esirgemiş, ölürken de çocuklarına onu aileden biri gibi korumalarını istemişti. Belgin'in dünyanın en hüzünlü gözlerine sahip olmasının arkasında yatan asıl nedenin erken babasızlık olduğuna inanan Ayda'nın babası da öksüz büyümüştü ve bütün öksüzler gibi bunun ne demek olduğunu çok iyi biliyordu.

"Onsuz gidemeyiz, unutma Belgin bize babamızın emanetidir!"

İşte tam o sırada anonsu duydular. İki kardeş önce kendilerine kötü bir şaka yapılmış gibi kaşlarını kaldırıp dudaklarını büzdü, sonra gözgöze gelip dondular.

"Hadi be! Daha 'Parev Bolis' diyemeden kıymayın İstanbul'a yaa!" diye inledi Ayda.

"Dur bakalım, hemen olumsuz düşünme Ayda!" diye onu sakinleştirmeye çalıştı erkek kardeşi. O daha çok şimdi arabasını ortalık bir yere park ettiği için yiyeceği cezayı düşünerek endişeleniyordu. Ödeyeceği paradan çok, arabayı geri almak için çekeceği çileyi düşününce canı iyice sıkılıyordu. Eğer Ayda gümrükten çıkar çıkmaz hemen gitmiş olsalardı, şimdi Şişli'deki evlerine varamasalar bile yaklaşmış olacaklardı. Ama ikisi de Belgin'in hasta olarak içeride olduğunu bile bile çekip gidemiyordu işte. Rahmetli babalarının emaneti Belgin'in şimdi bir de tehlikede olma riski vardı artık.

"Bizim sınıfa yeni bir kız geldi baba. Onu benim yanıma oturttular. Sömestre geç başladığı için sörler(?) ona özel ilgi gösteriyorlar. Kızın adı Belgin. İngilizce ve İspanyolca biliyormuş. Fransızcayı da çabucak söker diyorlar. Çok güzel bir kız, sanki sinema oyuncusu gibi bir yüzü var. Ama çok utangaç, hiç konuşmuyor. Geçen yaz babası ölmüş. Herkes arkasından acıyarak fısıldaşıyor. Dediler ki; 'Belgin'in babasını teröristler haince şehit etmişler, o yüzden üzgünmüş.' Sonra bana bakıp manalı manalı 'ASALA' öldürmüş diyorlar babasını. Nedir bu ASALA ve benimle ne ilgisi var baba?"

Babasına ilk kez bu soruyu sorduğunda 12 yaşındaydı Ayda. Elbette biliyor, hissediyordu içinde yaşadıkları toplumdan farklı olduklarını; mesela cami yerine kiliseye gittiklerini, Ramazan Bayramı yerine Noel Bayramı kutladıklarını, duvarlarında Kuran yerine haç bulunduğunu, kiliseye girerken kadınların başlarını örtmediklerini, kendi cemaatlerindeki kızların komşulardan farklı olarak mutlaka okula gönderildiğini ve zamanı gelince tercihen cemaat içinden kendi eşlerini seçme şansına sahip farkındaydı ama bunlar yalnızca dini referanslardı, çünkü o kendini bir kız çocuğu olarak başkalarından farklı, yabancı hissetmiyordu ki... Evde anadillerini unutmasınlar diye anne babası onlarla Ermenice konuşuyordu ama Ayda bunu okulda öğrendiği Fransızca veya İngilizceden, sokakta konuştuğu Türkçeden farklı görmüyordu. O kendini buralı, tamamen İstanbullu bir çocuk olarak kabul ediyordu. Onun bildiği kadarıyla komşularıyla bir sorunları da yoktu; mesela annesi evlerinin bitişiğindeki camide okunan öğle ezanını duyunca yemek servisi yapar, Şeker ve Kurban Bayramları'nda komşuların bayramlarını kutlar, onların şeker ikramını kabul eder, kendi Paskalya Bayramlarında da komşu çocuklara boyalı yumurta verirdi. Ama şimdi ne olmuşsa olmuş, yeni sınıf arkadaşı Belgin'in babasını sanki o öldürmüş gibi düşmanca bir tavırla karşı karşıya kalmıştı. Bunun mutlaka bir açıklaması olmalıydı, biri mutlaka bu küçük kıza bir şeyler açıklamalıydı!

Ayda'nın annesi ve babası kaygıyla bakışıp derin derin içlerini çekmiş, kısa bir süre ona çaresiz görünen bir sessizliğe bürünmüşlerdi. Çocuklar için dünyadaki en korkutucu deneyimlerin başında hayatta en güvendiği anne veya babasının çaresiz kalması gelir. Bu yüzden duyacaklarının korkutucu olacağına dair bir endişeye kapıldı küçük Ayda.

Sonunda sessizlik bozulmuş, annesi o sırada henüz beş yaşında olan erkek kardeşi Aret'le oturma odasında kalmış, babası onu alıp yatak odasına götürmüş, içeri girdikten sonra kapıyı kapatıp içeriden kilitlemişti. Önemli, sandığından da önemli, yani korkutucu bir şeyler duyacağını hisseden Ayda'nın çocuk kalbi panik içinde bir kuş gibi çırpınıyordu. Yatağın ucuna oturduktan sonra öksürerek boğazındaki kuruluğu kontrol eden babası uzun bir iç hazırlıktan sonra nihayet konuşmaya başlamıştı. O gün o odada babasından duyduğu o ilk cümleyi hiç unutmadı Ayda; hiç! 'Problem şu ki:' demişti babası, 'Problem şu ki; biz Ermeni'yiz Ayda!" Evet. Evet? Tamam onlar Ermeni'ydi. 'Eeee? Evet biliyorum. Ne var bunda yani?' diye sormuştu Ayda. Sonradan bu cümlede yer alan özne ve yüklem arasındaki çatışkının o günden başlayarak ruhuna sık sık saplanan bir bıçak gibi onu acıtacağını o sırada farkında değildi. Küçüktü ve insanların etiketlerle doğmasının önemini henüz bilmiyordu. O zaman endişeden yüzü kararan babası, üzgün ama yumuşak bir sesle açıklamıştı: 'Aydacığım, biz burada Türklerle yüzyıllardır beraber yaşıyoruz. Geçmişte, sen daha doğmadan çok önce bazı kötü şeyler yaşanmış, acılar çekilmiştir, ancak burası bizim de evimizdir. Biz buralıyız kızım. Halbuki şimdi iki tarafta da bazı insanlar bu durumu değiştirmek istiyor. Senin çocuk kafanı karıştırmamak için şu kadarını söyleyeyim ki; yurtdışındaki bazı Ermeniler bazı siyasi nedenlerle bazı Türk diplomatları maalesef öldürüyorlar. Bizim hiç ama hiç desteklemediğimiz bir durum bu!" Biz ve onlar? Onlar kimdi? İnsan hem Ermeni hem Türk olamaz mıydı? İlle birini mi seçmek gerekiyordu yani?

"Bizim asla kabul etmeyeceğimiz bu cinayetlerin faturası yine maalesef (ikinci maalesef) Türkiye'deki biz Ermenilere çıkıyor, huzurumuz bozuluyor. Nasıl ki, bütün Türkler aynı düşünmüyor, ayrı şeylere inanıyorsa, Ermeniler de öyledir. Ama maalesef (üçüncü) kurunun yanında yaş da yanıyor. İşte bizim apartmanın dış zilinde yazılı adımızı apar topar çıkartmamızın sebebi de budur."

Korktuğunu anlamıştı Ayda, babasının korktuğunu anlamış ve bu durumda kalacak bütün çocuklar gibi bundan nefret etmiş ve 'Ağabeyim Sarkis de yurtdışında yaşıyor ama?' diye kafa tutan bir sesle sormuştu. 'Sarkis maalesef (dördüncü) bizden koptu, diaspora onu şekillendirdi, şimdi burayı ve ailesini tamamen reddediyor. İçim yanıyor, maalesef (beşinci) büyük oğlumu kaybettim ben! Sarkis benim hayattaki en büyük başarısızlığım ve maalesef (altıncı) en büyük hüsranımdır. Belki de onunla yeterince ilgilenemediğim için bu kadar öfke ve kinle doldu içi? Bilmiyorum ama kendimi asla affedemiyorum. Allah kimseye evlat acısı vermesin!' demişti saat tamircisi Artin Seferyan, gözleri dolu dolu.

O güne kadar çoğu kapalı kapılar arkasında fısıltıyla konuşulan bu konuların ilk kez, hem de yumuşatılarak kendisine anlatılmasıyla bile allak bullak olan Ayda, hem ancak altısını saymayı başardığı 'maalesef'ler, hem de ana fikre odaklanamayacak kadar genç olmasının etkisiyle daha çok 'bozguna uğramış baba' figüründen rahatsız olmuş, ağlama arifesinde bir sesle mızıklamıştı:

"İyi de ben ne olacağım baba, ben hep Ermeni mi kalacağım, yoksa çıkıp bunlardan bana ne diye mi haykıracağım sınıfta ya? Söyle ben ne yapacağım baba?"

Babası Ayda'yı kucaklamış, saçlarından öpüp evlat kokusunu içine çekerken konuşmuştu: 'Ah benim güzel kızım, kimse nerede ve kim olacağını seçerek doğmuyor ki yavrum. Ben bir evlat kaybettim, başkasına gücüm yetmez. Benim sizlere bırakacak param pulum yok ama belki birkaç baba nasihatı değerli bir miras olur gelecekte? Bak kızım, sakın özünden utanma ve özünü inkâr etme ama nankör de olma. Unutma insan adil olabildiği kadar kendisidir! Ha bir de benim hatırım için o boynu bükük Belgin'e en yakın kardeş sen ol. Ol ki, bu cinneti desteklemediğimizi bilsin ve kasırga bittiğinde de yan yana kalalım.'

Küçük Ayda Seferyan ertesi gün gözleri ağlamaktan kızarmış olarak okula gitti, öğrendiklerinden bozguna uğramış ama yenilmemişti. Üzerine yapıştırılan negatif etiketlerin hayatını etkilemesine izin vermeyecekti. Evet Ermeni ve Hıristiyan olarak doğmuştu ama o en önce İstanbullu bir çocuktu, öyle kalacaktı ve kaldı da. Ayda, babasının bütün öğütlerini tuttu: Belgin'e okul hayatları boyunca bir kız kardeş gibi yakın oldu, babasının bazen onu kendisinden daha fazla şımartmasını ağabeyi Sarkis'e olan özleminden kaynaklandığını düşünerek kıskanmadı. Üniversitede öğrenciyken Ermeni olmayan ama kendisi gibi laik bir İstanbullu delikanlıya âşık oldu ve onunla evlendi. Sonradan kızı Alin'in babası olacak bu laik Müslüman gençle evliliğine yalnız kendi Gregoryan akrabaları değil, kocasının Müslüman ailesi de büyük tepki verip kıyamet kopartınca, iki gencecik insan en mutlu ilk yıllarını kendi çevrelerine yanlış bir şey yapmadıklarını anlatmak ve onları yatıştırmak için harcadı, yoruldu, yıprandılar. 20. yüzyılın sonlarında aynı şehirde yaşayan, aynı ezan ve çan sesleriyle yüzlerce yıldır yan yana varolabilmiş insanların hâlâ farklı din ve etnik köken nedeniyle aralarına dikenli teller çekilmiş olması ikisi de hümanist felsefeye inanan gençlerin yaşama sevincini sarsmış, saygı duydukları büyüklerinin itibarını sarsmış, aslında kendileriyle dünya arasında kurdukları köprünün ne denli düşsel ve zayıf olduğunu anlamalarına yol açmış, önce yavaş yavaş hayata dair hayallerine, sonra da birbirlerine küsmelerine neden olmuştu. Erkenden zedelenmiş, örselenmiş ve derinden yaralanmışlardı. İlk gençliklerinin keyfini süremeden içleri geçmiş, bayatlamış, kurumuştu! İkisi birden Ermeni veya Türk, Hıristiyan veya Müslüman olsalardı acaba daha uzun bir beraberlikleri mi olurdu, yoksa aslında ilişkilerin katili; iki insanın aynı çatı altında beraber yaşama cehennemi miydi, bunu hiçbir zaman öğrenemeyeceklerdi. Ancak öğrendikleri; aynı kentli, ortak dilli ve kültürlü olmanın beraber mutlu olmaları için ailelerine yetmediğiydi. Ve Türkiye'de hâlâ gençlerin değil, ailelerinin mutluluğu bir evliliğin kaderini belirliyordu! İkisi de kendilerini mutsuz eden bu bilgileri kızlarına taşımamaya karar verdiler. Alin altı yaşına geldiğinde ayrıldılar, daha sonra ikisi de kendi ailelerinin onayladığı aynı dinden birileriyle tekrar evlendiler ama ikisi de farklı zamanlarda yine ayrıldılar. Bir kere hayallerine küstürülmüşlerdi ne de olsa...

"Bu kadar korunaklı bir yere bomba sokmaları çok düşük bir olasılık!" dedi Aret ablası Ayda'ya; "Olsa olsa uçaklara yönelik bir tehdit durumu vardır, hiç heyecanlanma!"

Daldığı uzak anılardan sıyrılıp Atatürk Havalimanı; dış hatlar terminali gelen yolcu bekleme alanına geri dönmesi bir süre alan Ayda Seferyan, nerede olduğunu hatırlayabilmek için önce boş boş, sonra gözlerini kırpıştırıp kardeşine baktı. Onun bu davranışını olası bir bomba tehlikesi nedeniyle heyecanlanmasına bağlayan Aret, hâlâ yatıştırıcı bir sesle konuşuyordu:

"Türkiye'nin en iyi korunan kapalı mekânlarından birindeyiz Ayda, baksana kaç aşamalı detektörden geçiyoruz, çantalar da röntgen makinelerinde inceleniyor. Korkma, ne bize ne de Belgin'e bir şey olmayacak. Ama biz bir an önce çıkıp benim arabayı kurtarsak diyorum ya... Ben seni çabucak kapar, giderim diye arabamı öyle ortalık yerde bırakmıştım ki, şimdi çekerler falan, sonra artık ayıkla pirincin taşını artık! Acaba dışarıda mı beklesek Belgin'i?"

Ancak kendisini dinlemediğini düşündüğü ablasını, onun çok sevdiği esprilerinden biriyle uyandırmak için bir deneme yaptı: "Bak artık o kadar çok terör örgütü var ki, kimse bizden şüphelenmez nasılsa!" diye güldü ama Ayda bu sert kara mizahtan hiç hoşlanmamış, kaşlarını çatmıştı.

O sırada aniden bekleme alanında ellerinde telsizlerle güvenlik görevlileri ve özel eğitilmiş köpeklerle polisler görüldü, içlerinden yalnızca bir tanesi açık olan bütün ÇIKIŞ kapılarının üzerindeki ışıklı tabelalar kırmızı flaşörlerle yanıp sönmeye başladı. Bundan kısa bir süre sonra henüz adı konmamış bir telaş içinde o büyük, otomatik, çift camlı ÇIKIŞ kapısına doğru farklı ırktan yerli ve yabancı onlarca yolcu hızlı adımlarla akmaya başladı.

"Hadi çıkalım Ayda buradan, Belgin'i dışarıda arabada bekleriz. Hem Belgin kendini beladan kurtaracak kadar akıllıdır, biliyorsun!"

Nasıl yani? Kendilerini belalardan kurtaramayanlar yalnızca akılsızlar mıdır? O zaman akıllı olduğu halde kendilerini en büyük felaketin içinde bulanlara ne diyeceğiz? Aptallar mı tehlikeye, salaklar mı belaya yatkındır yani? Peki ya akıllı biri dürüst ve cesur yaşamayı tercih ederse onu ne yapacağız? Olur mu hiç böyle şey?

"Sen çık, arabayı kurtar Aret, ben Belgin'i alır, gelirim, bizi merak etme, d'accord?"* dedi, son derece sakin bir sesle Ayda. Ablasının fırtına öncesi sakinliğine alışkın olan Aret hemen toparlandı.

"Olur mu öyle şey canım…" diye söylendi. "Zaten öbür ÇIKIŞ kapılarını açmadıkları sürece kimse

---

* Pekâlâ tamam.

çıkamaz bu salondan. Baksana, daha şimdiden millet bedava Ramazan pidesi kuyruğu bulmuş gibi izdiham yapmış orada. Oraya gidip ezileceğimize, burada bekleriz Belgin'i n'est pas?"

Ablasının keçi gibi inatçı olduğunu çok iyi bilen Aret, dönüp ÇIKIŞ kapısına bakınca gerçekten de oraya şimdiden biriken kalabalığın yaratacağı tehlikeyi düşünüp içi ezildi. O sırada Ayda bir eliyle onu kolundan çekip öbür eliyle valizlerinin bulunduğu metal taşıma arabasını iterek, kapıya yakın kalabalıktan uzaklaşıp bekleme alanının içlerinde şimdi tenhalaşan bölgeye doğru ilerledi. İki kardeş orada, şimdi oldukça tedirgin olarak çevrelerinde tehlike kokan telaşlı kalabalığı izlemeye başladılar.

"Özünü reddemezsin Ayda Seferyan! Sen bir Ermeni'sin ve gerçekleri yokmuş gibi sayarak, kendini kandıramazsın!" diye bağırmıştı annesi. O becerikli, çalışkan, candan annesi şimdiye kadar hiç görmediği kadar kızmış, çok kızmış, kendini kaybetmiş gibi azarlıyordu Ayda'yı.

"Evet, ben de düşmanlık olsun, ağabeyin Sarkis gibi için intikamla dolsun istemiyorum ama bazı gerçekleri de inkâr edemezsin! Bardizag'lıydı benim büyük amcam. Anlıyor musun? İzmit'in Bahçecik kasabasının asıl adıdır orası. Orada doktordu ve Çanakkale Savaşı'nda Osmanlı ordusuna da hizmet etmişti. Ama..." diye hüngür hüngür ağlamaya başlamış, sanki bu denli üzülmesine neden olan her neyse ona o sırada daha on iki yaşında olan kızı Ayda yol açmış gibi sitemle, çok sitemle ve kırgın bakmıştı. Ayda'nın hiçbir zaman unutamayacağı, hâlâ zaman zaman rüyalarına giren bir yaralı bakıştır o!

"Ama büyük amcamı 1922 felaketi sırasında işten attılar, evsiz bıraktılar, sonunda bir Yunan adasına kaçtığında, burada kalan ailesinin öldürüldüğü öğrendi. Bütün ailesi öldürülmüştü! Ah ah, ne felakettir bu, hizmet verdiğin memleketteki insanların aileni öldürmesi Ayda, ah ne faciadır, bilir misin sen? Hıı? Sen hâlâ Ermeni olduğunu inkâr et bakalım!" demiş, sonra katlanıp çılgınlar gibi ağlamıştı.

Annesinin histerik şekilde ağlamasına dehşet içinde tanıklık eden küçük Ayda ne yapacağını bilemeden olduğu yerde çakılmış, çaresiz, donmuş kalmıştı. Ne annesine sarılıp: 'Üzülme anne, hepsi geçti, korkma artık Türkler bize kötülük etmeyecekler!' diyebiliyor, ne de: 'Ben hayatımı geçmişteki bu acı hikâyeler üzerine kurmak, içimde sürekli büyümesi için sulanan bir kin ağacı bulundurmak istemiyorum. Ben burada bana önceden biçilmiş rollerin üzerinde modern, laik bir İstanbullu olarak, kendi inancım, düşüncemle barış içinde yaşamak istiyorum! Yeter artııkkkk!' diye bağırabiliyordu. Yıllar sonra ilk evliliğiyle aslında bunu yapmıştı ama o sırada henüz çocuktu ve sanki felç geçirmiş gibi kılını bile kıpırdatamıyordu. Orada dövüne dövüne ağlayan annesine bakarak öylece duruyordu. Duyguları kaskatı bir zırh içine hapsedilmiş ama aslında büyük bir duygu karmaşası içinde sarsılarak, büyük amcası üzerinden acılı geçmişine ve özünü reddettiğini sandığı kızı üzerinden de kayıp geleceğine ağlayan annesini seyretti. Taş gibi seyretti küçük Ayda. Kendisine sorulmadan üzerine yüklenen kimliklerin tarihî yüküyle kat kat ezilerek seyretti. Anne ve kız o günü bir daha hiç konuşmadılar ama unutmadılar!

Bu olaydan sonra en yakın okul arkadaşı Belgin'e bir gün durup dururken sarıldı ve ondan bir söz istedi:

"Belginciğim, aramızda ne olursa olsun biz hep kardeş kalalım. Hiç küsmeyelim, hiç kopmayalım birbirimizden, söz verir misin bana? Kankardeşi, hani Kete'nin deyimiyle 'ahretlik' olalım, hı?"

Olmuşlardı. Öğretmenleri duysa disiplin cezası alacaklarını bile bile işaret parmaklarını Ayda'nın uzun saçlarındaki tokanın sivri ucuyla delip birbirlerinin kanlarını emmiş ve sarılıp sonsuza dek dost olacaklarına ve birbirlerinden hiçbir şey saklamayacaklarına ant içmişlerdi. İkisinin de aklına Müslüman ve Hıristiyan ahiretlerinin aynı mı, farklı mı olduğu sorusu şaka olarak bile gelmemişti; çocukların melekleri kardeştir!

Söz vermişlerdi ama Ayda Seferyan, kankardeşi Belgin Gümüş'ün evde arkadaşlıklarıyla ilgili yaşadığı sorunları kendisinden gizlediğini hiçbir zaman bilmeyecekti. Belgin'in annesi Jackie-Halide Hanım'ın; 'Babası Ermenilerce öldürülmüş bir çocuğun bir Ermeni ailesiyle böyle içli dışlı olmasına' çok bozulduğunu, Bebek'teki evde bu yüzden sık sık tartışmaların yaşandığını ama araya giren Erol Enişte'nin, 'bir Türk barbarsa bütün Türklere barbarlık yaftası yapıştıranların' yanlışına düşmemek konusunda yengesi

Jakie-Halide'yi uyardığını ne Ayda ne de Seferyan ailesi hiçbir zaman bilmeyecekti. Yine de Ayda, Bebek'te yatıya kaldığında Belgin'in daima manken gibi şık, bakımlı ama soğuk annesinin birkaç kez arkasından '*Ermeni ama iyi bir çocuk*!' diye fısıldadığını da hiç bilmeyecekti. Aradan yıllar geçtikten sonra Belgin'in Ayda'dan sakladığı ikinci büyük sır, bugün havalimanında tuvalete gidişinin migren nedeniyle olmadığıydı.

"Aman ha, bak öyle ortalık yerde konuşmamak lazım, tehlikeli olabilir. Diyorlar ki; bizim köydeki bazı Türkleri eskiden, çok eskiden Van'dan gelen Ermeniler kıtır kıtır kesmiş. Valla bak, kendi gözüyle görmüş o zaman küçük çocuk olan teyzemgilin komşusu. Bizimkilere dokunmamışlar Kürt diye galiba, bilmem, anlamam ben... Sonradan toplu mezarlar bulmuşlar bizim köylerde derlerdi... Çok ağlardı o kadıncağız, bütün sülalesini Ermeni çeteciler kesti diye. Ben çocuktum, bir türlü anlamazdım ama kocaman yaşlı kadın ağlıyor diye ben de ağlardım, ayıp olmasın diye ha!" diye anlatmıştı Kete. Öyle bir gün pattadanak! Belgin'in Kete'si, iki kıza arkadaşlık, ablalık, aşçılık eden emektar Kete, o zamanlar ancak yirmi beşlerinde olmalıydı. Ayda'nın Belginlerde kaldığı bir hafta sonu, fırından taze taze çıkarttığı kete çöreklerini onlara çayla servis ederken öyle, pot kırdığını, çam devirdiğini düşünmeden, hiç düşünmeden anlatıvermişti işte. Kızlar duydukları bu vahşet hikâyesinden ötürü fena olmuş, birbirlerine bakıp üzüntüyle içlerini çekmişlerdi. O zamanlar Kete sık sık patavatsızlık eder, anlatılmaması gereken bir şeyi, en anlatılmayacak yerde ve saatte anlatırdı. Eğer bu sırada Belgin'in annesi Jackie-Halide Hanım ortalardaysa Kete'yi usturuplu biçimde yanına çağırır, onu kimsenin duymayacağı Gümüş ailesine özgü mırıl mırıl kibar bir sesle azarlar, Kete daha sonra kıpkırmızı bir suratla odasına giderdi. Belgin'in babaannesi hayattayken Kete meşhur potlarından birini kırıldığında, babaanne onu bir bahaneyle alt kattaki kendi dairesine yollar ve orada uzun süre beklettikten sonra toplulukta nasıl konuşması gerektiği konusunda nasihat ederdi. Belginlerin evinde kimse kimseye uluorta kızmaz, sesini yükseltmez, utanılacak bir durum olduğunda o konu ustaca kapatılırdı. Babası ölmeden önce, üst katlarında Belgin'in eniştesi Erol Argunsoy ve halası, altta babaannesinin oturduğu 4 katlı, muhteşem Boğaz manzaralı, içi seçme antika eserler, orijinal resimler ve kitaplarla dolu güzel Bebek evi, her ne kadar artık annesi ve dadısıyla yaşadığı sakin bir müzeye dönüşse de Ayda bu evi çok beğenirdi. Ertesi gün Şişli'de eski bir apartmanın giriş katındaki kendi küçük ve mütevazı evine dönünce, anne ve babasına Gümüşlerin ince zevkli, ayrıntıları özenli ve farklı hayatlarını ballandırarak anlatırken babası sonunda dayanamaz ve 'kim bilir o küçük kız geceleri yatağında oturup, keşke fakir olsaydık ama babam yaşasaydı, diyordur, kim bilir... Zavallı çocuk!' diyerek Ayda'yı frenlerdi. Belgin'in gülümsediği zamanlarda bile hüzünle bakan kahverengi gözlerini düşününce, babasının haksız olmadığını sessizce kabullenirdi Ayda.

"Kızım, Paris'te dayısının yanında yaşarken ya ondan etkilenir, bugüne kadar ona vermeye çabaladığım seküler hümanizma temeli yıkılırsa diye çok korkuyorum Aret! İnsan öz ağbisinden kızını korumak zorunda kalmamalı ama korkuyorum be Aret! Bana Paris'teyken 'Kızım Ayda sen bitmişsin, asimile bir Ermeni olmuşsun, artık senden kimseye hayır gelmez!' diye bağıran ağbimizin kızımı de kendisi gibi saplantılı biri yapmasından ürküyorum! Ama ürkülecek bir durum *n'est pas*?"

Aret, havalimanı dış hatlar terminali, gelen yolcu bekleme alanında yaşadıkları olağandışı koşullarda ablası Ayda'nın birden sayıklar gibi kızı Alin'le ilgili kaygısını anlatmaya başlamasına şaşırdı. Kendisi Ayda'ya belli etmemeye çalışsa da şu anda gerçekten bir tehlike içinde olabilir, bir ruh hastasının veya bir teröristin bombasıyla yaralanabilir, ölebilirler diye kaygılanıyorken, o gerçeklik duygusunu yitirmiş gibi yıllardır dilinden düşürmediği seküler hümanizmadan söz etmeye başlamıştı. Normalde böyle ortalık yerde bunları pek konuşmayan ablası birden temkini elden bırakmış görünüyordu. Bu pek de normal bir durum sayılmazdı. Aslında Aret, ablasının duygusal durumuyla ilgili olarak uzun zamandır endişeliydi. Gelecek beş-on yıl içinde Dame de Sion'daki Fransızca öğretmenliğinden emekli olduktan sonra meslektaşlarının çoğu gibi özel ders vererek para kazanmayı hayal edeceği yerde, o kendine ait bir yoga kursu açmaya heveslenip bütün birikimini son üç yazdır Hindistan'daki Yoga kurslarına yatırıyor, giderek kendini daha fazla 'spiritüelizm'e veriyordu. Yalnızdı Ayda, çok yalnızdı. Ne bir sevgilisi vardı ne de bir daha evlenmeyi düşünüyordu. Çevresindeki bütün 40 yaş üstü kadınlar gibi yalnızdı. Oysa sık sık 'insanın hayata dair sevinçleri, acılarını paylaşacağı ve sevişeceği bir hayat arkadaşı'nın önemini anlatıyordu ama yalnızdı. Kaygılanıyordu Aret, ablası için kaygılanıyordu Kendilerini reddeden ağabeyleri sayılmazsa, Aret'in yeğeni Alin'le beraber hayatta kalan en yakın akrabası ablasıydı ve bu yüzden tam bu sırada Belgin'in İstanbul'a dönmesine herkesten çok o sevinmişti. Çünkü Belgin ve Ayda çok zor koşullarda bile birbirlerine daima destek verebilmiş sağlam dostlardı. Eğer Belgin temelli İstanbul'da kalacaksa, bu yalnızca ablasına büyük moral olmayacak, aynı zamanda Aret de akrabası kadar yakın bir dostuna kavuşacaktı.

"Dün Paris'teki son gecemde aldım Alin'i karşıma, oturdum konuştum. Dedim ki, bak Alinciğim, yıllar önce, ben senden çok daha küçükken bir akşam deden beni bir odaya götürüp kapıyı içeriden kilitlemiş ve bana 'problem bizim Ermeni olmamızdır!' demişti. Halbuki ben artık bir şeylerin değişmesini istiyorum kızım. Bizim Ermeni olmamız artık problem olmasın istiyorum. Kimsenin farklılığının sorun olmayacağı bir Türkiye'de yaşamayı özlüyorum. Bak senin baban Ermeni değildir ama Ermeni olsun, Türk olsun, Kürt olsun herkesin aynı memlekette eşit ve özgür yaşamasını isteyen bir düşünceye sahiptir. Tıpkı benim gibi. Şimdi bir süre Paris'te büyük dayının yanında kalacaksın, belki gelecek yıl arkadaşlar edinir, ortak bir eve çıkarsın, onu bilemem... Ancak arkadaşlarını ille de Ermenilerden seçmek için uğraşmanı istemem. Bu da bir çeşit ırkçılıktır kızım. Ve dayın sana ne anlatırsa anlatsın, dünya tarihinde hiçbir sorunun şiddetle çözülmediğini aklında tutmanı isterim Alin. Çünkü şiddet şiddeti, intikam intikamı doğurur. Şiddet bumeranga benzer ve bir gün atıldığı noktaya döner. Lütfen daima aklın kadar sağduyunu kullan kızım. Dayına, onu kırmadan ondan farklı düşündüğünü belli et. Sana güveniyorum Alin' dedim. İyi demişim, *n'est pas* Aret?" diye nefes nefese konuştu Ayda. O kadar soluksuz kaldı ki, Aret onun biraz sonra kalp krizi geçireceğini düşünüp kaygılandı.

"Tamam, tamam Ayda! Çok doğru düşünüyorsun ve çok iyi demişsin, tamam! Ama dur Allah aşkına ya! Bir sakinleş Ayda, gözünü seveyim ya!" diye ablasını yatıştırmaya çalışan Aret, "Gel şurada bekleyelim, bak şu EXIT açılırsa oradan hemen çıkarız, tamam mı, *n'est pas* canım?" diye bir yandan hızlı hızlı yürürken, makineli tüfek gibi konuşan ablasının valizlerini düşürmemeye çalışırken, onu kolundan tutup durdurdu. "Yaa dur Ayda Ya! Orada izdiham var, gel biz daha sakin bir yerde bekleyelim, baksana bağırış, çağırış, gel kızım yaa!" O sırada hemen biraz ilerideki havalimanı barlarının birinden bir erkek çığlığı duyuldu. İnsanın içini burkan, acı dolu bir çığlık! Acıtan, altüst eden bir çığlık! Aret'le Ayda, birbirlerine bakıp, dehşet dolu bir bakışı paylaştılar. Tüyleri diken diken olmuştu. Yakınlarında bu çığlığı duyan hemen herkes kısa bir süreliğine irkildi ama hemen sonra köpekli polisler, telsizli güvenlik görevlileri ve kırmızı flaşörlerle alarm veren EXIT işaretlerinin yarattığı tehdit duygusuyla o sırada açık olan tek ÇIKIŞ kapısına doğru akan kalabalık o ürpertici çığlığı unuttu ve harekete kaldığı yerden devam etti. Ayda ve Aret durdukları noktada biraz geri çekilerek gergin biçimde beklemeye başladılar.

Kimsenin artık ne bozulan saatini ne başka bir şeyini tamir ettirme zahmetine katlandığı şimdiki zamanlarda babasından kalan saat tamirci dükkânını artık bir SWATCH satış şubesi olarak işleten Aret, dükkânı arayıp biraz gecikeceğini haber vermek üzere cep telefonunu tuşladı ama telefon ağı çökmüş, meşgul sinyaline benzer garip bir sesten başka bir şey duyulmuyordu. '17 Ağustos depreminde de böyle olmuştu' diye düşünen Aret, ürkmesin diye bunu Ayda'ya hatırlatmadı ama sinirli bir tempoyla ayağını yere vurmaya başladı. O sırada arkalarında metal banklardan birinde oturan bir orta yaşlı kadını işaret eden Ayda ona bir şeyler söylüyordu.

"Şu kırmızı ayakkabılı kadın kime benziyor Aret sence? Yaa bu Kete değilse ben de Arap olayım ha! Bak, bak şu yanında esmer, hoş bir adamla konuşan kadın, ha Aret? Belgin'i beklemeye gelmiş olamaz mı sence?"

"Hangisi?" diye sordu Aret heyecanla, "Kızım ben yıllardır görmedim bizim Kete'yi, şimdi tanır mıyım ki acaba?"

Onlar Ayhan'la konuşan Kete'yi teşhis etmeye çalışırken hemen karşılarındaki bardan iki sağlık görevlisi ve üzüntülü bir ifadeyle elindeki telsize konuşan bir polis, sedyede üstü örtülü birini taşıyarak yanlarından geçti. Ayda ürkerek bir adım geri attı, Aret hâlâ onun Kete diye gösterdiği kadını teşhis etmeye çalışıyordu. Sedyedeki insanın ölmüş olduğunu ikisi de anlamıştı ama büyük bir dikkatle göz göze gelmemeye çabalıyorlardı. Her ne kadar çabalasalar da sedyenin yanında, açık kumral saçlarını at kuyruk yapmış, küpeli, yakışıklı bir gencin dövünerek ağladığını ikisi de görmezden gelemedi. Buradan hemen çıkmaları gerekiyordu, hemen! Ama Belgin içerideydi, onu bırakıp gidemiyorlardı; Belgin onlara babalarının emanetiydi! Ne yapacaklarını bilemeden kalakalmışlardı ki, Ayda sevinçle bağırdı;

"Ayol Kete bu! Bal gibi bizim Kete, n'est pas?" O sırada Belgin'le kendisine mis gibi sıcacık kete çörekleri pişiren Kete'ye kavuşacak küçük bir kız gibi heyecanlanmış ve kardeşini unutup Kete'ye doğru yürümeye başlamıştı. Ayda'nın valizlerini yüklediği metal el arabasını sürerek onun peşinden giden Aret, ilerideki bir metal bankta, yanındaki esmer adamın ellerini avuçlarında tutarak ona bir şeyler anlatan, kırmızı ayakkabılı kadının Kete olup olmadığından hâlâ emin değildi. İşte tam o sırada dehşetli bir patlama oldu, ardından büyük bir gürültüyle cam kırılmasına benzer şıngırtılı sesler duyuldu ve çığlıklar geldi peş peşe. Aret güçlü bir refleksle hemen önünde yürüyen ablası Ayda'nın üzerine atladı, onu yere yatırıp üstüne yattı. İki kardeş nefesleri tutulmuş olarak bir süre öyle kaldılar ve akıllarından aynı şey geçti. Biraz öyle kaldıktan sonra yavaşça kalktılar, birbirlerine sarıldıklarında Ayda'nın gözleri yaşlıydı. Dışarıya açılan tek ÇIKIŞ kapısı kalabalığın yüküne dayanamış ve çökmüştü, ama hemen herkes aslında bir bomba patladığını düşünüyordu. Kapının önü ana baba gününe dönmüş, duyanı sarsan korkunç çığlıkları yükseliyordu.

"Ben gidip bakayım, belki yardım edebileceğim bir durum vardır, ama sen bir yere kımıldama tamam mı?" diye sordu Aret ablasına endişeli bir sesle. "Bak ama söz dinle ve git Kete sandığımız o kadının yanına otur ve orada beni bekle, beklersin n'est pas Ayda Seferyan!" dedi. Ayda sevgi ve şefkat dolu bakışlarla kardeşine başını salladı, içinden 'o kadın Kete'nin ta kendisi!' diye geçirdi, döndü, telefon ağının çöktüğünü bilmediği için gerekirse kardeşiyle haberleşmek üzere cebinden telefonunu çıkarttı, Kete'ye doğru yürümeye başladı ki, aniden önüne çıldırmış gibi telaşla çırpınan bir kadın çıktı:

"Abla çok rica edeceğim, Allah'ın, Muhammet'in Ali'nin aşkına şu telefonunu bir ödünç ver, insanlık hepten öldü mü bu memlekette ya?" diye elindeki cep telefonunu kaptı. Kadının şoka girmiş bir hali vardı ve hummalı biçimde bir numara tuşlarken kendi kendine konuşuyordu:

"İnsanlık ölmüş, Almanya'dan beter olmuş burası! Kimse kimseye yardım etmiyor, İnsanlık ölmüş bizim ellerde..."

36
İSTANBULUMSU, İSTANBULVÂRİ, İSTANBULESK

"Erkekler ne ister? Var mıdır ulan biz erkeklerin o malum şeyden başka arzusu? Hay ben senin kafana edeyim Ayhan oğlu Ayhan! Ulan senden başka buna kafayı takacak enayi erkek var mıdır dünyada be hocam?" diye sinirli sinirli güldü Ayhan. Roma'daki otelin yatağında bembeyaz çarşafların içinde çırılçıplak uzanmış, keyifle gevşemiş bedenini sere serpe bırakmıştı yatağa. Az önce yanından kalkan Belgin, gün doğarken bilmem kaçıncı kez sevişmeleri sırasında üzerine sinen ten parfümleri ve cinsel sırları yıkayıp yerine ağırbaşlı ve serinkanlı bilim insanı tenini giyinebilmek için banyoya girmiş, geriye yastıkta sıcacık izi ve banyodan gelen taze su sesi kalmıştı. Bütün gece kollarında kâh mırıl mırıl mırıldanıp kâh çığlık çığlık orgazm olan bu kadın bir saat sonra filanca kongre salonunda yapılacak 'Uluslararası Genetik ve Biyoteknoloji Kongresi'nde bir bildiri sunacaktı ama beraber kahvaltı edip gülüşmek, koklaşmak için daha bir saatleri vardı. İki yıldır tanıdığı ve bulduğu her fırsatta okyanuslar, denizler aşıp sıcacık bedenini sardığı bu kadın, şimdiye kadar beraber olduğu bütün öbür kadınlardan daha farklı olarak, Ayhan'ın kendisini daha derin ve engin bir mutlulukla erkek hissetmesine yol açıyordu. Belgin, onu farklı açılardan mutlu eden birkaç kadının tek kişide can bulması gibi bir mucizeydi. Belki de Ayhan'a büyük bir özgüven, eşsiz bir doyum, kendini kanıtlama mücadelesi olmadan beraber olma ferahlığı veren şey, aslında Belgin gibi olağanüstü bir kadını mutlu ettiğini hissetmek, bunu başarabilmekti? Belgin'le Ayhan üç gündür Roma'da Gladiatori Otel'de 14 numaralı odada kalıyor, baharın, Akdeniz'in ve en çok da aşkın tadını çıkartıyorlardı. Akdeniz'in, baharın ve aşkın! Bu onların İstanbul'dan önceki son buluşmasıydı.

"Erkekler ne ister? Ne isteriz biz ya? Neden hep kadınların ne istediği sorgulanır da erkeklerinki söz konusu bile olmaz? Yani kadınların iç dünyası çok derin, karmaşık ve yoğundur da bu yüzden hayattan ne istedikleri daima esrarengiz ve değişken kalmıştır ama biz erkeklerinki bir o kadar dümdüz, net ve malum mudur ulan? Nedir biz erkeklerin essahtan, ama harbi essahtan en büyük arzusu? Nihayetinde yalnızca kaç kadın daha becermek, para ve iktidar hırsından öte, gerçekten derinliksiz bir canlı türü müyüz be?

Hassiktir, öküzüz ulan biz, öküz be!" diye homurdandı Ayhan, ama sesi öyle yüksek çıkmıştı ki, Belgin banyodan seslendi:

"Bir şey mi söyledin Ayhan, duşun sesinden duyamıyorum hayatım?"

"Yok canım, sana değil, yine kendime küfrediyorum, adam olmam ben ya, sen nasıl beni seviyorsun kız Belgin?" diye güldü Ayhan. Onun ne dediğini anlayabilmek için duşu kapatan Belgin de banyoda gülmeye başladı. "Bekle, birazdan geliyorum seni neden sevdiğimi anlatmaya, dayan biraz hayatım!" dedi.

"Nedir bir erkeğin nihai amacı, her şey bir yana mutlaka olsun istediği, sınırındaki en büyük zafer, varoluşunun ana hikmeti? Binlerce yıldır avcılıkla, avlanmakla, en fazla spermi nasıl dağıtmanın hesabıyla meşguliyetimiz yalnızca testesteron hormonu, fetih güdüsü ve insan türünü devam azmiyle açıklanabilir mi yav? Bu kadar mı be? O zaman düpedüz kıroyuz biz ulan! Bütün zaferlerimizi daha fazla kadınla yatmak için kazanmıyor muyuz? Daha genç, daha güzel, daha daha, biraz daha, yüz yaşına gelsek de, mümkünse yüz ellide de... O icatlar, keşifler, o felsefeler, edebiyatlar, o heykeller, resimler ve balatlar, ah ulan hele o türküler! Bunların hiç mi etkisi olmadı da hâlâ avcılık yapan mağaralı dedelerimizle aynı arzu boyutunda çakışıp afallıyoruz ulan? Yok hocam içine tükürürüm ben bu durumun be!"

Mümkün olsa da tükürse rahatlayacaktı belki ama bir otel odasındaydı ve başını kaldırıp pencerenin ortası açık kalmış perdesinden bakınca; masmavi bir Akdeniz sabahında, yemyeşil bir tepe üzerinde mağrurca dikilen muhteşem Kolezyum'u gördü. O zaman İstanbul'da olmadıklarını hatırladı Ayhan. Zaten onlar İstanbul'u daha hiç beraber gezmemiş, İstanbul'la birlikte konuşmamış, daha onun koynunda hiç sevişmemişlerdi ki... Ama az kalmıştı, işte önlerindeki yaz İstanbul'da buluşacaklar, artık İstanbul'da, İstanbulca, İstanbulvâri ve İstanbulesk yaşayacaklardı. Böyle yapacaklardı. Belgin'le Ayhan ve Ayhan'la Belgin. O kadar. Yüzüne yumuşak bir gülümseme yayan bu düşünceyle yataktan kalkıp pencerenin önüne gitti ve dikkatle Kolezyum'u seyretti.

"Güzelsin be Kolezyum, hâlâ güzelsin valla!" dedi çocukluğundan beri taşlarla konuşan biri olmanın rahatlığıyla. "Bak neler görmüş geçirmişsin; ne vahşet, şiddet, ne korku, cinnet, ne kahkahalar, hazlar, aşklar ve ayrılıklar... Ama hâlâ dimdik ayaktasın be hocam! Kim bilir neler bilir, neler düşünürsün ama anlatmazsın! Bakma sen taş konuşmaz sananlara ki, sen mermerden ve pamuktaşından yapılmışsın, taşların şahıdır, en soylularındandır, bakma onlara, aldanırlar! Taşlar ancak onların dilini öğrenmeye hevesli çocuklara konuşur be Kolezyum!

"Ey Romus Romulus'un kurduğu İstanbul gibi 7 tepeli Roma'nın kanlı Kolezyum'u! Ey 1900 küsur yıllık taşların zarafetine şiddeti işlemiş Kolezyum! Ey kardeşi kardeşe kıydırma günahlı insanlığın en görkemli tuzağı! Öyle masum dikilirsin karşımda be, öyle mağrur, öyle güzel, öyle Roma'sın ki be! Sen binlerce yıllık taş hafıza kim bilir sende ne hikâyeler vardır da, tutarsın kendini. Ama dur, ben seni konuşturmasını bilirim ey taşın zarafeti be! Ancak hiç gücenmeyeceksin, çünkü ben sana bakarken bile akraban bir güzeli özlüyorum be hocam. Ulan ben Kolezyum'a bakarken bile İstanbul'u özlüyorum yav!"

Bu sırada banyodaki su sesinin kesildiğini fark eden Ayhan, pencerenin önündeki sabah keyfini burada kesti, nasılsa bugün Belgin kongredeyken bir kez daha Kolezyum'a gidip taşları okşayarak konuşturacaktı. Şimdi Belgin'i öpmek sonra duş yapmak, tıraş olmak istiyordu ama yatağa doğru adım attığında ayağına Belgin'in iç çamaşırları takıldı, az daha düşüyordu. Eğilip yerde birbirine dolaşmış siyah dantel külotla sutyeni aldı ve hiç düşünmeden kokladı, sevdiği kadına ait güzel imgeleri zihninde canlandıran bu kokuyu içine çekip gülümsedi.

"Hepimiz et düşkünü değiliz be! O kadar hıyar değiliz be! Evet çoğumuz öyle olabilir, bir zamanlar ben bile öyleydim, ama bazılarımız için aşk var, sevgi var, hep oldu ve olmalı be hocam! Evet ilk gençliğimde daha çıkmaya başladığım kızla ilk sevişmeden sonra gözüm başka kızları tarardı, bak taramazdı dersem ekmek Kuran çarpar be! Zavallı kız bir yandan ona en önemli hazinesi olduğu inandırılmış bekâretini, bir yandan bu yüzden beni kaybedeceğinin korkusunu yaşarken ben ondan sonra hangi kızla gezeceğimi düşünürdüm yav! Sapına kadar erkektim güya ya, aslında sapı hıyarmışım ulan!" Elinde Belgin'in siyah dantel iç çamaşırları, şımarık bir dağınıklık içindeki otel odasında çırılçıplak dikilen Ayhan, birden yorulduğunu hissetti, yatağın ucuna ilişti. Ama İstanbul bu, hiç acır mı? Önce feodal değerlerimle alay etti, köylülüğümü küçümsedi, burjuva bireyciliğini anlamadan ve kabul etmeden beni hemşeriliğe almayacağını belli etti. 'Karılara, kızlara bön bön bakacağına, gör onları ulan kıro!' diye azarladı beni İstanbul. Aç bıraktı, parasız, yalnız bıraktı o İstanbul zalimi beni! Berfin'imi kurban aldı. Ateşe attı, yaktı, yaktı, yaktı; pişene kadar yaktı ulan! O İstanbul ki; yalnızlıkları, ihanetleri, zalimlikleri her zulümden beterdir. O İstanbul ki, Poyraz'ı insanın içindeki ağaçları söker, Karayel'i sakat bırakır , Lodos'uysa limon gibi sıkıp beynini atar köşeye..."

"Ayhan iyisin değil mi hayatım?" diye seslendi onun uzun süreli sessizliğine alışkın olmayan Belgin. Onun sesini duyunca Roma'daki otel odasına geri döndü Ayhan.

"Ben iyiyim de sen banyoda biraz daha kalırsan, toplantına geç kalacaksın Belgin!" diye uyardı. "Haa, biz senin hocanla bu akşam mı yemek yiyecektik Belgin ya? Hani şu senin kıymetlin Profesör Seferis, Boğaziçi'nden kongre için Roma'ya gelen oydu değil mi? Bak adam gerçek bir İstanbul efendisi diyorsun, beni dersime iyi çalıştır, yoksa bir pot falan kırarım da adam daha ilk günden bizim kız bir 'kıro'ya âşık olmuş der, aman ha!" dedi. Sonra onun çamaşırlarını katlayıp sehpanın üzerine bıraktı ama orada hiç kullanılmamış üçlü prezervatif paketini görünce irkildi ve geceyi anımsamaya çalıştı. Aklına gelenler içini uyuşturacak, kasıklarını gerecek ve banyoya dalıp kaldıkları yerden devam etme isteği uyandıracak kadar heyecanlıydı, birden çıplak bedeninin ısındığını hissetti, ürperdi, tutkuyla titredi ama kondomlar orada duruyordu işte. Belleğini zorladı fakat yine de gece nasıl korunduklarını çıkartamadı. Acaba Belgin hapa başlamıştı da o yüzden mi rahat davranmıştı? Ne olmuştu? Nasıl atlamışlardı bu önemli konuyu ikisi birden? Hadi kendisi atlasa, Belgin çok duyarlıydı... Yoksa korunmuşlardı da o mu unutmuştu? Ya şimdi hamile kalırsa? Kalırsa? Belgin hamile kalırsa ve bir bebekleri olursa.... Birden bu düşünceden hiç de sandığı gibi dehşete kapılmadığını şaşkınlıkla fark etti Ayhan. "Oğlan olursa Ayhan Işık'ın, Kız olursa Belgin Doruk'un soyadlarını koyarız: Işık ve Doruk! Güzel olur be!" Ama aynı anda aklına şimşek pırıltısıyla Berfin geldi, havada tek başına ölen küçük Berfin. Aceleyle yatağın üzerindeki her şeyi yere, halıya fırlatıp yatağın içinde kullanılmış prezervatif var mı, diye aramaya başladı. Ama bulamadı. Acaba Belgin banyoya girerken alıp çöpe mi atmıştı? -Plastikler tuvalete atılmazdı!- Her otel konaklamasında Ayhan'ı canından bezdiren o İngiliz usulü çift pikenin arasında konmuş battaniyenin yatağın alt kenarlarına dibine kadar sıkıştırılmış işkence örtüsünü küfrederek yere fırlatırken, Belgin'in baş tarafindaki küçük etajerin üzerindeki kitap da yere düştü. Bu, büyük olasılıkla Belgin'in New York'tan Roma'ya uçarken yolda okumak üzere aldığı bir Margaret Atwood romanıydı. Onu yerden alıp tekrar başucu etajerine koyarken kitabın içinden kurumuş bir çiçek kaydı, eline düştü. Pembe, küçük bir çiçek, kiraz çiçeği. Avucunda narin, yumuşak, alıngan biçimde uzanmış, yeni kurutulduğu besbelli çiçeğe sanki hayatında ilk kez bir çiçek görüyormuş gibi baktı Ayhan. Bu, üç gün önce birlikte yürürlerken bir ağaçtan kopartıp Belgin'e verdiği çiçekti. O çiçekti. Liseli bir kız gibi sevgilisinin verdiği çiçeği saklamış ve kurutmuştu Belgin! Biraz sonra gen teknolojileri konusunda bildiri sunacak olan Prof. Belgin Gümüş, Marmara Üniversitesi öğretim üyesi, heykelleri müstehcen bulunarak kırılan heykeltıraş Ayhan Pozaner'in yolda yürürken koparıp verdiği çiçeği kurutmuş ve saklamıştı!

"Körpe, hâlâ körpe onun ruhu be!" diye şaşırdı Ayhan. Şaşırdığına şaşırarak şaşırdı. İçi ısındı, gözleri doldu, üzerindeki her şeyi yere atıp içinde kullanılmış prezervatif aradığı yatağın kenarına yeniden oturdu. "Bu kadar sahici ve bu kadar körpe ha!" dedi derin derin içini çekerken. Etkilenmiş, sevinmişti ama onu dışardan gören biri üzgün olduğunu düşünebilirdi. Oysa korkuyordu; çok korkuyordu...

Belgin'den çok daha genç ve güzel kadınlarla yatmıştı Ayhan; daha kendilerini ilk beğenen erkeğin kollarında ilk dokunuşta eriyecek kadar deneyimsiz, en küçük bilgi, başarı kırıntısına hayran kalacak kadar genç, moda mankeni olacak kadar güzel, çekici ama hiçbiri Belgin gibi uzun süreli, kalıcı, şok edici ve sürprizli etkilememişti onu şimdiye kadar. Artık olgun meyve kıvamında lezzet fışkıran bu kadın içine saklandığı zarif, serinkanlı ve gururlu tenin altında müthiş bir seks enerjisi taşıyor, Ayhan'ı şok ederek kendine bağlıyordu. Bu kadın, tanıdıkça çoğalan sürprizleriyle, her zaman keşfedilecek bir yeni sokak, bir semt, bir gizem saklıyordu içinde. Belgin İstanbul gibi zıtlıklarla dolu, şaşırtıcı, yorucu, nefes kesici, ürkütücü, iyileştirici, verici, çekici ve dayanılmazdı. Belgin'in bütün tanımları İstanbul'u andırıyordu. Belgin asla tamamen sahip olunamayacak, ulaşılamayacak, mucizelerle dolu bir şehirdi, İstanbul Belgin gibi bir kadındı!

"Onu en çok bu yüzden seviyorum ben galiba?" diye düşündü, avucundaki kurutulmuş çiçeği canlı bir kelebeği incitmekten çekinir gibi özenle kitabın arasına yerleştirirken.

O sırada üzerinde otelin beyaz bornozuyla banyodan çıkan Belgin, Ayhan'ı üzerindeki her şeyi yere attığı yatağın ucunda çırılçıplak otururken buldu. Baktı, şaşırdığını asla belli etmeden baktı. İstese de duygularını belli edemezdi. Onun bir duygulanma anının mahremiyeti içinde olduğunu sezdi. Onu rahat bırakmak için sanki oda boşmuş gibi pencerenin önüne gidip aralık perdeden görünen Kolezyum'a bakarak elindeki havluyla saçlarını kurulamaya başladı. Kısa bir süre sonra ayağa kalkıp ona arkasından sarılan Ayhan, ıslak saçlarından öperken:

"Olsun kız Belgin, Işık da olsun, Doruk da olsun, olacaksa hoş gelsin, bence hiç mahsuru yok," dedi.

Onun sözlerinden hiçbir şey anlamayan Belgin, bunu Ayhan'ın çağrışımları güçlü ve hızlı çalışan beyin nöronlarına bağladı. Kim bilir hangi imgeleri sözcüklere akıyordu. Bir sanatçıyla yaşamanın muhteşem korkunçluğuna alışmak zorundaydı. Sustu, sormadı, bunun yerine: "Kahvaltı etmeden de konuşmamı yapabilirim galiba..." diye boynuna dolandı Ayhan'ın. Ayhan bu sarılıştaki körpe heyecanı kavradı, sımsıkı kucakladı. Kucakladı.

37
HAVA KADAR, SU KADAR, AŞK KADAR İSTANBUL...

"Bay Gümüş? Pardon, siz Mr. Gümüş'sünüz sanırım? Buyrun, işte anahtarınız! Odanız 3. katta, 14 numara. Bayan Gümüş 17:30'a kadar kongre salonunda olacağını size haber vermemi istedi efendim. Roma'ya hoşgeldiniz!" Ayhan, resepsiyonistin bu sözlerini birkaç kez anlatıp her keresinde kahkahalarla gülmüştü. "Adama bak ya! Seninle aynı odada kalacağım için kesinlikle kocan, soyadımın da otomatikman Gümüş olduğuna karar vermiş bir kere kız Belgin! Ne klişe ya, hah hah ha!"

İki ay önce Roma'da yapılan 'Uluslararası Biyoteknoloji ve Gen Teknolojileri Konferansı'nda Columbia Üniversitesi'nin Amerikan akademik sistemine göre yardımcı profesör, Türk akademik sistemine göreyse yardımcı doçent unvanlı üyesi Belgin Gümüş, bir grup genetikçiyle beraber üzerinde çalıştığı mitokondriyal genom projesiyle ilgili bir bildiri sunmak için İtalya'nın başkentindeydi. Daha yola çıkmadan, henüz New York'tayken ona telefonda: 'Kız Belgin, bizim İstanbul'la Roma arası iki buçuk saat, uçak parası da bir taş yontucusunun başa çıkabileceği kıvamda. Şimdi ben diyorum ki, acaba 'zaten bütün yolların çıktığı' Roma'ya üç dört günlüğüne kaçsam ve seni orada yakalayıp soysam, koklasam, mıncıklasam, öpsem ve daha ilerlemiş tekniklerle daha zevkli başka münasip şeyler yapsam? Haa? İster misin, yoksa Roma'nın seslerini yalnız başına mı dinlemeyi tercih edersin?" diyen Ayhan, beklediği gibi Belgin'in sesine pek yansımayan serin bir sevinçle karşılanmıştı. Böyleydi Belgin, duygularını ifade ederken serin, mesafeli, cimri görünüyor ama tanıdıkça, beraber oldukça, dikkatle izledikçe şimdiye dek ender tanık olduğu kadar dürüst, dolambaçsız ve sahici bir insan, karşısındakine güven duydukça sıcaklaşan bir kadındı. Sonunda Ayhan Belgin'in önceden gidip, yerleştiği Roma'da tam Kolezyum'un yanında küçük ama şık butik otel Gladiatori'ye vardığında resepsiyon görevlisine 'Ms. Belgin Gümüş'ün oda numarasını sormuştu. Resepsiyonist New York'tan geldiği ve Amerikan aksanıyla akıcı bir İngilizce konuştuğu için Amerikalı bir bilim kadını sandığı Prof. Belgin Gümüş'ün kendisine bıraktığı 'ertesi gün İstanbul'dan gelecek ve otelde beraber kalacağı Mr. Ayhan'a dair nota bakıp, profesyonel bir gülümsemeyle Ayhan'a: 'Roma'ya hoş geldiniz Mr. Gümüş!' demişti. Onunkisi tamamen iyi niyetli bir jestti elbette.

Mevsimlerden bahar, coğrafyalardan Akdeniz, hallerden aşk haliydi. Bu, onların son buluşmasıydı. Bu, Belgin'le Ayhan'ın artık İstanbul'da ayrı evlerde ama ortak bir hayat kurmaya karar verip, işlerini ve yeni hayatlarını birlikte düzenlemeye, bundan böyle ortak planlar yapmaya niyetlendikleri yepyeni bir dönemdi. Bu, birbirlerine sevgiliden de öte değer vermeye başladıkları zamanlardı. Bahardı mevsimlerden, Akdeniz'di coğrafyalardan, aşktı hallerden. Aşktı, bahardı, Akdeniz'di. Akdeniz'di! Onlar 'artık körpe bir heyecanla asla olamayacak' sandıkları aşkın içine şimdiye dek hiç olmadığı kadar taze duygularla tepe taklak düşmenin mutlu şaşkınlığındaydı. Yeni bir hayal kırıklığına uğramaktan, birbirlerini kaybetmekten, bu inanılmaz yoğun duygu sağanağından sonra yalnız kalmaktan korkarak, ama bu gerilimin yarattığı müthiş duygu boşalmasıyla darmadağanık âşıklardı. Dağınık ve mutlu, çaresiz ve gönüllü, ürkek ve gözükara, temkinli ve çılgın, gerçekçi ve romantik; âşıklardı; sırılsıklam âşık! Çünkü aşktı, bahardı, çünkü çok Akdeniz'di, çünkü birbirlerinde kendi aykırı suretlerini görmüş, bulmuş ya da böyle sanmış, böyle inanmışlardı. Aşktı işte, aşktı. Ve aşk, işte öyle yıkadı, yundu, yeniledi, öyle kendine esir etti, bağladı, aşk, öyle birbirlerine mühürledi onları. Aşk dünyanın en güzel gözlü körleri yaptı bu ikisini. Aşk onları, Belgin'le Ayhan ve Ayhan'la Belgin yaptı; kadın erkek, erkek kadın oldu, erkek erkek, kadın kadın oldu! Oldular, çok oldular. Güzel oldular. Aşk böyledir. Aşk çıkarsızdır, aşk plansızdır, aşk kudretlidir, aşk yenilemez, engellenemez, söküp atılamaz çünkü aşk vardır. Planlı, çıkarlı olamaz aşk! Aşk değildir aşkı olmayan, aşktır saf olan. Dünyadaki bütün bela, haksızlık ve kötülüğe karşın hâlâ aşk vardır, aşk aklın iflasını, insanlığın tamamen çöküşünü önlemek için vardır, olacaktır, olmalıdır. Hem de tam bin bir çeşidiyle vardır. Vardır aşk; vardır ama biter, birgün tükenir, sıkılır, çekip gider; kimsenin gücü yetmez onu durdurmaya, tutmaya, çünkü parayla alınamayan tek şeydir o! İşte iki ay önce baharda Akdeniz'de Belgin'le Ayhan böyle âşıklardı birbirlerine; aşk yediler, aşk içtiler, buldukları her fırsatta ve mekânda aşk yaptılar, çok yaptılar. Belgin'in Atina'da gebe kalacağından o sırada ikisinin de haberi yoktu.

Halbuki mesleki bilgilerine de güvenen Belgin gebe kalmamak için iyi korunduğuna inanıyordu. Çocukları sevmesine karşın Belgin, dünyanın 21. yüzyıla birlikte girdiği etik ve entelektüel çöküşe bakıp, bu ortama bir çocuk daha doğurmak yerine, olanlardan birini evlat edinmenin daha doğru olduğunu düşünüyordu. Ayhansa kızı Berfin'in uçak kazasında ölmesinden sonra 'o defteri kapatmış', yeniden çocuk sahibi olmak konusunda isteksiz, fazlaca çekimserdi. Ama işte Belgin orada gebe kaldı yine de. Doğum kontrol haplarının yan etkilerinden çekindiği için Ayhan'ın prezervatif kullanmasını tercih eden Belgin, prezervatifi İngilizce adıyla 'kondom' diye her anışında Ayhan'ın müstehcen espriler yapmasına takılıyor, ama doğrusu onun en cıvıttığı zamanlarda bile tadında bırakmaktaki ustalığından hoşlanıyordu. Yine de bu prezervatif konusu aralarında sorun yaratıyordu. Ayhan bütün erkekler gibi prezervatif sevmiyor, mızıklanıyor, Belgin'in New York'tan aldığı özel kokulu ve renkli olanların bile cinsel fantezilerini bastırdığından şikâyet ediyordu. Belgin onun aslında haksız olmadığını biliyordu; prezervatif tutkuyu azaltmasa bile bölüyordu, ama 'yeni nesil kızlar', kocalarının üzerlerine 'şapka atsa hamile' kaldıklarından şikâyet etmekle yetinen ninelerine benzemiyordu işte. Ama bunun bir ikramiyesi olarak bu 'yeni nesil kızlar'la sevişmek çok daha zevkli olabiliyordu; onlar neden hoşlanıp haz aldıklarını söyleyebiliyordu. Belgin'le Ayhan'ın doğal akan, birbirlerine yepyeni yollar açarak sürprizli adreslere yol alan, esprili, meydan okuyan, hatırladıkça içlerini titreten, müstehcenle-gizemli arasında sık sık makas değiştiren şahane bir seks hayatları vardı. Belgin utangaçlığını yenip kendi aldığı hazza önem verdikçe, arzularını çekinmeden dile getirdikçe Ayhan daha çok tahrik oluyor, tahrik oldukça Belgin'i daha çok mutlu ediyor, onun mutluluğunu ondan duydukça – ki, bunları Belgin'e tekrar ettirmeye bayılıyor, sık sık: 'Hoşuna gitti mi kız Belgin, hıı? Söyle bakayım, duyamadım, bir daha de bakayım, de hele gadası?' diye üsteliyor, onun 'Evet, evet evet! Çok hoşuma gitti, harika hissediyorum! Haydi daha daha, biraz daha!' diye mırıldanmalarını duyana kadar dokunuşları, öpüşleri, okşamaları, öpüşlerini bitirmiyordu. Bazen kendilerini bile şaşırtacak kadar enerji üreten bir seks ilişkileri vardı ve seks, doyumu arttıkça daha fazlasına gereksinilen müthiş bir enerji deposuydu.

Eski kocası Entek'in yalnızca kendi seks performansını düşünerek her keresinde kendi kendisiyle bir yarışa girer gibi geçiştirdiği cinsel hayatları Belgin'e ne olduğunu anlamadığı bir cimnastik dersi gibi gelirdi. Mehmet Emin Entek, kendini en önce cinsellikle tanımlayan erkeklerin ne kadar dayanılmaz olduklarını kanıtlamak üzere sık sık cinsel espriler yaptıklarının canlı kanıtlarından biriydi. Üstelik kendi espri ve fıkralarına en önce kendisi gülerdi. Gürültülü kahkahalarla İngilizce ve Türkçe cinsel deyimler sözlüğü gibi dolaşan bu adam, evlilikleri sırasında Belgin'le hiçbir zaman üst üste iki kez sevişmemişti. Seviştikten sonra Belgin bir kez daha isterse diye mutlaka bir randevusu olduğunu söyler, mutlaka bir bahane bulur ve kaçardı. Entek, cinsel başarısızlıktan ölüm kadar korkan erkeklerin bunu örtbas etmek üzere cinsel fıkra anlatma ve/veya pahalı armağan verme konusunda uzmanlaşmış biriydi. Ve bu tür erkeklerin düştüğü en büyük tuzağa düşerek kibrinin seks dahil bütün insani yanlarını köreltmesine engel olamamıştı. Kibir ki, dünyadaki en büyük kötülük, en eski günahtır, en çok sahibini etkiler.

New York'a yerleştikten sonra Amerikalı bir meslektaşıyla birkaç ay, daha sonra da bir Fransız şef aşçıyla yaşadığı bir yıllık ilişkilerinde Belgin, kadınları kontrol altında tutulacak farklı bir canlı türü gibi algılamayan erkeklerle yaşanan cinselliğin bir kadın için de şenlik, mutlaka tadılması gereken bir haz, her defasında figürleri değişen zevkli bir dans, derin bir soluklanma ve kökten yenilenme olduğunun ayrımına varmıştı. Hayatına Entek'ten sonra, Ayhan'dan önce giren bu iki erkek, Belgin'e orgazmın doğanın kadına da bahşettiği bir hak, bir mutluluk, bir gereksinme, büyük bir keyif, su gibi, hava gibi insani olduğunu öğretmişlerdi. Onlar Belgin'in, kadın olduğu için cinsel konularda utangaç, çekingen ve/veya cahil(miş gibi) davranmasına gerek olmadığını fark ettirdiler. Kadın cinselliği konusunda çok cahil olduğunu anlamasına yol açtılar. Bu nedenle pek çok başka konuda cahil ve duyarsız oldukları için ilişkiyi sürdüremediği ama seksin kadın hayatına kattığı pozitif enerjiyi, yenilenmeyi ve canlılığı keşfetmesine aracı olan bu iki eski sevgiliyi her zaman minnetle anardı Belgin. Onlar, kocasının aşağılayıp kilitlediği dişiliğini çözmüş, seks hayatında mutlu olmak istiyorsa, cinsel hazzın bir kadın için de hak olduğunu anlamasına yardımcı olmuşlardı. Cinselliği manasız önyargılar nedeniyle hayatları boyunca bir yük veya eksiklik olarak taşıyan kendisi dahil milyonlarca kadının seks hayatlarındaki doyumsuzluk nedeniyle başka alanlarda mutsuz, solgun ve itici olduklarını fark etmişti.

Batılı erkeklerin kadına Türk erkekleri gibi ikinci sınıf davranmayışları, özellikle cinsel hazzı bölüşme konusundaki samimiyet ve cömertlikleri konusunda kafa yoran Belgin, onların birkaç yüzyıldır bekâretin kadın değerini arttırdığı palavrasıyla büyümüyor, karısı, sevgilisi kadının bir şişme bebek gibi yatakta uzanıp, beklemesinden değil, kendi arzu ve fantezileriyle sevişmeye katıldığında karşılıklı hazzın arttığını öğrenmiş dedelerin torunları olmasıyla ilgili olduğunu anlamıştı.

İki yıl önce New York Türk Evi'ndeki 'Türk Sanatçılar'ın açtığı karma plastik sanatlar sergisinde Ayhan'a rastladığında, Belgin eski kocası Mehmet Emin Entek'in 'soğuk, hissiz, frijit, kadınlığı zayıf büyük bilimci!' aşağılamalarını yıllarca gerçek sanarak yaralanmış o gergin, mutsuz kadın değildi artık. Ayhansa, bekâretin yalnız kadının değil aynı zamanda erkeğin de zihnine vurulmuş çağlar öncesinden kalma paslı bir zincir olduğunu artık farkına varmış bir adamdı. Cinsel arzularını saklamak zorunda bırakılan, tutuk, ürkek bir kadınla sevişmenin bir anlamda erkeğin taammüden cinayeti sonunda yaşanan nekrofilik bir cinsellik -'bir cesetle sevişmeyi hangi sağlıklı erkek ister hocam ya?- olduğunu anlamış bir erkekti. Ayhan'la Belgin birbirlerine rastladıklarında zihinsel ve cinsel gelişimlerinde önemli aşamalar geçirmiş iki yetişkindi ama ikisi de duygusal bakımdan yara bere içindeydi. Ancak bu konuyu içlerine gömmüş, üstünü örtmüşlerdi. Sonra ne olduysa olmuş, tanıştıktan birkaç ay sonra henüz adını koymaktan ve kendilerine bile itiraf etmekten çekinseler de Belgin'le Ayhan kendi ruhsal yaralarını birbirlerine açmaya cesaretlenmişlerdi. Aslında ilişkilerinin büyüsü de buydu; çünkü her büyük aşkın mutlaka bir büyüsü, bir kilidi, bir 'en güçlü yanı' vardır, ama çoğunlukla bu aşk bitince anlaşılır!

"Kadınlar ne oral seksten ne de anal seksten hoşlanırlar! Hoşlananlar yalnızca cinsel eşine rol yapmakta ya da bunun için para almaktadır!" dedi, Belgin

Roma'daki Gladiatori Oteli odalarında Ayhan'ın koynunda sere serpe yatarken. "Nasıl yaa? Sen bana rol mü kestin biraz önce?" diye bağıran Ayhan, daha sözünü bitirmeden utandı, kendini önce bencil, sonra fena hissetti.

"Hayır hayatım, öyle demek istemedim!" diye telaşlandı Belgin. Niyeti, sevişirken kendisini dişiler dişisi hissettiren, onun haz alması için elinden geleni yapan Ayhan'ı incitmek değildi. "Ben sana erkeklerin bilmediği bir cinsel gerçeği açıklamak istedim. Yoksa biraz önce... Yani biz... İşte ben senin oral seksten hoşlandığını bildiğim için benim durumum farklı yani... Çünkü sen haz aldığında bu bana çok seksi geliyor ve ben de uyarılıyorum..." diye güldü. O gülünce Ayhan da gevşedi. "Oh be! Beni üzmemek için sözü çevirdin ama neyse ki ustaca yaptın da erkekliği kurtardık yani! Yapma bana böyle şeyler Prenses, kalpten gideceğim kollarında be!" "Kusura bakma hayatım, galiba benim şu ders anlatma tekniklerini yataktan uzaklaştırmayı öğrenmem gerekecek. Sen bana bu konuda artık yardım edersin herhalde, hımmm canım?" diyerek Ayhan'ın boynuna yaklaştı, kulağının içini hafifçe öptü. Keyifle gevşeyen Ayhan, Belgin'i kendine çekip onun kulak memesini ısırırken; "Tamam, gel hemen yardıma başlayayım!" dedi heyecanlı bir sesle. Ama Belgin'in hocalık damarı tuttu yine: "Ben yalnızca kendim için oral ya da anal seksi istemezdim demek istiyorum. Düşünsene kadınların haz bölgesi tamamen vajina ve klitoris olarak yaratılmış zaten!" dedi.

Belgin'in yatakta, en mahrem ve kaynaşmış oldukları zamanlarda bile cinsel organlarla, pozisyonları bilimsel bir dille konuşmasına bir türlü alışamayan Ayhan, hep olduğu gibi kahkahasını tutamadı: "Kız Belgin, valla sayende kadın doğum uzmanı olacağım be! İlahi Prenses ya, hayır bir gün atölyede bir nü çalışırken ben de senin etkin altında kalarak modelime dönüp: 'Affedersiniz hanımefendi, bu açıdan bakınca biraz uterusunuz görünüyor, acaba ayağınızı sol aşil tendonunuza doğru içeri çeker misiniz?' falan diye konuşmaktan korkuyorum be! Gel kız buraya, gel yanıma bakayım, benim şimdi acilen klitoris çalışmam gerek, çabuk çabuk gel Belgin!" Sevişirken adını telaffuz etmesi Belgin'i çıldırtıyor, tamamen baştan çıkmasına neden oluyordu. "Ah Belgin, gel bana güzel Belgin'im!" Belgin gitti, yanında yatan Ayhan'a gitti ve ona sarım sarım sarıldı. Sarılırken onu ruhuyla beraber kucaklayan Belgin, onu içine, en içine, şimdiye kadar hiç kimseyi almadığı kadar en içine aldı, kabul etti ve orada sımsıkı kavradı. Ayhan bunu hemen hissetti. En duyarsız, en bencil ve en vicdansız erkek bile bir kadının kendini her şeyiyle sevip kabul ettiğini en çok sevişirken anlar, çünkü seks bir kadının kendini vermesi değil, aslında erkeği en derinine kabul etmesidir. Seks, biri öbürü tarafından en derinine kabul edilmemişse yalnızca bir boşalmadır. Ayhan bunu büyük bir hazla ve minnetle hissetti. Belgin'in onu her şeyiyle kabul ettiğini orada anladı. O zaman, o ikisi birbirlerinin en derininde, en sıcak, ıslak ve en mahreminde kavuştuklarını anladı ve mest oldular. O zaman prezervatifi falan unuttular. Onlar o gün orada birbirlerine bütün gönülleriyle razı oldular, onay verdiler. Onlar, o gün orada ancak yetişkin bir erkekle yetişkin bir kadının en mutlu birleşmesiyle bir oldular. Oldular. Belgin o zaman hamile kaldı.

"Bir kadının beğendiği bir erkeği arzulaması, kendine bu izni verebilmesi ne zor ve sancılı bir yolculuktur Tanrım!" diye düşündü Belgin, Atatürk Havalimanı, dış hatlar terminalinde pasaport kontrol gişelerinin hemen arkasında bir metal bankta buradan bir an önce çıkmayı beklerken. "Bir erkeği arzulamak, bir erkeği cinsel düşlerde hayal etmek, onun kokusunun kendininkine sinmesini şiddetle istemek, bir erkeğin kaslı ve dipdiri kalçasını çıplak düşünüp, onu sımsıkı kavramayı arzulamak, bir erkeğin ensesine dolanıp, göğsüne sertçe yaslanmak, dudaklarını ısırıp kulak memesini yalamak, onun dilini kendi ağzında, parmaklarını en saklı ıslak yerlerinde, ellerini göğüslerinde dolaşırken düşlemek ve onu içine almak! Tanrım, bir kadının bu arzularla bir erkeği içine alması, bir kadının bir erkeği kendi rızasıyla alması, bütün bunları hissedecek kadar kadınlığını hissedip bundan ötürü cezalandırılmayacağını, örselenip, öldürülmeyeceğini bilerek sevişebilmesi niçin yüzyıllardır engelleniyor? Neden kadının dişiliği değişik adlar ve kodlarla daima bir yasaklar kitabına veya geleneğine kaydediliyor? Taş devrinde doğal yaşadığı anlaşılan dişi inşanın cinsel arzuları sözde gelişen insanOĞLU'nun tarihiyle beraber yasak ve günahlardan en fazla nasibini alan konu oluyor?"

"Bir ihtiyacınız var mı bayan?" diye bir soru duyduğunda Belgin şaşırdı. Nerede ve ne koşullarda olduğunu unutmuştu. Başını çevirince, kendisine bu soruyu soran polis memuru Üzeyir Seferihisar'ı gördü ama önce tanıyamadı, süzdü, sonra çabucak şimdiki zamana döndü. "Ah çok mersi memur bey. Ben iyiyim de tabii şu az önceki patlamanın ne olduğu konusunda net bir bilgi alsam daha da iyi olacağım!" dedi nazik bir sesle.

"Hiç merak etmeyin bayan, korkulacak bir şey yok. Birazdan açıklama yapılacak," dedi ve biraz ileride bir yaşlı kadın yolcunun oturmasına yardım etmeye koştu.

Atatürk Havalimanı, dış hatlar terminalinde pasaport kontrol kulübelerinin hemen önünde bir saatten fazla bekletilen yabancı ve yerli gümrüklü yolculara yardımcı olmaya çalışan havalimanı görevlileri tepsilerde su ve meyve suları servis ediyor, biraz önceki büyük gürültünün ÇIKIŞ kapılarından birinin çökmesi olduğu açıklanıyor, birkaç yaralı dışında bir sorun olmadığı söyleniyordu. Bu açıklamalar resmen yapılmadığı için kulaktan kulağa yayılıyor ve yabancı yolculara açıklama yapmak hep olduğu gibi yine yabancı dil bilen Türklerin gönüllü çevirmenlik ve yardımlaşma duygularına kalıyordu!

"Merak etmeyin bayan, birazdan sizi tahliye edecekler, önce içhatlara götürüleceksiniz. Ben amirime sizin hamile olduğunuzu söyledim, size yastık, battaniye verecekler, uzanır rahat edersiniz!". diye Belgin'in yanına koşan polis memuru Üzeyir Seferihisar'ın yüzünde, hayatta görevini yapmaktan başka hiçbir amacı ve beklentisi olmayan namuslu bakışları görünce Belgin içini çekti ve düşüncelerini yine sakladı. Polis memuru Üzeyir Seferihisar aynı ülkede ama farklı çağlarda yaşıyorlardı ve bu zaman kayması memleketin asıl dramlarından biriydi. Belki bu durum onun kız torunlarının zamanında eşitlenecekti; İnşallah öyle olacaktı, daha uzağa kalmadan hiç değilse... Memleketin takvimi ve saati bütün bölge, kent ve mahallelerinde eşitleneceği gün, ah eşitleneceği günlerde!

"Bana çok yardımcı oldunuz memur bey, teşekkür ederim! İnşallah çocuğunuz cinsiyeti ne olursa olsun sağlıklı doğar ve anneli babalı büyür!" dedi. Belgin kendini de şaşırtan bir 'bereketli, çok bilmiş Kete' edasıyla. Hâlâ bir oğlu olmasını bekleyen Üzeyir, başını sallayarak teşekkür etti. Belgin onun arkasından baktı, bekledi, baktı.

38
ELİNE, DİLİNE, BELİNE SAHİP OLACAKSIN!

"Bak şimdi şu talihsizliğe! Zaten bütün aksilikler hep beni bulur! Ama bak eğer o gizli polis kılıklı adam bu arızayı önceden bilmiyorduysa bana da Sabriye demesinler! Yoksa neden koskoca adam Moskova valizini Berlin bandında beklermiş gibi yapsın ki?" diye hayıflandı Berlinli işçi Sabriye Bektaş anonsu duyunca. Uçuşlar için belirlenmiş bagaj limitlerini zorlayacak irilikteki tekerlekli valizini ve siyah bir plastik poşetle sıkıca sarılmış büyük bir kutuyu Berlin uçağının bagaj bandından almış, onları üst üste yerleştirip omuzlarına astığı çok ağır iki çantasını dengelemiş, taşıdıkları düşmesin diye büyük güçlükle yavaş yavaş gümrükten geçmişti. Kendisini karşılamaya gelen amcasının oğlu Hasan Hüseyin'le buluşup taşıdığı onca ağırlıktan kurtulacak, bir oh çekecekti ki, anons yapıldı.

"Ne demek bu şimdi?" diye düşündü Sabriye Bektaş. "Arızalar tamir edilir, anons değil!" Önce pek ciddiye almasa da bu anons hızını kesmiş, bir an önce havalimanından çıkıp Berlin'de hazırlamak için geceler boyu uykusuz kaldığı, şimdi de kendi ağırlığında bir kadın için taşımanın bir mucize sayılacağı kilolarca yükten bunalmıştı. Tam buradan kurtulup amcaoğlu -kuzen demeyi hiç sevmezdi- Hasan Hüseyin'in arabasına binecek ve artık ağır yükleri üzerinden atacakken bu anons nereden çıkmıştı böyle? Aslında Sabriye'nin doğuştan ağır bagajları vardı. Ancak şikâyet etmenin bir işe yaramadığını çocukken sert deneyimlerle öğrendiğinden hiç etmezdi. Hayatlarının baharında şiddetli hayal kırıklığıyla derin bir kırılma yaşayan, artık hiçbir ameliyatın düzeltemeyeceği ruh örselenmesi geçiren insanların yok olmamak için geliştirdiği direngen bir gururu, pratik bir zekâsı ve güçlü bir inancı vardı. Herkesin dert ettiği günlük ve insani sorunları önemsemezdi Sabriye Bektaş, çünkü o daha on beş yaşındayken insan denen canlının iblise dönüştüğünü, gözünü kırpmadan kimseye zarar vermemiş komşusunu öldürebildiğini ve yeryüzünün en gaddar yaratığı olabileceğini görmüş, sert bir biçimde zedelenmişti. Bu yüzden yorgunluk, uykusuzluk, ağır bagajlar veya kaba saba tavırlar onu etkileyemezdi. O bunlara dayanmak üzere bedeniyle gerçek dünya arasına kalın bir duvar örmüştü. Hayatta kalabilmek, direnebilmek, daha fazla incinmemek için. İşte her zamanki gibi her yoksunluğa inat Türkiye'deki akrabalara, yeğen, meğen, çoluk çocuk torbaya yine küçük armağanlar, yarım elma, gönül almalar, olmazsa kalbi kırılacaklar, lar lar, larla doldurmuştu valizleri, çantaları, torbaları işte. Öyle yapmıştı yine. Olsun, Sabriye çalışmaktan, yorulmaktan, didinmekten hiç gocunmazdı. Onun incinmesi gönül kırmak, haksızlık etmek, ayrımcılık yapmak veya umutsuzluk yaratmaktan yanaydı. Bu eylemlerin bu dünyadaki en büyük günah olduğuna inanırdı.

Anonsu ciddiye almasa da duyduğu andan itibaren elleri ve kollarındaki yüklerin ağırlığı artıvermişti. Telaşa kapılmamak için dış hatlar terminali gelen yolcu bekleme alanında boş bulduğu ilk metal bankın önüne omuzlarındaki çantaları, elindeki valizi ve torbayı yere bıraktı, sonra sanki yüzlerce yıldır ayaktaymış gibi derin bir iştahla sert koltuğa oturdu. Günlerdir uykusuz ve yorgun olan Sabriye Bektaş, yılda bir kez gelebildiği anavatanında bulduğu ilk yere kendini bırakıverdi. O kadar yorgundu ki, ergonomik olarak havalimanları arasında en kötü tasarım ödülünü hak edecek bu metal bankta, o günlerdir ilk defa rahat etti. Kendini tutmasa orada hiçbir şey umurunda olmadan saatlerce uyurdu ama buna zamanı yoktu. Sabah vardiyasında çalıştığı zamanlar biraz daha iyiydi de gece vardiyası onu çok yoruyordu. Ev işleri, artık büyüseler de çocukların sorunları falan derken uykusundan fedakârlık etmek durumunda kalıyordu ama en çok vaktini alan bunlar değildi. Hiç değildi. Sabriye Bektaş, yıllardır yaşadığı Almanya'daki en ateşli ve tavizsiz Alevi aktivistlerinden biriydi.

Aslında dini inançları konusunda fanatik bir ailede büyümemiş, inancın hayatın içinde başka inanç ve eylemlerden daha büyük önemli olduğuna dair hiçbir telkin ve baskıya maruz kalmamıştı. Sabriye, kendine ait dünyevi hedef ve hayalleri olan bir çocuktu. Maraş'ın tanınmış ve sevilen bir ailesinin kızı olarak orada doğmuş, büyümüştü. Ama hayat onu hiç beklemediği bir zamanda çok sert sarsmış, tartaklamış, önce çok sevdiği Maraş'tan kopmak, bir süre İstanbullu, sonra da Berlinli olmak zorunda bırakmıştı. Hayat. Hayat mı? Hayatın ne suçu var? 1979'da yaşanan korkunç Maraş olaylarına kadar yaşama sevinci dolu, parlak bir liseli genç kızdı Sabriye. O kış sinemada patlayan bombayı 'Komünist Aleviler' yaptı diye yayılan söylentiden sonra evlerinde öldürülen iki öğretmenden biri onun öğretmeniydi. Binlerce insanın katıldığı cenaze töreninde yayılan: 'Komünistlerle Alevilerin cenazesi camide kılınmaz!' sloganlarıyla başlayan şiddet Maraş'ı sarmış, yüzlerce insan hemşerilerince öldürülmüş, evler, dükkânlar yağmalanmıştı. Sabriye'nin babası ve annesi yağmalanan kırtasiye dükkânlarından tek bir eşya kurtaramadan apar topar üç kızlarını alıp İstanbul'a kaçmışlardı. O gün küçük Sabriye'nin hayatı tamamen ve bir daha düzelmemek üzere değişmiş, dağılmış, kırılmıştı. Öyle. Bir günde.

Babası Sabriye'nin büyüyünce üniversitede öğretmen olacağına inanır, 'Sen de bilimadamı sabrı ve hırsı var kızım, sen oku ben ceketimi satar seni sonuna kadar desteklerim!' derdi. Ama Maraş'tan cepleri boş, kalpleri yaralı olarak evlerini, işlerini ve köklerini bırakarak kaçmak zorunda kalmışlardı sonunda. Aynı gece İstanbul'daki akrabalarının yanına sığındıklarında, Sabriye ağlamaktan şişmiş gözlerle babasının önüne dikilip sordu: 'Niye baba? Niye bizden bu kadar nefret ediyorlar? Biz de Muhammet'e inanan Müslümanlar değil miyiz? Biz de yurtsever Türk değil miyiz? Nedir bizim farkımız, neden hor görüyorlar bizi?' Babası yanıt verememişti. Evladına verecek yanıt bulamayan bir babanın onulmaz acısıyla gözlerini başka tarafa çevirmişti. O korkunç göç gecesi babasının onu korumak için vermediği yanıtı, yıllar sonra İstanbul'da yaşayan amcasının oğlu Hasan Hüseyin verecekti:

"Artık Alevilik üzerine konuşmaktan bıktım Sabriye! İletişimin bu kadar ilerlediği bir çağda her çeşit cehalet ve kuşku internetin tuşlarında çözülebilecek durumdayken biz hâlâ 'Aleviler de Müslüman'dır' diye ter ter tepinip kendimizi kanıtlamamak durumunda kalmamalıyız. Burası bizim vatanımız ve biz sürekli savunma durumundayız; yeter artık ya! Evet, bize tarih boyunca zulüm edilmiştir. Evet, bizler hiç saldırgan olmayan güçlü pasif direnişçilerizdir. Evet, Anadolu'daki binlerce yıllık geleneğin, Türkmenliğin temsilcileriyiz, Biz Aleviler, demokrasinin garantisiyiz, Sabriye, çünkü demokrasi ailede başlar. Sonra Osmanlıcanın en yükseldiği dönemlerde bile Türkçe konuşan yine bizlerdik ama..."

Ama ne diye düşündü Sabriye, ama ne?

"Dedelerin, erenlerin yüzündeki çizgiler bizim özeleştiri yapma, acıya katlanma, 'düşecek daha aşağı yer yok' alçakgönüllüğü ve yiğit sabır geleneğimizin haritasıdır ey can Sabriye, ama..."

Ama ne, ne ne ne?

"Ama bu kadar pasif, bu kadar kapalı ve sessiz direniş bu iletişim çağına uymuyor artık ve adı olmayan kahraman olsa ne yazar?"

Sivri dilli ve özeleştirel olduğu için amcaoğlunun Alevi cemaatine de yaranamadığını bilen Sabriye onun söylediklerini dikkatle düşündü ama artık çok geçti. Küsmüştü bir kere Sabriye. Öyle böyle değil, vazgeçmişti hayattan. Okulu ve hayallerini bırakmış, yaşamaktan caymıştı. Aylarca yemeden içmeden kesildi, kimseyle konuşmadı ve kendi rızasıyla bir çeşit bitkisel hayata çekildi. Hayatla ilişkisi o kadar incelmişti ki, yaşadıkları büyük yıkımı bırakıp büyük kızlarını derdine düşen anne ve babası onu borç paralarla İstanbul'da doktorlara taşıyıp durdular. Haftada iki kez, hiç bıkmadan ve usanmadan kızlarını vapurla Kadıköy'den Karaköy'e, Karaköy'den Kadıköy'e götürdüler. Zaten evlerini, işlerini ve hayallerini yitiren aile, evin en akıllı, yürekli çocuğunu da kaybetmemek için didindi durdu. Küçük kızlarını İstanbul'da okula yazdırıp akrabaların desteğiyle yeni bir hayat kurmaya çalışan anne ve baba kendilerini aslında tamamen Sabriye'nin sağlığına adadı. Ellerinde kalan ne varsa onun tedavisine akıttılar. En iyi doktor neredeyse oraya koştular. Önce İstanbul'a yerleşip yeni bir hayat kurmayı düşünen aile, yıllar süren tedaviye rağmen durumu hâlâ iyi görünmeyen Sabriye'ye daha iyi koşullar sağlamak ve sağlığını kurtarabilmek umuduyla

Almanya'ya göç kararı aldı. Böylece Berlin'deki uzak bir akrabalarının yanına gidip hiç de benimseyemedikleri bir kültürde yeni bir hayat kurmaya çalıştılar. Beş yıl sonra babası kanserden öldü, annesi kalp hastası oldu.

Berlin'deki yabancı çevre, Sabriye'nin ruhunda yankılanan tanıdık ölüm seslerini sildi. Bunun da etkisiyle oradaki iki yıllık tedaviden sonra biraz iyileşti; insanlarla kısa da olsa konuşmaya, konuşurken bazen insanların gözlerine bakabilmeye ve ender de olsa gülümsemeye başladı. Ancak Almanca dil kursu dışında bir daha okula gitmedi, meslek sahibi de olmadı. Birkaç yıl sonra Berlinli bir Alevi gençle evlendi. Birbiri ardına iki çocuk doğurdu, onları annesine ve kayınvalidesine emanet ettikten sonra bir fabrikada işe girdi ve bir Alevi derneği kurmak için çevresini örgütledi. Artık kendini her şeyden önce ve çok Alevi hissediyordu. Bu konudaki fedakârca çalışmalarıyla insanların hayranlığını kazanarak Alevi cemaati arasında büyük saygınlık kazandı. Kendini kutsal kitap işlevindeki Buyruk, Hakikat Kapısı'yla Aleviliğin temelindeki edilgen direniş ruhuna o kadar adamıştı ki; ruhundaki yanıklar ve yaralarla Maraş'ta bıraktığı ve muhtemelen çok farklı bir hayatı olacak küçük Sabriye'yi bir daha hatırlamaya hiç vakti kalmadı. Memleketi özlediğinde aklına Maraş'ın değil de İstanbul'un gelmesi de bu yüzdendir.

Sabriye için İstanbul bir vapurdur, büyük, yaşlı, sağlam bir vapurdur ki; bütün İstanbul onun içinde, üstünde ve çevresinde yaşar. İstanbul, masmavi göğün göğsüne dizilmiş tombul beyaz bulutların altında giden bir vapurdur. İstanbul, vapura eşlik eden martıların kendilerine ikram edilen simitlere şükran çığlıklarıdır. İstanbul vapurun bembeyaz köpükleriyle kabaran masmavi bir denizdir. İstanbul kocaman, şenlikli, renkli, gürültülü bir vapur-şehirdir. İstanbul içinde her dilden, her milletten ve dinden insanın Asya'yla Avrupa arasında gidiş-dönüş yolculuk ettiği bir vapurdur. İstanbul, Akdeniz'in Nuh gemisi, hayata dönüş yolculuğudur. Maraş'la Berlin arasında masmavi bir köprü, yıllar boyu Anadolu yakasından Avrupa yakasındaki hastaneye haftada iki kere vapurla geçerken yaşadığı yaşama dönüş yolculuğunun adıdır İstanbul. Doktordan çıkışta, içtiği ilaçların etkisiyle rüya renkleri ve hayal imgeleriyle belleğine kazınan sihirli bir diyardır İstanbul. İlaçların yatıştırdığı öfkesine pembe erguvanlar serpiştiren şefkatli bir deniz yolculuğudur. Anne ve babasıyla yan yana haftada iki kere güven içinde yaptığı vapur yolculuğudur İstanbul. İçinde kimin Alevi olduğunun bilinmediği, gerekirse içine saklanıp korunacak kamaraları olan beyaz bir vapurdur. İstanbul'u babası, İstanbul'u Maraş, İstanbul'u kendi gençliği gibi sever ve özler Sabriye Bektaş. İstanbul onun kalbidir. Binbir Gece Masalları'nı andıran vapur yolculuklarıyla çok sevdiği İstanbul.

Son yıllarda kendini, emekli olduktan sonra kocasıyla İstanbul'a yerleşmeye heves ederken sık sık yakalayan Sabriye'yi bu arzusundan vazgeçirmeye çalışan akrabaları ona: Türkiye ilköğretim okullarında hâlâ zorunlu olan din derslerinde Aleviliğe yer verilmediğini ve Cemevlerinin ibadethane olarak hâlâ ciddiye alınmadığını anlatıyorlardı. Alevileri derinden inciten gerçek dışı ve çirkin yakıştırmalarla dolu yüzyıllık köhne sözde 'mum söndü' fıkraları da azalsa bile devam ediyordu. Üstelik İstanbul'da yaşarken en yakın arkadaşlarının arkasından '*Alevi ama iyi insandır!*' diye konuşmalarına katlanabilecek miydi bakalım? Öte yandan yeniden bir Maraş, şahit olmasa da dumanlarıyla içi yanan bir Sivas olayı yaşamaktan da çekiniyordu. Çünkü bir katliama daha dayanamaz, bu defa iyileşemez çıldırır, yok olurdu Sabriye. Ama yine de bir vapura benzeyen İstanbul'u, o masmavi, bembeyaz ve köpük köpük güzel İstanbul'u özlüyor, rüyalarında görüyordu sık sık...

Atatürk Havalimanı, dış hatlar terminali gelen yolcu bekleme alanında oturduğu metal bankta yorgunluktan uykuya dalmak üzereyken bacağını ve valizlerini koklayan bir köpeğin ıslak burnuyla kendine geldi. Köpekleri belki de polislerle özdeşleştirdiğinden sevmez, onlardan hoşlanmazdı. Şimdi yine irkildi, nefesini tuttu. Onun korktuğunu anlayan özel eğitimli polis köpeği bu kez daha büyük bir ilgiyle bütün eşyalarını koklamaya başladı. Köpeğin bu tutumu onu tasmasından tutarak dolaştıran polisin de ilgisini çekti ve Sabriye'yi dikkatle süzmeye başladı. Polis pasaportunu isteyince, Sabriye Alman pasaportunu çıkarttı ve saygılı biçimde uzattı. Polis onun soyadından Alevi olduğunu belki anlamadığından, belki de bunu hiç önemsemediğinden pasaportu inceledikten sonra, teşekkür edip yerdeki torbada bulunan karton kutuyu açmasını istedi. İçi plastik oyuncaklarla dolu kutuyu özenle sımsıkı bantladığı için yeniden açıp kapatmanın zahmetini düşünerek canı sıkılan Sabriye, kutuyu gönülsüzce kucağına aldı, sinirlenmemeye çalışarak tırnaklarıyla yırtarak kutuyu açtı. Bu sırada son derece sakin biçimde başında bekleyen polis yırtılan karton kutuyu didik didik aradı ve yeniden teşekkür edip gitti. O zaman üzerindeki kırmızı ışıklı lambanın alarm vererek yandığı ÇIKIŞ kapısına doğru önünden telaşla koşan yolcuları fark etti Sabriye. Anons edilen dijital arıza belki de sandığından daha ciddiydi? Öyle miydi acaba? Ama Sabriye neler görmüş, geçirmiş ve hayatta kalmış biriydi, yine sabredecekti. Oturduğu bankta başını çevirip bakınca, biraz önce yanından ayrılan köpekli polisin bir yabancı yolcuya yaklaşıp ona da sorular sorduğunu gördü ve biraz yatıştı. Yine de temkinli davranmak istedi ve cep telefonunu çıkartıp kendisini dışarıda bekleyen Hasan Hüseyin'in numarasını tuşladı ama telefonu meşgule benzeyen bir sinyal veriyordu. Bu kez ayağa kalkıp etrafı inceledi. Nedense yalnızca bir tanesi açık olan ve şimdiden önü ana baba gününe dönmüş ÇIKIŞ kapısından bu kadar çok bagajla çıkması olanaksız görünüyordu. Zaten çocuklara getirdiği oyuncakların kutusu yırtılmış, onu nasıl kapatacağıysa başlı başına bir sorundu. O bunları düşünürken ilerideki bardan bir erkek çığlığı duyuldu ve bu çığlık Sabriye'yi can evinden vurdu. Bu çığlık Maraş'taki o gece komşularından gelen sese benziyordu. Sanki benziyordu. Çok benziyordu. Birden eli ayağı boşandı, biraz önce kalktığı koltuğa düşer gibi çöktü. Sakinleşmeye çalışarak yeniden Hasan Hüseyin'in numarasını tuşladı ama telefondan tuhaf sinyaller geliyordu. O sırada önünde Kerbela gibi kargaşa yaşanan ÇIKIŞ kapısına doğru hızla yürüyen uzun boylu, pahalı giyimli, siyah gözlüklü, hafif kır saçlı bir adam dikkatini çekti. Bu adamı tanıyordu. Onu iyi tanıyordu. Adam, insanların dışarıya çıkabilmek için birbirlerini ezmek üzere olduğu büyük ÇIKIŞ kapısına hiç yaklaşmadan elinde tuttuğu evrakları ve pasaportu havaya kaldırdı ve başıyla buyurgan bir işaret yaptı. Yerinden ok gibi fırlayan bir sivil görevli koşup yanda kapalı duran bir kapıyı açtı. Hızını hiç kesmeyen adam aynı kibirli yürüyüşle kapıdan çıktı. Sabriye onun kendi Moskova bagaj bandını Berlin'le karıştıran adam olduğunu anladı. Bu adam oydu, kesin oydu! Milletin can derdine düştüğü bir yerden kılına bile halel gelmeden çıktığına göre gerçekten sivil polisti. Öyleydi. Zaten Sabriye'nin adını da bilmişti. İçi kuşku ve huzursuzlukla dolan Sabriye ayağa kalktı ama tam önünden geçen birileri onu itekledller. Bunlar, az önce çığlığın geldiği taraftan üzeri örtülmüş birini sedyeyle taşıyan sağlık görevlileriydi. Sedyenin yanında ancak ölüm acısıyla yanan bir yüreğin sızısıyla ağlayan genç bir adam darmadağınık yürüyordu. Sabriye artık fenalaşmaya başladığını, panik krizinin yaklaştığını anladı ve bunu da yeneceğini kendine telkin etmeye çalıştı. 'Burası Maraş değil, birazdan buradan çıkacağım, birazdan buradan kurtulacağım!" Ne kadar böyle kaldı hatırlamıyor ama tam arkasından gelen büyük bir patlamayla sarsıldı ve kendini kaybetti. En son hatırladığı elinde telefonu olan bir kadının telefonunu çekip aldığıydı; Allah, Muhammet, Ali aşkına, benim Hasan Hüseyin'e ulaşmam gerek! Benim buradan hemen kurtulmam, hemen çıkmam gerek!"

39
HER ŞEY DEĞİŞİR, HEPİMİZ FÂNİ, İSTANBUL BÂKİ

"Hayırdır İnşallah!" diye nefesini tuttu Kete anonsu duyunca; "Allahım sen esirge benim kuzumu, artık yüzü gülsün Belgin'imin yüce Rabbim!" Ancak daha nefesini veremeden telefonu çaldı ve sonra her şey çok çabuk gelişti. Belgin'in aynı çatı altında arayıp verdiği müjde: 'Anneanne oluyorsun Kete Hanım!' ve ardından hayatının en büyük tabusuyla onu tehdit edişi: "Eğer sen aileni affedebilirsen, ben de geçmişimi edebilirim demektir. Bebeğin, Ayhan'ın ve benim geleceğim senin inadını yenebilme gücüne ve hoşgörünün sahiciliğine bağlı!" mesajı. Bu tehdidi korkunç kılan içeriği kadar Belgin'in hem annesi Jackie-Halide Hanım gibi gururlu hem de Kete'si kadar inatçı oluşuydu. Ancak kolay mıydı göğsünde kırkbeş-elli yıldır taşıdığı bir acı düğümü çözebilmek, kolay mıydı çocukken tenine kazınan terk edilme dövmesinden kurtulabilmek?

Oysa bir sabah hap kadar kızlarını 'kaderi bizimkine benzemesin!' diye Van'dan İstanbul'a giden bir otobüse bindirip amcasının Sarıyer'deki gecekondusuna yollayan anne ve babasının bunu kötü niyetle yapmadıklarını anlayabiliyordu artık Kete. Arkasından çektikleri hasret ve pişmanlık acısını da özellikle Belgin'e ve oğlu Halit Ziya'ya bakarak hissedebiliyordu. Eğer Van'da yaşadıkları koşullarında kalsaydı koca dayağından veya düşük yapmaktan şimdiye kadar çoktan ölüp gitmiş olabileceğini, bu açıdan bakınca anne ve babasının kararının çok yanlış olmadığını da görebiliyordu. Ancak yıllar önce öldüğünü öğrendiği annesiyle, yeniden evlenen babasını bir türlü affedemiyor, ah hiç affedemiyordu! Onları ne zaman ansa, 'Benden vazgeçtiler ama! Öz anamla babam benden vazgeçtiler!" diye diye ağlayarak tepesine dikilen küçük Kete'yle bir türlü başa çıkamıyor, hem onları hem de kendi ruhunu özgür kılacak izni bir türlü veremiyordu. Şimdi Atatürk Havalimanı dış hatlar terminalinde Belgin'i bekleyen -doğum tarihi tam bilinmediği için- tahminen 53 veya 55 yaşında, Bebekli bakkalla evli ve bir oğul annesi Safiye Yıldız; yani Kete; 'Demek kuzucuğumun acısıyla benimkiyle kıyaslayacak kadar büyük, demek onun geçmişindeki hayal kırıklığı benimki kadar derin, o kadar büyük?" diye düşündü. Ya da herkes kendi acısının en derin ve en onulmaz olduğuna inanıyordu.

Derin derin içini çekti Kete. Belgin'in kurtuluşu kendi kurtuluşuna, ikisinin de ruhlarının özgürleşmesi geçmişlerini temizlemeye bağlıydı, öyle miydi yani?

"Offf, off neden bu kadar zor insan işleri yüce Rabbim!" diye yeniden içini çekti ama o zaman nefes borusundan akciğerlerine ateşten bir top yuvarlanarak düşmüş gibi içi yanarak soluksuz kaldı. Önce boğulacak gibi oldu, rengi çekildi, benzi soldu. Paniğe kapıldı; ya olmazsa, ya Belgin gerçekten çekip gider, Ayhan'dan ve bebekten vazgeçerse? Ya bunda kendi payı olursa? Günaha girerse, Halit Ziya Baba'nın, Jakie-Halide Anne'nin ve Büyükanne'nin emaneti biricik kuzusunun mutluluğuna engel olursa? Ya gerçekten olursa? "Tövbe tövbe!" Yok yok, bunun bir çaresi olmalıydı, mutlaka bir çözümü bulunmalıydı ve bulunacaktı! Yoksa içten içe içsel yarasının iyileşmemesini istemiş olabilir miydi? İyileşmemiş bir yarayla yaşamaktan haz duymak, bu yolla ayrıcalıklı olmak gibi hastalıklı bir yanı var mıydı? Bu yara gerçekten iyileşemez miydi? Kendi yarası iyileştirmez, ruhundaki kırık gerçekten tamir edilemez miydi? Hayat devam ederken, ölüme karşı yaşamın gücü gürül gürül akarken onarımsız durum, iyileşmeyen yara, umutsuz vaka olabilir miydi? Yoksa Halit Ziya Baba'nın sık sık '*şuurlu vicdansızlık*' dediği, kendisinin Ayhan'a vasiyet ettiği şey bu muydu? İçi daraldı Kete'nin ve içi daraldığında hep yaptığı gibi kırmızı pabuçlarına baktı. Ne giyerse giysin, nereye giderse gitsin daima kırmızı olmasına özen gösterdiği pabuçlarına; kırmızı pabuçlarına... Sarıyer'de amcasının gecekondusuna üzerindeki tek entarisiyle yollandığı o kendisini dünyanın en sevilmeyen ve istenmeyen çocuğu hissederek acı çektiği yıllarda, daha Gümüşlerin evine 'besleme' olarak verilmeden, daha sonra Belgin'in Kete ablası ve anası olmadan çok önce, amcasının işçilik yaptığı inşaata sefertasıyla yemek götürdüğü bir gün, inşaatın sahibinin kendiyle yaşıt kızının kırmızı rugan pabuçlarını görüp büyülendiği o günden beri... O bir çift kırmızı pabucun sahibi mutlu ve güzel kızı gördüğünden beri... Kimse, hiç kimse, hâttâ Belgin ve oğlu küçük Halit Ziya bile bilmez... Küçük Safiye henüz Kete olmadan önce o varlıklı ailenin kızında gördüğü kırmızı rugan pabuçları öyle arzulamış, onların sevgi ve aile simgesi olduğuna öyle inanmıştı ki, onlardan hiç vazgeçmedi. Bunaldığında, darda kaldığında ve içi yandığında; arkasından her '*Beslemeymiş ama iyi bir kız!*' diye fısıldandığında hemen kırmızı pabuçlarına baktı, hatırladı. Hatırladı ve yatıştı. Kete, zor günlerin geride kaldığını, artık kendisinin de kırmızı pabuç giyebildiğini hatırlar ve toparlanırdı. İşte şimdi o zamanlardan biriydi ve Kete başını eğip kırmızı pabuçlarına baktı. Baktı ve hatırladı. Bir elinde telefonu, öbür eli göğsünün ortasındaki düğümün üzerinde öyle kaldı. Başını kaldırdığında hemen önünde duran esmer adamı gördü.

"Aaaa, Ayhan! Yağız oğlum benim!" diye sevinçle haykırdı. Ayhan; kuzusu Belgin'in Ayhan'ı, yakında baba olacak Ayhan! Uçak kazasında yitirdiği kızı Berfin'in yerini asla tutmayacak ama yüreği yeniden, bir başka evlat aşkıyla canlanacak Ayhan! Ona sarılmak için yerinden kalkarken, çocukluğundan beri göğsünde taşıdığı ateşten düğüme yumruğuyla sertçe vurdu Kete. "Seni çözeceğim düğüm; gerekirse anamı ve babamı affedeceğim düğüm! Madem o inatçı Belgin bana meydan okuyor, madem kendi düğümünü çözmek için benden yol göstermemi bekliyor! Kuzumla bebeğine, bir de bu yiğit Ayhan'a bir şans vermek zorundayım, ey beni diri diri mezara koyan cebbar düğüm, ey İstanbul gibi kocaman, İstanbul kadar zalim düğüm, seni çözmekten başka yol mu bıraktın, çare mi verdin bana düğüm!" diye fısıldadı. İçi acıdı, kalbi aniden soğuk suyla yunmuş gibi serinledi, ürperdi, nabzı düştü, hafif bir baş dönmesi yaşadı. O zaman taa çocukluğunda en mahrem karanlık odasına sakladığı bir çift gözyaşı çözüldü ve yanaklarından aktı, anasının kokusu, babasının sıcaklığında. Kete, anasının kokusunu, babasının sıcaklığını taptaze hissedince irkildi, bedeni sarsıldı. Tam o sırada ona sarılan Ayhan, Kete'nin kendisine rastladığı için duygulanarak ağladığını düşünerek; "Ahh güzel Kete'm, Belgin'imin anası, nasıl insansın sen be, beni bu kadar seversin be canım kadın!" diye sımsıkı kucakladı onu. Kete'nin bir elini yumruk yapıp göğsüne bastırdığını fark etmemişti, etseydi de nereden bilecekti...

Bundan sonrası, öncesinden de hızlı aktı ve ancak olağanüstü durumlara özgü bir boşalma ruh haliyle gelişti, Belgin'in hamileliğinin ilk olarak kendisine haber verilmediğini öğrenen Ayhan, yine içinde bulundukları şartlar nedeniyle bunu çabucak sindirdi, büyütmedi. Belgin'in artık iki canlı olduğunu kavradıktan sonra 'onları buradan çıkartmalıyız Kete, bu anons belki de bir bomba ihbarıdır!" diye yürek yakıcı şekilde paniklenmesi Kete'nin göğsünde kaskatı duran acı düğümüne başka koşullarda söz konusu olamayacak kadar güçlü bir yumuşama etkisi yaptı. Onun elini tutan Kete, en yatıştırıcı sesiyle "Bir şey olmayacak yavrum, Allah'ın izniyle hepimiz salimen çıkacağız buradan Ayhan oğlum. Sakin ol bakayım! Bir insanın talihi hep kötü gitmez, sonunda mutlaka bahtı açılır, en şansız adamın bile güneşli günü olur. Belgin'imin bahtı açıldı, sana da şans gülecek!" dediğinde düğüm çok acıtarak çözülmeye başlamıştı.

Onun bu sözleriyle yatışmayan Ayhan, Belgin'in numarasını yeniden tuşladı ama daha önce meşgul sesiyle beraber, telefonun ekranında 'numara meşgul' yazısı belirirken, şimdi tuhaf bir sinyal sesinden başka bir şey duyulmuyordu. "Hatlar çöktü, hassiktir! Demek ki durum çok ciddi!" diye boş elini yumruk yapıp havaya savuran Ayhan'ın endişesi Kete'nin düğümüne bir darbe daha vurdu. Kete içi daralarak, hemen yanı başında endişeyle Belgin'e ulaşmaya çalışan Ayhan'a baktı. Onun mutluluğu kendisine bağlıydı bir bakıma... Belki onun da en büyük mutluluk şansı, yeni ve güzel bir hayat yaşama şansı... Ah eğer kendisi içinde yıllardır büyüttüğü o öfkeye, tabu kıldığı, kan davası gibi acıyla devam etmesine izin verdiği bir yaraya bir dokunabilse, ona bakıp iyileşme şansı verecek kadar cesur, metin, sağduyulu olabilse... Ah o her konuda pek çok insana yardım edebilen, güçlü ve sevecen Kete, kendi yarasına merhem olabilse... Ah olabilse! Ah olması gerek, ah mutlaka olması şart! Ah mutlaka bu duvarı yıkıp bu insanlara ve kendine, ah kendine de bir şans vermesi şart, şart, çok şart!

Derin bir nefes aldı Kete ve hemen sonra uzun süredir ağzından dökülmek üzere beklediği anlaşılan şu sözleri işitti kendi sesinden: "Ne üzülüyorsun Ayhan oğlum, zaten her şey değişir, hepimiz fâni, bir tek bu şehir İstanbul bâki!" Böyle dedi Kete, aynen böyle dedi. 2005 Temmuz'unda Atatürk Havalimanı'nda böyle dedi Kete. Sonra, kendine oldukça yabancı ama bir o kadar da yakın gelen bu cümleyi beğendi ve üzerinde rahatlatıcı, çözücü ve yatıştırıcı bir etki yarattığını fark etti. Onun bu sözlerine şaşıran Ayhan, aslında ne demek istediğini anlamaya çalıştı ama aklı fikri Belgin'e ulaşabilmekteydi, üzerinde duramadı. Oysa Kete anlamıştı. Kete, zamanın geldiğini anlamıştı!

Onlar bu tuhaf ruh durumundayken az ilerideki bardan barmen Baturcan İlyas'ın çığlığı duyuldu, biraz sonra önlerinden kalp krizi nedeniyle ölen Erol Argunsoy'un örtüyle kapatılmış bedenini taşıdılar. Bu arada Mehmet Emin Entek kendine özel olarak bir kapı açtırıp içinde ana baba günü yaşanan terminalden kurtuldu ve dışarıda şoför Hamo'nun taksisine bindi. Hemen ardından bürokratik beceriksizlik yüzünden diğer kapılar zamanında açılmadığı için önünde yaşanan izdiham tek ÇIKIŞ kapısının çökmesine neden oldu, altında kalan insanlar yaralandı, içlerinden Tijen Derya'nın kolu koptu. Genç kızı kanlar içinde gören Hasret Sefertaş onunla ambulansa bindi. Ambulansın sireni yarı yolda kesildi, artık hastaneye acil yetişmesi gerekmiyordu. Kapının çökmesini bomba patlaması sanan pek çok kişi gibi telaşlanan Ayda

Seferyan terminalin bir ucunda oturan Kete'yi görüp onun yanına doğru giderken, bu sırada panik atak krizine tutulan Sabriye Bektaş onun cep telefonunu elinden kapıp kendisini buradan kurtarmasını istediği akrabasını aramaya çalışyordu. İlkönce Sabriye'nin kendisine saldırdığını sanarak çekinen Ayda, onun aslında korkudan şoka girmiş olduğunu anlayınca, yıllardır çalıştığı Yoga teknikleriyle onu yatıştırmaya çalıştı. Sabriye'yi tehlikenin geçtiğine ve artık güvende olduğuna inandırmak hiç de kolay değildi. Yine de Ayda onu ayakta duracak ve koluna girerek yürüyecek kadar yatıştırmayı başardı. Bu arada yanına dönen kardeşi Aret'e kendinin ve Sabriye'nin eşyalarını emanet edip yanındaki esmer, hoş adamla el ele oturan Kete'ye doğru kolunda Sabriye'yle beraber yürüdü. İleride bu kaosun ortasında hayatının en önemli tabusunu yıkmaya karar verdiği için bir ada gibi sakin, bir Yogi gibi duru, bir Sufi gibi mütevekkil, bir Yunan tanrıçası gibi güçlü ve bir Anadolu ninesi gibi gözükara oturan Kete'nin yanına gidip o adaya sığınmak için yürüdü. Az sonra Aret de onlara katıldı. O rahatsız metal bankta onların hepsine yer açıp onları tek tek kucaklayan Kete, geçmişi kabul edip kendini bağışlamadan yeni hayatlar, yeni umutlar ve yeni yarınlar mümkün olmadığını düşünüyordu. Göğsünde çok uzun yıllardır taşıdığı acı ve kin düğümünün çözülmesi için bağışlaması gerekenler aslında anne ve babası değil, kendisiydi! Öyleydi. Öyle olduğu için öyle zordu. Öyle. Öyleydi. Öyledir. İnsanın en zor bağışladığı kişinin kendisi olması nedeniyle... En büyük hataları ancak kendimiz yaptığımız, kendimizi en çok kendi hatalarımız, arıza ve zayıflıklarımızla bozguna uğrattığımız için...

"Yeter artık!" diye düşündü Kete yanına toplanan kuzusunun kuzuları Ayhan'a Ayda'ya, Aret'e ve yeni arkadaşı Sabriye'ye sevgiyle bakarak. "Yeter artık!" dedi, kuzusu Belgin'i ve onun adını Lavanta koymaya heveslendiğini bilse, adaşı sayacağı bebeğini düşünerek. Geçmişin acılarını saklamak ve yaşatmak ona bir şey kazandırmamış, çektiği acıyı çoğaltmıştı. "Yeter artık, bitsin bu nefret, bu kin, bu uzlaşmazlık! Bitsin ki, yeni bir tarih yazılsın, yeni bir ufuk belirsin, bebek doğsun. Yeni, aydınlık, yeniden..." dedi. Onun yüksek sesle söylediği bu sözleri hepsi havalimanındaki felaket ve kendi hayatlarıyla ilgili olarak yorumladı, öyle algıladılar. Öyle yaptılar, öyle...

ANONS 2

DİKKAT DİKKAT!
SAYIN YOLCULARIMIZ,

İSTANBUL ULUSLARARASI ATATÜRK HAVALİMANI DİJİTAL SİSTEMLERİNDE BİR SÜRE ÖNCE OLUŞAN TEKNİK ARIZA DÜZELTİLMİŞ, BU ZAMAN İÇİNDE ARA VERMEK DURUMUNDA KALDIĞIMIZ UÇAK SEFERLERİNE YENİDEN BAŞLANMIŞTIR.

OLUŞAN DİJİTAL ARIZA NEDENİYLE ÖZÜR DİLER, GÖSTERMİŞ OLDUĞUNUZ ANLAYIŞ, SABIR VE İŞBİRLİĞİ İÇİN ATATÜRK HAVALİMANI İŞLETMECİLİĞİ, THY VE HAVALİMANI POLİS MÜDÜRLÜĞÜ ADINA TEŞEKKÜR EDERİZ.

DIŞHATLAR TERMİNALİNDE BULUNAN YERLİ VE YABANCI GÜMRÜKLÜ VE TRANSİT YOLCULARIMIZ GEREKEN PASAPORT KONTROLLERİ İÇİN TOPLU OLARAK SERVİS OTOBÜSLERİYLE İÇ HATLAR TERMİNALİNE TRANSFER EDİLECEKTİR. GELEN YOLCUSUNU BEKLEYEN SAYIN KONUKLA-

RIMIZI İÇ HATLAR TERMİNALİNE TRANSFER İÇİN TAHSİS EDİLMİŞ SERVİS OTOBÜSLERİ ÇIKIŞ KAPISININ ÖNÜNDE BEKLEMEKTEDİR. İÇ HATLAR TERMİNALİNDE SAYIN KONUKLARIMIZ İÇİN İÇECEK VE YİYECEK SERVİSİMİZ BULUNMAKTADIR. ANLAYIŞINIZ İÇİN TEKRAR TEŞEKKÜR EDER, ATATÜRK HAVALİMANI İŞLETMESİ VE THY ADINA YENİDEN BULUŞMAYI DİLERİZ.

ATTENTION PLEASE, ALL PASSENGERS, LADIES AND GENTLEMEN.

THE COMPUTER SYSTEM FAILURE HAS BEEN RESOLVED. ALL SUSPENDED FLIGHTS ARE BEING RESCHEDULED.

ON BEHALF OF ATATÜRK AIRPORT, WE WOULD LIKE TO APOLOGIZE FOR THE INCONVENIENCE AND TO THANK YOU FOR YOUR COOPERATION AND UNDERSTANDING.

SHUTTLE BUSES ARE STANDING BY OUTSIDE THE FRONT ENTRANCE OF THE MAIN TERMINAL BUILDING. ALL INTERNATIONAL AND TRANSIT PASSENGERS ARE TO BE TRANSPORTED BY SHUTTLE BUS TO THE DOMESTIC TERMINAL, WHERE YOUR PASSPORTS WILL BE PROCESSED AND FOOD AND BEVERAGES WILL BE SERVED.

WE THANK YOU ONCE AGAIN FOR YOUR COOPERATION AND UNDERSTANDING.

40
YAŞADIKÇA GİDER, GİTTİKÇE DÖNERSİN

"Bugün başıma ne olduğunu anlayabildiğim bir şey geldi," diye sevindi Belgin. "Bugün başıma artık ne olduğunu anladığım bir şey geldi..."

Bugüne kadar anlamlarını ve nedenlerini üzerinden zaman geçtikten ve tonla acı çektikten sonra çözebildiği şeyler gelirdi başına çoğunlukla. Oysa bugün burada, on üç yıl sonra döndüğü İstanbul'da başına gelenleri üzerinden günler veya yıllar geçmeden anlayabiliyordu. Diğer gümrüksüz yolcularla beraber kendilerini iç hatlar binasına götürecek otobüse binerken: "İnsanın başına bundan daha güzel ne gelebilir ki?" diye içinden gülümsedi. Gülümsemesi yüzünde de belirdi.

Otobüs bir saattir gerilimli bir ortamda beklemekten yorgun düşmüş yolcularla doldu, ağırlaştı. Az sayıda koltuğu olan havalimanı otobüsüne ilk binenlerden olduğu için önce oturan Belgin, yaşlı bir hanıma yerini vermek için ayağa kalktı ve yüzünü cama çevirip gözlerini masmavi gözyüzüne dikti, orada bulut aradı. Bulut aradı Belgin. Tam tepesinde birkaç tane gördüğünde, en yapayalnız zamanlarında küçücük bir umut ışığı bulan biri gibi sevindi. Gerçekten sevindi. Çocukken babasıyla oynadıkları 'bulutlar nereye gider?' diye bir oyun vardı. Bulundukları şehir neresiyse oradaki evlerinde burunlarını cama dayar ve durmadan hareket eden bulutların nereye gittiğine dair hikâyeler uydururlardı. Bulutların ne milliyeti ne de cinsiyeti vardı. İstanbul'daki bulutla Kopenghag'dakinin, Roma'dakiyle Buenos Aires'tekinin hiç farkı yoktu ama hepsi hep gidiyordu. Sonra bir gün anlamıştı ki, bulutlar hiçbir yere gitmiyor, bulutlar dönüşüyordu. İşte bugün Belgin'in başına gelen ve ne olduğunu anladığı şey de bunun gibiydi. Kesin dönüş diye bir şey yoktu ve hiç olmamıştı. Bunu insan beyni uyduruyordu. Evet Belgin İstanbul'a dönmüştü. Evet âşıktı. Evet hamileydi. Evet yeni bir hayat istiyordu. Ve evet bütün bu arzularının da yine bir bozgunla sonlanmasından korkuyor, çok korkuyordu. Ancak, kesin dönüş gibi 'kesin son' diye de bir şey yoktu. Çünkü başlangıç, bitiş ve kesin dönüş gibi kavramları tıpkı 'mutlak ve mükemmel' gibi yine insanlar yaratmıştı. Çünkü, bulutlar hiçbir yere gitmez, dalgalar kaybolmaz, med ve cezir daima gider gelirdi. Varolan asıl şey devinimdi. Hareket ve devamlılık vardı. O kadar...

Havalimanının bir başka apronundan alınarak, iç hatlar terminaline götürülen gümrüksüz yolcular

Profesör Yannis Seferis, Susan Constance, Aleynâ Gülsefer, Anna Maria Vernier'i taşıyan alan otobüsü, Belgin'inkinin yanından geçti ama o sırada Belgin cama yaslanmış, bulutları seyrediyordu. Uzun, çok uzun yıllardır kendini didiklemeden iç seslerini dinlemeye başladığını büyük bir şükran duygusuyla hissederek bulutları seyrediyordu. Aslında iç sesi bildiği şeyleri tekrarlıyordu ancak kendisi ilk kez bu sesleri gerçekten dinliyor ve duyuyordu.

"Kesin dönüş yok, yaşadıkça gider, gittikçe dönersin!" dedi bulutlara bakarak. Öyle dedi Belgin. Otobüs iç hatlar terminalinin önünde durdu. Belgin öbür yolcularla beraber iç hatlar terminaline girmeden önce durdu, başını kaldırdı ve bulutlara baktı. Başını kaldırdı ve baktı Belgin.

41
İSTANBUL: MEGAPOLİS MUNDİ

Ve işte böyle.

Bugün biraz eğlenmek için birkaç saatliğine dikkatimi yoğunlaştırdığım havalimanımda artık işim bitti. Ve yine, elbette yine fâniler Beni şaşırtamadılar... Belki Belgin, belki o, kim bilir, belki o anladı ve görebildi kendini bugün, belki... Ama şimdi, burada kendi tarihleri içinde kendilerini en bilgili ve gelişmiş olarak tanımladıkları bu 21. yüzyılda bile fâniler hâlâ kendi yarattıkları korkular ve kurdukları hapishaneler içinde çırpınıp durdular işte. Onlar ki, binlerce yıldır her şeyden çok korku üretip, korku saçıyor, adeta bu korkuyu seviyor, bazen da ona tapıyorlar, işte sonunda kurban vermeden toparlanamıyorlar... Keşke görebilseler kendilerini, keşke tarihlerini okurken atalarına ve ninelerine bakabildikleri gibi bir ***'öteki göz'****le bakabilseler yaşarken kendilerine... Ama yapamıyorlar, fâniler bunu başaramıyorlar bir türlü, heyhat!*

Fâniler gelir ve giderler. Ben binlerce yıldır buradayım. Ben İstanbul'um; Doğu Akdeniz'in, orta ve yakın Doğu'nun, Balkanlar ve Kafkasların, yakın-uzak, ön ve arka Asya'nın, binlerce yıldır dünyanın kaderiyim Ben! Kollarıma ve eteklerime koşmuş imparatorların, sultanların, evliyaların, azizlerin, ermişlerin, kahramanların, soyluların, seçkinlerin, zenginlerin, askerlerin ve hem de ırgatların, hamalların, fakirlerin, yorgunların, kimsesiz ve evsizlerin, terk edilmiş ve kalbi kırıkların, yenilmiş ve kaybetmişlerin, tutunamamış ve hiç tutunamayacakların, kâğıt toplayıcılarının ve işsizlerin, tinercilerin ve sokak çocuklarının, fahişelerin ve pezevenklerin, cariyelerin, içoğlanlarının ve haremağalarının, eşcinsellerin ve travestilerin, hem de çingenelerin şehriyim Ben! Delilerin ve akıllıların, zekilerin ve kurnazların, idealistlerin ve fırsatçıların, safların ve romantiklerin ruhuyum Ben. Hepsinin şehri; hepinizin İstanbul'uyum Ben! Bir bacağımı Avrupa'ya öbürünü Asya'ya atmış, içinden deniz geçen en eşsiz şehrim Ben! Yedi mübarek tepeme sereserpe yayılmış şehri azâmım Ben.

İstanbul'um Ben; geçmişin ve geleceğin dengesi; yeryüzünün 2700 yıldır menopoza girmeyen tek dişisiyim!

Benim adım İstanbul.

2 Ocak 2002 - 31 Aralık 2006, İstanbul